Emma

Caibideil 1

Tha e coltach gun robh aon de na h-aoighean, a bha math agus eireachdail, le dachaigh chofhurtail agus toileachas, a 'aonadh cuid de na beannachdan a b' fheàrr a bh 'ann; agus bha e air a bhith beò fad aon bliadhna air fhichead anns an t-saoghal le glè bheag de dhuilgheadas no fois.

B 'i an tè ab 'òige de dhithis nighean athair spaideil, gràdhach; agus, mar thoradh air pòsadh a piuthar, bha i na bana-mhaighstir air an taigh aige bho àm gu math tràth. Bha a màthair air a dhol air ais ro fhada gus am faigheadh i barrachd na cuimhne cugallach air a cuid caurach; agus bha a h-àite air a thoirt seachad le boireannach sàr-mhath mar bhall-pàisle, nach do thuit ach glè bheag de mhàthair ann an gaol.

Bha sia bliadhna deug air fhàgail gun a bhith ann am mr. Teaghlach woodhouse, nas lugha na ball-coise na caraid, a tha gu math dèidheil air an dithis nighean, ach gu h-àraid air emma. Eatorra bha e na bu dlùth do chàirdean nam peathraichean. Fiù 's mus do dh'fhalbh an t-inneal-caillte a 'cumail dreuchd ainm-sgrìobhte sgoil, cha mhòr gun robh fois a teasairde a' toirt cead dhi casg sam bith a chuir oirre; agus gu bheil an sgàil aig ùghdarras a 'dol seachad a-nis, bha iad air a bhith a' fuireach còmhla mar charaid agus caraid ceangailte gu dlùth ri chèile, agus bha emma a 'dèanamh an rud a bu mhath leatha; breithneachadh an neach a tha a 'faireachdainn gu mòr, ach air a stiùireadh leis fhèin.

Is e an rud a bu mhiosa, gu dearbh, mu shuidheachadh emma an cumhachd a bhith a 'faighinn cus astar na dòigh fhèin, agus dòigh smaoineachaidh airson a bhith a' smaoineachadh beagan ro mhath dhi fhèin; b 'iad sin na h-eas-bhuannachdan a chuir maill air a h-iomadh toileachas. Bha an cunnart ge-tà gun cho-dhùnadh, ge-tà, nach do chuir iad dragh sam bith orra.

Thàinig aithreachas - bròn socair - ach cha robh idir ann an cumadh mothachadh sam bith nach robh furasta a chluinntinn. Bha e ag ionndrainn call tàilleir a thug bròn an-toiseach. Is ann air latha-bainnse a 'charaid ghaoil sin a shuidh emma an toiseach ann an smuain gu math de leantainneachd sam bith. A 'bhanais thairis, agus na mnathan-bainnse a dh' fhalbh, chaidh a h-athair agus a h-athair fhin a dhùsgadh còmhla, gun dùil ri trian airson a bhith a 'tarraing oidhche fhada. Rinn a h-athair e fhèin a chadal às dèidh dinnear, mar is àbhaist, agus cha robh aice ach an uairsin suidhe is smaoineachadh air na chaill i.

Bha a h-uile gealladh aig an tachartas airson a caraid. Mr. Bha taobh an iar na fhear le caractar gun choimeas, fhortan furasta, aois freagarrach, agus modh mhodhail; agus bha beagan riarachaidh ann a bhith a 'beachdachadh air an càirdeas a chuir e fhèin air às-fhaireachdainn, fialaidh agus a bha i riamh ag iarraidh a chuir air adhart; ach is e obair madainn dhubh a bh'ann. Gum biodh daoine a 'faireachdainn dè a bhiodh air chall a h-uile uair a thìde gach latha. Thug i air ais a coibhneas bho shean - an coibhneas, an càirdeas bho shia bliadhna deug - mar a bha i air a bhith ag ionnsachadh agus mar a chluich i rithe bho còig bliadhna a dh 'aois - mar a chuir i a h-uile cumhachd aice an sàs ann an slàinte - agus mar a chuir i suas i. Tro na diofar thinneasan leanabachd. Bha taingealachd mhòr an seo; ach eadar-dhealachadh nan seachd bliadhna mu dheireadh, an co-aontar agus an ìre mhath iomlan a lean pòsadh goirid bho isabella, ach nuair a bha iad air am fàgail gu chèile, bha e fhathast na bu choltaiche a thaobh a bhith a 'tarraing air ais. Bha i air a bhith na caraid agus na companach do bheagan dhaoine a bha an sàs ann: tuigseach, fiosrachail, feumail, socair, fiosrach mu dhòighean na teaghlaich, ùidh ann an uallaichean gu lèir, agus ùidh annasach aice fhèin, anns gach toileachas, gach sgeamana h-oighrean - aon a dh 'urrainn dhi a h-uile smuain a ràdh mar a dh'èirich e, agus cò bha an leithid de ghaol aice dhi agus nach fhaigheadh a 'chùis.

Ciamar a bha an t-atharrachadh air a bhith aice? — bha e fìor gun robh a caraid a 'dol dìreach leth-mhìle bhuapa; ach bha fios aig emma gum feumadh a bhith eadar-dhealaichte eadar an dà rud. Taobh an iar, dìreach leth-mhìle bhuapa, agus fàilleadair caillte san taigh; agus leis na buannachdan uile, nàdarrach is dachaigheil, bha i ann an cunnart mòr a-nis le fulangas inntleachdail. Bha gaol aice air a h-athair, ach cha robh e na chompanach dhi. Cha b 'urrainn dha coinneachadh rithe ann an còmhradh, reusanta no beothail.

Bha an droch eadar-dhealachadh san aois aca (agus cha robh an taigh-feachd pòsta tràth) air àrdachadh gu mòr leis a bhun-reachd agus a cleachdaidhean; airson a bhith na ghaisgeach fad a bheatha, às aonais gnìomh inntinn no bodhaig, bha e na dhuine tòrr nas aosta ann an dòighean na bha e ann am bliadhnachan; agus ged a tha gràdh aig a h-uile àite air cho càirdeil 'sa tha a chridhe agus a theasairm, cha b 'urrainn dha na tàlantan aige a mholadh aig àm sam bith.

Ged a bha a piuthar, ged nach robh i ach glè bheag de thoirt às a chèile le mathanas, a bhith air a socrachadh ann an lunnainn, dìreach sia mìle deug a-mach, bha i fada air falbh bho bhith a 'ruigsinn gach latha; agus feumaidh a bhith a 'strì ri mòran de oidhche fhada an-diugh agus na h-oidhche a bhith ann am hartfield, mus tug na crìosaichean an ath thuras bho isabella agus an duine aice, agus a' chlann bheaga, gu bhith a 'lìonadh an taighe, agus a' toirt a comann tlachdmhor a-rithist.

Highbury, am baile mòr agus mòr, faisg air a bhith gu baile, ris an robh hartfield, a dh 'aindeoin a lios fa leth, agus preasan, agus ainm, gu dearbh, a' toirt seachad co-ionann. Bha na taighean-toisich an toiseach mar thoradh air sin. Bha iad uile a 'coimhead suas riutha. Bha mòran eòlas aice air an àite, oir bha a h-athair uile-shìobhalta, ach cha robh i nam measgan àite a bhith ag ionndrainn an t-sùilean airson eadhon leth-latha. B 'e atharrachadh mòr a bha ann; agus cha b'urrainn do emma a dhol thairis air, agus a 'miannachadh rudan nach gabhadh a dheanamh, gus an do dhùisg a h-athair, agus gum feumadh e bhi cho sunndach. Bha an spiorad aige feumach air taic. Bha e na dhuine iomagaineach; miann air gach corp a bha e cleachdte ris, agus a 'f hachadh dha pàirt a ghabhail annta; atharrachadh atharrachaidh de gach seòrsa. Bha eas-aonta, mar tùs atharrachaidh, an-còmhnaidh mì-fhreagarrach; agus cha robh e idir air a cho-rèiteach fhathast ri pòsadh a nighean fhèin, agus cha b'urrainn dhi bruidhinn rithe a-riamh ach le iochd, ged a bha e gu tur co-ionann ri gaol, nuair a dh'fheumadh e pàirt a ghabhail ann an call a-nis cuideachd; agus bho a chleachdaidhean fèin-mhisnich socair, agus mu bhith gun chomas a bhith agad gun a bhith a 'creidsinn gun robh daoine eile a' faireachdainn ann an dòigh eadar-dhealaichte bhuaithe fhèin; bha e gu mòr den bheachd gu robh a bhith a 'dèanamh caran mar rud a bha cho duilich dhaibhsan, agus a bhiodh air a bhith gu math toilichte nam biodh i air a h-uile duine eile a chaitheamh aig hartfield. Rinn aoibhneas air emma agus bhruidhinn i cho sunndach is a b 'urrainn dhi, gus a chumail bho na smuaintean sin; ach nuair a thàinig tì, bha e do-dhèanta dha gun a ràdh dìreach mar a thuirt e aig dinnear,

"truagh nach maireann tu air a' chabair! — a 'miannachadh gun robh i a-rithist. Dè cho duilich 'sa tha e gun smaoinich am fear mu dheireadh oirre!"

"chan urrainn dhomh aontachadh leat, papa; tha fhios agad nach urrainn dhomh. Tha taobh an iar na dhuine cho gasta, tlachdmhor, sgoinneil, gu bheil e airidh air deagh bhean fhaighinn; — agus cha bhiodh tu air a bhith a' caomhnadh le bhith beò còmhla rinn airson gu bràth, agus na h-uile mìr-sheallaidhean agam, nuair a dh 'fhaodadh i a bhith aig a taigh leatha fhèin?"

"taigh dhi fhèin! — ach far a bheil buannachd taigh dhi fhèin? Tha seo trì tursan nas motha. — agus cha robh thu uair sam bith gu leòr de thurais bitheanta, a ghràidh."

"dè cho tric a bhios sinn a 'dol gam faicinn, agus a' tighinn a dh 'fhaicinn dhuinn! — bidh sinn an-còmhnaidh a' coinneachadh! Feumaidh sinn tòiseachadh; feumaidh sinn a dhol agus a 'tadhal pòsaidh a phàigheadh a dh' aithghearr. "

"tha mo ghràidh, ciamar a gheibh mi gu ruige seo? Randalls cho fad às. Cha b'urrainn dhomh coiseachd leth cho fada."

"cha b'e, a phapa, cha robh duine a' smaoineachadh air do choiseachd. Feumaidh sinn a dhol sa charbad, a bhith cinnteach.
"

"an carbad! Ach cha bu toil le james na h-eich a chuir air dòigh cho beag; - agus càite am bi na h-eich bochda fhad' s a tha sinn a 'tadhal ar cuairt?"

"tha iad gu bhith air an cur ann an stàball an iar, papa. Tha fios againn gu bheil sinn air sin a chuir mu thràth. Bhruidhinn sinn fad na h-ùine ri mr. Weston an-raoir. Agus mar a tha e an sàs le james, dh'fhaodadh tu a bhith cinnteach gu bheil e an-còmhnaidh a' dol cha bhith ann ach a 'dèanamh cinnteach nach toir e a-riamh àite sam bith eile sinn, sin mar a rinn thu, papa agus fhuair thu sin an àite math sin. Dhutsa!"

"tha mi glè thoilichte gun do smaoinich mi oirre. Bha e gu math fortanach, oir cha bhith mi air a bhith bochd a' smaoineachadh gun do bhris e air falbh cunntas sam bith; agus tha mi cinnteach gun dèan i seirbheis glè mhath: tha i sìobhalta, gu math; a 'bruidhinn mu dheidhinn, aon uair is gum faic mi i, bidh i an-còmhnaidh a' co-èigneachadh agus a 'faighneachd dhomh mar a nì mi, ann an dòigh gu math àlainn, agus nuair a fhuair thu i an seo a dhèanamh obair snàthad, bidh mi a' coimhead gu bheil i a 'tionndadh a' ghlais an dorais an dòigh cheart agus cha bangs e. Tha mi cinnteach gum bi i sàr sheirbhiseach; agus bithidh e mòr fhurtachd gu bochd miss taylor gu bheil cuideigin mu dheidhinn a bheil i air a chleachdadh gus fhaicinn. Nuair seumas a 'dol thairis air fhaicinn an nighean aige, eil fhios agad, bidh i a 'cluinntinn mu dheidhinn.

Cha tug emma a-steach taic sam bith gus an sruth inntinneach seo a chumail suas, agus bha e an dòchas, le cuideachadh bho shiabhal, airson a h-athair fhaighinn tron oidhche, agus gun aithreachas a dhèanamh oirre. Chaidh am bòrd-tòrm a chuir; ach an uair sin choisich neach-tadhail dìreach às a dhèidh agus cha robh feum air.

Mr. Bha knightley, duine ciallach mu sheachd no ochd-agus-deich bliadhna, chan e a-mhàin na charaid glè aosta agus dlùth ris an teaghlach, ach bha e gu h-àraid ceangailte ris, mar bhràthair bu shine an duine aig isabella. Bha e a 'fuireach mu mhìle bho highbury, bha e tric a' tadhal, agus an-còmhnaidh a 'cur fàilte air, agus aig an àm seo chuir e fàilte mhòr air a' ghnothach na bhith a 'tighinn gu dìreach bho na co-cheanglaichean aca ann an lunnainn. Bha e air tilleadh gu dìnnear anmoch, às dèidh beagan làithean dheth, agus a-nis choisich e gu hartfield gus a ràdh gu robh gach nì gu math ann an ceàrnag brunswick. B 'e suidheachadh sona a bh 'ann agus bha e beòthail mr. Taigh-seinnse fad ùine. Mr. Bha dòigh shunndach aig ridire, a bhiodh daonnan a 'dèanamh math; agus chaidh a chuid cheistean gu math às deidh "bochd isabella" agus a clann a fhreagairt gu h-iomchaidh. Nuair a bha seo seachad, mr. Tha an taigh-tasgaidh air a bhith air leth taingeil, "tha e gu math fialaidh dhut, mr. Ridire, a thighinn a-mach aig an àm seo uair a thìde gus tadhal oirnn. Tha eagal orm gun robh cuairt eagalach agad. "

"chan eil idir, a dhuine, agus is e oidhche àlainn sholas na gealaich a th' ann; agus cho mìorbhaileach gum feum mi tarraing air ais bhon teine mòr agad. "

"ach feumaidh tu a bhith ga fhaighinn tais agus salach. Tha mi a' mian nach dèan thu fuachd. "

"salach, a dhuine! Seall ri mo bhrògan, chan e sgudal orra."

"uill, tha sin gu math iongnadh, oir fhuair sinn mòran uisge an seo. Bha uisge uamhasach duilich airson leth uair a thìde nuair a bha sinn aig bracaist. Bha mi ag iarraidh gun cuireadh iad air falbh a' phòsaidh. "

"leis a' beannachd — chan eil mi air toileachas a thoirt dhut. A 'giùlain gu h-iomlan?

Is e gnìomhachas duilich a th 'ann" ah!

"truagh duilich, agus ionndrainn an taigh-feachd, ma leigeas tu leis; ach chan urrainn dhomh a ràdh 'truaillidh truagh'. Tha fìor mheas agam ort fhèin agus air emma; ach nuair a thig e gu ceist mu neo-eisimeileachd no neo-eisimeileachd! —o reata sam bith, feumaidh e bhith nas fheàrr dìreach aon a bhith agad mar dhuais na dhà. "

"gu h-àraidh nuair a tha fear den dithis sin na chreutair cho borb, trioblaideach!" arsa emma gu sunndach. "is e sin a tha agad nad cheann, tha fios agam - agus dè a bhiodh tu cinnteach a bhiodh ag ràdh nam biodh m 'athair nach robh."

"tha mi a' creidsinn gu bheil e fìor fhìor, mo ghràidh, gu dearbh, "thuirt mr. Taigh-solais, le osnadh. "tha eagal orm gu bheil mi uaireannan glè fhiadhaich agus duilich."

"a' chasg sòlasach, cha shaoil thu gu mean urrainn dhomh thu, no is dòcha gu bheil m ight inman a 'ciallachadh thu. An rud uamhasach a bh' ann ortsa! Cha robh mi a 'ciallachadh ach mi-fhìn. Fealla-dhà - is e fealla-dhà a th 'ann a bhios sinn daonnan ag ràdh dè is toigh leinn dha chèile.

Mr. Gu dearbh, b 'e ridire aon de bheagan dhaoine a b' urrainn do farpaisean fhaicinn ann an emma woodhouse, agus an aon fhear a thuirt i mu deidhinn a-riamh: agus ged nach robh sin gu sònraichte toilichte ri emma fhèin, bha fios aice gum biodh e cho nas lugha mar sin dha a h-athair, nach biodh i ann an da-rìribh air a bhith a 'cur dragh oirre seach nach robh a h-uile corp a' smaoineachadh gu robh i foirfe.

"tha fhios aig emma nach bi i nas còmhnairde," arsa mr. Ridire, "ach cha robh mi a' ciallachadh meòrachadh air buidheann sam bith. Chaill dà chluais airson a bhith a 'smaoineachadh gu bheil dà neach air a chall; bidh i a-nis ach aon. Tha an cothrom gum feum i bhith na buannaiche."

"uill," arsa emma, deònach a leigeil seachad - "tha thu airson cluinntinn mun bhanais; agus bidh mi toilichte innse dhut, oir bha sinn uile giùlain fhèin gu h-iongantach. Bha a h-uile buidheann pongail, gach buidheann san t-sealladh as fheàrr aca: agus ro bheag a bhith ri fhaicinn. Och, bha sinn uile a 'faireachdainn nach robh ann ach leth mhìle bho chèile, agus bha sinn cinnteach gun robh sinn a' coinneachadh gach latha. "

"tha gràdh air mo ghaol gach nì cho math," thuirt a h-athair. "ach, tha mr. Knightley, tha i fìor dhuilich a bhith a' call droch-thilgear bochd, agus tha mi cinnteach gum faigh i barrachd na tha i den bheachd. "

Thionndaidh emma a ceann, air a roinn eadar deòir agus gàire. "tha e do-dhèanta nach bu chòir do emma a leithid de chompanach a chall," arsa mr. Ridire. "cha bu mhath leinn a bhith cho math riut, a dh' ainmich sinn, a dh 'aindeoin sin; ach tha fios aice dè an ìre a tha am pòsadh a chall a dh' fhaodadh a bhith aig an uachdaran; a bhith air a shocrachadh ann an dachaigh aice fhèin, agus cho cudromach sa tha e gum bi i a 'faighinn seirbheis chofhurtail, agus mar sin chan urrainn dhith a bhith a' faireachdainn cho mòr gu bheil a h-uile caraid aig a 'chaomhnadh a bhith pòsda. "

"agus dhìochuimhnich thu aon chùis toileachais dhomh," arsa emma, "agus fear glè mhòr - gun do rinn mi an geama fhèin. Rinn mi an gèam, tha fhios agad, ceithir bliadhna air ais, agus gu bhith ga chumail, agus a bhith airidh air a 'làimh dheis, nuair a thuirt mòran dhaoine nach deidheadh am pōsadh a' phòsadh a-rithist, gum faigheadh e mo mhisneachd airson rud sam bith.

Mr. Chrath ridire a cheann oirre. Fhreagair a h-athair gu glic, "ah! A ghràidh, a' miannachadh nach dèanadh tu geamannan agus gun smaoinich thu air rudan, oir tha rud sam bith a chanas tu an-còmhnaidh a 'dol troimhe. Cha dèan ùrnaigh tuilleadh."

"geallaidh mi nach dèan thu càil dhomh fhìn, papa; ach feumaidh mi, gu dearbh, dha daoine eile. Is e seo an spòrs as motha san t-saoghal! Agus às dèidh a' soirbheachadh sin, bidh fios agad! — ghabh a 'bhuidheann ris nach pòsadh airson an taobh an iar. A-rithist, cha b 'ann a bha e air a bhith na bhanntrach cho fada, agus a bha cho comhfhurtail gun bhean, agus mar sin bha e an còmhnaidh a' fuireach na ghnìomhachas sa bhaile no am measg a charaidean an seo, an-còmhnaidh iomchaidh an àite sam bith a chaidh e, tha e an-còmhnaidh dòigheil - chan eil feum aig weston air aon oidhche a chuir seachad sa bhliadhna mura h-eil e a 'còrdadh ris. Cha robh cuid eile den mhac agus den bhràthair a 'leigeil leis a h-uile seòrsa lus sòghail a bhruidhinn air a' chuspair, ach cha robh mi a 'creidsinn càil dheth.

"a-riamh bhon latha — mu cheithir bliadhna air ais - gun do choinnich an tàillear agus mi ris san t-sreath leathann, nuair,

nuair a thòisich e a' glanadh, gun do dh 'fhiach e air falbh le gaisgeachd cho mòr, agus fhuair e dà sgàilean air iasad dhuinn bho mitchell, tuathanach. Dh'ullaich mi an inntinn às a 'chuspair, agus chuir mi air adhart an geam bhon uair sin, agus nuair a bheannaich soirbheachas dhomh mar seo, dìleas papa, chan urrainn dhut smaoineachadh gum fàg mi cluich nan geamannan."

"chan eil mi a' tuigsinn dè tha thu a 'ciallachadh le 'soirbheachadh,' 'thuirt mr. Ridire. "tha soirbheachas a' feuchainn ri feuchainn. Tha an ùine agad air a chosg gu ceart agus gu h-iomchaidh, ma tha thu air a bhith a 'feuchainn ris a' phòsadh seo a thoirt gu buil thairis air na ceithir bliadhna a chaidh seachad. A bhith a 'dèanamh ach mar a chanas tu, tha thu a 'ciallachadh gum bi thu a' planadh, an abairt agad fhèin aon latha leisg, 'tha mi a 'smaoineachadh gur e rud math a bhiodh ann am fàileadh ma bha aig an iar a phòsadh,' agus ag ràdh a-rithist dhut fhèin a-rithist agus an uairsin às dèidh làimh, carson a tha thu a 'bruidhinn mu dheidhinn soirbheachas? Càit a bheil thu air leth moiteil? Agus rinn thu tomhais fortanach, agus sin na tha ri ràdh."

"agus nach d' ainmich thu riamh toileachas is soirbheachas tomhais meallta? — an eud a tha thu a 'smaoineachadh nach robh thu a' faireachdainn cho an-còmhnaidh? Tha am facal truagh 'a 'soirbheachadh agam, a dh' fhaisgeas tu ri, chan eil fhios agam gu bheil mi cho làn gun tagradh sam bith dhith. Agus mura robh mi air a bhith a 'brosnachadh chuairtean an iar ann a' seo, agus le mòran brosnachaidh, agus a 'toirt seachad mòran chùisean beaga, is dòcha nach eil e air tighinn gu ìre sam bith às deidh na h-uile. . "

"is dòcha gum bi duine furasta, fosgailte mar taobh an iar, agus boireannach reusanta nach toir buaidh air mar a chailleas tu air an doras, air am fàgail gu sàbhailte gus na draghan aca fhèin a stiùireadh. Tha thu nas dualtaiche gun dèan thu cron ort fhèin, na tha math dhaibh, le bacadh. "

"cha bhith emma a' smaoineachadh air i fhèin, mas urrainn dhi math a dhèanamh do dhaoine eile, "ath-thilleadh gu mr. Taigh-solais, tuigse ach ann am pàirt. "ach, a ghràidh, nach' deanadh maids nas motha: tha iad gòrach, agus a 'briseadh suas cearcall teaghlaich gu cruaidh."

"dìreach aon a bharrachd, papa; a-mhàin airson mr. Elton. Mr. Elton! Thu fhèin mar mr. Elton, papa, — feumaidh mi coimhead airson bean dha. Chan eil duine ann an highbury a tha airidh air - agus tha e air a bhith. An-seo fad bliadhna, agus air an taigh aige a thogail cho comhfhurtail, gum biodh e tàmailteach a bhith sam bith nas fhaide na sin - agus smaoinich mi nuair a bha e a 'ceangal a làmhan gu là an-diugh, bha e gu math coltach ris gum bu mhath leis. Gu bheil an aon oifis coibhneil dha, tha mi a 'smaoineachadh gu math air mr. Elton, agus is e seo an aon dòigh anns am feum mi a dhèanamh air seirbheis."

"is e duine òg gu math brèagha a th 'anns a' mhach. Elton, a bhith cinnteach, agus na dhuine òg glè mhath, agus tha deagh chliù agam dha. Ach ma tha thu airson aire sam bith a thoirt dha, mo ghràidh, iarr air tighinn agus d ' agus a-nis tha e tòrr nas fheàrr dhuinn a bhith a 'tarraing a-mach e.

"le tòrr toileachais, a dhuine, aig àm sam bith," arsa mr. Ridire, a 'gàireachdainn," agus tha mi ag aontachadh riut gu h-iomlan, gum bi e na rud mòran nas fheàrr. Thoir cuireadh dha dinnear, emma, agus cuidich e gu ìre as fheàrr de dh'iasg agus den chearc, ach fàg e airson a bhean fhèin a mhùchadh. An urra ris, faodaidh fear de shia no seachd-agus-fichead cùram a ghabhail dheth fhèin. "

Caibideil ii

Mr. Bha taobh an iar à highbury, agus rugadh e bho theaghlach a
bha modhail, agus bha e air a bhith ag èirigh gu neart agus ann
an seilbh nan dhà no trì ghinealach mu dheireadh. Bha e air
deagh fhoghlam fhaighinn, ach, air soirbheachadh tràth ann am
beatha gu neo-eisimeileachd beag , bha e air fàs cugallach airson
gin de na cur-seachadan as daoire anns an robh a bhràithrean an
sàs, agus air a bhith riaraichte le inntinn ghnìomhach, sunndach
agus teodhachd sòisealta le bhith a 'dol a-steach. Mailisidh a
siorrachd, an uairsin air a ghabhail a-steach.

Bha caiptean san iar na phrìomh roghainn; agus nuair a thug na
cothroman a bheatha armailteach a-steach e gus call na h-
eaglaise, bho theaghlach mòr ann an siorrachd iorc, agus gun do
thuit a 'mheur eaglais ann an gaol leis, cha robh duine air a
thàladh, ach a bràthair agus a bhean, nach fhaca e riamh, agus a
bha. Làn brìgh agus cudromachd, rud a dh 'aithnicheadh an co-
cheangal.

A 'call eaglais, ge-tà, le aois, agus le làn smachd an fhortain aice
- ged nach robh a fhortan co-chosmhail ris an oighreachd
teaghlaich — cha robh e air a chuir às a' phòsadh, agus a dhol air
adhart, gu bàs neo-chrìochnach mr . Agus mrs. Eaglais, a thilg i
far an robh i mar dhuais. Bha e na cheangal mì-fhreagarrach,
agus cha robh mòran toileachas ann. Bean. Bu chòir dhan iar a
bhith air barrachd a lorg ann, oir bha fear aice aig an robh a
chridhe bhlàth agus a theothadair milis a thug air smaoineachadh
gur e a h-uile nì a bha air a fàgail dhith mar thoradh air deagh
mhiann a bhith ann an gaol leis; ach ged a bha aon seòrsa de
spiorad aice, cha robh i cho math sa bha i. Bha fuasgladh gu leòr
aice gus a toil fhèin a ghabhail a dh'aindeoin a bràthair, ach cha
robh i gu leòr aithreachas a dhèanamh bho aithreachas gun

adhbhar aig fearg mì-reusanta a 'bhràthair sin, no bho bhith a'
call sòlais na seann dachaigh aice.

Bha caiptean an iar, a bha air a bheachdachadh, gu sònraichte
leis na h-eaglaisean, mar a bha a 'dèanamh maids cho
iongantach, air a dhearbhadhtha tòrr nas miosa den bhargan; oir
nuair a bhàsaich a bhean, an dèidh pòsadh trì bliadhna, bha e an
ìre mhath na bu bhochda na bha e an toiseach, agus le leanabh
airson a chumail suas. Ach, bho chosgais an leanaibh, ge-tà,
fhuair e ma sgaoil. Bha a 'bhalach, leis an iarrtas a bha a'
faighinn às a 'chnàmh mar thinneas a bha aig a mhàthair, air a
bhith na mheadhan air seòrsa de rèite; agus mr. Agus mrs. An
eaglaisean, às aonais clann aca fhèin, no beathach sam bith eile a
bhios co-ionann ri cùram, a bhith a 'toirt seachad làn-aire na h-o
bheagan beag goirid an dèidh dhi bàsachadh. Cuid de scrupal
agus beagan mì-thoileachas gu bheil còir aig athair na banntraich
a bhith a 'faireachdainn; ach seach gun robh iad air am faighinn
thairis le beachdachaidhean eile, chaidh an leanabh a thoirt suas
gu cùram agus beairteas na h-eaglaisean, agus cha robh aige ach
an comhfhurtachd aige fhèin a shireadh, agus an suidheachadh
aige fhèin airson a dhol am feabhas mar a bhiodh e.

Thàinig atharrachadh beatha iomlan gu bhith feumail. Leig e
dheth a 'mhailisidh agus bha e an sàs ann am malairt, le
bràithrean stèidhichte mar-thà ann an dòigh mhath ann an
lunnainn, a thug dha fosgladh fosgailte. Bha e na dhragh a thug
dìreach cosnadh gu leòr. Bha taigh beag aige fhathast ann an
highbury, far an deach a 'chuid as motha de làithean cur-seachad
a chaitheamh; agus eadar dreuchd fheumail agus toileachas a
'chomainn, chaidh an ath 18 no fichead bliadhna de bheatha
seachad gu h-ealanta air falbh. Bha e, ron àm sin, air comas
furasta a choileanadh - gu leòr airson ceannach oighreachd bheag
ri taobh àrdbury, a bha e an-còmhnaidh air a bhith na
mhisneachd — gu leòr airson boireannach a phòsadh cho beag
gun teicheadh agus a bhith a 'fuireach a rèir nam miann air an t-
suidheachadh càirdeil agus sòisealta aige fhèin.

Bha e a-nis beagan ùine bho bha an t-inneal-caillte air tòiseachadh a 'toirt buaidh air na sgeamaichean aige; ach a chionn 's nach e buaidh dhraoidheil òigridh air an òigridh a bh 'ann, cha robh e air a' cho-dhùnadh a chuir roimhe nach seasadh e gus an ceannaicheadh e speuran, agus bha reic randalls fadaa 'coimhead air adhart ri; ach bha e air a dhol a dhìreadh gu cunbhalach, leis na h-nithean sin am faicinn, gus an robh iad air an coileanadh. Rinn e fhortan, cheannaich e an taigh aige, agus fhuair e a bhean; agus bha e a 'tòiseachadh àm ùr beò, le gach coltachd de toileachas nas motha na ann an àite sam bith eile a chaidh troimhe seachad. Cha robh e a-riamh na dhuine mì-thoilichte; bha an teas aige fhèin air fhaighinn bhon sin, eadhon anns a 'chiad phòsadh aige; ach feumaidh an dara fear sealltainn air cho tlachdmhor is a dh 'fhaodadh boireannach a bhith breithnichte agus fìor earbsach, agus feumaidh e an dearbhadh as fheàrr a thoirt dha gu robh e gu math nas fheàrr a thaghadh na a bhith air a thaghadh, gus toileachas a bhrosnachadh na bhith ga fhaicinn.

Cha robh aige ach a-mhàin a dhèanamh na roghainn: b 'e fhortan a bh 'ann; ach a bharrachd air a bhith fosgailte, bha e nas motha na bhith air a thogail gu h-iomchaidh mar oighre bràthair a mhàthar, bha e air gabhail cho mòr le uchd-mhacachd gun robh e a 'gabhail ris an ainm eaglais mu bhith a' tighinn gu aois. Tha e eu-coltach, mar sin, gum bu chòir dha cuideachadh athair fhaighinn. Cha robh càil a dh 'athair aig athair. Bha a 'chailleach na boireannach iomrallach, agus bha i gu riaghladh an duine aice gu h-iomlan; ach cha robh e ann am mr. Tha an taobh an iar a 'smaoineachadh gur dòcha gum biodh capris gu leòr làidir airson buaidh a thoirt air fear cho daor, agus, mar a bha e a' creidsinn, cho airidh air. Chunnaic e a mhac gach bliadhna ann an lunnainn, agus bha e moiteil às; agus bha an aithris a rinn e air mar fhear òg glè mhath air an t-àrd-chneas a thoirt dha cuideachd.

Mr. B 'e eaglais lobhtach fear de na rudan as fheàrr aig highbury, agus bha feallsanachd beòthail fhaicinn a' comharrachadh, ged a bha an t-òran cho beag air ais nach robh e riamh ann na bheatha. Bha e a 'bruidhinn gu tric mu bhith a 'tighinn a thadhal air athair ach cha do ràinig e a-riamh.

A-nis, nuair a phòs e athair, san fharsaingeachd bha e air a mholadh, mar aire cheart, gum bu chòir an turas a chumail. Cha robh guth neo-dhligheach air a 'chuspair, an dara cuid nuair a thigeadh e. Dh'òl e leòg le màth. Agus caill ates n-lorg, no cuin. Agus thill na thachair. A-nise an àm airson mr. Eaglaisean eaglaise a thighinn nam measg; agus chaidh an dòchas a neartachadh nuair a thuig iad gun robh e air sgrìobhadh chun a mhàthar ùr aig an àm. Airson beagan làithean, anns a 'tadhal madainn gach latha ann an highbury bha beagan iomraidh air na litrichean bòidheach. Bha taobh an iar air faighinn. "tha mi cinnteach gun cuala tu mu dheidhinn an litir eireachdail a chaidh a sgrìobhadh aig eaglais na h-eaglaise gu md. Weston? Tha mi a' tuigsinn gur e litir dreachmhor a bh 'ann. Gu dearbh, dh'innis an t-òganach dhomh mu dheidhinn. Chan fhaca e a-riamh litir cho brèagha na bheatha. "

B 'e litir gu math prìseil a bh 'ann. Bean. Gun teagamh, bha taobh an iar air beachd glè fhàbharach a thoirt don duine òg; agus bha aire cho tlachdmhor air a dhearbhadh gun robh e fìor mhath, agus cur ris a h-uile stòr agus fàilte a chur air a h-uile stòr-naidheachd a fhuair a pòsadh mar-thà. Dh'fhairich i fhèin na boireannach bu fhortanach; agus bha i air a bhith beò fada gu leòr gus faighinn a-mach cho fortanach sa bha i air a bhith a 'smaoineachadh, far nach robh aithreachas sam bith ann airson sgaradh a dhèanamh bho chàirdean nach do chuir a càirdeas às a chèile a-riamh, agus a dh' fhaodadh a bhith nam pàirt dhith.

Bha fios aice gum feumadh i a chall; agus cha b'urrainn dha smaoineachadh, gun pian, de emma a bhith a 'call aon tlachd, no a' faireachdainn uair a-thìde de ghràdh, bho dhith a companach;

ach cha robh caractar gràdhach; bha i nas co-ionann ri a suidheachadh na bhiodh a 'mhòr-chuid de chaileagan, agus mothachadh, agus cumhachd, agus spionnadh a dh' fhaodadh a bhith air a thàladh gu math agus gu toilichte tro na beagan dhuilgheadasan agus dhrogaichean. Agus an uairsin bha a leithid de chofhurtachd ann an astar glè fhurasta astarnan bho hartfield, agus mar sin cho goireasach airson fiù coiseachd aonaranach boireann, agus ann am mr. Cha robh cothrom aig muinntir an iar air cùisean a bhith cho trang agus iad a 'caitheamh leth den oidhche anns an t-seachdain còmhla.

Bha a suidheachadh gu tur an urra ri uairean a 'toirt taing do mrs. Taobh an iar, agus de mhìltean aithreachas; agus bha a h-toileachas - a bharrachd air a bhith riaraichte - a toileachas subhach, cho dìreach agus cho soilleir, gun deach gabhail ri emma, cho math mar a bha i eòlach air a h-athair, aig àm nuair a bha e fhathast comasach air truailleachd truagh a thoirt às, 'nuair a bha iad dh 'fhag i ann an speuran an teis-meadhan gach comhfhurtachd aig an taigh, no chunnaic i air falbh san fheasgar far an robh an duine taitneach aice gu carbad fhèin. Ach cha do dh 'fhalbh ise gun mr. Tha an taigh-seinnse a 'toirt osnadh socair, agus ag ràdh," ah, a dh 'ionnrainn gu math! Gum biodh i glè thoilichte fuireach."

Cha robh tàillear mòr ag èirigh às - cha mhòr gum biodh e nas buailtiche sgur a thoirt dhith; ach thug beagan sheachdainnean beagan lasachaidh dha mr. Taigh-solais. Bha moladh nan nàbaidhean aige seachad; cha robh e air a thàladh tuilleadh le bhith ag iarraidh toileachas le tachartas cho duilich; agus bha a 'chailleach-phòsaidh, a bha na dhuilgheadas mòr dha, air ithe suas. Cha b 'urrainn dha a stamaig fhèin càil beairteach a ghiùlan, agus cha chreideadh e daoine eile idir a bhith eadar-dhealaichte ris fhèin. Ciod a bha mì-mhodhail dha agus a bha e a 'smaoineachadh nach robh e freagarrach airson corp sam bith; agus uime sin, bha e gu dìcheallach a 'feuchainn ri toirt air falbh bho bhith a' cumail bèic-pòsaidh idir, agus nuair a dh 'fhalbh sin gu dìomhain, dh' fheuch e gu dìcheallach a 'feuchainn ri bhith ag ithe corp sam bith. Bha e air a bhith ann an cunnart bho cho-chomhairleachadh mr. Spiris, an t-amadan, air a 'chuspair. Mr. Bha an spioraid na dhuine tuigseach, càirdeil, air an robh iad tric a 'tadhal air fear de na comhfhurtachd aig mr. Beatha an taigh; agus air dha bhith air a chuir an gnìomh, tha each cha b 'urrainn dhomh aideachadh (ged a bha e coltach ris an claonadh a dh' fhaodadh a bhith ann) gum biodh an cèic-bainnse sin gu cinnteach ag aontachadh ri mòran — is dòcha leis a 'mhòr-chuid de dhaoine, mura h-eil iad meadhanach mòr. Le beachd mar sin, ann an daingneachadh a chuid fhèin, mr. Bha an taigh-feachd an dòchas buaidh a thoirt air gach neach a bha a 'tadhal air an dithis a bha air ùr pòsadh; ach fhathast bha an cèic air ithe; agus cha robh fois ann airson a dhleasdanasan gòrach gus an robh e air falbh.

Bha fathann annasach ann an highbury de na creutairean beaga a bhathar a 'faicinn le sliseag de mheansa. Cèic-bainnse an iar nan làmhan: ach mr. Cha chreideadh taigh-tasgaidh e.

Caibideil iii

Mr. Bha taigh-luidhe measail air comann sòisealta na dhòigh fhèin. Chòrd e gu mòr ris a chàirdean a thighinn ga fhaicinn; agus bho iomadh adhbhar aonaichte, bhon àite-còmhnaidh fada aige ann an raon an fheòir, agus a nàdar math, bho fhortan, an taigh aige, agus an nighean aige, b 'urrainn dha tadhal air a chearcall beag fhèin a chuairteachadh ann an ceum mòr mar a bha e. Cha robh mòran eadar-dhealachaidh aige le teaghlaichean sam bith taobh a-muigh na cearcaill sin; bha uamhann de dh'uairean a-rithist, agus buidhnean mòra dinnearach, ga dhèanamh mì-fhreagarrach airson a leithid de dh 'eòlas, ach bhiodh e a' tadhal air a 'bhriathran fhèin. Gu fortanach dha, highbury, a 'gabhail a-steach randalls san aon pharaiste, agus abaid toinean sa pharaiste ri taobh, suidheachan mr. Bha ridire, a 'gabhail mòran dhiubh mar sin. Cha robh e gu tric, tro ìmpidheachd emma, bha cuid de na taghaidhean aige agus am fear a b'fheàrr a dh 'itheadh leis: ach b 'e buidhnean oidhche an rud a b' fheàrr leis; agus,aig àm sam bith neo-chothromach do chompanaidh, cha mhòr gun robh feasgar san t-seachdain anns nach b 'urrainn do emma bòrd-cairt a dhèanamh dha.

Bha urram fìor, maireannach a 'toirt na h-uaislean agus mr. Ridire; agus le mr. Elton, duine òg a tha a 'fuireach leis fhèin gun a bhith dèidheil air, an sochair a bhith a' iomlaid de fheasgar falamh sam bith a dh 'aonachd falamh fhèin airson sluagh agus comann mr. Cha robh seòmar suidhe an taigh-tasgaidh, agus gàire na h-ighinn brèagha aige, ann an cunnart a bhith air a thilgeil air falbh.

Às dèidh sin thàinig an dàrna seata; am measg an fheadhainn a bu mhotha a bh 'urrainn a dhol. Agus ionndrainn bates, agus mrs. Gardard, trì mnathan an-còmhnaidh an làthair aig cuireadh bho hartfield, agus a chaidh an toirt a-steach is a thoirt dhachaigh cho tric, sin mr. Bha an taigh-seinnse a 'smaoineachadh nach robh e na dhuilgheadas airson an dara cuid seasan no eich. Mura biodh e air a chumail ach aon turas sa bhliadhna, bhiodh e air a bhith na ghearan.

Bean. Bha bates, banntrach seann bhiocair highbury, na seann chailleach, cha mhòr seachad air a h-uile nì ach teatha is quadrille. Bha i a 'fuireach ann an dòigh glè bheag le a nighean singilte, agus chaidh beachdachadh air leis a h-uile spèis agus spèis a dh' fhaodadh a 'chailleach gun chiall, a dh' aindeoin an t-suidheachadh neo-fhiarach sin, a bhrosnachadh. Bha fèill mhòr air an nighinn aice airson boireannach nach robh òg, eireachdail, beairteach, no pòsta. Bha a 'seasamh airson an call a bu mhotha san t-saoghal airson a' mhòr-chuid de rùn an t-saoghail fhaighinn; agus cha robh sàr chomas inntleachdail aice a bhith a 'dèanamh aonta dhi fhèin, no a bhith a' cur eagal air na daoine a dh 'fhaodadh gràin a ghabhail oirre le spèis taobh a-muigh. Cha robh i air a bhith a 'bòidhche no àilleachd. Bha a h-òige air a dhol seachad gun cliù, agus bha a meadhan beatha air a chaitheamh airson cùram màthair a bha a 'fàilligeadh, agus an oidhirp gus beagan teachd-a-steach a dhèanamhcho fad 'sa ghabhas. Agus gidheadh bha i na boireannach dòigheil, agus boireannach nach d'thug aon neach air a h-ainm gun deagh-ghean. B 'e a deagh-ghean choitcheann agus a spàirn thoilichte a bha ag obrachadh iongantasan cho math. Bha gràdh aice air a h-uile buidheann, bha ùidh aice ann an toileachas gach buidheann, ann an toileachas bho gach airidheachd; bha i gu bhith na beathach fortanach, agus air a cuairteachadh le beannachdan ann am màthair cho math, agus uimhir de nàbaidhean agus de charaidean math, agus dachaigh a bha ag iarraidh dad. Bha sìmplidheachd agus toileachas a nàdar, a spiorad sona agus taingeil, na mholadh do gach buidheann, agus na mhì-chinnt a bh 'ann dhi fhèin. Bha i gu math comasach air rudan beaga, rud a bha gu tur freagarrach dha. Taigh-geal, làn chonaltradh mì-chàilear agus mealladh gun chron.

Bean. Bha gardard na bana-sgoilear ann an sgoil — chan ann à sgoil-chràbhaidh, no stèidheachadh, no rud sam bith a bha ag aideachadh, ann an seantansan fada de nonsens grinn, gus tabhartais libearalach a thoirt còmhla le moraltachd eireachdail, air prionnsapalan ùra agus air siostaman ùra — agus far am biodh mnathan òga airson dh'fhaodte pàigheadh mòr a thoirt a-mach à slàinte agus a-steach gu vanity - ach sgoil-còmhnaidh fhìrinneach, onarach, seann-fhasanta, far an deach meud reusanta de choileanadh a reic aig prìs reusanta, agus far am faodadh nigheanan a bhith air an cur a-mach às an rathad. Agus a 'lorg iad fhèin gu beagan foghlaim, gun chunnart sam bith tighinn air ais gu na h-ulaidhean. Bean. Bha sgoil goddard cliùiteach - agus airidh i; airson gun robh highbury air a mheas mar àite a bha gu sònraichte fallain: bha taigh agus gàrradh gu leòr aice, thug i gu leòr biadh fallain dhan chloinn, leig iad leotha mu dheidhinn tòrr as t-samhradh, agus anns a 'gheamhradh chuireadh iad na sliseagan air dòigh le a làmhan fhèin. Cha robh e na iongnadh gun do shiubhail trèana de fichead càraid òg às a dèidh dhan eaglais. Bha i na boireannach còir, màthair, a bha air a bhith ag obair gu cruaidh na h-òige, agus a bha a-nis a 'smaoineachadh gu robh i a' faighinn ceadsaor-làithean airson cuairt teatha; agus o chionn fhada bha e aig mr ri mr. Bha coibhneas woodhouse math, bha e a 'faireachdainn gun robh e gu sònraichte ag iarraidh air a phartar grinn a chumail, crochte le obair-suathaidh, nuair a dh' fhaodadh i, agus beagan sia sgillinn a bhuannachadh no a chall le taobh an teine.

B 'iad sin na boireannaich a bha e glè thric aig emma cruinneachadh; agus is toilichte a bha i, air son a h-athar, anns a 'chumhachd; ge-tà, cho fad 'sa bha i fhèin na uallach, cha robh e na dhuilgheadas airson neo-làthaireachd dhona. Taobh an iar. Bha i air leth toilichte a bhith a 'faicinn a h-athair gu math cofhurtail, agus bha i air leth toilichte leis fhèin airson rudan a thoirt gu buil cho math; ach thug a bhith a 'leantainn le sàmhchair trì mnathan leithid seo a' faireachdainn gun robh gach feasgar air a chaitheamh cho tric ri aon de na feasgaran fada a bha an dùil aice gu h-uabhasach.

Agus i a 'suidhe aon mhadainn, a' coimhead air adhart gu dìreach cho faisg air an latha an-diugh, thugadh nota bho mrs. Gardard, ag iarraidh, anns a 'chuid as motha urram, a bhith a' leigeil leis a 'chasan a thoirt leis; iarrtas mòr air a bheil daoine a 'cur fàilte air: oir bha a' chaochain na nighean de sheachd-deug, a bha glè eòlach air a bhith a 'coimhead air an sealladh, agus a bha air ùidh a nochdadh bho chionn fhada, air sgàth a bòidhchead. Thàinig fiathachadh gu math grinn a-rithist, agus cha robh droch fhàileadh tuilleadh air an fheasgar le bana-mhaighstir cothromach an taigh mhòir.

B 'e nighean nàdarra duine a bh 'ann an harriet smith. Bha
cuideigin air a chuir, grunn bhliadhnaichean air ais, aig mrs.
Sgoil goddard, agus o chionn ghoirid bha cuideigin air a togail
bho staid sgoileir gu bhith mar fhear-còmhnaidh bùird. B 'e sin
na h-uile a bha aithnichte san fharsaingeachd de a h-eachdraidh.
Cha robh caraidean follaiseach aice ach na chaidh fhaighinn aig
highbury, agus bha i a-nis air a tilleadh bho chuairt fhada san
dùthaich gu cuid de bhoireannaich òga a bha air a bhith san sgoil
an sin còmhla rithe.

Bha i gu math brèagha, agus bha a bòidhchead mar an seòrsa rud
a bha gu h-àraidh measail air emma. Bha i goirid, geur agus
cothromach, le blàth brèagha, sùilean gorma, falt aotrom, feartan
cunbhalach, agus sealladh de shiùbhlachd mòr, agus, ro
dheireadh na h-oidhche, bha emma cho toilichte leis na modh
aice mar a pearsa , agus gu cinnteach a 'leantainn air an luchd-
aithne.

Cha robh i air a bhualadh le rud iongantach sam bith airson
còmhradh a chantainn, ach fhuair i gu h-iomlan inntinneach - cha
robh i gu math diùid, cha robh i deònach a bhith a 'bruidhinn —
agus gu ruige seo bho bhith a' putadh, a 'sguabadh cho ceart
agus a' tighinn gu co-dhùnadh, mar sin tlachdmhor. Airson a
bhith air an leigeil a-steach don raon, agus cho tarraingeach dha-
rìribh le coltas gach rud cho math ann an stoidhle cho math ris na
bha i air a cleachdadh, gum feumadh i deagh fhaireachdainn,
agus airidh air brosnachadh. Bu chòir brosnachadh a thoirt
seachad. Cha bu chòir na sùilean gorma sin, agus na gràinean
nàdarrach sin uile, a bhith air an caitheamh air seann chomann
nan highbury agus a cheanglaichean. Bha an luchd-eòlais a chuir
i air bhonn roimhe neo-earbsach rithe. Feumaidh na caraidean
bhon robh i dìreach air dealachadh, ged a bha i glè mhath de
dhaoine, a bhith a 'dèanamh cron. Gur e teaghlach de ainm
martin a bh 'annta, a bha eòlas math aig emma air a 'charactar,
mar a bhith a' toirt seachad tuathanas mòr de mr. Ridire, agus a

'fuireach ann am paraiste donwell — ann an creideas, bha i den bheachd — bha fios aice mr. Bha knightley gu math àrd a 'smaoineachadh — ach feumaidh iad a bhith garbh agus gun a bhith truaillte, agus neo-fhreagarrach airson a bhith nan in-imrichean aig nighean a bha dìreach ag iarraidh beagan a bharrachd fiosrachaidh agus feansais a bhith gu math foirfe. Dhèanadh i leasachadh oirre; gun cuireadh i dhith a cuid droch thuigse, agus gun toireadh i a-steach i deagh chomann; dhèanadh i a beachdan agus a modh. Bhiodh e na ghealladh inntinneach, agus gu cinnteach rudeigin coibhneil; tha i air leth soirbheachail mar a beatha fhèin, a cur-seachad, agus a cumhachdan. Bha knightley gu math àrd a 'smaoineachadh — ach feumaidh iad a bhith garbh agus gun a bhith truaillte, agus neo-fhreagarrach airson a bhith nan in-imrichean aig nighean a bha dìreach ag iarraidh beagan a bharrachd fiosrachaidh agus feansais a bhith gu math foirfe. Dhèanadh i leasachadh oirre; gun cuireadh i dhith a cuid droch thuigse, agus gun toireadh i a-steach i deagh chomann; dhèanadh i a beachdan agus a modh. Bhiodh e na ghealladh inntinneach, agus gu cinnteach rudeigin coibhneil; tha i air leth soirbheachail mar a beatha fhèin, a cur-seachad, agus a cumhachdan. Bha knightley gu math àrd a 'smaoineachadh — ach feumaidh iad a bhith garbh agus gun a bhith truaillte, agus neo-fhreagarrach airson a bhith nan in-imrichean aig nighean a bha dìreach ag iarraidh beagan a bharrachd fiosrachaidh agus feansais a bhith gu math foirfe. Dhèanadh i leasachadh oirre; gun cuireadh i dhith a cuid droch thuigse, agus gun toireadh i a-steach i deagh chomann; dhèanadh i a beachdan agus a modh. Bhiodh e na ghealladh inntinneach, agus gu cinnteach rudeigin coibhneil; tha i air leth soirbheachail mar a beatha fhèin, a cur-seachad, agus a cumhachdan. Agus gu cinnteach, gealltanas sònraichte; tha i air leth soirbheachail mar a beatha fhèin, a cur-seachad, agus a cumhachdan. Agus gu cinnteach, gealltanas sònraichte; tha i air leth soirbheachail mar a beatha fhèin, a cur-seachad, agus a cumhachdan.

Bha i cho trang ann a bhith a 'coimhead ris na sùilean gorma sin, le bhith a' bruidhinn agus ag èisteachd, agus a 'dèanamh nan sgeamaichean sin uile anns na daoine a bha a' gealltainn, gun do chuir an oidhche air falbh aig ìre gu math neònach; agus chaidh am bòrd-suirghe, a bha an-còmhnaidh a 'cumail a-mach na pàrtaidhean sin, agus a bha i air a cleachdadh airson suidhe agus coimhead ris an àm cheart, a chuir air dòigh agus deiseil, agus chaidh a thoirt air adhart dhan teine, mus robh fios aice. Le aidhcrity an taobh a-muigh na h-inntinn chumanta de spiorad nach robh fhathast mì-chofhurtail leis a 'chliù a bhith a' dèanamh a h-uile rud gu math agus gu furachail, le fìor thoil inntinn na thoileachas leis na beachdan aige fhèin. Biadh, agus a 'cuideachadh agus a' moladh na cearc mionc agus na h-eisirean le creachainn, le cùis-èiginn a dh 'aithnicheadh i bhiodh a' gabhail ris na h-uairean tràth agus scrupal shìobhalta an aoighean.

Air na h-amannan sin bhiodh mr. Bha faireachdainnean an taigh-tasgaidh ann an cogadh duilich. Bha e air a mheas mar gum biodh an clò air a chuir sìos, a chionn 's gur e fasan a òige a bh 'ann, ach chuir a dhìteadh airson a bhith a' leigeil seachad an t-adhbhar gu robh e ro thoilichte rud sam bith a chur air; agus ged a bhiodh a aoigheachd gu bhith air fàilte a chuir air an luchd-tadhail gu gach nì, thug an cùram aige a-mach às an t-suidheachadh gum biodh iad ag ithe.

Bha a h-uile seòrsa beag eile de ghruis tana mar a bha e fhèin na h-uile a dh 'fhaodadh, le fìor dhroch fhéin-mholadh, moladh; ged a dh 'fhaodadh e bacadh a chuir air fhèin, fhad's a bha na mnathan a' glanadh nan rudan a b 'annasach, ag ràdh: \ t

"a bharrachd, chan eil mi deònach a' uachdar air aon de na h-uighean seo. Chan eil ubh air a ghoil an-bhog ach gu math tioram. Chan eil seòl a 'tuigsinn ugh a ghoil nas fheàrr na corp sam bith. Na biodh eagal ort, tha iad gu math beag, chì thu — cha dèan aon de na h-uighean beaga againn do leòn, bidh thu ag

ionndrainn gu mòr . Na biodh eagal ort mu bhith a 'gleidheadh
gu mì-mhodhail an seo. Chan innis thu dha an neach-gleidhidh,
dè a chanas tu ri leth glainne fìon? Leth-ghlainne beag, cuir a-
steach ann an inneal làn uisge? .

Thug emma cead dha a h-athair bruidhinn - ach thug i stoidhle a
bha mòran na bu fhreagarraiche do a luchd-tadhail, agus air an
latha an-diugh bha e na thoileachas mòr dhaibh an cur air falbh
gu toilichte. Bha toileachas a 'chaochain gu math co-ionann ri a
rùn. Bha an taigh-chailleachd cho mòr aig pearsa ann an
highbury, gun robh an dòchas gun tugadh e a-steach air uimhir
de chlisgeadh a thoirt seachad mar thlachd; ach dh 'fhalbh a'
chaileag bheag, aoibhneach agus le toileachas, agus i cho
toilichte leis gu robh an doigh anns an robh an taigh-feachd air
dèiligeadh ris fad na h-oidhche, agus gun do bhris i a-mach mu
dheireadh i!

Caibideil iv

Cha b 'fhada gus an robh ùmhlachd eadar ga' ghobha a 'tighinn
gu talamh hartfield. Gun dàil agus cho-dhùin i anns na dòighean
aice, chaill emma ùine ann a bhith a 'toirt cuireadh, brosnachadh,
agus ag iarraidh oirre a thighinn gu tric; agus mar a bha an
luchd-eòlais aca nas motha, mar sin bha iad riaraichte le chèile.
Mar chompanach coiseachd, bha ro-shealladh aig emma cho
tràth sa bha i cho feumail sa bhiodh i. A 'nochdadh sin mrs. Bha
call an iar air a bhith cudromach. Cha deach a h-athair a-riamh
seachad air an t-slige, far an robh dà roinn anns an talamh a 'toirt
taic dha airson a chuairt fhada, no goirid, mar a bha a' bhliadhna
ag atharrachadh; agus bho mrs. Taobh an iarpòsadh bha a h-

eacarsaich air a chuingealachadh cus. Bha i air a dhol dìreach
aon turas gu randalls, ach cha robh e tlachdmhor; agus mar sin,
bhiodh e na chuideachadh math dha na sochairean a bhiodh i a
'toirt ionnsaigh air uair sam bith. Ach anns a h-uile dòigh, mar a
chunnaic i barrachd dhith, chuir i aonta rithe, agus chaidh a
daingneachadh anns a h-uile dealbhachd caochlaideach.

Gu dearbha cha robh an t-uamhas sgoinneil, ach bha
faireachdainn thoilichte, thlachdmhor aice, a bha gu tur saor bho
fhaireachdainnean, agus gun robh i ag iarraidh ach stiùireadh bho
neach sam bith a bha i a 'coimhead suas. Bha a ciad cheangal
rithe fhèin glè fhollaiseach; agus airson a bhith diombach airson
deagh chompanaidh, agus cumhachd de bhith mothachail air na
bha gu math eirmseach, seòlta, a 'nochdadh nach robh feum air
blas, ged nach biodh dùil ri neart tuigse. Gu h-iomlan bha i làn
mhisneachd gur e dìreach an gaisgeach òg a bha i ag iarraidh —
dìreach an rud a bha a dachaigh ag iarraidh. Leithid de charaid
mar a bha mrs. Bha taobh an iar a-mach às a 'cheist. Cha
ghabhadh dithis dhiubh a thoirt seachad gu bràth. Cha robh dithis
ann nach robh i ag iarraidh. Bha e gu math eadar-dhealaichte,
rud a bha gu math eadar-dhealaichte agus neo-eisimeileach.
Bean. Bha muinntir an iar na adhbhar air aire, a bha stèidhichte
air taingealachd is urram. Gum biodh e math a bhith a 'dèanamh
cron air cuideigin. Airson mrs. Siar cha robh càil ri dhèanamh;
airson a h-uile nì a chleachdadh.

Bha a ciad oidhirpean a thaobh feumalachd an sàs ann an oidhirp
faighinn a-mach cò na pàrantan a bh 'ann, ach cha b' urrainn dha
clàrsair innse. Bha i deiseil gus a h-uile rud na cumhachd a ràdh,
ach air a 'chuspair seo cha robh na ceistean ceart. Bha aig emma
ri suathadh a thoirt air na bha i a 'còrdadh ris - ach cha robh i a'
creidsinn nach biodh i air an aon suidheachadh a lorg. Cha robh
an drèidheadh a 'dol troimhe. Bha i air a bhith toilichte
cluinntinn agus creidsinn dìreach dè bha ann. Roghnaich
goddard innse dhi; agus cha robh e coimhead nas fhaide.

Bean. Agus bha na tidsearan, agus na nigheanan agus cùisean na sgoile san fharsaingeachd, gu mòr mar phàirt mhòr den chòmhradh - agus airson a h-eòlas air taghain an tuathanais muileann na h-abaid, feumaidh gur e seo an t-àite gu lèir. Ach bha na h-ainglean air a h-obair gu math; bha i air dà mhìos glè thoilichte a chur riutha, agus is ann a-nis a bha e a 'bruidhinn mu dheidhinn toileachas a turais, agus a' toirt iomradh air na h-iomadh cofhurtachd is iongantachd a bha aig an àite. Bha emma a 'brosnachadh a cuid cainntachd - cho tùrsach le dealbh cho mòr de sheillean eile, agus a' gabhail tlachd ann an sìmpleachd òigridh a dh 'fhaodadh bruidhinn ri uiread de dh' èisdeachd. 'A' seasamh aig martin "dà pharabhal, dà pharaiste glè mhath, gu dearbh; aon dhiubh cho mòr ri seòmar-suidhe goddard; agus a' h-àite anns an robh searbhanta uachdrach aice a bha beò fad còig bliadhna agus fichead bliadhna; agus mu am bith. Ochd bò, dhà dhiubh alderneys, agus aon bhò welch beag, beathach mairt fìor bhrèagha gu dearbh; agus de cheile. Tha martin ag ràdh gun robh i cho dèidheil air, gum bu chòir a bhò a thoirt oirre; agus gu robh taigh-samhraidh glè eireachdail aca anns a 'ghàrradh aca, far an robh iad uile ag òl tì an-ath-bhliadhna: - taigh-samhraidh glè bhrèagha, mòr gu leòr airson dusan duine a chumail."

Fad ùine bha i air a sàrachadh, gun a bhith a 'smaoineachadh taobh a-muigh na cùis dhìreach; ach bhon a thàinig i a-steach gus an teaghlach a thuigsinn nas fheàrr, dh'èirich faireachdainnean eile. Bha i air smaoineachadh ceàrr a ghabhail, is e màthair is nighean a bh 'ann, a bha na mac is mac, a bha a' fuireach còmhla; ach an uair a dh 'fhiach e am mr. Bha martin, a bha a 'gabhail pàirt anns an aithris, agus a bha an-còmhnaidh air a luaidh le approbation airson a dhreach mòr an-sàs ann a bhith a' dèanamh rudeigin no eile, na aon duine; nach robh òganaich òga ann. Martin, gun bhean sa chùis; bha i fo amharas gum biodh cunnart ann dha a caraid bochd bhon h-uile aoigheachd agus coibhneas seo, agus mura deigheadh cùram a ghabhail dh 'fhaodadh gum feumadh i fhèin a dhol fodha gu bràth.

Leis an smuain mhisneachail seo, dh'àrdaich a ceistean àireamh agus brìgh; agus stiùir ise gu sònraichte gus barrachd innse mu mr. Martin, agus a rèir coltais cha robh mì-rùn sam bith ann. Bha clàrsach gu math deiseil airson a bhith a 'bruidhinn mun chuibhreann a bha aige air na cuairtean aca le solas na gealaich agus geamannan feasgair feasgair; agus bha iad a 'fuireach gu math air a bhith a' faireachdainn cho math agus cho dealasach. Bha e air a dhol trì mìle timcheall aon latha gus cnòthan frangach a thoirt thuice, oir bha i air a ràdh cho dèidheil agus a bha i orra, agus anns gach rud eile bha e cho làn èigneachadh. Thug e air a mhac cìobair aon de na h-oidhcheannan a bhith a 'seinn dhi. Bha i gu math dèidheil air seinn. B 'urrainn dha beagan a sheinn. Bha i a 'creidsinn gun robh e uamhasach tuigseach, agus gun robh i a' tuigsinn a h-uile rud. Bha treud math aige, agus, fhad 'sa bha i còmhla riutha, bha e air a bhith air a thoirt a-steach barrachd airson na clòimhe aige na cuirp sam bith san dùthaich. Bha i a 'creidsinn gun robh gach corp a' labhairt gu math ris. Bha a mhàthair agus a pheathraichean gu math dèidheil air. Bean. Bha martin air a h-innse aon latha (agus bha fiamh mar a thuirt i,) nach robh e comasach do bhuidheann sam bith a bhith na mhac nas fheàrr, agus mar sin bha i cinnteach, nuair a phòs e, gun dèanadh e duine math. Cha robh i airson gun pòsadh i. Cha robh i idir ann an cabhaig idir.

"done s math a rinn thu, mrs. Martin!" smaoinich muile. "tha fios agad dè tha thu a' dèanamh. "

"agus an uair a dh' fhag i air falbh, bha na marthanaich cho coibhneil ri cur a-mach air gèadh brèagha — bha na gamhna as fheàrr a chunnaic e riamh air fhaicinn. Bidh tidsearan, a 'call nash, agus ag ionndrainn a' phrionnsa, agus a 'call richardson, a dhol an sàs leatha."

"chan eil mr. Martin, tha mi creidsinn, na dhuine fiosrachaidh taobh a-muigh loidhne a ghnìomhachais fhèin? Chan eil e a' leughadh? "

"o tha, a bheil, chan eil, chan eil fhios agam - ach tha mi a'
creidsinn gu bheil e air pìos math a leughadh — ach chan ann
mar a shaoileas tu rud sam bith. Bidh e a 'leughadh nan
aithisgean àiteachais, agus cuid de na leabhraichean eile a bha
ann an aon de na tha na suidheachain uinneig — ach bidh e a
'leughadh gach rud dha fhèin. Ach uaireannan feasgar, mus
deach sinn gu cairtean, leigeadh e a-mach rudeigin a-mach às na
pìosan eireachdail, gu math spòrsail. Cha leugh e riamh gràdh na
coille, no clann na h-abaid, cha chuala e a-riamh mu na
leabhraichean sin mus do bhruidhinn mi orra, ach tha e cinnteach
gum faigh e iad a-nis cho luath 's as urrainn dha. "

An ath cheist -

"dè seòrsa duine a tha a' coimhead mr martin? "

"oh! Cha robh e brèagha — chan eil e idir cho eireachdail.
Smaoinich mi gu robh e gu math sìmplidh an toiseach, ach chan
eil mi a' smaoineachadh gu bheil e cho soilleir an-dràsta. Chan
eil, chan eil fhios agad, an dèidh ùine. Agus a-nis tha e cinnteach
gun tèid e troimhe gach seachdain na shlighe gu kingston.

"dh' fhaodadh sin a bhith, agus is dòcha gum faca mi leth-cheud
uair e, ach às aonais beachd sam bith air an ainm aige, is e an
seòrsa neach mu dheireadh a thogas mi mo chomasan. An ìre de
dhaoine leis am bi mi a 'faireachdainn nach urrainn dhomh dad a
dhèanamh, ceum no dhà nas ìsle, agus ma tha coltas creideasach
ann dh' fhaodadh mi a bhith feumail dhomh: is dòcha gum bi mi
airson a bhith feumail do na teaghlaichean aca ann an dòigh air
choireigin eile. Air mo chuideachaidh, agus, mar sin, ann an aon
dòigh, cho fada os cionn mo fhios, mar a tha e anns a h-uile àite
eile tha e fodha. "

"a bhith cinnteach. O, chan eil e coltach gun robh thu a-riamh air fhaicinn; ach tha e glè eòlach ort gu dearbh - tha mi a' ciallachadh le sealladh. "

"chan eil teagamh sam bith agam gu bheil e na dhuine òg a tha fìor urramach. Tha fios agam, gu dearbh, gu bheil e mar sin, agus, mar sin, gu bheil e a' miannachadh gu math dha. Dè a tha thu a 'smaoineachadh a dh' aois e? "

"bha e ceithir agus fichead bliadhna an-uiridh, agus is e an co-là-breith agam an 23mh ach cola-deug agus eadar-dhealachadh eadar-dhealaichte - rud a tha glè neònach."

"dìreach ceithir agus fichead bliadhna a tha ro òg airson a thuineachadh. Tha a mhàthair ceart gu leòr gun a bhith ann an cabhaig. Tha iad gu math comhfhurtail mar a tha iad, agus nam biodh i airson pian sam bith a phòsadh, dh'fhaoidte i. Sia bliadhna mar sin, nam b 'urrainn dha coinneachadh ri seòrsa math de bhoireannaich òg anns an aon ìre ris an fheadhainn aige fhèin, le beagan airgid, dh' fhaodadh e bhith gu math ion-mhiannaichte. "

"sia bliadhna an dèidh sin! Taigh caran dòrainneach, bhiodh e deich bliadhna fichead!"

"uill, agus tha sin cho tràth agus a dh' urrainn don chuid as motha de dhaoine pòsadh, nach eil air am breith gu neo-eisimeileachd. Tha mi fortanach, a tha a 'smaoineachadh, a bhith aig a mhaighdean. Chan urrainn e idir a bhith ro-làimh leis an t-saoghal. Dh'fhaodadh e tighinn a-steach nuair a bhàsaich athair, ge brith dè an roinn a bh 'aig an teaghlach, gu bheil e, a' cumail a-mach, a h-uile duine a tha ag obair sa stoc aige, agus mar sin air adhart, agus ge-tà, le dìcheall agus deagh fhortan, is dòcha gum bi e beairteach ùine, tha e ri-dhèanta gun robh e air rud sam bith a choileanadh fhathast. "

"a bhith cinnteach, mar sin tha e. Ach tha iad gu math comhfhurtail. Chan eil duine sam bith aca a-staigh, ach chan eil iad ag iarraidh rud sam bith; agus tha na martan a' bruidhinn ri balach eile bliadhna eile. "

"a' miannachadh nach fhaigh thu ann an sgrìob, cruadal, uair sam bith a phòsadh e; — a 'ciallachadh, mar a bhith eòlach air a bhean — mar nach eil na peathraichean aige, bho àrd-fhoghlam, gu bhith a' gearan gu tur, tha e a 'dol cha leig thu a 'leantainn gun toireadh e buidheann sam bith a dh' fheumas tu a 'faireachdainn gu bheil thu mì-fhortanach do bhreith agus gum feum thu taic a thoirt don tagradh agad. Anns gach àite taobh a-staigh do chumhachd fhèin, no bidh gu leòr de dhaoine ann a bhiodh toilichte a bhith ga dhùsgadh. "

"tha, gu cinnteach, tha mi creidsinn gu bheil. Ach nuair a thadhlas mi air hartfield, agus tha thu cho coibhneil riumsa, caill mi an taigh-feachd, chan eil eagal orm dè as urrainn do bhuidheann sam bith a dhèanamh."

"tha thu a' tuigsinn neart buaidh gu math, gu math; ach bhiodh mi air do stèidheachadh gu daingeann ann an deagh chomann, mar gum biodh tu neo-eisimeileach air hartfield agus gun caill thu an taigh-feachd. Tha mi airson do cheangal maireannach fhaicinn, agus gus sin a dhèanamh bidh e gum biodh e feumail dhut cho beag de luchd-eòlais a bhith agad mar a dh 'fhaodadh a bhith: agus, mar sin, tha mi ag ràdh ma bu chòir dhut a bhith san dùthaich seo fhathast nuair a phòsadh am maighdeann, tha mi ag iarraidh nach bi thu air do tharraing leis a' chaidreabh ris na peathraichean, a bhith a chuir eòlas air a 'bhean, a dh' fhaodadh gur e nighean leis an tuathanach a-mhàin, gun foghlam. "

"a bhith cinnteach. Chan eil sin a' smaoineachadh gum pòsadh am marthan a-riamh buidheann sam bith ach gu robh foghlam air a bhith agam — agus gun deach a thogail gu math. Ach, chan eil mi a 'ciallachadh mo bheachd a chur air chois an aghaidh do thoil — agus tha mi cinnteach bithidh mi ag iarraidh airson luchd-eòlais a bhean. Bithidh mi an-còmhnaidh mòr-spèis do miss martins, gu h-àraidh, ealasaid, agus bu chòir a bhith gu math duilich a thoirt suas iad, oir tha iad gu math mar deagh oideachadh mar rium. Ach ma tha e a 'pòsadh boireannach gu math neònach, beothail, gu dearbh cha do thadhail mi oirre, mas urrainn dhomh a chuideachadh."

Bha emma a 'coimhead oirre le cho caochlaideach sa chainnt seo, agus cha robh i a' coimhead air comharraidhean eagalach mun ghaol. Bha an gille òg air a bhith na chiad spèisiche, ach bha earbsa aice nach robh seasamh sam bith eile ann, agus nach biodh droch dhuilgheadas ann, air taobh an t-seilge, cur an aghaidh rèiteachadh càirdeil dhi fhèin.

Choinnich iad ri mr. An martin an ath-là, oir bha iad a 'coiseachd air rathad an toisich. Bha e air chois, agus an dèidh coimhead gu math measail oirre, choimhead i leis a 'mhòr-chuid de thoileachas nach robh aice. Cha robh e duilich do emma cothrom mar seo fhaighinn air sgrùdadh; agus a 'coiseachd beagan shlatan air adhart, fhad's a bha iad a' bruidhinn ri chèile, cha b'fhada gus an robh a sùilean luath eòlach air mr. Roboin martin. Bha a choltas uamhasach grinn, agus bha e coltach ri fear òg ciallach, ach cha robh buannachd sam bith aig a phearsa; agus nuair a thàinig e gu bhith ann an aghaidh ri uaislean, bha i den bheachd gum feumadh e an talamh gu lèir a bha e air fhaighinn ann an tàmailt an t-seilge a chall. Cha robh dorais cruaidh do dhòigh; thug i an aire gu saor-thoileach gu robh a h-athair gu math sàmhach agus gu robh i na iongantas. Mr. Coltas martin mar nach robh fios aige dè an dòigh a bha ann.

Dh 'fhan iad ach beagan mhionaidean còmhla, seach nach fhaodar cumail a-mach air taigh-ionndrainn; agus an uairsin thàinig a dh 'fheachd ga h-ionnsaigh le aghaidh mìn, agus ann an grunnan spioraid, a bha a' call taigh-an-tòiseach an dòchas a dh 'sgrìobhadh.

"cha smaoinich ach air na tha sinn a' tachairt gus a bhith a
'coinneachadh ris! — mar a bha gu math neònach! Bha e gu
math neònach, thuirt e, nach robh e air a dhol timcheall ann an
randalls. Cha robh e a' smaoineachadh gun do choisich sinn an
rathad seo a-riamh. Chan eil e air a bhith cho trang an turas mu
dheireadh a bha e aig kingston gun do dhìochuimhnich e e gu
mòr, ach a-rithist am-màireach. A 'smaoineachadh, a bheil thu a'
smaoineachadh air? A bheil thu a 'smaoineachadh gu bheil e cho
soilleir?"

"tha e gu math soilleir, gun teagamh sam bith - dìreach glan: -
ach chan eil sin a' coimeas ris a h-uile èasgaidh. Cha robh còir
agam a bhith a 'sùileachadh mòran, agus cha robh mi a'
sùileachadh mòran; bha mi air a chreidsinn gu robh mi, a
'aideachadh, ceum no dhà nas fhaisge na sin."

"a bhith cinnteach," thuirt an t-amadan, ann an guth marbhtach,
"chan eil e cho eireachdail ri fior-uaislean."

"tha mi a' smaoineachadh, a 'cleachdadh, bho d' aithne dhuinn,
tha thu air a bhith a-rithist ann an cuideachd feadhainn de na h-
uaislean cho fior, gu feum thu a bhith air do bhualadh leis an
eadar-dhealachadh anns a 'mhachaire. Bu chòir dhomh a bhith a
'fighe a-steach ma dh' fhaodadh tu a bhith ann an cuideachd
còmhla ris a 'mhaighdeann a-rithist gun a bhith a' faireachdainn
gu robh e na chreutair uamhasach math - agus gu h-iongantach a
'smaoineachadh ort fhèin gun do smaoinich thu riamh idir. Nach
eil thu a 'tòiseachadh a' faireachdainn gu robh thu a-nis? Nach
robh thu air do bhualadh? Tha mi cinnteach gum feum thu a
bhith air do bhualadh le a dhòigh rianail agus a dhroch ghiùlain,
agus neo-cheannachd guth a chuala mi a bhith gu tur neo-
chruthaichte mar a sheas mi an seo. "

"gu cinnteach, chan eil e coltach ri muillean ridire. Chan eil a
leithid de dhòigh-beatha cho math ri coiseachd mar a th' ann an

ridire. Tha mi a 'faicinn an eadar-dhealachadh soilleir gu leòr. Ach tha mr knightley cho mìn ri fear!"

"tha am fonn sin cho mìorbhaileach nach eil e ceart coimeas a dhèanamh eadar marthan ris. Is dòcha nach fhaic thu aon ann an ceud le duine uasal cho soilleir mar a bha e san ridire. Ach chan e an aon duine-uasal a th' agad. An ìre mhath a tha thu ag ràdh gum bu chòir dhut coimeas a dhèanamh eadar iad fhèin agus coiseachd, bruidhinn, bruidhinn, sàmhach agus a bhith sàmhach.

"o tha, tha eadar-dhealachadh mòr ann. Ach tha cha mhòr na h-àird an iar cha mhòr a dh' aois. Feumaidh am taobh an iar a bhith eadar dà fhichead agus leth-cheud. "

"a tha a' dèanamh barrachd modh dha a chogais. Mar as sine bidh duine a 'fàs, agus a' dèanamh nas motha, is ann as cudromaiche nach bu chòir dha na beusan a bhith dona; mar as motha a tha an t-aoibhneas no an sàrachadh no an co-èigneachadh. Tha an òigridh cràiteach ann an aois nas fhaide a-nis.tha a 'mhadaidh a-nis uamhasach is luideach, dè a bhios e aig àm an iar a' bheatha? "

"chan eil guth sam bith ann, gu dearbh," fhreagair am bàta gu tur gu sòlaimte.

"ach dh'fhaodadh gu bheil gu math ann an tuairmse. Bidh e na thuathanach làn-iomlan, dìomhaireil, gu tur neo-fhaiceallach mu choinneamh nochdadh, agus a' smaoineachadh mu rud sam bith ach prothaid agus call. "

"an dèan e fhèin, gu dearbh? A bhios glè dhona."

"dè cho mòr sa tha a ghnìomhachas dha a-nis a' faireachdainn mu dheidhinn an dìochuimhneachadh a bhith a 'faighinn a-mach mun leabhar a mhol thu. Bha e gu math ro mhòr dhan mhargaidh gus smaoineachadh air rud sam bith eile - a tha dìreach mar a bu chòir; airson duine soirbheachail - dè a tha e a 'dèanamh le leabhraichean? Agus chan eil teagamh sam bith agam gun soirbhich e, agus gum bi e na dhuine beairteach ann an tìm — agus cha leig e leas a bhith gun litreachadh agus garbh.

"saoil nach do chuimhnich e air an leabhar" —bh e sin gu lèir a h-uile duilgheadas a bha aig a h-uile duine, agus le beagan mì-thoileachais leis an t-seòrsa inntinn a dh 'fhaodadh a thighinn air ais gu sàbhailte. Thuirt i, mar sin, nach robh an còrr aige airson ùine. Bha an ath cheum aice,

Chan eil fios agam a bheil e air a dhealbh le e fhèin a bhith an sàs ann an dòigh sam bith, gu h-iomlan, ach le sùgh a bharrachd, ach tha e a 'bualadh orm gu bheil a mhodhan nas buige na bhiodh iad. Ma tha e a 'ciallachadh rud sam bith, feumaidh e bhith gur e bhith gad iarraidh. Nach do dh'innis mi dhut dè thuirt e ort an latha eile? "

Tha i an uair sin ag aithris moladh pearsanta blàth a bha i air a tharraing bho mr. Agus a-nis rinn e làn-cheartais; agus rinn iad gàire, agus thuirt iad gun robh i riamh air a bhith a 'smaoineachadh. Tlachdmhor.

Mr. B 'e elton an duine a shuidhich emma airson a bhith a 'toirt air falbh an tuathanach òg a-mach à ceann an uachdarain. Bha i den bheachd gur e deagh mhaidse a bhiodh ann; agus gun a bhith ro dhona, nàdarra, agus is coltaiche, airson gu bheil i airidh air a dealbhadh. Bha eagal oirre gun robh gach buidheann eile a 'smaoineachadh agus a' ro-innse. Cha robh e coltach, ge-tà, gum bu chòir do bhuidheann sam bith a bhith co-ionann ritheceann-latha a 'phlana, seach gun robh e air a dhol na h-eanchainn aice sa chiad oidhche de dh' aiseag le bhith a 'tadhal air pàirce. Mar as fhaide a chunnaic i, b mr. Bha suidheachadh na h-eaglaise as freagarraiche, gu dearbh an duine uasal fhèin, agus gun cheanglaichean ìosal; aig an aon àm, chan ann bho theaghlach sam bith a dh 'urrainn dhuinn a bhith gu math dùbhlanach mu bhreith dhrabasta an t-seilge. Bha dachaigh chofhurtail aige dhi, agus smaoinich emma gu robh airgead gu leòr aige; oir ged nach robh taigh-feachd highbury mòr, bha fios gu robh cuid de thogalaichean neo-eisimeileach aige; agus bha i a 'smaoineachadh gu math mòr dhith mar òganach le deagh chiall, brìoghmhor, spèis agus gun tuigse tuigse no eòlas feumail air an t-saoghal.

Gun robh i air a bhith riaraichte leis fhèin gun robh e a 'smaoineachadh gu robh e a' sàsachadh nighean bhrèagha, a bha earbsa aice, le coinneamhan cho tric sin aig hartfield, a bha na bhunait gu leòr air a thaobh; agus air beag-choltachd cha robh teagamh sam bith ann gum biodh an cuideam àbhaisteach agus a 'èifeachdachd as fheàrr aig a' bheachd a bhith freagarrach leis. Agus bha e na dhuine òg glè thlachdmhor, fear òg nach b 'urrainn do bhoireannach sam bith a bhith luath a' smaoineachadh. Bha e gu math breagha; bha an neach a bha gu math measail anns a 'bhitheantas, ged nach robh i, a' cur iongnadh air sgeadachadh feartan nach b'urrainn dhi a leigeil seachad: - ach an nighean a dh 'fhaodadh toileachas fhaighinn bho bhith a' marcachd air an dùthaich a dh 'fhaodadh a bhith air a dh' fhaighinn le corra-ghainich dh 'fheudadh math leat a bhith air a cheannsachadh le mr. Meas mòr a 'phàrlamaid.

Caibideil v

"chan eil fhios agam dè a tha do bheachd a dh' fhaodadh a bhith ann. Ridire, "den dlùth-cheangal mhìorbhaileach seo eadar emma agus a' cleachdadh smith, ach tha mi smaoineachadh gur e rud dona a th 'ann.

"droch rud! A bheil thu dha-rìribh a' smaoineachadh gur e rud dona a th 'ann? — mar sin?"

"tha mi a' smaoineachadh nach dèan iad an aon rud math sam bith eile. "

"feumaidh tu a' cur iongnadh orm! Feumaidh emma math a dhèanamh a thaobh math: agus le bhith a 'cur stuthan ùr romhpa, dh' urrainn dha gu bheil an t-eachrach math gu leòr. Tha mi air a bhith a 'faicinn am dlùth-thoileachas leis an toileachas as fheàrr. A 'smaoineachadh gum bi iad a' dèanamh a chèile maitheas gum bi seo mar thoiseach tòiseachaidh air aon de na h-oidhirpean againn mu dheidhinn emma, an ridire. "

"is dòcha gu bheil thu a' smaoineachadh gu bheil mi air tighinn a-steach airson adhbhar a dh 'fhaisgeadh còmhla riut, a' tuigsinn taobh an iar gu bhith a-mach, agus gum feum thu fhathast sabaid sa chogadh agad fhèin. "

"gun teagamh sam bith, bheireadh mr. Weston taic dhomh, ma bha e an seo, oir tha e a' smaoineachadh dìreach mar a nì mi air a 'chuspair. Cha robh sinn a' bruidhinn ach an-dè, agus ag aontachadh cho fortanach sa bha e airson emma, gum bu chòir a leithid de chaileag a bhith ann a 'faireachdainn nach urrainn dhomh a bhith nad bhritheamh cothromach anns a' chùis seo, tha thu air do chleachdadh cho mòr ri fuireach leat fhèin, nach eil thu eòlach air luach companach; a bhith na bhreitheamh math air comhfhurtachd boireannach sa choimhearsnachd aice, an dèidh dha a bhith cleachdte ri a beatha fad a bheatha. Ach air an làimh eile, mar a tha emma ag iarraidh barrachd fiosraichte fhaighinn, bidh e na dealachadh dhi a bhith a 'leughadh barrachd.

"tha emma a' ciallachadh a bhith a 'leughadh barrachd a-riamh bho bha i dusan bliadhna a dh'aois. Tha mi air mòran chlàran de mo tharraing a tharraing suas aig diofar amannan de leabhraichean a bha i an dùil a leughadh gu cunbhalach - agus liostaichean fìor mhath a bha iad — glè mhath air a thaghadh, agus air a chuir air dòigh gu grinn - uaireannan ann an òrdugh na h-aibidil, agus uaireannan le riaghailt eile - an liosta a dh 'èignich i nuair nach robh ach ceithir duine deug ann - tha cuimhne agam gun do rinn a breith cho mòr de chreideas, gun do ghlèidh mi i beagan ùine; tha mi air liosta fìor mhath a dhèanamh a-nis ach tha mi air a bhith a 'smaoineachadh gum bi mi a' dèanamh leughadh sam bith bho emma nach cuir i gu bràth air rud sam bith a dh 'fheumas gnìomhachas agus foighidinn, agus gun cuir e an ith chun an tuigse. Brosnaich, is urrainn dhomh dearbhadh gu sàbhailte nach dèan harriet smith dad.—na dh 'fhaodadh tu a' chùis a thoirt air a h-uile duine a leughadh mar a bha thu ag iarraidh. — tha fios agad nach b 'urrainn dhut."

"tha mi ag ràdh," fhreagair m. Siar, a 'gàireachdainn," a bha mi a 'smaoineachadh mar sin; - ach bhon a dhealaich sinn, cha bhith cuimhne agam air emma a' dèanamh às airson rud sam bith a bha mi ag iarraidh. "

"is gann a tha ag iarraidh gun cuirear cuimhne cho math air sin," - thuirt mr. Ridire, faireachail; agus air son tiota no dhà rinn e. "ach i," thuirt e a dh 'fhada," nach do chuir a leithid de sheòrsa a-mach às mo chridhe, gum feum mi fhathast fhaicinn, èisteachd agus cuimhne a chumail orra. Tha emma air a mhilleadh le bhith cho comasach sa tha an teaghlach aice aig aois deich bliadhna, bha an droch fhortan aice. Comasach a bhith a 'freagairt cheistean a bha a' cur dragh air a piuthar aig seachd-deug. Bha i an-còmhnaidh beusach agus cinnteach: is i dàna mu dheireadh a dh 'fhalbh i isabella agus tha i na ban-mhaighstir an taighe agus na h-uile duine. Chan fhaod ach duine sam bith dèiligeadh rithe, ach tha i a 'cosnadh tàlantan a màthar, agus feumaidh ea bhith fo ghealladh-pòsaidh dhi."

"bu chòir dhòmhsa a bhith duilich, le ridire, a bhith an urra ris a' mholadh agad, an do chuir mi às do theaghlach an luch agus gu

robh mi ag iarraidh suidheachadh eile; chan eil mi a
’smaoineachadh gum biodh facal math air a bhruidhinn riumsa
do bhuidheann sam bith. Bha thu an-còmhnaidh a
’smaoineachadh nach robh mi freagarrach airson na h-oifis a bha
mi a’ cumail. "

"tha," thuirt e, a ’gàireachdainn. "tha thu nas fheàrr an seo; glè
fhreagarrach dha bean, ach chan eil idir airson a dhol don
teaghlach. Ach bha thu ag ullachadh airson a bhith na bean fìor
mhath fad na h-ùine a bha thu ann an raon-feòir. Is dòcha nach
toir thu foghlam cho iomlan dha emma leat fhèin tha coltas ann
gu bheil na cumhachdan a ’gealltainn, ach gu robh thu a’
faighinn foghlam fìor mhath bhuaipe, air a ’ghnothach cuspaireil
a chuir tu a-steach agus a rinn thu mar a chaidh do chuir a-
steach, agus nam biodh iar air iarraidh orm bean a mholadh dha,
bu chòir dhomh gu cinnteach tha e air droch-chliù fhaighinn. "

"tapadh leat. Cha bhiodh ach glè bheag de dhìleab ann a bhith a’
dèanamh bean mhath airson a leithid de dhuine a dhèanamh suas
do mhanachainn an iar. "

"carson, airson an fhìrinn a bhith agad, tha eagal orm gu bheil
thu air do thilgeil air falbh, agus le gach suidheachadh a dh’
fheumas tu, nach bi dad ri fhaighinn. Cha dèan sinn eu-dòchas,
ach faodaidh an taobh an iar fàs thairis air miann comhfhurtachd,
no faodaidh a mhac a phlàigh. "

"tha mi an dòchas nach eil sin. — chan eil e coltach. Chan eil,
mr. Knightley, a’ faighinn fàisneachd bhon ràithe sin. "

"chan e, gu dearbh. Chan eil mi ach a’ dèanamh ainm. Chan eil
mi a ’dèanamh a-mach gu bheil an sàr-chliù aig emma a bhith ag
innse agus a’ tomhas. Tha mi an dòchas, le mo chridhe uile, gum
faod am fear òg a bhith na airne, agus eaglais-fhortan. — ach gu
gobha — chan eil mi air a bhith dèanta mu dheidhinn a ’ghobha
a bhith agam. Tha mi a’ smaoineachadh gur e an seòrsa as miosa

a dh 'fhaodadh a bhith aig emma, chan eil eòlas aice air a h-uile càil, agus tha i a' coimhead air emma mar a h-uile rud.a dòighean; agus uiread na bu mhiosa, seach gun deach a dhealbhadh. Tha a h-aineolas còmhnard a h-uile uair a thìde. Ciamar as urrainn dha emma smaoineachadh gu bheil rud sam bith aice a dh 'ionnsachadh i fhèin, fhad' s gu bheil urras a 'toirt a-steach inbhe cho aoibhneach? Agus mar a bha e air a dhèanamh le feachd, bidh mi ag ràdh nach urrainn dhi buannachd fhaighinn bhon a 'aithne. Cha chuir hartfield ach a-mach às a h-uile àite eile leis am bi i. Fàsaidh i dìreach gu leòr gus am bi i mì-chofhurtail leis an fheadhainn a rugadh agus a chuir an dachaigh a dachaigh. Tha mòran de mhearachd orm ma tha teagasg eamhain a 'toirt neart inntinn sam bith, no a' faireachdainn gu bheil a h-uile duine ga 'atharrachadh fhèin gu reusanta dha na seòrsaichean de a suidheachadh ann am beatha. — cha toir iad ach beagan sgoltadh."

"tha mi an urra nas motha ri faireachdainn mhath emma na tha thu a' dèanamh, no tha mi nas iomagaineach airson a comhfhurtachd an-dràsta; oir chan urrainn dhomh caoidh a thoirt don luchd-eòlais. Dè cho math a bha i a 'coimhead an-raoir!"

"o! Thu, b' fheàrr leibh a bhith a 'bruidhinn air an duine aice na h-inntinn, am biodh sibh gu math math; cha dèan mi oidhirp a bhith a' diùltadh a bhith an ìre mhath. "

"gu brèagha, can, an àite breagha. An urrainn dhut dealbh a dhèanamh de rud sam bith nas fhaisge air bòidhchead foirfe na h-uile-sealladh - aghaidh agus figear?"

"chan eil fios agam dè as urrainn dhomh a chreidsinn, ach tha mi ag aideachadh gur ann ainneamh a chunnaic mi aghaidh no figear nas tlachdmhoire dhomhsa na tha e. Ach is seann charaid dhomh a tha ann."

"an leithid de shùil! — an fhìor shùil chunnartach - agus cho sgoinneil, na feartan cunbhalach, gnùis fosgailte, le fuaimneachadh! Oh! Dè a tha na bhlàth de làn-shlàinte, agus cho àrd agus cho àrd; a leithid de dh' fhèin agus a sheasas! A tha na shlàinte, chan ann a-mhàin na blàth, ach anns an adhar aice, a ceann, a h-aoibhneas. An-dràsta, tha emma an-còmhnaidh a 'toirt a-steach dhomh an dealbh làn de shlàinte a tha air fàs suas, is ise a tha ann an gaol leis fhèin.

"chan eil coire orm a bhith a' lorg an neach aice, "fhreagair e. "tha mi a' smaoineachadh gur e an rud as motha a tha thu ag ràdh a tha mi a 'coimhead oirre; agus cuiridh mi ris a' mholadh seo, nach eil mi 'smaoineachadh gu bheil i gu dìomhain fhèin. Dòigh eile, an taobh an iar, chan eil mi gu bhith air mo chòmhradh a-mach às an dìth a tha mi ag ràdh mu dhroch chrò, no mo mhiann a bhith a 'dèanamh cron orra."

Tha mi a 'faireachdainn cho cinnteach nach dèan mi cron orra, agus tha mearachdan grinn aig a h-uile duine, tha i na sàr-chreutair, far am faic sinn nighean nas fheàrr, no piuthar nas gaire, no chan e, chan eil, tha feartan aice a dh 'fhaodadh a bhith earbsach: cha tèid i gu bràth air neach sam bith ceàrr, cha dèan i bronn buan sam bith, far a bheil emma ag ràdh aon uair, tha i anns an làimh dheis ceud uair."

"glè mhath; cha dèan mi a' chùis ort tuilleadh. Bidh an t-aingeal na aingeal, agus cumaidh mi mo dhreach-sa gu mi fhèin gus an toir a 'chiste mi john agus isabella. Is fìor thoigh le john le emma le faireachdainn nach eil dall, agus tha isabella an-còmhnaidh a' smaoineachadh mar a tha e, ach nuair nach eil e buileach eagraichte gu leòr mu dheidhinn na cloinne.

"tha fios agam gu bheil gaol aig a h-uile duine oirre cuideachd gu math neo-cheart no mi-dhligheach; ach gabh mo leisgeul, a mhathan, ma tha mi a' gabhail ris an t-saorsa (tha mi a 'beachdachadh mi-fhìn, gu bheil rudeigin cuid de dh' inbheachd

a dh 'fhaodadh a bhith aig màthair emma. Gu bheil iad air a
bhith a 'gealltainn gu bheil mi a' smaoineachadh nach urrainn do
mhath sam bith tighinn am bàrr bho cho dlùth sa bha e le
gaisgeach a bhith a 'dèanamh tòrr deasbaid am measg na tha thu
ag ùrnaigh. Ach ma tha e mì-thoilichte gun tèid mì-ghoireas sam
bith a thoirt seachad, chan urrainn dha sin a bhith. An dùil gum
bu chòir dha emma, a tha cunntachail do neach sam bith ach a h-
athair, a tha a 'còrdadh ris an eòlas, crìoch a chuir air, cho fad 'sa
tha e na thlachd dhith fhèin. Cha ghabh a 'chùis a chuir suas, m.
Ridire, aig an fhuidhleach bheag seo den oifis."

"chan eil idir," ghlaodh e; "tha mi gu math d' fhulang air a shon.
Tha e na chomhairle fìor mhath, agus bidh faradh nas fheàrr na
do chomhairle air a lorg tric; oir thèid a fhrithealadh. "

"tha e furasta eagal a chuir air mrn. Ridire, agus dh' fhaodadh ea
bhith mì-thoilichte mu a piuthar. "

"a bhith riaraichte," thuirt e, "cha bhith mi ag àrach rud sam bith.
Bidh mi a' cumail mo mhì-mhisneachd rium fhìn. Tha ùidh mhòr
agam ann an emma. Chan eil isabella nas motha a-riamh. Ma dh
'fhaoidte gu bheil cus dragh ann, tha iomagain, annas ann an rud
a tha thu a' faireachdainn airson emma.

"tha mi ag ràdh," arsa mrs. Gu siar gu socair, "gu mòr."

"bidh i an-còmhnaidh ag ràdh nach pòs i a-riamh, agus tha sin gu
dearbh a' ciallachadh nach eil dad idir ann. Ach chan eil fhios
agam gu robh i riamh air fear fhaicinn a bha i fo chùram. Cha
bhiodh e dona dha-rìribh a bhith gu mòr. Bu chòir dhomh a bhith
a 'faicinn emma ann an gaol, agus gu cinnteach a' faighinn a-
mach gu bheil thu a 'tilleadh gu math, ach cha robh duine sam
bith ann a bhiodh a' ceangal rithe;

"tha, gu dearbh, nach eil ann ach glè bheag de dhaoine a' tàladh
airson a rùn a bhriseadh aig an àm seo, "thuirt mrs. Air taobh an

iar, "mar as urrainn; agus ged a tha i cho toilichte aig hartfield, cha bhith mi ag iarraidh gum bi i a' cruthachadh cheanglan sam bith a bhiodh a 'cruthachadh dhuilgheadasan mar thoradh air cunntas an t-soisgeil. ' Cha bhith mi a 'ciallachadh mòran don stàit, tha mi a' dèanamh cinnteach dhut. "

Bha pàirt dhen bhrìgh aice a 'ciallachadh a bhith a' ceasnachadh cuid de na smuaintean as fheàrr leatha fhèin agus bho mr. Taobh an iar air a 'chuspair, cho mòr 'sa ghabhas. Bha miann aig randalls a bhith a 'coimhead ri cìoch an emma, ach cha robh e na iongnadh gum biodh amharas aca; agus an gluasad sàmhach a tha nas motha. Rinn ridire an uairsin "dè a tha siar a' smaoineachadh air an aimsir; an toir sinn uisge? " an dearbhadh nach robh dad a bharrachd aice ri ràdh no gèilleadh mu dheidhinn raon-feòir.

Caibideil vi

Cha b'urrainn dha emma a bhith a 'faireachdainn gun robh i air slighe cheart a thoirt do dh' fheachd agus gun do chuir i an deagh thoileachas a dh 'ionnsaigh sin, oir fhuair i a-mach gun robh i nas ciallaiche na bha e roimhe. Gu bheil neach-glèidhidh na dhuine air leth brèagha, le modh ceart; agus seach nach robh leisg sam bith aice a bhith a 'faighinn a-mach a ghealltanas gun robh e anabarrach inntinneach, cha b' fhada gus an robh i a 'faireachdainn gun robh i cho measail air taobh an uachdarain, oir dh'fhaodadh gu robh àm ann. Bha i cinnteach gu robh mr ann. Le bhith a 'tadhal ann an gaol, chan eil gaol aig elton idir. Cha robh i gu tur a thaobh. Bhruidhinn e mu dheidhinn tighearna, agus mhol e cho blàth e, nach b 'urrainn dhi rud sam bith a bha a dhìth air a shon. A dh 'fhaireachdainn mu na leasachaidhean iongantach air dòigh an uachdarain,on a chaidh a toirt a-steach ann an hartfield, cha robh i mar aon de na fianaisan a bu mhionaidiche mu a cheanglaichean a bha a 'fàs.

"tha thu air a' chaochag a thoirt na bha a dhìth oirre, "thuirt e; "tha thu air a dhèanamh grinn agus furasta. Bha i na beathach brèagha nuair a thàinig i thugaibh, ach, nam bheachd-sa, tha na rudan a chuir thu ris a' faireachdainn gu math nas fheàrr na na fhuair i bho nàdar. "

"tha mi toilichte gu bheil thu air a bhith feumail dhi; ach cha robh feum aig searbhadair ach a bhith a' tarraing a-mach, agus a 'faighinn beagan, glè bheag de chomharran. Fhuair i a h-uile gràs nàdarrach de bhlasachd na teothachd agus dìth ealain ann fhèin. "

"nam biodh e ceadaichte a dhol an aghaidh boireannach," thuirt an mr gaisgeach. Elton—

"is dòcha gu bheil mi air beagan co-dhùnadh a dhèanamh mu charactar, tha mi air a bhith ag ionnsachadh a bhith a' smaoineachadh air puingean nach robh air a dhol sìos roimhe sin. "

"dìreach mar sin; is e sin a tha gu sònraichte a' toirt buaidh orm. Tha co-dhùnadh cho mòr ann air caractar! Sgileil air a bhith na làimh! "

"tha e air a bhith na thoileachas, tha mi cinnteach nach do choinnich mi a-riamh ri gnothach a tha nas cinntiche."

"chan eil teagamh sam bith agam mu dheidhinn." agus bha e air a bhruidhinn le seòrsa de bheothalachd àrd-fhuaimneach, aig an robh mòran den leannan. Cha robh i idir cho toilichte latha eile leis an dòigh anns an do chuir e a-mach miann gu h-obann, gun robh dealbh de shearbhantan ann.

"an do ghabh thu riamh do choltas a thoirt air falbh, a dh'
fheuchainn? " arsa ise: "an do shuidh thu riamh airson do
dhealbh?"

Bha an t-each-uisge an impis an seòmar fhàgail, agus dìreach
stad airson a ràdh, le seata gu math inntinneach,

"o! A ghràidh, cha robh, a-chaoidh."

Cha robh i fada a-mach às an sealladh, na bha emma air
choreigin,

"dè an seòrsa seilbh math a bhiodh aice! Bheireadh i seachad
airgead sam bith dhi. Cha mhòr nach biodh mi fada a' feuchainn
ri a samhlachadh fhèin. Chan eil fhios agam gu bheil mi ag ràdh,
ach dà no trì bliadhna air ais bha mi air leth pròiseil airson a
bhith a 'gabhail ìomhaighean, agus a' feuchainn ri grunn de mo
charaidean, agus a bhith a 'smaoineachadh gu robh sùil
fhulangach agam san fharsaingeachd ach bho aon adhbhar no
adhbhar eile, thug mi suas a dhroch fhuaim. Gum biodh e cho
tlachdmhor gu robh an dealbh aice! "

"leig leam-sa iarraidh ort," a 'caoineadh mr. Elton; "gu dearbh, is
e tlachd a bhiodh ann! Leigidh mi leat, a' call woodhouse, a
bhith ag obair cho tàlantach le tàlant dha do charaid. Tha fios
agam dè na dealbhan a th 'agad. Ciamar a dh' fhaodadh tu mi a
bhith mi-riaraichte? " nach d 'fhàg mi cuid de na cruthan-tìre
agus na flùraichean;

Tha, deagh dhuine! — a smaoinich air emma - ach dè a tha aig a
h-uile càil a tha a 'dèanamh le bhith a' gabhail coltas? Chan eil
fhios agad air dealbh sam bith. Na leig ort gu bheil thu ann an
eòin chobhartaich mum dheidhinn. Cùm do shnàgairean airson
aodann an t-seilge. "uill, ma bheir thu dhomh an seòrsa de
bhrosnachadh sin, mr. Elton, tha mi a' creidsinn gum feuchadh

mi na nì mi. Tha feartan an t-seibheir gu math fìnealta, a tha a
'dèanamh duilichinn de dhroch fhuaim; agus tha rud sònraichte
ann an cruth na sùla agus na loidhnichean mun bheul a bu chòir
dha fear a ghlacadh. "

"dìreach mar sin — chan eil teagamh sam bith gu bheil cumadh
na sùla agus na loidhnichean mu bheul - chan eil teagamh sam
bith agad mu do shoirbheachadh. Ùrnaigh, ag ùrnaigh. Mar a nì
thu e, gu dearbh, gus na faclan agad fhèin a chleachdadh, bi e
fìrinneach seilbh. "

"ach tha eagal orm, cha bu mhath le m. Elton, harriet a bhith a'
suidhe. Tha i a 'smaoineachadh cho beag a thaobh a bòidhchead
fhèin. Nach tug thu sùil air a dòigh a bhith gam freagairt? Dè cho
iomlan 'sa bha e,' carson a bu chòir dealbh a dhèanamh? ' "

"Oh! Tha, thug mi sùil air, tha mi a' dèanamh cinnteach nach do
chaill mi orm. Ach fhathast chan urrainn dhomh smaoineachadh
nach biodh i air a toirt air falbh. "

Cha b 'fhada gus an robh an t-acfhainn a-rithist, agus cha mhòr
nach deach a' moladh a dhèanamh cha mhòr; agus cha robh
spracallan aice a dh'fhaodadh seasamh mòran mhionaidean an-
aghaidh na bhathas an dàn do na dhà eile. Bha emma airson a
dhol a dh'obair gu dìreach, agus mar sin dh'ullaich e am pasgan
anns an robh na h-oidhirpean eadar-dhealaichte aice air
dealbhan, oir cha robh aon dhiubh air a bhith deiseil, agus gun
dèanadh iad co-dhùnadh air an t-suim as fheàrr airson an t-seilge.
Chaidh a tòiseachadh bho thoiseach a thaisbeanadh. Chaidh
meanbh-chuileagan, leth-fhaid, fad, peann, peant, agus dathan
uisge uile fheuchainn a-mach. Bha i riamh air a h-uile càil a
dhèanamh, agus bha i air barrachd adhartais a dhèanamh an dà
chuid ann an tarraing agus ceòl na bhiodh mòran air a dhèanamh
le beagan de shaothair mar a dh'iarradh i a-riamh. Chluich i agus
sheinn i; agus tharruing i cha mhòr a h-uile stoidhle; ach bha an
còmhnaidh seasmhach air a bhith ag iarraidh; agus ann an dad

sam bith nach do chuir i ris an ìre de shàr-mhathas a bhiodh i
toilichte a stiùireadh, agus nach bu chòir dhi a bhith air
fàiligeadh. Cha robh i air a mealladh gu mòr mun chomas aice
fhèin mar neach-ealain no mar neach-ciùil, ach cha robh i idir
deònach feadhainn eile a mhealladh, no duilich fios a bhith aice
air a cliù airson coileanadh nas àirde na bha i airidh.

Bha luach anns a h-uile dealbh — anns an fheadhainn as lugha
air a chrìochnachadh, is dòcha is dòcha; bha a stoidhle air a
spionnadh; ach an robh i gu math nas lugha, no an robh deich
tursan nas motha ann, bhiodh an tlachd agus an tlachd a bha aig
an dithis chompanach aice co-ionann. Bha iad le chèile ann an
eacstaidhean. Tha coslas a 'tarraing air gach corp; agus feumaidh
coileanadh air cuidhteas woodhouse a bhith mar phrìomh-bhaile.

"cha robh measgachadh mòr de aodainn dhut," arsa emma. "cha
robh agam ach mo theaghlach fhèin a bhith ag ionnsachadh bho.
Tha m 'athair ann - fear eile de m' athair — ach bha am beachd
airson suidhe air a dhealbh ga dhèanamh cho cunnartach, nach b'
urrainn dhomh a thoirt ach le slàinte; chan eil iad gu math
coltach ris. Agus a rithist, agus a rithist tha thu a 'faicinn dileir
moiteil as a h-uile h-àite, bhiodh mi a' suidhe a h-uile uair a dh
'iarradh mi oirre, mo phiuthar, agus gu dearbh a dealbh beag
eireachdail! Agus an aghaidh nach eil eu-coltach ri chèile, bu
chòir dhomh coltas math a dhèanamh dhith, nam biodh i na b 'fhaide,
ach bha i cho mòr gun toireadh i a-mach a
ceathrar chloinne nach biodh i sàmhach. Oidhirpean air triùir den
cheathrar chloinne sin; —a bheil iad, henry agus john is bella,
bho aon cheann den duilleig chun an neach eile, agus dh
'fhaodadh gin sam bith dhiubh sin a dhèanamh airson duine sam
bith den chòrr. Bha i cho deònach gu robh iad air an tarraing a-
steach nach b 'urrainn dhomh diùltadh; ach chan eil clann ann a
tha a 'dèanamh trì no ceithir bliadhna a dh' aois fhathast; cha
mhotha a bhios e furasta a bhith a 'gabhail coltas sam bith orra,
nas fhaide na an èadhar agus an t-sèideadh, mura h-eil iad nas
gairbhe na bha gin de chlann mama a-riamh. Seo an sgeidse

agam den cheathramh fear, a bha na leanabh. Thug mi leis e mar
a bha e na chadal air an t-sòfa, agus tha e cho làidir agus a tha e
coltach ris a 'choileach, mar a bhiodh tu ag iarraidh fhaicinn.
Bha e air a dhol sìos a 'cheann nas fhasa. Tha sin gu math
coltach. Tha mi gu math moiteil às an seòras beag. Tha oisean an
t-sòfair glè mhath. An sin is e so am fear mu dheireadh, "- a' toirt
a-steach dealbh breagha de dhuin-uasal ann am meud beag, fad-
faid— "mo dheireadh agus mo chuid as fheàrr — mo bhràthair,
mr. Iain bha i cho deònach gu robh iad air an tarraing a-steach
nach b 'urrainn dhomh diùltadh; ach chan eil clann ann a tha a
'dèanamh trì no ceithir bliadhna a dh' aois fhathast; cha mhotha
a bhios e furasta a bhith a 'gabhail coltas sam bith orra, nas
fhaide na an èadhar agus an t-sèideadh, mura h-eil iad nas
gairbhe na bha gin de chlann mama a-riamh. Seo an sgeidse
agam den cheathramh fear, a bha na leanabh. Thug mi leis e mar
a bha e na chadal air an t-sòfa, agus tha e cho làidir agus a tha e
coltach ris a 'choileach, mar a bhiodh tu airson fhaicinn. Bha e
air a dhol sìos a 'cheann nas fhasa. Tha sin gu math coltach. Tha
mi gu math moiteil às an seòras beag. Tha oisean an t-sòfair glè
mhath. An sin is e so am fear mu dheireadh, "- a' toirt a-steach
dealbh breagha de dhuin-uasal ann am meud beag, fad-faid—
"mo dheireadh agus mo chuid as fheàrr — mo bhràthair, mr. Iain
bha i cho deònach gu robh iad air an tarraing a-steach nach b
'urrainn dhomh diùltadh; ach chan eil clann ann a tha a
'dèanamh trì no ceithir bliadhna a dh' aois fhathast; cha mhotha
a bhios e furasta a bhith a 'gabhail coltas sam bith orra, nas
fhaide na an èadhar agus an t-sèideadh, mura h-eil iad nas
gairbhe na bha gin de chlann mama a-riamh. Seo an sgeidse
agam den cheathramh fear, a bha na leanabh. Thug mi leis e mar
a bha e na chadal air an t-sòfa, agus tha e cho làidir agus a tha e
coltach ris a 'choileach, mar a bhiodh tu ag iarraidh fhaicinn.
Bha e air a dhol sìos a 'cheann nas fhasa. Tha sin gu math
coltach. Tha mi gu math moiteil às an seòras beag. Tha oisean an
t-sòfair glè mhath. An sin is e so am fear mu dheireadh, "- a' toirt
a-steach dealbh breagha de dhuin-uasal ann am meud beag, fad-
faid— "mo dheireadh agus mo chuid as fheàrr — mo bhràthair,

mr. Iain ach chan eil clann ann a tha a 'dèanamh trì no ceithir bliadhna a dh' aois fhathast; cha mhotha a bhios e furasta a bhith a 'gabhail coltas sam bith orra, nas fhaide na an èadhar agus an t-sèideadh, mura h-eil iad nas gairbhe na bha gin de chlann mama a-riamh. Seo an sgeidse agam den cheathramh fear, a bha na leanabh. Thug mi leis e mar a bha e na chadal air an t-sòfa, agus tha e cho làidir agus a tha e coltach ris a 'choileach, mar a bhiodh tu airson fhaicinn. Bha e air a dhol sìos a 'cheann nas fhasa. Tha sin gu math coltach. Tha mi gu math moiteil às an seòras beag. Tha oisean an t-sòfair glè mhath. An sin is e so am fear mu dheireadh, "- a' toirt a-steach dealbh breagha de dhuin-uasal ann am meud beag, fad-faid— "mo dheireadh agus mo chuid as fheàrr — mo bhràthair, mr. Iain ach chan eil clann ann a tha a 'dèanamh trì no ceithir bliadhna a dh' aois fhathast; cha mhotha a bhios e furasta a bhith a 'gabhail coltas sam bith orra, nas fhaide na an èadhar agus an t-sèideadh, mura h-eil iad nas gairbhe na bha gin de chlann mama a-riamh. Seo an sgeidse agam den cheathramh fear, a bha na leanabh. Thug mi leis e mar a bha e na chadal air an t-sòfa, agus tha e cho làidir agus a tha e coltach ris a 'choileach, mar a bhiodh tu ag iarraidh fhaicinn. Bha e air a dhol sìos a 'cheann nas fhasa. Tha sin gu math coltach. Tha mi gu math moiteil às an seòras beag. Tha oisean an t-sòfair glè mhath. An sin is e so am fear mu dheireadh, "- a' toirt a-steach dealbh breagha de dhuin-uasal ann am meud beag, fad-faid— "mo dheireadh agus mo chuid as fheàrr — mo bhràthair, mr. Iain clann a-riamh. Seo an sgeidse agam den cheathramh fear, a bha na leanabh. Thug mi leis e mar a bha e na chadal air an t-sòfa, agus tha e cho làidir agus a tha e coltach ris a 'choileach, mar a bhiodh tu ag iarraidh fhaicinn. Bha e air a dhol sìos a 'cheann nas fhasa. Tha sin gu math coltach. Tha mi gu math moiteil às an seòras beag. Tha oisean an t-sòfair glè mhath. An sin is e so am fear mu dheireadh, "- a' toirt a-steach dealbh breagha de dhuin-uasal ann am meud beag, fad-faid— "mo dheireadh agus mo chuid as fheàrr — mo bhràthair, mr. Iain clann a-riamh. Seo an sgeidse agam den cheathramh fear, a bha na leanabh. Thug mi leis e mar a bha e na chadal air an t-sòfa,

agus tha e cho làidir agus a tha e coltach ris a 'choileach, mar a
bhiodh tu airson fhaicinn. Bha e air a dhol sìos a 'cheann nas
fhasa. Tha sin gu math coltach. Tha mi gu math moiteil às an
seòras beag. Tha oisean an t-sòfair glè mhath. An sin is e so am
fear mu dheireadh, "- a' toirt a-steach dealbh breagha de dhuin-
uasal ann am meud beag, fad-faid— "mo dheireadh agus mo
chuid as fheàrr — mo bhràthair, mr. Iainridire. — cha robh seo
ag iarraidh mòran de bhith air a chrìochnachadh, nuair a chuir mi
air falbh e ann am peata, agus bhòidich mi nach gabhadh mi
coltas eile. Cha b 'urrainn dhomh cuideachadh le bhith air mo
bhrosnachadh; oir às deidh dhomh mo phianan a thoirt a-mach,
agus nuair a bha mi dha-rìreabh air dreach math a dhèanamh
dheth— (m. Siar, bha mi a 'faireachdainn gu math coltach a
bhith a' smaoineachadh gu robh e). An deidh na h-uile seo, an
deidh sin, thainig e gu aingidh truagh a dh 'fhulang mi-sahaghail
—" tha, bha e car coltach ris — ach a bhith cinnteach nach do
rinn e ceartas dha. Bha cus trioblaid againn a 'toirt air a bhith a'
seasamh idir. Chaidh a dhèanamh math dha; agus gu h-iomlan
bha e na bu mhotha na b 'urrainn dhomh a ghiùlan; agus mar sin
cha bhith mi gu bith ga chrìochnachadh, gus am biodh e air a
ghealltainn a bhith mar shamhla neo-fhàbharach, gu gach neach-
tadhail madainn ann an ceàrnag brunswick; — agus, mar a thuirt
mi, an uairsin rinn mi forswear a-riamh a 'tarraing corp sam bith
a-rithist. Ach air sgàth an t-uachdaran, no air mo shon-sa, an sin,
agus a chionn nach eil fir is mnathan anns a 'chùis an-dràsta,
brisidh mi mo rùn a-nis."

Mr. A rèir coltais, thug am beachd buaidh mhòr air a 'chùis, agus
bha e a-rithist," cha robh fir is mnathan sam bith an-dràsta, mar a
tha thu a 'coimhead gu dìreach. Chan eil fir is mnathan sam
bith," le mothachadh cho inntinneach, a thòisich beachdachadh
am biodh i nas fheàrr air an fàgail còmhla aig an aon àm. Ach
seach gu robh i airson a bhith a 'tarraing, feumaidh an dearbhadh
feitheamh beagan nas fhaide.

Bha i air a bhith a 'dèiligeadh gu luath air an ìre agus an seòrsa dealbh. Bha e gu bhith làn-fhad ann an dathan uisge, mar mr. John knightley's, agus bha e an dàn, ma b 'urrainn dhi i fhèin a lorg, gus stèisean fìor onarach a chumail thairis air breitheanas an duine.

Thòisich an suidhe; agus a 'searmonachadh, a' gàireachdainn agus a 'suiligeadh, agus eagal nach biodh iad a' cumail suas a sealladh agus gnùis, thug iad measgachadh de thoileachas dha-rìribh seachad do shùilean seasmhach an neach - ealain. Ach cha robh ni air bith a dheanamh, le mr. A 'coimhead air a h-uile càil. Thug i creideas dha airson a bhith ga chuir fhèin suas far am faodadh e coimhead agus a-mach a-rithist gun eucoir; ach dh 'fheudar dha stad a chur air, agus iarraidh air e àite a chuir ann an àite eile. An uairsin thug e oirre a bhith ga fhastadh ann an leughadh.

"nam biodh e cho math ri a bhith a' leughadh riutha, bhiodh e gu math coibhneil dha-rìribh! Gun cuireadh e às do dhuilgheadasan a pàirt, agus gun lughdaich e mì-mhodhan a 'chaochain."

Mr. Cha robh elton ach toilichte. Dh'èist an t-uachdaran, agus tharraing emma sìth. Feumaidh i cead a thoirt dha a bhith a 'tighinn gu tric a' coimhead; gu cinnteach a bhiodh rud sam bith na bu lugha ann an leannan; agus bha e ullamh air a 'chothroim as lugha de 'n pheann luaidhe, a leum suas agus a dh' fhaicinn an adhartas, agus a bhith air a ghealltainn. — cha robh e air a dhùsgadh le neach-geasachaidh mar sin, oir rinn a dhoibh aideachadh e coltach ri coslas cha mhòr mu' n robh e comasach. Cha b 'urrainn dhi spèis a thoirt dha a shùil, ach cha ghabhadh a ghaol agus a chomas a thoirt air falbh.

Bha an t-suidheachan uile gu math riarachail; bha i toilichte gu leòr leis a 'chiad latha de sgeidse airson a bhith a' dol. Cha robh miann sam bith ann a dh 'aindeoin sin, bha i fortanach anns a' bheachd, agus mar a bha i a 'feuchainn ri beagan leasachaidh a dhèanamh air an fhuaim, gus beagan a bharrachd àirde a thoirt seachad, agus mòran nas fhèarr, bha i làn mhisneachd mu bhith anns gach àite. Mar a tha an dealbh a 'tarraing air ais mu dheireadh, agus a lìonadh a h-àite teann le cliù do gach aon dhiubh — a' chuimhneachan buan air àilleachd aon, sgil an taoibh eile, agus càirdeas an dithis; le nas urrainn dhut de cho-cheanglaichean ris a bheil mr. Tha coltas ann gun cuireadh an ceanglan gu math dòchasach a chuir e ris.

Bha aca ri suidhe a-rithist an ath latha; agus mr. Mar a bha còir aige, a 'toirt taic dha cead a bhith an làthair agus a leughadh dhaibh a-rithist.

"gu h-iomlan. Bidh sinn nas toilichte beachdachadh ort mar aon den phàrtaidh."

An aon chothromachd agus cùirte, an aon soirbheachadh agus riarachadh, a chaidh àite air an latha màireach, agus a bha còmhla ris a h-uile adhartas san dealbh, a bha luath agus toilichte. Bha a h-uile buidheann a chunnaic e toilichte, ach mr. Bha elton a 'leantainn air adhart gu mòr, agus bha e ga dhìon tro gach càineadh.

"tha call an taigh-seinnse air an aon bhòidhchead a bha i ag iarraidh a thoirt dha a charaid," - a 'faicinn mrs. Gu taobh an iar — chan eil sin a 'dèanamh idir amharasach gu robh i a' bruidhinn air lover-- "tha dreach na sùla as ceart, ach chan e call a bhith air a' chaochain agus na falagan. "

"a bheil thu a' smaoineachadh sin? " fhreagair e. "chan urrainn dhomh aontachadh leat. Tha e coltach riumsa gu bheil mi cho coltach ri chèile anns gach feart. Cha robh mi riamh a' faicinn cho coltach sa bhad nam bheatha. Feumaidh sinn buaidh an sgàil a thoirt seachad.

"tha thu air a dhèanamh ro àrd, emma," arsa mr. Ridire.

Bha fios aig emma gun robh, ach nach biodh i leis; agus mr. Fàilte mhòr air elton,

"o! Chan eil gu dearbh ro àrd; chan eil e ro dhona ro àrd. Smaoinich gu bheil i a' suidhe sìos - a tha gu nàdurrach a 'toirt sealladh eadar-dhealaichte - a tha gu goirid a' toirt seachad an smuain — agus feumaidh na cuibhreannan a bhith air an gleidheadh, tha fios agad, co-ionannachdan, air thoiseach - a 'tarraing gu buil. — oh cha d' ann, tha e dìreach a 'toirt seachad an smuain gu bheil a leithid de dh'àrd cho àrd ri a bhith a' caoidh gobha.

"tha e glè bhrèagha," arsa mr. Taigh-solais. "mar a tha na dealbhan agad an-còmhnaidh! Mar a tha do dhealbhan an-còmhnaidh, mo ghràidh. Cha bhith mi eòlach air buidheann sam bith a tha a' tarraing cho math riut. Chan eil mi a 'dèanamh càil coltach rium gu bheil i a' suidhe a-muigh, le dìreach seàla bheag thairis air a guailnean — agus tha aonan a 'smaoineachadh gu bheil aice ri fuachd a ghlacadh."

"ach, air mo phapa ghràidh, tha còir agam a bhith as t-samhradh; latha blàth as t-samhradh. Seall air a' chraobh. "

"ach chan eil e sàbhailte a bhith a' suidhe a-muigh do dhorsan, mo ghràidh. "

"faodaidh tusa, a bhean, rud sam bith a ràdh," ghlaodh mr. Elton, "ach feumaidh mi aideachadh gu bheil mi a' smaoineachadh gur e am beachd as tlachdmhoire a th 'ann, cuir a' chaochain a-mach às do dhorsan; agus tha an aon rud a 'seasamh ris a' chraobh - cha bhiodh suidheachadh sam bith eile cho mòr. Caill air beusan gobha - agus gu h-iomlan - o, tha e cho ionmholta! Chan urrainn dhomh mo shùilean a chumail bhuaithe. Chan fhaca mi a-riamh uiread de choltas. "

Bha an ath rud ag iarraidh an dealbh a fhilleadh; agus seo cuid de dhuilgheadasan. Feumar a dhèanamh gu dìreach; feumaidh e bhith air a dhèanamh ann an lunnainn; feumaidh an t-òrdugh a dhol tro làmhan neach tuigseach a dh 'fhaodadh a bhlas a bhith an urra ris; agus cha bu chòir cuir a-steach isabella, an gnàthas àbhaisteach de gach coimisean, a chionn, seach gur e dùbhlachd, agus mr a bha ann. Cha b 'urrainn do woodhouse beachd a ghabhail air a gluasad a-mach às an taigh aice ann an ceò air an t-samhain. Ach cha bu luaithe a dh 'ann a bha an èiginn a' toirt fios do mr. Elton, na chaidh a thoirt air falbh. Bha a ghaisgeachd daonnan air an rabhadh. "dh'fhaodadh earbsa a bhith aige leis a' choimisean, dè an toileachas neo-chrìochnach a bu chòir dha a bhith ga dhèanamh! Dh'fhaodadh e coiseachd gu lunnainn aig àm sam bith. Bha e do-dhèanta innse mar a bu chòir dha a bhith air am brosnachadh le bhith ag obair air leithid de cheòl. "

"bha e ro mhath! — cha b' urrainn dhomh an smuain a chumail! — cha bhitheadh e a 'toirt seachad oifis cho duilich airson an t-saoghail," - a thug air ais ath-aithris miann is gheallaidhean, - agus beagan mhionaidean a shocraich an gnìomhachas.

Mr. Bha e air a thoirt a-mach gu lunnainn, a 'lasadh am frèam, agus a' toirt na h-iùl; agus bha emma den bheachd gum b 'urrainn dhi a phacadh gus a dhèanamh cinnteach gum biodh e sàbhailte às aonais, ged a dh' fhaodadh e bhith gun eagal air gun a bhith às aonais gu leòr.

"dè a tha ann an tasgadh luachmhor!" urs 'esan le osnadh frithealaidh, mar a fhuair e e.

"tha an duine seo cha mhòr ro ghaoil a bhith ann an gaol," smaoinich emma. "bu chòir dhomh a ràdh, ach tha mi creidsinn gur dòcha gu bheil ceud dòigh eadar-dhealaichte ann a bhith ann an gaol. Tha e na dhuine òg math, agus feuchaidh e ri cròidheadh dìreach; bidh e mar 'dìreach mar sin,' mar a tha e ag ràdh fhèin; tha e ag oghachadh agus a 'lughdachadh, agus a' deanamh sgrùdadh air son toileachas an àite barrachd na b 'urrainn dhomh fuireach mar phrionnsapal, tha mi a' tighinn a-steach airson co-roinn glè mhath mar dh 'eile.

Caibideil vii

An dearbh latha de mr. Dh'fhàs elton gu bhith ann an lunnainn a dh 'adhbharachadh tachartas ùr airson seirbheisean emma a dh'ionnsaigh a caraid. Bha an cliabh air a bhith ann an talamh feòir, mar as àbhaist, goirid an dèidh a 'bhracaist; agus, an deidh ùine, chaidh iad dhachaidh a dh 'ais air ais gu dinnear: thill i, agus na bu luaithe na bha i air bruidhinn, agus le fois,a 'coimhead cabhagach, ag ainmeachadh rudeigin a bha iongantach dha tachairt agus a bha i na beachd a bhith ag innse. Thug leth-uair a h-uile latha a-mach. Chuala i, cho luath 'sa fhuair i air ais gu mrs. Gardard, sin mr. Bha martin an sin uair a thìde roimhe sin, agus bha a 'faighinn a-mach nach robh i aig an taigh, no gu h-àraidh an dùil, air parsa bheag a thoirt dhith bho aon de a pheathraichean, agus dh'fhalbh e; agus nuair a dh'fhosgail e am parsail seo, bha i air faighinn a-mach, a thuilleadh air an dà òran a thug i air iasad do ealasaid a chuir leth-bhreac, litir dhi fhèin; agus thàinig an litir seo bhuaithe, bho mr. Martin, agus bha moladh dìreach ann airson pòsadh. "cò as urrainn a bhith ga chreidsinn? Bha i cho trom air nach robh fios aice dè a dhèanadh i. Bha, moladh gu leòr airson pòsadh; agus litir fìor mhath, smaoinich i mar sin co-dhiù. Agus sgrìobh e mar gun robh gaol mòr aice oirre. — ach cha robh fios aice — agus mar sin, "air m' fhacal, "dh' èigh i, "tha an duine òg cinnteach nach caill e rud sam bith airson a bhith ag iarraidh a dh' iarrtas.

"an leugh thu an litir?" dh'èigh e às. "dèan ùrnaigh. B' fheàrr leam gun dèanadh tu. "

Cha robh truas aig emma a bhith air a bruthadh. Leugh i, agus bha i air a sàrachadh. Bha stoidhle na litreach fada os cionn na bha i an dùil. Cha robh mearachdan gràmair sam bith ann, ach mar cho-sgrìobhadh cha bhiodh e air tàmh a thoirt dha duin'-uasal; bha an cànan, ged a bha e rèidh, làidir agus gun bhuaidh sam bith, agus bha na faireachdainnean a 'toirt seachad fìor adhbhar creideas don sgrìobhadair. Bha e goirid, ach chuir e an cèill deagh fhaireachdainn, ceangaltas blàth, libearalachd, iomchaidheachd, eadhon dìomhaireachd na faireachdainnean. Stad i thairis air, agus sheas harriet a 'coimhead gu geur air a beachd, le" tobar, uill, "agus an uair sin dh'fheumadh e cur ris," an e litir mhath a th 'ann no a bheil i ro ghoirid?"

"tha gu dearbh, litir fìor mhath," fhreagair emma gu socair - "cho math le litir, harriet, gu robh a h-uile rud a' beachdachadh, feumaidh mi a bhith a 'smaoineachadh gun robh fear de a pheathraichean air a chuideachadh. Le bhith a 'bruidhinn riut an latha eile dh'fhaodadh sin a bhith cho math, ma dh' fhalbhas e gu math dha na cumhachdan aige fhèin, agus a dh'aindeoin sin chan e stoidhle boireannaich a th 'ann, chan e, gu dearbh, tha e ro làidir agus pongail, gun eadar-dhealachadh gu leòr airson boireannach. Teagmhach gur e duine ciallach a th 'ann, agus saoilidh mi gu bheil tàlant nàdarra agam — a' smaoineachadh gu làidir agus gu soilleir - agus nuair a bheir e peann ann an làmh, tha na smuaintean aige gu nàdarra a 'faighinn fhaclan ceart. Làidir, co-dhùnaidh, le faireachdainnean gu àite sònraichte, chan e garbh, litir nas fheàrr ann an sgrìobhadh, harriet (ga thoirt air ais,) na bha dùil agam. "

"uill," thuirt am fear a tha fhathast a 'feitheamh ris; -" math-agus — agus dè nì mi? "

"dè nì thu! Ann an dè an spèis? A bheil thu a' ciallachadh a thaobh na litreach seo? "

"tha."

"ach chan eil teagamh agad mu dheidhinn? Feumaidh tu a fhreagairt air a' chùrsa - agus gu luath. "

"tha. Ach dè a chanas mi? Mi-iongnadh an taigh-challa, dèan comhairle dhomh."

"o chan eil, chan eil! Bha an litir gu math nas fheàrr na h-uile duine agad fhèin. Innsidh thu thu fhèin gu ceart, tha mi cinnteach. Chan eil cunnart ann nach bi thu cho tuigseach, sin a' chiad rud. Feumaidh do bhrìgh a bhith soilleir; bidh teagamhan no dìmeas orra: agus a 'toirt seachad dìlseachd agus uallach airson a' chruaidh a tha thu a 'dèanamh mar dh' fheumas, bheir e seachad iad fhèin air d 'inntinn, tha mi air ìmpidh a chuir ort.

"tha thu a' smaoineachadh gum bu chòir dhomh a dhiùltadh an uair sin, "arsa harriet, a' coimhead sìos.

"bu chòir dhomh a dhiùltadh! Mo dhroch ghràidh, dè a tha thu a' ciallachadh? A bheil thu ann an teagamh sam bith mu dheidhinn sin? Smaoinich mi - ach tha mi a 'gealltainn do mhaitheanas, is dòcha gu bheil mi air a bhith ceàrr. A 'faireachdainn gu bheil mi di-beathte a' fhreagairt mar a dh 'fhreagairt e.

Bha an t-uachdaran gu math sàmhach. Le beagan glè bheag de dhòigh, lean emma:

"tha thu a' ciallachadh freagairt fàbharach a thilleadh, bidh mi a 'cruinneachadh."

"cha dèan, cha dèan mi sin; sin, chan eil mi a' ciallachadh — dè a dhèanas mi? Dè bhiodh thu a 'moladh dhomh a dhèanamh? Ùrnaigh, taigh caillte caillte, innis dhomh dè bu chòir dhomh a dhèanamh."

"cha toir mi comhairle sam bith dhut, dh' fhalmhaich mi. Cha bhith agam ri gnothach a ghabhail ris. Seo puing a dh'fheumas tu socrachadh le do fhaireachdainnean. "

"cha robh fios agam gu robh e a' còrdadh rium cho mòr, "arsa harriet, a' beachdachadh air an litir. Le beagan ùine chuir e seachad a h-inntinn; ach a 'tòiseachadh a' gabhail ris gum faodadh an fhuaim a bha an lùib na litreach sin a bhith ro chumhachdach, bha i den bheachd gum biodh e nas fheàrr a ràdh,

"tha mi a' cur sìos e mar riaghailt choitcheann, a 'cleachdadh, ma tha teagamh sam bith aig boireannach am bu chòir dhi gabhail ri fear no nach bu chòir, bu chòir dh' a bhith cinnteach gun diùlt i. ' Chan eil e 'na stàit a bhith ann an staid shàbhailte le faireachdainnean teagmhach, le leth chridhe. Smaoinich mi gur e mo dhleastanas mar charaid, agus nas sine na thu fhèin, tòrr a ràdh thugad. Tha thu airson buaidh a thoirt ort. "

"o! Chan eil, tha mi cinnteach gu bheil thu gu math cus ri — ach nam biodh tu dìreach a' toirt comhairle dhomh mu na rinn mi nas fheàrr - chan e, chan eil mi a 'ciallachadh - mar a chanas tu, bu chòir inntinn a bhith gu math a 'dèanamh suas — cha bu chòir dha a bhith teagmhach - is e rud gu math dona a th' ann. — bidh e nas sàbhailte a ràdh 'chan eil,' s dòcha. — a bheil thu a 'smaoineachadh gu robh e nas fheàrr a ràdh 'no?'

"chan ann airson an t-saoghail," arsa emma, a 'gàireachdainn gu gràsmhor," am bu mhath leam comhairle a thoirt dhut aon chuid. Feumaidh tu a bhith mar am breitheamh as fheàrr dhut fhèin. Ma thogras tu gur e am fear as fheàrr a tha seo. An robh thu riamh ag obair còmhla ri carson a bu chòir dhut dàil a chur ort? An dèan thu brùthadh orra, a 'ainleadh. — a bheil corp sam bith eile ann dhutsa an-dràsta fo leithid a mhìneachaidh? Harriet, harriet, na mealladh leat fhèin; aig an àm seo a tha thu a 'smaoineachadh?

Bha na comharran fàbharach. — an àite a bhith a 'freagairt, dh' atharraich an t-acfhainn air falbh gu mì-chinnteach, agus sheas e gu socair leis an teine; agus ged a bha an litir fhathast na làimh, bha i a-nis air a tionndadh gu meacanaigeach mu dheidhinn. Dh'fhuirich emma mar thoradh air dìth aire, ach cha robh i gun dòchas làidir. Mu dheireadh, le beagan stad, thuirt harriet—

"caill mi taigh beag, oir cha toir thu dhomh do bheachd, feumaidh mi dèanamh cho math ri mi is urrainn dhomh fhìn; agus tha mi air a thighinn gu co-dhùnadh a-nis agus cha mhòr nach do chuir mi suas mo smuain - am mter martin a dhiùltadh. Deas?"

"gu tur ceart, ceart gu leòr, mo dh' uachdranachd; tha thu a 'dèanamh na tha thu a' dèanamh. Bha thu ann an amharas agus ghlèidh mi m 'fhaireachdainn rium fhìn, ach a-nis gu bheil thu cho làn-chinntichte gu bheil mi cho toilichte a bhith a 'gabhail ris. Tha mi air mo mhisneachadh le bhith a 'caoidh mo chràdh, a bhiodh mar thoradh air do phòsadh ann an cogadh. Agus thu air an ìre as lugha de dh' fhagail, thuirt mi rud sam bith mu dheidhinn, oir cha bhiodh buaidh agam ach bhiodh e mar chall caraid dhomhsa - cha b 'urrainn dhomh a bhith air tadhal air mertert martin, tuathanas muilinn na h-abaid.

Cha robh an t-uachdaran air a cunnart fhèin a thoirt seachad, ach bhuail am beachd oirre gu cruaidh.

"chan fhaodadh tu a bhith air tadhal orm!" dh'èigh i, a 'coimhead a-mach. "cha dèan, a bhith cinnteach nach b' urrainn dhut; ach cha robh mi a 'smaoineachadh sin roimhe sin. Bhiodh sin air a

bhith uamhasach duilich! — an teicheadh! - seann dh' iongnadh,
cha bhith mi a 'toirt seachad toileachas is urram gu bhith còmhla
riut. Rud sam bith air an t-saoghal. "

"gu dearbh, a dh'ainleadh, bhiodh e air a bhith trom ort a bhith a'
call; ach feumaidh gun robh. Bha thu air thu fhèin a thilgeil a-
mach às a h-uile coimhearsnachd mhath. Feumaidh mi gun tug
thu seachad i. "

"mo chreach! — bu chòir dhomh a bhith air a ghiùlain gu bràth!
Mar sin cha bhiodh e air mo bhualadh gu bràth tuilleadh!"

"beathach gràdhach! —gur a dh' fhalbh thu gu tuathanas na h-
abaid! — cha do dh 'fhaodadh tu a bhith ann an comann nan
daoine neo-litreach agus beothail fad do bheatha! Smaoinich
ciamar a dh' fhaodadh am fear òg dearbhadh a thoirt dha.
Feumaidh beachd math a bhith aige dheth fhèin. "

"cha chreid mi gu bheil e air a mhealladh gu coitcheann, gu
coitcheann," arsa harriet, a cogais an aghaidh a 'chàin sin; "co-
dhiù, tha e gu math math, agus bidh mi an-còmhnaidh a'
faireachdainn gu mòr dha, agus bidh fìor mheas agam air — ach
tha sin gu math eadar-dhealaichte bho — agus tha fios agad, ged
a dh 'fheumas e dhomh, chan eil e a' leantainn. Gum bu chòir
dhomh-sa agus gu dearbh feumaidh mi aideachadh gu bheil mi
air daoine fhaicinn bho bhith a 'tadhal orm an seo - agus ma thig
duine dhiubh an coimeas ri daoine, daoine agus modh, chan eil
coimeas idir ann, tha sin cho mòr agus cho taitneach. Tha mi
dha-rìribh a 'smaoineachadh gur e fear òg glè thlachdmhor a th'
ann am martin, agus tha deagh bheachd aige mu dheidhinn, agus
mar a tha e cho ceangailte rium-sa - agus a bhith a 'sgrìobhadh
litir mar seo — ach a' fàgail ort, is e nach dèanadh mi air gin
sam bith. Beachdachadh. "

"tapadh leat, tapadh leat, mo charaid beag milis fhèin. Cha bhi
sinn ag sgaradh. Chan eil boireannach a' pòsadh duine dìreach

seach gu bheilear ag iarraidh oirre, no seach gu bheil e ceangailte rithe, agus gun urrainn dhi litir fhulangach a sgrìobhadh. "

"oh no; — agus chan eil ann ach litir ghoirid cuideachd."

Bha emma a 'faireachdainn droch bhlas a caraid, ach leig i leis" fìor fhìor; agus bhiodh e na fhurtachd beag dhi, airson an dòigh fhaireachdainn a dh'fhaodadh a bhith a 'bualadh oirre a h-uile uair den latha, gus fios a bhith aice gum b' urrainn dhan duine aice a bhith. Sgrìobh litir mhath. "

"o! Tha, tha sin gu math. Chan eil duine a' coimhead airson litir; an rud a th 'ann, a bhith an-còmhnaidh toilichte le companaich tlachdmhor. Tha mi gu cinnteach a' diùltadh. Ach ciamar a nì mi? "

Dhearbh emma nach biodh duilgheadas sam bith anns an fhreagairt, agus chomhairlich i gun deidheadh a sgrìobhadh gu dìreach, a chaidh aontachadh, ann an dòchas a cuideachaidh; agus ged a chùm emma a 'gearan an aghaidh cuideachadh sam bith a bhathas ag iarraidh, bha e air a thoirt seachad ann an cumadh gach seantans. A 'coimhead thairis air a litir a-rithist, ann a bhith a' freagairt dha, bha e cho buailteach a bhith cho socair, gun robh e gu h-àraid feumail a 'lorg le beagan abairtean cinntichte; bha i cho iomagaineach mu dheidhinn a bhith ga dhèanamh mì-thoilichte, agus smaoinich e air na bha na mhàthair agus na peathraichean ag ràdh agus ag ràdh, agus bha e cho iomagaineach nach bu chòir dhaibh a bhith gun a bhith diombach, gun robh an emma sin a 'creidsinn nam biodh tighinn a dh 'ionnsaigh aig an àm sin, bhiodh e air gabhail ris às deidh na h-uile.

Chaidh an litir seo a sgrìobhadh, ge-tà, agus a sgaoileadh, agus a chuir air falbh. Bha an gnìomhachas deiseil, agus chaidh a chumail sàbhailte. Bha i gu math ìosal fad na h-oidhche, ach dh 'fhaodadh emma aithreachas a thoirt seachad airson a cuid aoibhneas, agus uaireannan leig e às dhaibh le bhith a' bruidhinn mun ghaol aice fhèin, uaireannan le bhith a 'toirt air adhart a' bheachd mu mr. Elton.

"cha toir mi cuireadh gu abbey-mill a-rithist," bha e caran duilich a ràdh.

"no, ma bha thu, am b' urrainn dhomh fhathast a bhith a 'gabhail pàirt riut, mo dh' fheachd. Tha thu gu mòr ro chudromach aig hartfield airson a bhith air a shàbhaladh gu muileann na h-abaid. "

"agus tha mi cinnteach nach bu chòir dhomh a dhol ann a-riamh; oir chan eil mi uair sam bith toilichte ach aig hartfield."

Ùine às deidh sin bha e, "tha mi a' smaoineachadh gum biodh droch chliù aig a 'chaileag goddard nam biodh fios aice dè a thachair. Tha mi cinnteach gu bheil a chantainn nas bhonnt a dh' atharraich gu bheil a piuthar fhèin gu math pòsta, agus chan eil ann ach clò mòr is aodach . "

"bu chòir do neach a bhith a' faicinn pròis no leasachadh nas fheàrr ann an tidsear sgoile, dh 'aidich mi gun toireadh caran do-chèile cothrom air seo dhut le bhith pòsta. Tha coltas gun robh an ceannsachadh seo luachmhor nan sùilean. Tha sin nas fheàrr dhutsa, tha mi a 'smaoineachadh gu bheil i gu leòr anns an dorchadas, is gann a dh' fhaodas aire neach sònraichte a bhith am measg corragas na highbury fhathast. Iad fhèin. "

Bha gàire mòr a 'gàireachdainn agus a' gàireachdainn, agus thuirt e rudeigin mu bhith a 'smaoineachadh gum bu chòir daoine a bhith cho math rithe. A 'bheachd mr. Gun teagamh bha foill a 'dèanamh gàirdeachas; ach fhathast, an dèidh ùine, chaidh a cridhe a thoirt a-rithist gu am mr a bha air a dhiùltadh. Martin.

"a-nis tha e air mo litir fhaighinn," thuirt i gu socair. "saoil dè tha iad uile a' dèanamh - co-dhiù a tha fios aig a pheathraichean — ma tha e mì-thoilichte, bidh iad mì-thoilichte cuideachd. Tha mi an dòchas nach cuir e dragh air cho mòr. "

"leigidh sinn oirnn smaoineachadh air an fheadhainn a tha am measg nan caraidean neo-làthaireach againn a tha ag obair nas siùbhlaiche," a 'cried emma. "aig an àm seo, is dòcha, tha m. Elton a' cur do dhealbh gu a mhàthair agus a pheathraichean, ag innse dè cho brèagha agus a tha an dealbh tùsail, agus an dèidh dha iarraidh oirre còig no sia tursan, a 'leigeil dhaibh an ainm agad, do ghràdh fhèin a chluinntinn. Ainm. "

"mo dhealbh! — ach dh'fhàg e mo dhealbh ann am bond-street."

"tha fios agam air a sin! — cha 'n' aithne dhomh ni air mr. Elton. Cha bhi, cha bheag an caomhnadh beag, cosmhuil ris, ach cha bhi an dealbh anns an t-sràid a dh 'fhalbh gu direach mu'n d s s a dh s siridh e an t-each am-màireach. Mar a tha e an-diugh, is e an t-sùim, an toileachas agus an toileachas a tha e a 'toirt dha theaghlach. Bheir e a-steach nam measg e, bidh e eadar-mheasgte tron phàrtaidh gu bheil na faireachdainnean brèagha againn mu ar nàdar, an fheallsanachd èasgaidh agus an ro-ghabhail blàth. , dè cho trang agus a tha am mac-meanmna aca uile! "

Rinn an t-uachdaran a-rithist gàire, agus dh'fhàs a gàire na bu làidire.

Caibideil viii

Chaidil an t-uachdaran a-steach san àird an oidhche sin. Airson grunn sheachdainnean roimhe sin bha i air a bhith a 'caitheamh còrr is leth a h-ùine ann, agus a' faighinn mean air mhean a bhith a 'faighinn àite seòmar-leapa dha fhèin; agus bha emma den bheachd gun robh e nas fheàrr anns gach urram, sàbhailte agus as gaire, gus a cumail còmhla riutha cho math 's as urrainn dìreach an-dràsta. Dh'fheumadh i falbh an ath mhadainn airson uair no dhà gu mrs. Gardard, ach bhiodh e an uair sin ri bhith air a rèiteachadh gum bu chòir dhi tilleadh gu hartfield, gus tadhal cunbhalach air grunn làithean.

Nuair a bha i air falbh, mr. Bha ridire air ainmeachadh, agus shuidh e greis le mr. Taigh-seinnse agus emma, gus mr. Impidh air an nighean aige, nach do chuir roimhe a shùil air coiseachd a-mach, a chuir às dha, agus dh 'èignich e leis na h-inntinnean an dà chuid, ged a bha e an aghaidh spioragan a chuid fhèin, a bhith a' fàgail mr. Ridire airson sin. Mr. Bha ridire, aig nach robh dad mu dheidhinn mu dheidhinn, a 'tairgsinn leis na freagairtean goirid, co-dhùnaidh aige, eadar-dhealachadh èibhinn ris na leisgeulan fada agus aimhreit shìobhalta aig an fhear eile.

"uill, tha mi a' creidsinn, ma ghabhas tu mo leisgeul, m 'ridire, mura smaoinich thu orm mar a tha mi a' dèanamh rud gu math mì-mhodhail, gabhaidh mi comhairle emma agus thèid thu a-mach airson cairteal na h-uarach. Tha mi a 'creidsinn gun robh mi a' toirt mo thrì thionndaidhean nas fheàrr fhad is a dh 'urrainn dhomh. Mi a bhith a' dèiligeadh riut gun shearmachd, ridire.

"mo charaid a ghràidh, na dèan coigreach dhomh."

"bidh mi a' fàgail fear eile math às mo nighean. Bidh emma toilichte a bhith a 'tadhal ort. Mar sin tha mi a' smaoineachadh gum faigh mi do leisgeul agus gun toir mi trì uairean a-mach — a 'chuairt geamhraidh agam."

"chan urrainn dhut a dhèanamh nas fheàrr, a dhuine."

"dh' iarradh orm tlachd a ghabhail d 'chluicheadair, a dh' ridire, ach tha mi na fhear-coiseachd gu math, agus bhiodh mo astar caran trom dhut; agus a thuilleadh air sin tha cuairt fhada eile agad mus do dh 'fhalbh thu gu abaid."

"tapadh leat, a mhaighstir, tapadh leat; tha mi a' dol an-dràsta fhèin; agus tha mi a 'smaoineachadh gur ann as luaithe a dh' fhalbh thu. Bheir mi do chota mòr agus fosglaidh mi doras a 'ghàrraidh dhut."

Mr. Bha taigh-feachd mu dheireadh thall; ach mr. Bha ridire, an àite a bhith sa bhad mar an ceudna, na shuidhe a-rithist, a rèir coltais airson barrachd cabadaich. Thòisich e a 'bruidhinn mu dheidhinn tighearna, agus a' bruidhinn rithe le moladh saor-thoileach na chuala emily riamh roimhe.

"chan urrainn dhomh a h-àilleachd a mheasadh mar a tha thu," arsa esan; "ach is e creutair beag bòidheach a th' ann, agus tha mi dualtach a bhith a 'smaoineachadh gu math mu dheidhinn a beatha. Tha a caractar an crochadh air na tha i còmhla ris; ach ann an deagh làmhan bidh i na boireannach luachmhor."

"tha mi toilichte gu bheil thu a' smaoineachadh sin; agus is dòcha nach eil na deagh làmhan, tha mi an dòchas, ag iarraidh. "

"thig," thuirt e, "tha thu iomagaineach airson moladh, mar sin innsidh mi dhut gu bheil thu air a leasachadh. Tha thu air a leigheas bho dhroch ghean na sgoile; tha thu dha-rìribh a' creideas dhut. "

"tapadh leat. Bu chòir dhomh a bhith marbhtach gu dearbh mura robh mi den bheachd gun robh mi air a bhith a' cleachdadh gu ìre, ach chan e gach buidheann a bheir moladh seachad far an urrainn dhaibh. "

"tha thu a' sùileachadh rithe a-rithist, tha thu ag ràdh, a 'mhadainn seo?"

"cha mhòr a h-uile mionaid. Tha i air a dhol nas fhaide mar-thà na bha i an dùil."

"tha rudeigin air tachairt gus dàil a dhèanamh oirre; cuid de luchd-tadhail is dòcha."

"gossips highbury!" a bha gu math toileach! "

"is dòcha nach beachdaich an t-uachdaran air a h-uile corp gu bheil thu ga iarraidh."

Bha fios aig emma gun robh seo ro dha-rìribh airson contrarrachd, agus mar sin thuirt e rud sam bith. Chuir e ris an-dràsta, le gàire,

"chan eil mi a' dèanamh cinnteach gu bheil mi a 'suidheachadh amannan no àiteachan, ach feumaidh mi innse dhut gu bheil deagh adhbhar agam a bhith a' creidsinn gun cluinn do charaid bheag rudeigin a dh'aithghearr. "

"gu dearbh! Ciamar a tha sin??

"seòrsa gu math dona, geallaidh mi dhut;" fhathast a 'gàireachdainn.

"uamhasach dona! Chan urrainn dhomh smaoineachadh ach aon rud — a tha ann an gaol rithe? Cò a bhios gad dhèanamh nan connspaid?"

Bha emma barrachd air leth an dòchas na mr. Cothrom air grèim aig na h-elton. Mr. Bha ridire na sheòrsa de charaid coitcheann agus de chomhairliche, agus bha fhios aice mr. Sheall elton suas ris.

"tha mi a 'smaoineachadh gu bheil adhbhar," fhreagair esan, "a harriet gobha a dh'aithghearr tairgse pòsaidh, agus bhon a' mhòr-chuid unexceptionable cairteal: -robert martin 's e an duine. Turas aice gu abaid-mhuilinn, seo an t-samhraidh, a rèir coltais a tha tha e gu mòr an sàs ann an gaol agus dòigh airson a pòsadh. "

"tha e gu math èigneachail," arsa emma; "ach an robh e cinnteach gu bheil an t-each a' ciallachadh a phòsadh? "

Agus na bha iad uile airson a dhèanamh ma bha am pòsadh aige. Tha e na dhuine òg math, mar mhac agus bràthair. Cha robh dragh sam bith orm comhairle a thoirt dha pòsadh. Dhearbh e dhomh gum b 'urrainn dha a cheannach; agus gur ann mar sin a bha e, bha mi làn chinnteach nach b 'urrainn dha dèanamh nas fheàrr. Mhol mi an tè bhàn cuideachd, agus chuir mi air falbh e glè thoilichte. Mura robh e riamh air mo bheachd a mheas roimhe, bhiodh e air a bhith gu mòr a 'smaoineachadh orm an uair sin; agus, abair mi, dh'fhàg mi an taigh a 'smaoineachadh gur e an caraid agus an comhairliche as fheàrr a bha a-riamh. Thachair seo an oidhche ro dheireadh. A-nis, mar a dh 'fhaodadh sinn a bhith gu math coltach, cha leigeadh e leis mòran ùine a dhol seachad mus bruidhneadh e ris a' bhean-uasal, agus seach nach eil e coltach gu bheil e air bruidhinn an-dè, chan eil e coltach idir gum bu chòir dha a bhith aig mrs. Là brònach; agus faodaidh neach-tadhail a chumail a-mach, gun a bhith a 'smaoineachadh gu bheil e gu math tòrsach."

"ùrnaigh, m. Ridire," arsa emma, a bha air a bhith a 'gàireachdainn leatha fhèin tro phàirt mhòr den òraid seo," ciamar a tha fios agad nach do bhruidhinn mr martin an-dè? "

"gu cinnteach," fhreagair e, fhreagair e, "chan eil fhios agam gu ìre mhòr, ach dh' fhaodadh e bhith air a thachairt. "

"thig," thuirt i, "innsidh mi rudeigin dhut, air son na tha thu air innse dhomh. A bhruidhinn e an-dè — sin e, sgrìobh e, agus chaidh a dhiùltadh."

Dh'fheumadh seo a bhith air ath-aithris mus fhaiceadh e; agus mr. Bha ridire a 'coimhead dearg le droch-fhaireachdainn agus mì-thoileachas, nuair a sheas e suas, ann an amharus àrd, agus thuirt e,

"an uair sin tha i nas sìmplidhe na bha mi riamh a' creidsinn. Dè an nighean gòrach a tha ann? "

"oh! A bhith cinnteach," dh'èigh emma, "tha e an-còmhnaidh do-chreidsinn do dhuine gum bu chòir do bhoireannach diùltadh tairgse pòsaidh a dhiùltadh. Tha fear an-còmhnaidh a' smaoineachadh air boireannach a bhith deiseil airson buidheann sam bith a dh 'fhaighneachd dhith."

"fuath! Chan eil duine a' smaoineachadh air rud sam bith. Ach dè a tha sin a 'ciallachadh? Ach ma tha e mar sin; ach tha mi an dòchas gu bheil thu ceàrr."

"chunnaic mi a freagairt! - dh'fhaodadh rud sam bith a bhith nas soilleire."

"chunnaic thu a freagairt! — sgrìobh thu a freagairt cuideachd. Emma, seo do dhèanamh. Chuir thu ìmpidh oirre a dhiùltadh."

"agus ma rinn mi, (a, ge-tà, is mise fada bho bhith a 'leigeil) i nach bu chòir a' faireachdainn gun robh mi air a dhèanamh ceàrr. Mgr. Martin 's e glè eireachdail fear òg, ach chan urrainn dhomh aideachadh e bhi harriet a' co-ionann; agus am àite gu dearbh, gum bu chòir dha a bhith air a dhol an sàs anns a 'chunntas agad, tha e coltach gun robh cuid de spruilean ann.

"chan eil e math a bhith a' cleachdadh! " air a chuir a-mach mr. Ridire gu cruaidh agus blàth; agus le asmachd nas ciùine, a 'cur ris, beagan amannan às deidh sin," chan e, chan eil i co-ionnan dha-rìribh, oir tha i cho àrd-ìreach ann an suidheachadh coltach ri suidheachadh. Emma, do bhodhachadh mun chailinn sin dall ort. , aon chuid de bhreith, nàdar no foghlam, gu ceangal sam bith nas àirde na an roboin an robh i na nighinn nàdur aig duine gun fhios aig duine, le is dòcha nach eil solar socraichte idir ann, agus gun teagamh idir gun spèis do-chliù. Cha bhith i na nighean ciallach, no na nighean de dh 'eòlas sam bith, ach cha do dh'ionnsaich i càil sam bith feumail dhi, agus tha i ro òg is ro sìmplidh airson rud sam bith fhaighinn leatha fhèin aig a h-aois chan eil eòlas aice, agus le a gleoc bheag, chan eil e coltach gu bheil comas sam bith aig a bheil cothrom oirre. Tha i bòidheach, agus tha i math gu leòr, agus sin uile. Cha d'fhuair mise ach a 'toirt comhairle mun ghèam, mar a bha e fo a thrèasan, agus droch cheangal dha. Bha mi a 'faireachdainn, mar a bhiodh fortan ann, gum biodh e nas coltaiche gun dèan e nas fheàrr; agus a thaobh a bhith gun chompanach reusanta no mar neach-cuideachaidh feumail, nach b 'urrainn dha dèanamh nas miosa. Ach cha b 'urrainn dhomh a dh' adhbhar sin a thoirt do dhuine ann an gaol, agus bha mi deònach earbsa a chuir ann, gun a bhith a 'dèanamh cron oirre, a chionn gum biodh a leithid sin de chothrom, a dh' fhaodadh, ann an làmhan math, mar a bhiodh e, a bhith air a stiùireadh gu furasta le glè mhath. A 'bhuaidh a bha aig a' gheam a bhith air a h-uile taobh; agus cha robh an teagamh as lugha aca (agus chan eil mi a-nis) gum biodh fear de dhaoine a 'bruidhinn gu h-iomlan mu dheidhinn a deagh fhortan. Eadhon do shàsachadh rinn mi cinnteach. Chaidh e a-mach air mo inntinn sa bhad nach biodh aithreachas ort gun do dh'fhàg a 'charaid highbury, air sgàth a bhith ga rèiteachadh cho math. Icuimhnich air a bhith ag ràdh rium fhìn, 'tha eadhon emma, leis a h-uile pàirt de dhraghan, a 'smaoineachadh gur e deagh mhaidse a tha seo."

"chan urrainn dhomh cuideachadh le bhith a' smaoineachadh air cho beag de fhiosrachadh mu emma gus a leithid de rud a ràdh. Dè tha thu a 'smaoineachadh nach eil tuathanach, (agus leis a h-uile ciall agus a dhiongmhaltachd tuilleadh,) geama math dha mo charaid dlùth chan eil aithreachas orm gun do dh 'fhàg e highbury airson a bhith a' phòsadh fear nach b 'urrainn dhomh gabhail a-steach mar neach a tha eòlach air mo chuid fhìn! Tha mi a' smaoineachadh gum bu chòir dhomh a bhith nam faireachdainn. Cha bu chòir dhut a bhith a 'ciallachadh gu bheil thu dìreach ag ràdh gu bheil thu faisg air an t-seirbheis. . — tha an raon anns a bheil i a 'gluasad gu math os cionn a dh — e. Bhiodh e na mhilleadh."

"milleadh air dìolaltas is aineolas, a bhith pòsta aig tuathanach uasal, tuigseach!"

"a thaobh suidheachadh a breith, ach ann an seagh laghail dh' fhaodadh gur e neach sam bith a chanar ris, cha bhi i a 'cumail orra sa chumantas. Chan eil i airson pàigheadh airson eucoir dhaoine eile, le bhith ga chumail fo ìre nan daoine leis am bheil i an sin. Is gann gu bheil teagamh ann gu bheil a h-athair na dhuine-uasal agus duin'-uasal le fhortan. —tha a cuibhreann gu math libearalach; cha deach aon ni a-riamh a dhìoladh airson a leasachadh no a comhfhurtachd. Gu bheil mi do-dhèanta dhomh-sa, gu bheil i a 'ceangal ri nigheanan nan daoine-uasal, cha dèan neach sam bith, i a' gabhail ris, àicheadh. — tha i nas fheàrr na am fear robert martin. "

"cò am fear a dh'fhaodadh a bhith na pàrantan," arsa mr. Ridire, "cò aige a bha an ionnsaigh dhith, chan eil e coltach gu robh e na phàirt sam bith den phlana aca a thoirt a-steach thuchanadh iad na deagh chomann. An dèidh foghlam gu math eadar-dhealaichte fhaighinn tha i air a fàgail ann am màth. Goddard na làmhan a bhith a 'gluasad mar as urrainn dhi; — gu gluasad, ann an ùine ghoirid, ann am min. Loidhne goddard, a bhith ri mrs. Eòlasan goddard. Tha e coltach gu robh na caraidean aice gu math math dhi; agus bha e math gu leòr. Nach robh i ag iarraidh dad na b'fheàrr dhi fhèin. Gus an do roghnaich thu a thionndadh gu bhith na caraid, cha robh a h-inntinn cho sgiobalta airson a seata fhèin, no nach robh mòr-mhiann sam bith ann. Bha i cho toilichte 'sa ghabhadh leis na marthanaich as t-samhradh. Cha robh mothachadh sam bith aice air sin. Ma tha i a-nis, tha thu air a thoirt seachad. Cha bhith thu nad charaid do dh 'chluicheadh smith, emma. Cha bhiodh a 'bhall-airm air adhartas a dhèanamh gu ruige seo, mura robh e air a chreidsinn nach robh i diombach dha. Tha mi eòlach air. Tha e làn fhaireachdainn a bhith a 'bruidhinn ri boireannach sam bith a tha a' faireachdainn ro-mhisneachail mu dheidhinn a beatha. Agus mar gu'm bu mhiann leis, is esan as fhaide air falbh bhuaithe duine sam bith. An crochadh air gun robh brosnachadh aige. "

Bha e nas fhasa a bhith a 'dèanamh cinnteach nach dèanadh e freagairt dhìreach a dh' an seo; thagh i a-rithist gus a loidhne fhèin den chuspair a thogail a-rithist.

"tha thu nad charaid glè theth do mr martin; ach, mar a thuirt mi roimhe, chan eil mi ceart a dh' ionnsaigh. Chan eil e idir cho duilich a ràdh gu bheil thu ag ràdh gum pòs thu e. Na tha thu mothachail air, agus nach eil thu airidh air a bhith a 'tuigsinn cho teann air a' phuing sin, ge-tà, agus a 'smaoineachadh gum bi i, mar a mhìnicheas tu i, dìreach bòidheach agus làn-nàdurrach, leigidh mi innse dhut, sin ann an tha an ceum aig a bheil i, chan e molaidhean brìoghmhor a th 'ann don t-saoghal san fharsaingeachd, oir tha i, gu dearbh, caileag bhòidheach, agus feumaidh a bhith air a meas mar sin le naoi-deug duine a-mach à ceud, agus gus am bi e coltach gu bheil fir tòrr a bharrachd feallsanachail mu chuspair bòidhchead na tha iad san fharsaingeachda rèir coltais; gus an tuit iad ann an gaol le inntinnean fiosrachail an àite aghaidhean eireachdail, tha cinnt aig nighean, le a leithid de ghràidh agus a dh 'fheumas, gu bheilear a' coimhead agus a 'sireadh a bhith a' faighinn a-mach, a thaobh a bhith a 'cumhachd snog. Chan eil a gnè math,

cuideachd cho beag de thagradh, a 'gabhail ri dìcheall, mar a tha
e a' dèanamh fìor mhì-chinnt de theer agus de dhòigh, beachd gu
math iriosal dhith fhèin, agus deòin gu math toilichte a bhith
toilichte le daoine eile. Tha mi gu math mearachdach mura biodh
do ghnè san fharsaingeachd a 'smaoineachadh air àilleachd cho
mòr, agus cho sàraichte, na h-iarrtasan as àirde a gheibheadh
boireannach."

"air m' fhacal, emma, a bhith gad chluinntinn a 'dèanamh mì-
fheum air an adhbhar a tha agad, tha e cha mhòr gu leòr airson
toirt orm smaoineachadh gur e an aon rud a tha thu nas fheàrr.
Gun a bhith mì-mhodhail na tha thu a' dèanamh. "

"a bhith cinnteach!" ghlaodh i gu sunndach. "tha fios agam gur e
sin d' fhaireachdainn uile. Tha a 'fhios aig a' chaileag mar gu
bheil a h-uile duine cho riaraichte a-seo — a tha aig aon àm a
'bualadh a chuid mothachadh agus a' sàsachadh a bhreith. Gu
dearbh, is e a-riamh a tha a 'pòsadh, is ise a' boireannach cheart
dhut agus is i fhèin, aig seachd bliadhna deug, dìreach a 'dol a-
steach don bheatha, dìreach a tha dìreach air fàs eòlach, gu bhith
fo iongnadh oir chan eil i a' gabhail ris a 'chiad tairgse a gheibh
i? Tha ùine aice coimhead oirre. "

"tha mi an-còmhnaidh air a bhith ga chreidsinn gur e fìor-fhìneas
gòrach a bha ann," arsa mr. Ridire aig an àm seo, "ged a tha mi
air mo smuaintean a chumail rium fhìn; ach tha mi a-nis a'
faicinn gur e rud mi-fhortanach a bhios ann. Bidh thu a 'togail le
a beachdan fhèin a thaobh bòidhchead, agus na tha aice air a
ràdh. Nach bi duine, taobh a-staigh beagan ùine, math gu leòr
airson a bhith ag obair air ceann lag, air a h-uile seòrsa mì-
chiall.dh 'fhaodadh nach lorgadh gabhaltas smith tairgsean
pòsaidh cho luath, ged is e nighean gu math brèagha a th' innte.
Daoine ciallach, ge bith dè as urrainn dhut a ràdh, can nach eil
thu airson mnathan gòrach. Cha bhiodh fir-teaghlaich gu math
measail air iad fhèin a cheangal ri nighean cho neo-fhaiceallach
— agus bhiodh eagal air a 'mhòr-chuid de dhaoine cianail bhon

mhì-ghoireas is an nàire a dh' fhaodadh iad a bhith an sàs, nuair a thig dìomhaireachd a pàrant a-mach. Leig i a-mach a pòsadh, agus tha i sàbhailte, modhail agus toilichte gu bràth; ach ma dh 'iarradh tu oirre a bhith a' dùil ri pòsadh gu mòr, agus gun teagasg i gu bheil i riaraichte le dad nas lugha na duine le buaidh agus fortan, is dòcha gum bi i na bana-bhòrd-parcaidh aig mrs. B 'e goddard an còrr a beatha gu lèir - no, co-dhiù, (airson gur e nighean a 'phòsadh a bhios a' pòsadh cuideigin no eile,) gus an fàs i gu dian,

Nuair nach robh duine nas fheàrr (feumaidh gur e sin an neach-cuideachaidh mòr aige) is dòcha nach fhaigheadh i, fhad's a bha i aig muileann na h-abaid, e mì-thoilichte. Ach tha a 'chùis a-nis air atharrachadh. Tha fios aice a-nis dè na h-uaislean a th 'ann; agus dad a-mhàin ach aig duine sam bith a tha ann am foghlam agus ann an dòigh sam bith cothrom fhaighinn le bhith a 'cleachdadh cruidh."

"lus neo-fhuaimneach, neònach, mar a chaidh bruidhinn riamh!" ghlaodh mr. Knightley .— "tha faireachdainn, diongmhaltas agus fealla-dhà aig a' bhrùthan roboin, airson am moladh; agus tha inntinn cheart aig a inntinn na tha aig gaisgead a thuigsinn. "

Cha do rinn emma freagairt sam bith, agus dh'fheuch i ris a 'coimhead gu siùbhlach geur, ach bha i dha-rìribh mì-chofhurtail agus bha e ag iarraidh gum biodh e air falbh. Cha do rinn i aithreachas air na rinn i; bha i fhathast a 'smaoineachadh gur e breith nas fheàrr a bh' i air a leithid sin de phuing boireann agus grinneas na b 'e; ach gu dearbh bha seòrsa de urram àbhaisteach aice dha a cho-dhunadh san fharsaingeachd, rud a bha a 'caoidh nach robh i cho àrd rithe; agus bha e gu math mì-thoilichte gu robh e na shuidhe dìreach mu choinneamh a h-aghaidh ann an droch staid. Chaidh cuid de na mionaidean seachad anns an t-sàmhchair mì-thlachdmhor seo, le dìreach aon oidhirp air taobh emma a bhith a 'bruidhinn mun t-sìde, ach cha do rinn e freagairt

sam bith. Bha e a 'smaoineachadh. Nochd toradh a smuaintean
mu dheireadh anns na faclan sin.

"cha bhith call mòr aig roboin martin - mas urrainn dha a bhith a'
smaoineachadh sin; agus tha mi an dòchas nach bi e fada mus
dèan e. Tha na beachdan agad airson a bhith a 'dèanamh a dh'
fhèisteas aithnichte gu leòr dhut fhèin; , tha e ceart a
'smaoineachadh gu bheil na beachdan, agus na planaichean, agus
na pròiseactan a th' agad; — agus mar charaid dhomh a 'cuir an
cuimhne dhuibh gum bi a h-uile saothair ann an dàn.

Rinn emma gàire agus dìoladh. Lean e air,

"tha e an urra ris, cha dèan eabar. Is e math math de dhuine a th'
ann an elton, agus bidh e na bhiocair air leth àrd-chliùiteach, ach
chan eil e coltach idir a bhith a 'dèanamh maitheanas neo-
dhligheach. Tha e eòlach air luach teachd-a-steach math cho
math ri gin sam bith eile. Bhodhaig. Elton dh'fhaoidte gum
bruidhinn sentimentally, ach bidh e an gnìomh rationally. Tha e
cho math eòlach aige fhèin tagraidhean, mar as urrainn dhut a
bhith le harriet a. Tha fios aige gu bheil e glè òg brèagha duine,
agus a 'còrdadh gu mòr ge brith càite bheil e' dol; agus agus mar
a tha e an-còmhnaidh a 'bruidhinn bho na daoine a tha an làthair,
chan eil mi idir a' faireachdainn gu bheil e a 'ciallachadh gu
bheil e a' bruidhinn ri teaghlach mòr de bhoireannaich òga gu
bheil a pheathraichean dlùth. Leis, aig am bheil na fichead mìle
not uile. "

"tha mi gu math èigneachail oirbh," arsa emma, a 'gàireachdainn
a-rithist. "nam biodh mi air mo chridhe a chuir air a' phòsadh an
aghaidh m been lton to lton lton lton lton lton have been been
been been been been been have have been b 'e an t-aon dòigh a
bh' ann mo shùilean fhosgladh; ach an-dràsta chan eil mi ach
airson a bhith a 'dèanamh deise dhomh fhìn. Gus m 'obair fhèin
a dhèanamh co-ionann aig randalls. Fàgaidh mi dheth fhad is a
tha mi gu math."

"madainn mhath dhut," - thuirt e, ag èirigh agus a 'coiseachd air falbh gu h-obann. Bha e gu math sàrachail. Dh'fhairich e briseadh-dùil an òganaich, agus bha e air a thàladh gu bhith na dhòigh air a bhrosnachadh, leis an smachd a thug e seachad; agus bha am pàirt a chaidh a thoirt air ìmpidh dha emma anns a 'chùis a' dol air adhart gu h-anabarrach.

Dh'fhuirich emma ann an suidheachadh cugallach cuideachd; ach bha barrachd mì-chinnt ann an adhbhair a h-inntinn, na bha e. Cha robh i an-còmhnaidh a 'faireachdainn cho riaraichte leis fhèin, cho cinnteach gun robh a beachdan ceart agus gun robh a maighstir ceàrr, mar mr. Ridire. Choisich e a-mach ann am barrachd fèin-fhéin na chuir e às a dèidh. Cha robh i air a chuir sìos cho mòr ge-tà, ach bha beagan ùine agus tilleadh an t-seilge a bha nan ath-leasachaidhean gu leòr. Tha clàrsach a 'fuireach cho fadabha e air tòiseachadh a 'dèanamh mì-chofhurtail. Cothrom a thigeadh aig an duine òg a thighinn gu crìch. Thug madainn an latha sin seachad, agus choinnich e ri clàrsair agus chuir e a-mach a chùis fhèin, thug e beachdan eagalach. Bha uamhann air fàilligeadh cho mòr às deidh do na h-uile a bhith cho mì-thoilichte; agus an uair a nochd urras, agus ann an spioraid anabarrach math, agus gun a leithid sin de dh 'adhbhar gun tug i seachad airson a dh' ùine fhada, dh'fhairich i riarachadh a shocraich i le a h-inntinn fhèin, agus chuir i air ais i, a leig le mr. Tha ridire a 'smaoineachadh no ag ràdh na bhiodh e, cha robh i air dad a dhèanamh a bhiodh a' càirdeas eadar boireannach agus faireachdainnean boireannaich a 'seasamh.

Chuir e eagal oirre beagan mu mr. Elton; ach nuair a smaoinich i air a 'mr. Cha b 'urrainn dha ridire a bhith air fhaicinn mar a bha i air a dhèanamh, às aonais an ùidh, no (feumaidh ia bhith ag ràdh rithe fhèin, a dh' aindeoin an toirmeasg a thug an ridire seachad) le comas neach-amhairc mar sin air a leithid sin de cheist, gu robh e fhèin. An robh i air bruidhinn gu dìcheallach agus ann an fearg, bha i comasach air creidsinn, gun robh e an àite a ràdh gun robh e ag iarraidh gu dùrachdach a bhith fìor, na bha fios aige mu dheidhinn. Gu cinnteach bhiodh e air cluinntinn mr. Tha a 'toirt a' labhairt nas leòmach na rinn i riamh, agus mr. Is dòcha nach bi elton ro-fhaicsinneach, neo-chùramach a thaobh cùisean airgid; gu nàdurrach bhiodh e gu furachail am measg na tha iad; ach an uairsin, mr. Cha robh ridire a 'dèanamh dìmeas ceart airson buaidh dìoghrais làidir ann an cogadh leis na h-adhbharan brosnachail air fad. Mr. Cha robh ridire a 'faicinn cho dìoghrasach, agus gu dearbh cha robh càil a' tachairt; ach chunnaic i cus dheth gus a bhith teagmhach mu bhith a 'faighinn seachad air aimhreit sam bith gum biodh gliocas reusanta a' moladh bho thùs; agus a bharrachd air a bhith reusanta, a 'toirt ceum do-dhèanta, bha i glè chinnteach nach ann le mr a bha i. Elton.

Tha coltas agus dòigh sòghail an t-seanaire air a stèidheachadh: thàinig i air ais, gun smaoineachadh mu mr. Martin, ach a bhith a 'bruidhinn mu mr. Elton. Bha caillte nash ag innse dhi rudeigin, a dh 'èist i sa bhad le toileachas mòr. Mr. Bha spiris air a bhith ann am fear. Cha b 'fhada gus an robh e a' frithealadh leanabh tinn, agus bha eashun air a bhith ga fhaicinn, agus bha e air a ràdh gu robh e ag ràdh, gun robh e a 'tilleadh an-dè bho phàirc clayton, gun do choinnich e ri mr. Agus a lorg e air àrd-ìre mhòr, sin mr. Air sgàth sin, cha robh e a 'ciallachadh gun tilleadh e chun an latha an-diugh, ged a b 'e oidhche nam buidheann-caoidh a bh' ann, rud nach robh fios aige a-riamh roimhe; agus mr. Bha cràdh air a bhith a 'bruidhinn ris mu dheidhinn, agus ag innse dha cho gruamach 'sa bha e, an cluicheadair a b' fheàrr a bh 'aca a bhith às-làthair agus a' feuchainn gu mòr ri toirt air a thuras a chuir dheth ach aon latha; ach cha dèanadh e sin; mr. Bha e air a bhith cinnteach gun dèanadh elton dol air adhart, agus thuirt i ann an dòigh gu dearbh gu dearbh, gun robh e a 'dol air gnothachas nach cuireadh e dheth airson brosnachadh sam bith air an t-saoghal; agus rudeigin mu dheidhinn coimisean air leth tàmailteach, agus a bhith na neach aig a bheil rudeigin air leth prìseil. Mr. Cha b 'urrainn do pheacadh a thuigsinn gu leòr, ach bha e glè chinnteach gum feum boireannach a bhith sa chùis, agus thuirt e ris mar sin; agus mr. Cha robh e coltach ach le elton, dìreach a 'gàireachdainn, agus a' siubhal ann an spioradan mòra. Bha caillte nash air a h-innse seo gu lèir, agus bha i air mòran a bharrachd a bhruidhinn mu mr. Elton; agus thuirt i, a 'coimhead cho cudromach dhi," nach do leig i oirre a bhith a 'tuigsinn dè dh'fhaodadh a bhith aig a ghnìomhachas, ach bha fios aice a-mhàin gum b' fheàrr le tè sam bith a b 'fheàrr le elton, an tè as fortanach anns an t-saoghal; gun teagamh, tha mr.

Caibideil ix

Mr. Dh 'fhaodadh ridire teicheadh còmhla rithe, ach cha b'urrainn do emma connsachadh leatha fhèin. Bha e cho mì-thoilichte, gun robh e na b'fhaide na rud àbhaisteach mus tàinig e gu talamh a-rithist; agus nuair a choinnich iad, bha e a 'coimhead nach robh maitheanas aice. Bha i duilich, ach cha b'urrainn dhi aithreachas a dhèanamh. Air an taobh eile, bha na planaichean agus na h-imeachdan aice na bu dhuilich agus a dh 'fheuch ri dhèanamh oirre le bhith a' nochdadh thairis air na làithean a tha romhainn.

Thàinig an dealbh, le frèam gu grinn, gu sàbhailte gu luath an dèidh mr. Air ais, agus a bhith air a chrochadh thairis air breitheanas an t-seòmair-suidhe chumanta, dh'èirich e suas a choimhead air, agus shìn e a-mach a leth-abairtean de dh'armachd mar a bha e; agus a thaobh mar a bha aoighean a 'faireachdainn, bha iad a' coimhead gu robh iad cho làidir is cho seasmhach ri a h-òige. Cha b 'fhada gus an robh emma riaraichte le mr. Chan eil cuimhne sam bith air martin seach mar a bha e a

’toirt seachad eadar-aghaidh le mr. Agus a ’bhuannachd as motha.

Cha robh a beachdan mu bhith a ’leasachadh inntinn a caraid bhig, le mòran de leughadh agus de chòmhradh feumail, air leantainn gu barrachd air beagan chaibidilean, agus an rùn a dhol air adhart a-màireach. Bha e fada nas fhasa a bhith a ’bruidhinn na bhith ag ionnsachadh; an t-iongnadh a bhith a ’leigeil fhaicinn mar a bha i ann am mac-meanmna agus a bhith ag obair gu fortanach, na bhith ag obair gus a h-tuigse a leudachadh no a chleachdadh air fiosrachadh sobr; agus an aon oidhirp litreachail a bha an sàs sa bhad an-dràsta, is e an aon solar inntinn a bha i a ’dèanamh airson oidhche na beatha, a bhith a’ cruinneachadh agus a ’tar-sgrìobhadh na tòimhseachain de gach seòrsa a b'urrainn dhi coinneachadh ris, a-steach do phaipear tana de phàipear le bruthadh teth. , air a dhèanamh suas le a caraid, agus air a sgeadachadh le cairtearan is duaisean.

San linn litreachais seo, chan eil cruinneachaidhean leithid seo aig ìre fìor mhòr. Caill nash, ceannard-sgoile aig mrs. Bha e air co-dhiù trì ceud a sgrìobhadh; agus dh ’ionnsaich e, a thug a’ chiad chothrom oirre, le taic cha mhòr gu leòr, mòran a bharrachd fhaighinn. Chuidich emma le a cumadh, a cuimhne agus a blas; agus mar a sgrìobh clò-bhualadair làmh anabarrach brèagha, tha e coltach gum biodh e na rèiteachadh den chiad òrdugh, ann an cruth a bharrachd air meud.

Mr. Bha an ùidh cho mòr aig an taigh-sheinnse anns a ’ghnìomhachas 'sa bha na h-igheanan, agus gu math tric a’ toirt air ais rudeigin a dh ’fhaodadh a bhith air a chuir a-steach." a leithid de thòimhseachan glic a bha ann nuair a bha e òg - bha e a ’smaoineachadh nach robh cuimhne aige orra! Bha e an dòchas gun dèanadh e ùine. " agus bha e an-còmhnaidh a ’crìochnachadh ann an" piseag, maighdean cothromach ach reòthte. "

Cha robh a dheagh charaid a 'coimhead, cuideachd, a bhruidhinn e ris a' chuspair, a 'tarraing air ais rud sam bith den tòimhseachan; ach bha e ag iarraidh deadh a bhi air an t-faire, agus mar a dh 'fhalbh e air an ìre sin, dh' urrainn do ni a dh 'fhaodadh tighinn as a' cheathramh sin.

Cha robh e idir mar a thogradh a nighean gum bu chòir do dhiathan highbury san fharsaingeachd a bhith air an cur fo òrdugh. Mr. B'e neach-taic an aon neach a dh'iarr i. Fhuair e cuireadh a bhith a 'cuir a-steach na rudan a dh' fhaodadh a bhith air an deagh chuimhneachadh; agus bha an tlachd aice a bhith ga fhaicinn gu sònraichte aig an obair le na cuimhneachain aige; agus aig an aon àm, mar a dh 'fhaodadh i a bhith a' faicinn, gu dùrachdach faiceallach nach toireadh dad mì-chàilear, cha robh a h-uile rud nach do chuir anail ris a 'chaise seachad a bilean. Bha iad fo fhiachan an dà dhuais no trì bheachdan poilitigeach dha; agus an aoibhneas agus an t-àmhghar leis an robh e mu dheireadh air ais a-rithist, agus an àite a chaidh aithris gu h-inntinneil, an charade ainmeil sin,

   tha mo chiad thrioblaid a 'ciallachadh,

   rud ris am bu chòir dhomh a bhith a 'faireachdainn

   agus is e m 'iomlan an rud as fheàrr

   gun deanadh an t-àmhghar sin fàs agus leigheas.

Bha i duilich a bhith ag aithneachadh gun do chuir iad a-steach e bho dhuilleagan bho chionn ghoirid.

"carson nach sgrìobh thu fhèin thu fhèin, mr. Elton?" thuirt i; "is e sin an aon tèarainteachd a tha ann airson a chuid fionnaidh; agus cha bhiodh dad sam bith nas fhasa dhut."

"o cha robh! Cha robh e riamh air sgrìobhadh, cha mhòr gu leòr, rud sam bith den t-seòrsa na bheatha. An duine as gòraiche a bh'ann! Cha robh e eadhon a' call woodhouse "- stad tiotan —" no caill a 'smith e."

An ath latha ge-tà, thug e dhuinn dearbhadh air cho brosnachail. Ghairm e beagan mhionaidean, dìreach pìos pàipeir fhàgail air a 'bhòrd anns a bheil, mar a thuirt e, carade, a bha caraid dha aige air a dhol gu boireannach òg, rud a dh' aidicheadh e, ach, bho a dhòigh. , bha e cinnteach gun robh emma cinnteach às a dhèidh sin.

"chan eil mi ga thairgse airson a bhith a' faighinn cruinn aig a 'chaochain," thuirt e. "a bhith nad charaid dhomh, chan eil còir agam a bhith ga chuir gu ìre sam bith gu sùilean poblach, ach is dòcha nach eil thu a' còrdadh ris a bhith a 'coimhead air."

Bha an òraid na bu mhiosa na bhith a 'cleachdadh crèadha, a thuig emma. Bha mothachadh mòr mu dheidhinn, agus bha e na b'fhasa a bhith a 'coinneachadh a sùilean na bha a caraid. Bha e air falbh às an ath mhionaid: - às deidh mionaid eile, stad

"gabhaibh e," arsa emma, a 'gàireachdainn, agus a' putadh a 'phàipeir gu amirinn -" is ann dhuitse a tha thu fhéin. "

Ach bha crònan air choreigin ann an crith-chliath, agus cha b 'urrainn dha a làimhseachadh. Agus dh'fheumadh e a 'chiad sgrùdadh a dhèanamh air emma, nach robh uair sam bith gu bhith air thoiseach.

a 'call

charade.

tha mo chiad taisbeanadh a 'taisbeanadh beairteas is pomp rìghrean,

tighearnan na talmhainn! An sòghalachd agus an toileachas.

sealladh eile de dhuine, tha an dàrna fear a 'toirt leis,

seall e an sin, monarc nan cuan!

ach ah! Aonaichte, dè an taobh a tha againn!

bha cumhachd agus saorsa aig duine, bha iad uile air an itealaich;

tighearna na talmhainn agus na fairge, bidh e a 'creachadh tràill,

agus boireannach, boireannach brèagha, air rìoghachadh a-mhàin.

a 'deanam deiseil tha am facal gu luath a' solarachadh,

ma dh 'fhaodadh gum bi an aonta aige san t-sùil bhog sin!

Chuir i a sùil thairis oirre, smaoinich i, a 'glacadh na brìgh, leugh e a-rithist gus a bhith gu math cinnteach, agus gu math na bana-mhaighstir air na loidhnichean, agus an uairsin ga thoirt gu dànachd, shuidh e gu aoibhneil gàire, agus ag ràdh rithe fhèin, fhad' s gun robh an t-urras gu math na tha am pàipear anns a h-uile troimh-chèile de dòchais is de dhruidheachd, "glè mhath, mr.

Elton, fìor mhath gu dearbh. Tha mi a' leughadh charades nas miosa. Suirghe - deagh chomharra. Tha mi a 'toirt creideas dhut airson seo. Tha e ag ràdh gu soilleir — a 'iomagain, a' ionndrainn, thoir cead dhomh na seòlaidhean agam a phàigheadh dhut. Aontachadh ri mo charade agus mo mhiannan san aon dòigh. '

Ma dh 'fhaodadh gum bi an aonta aige san t-sùil bhog sin!

A 'cleachdadh dìreach. Bog a tha ann am fìor fhocal airson a sùla - de gach eas-òrdugh, an t-àmas a dh 'fhaodadh a thoirt seachad.

cho luath 'sa bhios am fonn agad bidh am facal a 'solarachadh a dh'aithghearr.

Fealla-dhà — fealla-dhà gu math toinnte! Na h-uile nas fheàrr. Feumaidh duine a bhith gu mòr ann an gaol, gu dearbh, gus cunntas a thoirt oirre mar sin. Ah! Mr. Ridire, tha mi a 'miannachadh gun robh seo na bhuannachd dhut; tha mi a 'smaoineachadh gum biodh seo a' toirt buaidh ort. Airson uair ann am beatha bhiodh e mar fhiachaibh ort fhèin a bhith ceàrr. Sàr charade gu dearbh! Agus gu mòr ris an adhbhar. Feumaidh cùisean tighinn gu èiginn a dh'aithghearr. "

Dh'fheumadh i briseadh air falbh bho na beachdan glè thlachdmhor sin, a bha dìreach mar sheòrsa gu bhith a 'ruith gu mòr, le dealas de cheistean iongantaich an t-seilge.

"dè as urrainn dha a bhith, a chailleas an taigh? — dè as urrainn a bhith ann? Chan eil beachd agam — chan urrainn dhomh tomhas a dhèanamh a dh' aindeoin sin as urrainn dhut a dhèanamh? Feuch am faigh thu a-mach e. Saoil cò an caraid a bha seo - agus cò am boireannach òg a th 'ann a shaoileas tu gur e fear math a th' ann?

agus boireannach, boireannach brèagha, air rìoghachadh a-mhàin.

An urrainn dha a bhith neptune?

seall e an sin, monarc nan cuan!

No trident? No maighdeann-mhara? No siorc? Oh, chan e! Chan eil an siorc ach aon chlàr. Feumaidh ea bhith gu math tuigseach, no cha bhiodh e air a thoirt a-steach. Oh! Caill air taigh-wo, a bheil thu a 'smaoineachadh gum faigh sinn a-mach e gu bràth?"

"maighdeannan-mara is siorcannan! Nonsense! Fear mo ghràidh, cò air a tha thu a' smaoineachadh? Cò às a bhiodh a bhith a 'tarraing charade dhuinn bho charaid air maighdeann-mhara no siorc? Thoir dhomh am pàipear agus èist.

Airson call ———, leugh a 'ghobha.

tha mo chiad taisbeanadh a 'taisbeanadh beairteas is pomp rìghrean,

tighearnan na talmhainn! An sòghalachd agus an toileachas.

Is e sin cùirt.

sealladh eile de dhuine, tha an dàrna fear a 'toirt a-steach;

seall e an sin, monarc nan cuan!

; e sin long, — mar a tha e. — mar a tha e a-nis. Airson an uachdar.

ach ah! Aonaichte, (suirghe, tha fhios agad,) dè an adhbhar a tha againn!

bha cumhachd agus saorsa aig duine, tha iad uile air an itealaich.

tighearna na talmhainn agus na fairge, bidh e a 'creachadh tràill,

agus boireannach, boireannach brèagha, air rìoghachadh a-mhàin.

Tha mi an uairsin a 'leantainn na h-iarrtas, a tha mi a' smaoineachadh, mo ghruagaich gràdhach, cha lorg thu mòran dhuilgheadas a thaobh a bhith a 'tuigsinn. Leugh e gu comhfhurtail dhut fhèin. Chan eil teagamh nach bi e air a sgrìobhadh dhutsa agus dhutsa. "

Cha b 'urrainn do dh' fheachd a bhith a 'cur dragh cho mòr air. Leugh i na loidhnichean crìochnachaidh, agus bha i uile gu math mì-chofhurtail is toilichte. Chan fhaodadh i bruidhinn. Ach cha robh i airson bruidhinn. Bha e gu leòr dhi a bhith a 'faireachdainn. Bhruidhinn emma dhi.

Se ceangal a tha seo a tha a 'toirt seachad dad ach math. Bheir e dhut a h-uile nì a tha thu ag iarraidh - beachdachadh, neo-eisimeileachd, dachaigh cheart — cuiridh e thu fhèin an teis-meadhain do charaidean fìor, faisg air pàirce guir agus mi, agus dearbhaidh sinn am dlùth-chaidreachas gu bràth. Tha seo, harriet, na chaidreachas nach urrainn cur gu bràth air aon seach aon dhiubh. "

"a bh' ann an droch-chliù! "- agus" am fìor dhroch naidheachd aig an taigh, "b' e an t-uile rud a dh 'fheudar dhuinn a chleachdadh, le mòran chuir a-steach air a dh' fhaodadh a dh 'èigneachadh an toiseach; ach nuair a ràinig iad rud nas coltaiche ri còmhradh, bha e soilleir gu leòr dhan charaid aice gum faca, gun robh i a 'faireachdainn, air a h-aithneachadh agus gu robh cuimhne aice dìreach mar a bu chòir dhi. Mr. Bha aithne gu leòr aig sàr-obair elton.

"tha gach rud a chanas tu an-còmhnaidh ceart," dh 'èigh an t-ainm," agus mar sin tha mi creidsinn, agus tha mi a 'creidsinn, agus tha mi an dòchas gu bheil e mar sin; ach cha bhiodh e comasach dhomh a bhith ga chreidsinn. Tha e nas fhaide na rud sam bith a tha mi airidh. , a dh 'fhaodadh corp sam bith a phòsadh! Chan urrainn da bheachd a bhith aige mu dheidhinn. Mi fhìn, a ghràidh! - am b 'urrainn dha a bhith air a chiallachadh dhòmhsa?"

"chan urrainn dhomh ceist a dhèanamh, no èisteachd ri ceist mu dheidhinn sin. Is e cinnteachd a th' ann às mo cho-dhùnadh gu bheil mi. Is e seòrsa de dh 'aran-cluich a th' ann a dh 'ann, a chaochladh ris a' chaibideil; rosg fìrinn. "

"tha e na sheòrsa rud nach b' urrainn do dhuine sam bith a bhith air a shùileachadh. Tha mi cinnteach, o chionn mìos, cha robh barrachd smuain agam fhèin! - na rudan as neònaiche a tha a 'tachairt!"

"nuair a dh' aithnicheas call eamh agus mg eltons — an dèan iad gu dearbh — agus gu dearbh tha e neònach; tha e a-mach às an cùrsa choitcheann gum bu mhiann dhuinn, mar sin cho follaiseach, na cùirtean air an robh rèiteachadh dhaoine eile, mar sin tha thu fhèin agus mr. Elton a 'tadhal air an t-suidheachadh cheart, tha thu a' gabhail ris a chèile le gach suidheachadh anns gach dachaigh agad. Bidh do phòsadh co-ionann ris a 'gheama aig randalls. San àile de raon-feòir a tha a 'toirt seachad an gaol ceart, agus a bhios ga chuir a-steach dhan t-seanail far am bu chòir dha a bhith a' gluasad.

cha robh cùrsa fìor ghaoil air ruith gu rèidh -

Bhiodh nota fada aig an iris hartfield de shakespeare air an turas sin. "

Bha sin glè mhath. Agus cho bòidheach 'sa bha sinn a' smaoineachadh a bha e a 'coimhead! Bha e air a ghàirdeanan còmhla ri mr. .

"is e seo caidreachas a dh' fheumas, ge bith dè a bhios do charaidean, a bhith riaraichte riutha, co-dhiù gu bheil ciallach orra co-dhiù; agus cha bhith sinn gu bhith a 'cur aghaidh air ar giùlan ri amadain. Ma tha iad airson do phòsadh gu toilichte. An seo, tha duine aig a bheil a charactar amalaichte a 'toirt seachad a h-uile dearbhadh air; - ma tha iad airson gun do thuinich thu anns an aon dùthaich agus a' chearcall a thagh iad a chuir ort, an seo thig e gu buil; bu chòir dhut, anns a 'abairt choitcheann, a bhith pòsta gu math, seo an fhortadh cofhurtail, an ionad urramach, an t-àrdachadh anns an t-saoghal a dh'fheumas an sàsachadh."

"tha, fìor fhìor. Cho sgileil a tha thu a' bruidhinn; is toigh leam a bhith gad chluinntinn. Tha thu a 'tuigsinn a h-uile rud. Tha thu fhèin agus mr. Elton cho seòlta ris an fhear eile. An charade seo! — bha mi air a bhith ag ionnsachadh dusan bliadhna, cha b'urrainn dhomh a bhith. Rud sam bith a dhèanamh coltach ris. "

"bha mi a' smaoineachadh gun robh e an dùil a chuid sgilean fheuchainn, leis an dòigh a dh 'fhalbh e an-dè."

"tha mi a' smaoineachadh gur e, gu h-àraid, an charade as fheàrr a leugh mi a-riamh. "

"cha do leugh mi tuilleadh gu ìre, gu dearbh."

"tha e cho fada air ais mar a bha sinn uile roimhe."

"chan eil mi a' smaoineachadh gu bheil an ùine aige gu sònraichte na fhabhar. Chan urrainn dha na rudan sin san fharsaingeachd a bhith ro ghoirid. "

Bha clàrsach ro dhona airson a chluinntinn. Bha na coimeasan a bu fhreagarraiche ag èirigh na h-inntinn.

"is e aon rud a th' ann, "arsa i an-dràsta - a gruaidhean ann an deàrrsadh -" gu bheil deagh fhaireachdainn aice ann an dòigh chumanta, mar gach buidheann eile, agus ma tha rud sam bith ri ràdh, suidhe sìos agus sgrìobhadh litir , agus ag ràdh dìreach dè a dh'fheumas tu, ann an ùine ghoirid, agus eile, a bhith a 'sgrìobhadh rannan is charades mar seo."

Cha b 'urrainn do emma a bhith ag iarraidh gun deidheadh mr. Rosg martin.

"loidhnichean milis mar sin!" an dà dheireadh mu dheireadh! — mar sin ciamar a gheibh mi air ais am pàipear a-rithist, no a ràdh gu bheil e air a lorg? —oh! Caillidh an taigh-feachd, dè as urrainn dhuinn a dhèanamh mu dheidhinn sin? "

"leig dhomh e. Cha dèan thu rud sam bith. Bidh e an seo a-nochd, bidh mi ag ràdh, agus bheir mi dha air ais e, agus bheir cuid neo-fhaireachdainn no eile thairis eadarainn, agus cha bhi thu fo ghealladh. — do bhog bidh sùilean a 'tàladh an àm fhèin airson earbsa a thoirt dhomh."

"oh, ionndrainn woodhouse, dè cho duilich nach urrainn dhomh an gleus àlainn seo a sgrìobhadh a-steach don leabhar agam! Tha mi cinnteach nach eil leth cho math agam."

"fàg às an dà loidhne mu dheireadh, agus chan eil adhbhar sam bith nach bu chòir dhut a sgrìobhadh a-steach don leabhar agad."

"oh! Ach tha an dà loidhne sin" -

- "na h-uile as fheàrr. A' toirt seachad; — airson toileachas prìobhaideach, agus airson toileachas prìobhaideach gan gleidheadh. Chan eil iad idir cho sgrìobhte a tha thu ag aithneachadh, oir bidh thu gan roinn. Ach thoir air falbh e, agus an uair a bhios a h-uile sgath a 'tighinn gu crìch, agus fuireach ann an charade gu math brèagha fhathast, freagarrach airson cruinneachadh sam bith an crochadh air, cha bu mhath leis gum biodh a charade air a lagachadh, fada nas fheàrr na a ghràdh. Thoir dhomh an dà chuid, no gun a bhith a 'toirt dhomh an leabhar, sgrìobhaidh mi sìos e, agus an uairsin cha bhi meòrachadh sam bith ann ort."

Ged a dh 'urrainn do dh' an t-searbhadair a chuir a-steach, ged nach dèanadh a h-inntinn sgaradh eadar na pìosan, gus am biodh e cinnteach nach robh a caraid a 'sgrìobhadh sìos gaol. A rèir coltais bha e ro phrìseil na tairgse airson follaiseachd sam bith.

"cha leig mise air falbh an leabhar sin a-mach às mo làmhan fhèin," thuirt i.

"glè mhath," fhreagair emma; "faireachdainn nas nàdarraiche; agus mar as fhaide a mhaireas e, is ann as fheàrr a bhios mi toilichte. Ach seo m' athair a 'tighinn: cha bhith thu a' cur an aghaidh an charade dha. Bidh e a 'toirt toileachas dha! Ni an t-seòrsa, agus gu h-àraidh ni sam bith a phàigheas boireannach a 'moladh. Tha e air an tenderest spiorad na gaisge a dh'ionnsaigh dhuinn uile! -bi tu fh'ein be'o feumaidh leig dhomh a leughadh dha. "

Bha an claidheamh a 'coimhead trom.

"mo chreach ghaoil, cha bu chòir dhut cus a dhèanamh air an charade seo. — bidh thu a' iomagain na faireachdainnean agad gu h-iomchaidh, ma tha thu ro mhothachail agus ro luath, agus a 'nochdadh gu bheil barrachd brìgh agad, no eadhon a h-uile brìgh a dh'fhaodar a chur ris cha robh e air a ghabhail thairis le moladh cho beag de dh'earmachd, nam biodh e geur airson dìomhaireachd, cha bhiodh e air am pàipear fhàgail fhad is a bha mi leis, ach an àite a bhith a 'tarraing orm a' toirt dhutsa na do thoil. Tha brosnachadh gu leòr aige airson a dhol air adhart, gun a bhith a 'dèanamh gàire a-mach ar n-anaman thairis air an charade seo."

"o! Chan eil, tha mi an dòchas nach bi mi sgìth mu dheidhinn. Dèan mar a tha thu."

Mr. Thàinig taigh-sheinnse a-steach, agus cha b 'fhada gus an do lean an cuspair a-rithist, le bhith a' tilleadh a-rithist gu bhith a 'faighneachd" gu math, mo mhiannan, ciamar a tha do leabhar a 'dol air adhart? — an robh rud sam bith ùr agad?"

"tha, papa; tha rudeigin againn a leughas tu, rudeigin gu math ùr. Chaidh pìos pàipeir a lorg air a' mhadainn seo an-diugh (leig às, tha sinn a 'smaoineachadh le sìthiche) - a' nochdadh charade fìor bhrèagha, agus tha sinn dìreach air copaidh a dhèanamh. Ann. "

Leugh i dha, dìreach mar bu mhath leis gu robh rud sam bith air a leughadh, gu slaodach agus gu follaiseach, agus dà no trì tursan thairis, le mìneachaidhean de gach pàirt mar a lean i - agus bha e gu math toilichte, agus mar a bha i air sùil a thoirt, gu sònraichte leis a 'cho-dhùnadh taingeil.

"aye, tha sin dìreach, gu dearbh, tha sin air a ràdh gu math fìor." boireannach, boireannach brèagha. " tha e cho math dha-rìribh, mo ghràidh, gum faod mi tuairmse a dhèanamh gu furasta air an t-sìthiche a thug e. — cha b'urrainn do dhuine sam bith a sgrìobhadh cho annasach, ach tha thu, emma. "

Bha e na laighe a 'bruidhinn, agus a' gàireachdainn. — an deidh beagan smaoineachaidh, agus osnaich uamhasach luath, chuir e ris,

"ah! Cha bhi e duilich a bhith a' faighinn a-mach às dèidh sin!
Bha do mhàthair ghràdhach cho clisgeach air na rudan sin! Nam
biodh ach gun robh cuimhne agam! Ach chan urrainn dhomh
cuimhne a chumail air dad; — nach robh sin eadhon an
tòimhseachan sònraichte sin a chuala thu ag ainmeachadh. : chan
urrainn dhomh ach a 'chiad chuimhne a thoirt air ais, agus tha
grunn ann.

a 'phiseag, a' mhaighdean cothromach, reòta,

a 'lasadh lasair fhathast gun tuigse,

balach gòrach-droma a ghairm mi gu cuideachadh,

ged tha an t-eagal a th 'air a' eagal,

cho marbhtach ri mo dheise roimhe.

Agus is e sin a th 'ann a dh'fhaodas mi a chuimhneachadh air —
ach tha e gu math innleachdach fad na h-ùine. Ach tha mi a
'smaoineachadh, mo ghràidh, thuirt thu gun d'fhuair thu e."

"tha, papa, tha e air a sgrìobhadh a-mach anns an dàrna duilleag
againn. Copaidh sinn e bho na h-earrannan eireachdail. E garrick
a bha ann, fhios agad."

"aye, tha e glè fhìor. — tha mi ag iarraidh gum b' urrainn dhomh
barrachd dheth a chuimhneachadh.

a 'phiseag, maighdeann cothromach ach reòthte.

Tha an t-ainm a 'toirt orm smaoineachadh air isabella bochd; oir
bha i gu math faisg air a bhith air a bhaisteadh le caitrìona às
deidh a seanmhair. Tha mi an dòchas gum faigh sinn i ann an seo

an ath sheachdain. A bheil thu a 'smaoineachadh, a ghràidh, càit an cuir thu i - agus dè an seòmar a bhios ann dha na clann?"

"o! Tha, bidh a seòmar fhèin aice, gu dearbh, an seòmar a tha i a-riamh; — agus tha an sgoil-àraich ann airson clann, — mar as àbhaist, tha fhios agad. Carson a bu chòir atharrachadh sam bith a bhith ann?"

"chan eil fios agam, a ghràidh-sa ach tha e cho fada bho bha i ann an seo! — cha b'urrainn don duine mu dheireadh thall, agus an uair sin dìreach airson beagan làithean. —mr. Tha neach-lagha john knightley gu math mì-ghoireasach. — droch isabella! Tha i tùrsach air a toirt air falbh bhuainn uile! — agus cho duilich sa bhios i nuair a thig i, gun a bhith a 'faicinn an tealladair an seo!"

"cha bhith i air a h-iongnadh, papa, co-dhiù."

"chan eil fios agam, a ghràidh. Tha mi cinnteach gun do chuir mi m'aire orm nuair a chuala mi an toiseach gun robh i gu bhith pòsta."

"feumaidh sinn faighneachd dha mr. Agus do mr. Taobh an iar a bhith a' dùnadh còmhla rinn, fhad is a tha isabella an seo. "

"tha, a ghràidh, ma tha ùine ann. — ach— (ann an tòna gu math ìosal) - chan eil mi a' tighinn ach airson seachdain. Cha bhith ùine ann airson rud sam bith. "

"tha e mì-fhortanach nach urrainn dhaibh fuireach nas fhaide - ach tha e coltach gu bheil e deatamach. Feumaidh am fear john mc knightley a bhith sa bhaile a-rithist air an 28mh, agus bu chòir dhuinn a bhith taingeil, papa, gu bheil sinn a' toirt seachad an ùine gu lèir. Faodaidh iad a thoirt don dùthaich, nach eil dà latha no trì làithean gan toirt a-mach airson na h-abaid. Tha an rìgh knightley gu bhith a 'gealltainn a thagradh a thoirt seachad na nollaige seo ged a tha fios agad gu bheil e nas fhaide na bha e còmhla rinn. "

"bhiodh e glè dhuilich, gu dearbh, a ghràidh, nam biodh isabella bochd gu bhith ann an àite sam bith ach aig hartfield."

Mr. Cha b 'urrainn do dh' taigh-bainne cead a thoirt seachad airson mr. Tagraidhean knightley air tagraidhean a bhràthar, no corp sam bith, air isabella, ach a-mhàin an fheadhainn aige fhèin. Shuidh e beagan a 'suidhe, agus an sin thuirt e,

"ach chan eil mi a' faicinn carson a dh 'fheudar uallach a thoirt dha droch-inabella a dhol air ais cho luath, ged a tha e a' smaoineachadh gu bheil mi a 'feuchainn ri fuireach nas fhaide còmhla rinn.

"ah! Papa — sin an rud nach do rinn thu a-riamh, agus chan eil mi a' smaoineachadh gum bi thu riamh. Chan urrainn dha isabella fuireach gus fuireach air cùl a cèile. "

Bha seo ro dha-rìribh airson contrarrachd. Nach eil fàilte air mar a bha, mr. Cha b 'urrainn do dh' taigh-bainne ach osnaidheachd ach a thoirt seachad; agus mar a bha an smuain a thaobh ceangal a nighean ris an duine aice a 'toirt buaidh air emma, thug i air adhart anns a' bhad sin meur den t-seòrsa a dh 'fhaodadh a thogail.

"feumaidh harriet a bhith a' toirt dhuinn uiread de a companaidh agus is urrainn dhi fhad 'sa tha mo bhràthair agus mo phiuthar an seo. Tha mi cinnteach gum bi i toilichte leis a' chlann. Tha sinn gu math pròiseil às a 'chlann, chan eil sinn, papa? Saoil cò i? A 'smaoineachadh gur e am fear ciatach, henry no john?"

"seadh, saoilidh mi am bi i. Gathan beaga truagh, cho toilichte 'sa bhios iad a thighinn. Tha iad gu math toilichte a bhith aig hartfield, harriet."

"tha mi ag ràdh gu bheil iad, a dhuine, tha mi cinnteach nach eil fhios agam cò nach eil."

"tha henry na ghille brèagha, ach tha iain gu math coltach ri mama. Mar sin is e henry an t-aon as sine, chaidh ainmeachadh às mo dhèidh, chan ann às deidh athair. Nach robh an té bu shine, ach gu'm biodh isabella air ainmeachadh mar henry, a smaoinich mi gu math brèagha oirre. Agus tha e na ghille ciallach, gu dearbh, tha iad uile gleansach gleansach; a 'seasamh ri taobh mo chathraiche, agus a ràdh, 'grandpapa, an urrainn dhut beagan sreang a thoirt dhomh?' agus nuair a dh 'fhaighnich mi dhomh sgian, ach thuirt mi nach robh e a' dèanamh sgeinean ach airson grandpapas.

"tha e a' coimhead garbh air, "arsa emma," seach gu bheil thu cho eireachdail thu fhèin; ach ma bha thu air a choimeas le pàpan eile, chan eil thu a 'smaoineachadh gu robh e garbh. Mi-fhèin, bheir iad facal geur dhaibh an-dràsta agus a-rithist; ach tha e na athair spioradail - gu cinnteach tha athair, ridire, na athair càirdeil.

"agus an uairsin thig bràthair a mhàthar a-steach, is tilgidh e suas chun mullach suas ann an dòigh gu math eagalach!"

"ach is toigh leotha e, papa; chan eil dad sam bith ann a tha a' còrdadh riutha cho mòr. Tha e cho tlachdmhor dhaibh, mura cuireadh an uncail sìos an riaghailt mu bhith a 'gabhail cothrom, ge bith dè nach tachradh a-steach don taobh eile."

"uill, chan urrainn dhomh a thuigsinn."

"is e sin a tha a' tachairt leinn uile, chan urrainn dha leth den t-saoghal tlachd fhaighinn bhon taobh eile. "

Nas fhaide air adhart anns a 'mhadainn, agus dìreach mar a bha
na h-igheanan a' dol a dh 'fhuireach mar ullachadh airson
dìnnear ceithir uairean a dh' àbhaist, choisich an gaisgeach aig a
'charaid neo-chudromach seo a-steach a-rithist. Thionndaidh an
t-uamhas air falbh; ach dh 'fhaodadh e bhith a' faighinn leis a
'ghàire àbhaisteach mar as trice, agus cha b' fhada gus an robh a
sùilean luath a 'tuigsinn gun robh e air putadh a dhèanamh - a
bhith air bàs a thilgeil; agus bha i a 'smaoineachadh gur ann gus
faicinn ciamar a dh' fhaodadh e tighinn suas. B'e an t-adhbhar a
bu chudthromaiche aige, ge-tà, am bu chòir dhomh faighneachd.
Dh'fhaodte pàrtaidh an taigh-òsta a dhèanamh suas an oidhche às
aonais, no am bu chòir dha a bhith anns a 'cheum as lugha aig
hartfield. Ma bha e, feumaidh a h-uile nì eile gèilleadh; ach a
chaochladh bha a charaid caraid air a bhith ag ràdh mòran mu a
bhiadh leis-san - a rinn e den leithid de phuing, gun tug e
gealladh dha gu bhith a 'tighinn.

Thug emma taing dha, ach cha b'urrainn dha leigeil le a charaid a
dhìmeadh air a 'chunntas aca; bha a h-athair cinnteach às a
rubair. Dh'ath-chuireadh e - dh 'aisich i; agus an sin bha e
coltach gu sin a dheanamh a bhogha, nuair a bhiodh e a 'gabhail
a' phàipear bhon bhòrd, thill i air ais e -

"o! Is e seo an charade a bha thu cho dualtach falbh còmhla rinn;
tapadh leat airson an sealladh. Chòrd e cho math ruinn, gun do
thog mi a-steach e gu cruinneachadh cha mhòr smith. Cha toir do
charaid leis e. Tha mi air a bhith dòchasach nach do chuir mi tar-
sgrìobhadh thar na ciad ochd loidhnichean. "

Mr. Is cinnteach nach robh fios glè mhath aig elton dè chanainn.
Bha e a 'coimhead amharasach - gu ìre troimh-chèile; thuirt e
rudeigin mu dheidhinn "onair," - a thug sùil air emma agus aig
an t-uachdaran, agus a 'faicinn an leabhar fosgailte air a' bhòrd,
ga thoirt suas, agus a sgrùdadh gu cùramach. Leis an t-amas gun
cuireadh sin seachad droch àm, thuirt emma gu cruaidh,

"feumaidh tu mo leisgeul a dhèanamh ris a' charaid agad; ach mar sin chan fhaod caraid cho math a bhith ann an tè no dhà. Faodaidh ea bhith cinnteach mu ghnìomh a h - uile boireannach fhad's a bhios e a 'sgrìobhadh leis an t-urram sin."

"chan eil teagamh sam bith agam a ràdh," fhreagair mr. Ach a dh 'aindeoin sin, bidh a' chùis a 'dèanamh dragh air a' chùis a 'bruidhinn; "chan eil teagamh sam bith agam a bhith ag ràdh — co-dhiù ma tha mo charaid a' faireachdainn gu bheil mi mar a nì mi — chan eil mi cho teagmhach mu dheidhinn, nach fhaic e a dhroch thlachd mar a tha mi ga fhaicinn, (a 'coimhead ris an leabhar a-rithist, agus ga chuir na àite. Air a 'chlàr), smaoinicheadh e gur e seo an t-àm as pròiseil de bheatha."

An dèidh na h-òraid seo chaidh e cho luath 'sa ghabhadh. Cha b 'urrainn do emma smaoineachadh gu robh e ro luath; airson a h-uile càil math agus taitneach a bha aige, bha seòrsa de chaismeachd ann an òraidean a bha glè fhreagarrach gus a toirt air gàire. Ruith i air falbh airson tàmailt a chuir air, a 'fàgail an tairgsean agus an toileachas a bh' ann a bhith a 'cleachadh a' chùis.

Caibideil x

Ged a tha e a-nis am meadhan dùbhlachd, cha robh sìde air a bhith ann fhathast gus bacadh a chuir air na boireannaich òga bho eacarsaich nach robh cho cunbhalach; agus air an latha màireach, fhuair emma turas carthannach a phàigheadh gu teaghlach bochd tinn, a bha a 'fuireach beagan a-mach à highbury.

Bha an rathad gu taigh beag seo air a dhol sìos sìos làrach na h-eaglaise, lèana a bha a 'seasamh aig ceàrn ceart bhon phrìomh shràid, neo-riaghailteach, prìomh àite na h-àite; agus, mar a thèid a thoirt a-steach, anns a bheil an t-àite beannaichte aig mr. Elton. Cha robh a 'dol a-steach ach beagan thaighean na b'fhaide, agus an uairsin, mu chairteal a mhìle sìos an sràid dh'èirich an taigh-feachd , seann taigh nach robh cho math, faisg air an rathad mar a bhiodh e. Cha robh cothrom sam bith aige air suidheachadh; ach bha an sealbhadair a bha ann an-dràsta gu math sàmhach; agus, mar a bha e, cha bhiodh e comasach gum biodh an dithis charaidean ga dhèanamh às aonais astar slaodach agus a 'coimhead air na sùilean.

"tha, siud thu a' dol agus do leabhar-tòimhseachan aon de na làithean sin. "- bha harriet -

"oh, dè an taigh milis a bh' ann! Mar a tha bòidheach! —a tha na cùirtearan buidhe a chailleas nash a 'meas cho mòr."

"cha bhi mi tric a' coiseachd mar seo a-nis, "arsa emma, mar a bha iad a' dol air adhart, "ach an uair sin bidh dealachadh ann, agus bidh mi a' faighinn a-mach beag air bheag mu na callaidean, geataichean, pollagan agus pollagan a 'phàirt seo de highbury. "

Cha robh a 'cliathaich, a lorg i, riamh na beatha taobh a-staigh an taigh-feachd, agus bha i ann a bhith a' coimhead cho neònach gu robh e cho trom, a 'beachdachadh air an taobh a-muigh is an coltachd, nach fhaodadh emma ach a dhearbhadh, mar dhearbhadh air gràdh, le mr. A 'toirt a-mach deise deas oirre.

"tha mi a' miannachadh gu'm b'urrainn dhuinn a dh, ainneachadh, "thuirt ise; "ach cha chreid mi gu bheil e comasach d' fhulang le neach-gabhail a thoirt a-steach; - gun sgalag sam bith a tha mi airson a 'cheasnachadh mu dheidhinn a neach-taighe - chan eil teachdaireachd sam bith agam bho m 'athair."

Bha i a 'coimhead, ach cha shaoileadh i càil. An dèidh sàmhchair de dhà mhionaid, thòisich mar sin a-rithist -

"tha mi a' smaoineachadh gur e iongnadh a tha ann, nach caill thu an taigh-tasgaidh, nach bu chòir dhut a bhith pòsta, no a bhith dol a phòsadh! Cho tarraingeach dhutsa! "-

Rinn emma gàire, agus fhreagair e,

"chan eil mise gu math togarrach, math gu leòr airson mo phòsadh; feumaidh mi daoine eile a lorg a tha snog — aon neach eile co-dhiù. Agus chan e a-mhàin, chan eil mi gu bhith pòsta, an-dràsta, ach chan eil mòran dùil agam. Mu bhith a 'pòsadh idir."

"ah!" mar a chanas tu; ach chan urrainn dhomh a chreidsinn. "

"feumaidh mi a bhith a' faicinn cuideigin gu math nas fheàrr ri duine sam bith a chunnaic mi fhathast, ri bhith air a theasachadh; tha mr. Elton, tha fhios agad, (a 'faicinn i fhèin, a-mach às a' cheist: agus chan eil mi ag iarraidh neach sam bith den t-seòrsa sin fhaicinn. Chan eil e comasach dhomh atharrachadh gu mòr mura h-eil mi dol a phòsadh, feumaidh dùil a bhith agam ris aithreachas a dhèanamh. "

"mo charaid! — tha e cho neònach a chluinntinn gu bheil boireannach a' bruidhinn mar sin! "-

"chan eil deadh sam bith agam de na boireannaich a bhith a' pòsadh. An robh mi a 'tuiteam ann an gaol, gu dearbh, bhiodh e na rud eadar-dhealaichte! Ach cha robh mi riamh ann an gaol; chan e mo shlighe, no mo nàdar; agus tha mi a' dèanamh chan eil mi a 'smaoineachadh gum bi mi gu bràth agus, às aonais gràdh,

tha mi cinnteach gum bu chòir dhomh a bhith nam amadan
airson a leithid de shuidheachadh mar a bhios. Tha iad caran cho
àrd ri ban-fhear an taighe mar a tha mi ag àrach; agus cha bhith
mise gu bràth an dùil a bhith cho fìor chudromach agus
cudromach: mar sin an-còmhnaidh agus an-còmhnaidh ceart ann
an sùilean duine sam bith mar a tha mi ann an athair.

"ach an uair sin, a bhith na seann mhaighdean mu dheireadh, mar
cha mhòr binn!"

"tha sin cho snasail is a dh' fhaodas tu a thaisbeanadh, a dhroch
fhiachaibh; agus ma bha mi a 'smaoineachadh gum bu chòir
dhomh a bhith mar amharasach sin cho gòrach — cho riaraichte
— cho sgriosail — cho cruaidh agus cho neo-fhialaidh - agus
mar sin innis na h-uile rud innse a rèir coltais a h-uile corp mum
dheidhinn, phòsadh mi amàireach, ach eadar sinn fhìn, tha mi làn
chinnteach nach bi coltas sam bith ann, ach a-mhàin nuair a tha e
gun phòsadh. "

"ach fhathast, is e seann chailleach a bhios annad! Agus tha sin
cho duilich!"

Tha i gu mòr an urra ri gach corp, ged a tha e bochd agus ged a
tha e bochd. Gu dearbh chan eil bochdainn air a h-inntinn a thoirt
seachad: tha mi a 'creidsinn ann an da-rìribh, mura robh ach
tasdan aice san t-saoghal, bhiodh i glè dhuilich sia sgillinn a
thoirt seachad; agus chan eil eagal aig duine sam bith oirre: is e
sin seun mòr. "

"mo luaidh! Ach dè nì thu? Ciamar a bhios tu ag obair dhut fhèin
nuair a dh'fhàsas tu aosta?"

"ma tha fios agam air fhìn, harriet, tha mi nam inntinn bheothail,
trang, le mòran ghoireasan neo-eisimeileach; agus chan eil mi a'
smaoineachadh carson a bu chòir dhomh a bhith nas motha ag
iarraidh cosnadh aig ceathrad no leth-cheud na botal bean-gu-

fichead. Bidh obraichean làmh an amharais cho fosgailte
dhomhsa mar a tha iad an-dràsta, no gun atharrachadh mòr sam
bith ann, ma tharraingeas mi nas lugha, leugh mi barrachd: ma
bheir mi suas ceòl, bheir mi gu obair cairpéid. Rudan
inntinneach, rudan airson na ceannsachaidhean, a tha gu dearbh
na fìor dheagh ìre, an rud a tha gu fìrinneach na dhroch olc
airson a sheachnadh gun phòsadh, bidh mi gu math math dheth,
leis a h-uile leanabh aig piuthar agam a tha a 'caoidh cho mòr,
cùram a ghabhail. Bidh gu leòr dhiubh ann, a rèir coltais, a bhith
a 'toirt seachad a h-uile seòrsa faireachdainn gu bheil beatha a
dh' ìsleachadh feumach air. Bidh gu leòr ann airson gach dòchas
agus gach eagal; agus ged a tha an ceangal agam ri càil co-
ionann ri pàrant, tha e a 'freagairt mo smuaintean air cofhurtachd
nas fheàrr na tha nas blàithe agus blàth. Is e mo mhic-bràthar is
mo pheathraichean a bhios a 'bruidhinn agam — mar as trice
bidh nighean agam còmhla rium."

"a bheil fios agad gu bheil nighean a bh' ionndrainn gu bhith?
Sin, tha fios agam gum feum thu a bhith air a faicinn ceud turas -
ach a bheil thu eòlach? "

Tha sinn an-còmhnaidh air a bhith eòlach air a h-uile uair a thig i
gu highbury. Leis a 'bhàth, a tha cha mhòr gu leòr airson fear a
chur a-mach às a' ghreim le neas. Mòran mu na ridirean uile
còmhla, mar a tha i a 'deanamh mu dheidhinn an t-sitheag anns a
bheil i air a leughadh, tha a h-uile litir bho a cuid leughadh a-nis
dà uair a dh' fhalbh; ach cuir e mathanas air stamacair a chuir a
h-antaidh, no fighe paidhir ghearran air son a seanmhair, fear a
dh 'fhaodas gun dad eile air son mìos.

Bha iad a-nis a 'tighinn chun an taighe, agus chaidh na
cuspairean leisg a chuir an àite. Bha emma truagh; agus bha
aimhreit nam bochd cho cinnteach mu fhaochadh bho a h-aire
phearsanta agus a coibhneas, a comhairle agus a foighidinn, mar
a fhuair i bho a sporan. Thuig i na dòighean aca, b 'urrainn
dhaibh aineolas agus an teannachadh a cheadachadh, cha robh

dùil romansach aca bho bhuadh sònraichte bho na daoine a
fhuair foghlam cho beag; thug iad a-steach do na trioblaidean aca
le co-fhaireachdainn deiseil, agus bha iad an-còmhnaidh a 'toirt
taic le tòrr fiosrachaidh cho math ri deagh-rùn. Anns an t-
suidheachadh an-dràsta, b 'e tinneas agus bochdainn a thàinig
oirre a chèilidh; agus an deigh fuireach an sin cho fad 'sa
bheireadh i comhfhurtachd no comhairle, dh 'fhag i am bothan le
sealladh cho mor air an t-sealladh,' s mar a thuirt i ris a' chleith,
mar a dh 'fhalbh iad air falbh,

"is iad sin na seallaidhean, a dhroch fhiachaibh, a dhèanamh aon
mhath. Mar a tha iad a' toirt air falbh a h-uile rud eile! — tha mi
a 'faireachdainn mar gum b' urrainn dhomh smaoineachadh air
dad ach na creutairean truagh sin fad an latha, agus fhathast, cò
as urrainn a ràdh dè cho luath 'sa dh 'fhaodas e tighinn à
m'inntinn?"

"glè fhìor," ars am fear. "droch chreutairean! Chan urrainn dha
smaoineachadh air càil eile."

"agus, gu dearbh, chan eil mi a' smaoineachadh gum bi am
beachd seachad a dh'aithghearr, "arsa emma, nuair a bha i a' dol
thairis air an callaid ìseal, agus a 'bualadh na coise a chuir crìoch
air an t-slighe chaol, sleamhainn tro ghàrradh an taighe, agus
thug e a-steach iad a-rithist dhan t-sreath. "chan eil mi a'
smaoineachadh gum bi sin, "a' stad a bhith a 'coimhead a-rithist
gu h-iomlan air brìgh-uachdrach an àite, agus a bhith a'
cuimhneachadh na tha fhathast ann.

"o! A ghaoil, na," thuirt a companach.

Choisich iad. Bha an lùb beagan lùb; agus nuair a chaidh an lùb
sin seachad, mr. Bha sùil a 'toirt a-mach; agus cho faisg air a
bhith a 'toirt seachad ùine emma a-mhàin airson a ràdh nas
fhaide,

"ah! Harriet, an seo thig deuchainn glè obann air ar seasmhachd ann an deagh smuaintean. (gàire,) tha mi an dòchas gum bi e ceadaichte ma tha co-fhaireachdainn air gluasad agus faochadh a thoirt dha na fulangaich, tha e air a h-uile càil a tha dha-rìribh cudromach a dhèanamh . Ma tha sinn a 'faireachdainn gu bheil sinn truagh, gu leòr airson a h-uile càil a dh' urrainn dhuinn a dhèanamh dhaibh, tha an còrr na fhaireachdainn falamh, a 'cur dragh oirnn fhèin a-mhàin."

Cha b 'urrainn do dh' fheòrag freagairt, "och, a ghràidh," mus do chuir an duine-uasal iad a-steach. Ge-tà, is e iarrtasan is fulang nan teaghlaichean bochda a 'chiad chuspair a chaidh a chumail. Bha e air a bhith a 'tadhal orra. Gun do chuir e às an turas e; ach bha cothrom inntinneach aca mu na ghabhadh dèanamh agus bu chòir a dhèanamh. Mr. Thionndaidh elton an uairsin airson a dhol còmhla riutha.

"a bhith a' tuiteam le chèile air leithid a dh 'ionnsaigh," smaoinich emma; "coinneachadh ann an sgeama carthannach; bheir seo àrdachadh mòr air gràdh air gach taobh. Cha bu chòir dhomh a bhith cinnteach an robh e a' toirt a-steach an dearbhadh. Feumaidh e, nam biodh mi ann an seo.

Airson a bhith ga sgaradh bhuapa cho fada agus a dh 'fhaodadh i, ghabh i goirid às dèidh sin seilbh air frith-rathad cumhang, beagan air a thogail air aon taobh den t-sreath, gan fàgail còmhla sa phrìomh rathad. Ach cha robh i ann an sin dà mhionaid nuair a fhuair i a-mach gu robh cleachdaidhean an t-seilge aig a 'bhrìgh agus a fìorachd a' toirt a-nuas i cuideachd, agus, ann an ùine ghoirid, bhiodh an dithis aca goirid às a dèidh. Cha dèanadh seo sin; bha i dìreach a 'stad, fo pretete gu robh atharrachadh ri dhèanamh anns a' chiad leth-bhròg aice, agus a 'feuchainn ri stad a chuir air an t-slighe-coise gu h-iomlan, chuir i orra a' chùis a lorg, agus leanadh i ann an leth mionaid. Rinn iad mar a bha iad ag iarraidh; agus mun àm a shaoil i gun robh e reusanta a bhith a 'dèanamh leis a' bhròg aice, bha i air cofhurtachd nas fhaide mus do chuir i thairis a comas, le leanabh air falbh bhon bhothan, a 'toirt a-mach, a rèir òrdughan, le a pige, airson brot a thoirt à hartfield. A bhith a 'coiseachd ri taobh an leanaibh seo, agus a bhith a' bruidhinn ris agus a 'ceasnachadh dhith, an rud as nàdarraiche air an t-saoghal, no a bhiodh iad na bu mhothanàdarra, an robh i an sàs dìreach an uair sin gun dealbhadh; agus leis an seo tha na daoine eile fhathast comasach air cumail a-mach, gun comain sam bith feitheamh rithe. Fhuair i orra, ge-tà, gu saor-thoileach: bha astar an leanaibh nas luaithe, agus gu robh an fheadhainn sin caran slaodach; agus bu mhotha a bha iomagain oirre, oir tha e follaiseach gu robh iad ann an còmhradh a chuir ùidh orra. Mr. Bha elton a 'bruidhinn ri dealbhan-beò, harriet gwrando le aire air leth toilichte; agus bha emma, an dèidh an leanabh a chur air, a 'tòiseachadh a' smaoineachadh air ciamar a tharraing i air ais beagan a bharrachd, nuair a choimhead iad le chèile, agus thàinig oirre a dhol còmhla riutha.

Mr. Bha neach-glèidhidh fhathast a 'bruidhinn, is iad fhathast a' bruidhinn gu mionaideach; agus bha e na bhriseadh-dùil do emma nuair a lorg i gun robh e a 'toirt cunntas don phàrtaidh an-dè aig pàrtaidh a charaid, agus gun robh i a' faighinn a-steach a thaobh càise stilton, seilge a 'tuath, an t-ìm, an t-seilear, an freumh, agus a h-uile milis.

"bhiodh seo air a bhith a' toirt rud nas fheàrr gu luath, gu dearbh, "a bhith a' mealladh smaoineachail; "tha rud sam bith a tha inntinneach eadar an fheadhainn a tha a' gaol; agus bidh rud sam bith a 'cur an aithne na tha faisg air a' chridhe. Ma dh 'fhaodadh mi a bhith nas fhaide air falbh!"

Bha iad a-nis a 'coiseachd còmhla gu socair, gus am faic iad sealladh na gearain, nuair a thug gluasad obann, a dh' fhuairear a-steach dhan taigh co-dhiù, a-rithist rudeigin a bha gu math sàmhach mun bhròg aice, agus tuiteam air falbh airson a chuir air dòigh a-rithist. Bhris i an uairsin an lios goirid, agus ga tilgeil a-steach gu dìg, bha e mar dhleastanas orra an uairsin stad a chur orra, agus dh'aidich iad nach robh i comasach air a dhol gu còraichean gus am biodh e comasach dhaibh a dhol dhachaigh ann an comhfhurtachd.

"tha cuid de mo lace air falbh," arsa ise, "agus chan eil fhios agam ciamar a bhios mi a' cumail an-àirde. Is e companach mòr a th 'ann dha-rìribh dhut , ach tha mi an dòchas nach bi mi cho uidheamaichte gu math. , feumaidh mi cead a thoirt seachad stad aig an taigh agad, agus iarraidh air do neach-gleidhidh beagan de ribean no sreang a lorg, no rud sam bith dìreach airson mo bhuile a chumail air. "

Mr. Choimhead elton air a h-uile toileachas a bha an lùib a 'tairgse seo; agus rud sam bith a dh 'fhaodadh a bhith nas motha na an aire agus an aire ann a bhith gan giùlan a-steach don taigh aige agus a' feuchainn ri toirt air gach nì a bhith na bhuannachd. B 'e an seòmar san deach an toirt a-steach an aon fhear a bha gu mòr an sàs aige, agus a 'coimhead air adhart; air a chùlaibh bha fear eile anns an robh e a 'conaltradh a-mach; bha an doras eatorra fosgailte, agus chuir emma a-steach e leis an neach-taighe airson a cuideachadh anns an dòigh as comhfhurtail. Dh'fheumadh i an doras fhàgail mar a lorg i e; ach bha i làn dùil gum biodh mr. Bu chòir do elton a dhùnadh. Cha deach a dhùnadh, ge-tà, bha e fhathast na fheur; ach le bhith a 'toirt a-steach an neach-gleidhidh ann an còmhradh nach robh cho cruaidh, bha i an dòchas gum biodh e na b'fhasa dha a bhith a' briseadh na cuspair aige fhèin anns an t-seòmar ri thaobh. Airson deich mionaidean cha chluinneadh i càil ach i fhèin. Dh'fhaodadh i a bhith nas fhaide a-nis. Dh'fheumadh i an uair sin a bhith deiseil, agus coltas oirre.

Bha na leannanan nan seasamh còmhla aig aon de na h-uinneagan. Bha taobh gu math fàbharach aige; agus, airson leth-uair, bha emma a 'faireachdainn gu robh i air a bhith soirbheachail ann a bhith a' sàs gu soirbheachail. Ach cha dèanadh e sin; cha robh e air a thighinn chun a 'phuing. Bha e glè thoilichte; bha e air innse gu robh e air fhaicinn a 'dol air ais, agus gun robh iad air an leantainn a dh' ionnsaigh; bha gaisgidhean beaga eile agus ùmhlachd air a bhith air an leigeil às, ach cha robh dad dona ann.

"faiceallach, gu math faiceallach," smaoinich emma; "tha ea' dol air adhart a 'òirleach le òirleach, agus cha dean e cron air bith gus an creid e e fein cinnteach."

Ach fhathast, ged nach robh a h-uile nì air a choileanadh leis an inneal innleachdach aice, cha b 'urrainn dhi ach i fhèin a dhèanamh nas buailtiche gu robh e na adhbhar toileachais don dithis, agus gum feumadh iad an toirt air adhart chun an tachartais mhòir.

Caibideil xi

Mr. Feumaidh elton a-nis fhàgail. Cha b'ann a-nis a bha e na chumhachd aig emma a bhith a 'sàsachadh na toileachas aige no a chuid cheumannan a luathachadh. Bha teachd teaghlach a piuthar cho faisg air làimh, an toiseach ann an dùil, agus an uairsin ann an da-rìribh, thàinig i às a seo a prìomh amas inntinneach; agus anns na deich latha a dh 'fhalbh iad ann an raon-feòir cha robh dùil ri a shùileachadh - cha robh i fhèin a' dùileachadh gum biodh e comasach dha rud sam bith seachad air cuideachadh fortanach dha na leannanan. Gu faodadh iad gluasad gu luath nam biodh, ge-tà; feumaidh iad adhartas a dhèanamh air dhòigh no eile co-dhiù a bhiodh no nach biodh. Is

gann a bha i ag iarraidh barrachd spòrs dhaibh. Tha daoine ann, a
nì barrachd dhut, is ann as lugha a nì iad dhaibh fhèin.

Mr. Agus mrs. Bha john knightley, bho bhith na b'fhaide na bha
e an-dràsta bho bhith a 'cur seachad le surry, an ìre mhath
inntinneach seach an ùidh àbhaisteach. Gu ruige na bliadhna seo,
a h-uile saor-làithean fada bho chaidh am pòsadh aca a roinn
eadar abaid hartfield agus abaid toin; ach chaidh a h-uile saor-
làithean den fhoghar seo a thoirt do dh'uisge-mara airson na
cloinne, agus mar sin bha mòran mhìosan ann bho chaidh am
faicinn mar thoradh gu cunbhalach leis na ceanglaichean surry
aca, no fhaicinn aig mr uile gu lèir. Taigh-cùirte, nach b 'urrainn
dha a bhith air a thàladh gu ruige lunnainn cho fada, fiù 's air
sgàth call isabella; agus a bha, mar sin, a-nis gu math sunndach
agus gu dòigheil le toileachas a thaobh a bhith a 'toirt seachad an
turais ghoirid seo.

Smaoinich e air mòran de na bha a 'dol air adhart air an turas,
agus chan ann air beagan sgìths de na h-eich aige fhèin agus an
neach-coidse a bha gus cuid den bhuidheann a thoirt a-steach an
leth mu dheireadh den slighe; ach cha robh feum air a chuid
lasair; na sia mìle deug an dèidh a bhith air an coileanadh gu
dòigheil, agus mr. Agus mrs. John knightley, an còignear
chloinne, agus àireamh iomchaidh de chlann-àraich, uile a
'ruighinn gu h-àiridh ann an sàbhailteachd. Bha spionnadh agus
aoibhneas a 'ruighinn seo, na h-uimhir a bhruidhneadh, a
chuireadh fàilte, a bhrosnaicheadh agus a sgaoilear agus a chuir
air falbh iad, a' dèanamh fuaim agus troimh-chèile nach
fhaodadh a dhiongmhalan a bhith fo adhbhar sam bith eile, no a
dh 'fhaodadh tachairt mòran nas fhaide eadhon airson seo; ach
bha meas cho mòr air dòighean hartfield agus faireachdainnean a
h-athair. John knightley, a dh 'aindeoin sin a dh' aindeoin miann
leis a 'chlann air na h-aoighean beaga aice a dh' itheas gun dàil,

Bean. B 'e boireannach beag, eireachdail a bh 'ann an john
knightley, le modh sàmhach, sàmhach, agus deise iongantach a

bha sùbailte agus càirdeil; air am pasgadh ann an teaghlach; bean dhrùidhteach, màthair doilgneach, agus mar sin cho ceangailte ri a h-athair is a piuthar sin, ach airson na ceangalan àrda seo, dh 'fhaodadh gun robh gaol nas blàithe air a bhith duilich. Chan fhaiceadh i coire ann an gin dhiubh. Cha robh i na boireannach le tuigse làidir no luaths sam bith; agus leis an t-samhla seo de a h-athair, fhuair i cuideachd mòran den bhun-reachd aice; bha i faiceallach na slàinte fhèin, ro chùramach mu a clann, bha mòran iomagain agus mòran nearbhan aice, agus bha e cho measail air a màthair fhèin. Àite sgèith anns a 'bhaile mar a dh'fhaodadh a h-athair a bhith mr. Peiridh. Bha iad le chèile cuideachd, ann an coibhneas coitcheann de theannaireachd, agus cleachdadh làidir a thaobh spèis do gach seann neach-eòlais.

Mr. Bha john knightley na dhuine àrd, coltach ri duine-uasal, agus bha e glè innleachdach; ag èirigh na dhreuchd, dachaigheil, agus modhail na phearsa prìobhaideach; ach le modh cùise a chuir bacadh air a bhith glè mhath; agus comasach air a bhith uaireannan a-mach à àbhachdas. Cha robh e na dhuine crosta, agus cha robh e cho tric a bhith a 'giùlain mar a dh' eil e cho cunnartach; ach cha b'e a chruth a dhroch bhuaidh; agus, gu dearbh, le bean cho fialaidh, cha mhòr gun gabhadh uireasbhaidhean nàdarra sam bith a mheudachadh. Feumaidh an toileachas mòr a bha aig a meuran cron a dhèanamh air. Bha a h-uile càil ceàrr agus luath-inntinn aige a bha i ag iarraidh, agus uaireannan dh 'urrainn dha a bhith ag obair gu mì-fhollaiseach, no a ràdh rud cruaidh.

Cha robh e gu math dèidheil air a phiuthar-cèile cheart. Cha d'fhuair e dad ceàrr oirre. Gun robh i a 'faireachdainn gu robh an leòn beag a chaidh a dhèanamh air isabella, nach do dh'fhairich isabella i fhèin a-riamh. Ma dh'fhaodte gu bheil i air a dhol seachad air barrachd na bha a bhodhaig air a bhith cho drùidhteach ri piuthar isabella, ach cha robh iad ach feadhainn de bhràthair agus caraid coibhneil, gun mholadh agus gun dall; ach cha mhòr gum b 'urrainn do neach sam bith ìre de dhìlseachd

pearsanta a thoirt dhi ge bith dè a' choire as motha den t-seòrsa a
bha anns na sùilean aice a thuit e a-steach; cha robh e an-
còmhnaidh air an foighidinn a dh 'fhaodadh a bhith air iarraidh.
Mr. Uaireannan bha ùmhlachd agus toileachas an ulaidh air a
dhùsgadh e gu bhith a 'toirt air ais gu reusanta no gu tur sgìth.
Cha robh e tric a 'tachairt; airson mr. Bha fìor mheas aig john
knightley air athair-cèile, agus san fharsaingeachd bha
mothachadh làidir aige air dè bha ri dhèanamh; ach bha e ro thric
airson carthannas emma, gu h-àraida chionn 's gun robh pian
aimhreit gu tric ann, ged nach tàinig an eucoir. Bha toiseach, ge-
tà, a h-uile cuairt a 'nochdadh ach cha robh e furasta gun
deidheadh faireachdainnean fàbharach, agus seo riatanach gu
leòr airson a dhol seachad ann an còrdadh neo-iomchaidh. Cha
robh iad air an suidhe fada is air an dèanamh nuair a bha mr.
Dh'ainmich taigh-gheamhraidh, le crathadh falaichte air a
'cheann agus osna, aire na h-ìghne aige ris an atharrachadh
brònach a bha ann an raon feòir oir bha i air a bhith ann.

"ah, a ghràidh," arsa esan, "bochd a dh' fhalbh gun tàillear — is
e obair chruaidh a th 'ann."

"o tha, a mhaighstir," ghlaodh i co-fhaireachdainn gu math, "mar
a dh' fheumas tu a bhith ga h-ionndrainn! Agus an gaol mòr a
rinn mi, cuideachd! — an call uamhasach sin a bh '! Dh
'fhaodadh tu a dhèanamh às a h-aonais. — tha e glè dhuilich a
bhith ag atharrachadh. — ach tha mi an dòchas gu bheil i gu
math math, a dhuine."

"uamhasach math, tha mo ghràdh-dòchasach - gu math math. —
cha eil fios agam ach gu bheil an t-àite ag aontachadh rithe gu
so-ghiùlain."

Mr. Dh 'fhaighnich john knightley an seo dha emma gu socair an
robh teagamhan sam bith ann mu dheidhinn an èadhar a bha air
na speuran.

"o! Cha robh, cha robh gin a bu lugha ann. Cha robh mi a'
faicinn morsan taobh an iar nas fheàrr nam bheatha-riamh a
'coimhead cho math. Chan eil papa a' bruidhinn ach aithreachas
fhèin. "

"is e seo gu mòr dha-rìribh an dà chuid," an fhreagairt
eireachdail.

"agus a bheil thu ga faicinn, a bhean, gu math tric?" dh
'fhaighnich i isabella anns an tòimhseachan breuganach a bha
dìreach freagarrach dha h-athair.

Mr. . \ t "cha bhi e cho faisg, cho tric, a ghràidh, mar a dh'
fhaodadh mi. "

"oh! Papa, chan eil sinn air am faicinn ach aon latha slàn bhon a
phòs iad. Anns a' mhadainn no feasgar gach latha, ach a-mhàin
aon, an robh sinn a 'faicinn mr weston no mrs. Weston, agus san
dà chuid, an dà chuid aig randalls no mar a dh 'fhaodadh tu a'
bruidhinn, tha isabella, mar as trice an seo. Tha iad uamhasach
caoimhneil anns na cuairtean aca.tha taobh an iar cho co-ionann
ri i fhèin. Papa, ma tha thu a 'bruidhinn san dòigh mheallta sin,
bidh thu a' toirt seachad isabella feumaidh a h-uile buidheann a
bhith mothachail gu feum sinn a bhith air chall a h-uile
buidheann, ach bu chòir do gach buidheann a bhith cinnteach
cuideachd gu bheil mr. A tha na fìor fhìrinn. "

"dìreach mar a bu chòir," arsa mr. John knightley, "agus dìreach
mar a bha mi an dòchas gur ann bho do litrichean a bha e. Cha
robh teagamh ann nach biodh teagamh ann gu robh a miann air a
bhith a' tarraing às, agus mar sin tha a bhith na neach-dàimh
agus fear sòisealta ga dhèanamh furasta. Tha mi air a bhith ag
innse dhut-sa, a ghràidh, sin. Cha robh càil a dh'fhios agam gum
biodh an t-atharrachadh cho cudromach dha am fear a shuidhich
thu iad, agus a-nis tha cunntas emma agad, tha mi an dòchas gum
bi thu riaraichte. "

"carson, a bhith cinnteach," thuirt mr. Taigh-seinnse - "tha, gu cinnteach — chan urrainn dhomh a dhol às àicheadh gu bheil muinntir an iar a' tighinn oirnn gus a bhith gar faicinn gu math tric - ach an uair sin - feumaidh i a-nis a dhol air falbh a-rithist. "

"bhiodh e glè dhoirbh air taobh an iar nam biodh i nach dèanadh i sin. Papa. — tha thu a' dìochuimhneachadh gu math mr.

"tha mi a' smaoineachadh, gu dearbh, "arsa john knightley gu tlachdmhor," gu bheil beagan tagraidh aig mr. Weston. Bidh thu-fhèin agus i, emma, a 'feuchainn ri pàirt an duine bochd a ghabhail. I, a bhith na fhear-cèile, agus chan eil thu idir a bhean, is dòcha gu bheil e dualtach gu bheil an duine gar toirt air falbh le cumhachd co-ionnan, mar a tha airson isabella, tha i air a bhith pòsta fada gu leòr airson a bhith cho goireasach is a dh 'fhaodas a h-uile duine a bhith a' seasamh bhon taobh siar. "

"mise, a ghràidh," ghlaodh a bhean, a chluinnt agus a thuigse ach a-mhàin mar phàirt. — "a bheil thu a' bruidhinn rium mu mo dheidhinn? — tha mi cinnteach nach bu chòir do dhuine sam bith a bhith, no a bhith, na neach-tagraidh nas motha airson pòsadh na tha mi; cha robh e air a bhith ann an trioblaid a bhith a 'fàgail hartfield, cha bhith còir agam a-riamh a bhith a' caoidh nan tàmh, ach mar an tè as fortanach anns an t-saoghal, agus a 'cur dragh air an iar, an sin mr m weston, tha mi smaoineachadh nach eil dad ann. Chan eil mi a 'creidsinn gu bheil e mar aon de na fir as fheàrr a th' ann a-riamh. Ach thu fhèin agus do bhràthair, chan eil fhios agam gu bheil e cho coibhneil ris a bhith a 'teasachadh. A 'chaisg - agus a-riamh bho an coibhneas sònraichte aige an t-sultain mu dheireadh an dà-dheug anns an sgrìobhadh sin, aig dà uair dheug air an oidhche,gu dearbh, gus dèanamh cinnteach nach robh fiabhras sgàrlaid ann aig cobham, tha mi air a bhith cinnteach nach robh cridhe nas motha ann no fear nas fheàrr ann. — mas urrainn do bhuidheann sam bith a bhith airidh air, feumaidh e bhith air chall.

"càite bheil an gille òg?" arsa john knightley. "an robh e an seo an-seo — no nach eil?"

"cha robh e air a bhith an seo fhathast," fhreagair emma. "bha dùil mòr ann gun tigeadh e goirid an dèidh a' phòsaidh, ach cha tàinig e gu crìch ann; agus cha chuala mi iomradh air o chionn ghoirid. "

"ach bu chòir dhut innse dhaibh mun litir, a ghràidh," arsa a h-athair. "sgrìobh e litir gu màthraichean bochda. Weston, gus meal-a-naidheachd a chur oirre, agus litir cheart, sgoinneil a bh' ann. Sheall i dhòmhsa e. Smaoinich mi gun robh e air a dhèanamh gu math dha-rìribh. Chan urrainn dha innseadh ach tha e òg, agus bràthair a mhàthar, is dòcha— "

"mo chapa gràidh, tha e trì-agus-fichead. Dìochuimhnichidh tu mar a tha ùine a' dol seachad. "

"trì-is-fichead! — is e sin gu dearbh? —18, cha b' urrainn dhomh a bhith ga chreidsinn — agus cha robh e ach dà bhliadhna a dh'aois nuair a chaill e a mhàthair bhochd! Uill, cha bhith ùine ag itealaich gu dearbh! — agus tha mo chuimhne gu math dona gidheadh, b 'e litir mhath, bhreagha a bh 'ann, agus thug e toileachadh mòr do m and n agus do mhnathan air an taobh an iar. Tha mi a 'dìochuimhneachadh mar a chaidh e air adhart, agus chaidh a shoidhnigeadh 'fc weston churchill.' - tha cuimhne agam air sin gu tur."

"dè cho tlachdmhor is cho iomchaidh dha!" ghlaodh iad na mìrean math. John knightley. "chan eil teagamh sam bith agam gur e fear òg a bhiodh nas iongantaiche a th'ann. Ach cho duilich 's nach bu chòir dha a bhith a' fuireach aig an taigh còmhla ri athair, tha rud cho uamhasach ann an toirt air falbh leanabh bho a phàrantan agus bhon dachaigh nàdarrach aige! Thu a 'tuigsinn dè mar a dh' fhaodadh mean air mhean dhan taobh a bhith ag obair ris gus nach tigeadh e suas do phàiste!

"cha robh duine a-riamh a' smaoineachadh gu math mu dheidhinn na h-eaglaisean, is e dìreach a bha ann, "arsa mr. Aoibhneach ridire. "ach cha leig thu leas a bhith a' smaoineachadh gum biodh thu a 'faireachdainn na dh' fhaodadh tu faireachdainn ann an leigeil às na h-àrach no draoidheachd. Tha an taobh an iar na fhear furasta, sunndach, na dhuine le faireachdainnean làidir; tha e a 'gabhail rudan mar a lorgas e iad agus a 'dèanamh toileachas às dhaibhsan air dhòigh air choireigin, a rèir amharas, gu mòr nas motha na chanas an t-sòisealtas airson a chuid comhfhurtachd, is e sin, air cumhachd ithe agus òl, agus cluich fead le a nàbaidhean còig tursan san t-seachdain, na bha e gaol teaghlaich, no rud sam bith a bheir dhachaigh e. "

Cha bu chaomh le emma mar a bha air meòrachadh air mr. Taobh an iar, agus bha leth inntinn aige a thoirt suas; ach dh led ith e cruaidh, agus leig i seachad. Chumadh i an t-sìth nam biodh sin comasach; agus bha rudeigin onarach agus luachmhor anns na cleachdaidhean dachaigheil làidir, an ìre gu leòr dachaigh dha fhèin, mar thoradh air a dòigh anns an robh a bràthair a 'coimhead sìos air an ìre as cumanta de eadar-obair shòisealta, agus an fheadhainn don robh e cudromach. A 'tagradh àrd mu chasg.

Caibideil xii

Mr. Bha ridire a 'dol a dh' itheadh leotha - an-aghaidh sụl mr. Taigh-cùirte, nach do chòrd ris gum bu chòir do dhuine sam bith a bhith còmhla ris a 'chiad latha dha isabella. Bha co-fhaireachdainn ceart aig emma air co-dhùnadh a dhèanamh ge-tà; agus a thuilleadh air a bhith a 'beachdachadh air dè bha ri dhèanamh dha gach bràthair, bha toileachas sònraichte aice, bho shuidheachadh an eas-aonta nach maireann eadar mr. Ridire agus i fhèin, a 'toirt seachad an cuireadh ceart dha.

Bha i an dòchas gum biodh iad a-nis nan caraidean a-rithist. Bha i den bheachd gu robh an t-àm ann a bhith a 'dèanamh suas. Gu dearbh cha bhiodh e do-dhèanta a dhèanamh. Gu dearbha cha robh i air a bhith ceàrr, agus cha bhiodh e fhèin gu leòr aige. Feumaidh lasachadh a bhith air falbh bhon cheist; ach bha an t-àm ann a bhith a 'dìochuimhneachadh gu robh iad a-riamh air foill a dhèanamh; agus bha i an dòchas gun toireadh e taic dha ath-thogail càirdeas, nuair a thàinig e a-steach don rùm gun robh aon de na sgoilearan còmhla rithe - an tè as òige, nighean bheag laghach mu ochd mìosan a dh'aois, a bha a 'dèanamh a' chiad turas gu hartfield, agus ro thoilichte a bhith air a dhannsa mu dheidhinn gàirdeanan a màthar. Chuidich e; oir ged a thòisich e le uaighean trom agus ceistean goirid, cha b 'fhada gus an robh e air a stiùireadha bhith a 'bruidhinn mun h-uile duine anns an dòigh àbhaisteach, agus a' toirt a-mach an leanabh às a h-uchd le a h-uile neo-bhlasda de thàineachas iomlan. Bha emma a 'faireachdainn gun robh iad nan caraidean a-rithist; agus an dìteadh a 'toirt toileachas mòr dhi an toiseach, agus an uair sin beagan sàmhraidh, cha b' urrainn dhi cuideachadh ag ràdh, oir bha e a 'toirt spèis don leanabh,

"dè cho cofhurtail a th' ann, gu bheil sinn a 'smaoineachadh mu dheidhinn mac-bràthar is peathraichean, a thaobh fireannaich is boireannaich, tha na beachdan againn uaireannan glè eadar-dhealaichte; ach a thaobh na cloinne sin, cha bhith mi a' faicinn a-riamh.

"nam biodh tu air a stiùireadh cho mòr le nàdar anns an tuairmse agad air fir agus boireannaich, agus cho beag fo chumhachd na h-àithne agus na h-ùine anns an do dhèilig thu riutha, mar a tha thu a' dèanamh a 'chlann seo, dh'fhaodadh gun smaoinich sinn an-còmhnaidh."

"a bhith cinnteach - feumaidh ar co-chruinneachaidhean a bhith an-còmhnaidh bho bhith a bhith ceàrr."

"tha," thuirt e, a 'gàireachdainn—" agus an adhbhar math. Bha mi sia bliadhna deug a dh'aois nuair a rugadh tu. "

"eadar-dhealachadh susbainteach an uair sin," fhreagair i - "agus chan eil teagamh sam bith gun robh thu fada nas fheàrr na mo bhreith aig an àm sin de ar beatha; ach chan ann a' toirt a-steach aon bliadhna gu leth sinn na tuigse againn gu math nas fhaisge? "

"tha, deagh phàigheadh nas fhaisge."

"ach fhathast, chan eil faisg gu leòr gus cothrom a thoirt dhomh a bhith ceart, ma tha sinn a' smaoineachadh air dòigh eadar-dhealaichte. "

"fhathast tha mi air buannachd fhaighinn bho shia bliadhna deug de dh' eòlas, agus gun a bhith na boireannach eireachdail òg agus leanabh a mhilleadh. Thig a-steach orm, a charaid, agus na chanas an còrr . Gum feumadh i eisimpleir nas fheàrr a thoirt dhut na bhith ag ùrachadh seann ghearanan, agus mura robh i ceàrr, tha i a-nis. "

"tha sin fìor," dh 'èigh i," fìor fhìor. Beagan emma, fàs suas boireannach nas fheàrr na d unt aidh. A bhith gu math nas doirbhe agus a dhoimhneas mar sin., a-nis, ridire, facal no dhà eile, agus tha mi air a dhèanamh. Cho fad's a bha deagh rùn aige, bha sinn ceart gu leòr, agus feumaidh mi a ràdh nach eil buaidh sam bith air mo thaobh den argamaid fhathast ach gu bheil mi airson a bhith a 'faighinn a-mach nach eil am martin gu math ro-mhisneach."

"chan urrainn do dhuine a bhith nas motha," an fhreagairt ghoirid, làn aige.

"tha mi gu math duilich. — thig, crathaibh orm."

Bha seo dìreach air tachairt agus le ùmhlachd mhòr, nuair a rinn john knightley a choltas, agus "mar a rinn do, george?" agus "ean, ciamar a tha thu?" às deidh sin a dhèanamh ann am fìor stoidhle na beurla, a 'adhlacadh fo chiùire a bha a' coimhead cho caoin, nach robh ann ach mì-chofhurtachd, an rud a bu chòir a bhith air aon cheann a dhèanamh, ma bha feum air, a h-uile nì a dhèanamh airson math an duine eile.

Bha an oidhche sàmhach agus comhfhurtail, mar mr. Dhiùlt taigh an taigh cairtean gu tur airson bruidhinn comhfhurtail le isabella gràdhach, agus rinn am pàrtaidh beag dà roinn nàdarra; air aon taobh dha fhèin agus a nighean; air an làimh eile tha an dithis mr. Ridirean; tha na cuspairean aca gu tur eadar-dhealaichte, no glè ainneamh a 'measgachadh - agus emma bho àm gu àm a' gabhail pàirt ann an aon no cuid eile.

Bha na bràithrean a 'bruidhinn mu na draghan agus na h-oidhirpean aca fhèin, ach a' mhòr-chuid às an fheadhainn leis an èildear, a bu luaithe a 'bruidhinn, agus a bha an-còmhnaidh nas àirde. Mar mhaighstir, mar as trice bha puing lagha ann dhaco-chomhairlich le eudach mu dheidhinn, no, co-dhiù, beagan naidheachd neònach a thoirt seachad; agus mar thuathanach, mar a bha e a 'cumail na tuathanas dhachaigh aig donwell, bha aige ri innse dè bha a h-uile raon a' dol an ath-bhliadhna, agus a h-uile fiosrachadh ionadail a thoirt seachad nach biodh comasach air a bhith inntinneach do bhràthair aig an robh a dhachaigh bha an aon rud as fhaide de a bheatha, agus bha an cuid cheanglaichean làidir. Chaidh plana drèanaidh, atharrachadh feansa, leagail craoibhe, agus ceann-uidhe gach acaire airson cruithneachd, snèipean, no sìol an earraich, a-steach dhan uiread de cho-ionannachd ùidh aig john, mar a rinn a bhodhaig nas fhuaire. Comasach; agus ma bha a bhràthair deònach a-riamh a 'call rud sam bith airson rannsachadh mu dheidhinn, bha an rannsachadh aca fiù a' dol gu toileach.

Agus, mar sin, bha daoine a 'fuireach gu comhfhurtail ann am bruadar, mr. Bha an taigh-seinnse a 'mealtainn làn thlachd de aithreachas sona agus an dàimh ris an nighinn aige.

"is e islaella mo ghràdh," arsa esan, gu gaolach a lamh, agus a 'briseadh thairis, airson beagan mhionaidean, a saothair thrang do chuid de a còignear chloinne —" dè cho fada 'sa tha e, cho uamhasach fada bho bha thu ann! Agus ciamar? Feumaidh tu a bhith sgìth an dèidh do thuras! Feumaidh tu dol don leabaidh tràth, mo ghràidh-sa agus tha mi a 'moladh brochan beag dhutsa mus tèid thu a-null. — bidh mias brèagha de dh' othail agad-sa agus mi-fhèin, saoilidh mi uile gu bheil beagan brochan agad. "

Cha b 'urrainn do emma a leithid sin de rud a dhèanamh, fios a bhith aice mar a rinn i, gun robh an dithis aca. Bha ridirean cho furasta am faicinn mun artaigil sin fhèin; — agus cha robh ach dà mhias air an òrdachadh. An dèidh beagan a bharrachd de mhisneachd a 'moladh gruel, le cuid a' smaoineachadh nach gabhar a h-uile corp e a h-uile feasgar, lean e air ag ràdh, le itealan de mheòrachadh trom,

"is e gnothach cunnartach a bh' ann, mo luaidh, a bhiodh tu a 'cosg an fhoghair aig a' cheann a deas an àite tighinn an seo. Cha robh mòran de bheachd agam air aer na mara. "

Thuirt mr a 'a' chùis as miosa e, cha robh e na dh 'uachdaran, no cha bu chòir dhuinn a bhith air falbh. Mhol e airson a h-uile duine cloinne, ach gu h-àraidh airson an laigse ann an amhach beag bella - —beachd mara agus snàmh."

"a mo chreach, ach bha gu leòr teagamhan aig a' bhròg mun mhuir a 'dèanamh math sam bith dhi, agus mar a tha mi fhìn, tha mi air a bhith làn-chreidsinneach, ged nach do dh'innis mi thu riamh roimhe seo, gu bheil a' mhuir gu math ainneamh gu feum sam bith gu tha mi cinnteach gun do mharbh e mi aon uair. "

"thig, thig," ghlaodh emma, a 'faireachdainn gur e cuspair cunnartach a th' ann, "feumaidh mi gun a bhith a' bruidhinn mun mhuir. Tha e orm eireachdail agus truagh; — nach fhaca e riamh e! Tha mo ghràdh-gaoil, cha d 'chuala mi gun d' rinn thu aon rannsachadh mu leigheas an t-soithich fhathast: agus cha bhi e gu bràth a 'cur sin ort."

"o! Abair gu math, mar a th' e, a thighearna? "

"carson, gu math math; ach chan eil gu math math. Chan eil cràdh bochd ach annasach, agus chan eil ùine aige coimhead às a dhèidh fhèin - tha e ag innse dhomh nach eil ùine aige coimhead às a dhèidh fhèin - a tha gu math brònach - ach tha e an-còmhnaidh air iarraidh. Tha mi creidsinn nach eil fear cho math ris an leithid de dhòigh ach an uair sin chan eil duine cho clis ri duine sam bith. "

"agus tha mrs a' coimhead agus a 'chlann, ciamar a tha iad? A bheil na clann a' fàs? Tha spèis mhòr agam dha mire. Tha mi an dòchas gum bi e a 'tadhal a dh'aithghearr. Bidh e cho toilichte mo dhaoine beaga fhaicinn."

"tha mi an dòchas gum bi e an seo am-màireach, oir tha ceist no dhà agam a bhith ag iarraidh air mi fhìn a-mach. Tha e, agus mo ghràidh, nuair a thig e, bha thu nas fheàrr a leigeil leis coimhead air amhach beag bella."

"o! A ghaoil, tha a sgòr fada nas fheàrr gu bheil mi air a bheag a bhith mì-thoilichte mu dheidhinn. Tha an snàmh na b'fheàrr a thug thu dhi, no tha e ri a bhith air a nochdadh ri mòr-mhilleadh de mr. Tha sinn air a bhith a 'cuir a-steach aig amannan bho àm sam bith."

"chan eil e glè choltach, a mo ghràidh, gum bu chòir dhut a bhith a' feumachdainn a bhith a 'snàmh mar ainm oirre - agus nam biodh fios agam gu robh thu ag iarraidh gunirteachadh, bhiodh mi air bruidhinn ris—

"tha mi a' coimhead orm gun do dhìochuimhnich mi mucan. "agus mi ag ionndrainn gu bheil mi ag iarraidh," arsa emma, "cha chuala mi aon rannsachadh às an dèidh."

"a ghabhaltasan math — tha mi gu math trom air a' choimhlinn — ach tha thu a 'bruidhinn orra anns a' mhòr-chuid de do litrichean. Tha mi an dòchas gu bheil iad gu math math. . — tha iad an-còmhnaidh cho toilichte a bhith a 'faicinn mo chuid cloinne. — agus gu bheil sin fìor mhath air falbh às na h-eileanan!

"carson, gu math, a ghràidh, air an iomlan. Ach cha robh droch fhuachd aig màthraichean bochda mu mhìos air ais."

"dè cho duilich a tha mi! Ach cha robh fuachd gu bràth cho bitheanta 'sa bha iad as t-fhoghar seo. Dh'innis mgr. Wingfield dhomh nach robh e riamh air a bhith nas eòlaiche no trom - ach nuair a bha e gu ìre mhòr a' fàs. "

"tha sin air a bhith na chùis mhath, a ghràidh; ach chan ann ris a' cheum a tha thu ag ainmeachadh. Tha perry ag ràdh gu bheil fuachd gu math coitcheann, ach chan eil e cho trom mar a tha aithnichte gu tric e san t-samhain. Chan eil cràdh idir ga ainmeachadh idir. Seusan tinn. "

"chan eil, chan eil fhios agam gu bheil mr wingfield den bheachd gu bheil e gu math tinn ach a-mhàin -

"a chlann bhochd a tha bochd, is e an fhìrinn, gu bheil e an-còmhnaidh na ràith tinn ann an lunnainn. Chan eil duine fallain ann an lunnainn, chan urrainn dha duine a bhith ann. Is e rud eagalach a th' ann gum feum thu fuireach ann! Agus an èadhar cho dona! "

"cha robh, gu dearbh - chan eil sinn idir ann an droch èadhar. Tha ar pàirt de lunnainn gu math nas fheàrr na cuid eile! — cha bu chòir dhuinn a bhith gar fulang le lunnainn san fharsaingeachd, a' charaid gràdhach. Cha bu chòir dhomh a bhith mì-thoilichte, is mi fhìn a bhith beò ann an àite sam bith eile sa bhaile: — cha mhòr gu bheil mi air a bhith riaraichte gu bheil mi riaraichte mo chuid cloinne a bhith agam: ach tha sinn mar sin tha e gu math iongantach le bhith a 'smaoineachadh nach bi cearcall brunswick faisg air a' cho-dhùnadh mu dheidhinn an èadhar.

"ah! A ghràidh, chan eil e coltach ri hartfield. Dèan thu a' chuid as fheàrr dheth - ach as deidh dhut a bhith seachdain aig hartfield, tha thu uile nad chreutairean eadar-dhealaichte; chan eil thu coltach ris an aon rud. Gu bheil mi a 'smaoineachadh gu bheil thu a' coimhead gu math ort an-dràsta. "

"tha mi duilich a chluinntinn a chanas tu mar sin, a bhean, ach bidh mi a' dèanamh cinnteach, ach a-mhàin na pian cinn-cinn beaga sin agus na binn-phiangan nach eil mi gu tur an-asgaidh bho àite sam bith, tha mi gu math math leam fhìn; cha b 'ann gus an robh iad beagan nas sgìth na an àbhaist, bhon turas aca agus bhon toileachas a bha iad a 'tighinn. Tha mi an dòchas gun smaoinich thu nas fheàrr air an coltas am maireach: oir dh'innis mi dhomh gun do dh'innis mr. Cha robh e a 'creidsinn gun do chuir e a-mach sinn gu tur, ann an cùis cho math., earbsa, co-dhiù, nach eil thu a' smaoineachadh gu robh an ridire a 'coimhead tinn," a 'tionndadh a sùilean le draghan gaolach dhan duine aice.

"meallta, mo ghràidh; chan urrainn dhomh do mholadh. Cha chreid mi gu bheil mr john knightley fada bho bhith a' coimhead gu math. "

"dè an gnothach a th' ann, a mhaighstir? — a bhruidhneas tu rium? " ghlaodh mr. John knightley, a 'cluinntinn a ainm fhèin.

"tha mi duilich a bhith a' lorg, mo ghràdh, nach eil m 'athair a' smaoineachadh gu bheil thu a 'coimhead gu math - ach tha mi an dòchas nach eil e ach a bhith beagan sgìth. Dh' urrainn dhomh, ge-tà, mar a tha fios agad, gun robh thu air mr. Mus do dh'fhàg thu an dachaigh. "

"tha mo ghràdh dhamhla," - a dh 'uamhas air gu bràth —" cha dean ùrnaigh dragh ort fhèin mu mo choltas. Bi riaraichte le dotair agus a 'cromadh thu fèin agus ris a' chlann, agus seallaidh mi mar i. Chuse. "

"cha do thuig mi gu tur na bha thu ag innse dha do bhràthair," ghlaodh emma, "mu dheidhinn do charaid a bha an dùil le bàillidh bho alba a thoirt dha do charaid, gus coimhead às deidh an oighreachd ùr aige. Ro làidir? "

Agus labhair i san dòigh seo cho fada is gu soirbheachail, nuair a chaidh ìmpidh a thoirt dhi a h-aire a thoirt a-rithist dha a h-athair is a piuthar, nach robh dad na bu dhuilich aice a chluinntinn na an rannsachadh coibhneil asabella a bh 'ann às deidh cothrom na fìrinn; agus faironx jane, ged nach robh i cho measail rithe san fharsaingeachd, bha i aig an àm sin glè thoilichte a bhith a 'moladh.

"sin fairxx milis, èibhinn sin!" arsa mrs. John knightley .— "tha e cho fada bho chunnaic mi i, ach a-nis agus an-dràsta airson mionaid gun fhiosta anns a' bhaile! Dè an toileachas a dh'fheumas a bhith dha seann seanmhair agus a seanmhair cliùiteach, nuair a thig i tadhal orra! A bharrachd air an toileachas as fheàrr aice nach urrainn dhi a bhith na bu mhotha aig highbury, ach a-nis tha an nighean pòsta, tha mi creidsinn gum bi an còirneal agus am measg nan campairean comasach air a bhith ag obair còmhla rithe idir.

Mr. Dh 'aontaich taigh an ròid ris a h-uile rud, ach chuir e ris,

"tha an caraid beag againn a' tadhal air gobha, ge-tà, a tha dìreach cho òg ris an t-seòrsa duine òg seo.

"tha mi cho toilichte a chluinntinn - ach chan eil fios aig duine ach a-mhàin gu bheil e cho fìor mhath agus nas fheàrr! — agus dìreach aois emma."

Chaidh an cuspair seo a dheasbad gu toilichte, agus shoirbhich feadhainn eile aig an aon àm, agus bhàsaich iad le co-sheirm coltach ris; ach cha do dhùin an oidhche gun a bhith a 'tilleadh beagan. Thàinig am brochan agus thug e seachad mòran airson a ràdh - mòran moladh agus mòran bheachdan - gun teagamh co-dhùnadh an fallaineachd airson gach bun-reachd, agus philippics gu math trom air na taighean far nach deach coinneachadh a-riamh ris; — ach, gu mì-fhortanach, am measg nam measg. Fàilligeadh a dh 'fheumadh an nighean a thogail, am fear as ùire, agus mar sin as follaisiche, anns a còcaire aice fhèin aig ceann a deas, boireannach òg air am fastadh airson an àm, nach robh a-riamh comasach air tuigse fhaighinn air dè bha i a' ciallachadh le mias de rian mìn. Brochan, caol, ach chan eil e ro chaol. Gu tric mar a bha i ag iarraidh agus òrdaich i, cha robh i air a bhith comasach air rud sam bith fhaighinn fhaighinn a ghabhadh ris. An seo bha fosgladh cunnartach.

"ah!" arsa mr. Taigh-seinnse, a 'crùnadh a chinn is a' suidheachadh a shùilean oirre le draghan frithealaidh. — an ejaculation ann an cluais emma a chuir an cèill, "ah! Chan eil crìoch air a' bhuaidh dhuilich a thig às do cheann a-deas. Agus airson beagan ùine bha i an dòchas nach bruidhneadh e mu dheidhinn, agus gum biodh fathann sàmhach gu leòr airson ath-bheothachadh a dh 'ath-bheothachadh air a dhruid mìn fhèin. An dèidh ùine de mhionaid, ge-tà, thòisich e leis,

"bidh mi an-còmhnaidh glè dhuilich gun deach thu don mhuir an fhoghar seo, an àite a bhith a' tighinn an seo. "

"ach carson a bu chòir dhut a bhith duilich, a mhaighstir? —i dearbhaich mi thu, rinn e mòran math dhan chloinn."

"agus, a bharrachd air sin, ma dh'fheumas tu a dhol don mhuir, cha robh e air a bhith na cheann a deas. Tha an ceann a deas na àite mì-fhallain.

"tha fios agam gu bheil a leithid de bheachd ann le mòran dhaoine, ach gu dearbh tha e na mearachd gu leòr, a-thaobh an t-siorraidh, cha robh a h-uile càil a' tachairt as a 'pholl, agus tha mr wingfield ag ràdh gu bheil e gu tur na agus tha mi cinnteach gu bheil e an crochadh air, oir tha e a 'tuigsinn gu tur nàdar na h-àile, agus tha a bhràthair is a theaghlach fhèin air a bhith an sin uair is uair."

"bu chòir dhut a dhol gu cromer, a ghràidh, nam biodh tu a' dol an àite sam bith. — bha crith an t-seachdain aig cromer aon uair, agus tha e a 'cumail a-mach gur e an t-àite as fheàrr de na h-àiteachan ionnlaid mara. Agus air an robh thu a 'tuigsinn, dh' fhaodadh gum biodh àite-fuirich agad an sin air falbh bhon mhuir - cairteal a mhìle air falbh - glè chofhurtail.

"ach, a dh' uine ghràdhach, eadar-dhealachadh na cuairte; —sa smaoinich gu mor air cho mòr is a bhiodh e. — ceud mìle, ma dh'fhaoidte, an àite da fhichead. "

"ah, a ghràidh, mar a tha e ag ràdh, far a bheil slàinte an crochadh, cha bu chòir beachdachadh air rud sam bith eile; agus ma tha neach ri siubhal, chan eil mòran ann airson a bhith sàmhach eadar dà fhichead mìle agus ceud. — gun a bhith a' gluasad idir nas fheàrr, nas fheàrr fuireach ann an lunnainn gu h-iomlan na bhith a 'siubhal còrr is da fhichead mìle gus faighinn a-steach do dh'adhar nas miosa: seo dìreach na thuirt a' pheacadh.

Bha oidhirpean emma gus stad a chur air a h-athair gu dìomhain; agus nuair a bha e air a leithid sin de phuing a ruighinn, cha robh i a 'smaoineachadh gur e briseadh a-steach a bha a bràthair-chèile.

"arsa fear," arsa esan, ann an guth diumbadh glè làidir, "dheanadh e cho math ri a bheachd a chumail suas gus an iarrar e. Carson a tha e ga dhèanamh a dh' obair sam bith, a bhith a 'smaoineachadh air na nì mi? - nuair a bheir mi mo theaghlach gu aon phàirt den chosta no eile? —i dh 'fhaodadh mi leigeil leam, le dòchas, a bhith a' cleachdadh mo bhreith cho math ri mr perry. — tha mi ag iarraidh nach bi an stiùireadh aige nas motha na a dhrogaichean. " stad e "agus dh'fhàs e nas fhuaire ann an tiota, chuir e leis, le dìreach tiormachd le sarcastic," ma dh 'fhaodas mr. Perry innse dhomh mar a gheibh thu bean agus còignear leanabh astar de cheud agus deich mìle air falbh gun chosgais no mì-ghoireas sam bith na astar de dh 'daichead, bu chòir dhomh a bhith cho deònach faighinn a-mach mu dheireadh cromer gu ceann a deas mar a dh'fhaodadh e fhèin a bhith."

"fìor, fìor," ghlaodh mr. Ridire, leis a 'chothroim as fhasa—" fìor. Sin gu dearbh. A tha sin gu dearbh. — ach e, a thaobh na bha mi ag innse dhut mu mo bheachd a bhith a 'gluasad an slighe gu langham, le bhith ga thionndadh gu ceart gun a bhith a' dol troimhe. Na cluaintean dachaigh, chan urrainn dhomh bacadh a chuir air duilgheadas sam bith, cha bu chòir dhomh oidhirp a dhèanamh, nam biodh e gu bhith mar mheadhan mì - ghoireas do na daoine àird, ach ma dh 'aithnicheas tu gu dìreach loidhne an t-slighe a-nis ... An aon dòigh is ann mu dheidhinn a dhearbhadh, ge-tà, gu feum sinn a dhol gu na mapaichean againn. Feuchaidh mi thu anns an abaid madainn amàireach agus tha mi an dòchas gun toir sinn sùil orra, agus bheir thu dhomh do bheachd. "

Mr. Bha an taigh-sheinnse caran geur le mùthaidhean cho cruaidh air a charaid cràdh, gu robh e, gu dearbh, ge-tà, gu neo-mhothachail, a 'cur mòran de na faireachdainnean agus na briathran aige fhèin ris; bha aimhreit aig aon bhràthair air ais sa bhad, agus cuimhneachain eile air an fhear eile, a 'cur stad air ùrachadh sam bith.

Caibideil xiii

Is gann a bhiodh creutair nas toilichte anns an t-saoghal na mrs. Anns a 'chuairt ghoirid seo gu raon-feòir, a' dol mun cuairt gach madainn am measg a seann luchd-eòlais ri a còignear chloinne, agus a 'bruidhinn mu na rinn i a h-uile feasgar le a h-athair agus a piuthar. Cha robh sìon aice a chaochladh, ach nach do chuir na làithean seachad sin gu sgiobalta. B 'e turas aoibhneach a bh 'ann — a' chùis mhath, le bhith fada ro ghoirid.

San fharsaingeachd cha robh na h-oidhcheannan aca cho cleachdte ri caraidean na madainn; ach aon chainnt làn dinnearach, agus a-mach às an taigh cuideachd, cha robh seachnadh sam bith ann, ach aig àm na nollaige. Mr. Cha bhiodh muinntir an iar a 'diùltadh; feumaidh iad uile d ighinn a ghabhail aig speallan latha; chaidh taigh na bùtha a bhrosnachadh gus smaoineachadh gur e rud a bhiodh ann seach roinn den phàrtaidh.

Mar a bha iad uile rin cur an cèill, bhiodh e air duilgheadas a dhèanamh nam b 'urrainn dha, ach mar a bha carbad a mhic agus a nighean ann an àite far an robh e, cha robh e comasach dha barrachd na ceist shìmplidh a dhèanamh air a 'cheann sin; cha mhòr gu robh e gun teagamh; agus cha do dh 'fhuirich e emma fada gus a chreidsinn gu'm faodadh iad fuireach ann an aon de na carbadan a dh' fhaighinn aite far am biodh an t-àite a 'frithealadh.

Harriet, mr. Elton, agus mr. B'e ridire, an seata shònraichte fhèin, an aon neach a fhuair cuireadh airson coinneachadh riutha; — bha na h-uairean gu bhith tràth, a bharrachd air na h-àireamhan beaga; mr. Bithear a 'dèiligeadh ri cleachdaidhean agus rùn an taigh-tasgaidh anns a h-uile nì.

An oidhche ron tachartas mìorbhaileach seo (oir is e tachartas fìor mhòr a bh 'ann a bu chòir do dh' taigh-seath a 'bhiadhadh a-mach, air an 24mh den dùbhlachd) a bhith air a chaitheamh le cruadal air hartfield, agus bha i air a dhol dhachaigh cho mòr le fuachd, sin, ach air son a h-ionndrainn fhèin gu bhi air a altramadh le mrs. Gardard, cha b 'urrainn do emma cead a thoirt dhi an taigh fhàgail. Dh'èigh emma oirre an ath latha, agus lorg i a-mach gu robh i air a soidhnigeadh mar-thà a thaobh speuran. Bha i glè fhiabhrasach agus bha amhach ghoirt dona oirre. Bha gardard làn cùraim agus gaisge, mr. Bhathas a 'bruidhinn mun t-sìol agus bha gaisgeadh fhèin ro lag agus ìosal airson seasamh an aghaidh an ùghdarrais a chuir às dhi bhon cho-luadar tlachdmhor seo, ged nach b' urrainn dhi bruidhinn mu a call gun mòran deòir.

Shuidh emma leatha cho fada 'sa ghabhadh, a bhith an làthair aig a màthair. Neo-làthaireachd nach gabh a sheachnadh, agus a togail a h-inntinn le bhith a 'riochdachadh cho mòr sa tha e. Bhiodh na h-elton's trom nuair a bhiodh fios aige air a stàit; agus dh 'fhag iad i mu dheireadh cofhurtail gu leòr, ann an earbsa milis a bhith a' tadhal nach robh cho cofhurtail, agus gun do chaill a h-uile duine i. Cha robh i air adhartas a dhèanamhtòrr shlatan bho mrs. Doras gardard, nuair a choinnich i ri mr. Ga thoirt fhèin a-steach, a rèir coltais, ris agus mar a choisich iad air adhart gu slaodach ann an còmhradh mun neo-dhligheach — a bha e, air an fhuaim gu robh tinneasan mòra, an sàs ann an sgrùdadh, gu faodadh e aithisg a thoirt dhi gu hartfield — iad fhèin chaidh mr a ghabhail thairis. Bha john knightley a 'tilleadh bho chuairt làitheil gu donwell, leis an dithis balach a bu shine aige, aig an robh na h-aodainn fhallain, fhallain aca a thug buannachd do ruith dùthchail, agus a rèir coltais a' dèanamh cinnteach gun deidheadh caora agus ròcais rus a chuir air falbh iad gu luath. Chaidh iad còmhla ris a 'chompanaidh agus chaidh iad air adhart còmhla. Bha emma dìreach a 'toirt iomradh air nàdar gearain a caraid; -" sgòrnan gu mòr a 'gabhail a-steach, le mòran teas mu a h-aghaidh, brags luath, ìosal, & c. Agus bha i duilich a lorg bho mrs.

"droch-amhaich! - tha mi an dòchas nach bi e gabhaltach. Tha mi an dòchas nach bi mi a' coimhead le seòrsa de ghalaran gabhaltach. Tha mi a 'coimhead gu bheil thu fhèin a' coimhead air do charaid. Nach faic e a 'coimhead?"

Chuir emma, nach robh uamhasach eagal oirre fhèin, suas an còrr de dh 'uireasbhaidh seo le cinntidhean bho mrs. Eòlas agus cùram goddard; ach seach gu bheil feum fhathast air beagan mì-chofhurtachd nach b 'urrainn dhi a dhiùltadh air falbh, rud a dh' fheumas i biadhadh agus cuideachadh na tha, cha do chuir i às a dhèidh fada às dèidh sin — mar cuspair eile,

"tha e cho fuar, cho fuar - agus a' coimhead agus a 'faireachdainn cho coltach ri sneachd, nam biodh e ann an àite sam bith eile no le pàrtaidh sam bith eile, bu chòir dhomh feuchainn gun a dhol a-mach gu latha an-diugh — agus cur às dha m' athair ach bhon a tha e air inntinn a dhèanamh suas, agus nach eil ea ' faireachdainn gu bheil e cho fuar ris fhèin, chan eil mi a' còrdadh ris a 'chùis a dhèanamh, oir tha fios agam gum biodh e cho tàmailteach do mr. Agus mrs. Weston. Mar a thuirt mi, bu chòir dhomh gun teagamh a ràdh mi fhèin. Tha mi a 'nochdadh riumsa a' seasamh beag a tha thu a 'faicinn a-nis, agus nuair a bheachdaicheas tu air an iarrtas guth agus na tha amharasach a bheir mi, tha mi a' smaoineachadh nach biodh e na bu dhoimhne. Na bhith a 'cumail a-mach sa chumantas airson a bhith a' fuireach aig an taigh agus a bhith faiceallach dhut fhèin a-nochd. "

Mr. Bha elton a 'coimhead mar nach robh fios aige gu math dè an fhreagairt a bu chòir dha a dhèanamh; a bha dìreach mar a bha; oir ged a bha e na thoileachas mòr dhomh le cùram caoimhneil boireannach cho coibhneil, agus gun a bhith ag iarraidh seasamh suas ri comhairle sam bith dhith, cha robh e an-còmhnaidh cho deònach a bhith a 'toirt seachad an turais; - mar sin emma, ro dheònach agus trang san tè aice fhèin. Bha smuaintean is beachdan ga chluinntinn gu neo-thaobhach, no ga fhaicinn le lèirsinn shoilleir, glè riaraichte le a aideachadh mùthadh ris gu robh e "glè fhuar, gu cinnteach glè fhuar," agus choisich e, a 'dèanamh gàirdeachas le bhith ga thoirt a-mach à speuran, agus air a dhèanamh cinnteach cumhachd cur a-mach às deidh dhaibh a bhith a 'cleachdadh a h-uile uair a thìde den oidhche.

"nì thu ceart gu leòr," thuirt ise; "bheir sinn do leisgeulan gu mr.

Ach nuair a fhuair i a-mach gun robh i air a bruidhinn, nuair a fhuair i a-mach gun robh a bràthair a 'tabhann seata anns a' charbad aige, nam biodh an t-sìde math. An aon ghearan aig elton, agus mr. Dha-rìribh a 'gabhail ris an tairgse le mòran riarachaidh luath. Bha e air a dhèanamh a-mach; mr. Bha elton gu bith a 'dol, agus cha robh a aghaidh brèagha farsaing a' nochdadh barrachd toileachas na bha e an-dràsta; cha robh a ghàire air a bhith na bu làidire, no bha na sùilean aige nas motha na bha e nuair a choimhead e oirre.

"uill," thuirt ise rithe fhèin, "tha seo gu math neònach! — an dèidh dhomh a bhith a' faighinn a-mach cho math, airson feuchainn ri dhol a-steach don chompanaidh, agus am beathach bochd fhàgail às a dhèidh! Fìor neònach gu dearbh! — ach, tha mi a 'creidsinn , ann am mòran de dh'fhir, gu h-àraidh fir singilte, leithid de miann - an leithid de dh'ùidh airson ithe a-muigh - tha conaltradh dìnnear cho àrd sa chlas de an toileachas, an cuid obraichean, an urram, an cuid dhleastanasan, gu bheil rud sam bith a 'toirt buaidh air. Agus is e so a dh 'fheudas le mr. Elton, duine òg a tha luachmhor, taitneach, taitneach agus gun teagamh sam bith, agus gu mòr ann an gràdh air an t-sràid; is e rud neònach a th 'ann! Chì e deisidh gu leòr ann an acras, ach cha bhith e na aonar leis fhèin."

Goirid an dèidh sin mr. Dh'fhag elton iad, agus cha b'urrainn dhi ach a dhèanamh ceartas dha a bhith a 'faireachdainn gun robh tòrr faireachdainn ann a thaobh dòigh a bhith ag ainmeachadh a' chasg aig an dealachadh; ann an tòna a ghuth fhad 's gu robh e a' gealltainn gum bu chòir dha tadhal aig mrs. B 'ann airson deagh naidheachd a thoirt air a caraid cheart, an rud mu dheireadh mus do dh'ullaich e airson toileachas coinneachadh rithe a-rithist, nuair a bha e an dòchas a bhith comasach air aithisg nas fheàrr a thoirt seachad; agus rinn e gàire agus rinn e gàire mòr air falbh ann an dòigh a dh'fhàg an cothromachadh a bha an urra ris gu mòr.

An dèidh beagan mhionaidean dhen t-sàmhchar eadar iad, thòisich john knightley le—

"cha robh mi riamh nam bheatha a' faicinn duine na bu chudthromaiche na bhith ag ràdh ri mr. Elton. Is e obair dhona a tha ann dha boireannaich far a bheil dragh air na fir mu fhir a dh 'fhaodadh ea bhith reusanta agus gun buaidh sam bith, ach nuair a tha e na bhoireannaich a dh' innseas, bidh gach feart ag obair. .
"

"chan eil modh cùmhnantaich mr. Elton foirfe," fhreagair emma; "ach far a bheil miann ann, bu chòir dha a bhith a' coimhead thairis air, agus tha aon a 'coimhead thairis gu mòr. Far a bheil fear a' dèanamh a dhìcheall le cumhachdan meadhanach, bidh e na bhuannachd dha sàr àmhghair . Agus deagh-thoil ann am m 'elton mar aon nach urrainn luach a chuir air. "

"tha," thuirt mr. John knightley an-dràsda, le cuid de shleamhnagan, "tha e coltach gu bheil tòrr math de thoil-sa aige dhut."

"mise!" fhreagair i le gàire de iongnadh, "a bheil thu a' smaoineachadh orm gum bi mi a 'giùlain rud sam bith eile?"

"tha mac-meanmna mar seo air tighinn thugam, tha mi fhèin, emma; agus mura do thachair sin ribh roimhe, faodaidh tu beachdachadh air a-nis."

"mr. Elton ann an gaol rium! — a bheachd-sa!"

"chan eil mi ag ràdh gu bheil e mar sin; ach nì thu gu math gus beachdachadh a bheil e mar sin no nach eil, agus a bhith a' riaghladh an giùlan agad a rèir sin. Tha mi a 'smaoineachadh gur e caraid, emma a tha ann. Mu do dheidhinn, agus faighinn a-mach dè a tha thu a 'dèanamh, agus na tha thu a' ciallachadh a dhèanamh. "

"tha mi a' toirt taing dhut; ach tha mi a 'dèanamh cinnteach gu bheil thu ceàrr. Tha mr elton agus i na deagh charaidean, agus chan eil dad a bharrachd;" agus choisich i air adhart, agus i ga 'beachdachadh fhèin ann a bhith a' beachdachadh air na cnapan-starra a bhios gu tric ag èirigh bho eòlas cuiditheach air suidheachaidhean, na mearachdan a bhios daoine aig a bheil brìgh mhòr a 'breithneachadh gu bràth a' dol a-steach; agus cha robh iad ro thoilichte le a bràthair airson a bhith a

’smaoineachadh air a dall agus aineolach, agus air dhith a chomhairle. Thuirt e.

Mr. Bha an taigh-tasgaidh air a h-uile inntinn a dhèanamh cho mòr ris an turas, a dh 'aindeoin an fhuachd a bha a' fàs na bu mhotha, nach robh coltas ann gu robh e a 'dol bhuaithe a-mach às a sin, agus gun robh e air a chuir air adhart mu dheireadh thall leis a' nighean as sine na charbad fhèin. Mothachadh air an t-sìde na an fheadhainn eile; ro làn de iongnadh a bheatha fhèin, agus an toileachas a bh 'ann a bhith a' faighinn a-mach gu robh e fuar, agus ro mhath air am pasgadh suas gu bhith ga fhaicinn. Bha an fhuachd ge-tà ge-tà; agus mun àm a bha an dara carbad a 'gluasad, bha beagan spòran den t-sneachda a' dol air ais sìos, agus bha coltas cho mòr air an adhar is gun robh iad ag iarraidh a bhith nas lugha airson a bhith a 'cruthachadh saoghal gu math geal ann an ùine gu math goirid. .

Chan fhada gus an do dh'aithnich emma nach robh an companach aice cho èibhinn. Bha a bhith ag ullachadh agus a 'dol a-null thairis air an t-sìde sin, le ìobairt a chlann às dèidh dinnear, na dhùsgadh, co-dhiù a bha mr. Cha do rinn john knightley mar sin air dhòigh sam bith; cha robh e a 'smaoineachadh nach biodh dad sam bith anns an turas a dh' fhaodadh a bhith cho math ri ceannach; agus chaidh an spionnadh gu lèir aca chun an taigh-feachd a chosg air ann an nochdadh a mhì-thoileachas.

"feumaidh duine," arsa esan, "beachd glè mhath a bhith aige fhèin nuair a dh'iarras e air daoine an taobh teintean aca fhèin fhàgail, agus coinneachadh ri latha mar seo gus an tig e ga fhaicinn. Cha b 'urrainn dhomh leithid de rud a dhèanamh: is e seo an absurdity as motha - a' cur sneachd aig an àm seo! — an amaideachd gun a bhith a 'leigeil le daoine a bhith comhfhurtail aig an taigh - agus an gòraiche air daoine nach eil a' fuireach gu cofhurtail aig an taigh nuair as urrainn dhaibh! Nam biodh e mar fhiachaibh oirnn a dhol a-mach oidhche mar seo, le gairm dleastanas no gnothachas, dè cruaidh-chàs a bu chòir dhuinn a ràdh; — agus an seo tha sinn, is dòcha le aodach nas caoile na rud àbhaisteach, a 'cur air adhart gu saor-thoileach, gun leisgeul, ann an spionnadh guth nàdair, a dh 'innseas do dhuine, anns a h-uile rud a bheirear don t-sealladh no na faireachdainnean aige, fuireach aig an taigh fhèin,agus a 'cumail a h-uile fasgadh as urrainn dha: - a bheil sinn a' seasamh a dh 'ionnsaigh còig uairean a' chaitheamh ann an taigh fear eile, gun dad ri ràdh no ri chluinntinn nach deach a ràdh is a chluinntinn an-dè, agus chan fhaodar agus gun cluinnear iad a-rithist gu- am màireach.a 'dol ann an droch shìde, a dhol air ais gu math nas miosa: —a na h-eich agus na ceithir searbhantan air an toirt a-mach airson dad ach airson còig creutairean leisg ag atharrachadh a chuir ann an seòmraichean nas fhuaire agus nas miosa na bhiodh iad san dachaigh."

Cha d 'fhuair emma i fhèin co-ionnan ris an aonta thoilichte a thoirt seachad, rud a tha gu cinnteach air a bhith a' faighinn, ag ath-aithris na "fìor fhìor, mo ghràdh," a dh'fheumas a bhith air a riaghladh leis a 'charaid siubhail; ach bha fuasgladh gu leòr aice gus stad a chur air freagairt sam bith a dhèanamh. Cha b 'urrainn dhi a bhith a' gèilleadh, bha eagal oirre gu robh i an-àirde; bha an gaisgeachd aice dìreach a-mach gu sàmhchair. Thug i cead dha bruidhinn, agus chuir i air dòigh na speuclairean, agus phaisg i fhèin suas, gun a bilean fhosgladh.

Thàinig iad, thionndaidh a 'charbad, chaidh a' cheum a leigeil sìos, agus mr. Bha elton, spruce, dubh, agus gàire, còmhla riutha sa bhad. Smaoinich emma le toileachas beagan atharrachaidh cuspair. Mr. Bha a h-uile càil a 'toirt air a bhith ann an elton; bha e cho sunndach na chothromas gu dearbh, gun do thòisich i a 'smaoineachadh gum feumadh e cunntas eadar-dhealaichte fhaighinn air na rinn i. Chuir i greis a 'èideadh, agus bha am freagairt air a bhi," an t-aon rud — cha robh e na b fhearr. "

"cha robh a' aithisg agam bho mhathan goddard, "arsa i an-dràsta," cho taitneach mar a bha mi an dòchas - 'cha robh e na b'fheàrr' an fhreagairt agam. "

Chaidh a aodann air adhart gun dàil; agus b'e a ghuth guth guth mar a fhreagair e.

"o! Cha dèan, tha mi duilich a bhith a' faighinn a-mach — bha mi air ìre innse dhut nuair a chuir mi fios gu doras mrs goddard, a rinn mi an rud mu dheireadh mus do thill mi a dh 'èideadh, chaidh innse dhomh nach robh a' chaochain na b 'fheàrr agus na bu mhiosa a dh' ann gun teagamh sam bith - bha mi air m'aireachadh gu feumadh a bhith nas fheàrr an dèidh a leithid de dh 'ìmpidh oir bha fios agam gun d' fhuair mi i anns a 'mhadainn."

Rinn aoibhneas air emma agus fhreagair e - "bha mo thuras a' cleachdadh a 'chùis neònach den ghearan aice, tha mi an dòchas; ach chan urrainn dhomh eadhon amhach ghoirt a thoirt às; tha e cho fuar gu dearbh agus tha mire air a bhith còmhla rithe, mar is dòcha gun cuala tu sin. "

"tha — smaoinich mi — is e sin — cha do rinn mi—"

"tha e air a bhith ga cleachdadh dhi anns na gearanan sin, agus tha mi an dòchas gum bi am maidne a' nochdadh againn nas cofhurtail. Ach tha e do-dhèanta faireachdainn mì-chofhurtail a bhith ann.

"uamhasach! Mar sin gu dearbh, gu dearbh. — bidh ionndrainn aice a h-uile mionaid."

Bha seo glè iomchaidh; bha an t-osna a bha an cois sin fìor mheasail; ach bu chòir gun robh e air mairsinn nas fhaide. Bha emma gu math duilich nuair nach do thòisich e ach leth-mhionaid às deidh sin thòisich e a 'bruidhinn air rudan eile, agus ann an guth den ùpraid is tlachd as motha.

"dè an t-inneal sònraichte," arsa esan, "a bhith a' cleachdadh craiceann caorach dha carbadan. Cho eadar-ghlan a tha iad ga dhèanamh; - a bhith a 'faireachdainn fuachd leis na h-uallaichean sin. Gu dearbh tha ùrachaidhean làithean an latha an-diugh air carbaid an duine uasail an ìre mhath coileanta. Tha an aimsir cho fann air an dìon agus air a dhìon bhon aimsir, chan fhaicear anail mar thoradh air an aimsir. Beagan a tha mi a 'faicinn."

"tha," thuirt john knightley, "agus tha mi a' smaoineachadh gum bi mòran math againn. "

"aimsir na nollaige," arsa mr. Elton. "gu math seusanail; agus gu math fortanach is dòcha nach smaoinich sinn fhìn nach do thòisich e an-dè, agus gun a bhith a' cuir stad air pàrtaidh an latha an-diugh, a dh 'fhaodadh e bhith air a dhèanamh, airson nach biodh an taigh ann ach gun robh mòran sneachda ann air an talamh; tha seo air a bhith gu math soilleir nuair a bhios na coinneamhan càirdeil aig na meadhannan a 'toirt cuireadh do na caraidean aca bruidhinn riutha, agus chan eil daoine a' smaoineachadh ach eadhon mun droch aimsir. Cha b 'urrainn dhomh a bhith ag iarraidh ach aon oidhche, agus cha b'urrainn dhomh faighinn air falbh gus an latha sin a-rithist.

Mr. Bha coimhead ridire air mar nach biodh e a 'gabhail ris an toileachas, ach thuirt e a-mhàin, gu h-iongantach,

"chan urrainn dhomh a bhith a' faighinn seachdainn seachdain aig randalls. "

Aig àm eile dh 'fhaodadh gun robh e na iongnadh air emma, ach bha i air a samhlachadh a-nis aig mr. Spioradan elton airson faireachdainnean eile. Tha e coltach gun robh an t-uamhas air a dhìochuimhneachadh le bhith a 'sùileachadh pàrtaidh tlachdmhor.

"tha sinn cinnteach mu theintean math," lean e air, "agus a h-uile rud a th' ann an cofhurtachd a bu mhiosa, daoine mr. Tha e na phàrtaidh beag, ach far a bheil pàrtaidhean beaga air an taghadh, is dòcha gur iad seo an fheadhainn as motha a tha a 'còrdadh ri duine sam bith. , b 'fheàrr leam, fo shuidheachaidhean mar sin, tuiteam dà uimhir na b'fhaide na dhà. Tha mi den bheachd gum aontaich thu rium, (a' tionndadh le adhair bog gu emma,) tha mi a 'smaoineachadh gum bi d' iarrtas agad gu cinnteach, ged a tha e ceart gu leòr. Ach, bho bhith cleachdte ri pàrtaidhean mòra lunnainn, chan fhaicear a-mhàin ar faireachdainnean. "

"chan eil fhios agam air dad mu na pàrtaidhean mòra ann an lunnainn, a dh' ainm siridh — cha bhith mi a 'dùnadh le corp sam bith."

"gu dearbh! (ann an tòimhseachan is truas,) cha robh càil a dh'fhios agam gun robh an lagh cho math air tràilleachd. Uill, a dhuine, feumaidh an t-àm tighinn nuair a gheibh thu pàigheadh airson seo uile, nuair nach bi mòran saothair agad agus tlachd mhòr. "

"mo chiad tlachd," fhreagair john knightley, mar a bha iad a 'dol tron gheata-sguab," bidh mi a 'lorg mi sàbhailte aig hartfield a-rithist."

Caibideil xiv

Bha beagan atharrachaidh riatanach dha gach duin'-uasal nuair a choisich iad a-steach do mrs. Seòmar-suidhe an iar; —mr. Feumaidh elton a shùilean aoibhneil a sgrìobhadh, agus a dh 'aideachadh. Tha john knightley a 'sgaoileadh a dhroch àbhachdas. Mr. Feumaidh elton gàire nas lugha, agus mr. Barrachd, gus am fighe a-steach don àite. — is dòcha gur e dìreach brosnachadh nàdurrach a bhios ann an emma, agus gun gabhadh i fhèin a-mach cho sona 'sa bha i. Dhi a bhith a 'toirt tlachd dha-rìribh a bhith còmhla ris na muinntir an iar. Mr. Bha taobh an iar na iongnadh mòr, agus cha robh creutair anns an t-saoghal ris an do bhruidhinn i cho dìorrasach, mar a rinn a bhean; cha bhith ann ach neach sam bith, ris an robh i co-cheangailte ris an leithid de dhìteadh gu bhith ag èisteachddo agus a 'tuigse, mu bhith an-còmhnaidh inntinneach agus an-còmhnaidh tuigseach, na rudan beaga, rèiteachaidhean, ùmhlachd, agus toileachas a h-athair agus i fhèin. Cha b 'urrainn dhi dad innse mu hartfield, anns am biodh mrs. Cha robh dragh beò air taobh an iar; agus leth uair a-thìde de chonaltradh neo-thorrach air na cùisean beaga sin air a bheil toileachas làitheil beatha prìobhaideach an-còmhnaidh, mar aon de na ciad ìobairtean a thug gach neach seachad.

Bha seo na thoileachas is dòcha nach biodh turas fad an latha gu leòr a 'faighinn, gun teagamh nach buineadh e don leth-uair a th' ann an-dràsta; ach an fhìor shealladh de mhathan. Siar, a gàire, a gàirdean, bha a guth taingeil do emma, agus chuir i roimhpe gun smaoinicheadh i air cho beag 'sa ghabhas de mr. Cho neònach sa tha iad, no rud sam bith eile mì-thlachdmhor, agus a 'còrdadh ris a h-uile rud a bha tlachdmhor.

Bha an droch fhortan air fuachd an t-slait ann an deagh àite mun deach i. Mr. Bha taigh an taigh air a bhith na shuidhe gu sàbhailte fad ùine mhòr gus eachdraidh a thoirt dha, a bharrachd air eachdraidh a bheatha fhèin agus isabella, agus a bhith a 'leantainn aig emma, agus gu dearbh thàinig e gu deireadh a thoilichte gum bu chòir dha james a thighinn gus a fhaicinn.

Nighean, nuair a nochd an fheadhainn eile, agus mrs. Bha taobh an iar, a bha air a bhith gu mòr air a mhilleadh leis an aire a thug i dha, comasach air tionndadh agus fàilte a chur air a h-eireag laghach.

Pròiseact emma a 'dìochuimhneachadh mr. Thug neach-glèidhidh greiseag duilich a lorg, nuair a bha iad uile air na h-àiteachan aca a thoirt, gun robh e faisg oirre. B 'e an duilgheadas a bh 'a bhith a' drùidheadh a mhì-mhothachadh neònach gu bhith a 'feuchainn ri dhith, bho a h-inntinn, fhad's a bha e na shuidhe air a h-uilinn, ach a' toirt buaidh air a shùilean dòigheil. An àite a bhith a 'dìochuimhneachadh, bha an giùlan cho làidir is nach b 'urrainn dhi an taobh a-staigh a sheachnadh"a bheil e dha-rìribh comasach dha mo bhràthair a bhith a' smaoineachadh? Ciamar a bhiodh e comasach don duine seo tòiseachadh a 'toirt an cuid ghiùlan bho dh' òran? Meabsurd and insufferable! "- ach bhiodh e cho iomagaineach mu bhith cho blàth, blàth. Bhiodh ùidh cho mòr aice mu a h-athair, agus cho toilichte le mrs. Taobh an iar; agus mu dheireadh, thòisicheadh e a 'toirt sùil air na dealbhan aice le uiread de dh and ubh agus beagan de dh'fhiosrachadh a bha caran coltach ri leannan-leann, agus rinn i oidhirp leis gum biodh i math. Air a sgàth fhèin cha b 'urrainn dhi a bhith mì-mhodhail; agus airson an t-uachdaran, anns an dòchas gun tionndaidh a h-uile duine ceart a-mach, bha i gun teagamh sìobhalta; ach b'e oidhirp a bh'ann; gu h-àraidh seach gun robh rudeigin a 'dol air adhart am measg feadhainn eile, anns an ùine a bu chruaidhe de mr. Binn na h-allaidh, a bha i gu sònraichte airson èisteachd ris. Chuala i gu leòr gus fios fhaighinn gu robh mr. Bha taobh an iar a 'toirt beagan fiosrachaidh mu dheidhinn a mhic; chuala i na faclan "mo mhac," agus "feargach," agus "mo mhac," a-rithist grunn thursan; agus, bho bheagan leth-lidean eile, bhathas làn amharasach gun robh e a 'foillseachadh turas tràth bho a mhac; ach mus b'urrainn dhi sàmhchair a dheanamh. Elton, bha an cuspair cho iomlan seachad gum biodh ceist ath-bheothachaidh às a h-uile duine air a bhith uamhasach.

A-nis, thachair sin a dh'aindeoin a 'chùis aig emma nach pòsadh
e a-riamh, gun robh rudeigin anns an ainm, anns a' bheachd mr.
Òigear na h-eaglaise, a bha an-còmhnaidh dèidheil oirre. Bha i
gu tric air a bhith a 'smaoineachadh - gu h-àraid on a bha pòsadh
athar le teip oirnne - ma bha i a' dol a phòsadh, gur e an duine a
bu fhreagarraiche dhi a thaobh aois, caractar agus staid. Bha e
coltach ris a 'cheangal seo eadar na teaghlaichean, gu dearbh
buineadh e dhi. Cha b 'urrainn dhi a dhèanamh ach gu robh i na
fhìor mhaise gu feumadh a h-uile buidheann a bha eòlach orra
smaoineachadh air. Sin mr. Agus mrs. Smaoinich muinntir an iar
air, bha i air a toirt air adhart gu làidir; agus ged nach eil seo a
'ciallachadh gum bi e air a bhrosnachadh leis, no le buidheann
sam bith eile, gus suidheachadh a thoirt seachada bha i den
bheachd gu robh i nas diùltaiche na rud sam bith eile a dh
'atharraicheadh i, bha i iongantach gu leòr a bhith ga fhaicinn, le
rùn co-dhùnadh air a lorg tlachdmhor, a bhith ga fhaicinn gu ìre
air choreigin, agus seòrsa toileachais leis a' bheachd. Air an
ceangal ri mac-meanmna an caraidean.

Le mothachadh mar sin, mr. Bha caomhnadh elton air droch àm;
ach bha i na comhfhurtachd a bhith a 'nochdadh gu math
modhail, agus a' faireachdainn gu math croise - agus a
'smaoineachadh nach robh cothrom aig a' chòrr den chuairt dol
air adhart gun an aon fhiosrachadh a thoirt air adhart a-rithist, no
susbaint na ceiste, bhon mhionaid fhosgailte. Taobh an iar. —
mar sin bha e air a dhearbhadh; - nuair a leigeadh e seachad gu
toilichte bho mr. A 'elton, agus na shuidhe le mr. Taobh an iar,
aig dinnear, chleachd e a 'chiad àm aig luchd nan aoigheachd, a'
chiad chur-seachad bho dhiollaid na feòla, a ràdh rithe,

"tha sinn ag iarraidh dìreach dìreach dithis eile a bhith dìreach
mar an àireamh cheart. Bu mhath leam dà a bharrachd fhaicinn
an seo, - do charaid beag bìodach, a' call smith, agus mo mhac -
agus an uairsin bu chòir dhomh a ràdh gun robh sinn gu tur
coileanta. Eisdeachd rium's a 'toirt innse do chàch anns an t-
seòmar-suidhe gu bheil sinn an dùil ri bhith fosgailte. Fhuair mi

litir bhuaithe madainn an-diugh, agus bidh e còmhla rinn taobh a-staigh cola-deug."

Bha emma a 'bruidhinn le ìre gu math dòchais; agus làn aonta ri a mholadh airson mr. A 'gabhail fois na h-eaglaise agus a' call gobha a 'toirt an pàrtaidh aca gu ìre làn.

"tha e air a bhith ag iarraidh a thighinn thugainn," lean mr. Siar, "a-riamh bho sheachdainn: tha a h-uile litir làn dhith; ach chan urrainn dha a chuid ùine fhèin a thoirt seachad. Tha e aig an fheadhainn sin a bhith toilichte, agus cò iad (eadar sinn fhìn) a bhith toilichte a-mhàin le ìobairtean math. Ach a-nis chan eil teagamh sam bith agam gu bheil mi ga fhaicinn an seo mun dàrna seachdain ann am meadhan na h-eaglais. "

"dè an toileachas mòr a bhios ann dhutsa! Agus tha muinntir an iar cho dèidheil air a bhith eòlach air, gum feum i a bhith cho sona ris fhèin."

"tha, bhiodh i, ach gu bheil i den bheachd gum biodh cur-às eile ann. Chan eil i an urra ri bhith a' tighinn cho math ri bhith a 'dèanamh: ach chan eil fios aice air na pàrtaidhean cho math ri sin a nì mi. Is e— (ach tha seo gu math eadar sinn fhìn: cha robh mi ag ainmeachadh siollag anns an t-seòmar eile. Tha dìomhaireachdan anns a h-uile teaghlach, eil fhios agad) —tha a 'chùis, gu bheilear a' toirt cuireadh do charaidean caraidean tadhal a phàigheadh gu bheil teicheadh na h-eaglaise an urra ri bhith air an cur dheth mura h-eil iad air an cur dheth, chan urrainn dha falbh. Ach tha fios agam gun dèan iad sin oir is e teaghlach a th 'ann a tha cuid dhith mar thoradh air enscombe, gu sònraichte: agus ged a thathar den bheachd gum bu chòir cuireadh a thoirt dhaibh uair ann an dà no trì bliadhna, bidh iad an-còmhnaidh a 'cur às dheth nuair a thig e dhan phuing.tha mi cho misneachail a bhith a 'faicinn a-muigh an seo ro mheadhan na h-aois, mar a tha mi fhìn mi fhìn: ach chan eil mòran charaidean aig a' charaid mhath agad (a 'bruidhinn faisg air ceann shuas a' bhùird). Iad aig hartfield, nach urrainn dhi obrachadh a-mach air am buaidhean, oir tha mi air a bhith fada san ùine a 'dèanamh."

"tha mi duilich gum bu chòir rud sam bith a bhith mar amharas sa chùis," fhreagair emma; "ach tha mi air mo ghluasad còmhla riut, m. Siar. Ma tha thu den bheachd gun tig e, smaoinichidh mi cuideachd; oir tha fios agad air enscombe."

"tha, tha còir agam air an eòlas sin; ged nach robh mi riamh aig an àite nam bheatha. — tha i na boireannach neònach! - cha bhith mi a' leigeil leam fhìn a bhith a 'bruidhinn tinn, air cunntas frank; tha i gu bhith gu math dèidheil air. Bha mi gu bhith a 'smaoineachadh nach robh i comasach air a bhith a' measadh le corp sam bith, ach i fhèin: ach bha i riamh gu math càirdeil dha (na slighe fhèin - a 'toirt seachad beagan feadan agus caprices, agus a' dùileachadh gach rud agus chan e creideas beag a th 'ann, na mo bharail-sa ris, gum bu chòir dha a leithid de dhragh a sheachnadh; oir cha chanainn e do chorp sam bith eile, chan eil i na cridhe nas motha na clach. Do dhaoine san fharsaingeachd, agus don deamhan a bha na gheugair. "

Bu toil le emma an cuspair cho math, gun do thòisich i air, gu beatha. Siar, glè ghoirid an dèidh dhaibh gluasad a-steach don t-seòmar-suidhe: a 'miannachadh gu robh i toilichte - a' coimhead a-mach, gu robh fios aice gum feum a 'chiad choinneamh a bhith uamhasach duilich. Dh'aontaich an iar ris; ach thuirt e, gum bu chòir dha a bhith glè thoilichte a bhith cinnteach mu dheidhinn a 'iomagain aig a' chiad choinneamh aig an àm a bhruidhinn e: "chan urrainn dhòmhsa a bhith an crochadh air a thìghinn. Chan urrainn dhomh a bhith cho geur ris. Gun tig e gu crìch ann an rud sam bith.

"tha, tha e coltach gu bheil e an crochadh air dad ach fealla-dhà na h-eaglaise, a tha mi a' smaoineachadh gur e an rud as sònraichte san t-saoghal. "

"mo emma!" fhreagair m. Siar, a 'gàireachdainn," dè an cinnt a th 'ann an caprice?" an sin a 'tionndadh gu isabella, nach robh an làthair roimhe—" feumaidh tu fios a bhi agad, a mo ghràidh, ridire, nach eil sinn idir cinnteach gu faic sinn a 'fainear eaglais, a dh' fainear mar a tha 'athair a. Smaoineachadh. Air spioraid a mhàthar agus a thoileachas, ann an ùine ghoirid, air a teann-sa thu, do mo dhithis nighean — is urrainn dhomh strì air an fhìrinn. Riaghailtean na h-eaglaise aig enscombe, agus tha i na bean neònach; an crochadh air a bhith deònach a shàrachadh. "

"oh, abair, bidh gach buidheann eòlach air eaglais," fhreagair isabella: "agus tha mi cinnteach nach bi mi a' smaoineachadh gu bheil an duine òg bochd sin nach eil cho taingeil a bhith a 'fuireach le neach tinn, a bhith uamhasach. Ach is e nach eil fios againn a-riamh dè rud sam bith, ach feumaidh e bhith na bheatha làn dòchais. Beannachd, nach robh clann aice riamh, creutairean beaga bochd, cho mì-thoilichte 'sa bhiodh i air a dhèanamh! "

Bha emma airson gun robh i na h-aonar còmhla ri mrs. Taobh an iar. Bu chòir dhith èisteachd an uairsin: barrachd. Bhiodh taobh siar a 'bruidhinn rithe, le ìre de ghealltanas nach biodh i cunnartach le isabella; agus, dha-rìribh, bha i a 'creidsinn, cha mhòr gum biodh e a' feuchainn ri dad sam bith a bhacadh ri muinntir na h-eaglais aice, ach a-mhàin na beachdan sin air an duine òg, a bha a mac-meanmna fhèin air a h-eòlas cho mìorbhaileach fhaighinn mar-thà. Ach aig an àm seo cha robh barrachd ri ràdh. Mr. Cha b 'fhada gus an deach an taigh-seinnse a-steach do sheòmar-cuideachd an t-suidheachaidh. A bhith greiseag an dèidh dinnear, bha e na bhacadh nach b'urrainn dha fulang. Cha robh fìon no còmhradh na ni ris; agus gu fortanach rinn e gluasad dha na daoine leis an robh e an-còmhnaidh comhfhurtail.

Fhad's a bha e a 'bruidhinn ri isabella, ge-tà, fhuair emma cothrom air a ràdh, \ t "agus mar sin chan eil thu a' beachdachadh air an turas seo bhon mhac agad mar gu bheil e air choreigin. Tha mi duilich gu bheil i a 'tachairt. Feumaidh an ro-ràdh a bhith mì-thlachdmhor, cuin a thachras e; agus mar as luaithe a dh' fhaodadh e bhith ann, is ann as fheàrr. "

"tha, agus tha a h-uile dàil a' dèanamh dragh nas miosa air dàil eile, eadhon ged a tha an teaghlach seo, na braithwaites, air an leigeil dheth, tha eagal orm fhathast gum faodar beagan leisgeul a lorg airson a bhith duilich dhuinn. Ach tha mi cinnteach gu bheil miann mhòr air na h-eaglaisean 'a chumail dha fhèin. Tha eudach. Tha iad eudmhor a thaobh a spèis dha athair. Goirid, cha bhith mi a 'faireachdainn gu bheil mi an crochadh air, agus tha mi a' miannachadh bha m. Taobh an iar na bu lugha sanguine. "

"bu chòir dha tighinn," thuirt emma. "mura biodh e comasach dha fuireach ach beagan latha, bu chòir dha tighinn; agus is gann a dh' fhaodadh neach a bhith a 'toirt air neach òg gun a bhith comasach air nas urrainn dhaibh a dhèanamh. Faodaidh boireannach òg, ma thuiteas i droch làmhan, a bhith agus a 'cumail air falbh bhon fheadhainn a tha i ag iarraidh a bhith; ach chan urrainn dhuinn a bhith a' tuigsinn gun robh neach òg fo chuingealachadh mar sin, gun a bhith comasach air seachdain a chaitheamh còmhla ri athair, ma thogras e. "

"bu chòir dha aon a bhith ann an enscombe, agus eòlas fhaighinn air dòighean an teaghlaich, mus dèan aon dhiubh co-dhùnadh air dè as urrainn dha a dhèanamh," fhreagair am fear. Taobh an iar. "bu chòir dha aon a bhith a' dèanamh an aon rabhadh, is dòcha, ann a bhith a 'breithneachadh giùlan aon neach sam bith ann an aon teaghlach; ach gu cinnteach chan fhaodar breith a thoirt air enscombe, gu dearbh, le riaghailtean coitcheann: tha i cho neo-reusanta; agus tha a h-uile rud a' toirt seachad. Dhi. "

"ach tha i cho dèidheil air mac a pheathar: tha e cho math dha-rìribh. A-nis, a rèir mo bheachd-sa mu dheidhinn eaglais, bhiodh e cho nàdarra, ged nach dèanadh i ìobairt airson comhfhurtachd an duine, ris an robh tha a h-uile nì aice dh 'fhulang i, agus i a' feuchainn ri cabhaig a 'chasg ris, bu chòir dhi a bhith air a riaghladh le mac a pheathar, nach eil dad idir ga dhèanamh dhi."

"cha dean mi mo chreach m 'ìmpidh, le do theann milis, tuigse a dh 'asadh air droch dhroch dhuine, no riaghailt a chuir an sios: feumaidh tu dol air a shlighe fhèin. Cha bhi teagamh sam bith agam gu bheil buaidh, aig amannan, aige air. Ach dh 'fhaodadh gum bi e ceart gu leòr dha fios a bhith aige ro làimh nuair a bhios e."

Dh'èist emma, agus thuirt e gu h-obann, "cha bhi mi riaraichte, mur tig e."

"dh'fhaodadh gun toir e buaidh mhòr air cuid de na puingean," thuirt e. Siar, "agus air daoine eile, glè bheag: agus am measg an fheadhainn, air a bheil i nas fhaide na a ruigsinneachd, tha e dìreach nas coltaiche, is dòcha gur e seo an suidheachadh fìor dhith a bhith a' tighinn air falbh bhuapa gus tadhal oirnn. "

Caibideil xv

Mr. Bha taigh-solais goirid a 'dol deiseil airson a theatha; agus nuair a dh'òl e an tì bha e gu math deiseil airson a dhol dhachaigh; agus bha e cho math 'sa dh 'fhaodadh a thriùir chompanaich a dhèanamh, a dh' innse a chuid fios mu cho cianail sa bha an uair, mus do nochd na daoin'-uaisle eile. Mr.

Bha taobh an iar còmhnard agus beothail, agus cha robh e na charaid dha dealachadh tràth sam bith; ach mu dheireadh fhuair an pàrtaidh seòmar-suidhe meudachadh. Mr. Bha elton, ann an spioradan math, mar aon den chiad fheadhainn a chaidh a-steach. Bha taobh an iar agus emma nan suidhe còmhla air sòfa. Chaidh e a-steach còmhla riutha, agus le beagan cuireadh, cha robh e na shuidhe còmhla riutha.

Emma, ann an spioradan math cuideachd, bhon spòrs a thug a h-inntinn seachad le dùil ri mr. Bha e airson a bhith a 'dèanamh dìmeas air an ùmhlachd bho dheireadh, agus a bhith cho riaraichte leis mar a bha e roimhe, agus air a bhith a' dèanamh a dh 'obair chruaidh a' chiad chuspair, bha e deiseil airson èisteachd ri gàire.

Thug e fìor dhragh dha fhèin gun robh i càirdeach - a caraid bàn, àlainn, càirdeil. "an robh fios aice? — chuala i rud sam bith mu deidhinn, bhon a bha iad aig randalls? — dh'fhairich e mòran iomagain - feumaidh e aideachadh gun do chuir nàdar a gearan dragh mòr air." agus anns an stoidhle seo bhruidhinn e airson ùine gu math ceart, cha robh e a 'toirt freagairt sam bith air freagairt sam bith, ach gu h-iomlan dùsgadh gu leòr ri eagal mu dheidhinn droch amhach ghoirt; agus bha emma gu math carthannais leis.

Ach mu dheireadh bha coltas sreathach air; bha e coltach gun robh a h-uile càil na bu mhiosa na bhith na amhach ghoirt dona na h-cunntas, na ann an cunnart an t-searbhadair - gum bu chòir dhi teicheadh às a ghalair, na bu chòir nach biodh galair sam bith anns a 'ghearan. Thoisich e le dìcheall gus a toirt air falbh bho thadhal air an t-seòmar-tinn a rithist air son na h-ìghne, a 'toirt air a gealltainn gun a bhi a' dol a-steach do a leithid de chunnart gus an robh e air fhaicinn. Spioraid agus dh'ionnsaich e a bheachd; agus ged a dh 'fheuch i ri gàire a thoirt oirre agus an cuspair a thoirt air ais dhan chùrsa cheart, cha robh stad sam bith ann air a dhuilgheadas mòr mu deidhinn. Bha i fo mhulad.

Nochd e - cha robh e a 'falach idir - dìreach mar an leithris a bhith ann an gaol leatha, an àite a bhith a' cleachdadh tàirneart; neo-ghoireas, ma tha e fìor, an rud as iongantaiche agus as coltaiche! Agus bha duilgheadas aice a bhith a 'giùlain fhèin le teas. Thionndaidh e gu mrs. Cha b 'urrainn dhi a taic a thoirt dha, — an t-eagal a chuir air gun cailleadh e an taigh gun a dhol gu màth. Nach biodh mi riaraichte gun ghealladh - nach toireadh i dha a buaidh ann a bhith ga 'chuir an sàs?"

"cho sgiobalta dha feadhainn eile," lean e air, "agus fhathast cho mì-chùramach às a dèidh fhèin! Bha i airson gun toireadh mi mo chnàmh a dh' fhuireach le bhith a 'fuireach aig an taigh gu latha an-diugh, agus fhathast chan eil mi a' gealltainn cunnart a sheachnadh le amhach ghoirt a tha air a phutadh fhèin. A bheil an cothrom seo, an iar? - a 'smaoineachadh nach eil ceart aig cuid de na gearanan againn a thaobh gearain? Tha mi cinnteach às an taic agus an taic còir agad."

Chunnaic e emma. A 'seasamh aig an iar, agus a' faireachdainn gum feumadh e a bhith mòr, aig seòladh a bha, ann am faclan agus ann an dòigh, a 'gabhail ris fhèin an còir a bha sa chiad ùidh aice; agus mar a rinn i fhèin, bha cus dragh is oilbheum aice gu robh an comas aice rud sam bith a ràdh gu dìreach airson an adhbhair. Cha b 'urrainn dhi ach sealladh a thoirt dha; ach bha e cho tarraingeach agus a bha i den bheachd gum feumadh i a thoirt air ais gu na ciad-fàthan, agus an uairsin dh'fhàg e an t-sòfa, a 'toirt air falbh suidheachan le a piuthar, agus a' toirt a h-aire dhi gu lèir.

Cha robh ùine aice airson faighinn a-mach ciamar a bha mr. Ghabh elton an ath-aithris, agus mar sin rinn cuspair eile soirbheachadh; airson mr. A-nis thàinig john knightley a-steach don t-seòmar bho bhith a 'sgrùdadh na sìde, agus dh'fhosgail e iad uile le fiosrachadh mun talamh a bha còmhdaichte le sneachda, agus a' sneachd gu luath fhathast, le gaoth làidir gluasadach; a 'tighinn gu co-dhùnadh leis na faclan sin gu mr. Taigh-cùirte:

"bidh seo na fhìor thoiseach tòiseachaidh air na geamannan geamhraidh agad, a dhuine ùr. Rud ùr airson gum bi do choidse agus eich each a' dèanamh an slighe tro stoirm sneachda. "

Mr bochd. Bha an taigh-seinnse sàmhach; ach bha rudeigin aig gach buidheann eile ri ràdh; bha a h-uile buidheann air an èigneachadh no gun a bhith air an sàrachadh, agus bha ceist aca airson a chur, no beagan comhfhurtachd dhaibh. Bean. Dh'fheuch iar-thuath agus emma gu dìcheallach a bhith a 'toirt taic dha agus a aire a thionndadh bho a chliamhainn, a bha a' leantainn air adhart le a bhuannachd an-còmhnaidh.

"bhuannaich mi do rùn gu mòr, a mhaighstir," arsa esan, "gus dol a-mach ann an sìde mar sin, gu dearbh chunnaic thu gum biodh sneachd ann a dh' fhaisge cho luath. Feumaidh gach corp an sneachd fhaicinn a 'tighinn air adhart. Theirinn gu faigh sinn dhachaidh gu math, ach is gann a bheir sneachd no dhà eile an rathad air falbh a-steach agus tha dà charbad againn: ma thèid a shèideadh thairis anns a 'phàirt mhì-dhorcha den achadh cumanta bidh an làimh eile ann . Ars 'a 'ràdh gum bi sinn uile sàbhailte aig hartfield ro mheadhan-oidhche."

Mr. Bha taobh an iar, le buaidh de sheòrsa eadar-dhealaichte, ag aideachadh gun robh fios aige gu robh e a 'cur seachad ùine, ach nach robh e air facal a ràdh, gus nach dèanadh e mr. Bidh taigh-òsta mì-chofhurtail, agus a bhith na leisgeul airson a bhith a 'brùthadh air falbh. A thaobh dè an àireamh de shneachda a thuit no a dh'fhaodadh tuiteam gus bacadh a chur air an tilleadh, bha sin dìreach na fealla-dhà; bha eagal air nach fhaigheadh iad duilgheadas sam bith. Bha e ag iarraidh gum biodh e do-dhèanta an rathad a chumail, gum faodadh e cumail orra uile aig speuran; agus le deagh-rùn bha e cinnteach gun deidheadh àiteachan-fuirich a lorg dha gach buidheann, ag iarraidh air a bhean aontachadh ris, gun mòran ùmhlachd a dhèanamh, gum faodadh a h-uile buidheann a bhith air a chuir a-steach, is gun fhios aice ciamar a dhèanadh i, bhon chogais cha robh ann ach dà sheòmar eile san taigh.

"dè a tha ri dhèanamh, a ghaoil mo ghaoil? — dè tha ri dhèanamh?" bha mr. A 'chiad fhuasgladh aig woodhouse, agus a h-uile rud a dh' fhaodadh e a ràdh airson ùine. Dhi a bha e a 'coimhead airson comhfhurtachd; agus thug a dearbhachd mu thèarainteachd, a riochdachadh de shàr-mhaise nan each, agus na measan, agus an uiread de chàirdean aca, ath-bheothachadh gu beagan dha.

Bha an glag a bha aig a nighean bu shine co-ionann ris an fhear a chuir e fhèin a-steach. An t-uabhas de bhith ga stad aig randalls, fhad's a bha a clann aig raon-feòir, bha i làn smaointean; agus a bhith a 'suirghe air an rathad gu bhith a-nis fosgailte do dhaoine dàna, ach ann an stàit nach do dh'aidich dàil sam bith, bha i dealasach gum biodh i air a shocrachadh, gum bu chòir a h-athair agus a h-emma fuireach aig randalls, fhad's a bha i fhèin agus an duine aice a' dol air adhart anns a 'bhad na cruinneachaidhean a dh'fhaodadh a bhith ann de shneachd air bhog a chuireadh bacadh orra.

"is fearr a dh' òrduich thu an carbad gu direach, a ghràidh, "ars ise; "abair gu bheil e comasach dhuinn faighinn air adhart, ma chuireas sinn air dòigh gu dìreach; agus ma thig sinn gu rud sam bith gu math dona, is urrainn dhomh faighinn a-mach agus coiseachd. Chan eil eagal orm idir. Dh 'fhaodadh mi mo bhrògan atharrachadh, fhios agad, an t-àm a fhuair mi dhachaidh, agus chan e an seòrsa rud a bheir dhomh fuar."

"gu dearbh!" fhreagair e. "an uair sin, is e mo chreach miabella, is e seo an seòrsa rud as iongantaiche san t-saoghal, oir san fharsaingeachd tha a h-uile rud a' toirt fuar dhut. Coisich dhachaigh! - tha thu gu h-iongantach ag ullachadh airson a bhith a 'coiseachd dhachaigh, tha mi ag ràdh. Airson nan each. "

Thionndaidh isabella gu mrs. Siar airson a bhith a 'gealltainn a' phlana. Bean. Chan fhaodadh taobh an iar ach cead fhaighinn. An uairsin chaidh isabella gu emma; ach cha b'urrainn dha emma cho math a thoirt suas an dòchas gun robh iad uile comasach air faighinn air falbh; agus bha iad fhathast a 'bruidhinn air a' phuing, nuair a bha mr. Thàinig knightley, a dh 'fhag an seòmar dìreach às deidh a' chiad aithris aig a bhràthair air an t-sneachd, air ais a-rithist, agus dh'innis e dhaibh gu robh e air a bhith a-muigh airson a bhith a 'sgrùdadh, agus gum faodadh e freagairt nach robh an duilgheadas as lugha anns an dachaigh aca, nuair a bha e a 'còrdadh riutha, an-dràsta no uair a-thìde. Bha e air dol seachad air an t-sruth - rathad air taobh rathad a 'ardbury - cha robh an sneachd os cionn leth-òirleach do dhoimhneachd - ann am mòran àiteachan cha mhòr gu leir an talamh a ghlanadh; cha robh mòran flacan a 'tuiteam an-dràsta, ach bha na sgòthan a' ceangal ri chèile, agus bha a h-uile coltas ann gun robh e a 'dol thairis.

Gu isabella, bha faochadh leithid de sgeulachdan gu math mòr, agus cha robh iad idir cho furasta a ghabhail ri emma air cunntas a h-athar, a bha cho faisg air a 'chùis air a' chùis mar a cheadaich a bhun-reachd nearbhach; ach cha ghabhadh an t-eagal a chaidh a thogail a ghlacadh gus am biodh e nas cofhurtaile dha nuair a bhiodh e a 'leantainn air aig speuran. Bha e riaraichte nach robh cunnart sam bith ann a bhith a 'tilleadh dhachaigh, ach cha robh cinnt sam bith a dh' fhaodadh a bhith na bheachd gun robh e sàbhailte fuireach; agus ged a bha an fheadhainn eile ag iarraidh agus a 'moladh, mr. Shocraich ridire agus emma e ann am beagan seantansan goirid: mar sin—

"cha bhith d' athair furasta; carson nach eil thu a 'dol?"

"tha mi deiseil, ma tha an fheadhainn eile."

"am fàg mi an clag?"

"tha, dèan."

Agus chaidh an clag a bhualadh, agus na carbadan air an deach bruidhinn. Beagan mhionaidean a bharrachd, agus bha emma an dòchas aon companach trioblaideach fhaicinn air a leigeil a-steach anns an taigh aige fhèin, gus fàs sàmhach agus fionnar, agus am fear eile ath-bheothachadh agus toileachas nuair a bha an èiginn seo seachad.

Thàinig an carbad: agus mr. Bha taigh-geal, an-còmhnaidh a 'chiad rud air na tachartasan sin, air a fhrithealadh gu cùramach dha fhèin le mr. Ridire agus mr. Taobh an iar; ach cha b'urrainn do na h-uile a dh 'fhaodadh a ràdh stad a chuir air ùrachadh an t-sneachd a bha air tuiteam, agus faighinn a-mach gun robh oidhche tòrr nas dubhaiche na bha e air ullachadh. "bha eagal air gum biodh droch dhràibheadh orra. Bha eagal air nach dèanadh isabella droch-chòrd ris. Cha bhiodh droch rud ann sa charbad air a chùlaibh. Cha robh fios aige dè a rinn iad. Dh 'fhaodadh;" agus bhathar a 'bruidhinn ri geugan, agus chaidh pàigheadh airson a dhol gu math slaodach agus feitheamh ris a' charbad eile.

Bidh isabella a 'nochdadh às deidh a h-athair; john ridire, a 'dìochuimhneachadh nach robh e leis a' phàrtaidh aca, a bhith a 'dol a-steach an dèidh a bhean gu nàdarra; gus an lorgadh emma, nuair a bha e air a thoirt a-steach agus air a leantainn dhan dara carbad le mr. Gu robh an doras gu bhith dùinte gu laghail orra, agus gum feumadh iad dràibheadh tete-a-tete. Cha bhiodh e cho mì-chofhurtail an-dràsta, bhiodh e na thoileachas, mus robh amharas mun latha seo an-diugh; gum b 'urrainn dhi bruidhinn ris mu dheidhinn an t-seirce, agus mar sin cha bhiodh trì-chairtean mìle ann ach fear. Ach a-nis, b 'fheàrr leatha nach robh e air tachairt. Bha i den bheachd gu robh e air a bhith ag òl cus de mr. Fìon math bhon iar, agus bha e cinnteach gum biodh e airson a bhith a 'bruidhinn lionn.

Gus a chumail suas cho math 'sa dh'fhaodadh a bhith, le a modh fhèin, bha i ag ullachadh sa bhad a bhith a 'bruidhinn ri ciùin cho eireachdail agus grafaireachd na sìde agus na h-oidhche; ach is gann a thoisich i, gu gann gun do dh 'fhalbh iad thairis air a' gheata-sguab agus a dh 'fhalbh iad anns a' charbad eile, na fhuair i a-mach a cuspair air a gearradh suas - a làmh air a ghlacadh - a h-aire ag iarraidh, agus mr. Gu dearbh bidh elton a 'cur gaol trom oirre: a' toirt cothrom air fhèin an cothrom prìseil, a 'cur an cèill faireachdainnean a dh' fheumas aithne a bhith aithnichte mu thràth, an dòchas - a bhith an-fhoillsichte - deiseil gu bàs ma dhiùlt i e; ach cha b 'urrainn dha a mhisneachadh fhèin gun robh am miann aige agus an gaol neo-thorrach agus an dealas neo-fhoillsichte air buaidh a thoirt air a' chùis, agus gu goirid, chaidh fuasgladh fhaighinn air a 'chothrom cho luath sa ghabhas. Bha e ann. As aonais sgudal - gun leisgeul - gun mòran eadar-dhealachaidh, mr. Elton, bha leannan na h-ighinn, a 'toirt a thaic dha a leannan. Dh'fheuch i ris a stad; ach gu dìomhain; rachadh e air adhart, is canadh e na h-uile càil. Feargach nuair a bha i, bha a 'smaoineachadh mun t-suidheachadh a-nis ag iarraidh a cumail suas nuair a bhruidhinn i. Bha i a 'faireachdainn gum feumadh leth a' bhlaidh seo a bhith tioram, agus mar sin gum faodadh e bhith cinnteach nach biodh ann ach an uair a thigeadh seachad. A rèir sin, le measgachadh de dhroch bhuaidh agus an sporail, a bha i an dòchas a bhiodh freagarrach dha leth-leth agus leth-stàite, fhreagair i,

"tha seo air mo bheannachadh gu mòr, mr. Elton. Tha seo gad dh' chuimhneachadh thu fhèin — tha thu gam ghabhail airson mo charaid — bidh teachdaireachd sam bith a chailleas gobha gu bhith toilichte a lìbhrigeadh; ach cha bhith e nas fhasa dhomh seo, ma leigeas tu. "

"miss smith! —message gu miss smith! — dè na b' urrainn dhi a bhith a 'ciallachadh!" - agus rinn e aithris a-rithist air a faclan le cinnt cho cinnteach, cho geur sa bha e na iongnadh, nach b'urrainn dhi cuideachadh le freagairt gu luath,

"m. Elton, is e seo an giùlan as iongantaiche! Agus chan urrainn dhomh cunntas a thoirt air ach ann an aon dòigh; chan e thu fhèin a th' ann, no cha b'urrainn dhut bruidhinn riumsa, no ri iteach, ann an leithid de dhòigh. Can a-nis, agus feuchaidh mi ris a dhìochuimhneachadh. "

Ach mr. Cha robh elton ach air fìon a bhuain gu leòr airson a spionnadh a bhrosnachadh, agus chan ann idir airson a dhìleaban a mhùchadh. Bha e gu math eòlach air a bhrìgh fhèin; agus air cur an aghaidh a h-amharas mar aimhreit mhòr, agus beagan dragh a chur air a spèis airson a bhith a 'caoidh na caraid aice, — ach a' toirt iomradh air a iongnadh gum bu chòir iongnadh air a 'chaochain, thug e a-mach cuspair a dhìcheall fhèin, agus bha e tha mi uabhasach èiginneach airson freagairt fhabhrach.

Seach gun robh i a 'smaoineachadh nas lugha de a dhìth neo-chomasach, bha i den bheachd gu robh barrachd de a mhì-ghoireas agus de bhacadh; agus le nas lugha de dhuilgheadasan airson a bhith modhail, air an fhreagairt,

"tha e do-dhèanta mi a bhith teagmhach mu dheidhinn na b'fhaide. Tha thu air do dhèanamh fhèin ro fhurasta. An t-iongnadh gu bheil mi a' faireachdainn nas fhaide na rud sam bith as urrainn dhomh a chur an cèill. Tha mi air a bhith a 'coimhead cho tric sa bha mi a' a bhith a 'coimhead ris - a bhith a' bruidhinn rium air an dòigh seo — is e seo mì-thoileachas de charactar, gu dearbh, nach robh mi air a chreidsinn! Mi, sir, tha mi fada, fada bho, bho. A bhith toilichte mar a bhith na adhbhar airson dreuchdan mar seo. "

"nèamh math!" ghlaodh mr. Elton, "dè as urrainn a bhith a'
ciallachadh seo? —miss smith! —i cha robh mi riamh a
'smaoineachadh mu bhith a' giùlain gu tur ann am beatha mo
bheatha-riamh — cha tug e aire sam bith dhi, ach mar a thuirt do
charaid: nach robh i marbh no beò, ach mar do charaid, ma tha i
air a leithid a chuir às, tha a miannan fhèin air a mealladh, agus
tha mi glè dhuilich — fìor dhuilich - ach, ionndrainn gobha, gu
dearbh! —o! Chan eil mi a 'faireachdainn gu bheil thu ach mì-
fhaireachdainn de charactar - chan eil mi a' faireachdainn ach ort
ach a 'dèanamh gearan mu bhith a' pàigheadh an aire as lugha do
neach sam bith eile. Tha e dìreach air a bhith a 'coimhead mar a
tha mi a' comharrachadh d 'othachdas.

Bhiodh e do-dhèanta innse na bha emma a 'faireachdainn, nuair
a chuala e seo - dè na fairreachdainnean mì-thlachdmhor a bha
aice. Bha cus dhen bheachd gun robh i comasach air freagairt sa
bhad: agus bha dà mhionaid de shàmhchair na mhisneachd gu
leòr airson mr. Staid inntinn na h-eireachdail, dh'fheuch e ri a
làmh a thoirt air ais a-rithist, oir bha e aoibhneas gu aoibhneil -

"a dh' fhalbh mi airson an t-sàmhchair inntinneach seo a
mhìneachadh. Bidh e ag aideachadh gu bheil thu air thu a bhith
gam thuigsinn fad ùine mhòr. "

"chan eil, sir," ghlaodh emma, "tha e aideachadh nach eil a
leithid a rud. Cho fada bho dèidh fada thuig thu, tha mi air a
bhith anns a 'mhòr-chuid iomlan mearachd, le spèis do na
beachdan agaibh, gus an àm seo. Mar gu mi-fhìn, mi mi
uabhasach duilich gum bu chòir dhut a bhith a 'toirt a-steach do
fhaireachdainnean sam bith — cha b' urrainn do rud sam bith a
bhith nas fhaide na mo mhiann-sa - do cheangal ri mo charaid
tighearna - thug e dhut tlachd mhòr, agus bha mi gu mòr ag
iarraidh a shoirbhicheas dhut: ach bha mi a 'smaoineachadh nach
robh i a' tàladh thu gu raon an fheòir, bu chòir dhomh a bhith
cinnteach gun do thuig thu tinn nuair a bha thu a 'tadhal cho tric.
Cha robh thu riamh air a bhith a 'smaoineachadh dhith?"

"cha bhith, a dh' uamhas, "thuirt e, a' nochdadh anns a dh 'ath:"
cha bhith mi a 'dèanamh cinnteach mi. Gu bheil mi a'
smaoineachadh gu bheil mi a 'caoidh gu mòr! ' Tha mi a 'guidhe
gach soirbheachadh dhi: agus, gun teagamh sam bith, tha fir ann
nach biodh a' gearan - tha an ìre aig a h-uile buidheann: ach mar
dhòmhsa, chan eil mi, tha mi a 'smaoineachadh, cho mòr air call.
Eu-dòchasachd gun tigeadh càirdeas co-ionann, mar gum biodh e
a 'bruidhinn ri mi fhèin a chall! —no, madam, is ann dhuibh
fhèin a-mhàin a tha mi air tadhal air raon-feòir, agus fhuair mi
am brosnachadh -"

"brosnachadh! — a' toirt misneachd dhut! —sir, tha thu air a
bhith gu tur ceàrr ann a bhith ga thaghadh. Tha mi air thu
fhaicinn dìreach mar spèisiche mo charaid. Cha bhiodh e ach ann
an solas sam bith eile na neach-eòlais cumanta. Tha mi duilich
gu leòr: ach tha e math gu bheil an mearachd a 'tighinn gu crìch
far an robh an aon ghiùlan air leantainn, ma dh'fhaoidte gun d'
fhaodadh gun do chaill droch gobha a-steach mì-thuigse mu do
bheachdan; neo-chothromachd a tha thu cho ciallach air. Ach,
mar a tha e, tha an briseadh-dùil singilte, agus, ann an earbsa,
cha bhi e buan. Chan eil smuaintean agam air pòsadh sam bith
an-dràsta. "

Bha e ro gruamach facal eile a ràdh; cho-dhùin a dòigh
cuideachd a bhith a 'tagradh; agus anns an t-suidheachadh seo de
mhì-rùn, agus mortrachadh domhainn, dh'fheumadh iad cumail
orra a 'dol còmhla beagan mhionaidean nas fhaide, airson eagal
mr. Bha taigh-spadaidh air a bhith air a chuingealachadh gu
astar. Mura robh a leithid de dhroch fhearg ann, bhiodh uamhann
air choreigin; ach cha do dh'fhàg na faireachdainnean sìmplidh
aca àite airson na ialtagan beaga de thàmailt. Gun fhios agad
nuair a thionndaidh an carbad gu bhith na shlighe bhùthan, no
nuair a stad e, fhuair iad fhèin, aig an aon àm, aig doras an taighe
aige; agus bha e a-mach mus deach lide eile seachad. — an uair
sin bha emma a 'faireachdainn gun robh e riatanach a bhith a'

toirt deagh oidhche dha. Chaidh an moladh a thilleadh dìreach, gu fuar agus gu pròiseil; agus, fo chràdh neo-chliùiteach de spioradan, chaidh a toirt gu hartfield.

An sin chuir a h-athair fàilte mhòr oirre, a bha na chrith-chudthrom air na cunnartan a bha an lùib a bhith a 'faighinn a-mach à cuairt aon neach bhon fhacal-ionaid - a' tionndadh na h-oisein nach fhaodadh e a bhith a 'smaoineachadh — agus ann an làmhan neònach - fear-coidse a-mhàin. - gun james; agus an sin bha coltas ann nach robh a h-ais ach ag iarraidh a h-uile rud a dhèanamh gu math: airson mr. Bha john knightley, air an robh nàire air a dhroch àbhachdas, a-nis uile coibhneil agus aire; agus mar sin gu h-àraid solit airson comhfhurtachd a h-athar, mar a tha e coltach - mur a h-eil e ro dheònach a dhol an sàs ann am mias de dhruidheachd — glic ciallach air a bhith gu h-anabarrach fallain; agus bha an latha a 'tighinn gu crìch ann an sìth agus comhfhurtachd do am pàrtaidh beag uile, ach a-mhàin i fhèin. — ach cha robh a h-inntinn riamh air a bhith cho buailteach;

Caibideil xvi

Bha a 'ghruag air a bhualadh, agus chuir a' mhaighdean air falbh, agus shuidh emma sìos a dh 'fhaireachadh agus a bhith truagh. — bha e na ghnìomhachas truagh! — a bhi cuir às do gach ni a bha i air a bhi ag iarraidh! Nach biodh fàilte oirbh — a 'feuchainn ri ionnsaigh! — bha an rud bu mhiosa dhiubh. Thug gach pàirt dhith cràdh agus irioslachadh, de sheòrsa no eile; ach, an coimeas ris an olc a dh 'ionnsuidh an t-olc, bha iad uile aotrom; agus bhiodh i toilichte a bhith a 'faireachdainn gu robh i air a dhol na bu mhiosa le mearachd — barrachd ann an mearachd — nas miosa bho dhroch-bhreitheanas, na bha i dha-rìribh, an robh buaidh a cuid blàir air a cuingealachadh rithe fhèin.

"mura robh mi air ìmpidh a chuir air an duine a bhith a' còrdadh ris an duine, dh 'fhaodadh mi rud sam bith a ghiùlain. Dh' fhaodadh e gun robh e air an dànadh dhòmhsa a chuir annamsa — ach droch dhroch thurais! "

Mar a bhiodh i air a bhith mar sin air a mhealladh - thuirt e nach robh e a-riamh air a bhith a 'smaoineachadh mu dhroch chruaidh - cha robh e idir! Choimhead i air ais cho math is a b 'urrainn dhi; ach bha e gu math troimh-a-chèile. Bha i air a 'bheachd a ghabhail, bha i ag ràdh, agus chuir i ris a h-uile rud a bha i. Ach feumaidh gun robh a mhodhan gun chomharradh, a 'leantainn, a' iomagain, no nach b 'urrainn dhi a bhith ceàrr.

An dealbh! — a bhith dealasach mu bhith air a bhith mun dealbh! — agus an charade! — agus ceud suidheachadh eile; — mar a bha e coltach gu robh coltas gu robh iad a 'coimhead air an t-seirbheis. A bhith cinnteach, an charade, leis an "barod" deiseil - ach an uair sin cha robh "sùilean bog" - a rèir an fhìrinn, freagarrach dha; bha e na shearg gun bhlas no fìrinn. Cò a dh 'fhaodadh a bhith air fhaicinn tro nonsense cho trom?

Gu cinnteach bha i gu tric, gu h-àraid anmoch, den bheachd gun robh a mhodhaltan gaolach fhèin gun fheum; ach bha e air a dhol mar a bha e, mar mhearachd a bha breitheanais, eòlas, blas, mar dhearbhadh am measg dhaoine eile nach robh e an-còmhnaidh a 'fuireach anns a' chomann as fhèarr, gur e fior bhànas a bh 'ann uaireannan. A 'iarraidh; ach, gus an latha an-diugh, cha robh i riamh, airson grad sa bhad, air a bhith amharasach gu robh i a 'ciallachadh rud sam bith ach urram ga thoirt dhi mar charaid a bhiodh a' frithealadh le clòimh.

Gu mr. Bha john knightley gu mòr an comain a 'chiad bheachd aice air a' chuspair, airson a 'chiad thoiseach de a chomas. Cha robh e a 'dol às àicheadh gun robh na bràithrean sin a' dol troimhe. Chuimhnich i na bha mr. Bha ridire air a ràdh aon uair mu dheidhinn mr. An elton, an rabhadh a thug e seachad, an dìteadh a bha e ag aideachadh gun robh e a 'faireachdainn mr. Cha phòsadh elton gu dìomhair; agus air a bhith a 'smaoineachadh gu robh uiread de thòrachd ann an eòlas a charactar air a rùsgadh na gin sam bith a ràinig i fhèin. Bha e uamhasach duilich a dhèanamh; ach mr. Bha elton a 'dearbhadh fhèin, ann an iomadh dòigh, an dearbh rud aig an robh i a' ciallachadh agus a chreidsinn; moiteil, a 'gabhail ris, air a bheannachadh; tha e gu math làn de na tagraidhean aige fhèin, agus chan eil cus dragh air mu na faireachdainnean eile.

An aghaidh cùrsa àbhaisteach, mr. Bha miann elton airson na seòlaidhean a phàigheadh dhi air a chuir na beachd. Cha robh na dreuchdan aige agus a mholaidhean a 'dèanamh seirbheis dha. Cha robh càil a dh 'smaoinich i mu dheidhinn an càil a chuir e ris, agus bha a dhùil air a mhilleadh. Bha e airson a bhith a 'pòsadh gu math, agus leis an teòmachd a shùilean a thogail dhi, leig i oirre gun robh e ann an gaol; ach bha i furasta dha fhèin gun a bhith gun a bhith diombach a dh 'fheumas cùram fhaighinn. Cha robh fìor ùidh aca anns a chànan no modh. Bha osnaich agus faclan grinn air an toirt seachad gu pailt; ach cha mhòr gun cumadh i seata de abairtean, no ma dh'innseas tu gun robh guth na guth sam bith ann, gun a bhith a 'gabhail ri gaol sam bith. Chan fheum i dragh a chur oirre fhèin a bhith truas air. Cha robh e ag iarraidh ach a bhith a 'fàs nas gèire agus nas beairtiche; agus ma chailleas tu taigh-tasgaidh hartfield, ban-oighre deich thar fhicheadmìle not, cha robh e cho furasta fhaighinn às aonais mar a chuir e fainear air, bhiodh e a 'feuchainn ri cuideigin eile a chall le fichead, no le deich.

Ach gu bu chòir dha a bhith a 'bruidhinn mu bhrosnachadh, gu bu chòir dhi beachdachadh oirre mar neach a tha mothachail air a bheachdan, a' gabhail ris a 'aire, a' ciallachadh (goirid), a phòsadh! —a dh 'fhaodadh ea bhith co-ionnan ann an co-cheangal no inntinn! Tha e cho tuigseach mu na h-ìrean de cheum foidh sìos, agus a bhith cho dall ris na dh'èirich os a chionn, a thaobh a bhith a 'gealltainn nach biodh e a' faighinn a-mach dhith - cha robh e cho brosnachail.

'S dòcha nach robh e cothromach a bhith a 'faireachdainn gu robh e a' faireachdainn cho mòr sa bha e na tàlant cho math ris, agus na h-aireamhan inntinn. Tha an leithid de dh 'fhulang le co-ionannachd den t-seòrsa seo a' cur stad air a bhith ga faicinn; ach feumaidh e fios a bhith aige gu robh i gu math fortanach mar thoradh air sin. Feumaidh fios a bhith aige gun deach na taighean-aoigheachd a rèiteach airson grunn ghinealaichean aig hartfield, am meur òg de theaghlach fìor àrsaidh — agus nach robh duine sam bith na eltoin. Gu cinnteach bha neo-chliù aig an fhearann air tìr ann an raon-feòir, ach bha e na sheòrsa de dh 'ainm ann an oighreachd na h-abaid donnt, ris an robh a h-uile duine eile den àrd-mòir; ach bha am fortan aca, bho thobraichean eile, a leithid a dhèanamh cho àrd agus a dh 'fhaodadh iad an abaid fhèin a thoirt seachad anns a h-uile toradh eile; agus bha àite fada air a bhith aig na taighean-aoigheachd ann a bhith a 'beachdachadh air a' choimhearsnachd. Cha robh elton air a chuir a-steach ach dà bhliadhna air ais, airson a shlighe a dhèanamh mar a dh 'fhaodadh e, gun caidreachasan sam bith ach malairt, no rud sam bith a mholadh dha a thoirt fa-near ach a shuidheachadh agus a chuid saorsa. — ach bha e air a chuir fo chailin leis; gu dearbh feumaidh gun robh e an urra ris; agus an dèidh beagan sàrachadh a dhèanamh air cho mì-fhreagarrach agus a bha mì-rian ann an modh caoimhneil agus ceann cràbhach, bha e mar fhiachaibh air emma onair choitcheann stad agus aideachadh gu robh i fhèin a 'seasamh.bha giùlan dha air a bhith cho mì-chofhurtail agus a dh agus am fear as fheàrr le fhaicinn, is e fhèin an rud as fheàrr leis fhèin. Nam biodh i cho ceàrr air na faireachdainnean aice, cha robh mòran ceart aice a

bhith a 'smaoineachadh gum bu chòir dha a bhith ceàrr às a
dhèidh fhèin le ùidh dha fhèin dall.

A 'chiad mhearachd agus an rud a bu mhiosa aig an doras aice.
Bha e gòrach, bha e ceàrr, a bhith a 'sàs gu gnìomhach ann a
bhith a' toirt dithis dhaoine còmhla. Bha e na fhaochadh fada ro
fhada, a 'gabhail ris ro mhòr, a 'dèanamh solais de na bu chòir a
bhith dona, cleas de na bu chòir a bhith sìmplidh. Bha i gu math
iomagaineach agus nàire, agus chuir i roimhpe a leithid sin de
rudan a dhèanamh nas motha.

Tha mi cinnteach nach eil beachd agam mu chorp sam bith eile a
bhiodh gu math ion-mhiannaichte dhith: —william coxe — oh!
Chan e, cha b'urrainn dhomh mi-fhèin a chumail — fear-lagha
òg. "

Tha i a 'stad a bhith a' briseadh agus a 'gàireachdainn aig a h-
ath-thilleadh fhèin, agus an uair sin thill i gu ìre nas miosa, geur-
leanmhainn air na bha, agus a dh' fhaodadh, a bhith. Bha am
mìneachadh duilich a dh'fheumadh ia dhèanamh air a 'chùis,
agus na h-uile droch dhroch dhuine a bhiodh a' fulang, le ùpraid
ann an coinneamhan san àm ri teachd, na duilgheadasan a thaobh
a bhith a 'leantainn no a' toirt stad air an eòlas, air
faireachdainnean a cheannsachadh, a 'cur an-aghaidh milleadh,
agus a' seachnadh eclat. I mar a tha i a 'fighe a-mach nas miosa
beagan ùine nas fhaide, agus chaidh i dhan leabaidh mu
dheireadh agus cha do dh' fhalbh i ach an dìteadh gu robh i air a
dhol às a rian.

Gu h-òige agus gu siùbhlach nàdarrach mar emma, ged a tha iad
fo ghruaim sealach tron oidhche, cha mhòr gun toir an latha air
ais spioradan dha-rìribh. Tha òganach agus sunnd na maidne ann
an samhlachd sona, agus ann an obrachadh cumhachdach; agus
mura h-eil an àmhghar cunnartach gu leòr airson na sùilean a
chumail dùinte, bidh iad cinnteach gu faigh iad faireachdainn gu
bheil pian socair agus dòchas nas fheàrr aca.

Dh'èirich emma air a 'chiad mhaireach na bu mhotha de dhuilgheadas na bha i air a dhol don leabaidh, nas deiseil gus faochadh fhaighinn air an droch-shùil roimhe, agus a bhith an crochadh air faighinn dheth a-mach às.

Bha e na thoileachas mòr a bhith ann. Cha bu chòir dha elton a bhith ann an gaol leatha, no mar sin gu h-àraidh nuair a dh 'fhaodas e a bhith cho eagalach fhèin a chreidsinn — nach bu chòir nàdar tighearna a bhith cho math ris a' bheil na faireachdainnean as gèire agus nas fhaireachdainn - agus nach biodh e riatanach airson fios a bhith aig buidheann sam bith air na chaidh seachad ach na trì prionnsapalan, agus gu h-àraid airson a bhith a 'toirt seachad mòmaid mì-thoilichte mu dheidhinn a h-athar.

Bha iad sin gu math misneachail; agus nuair a chunnaic an t-uabhas de shneachd air an talamh rinn i tuilleadh seirbheis, oir chuireadh fàilte air rud sam bith a chuireadh ceart gu leòr don triùir aca gu lèir an-dràsta.

Bha an aimsir na bu fhàbharach dhi; ged nach b 'urrainn dhi a dhol dhan eaglais ge-tà. Mr. Bhiodh an taigh-tasgaidh air a bhith truagh gun do dh'fheuch a nighean ris, agus mar sin bha i sàbhailte bho bheachdan a bha inntinneach no a bha mì-chàilear. An talamh còmhdaichte le sneachd, agus an àile san staid neo-thorrach sin eadar reothadh agus aiteamh, a tha am measg an fheadhainn eile nach eil cho càirdeil airson eacarsaich, gach madainn a 'tòiseachadh le uisge no sneachd, agus a h-uile feasgar a' suidhe ann an reothadh, bha i fad iomadh latha. Prìosanach onarach. Cha bhi eadar-mheadhan sam bith ann le clàrsach ach le nota; cha robh eaglais ann air a h-uile latha na bu mhotha na latha na nollaige; cha bu chòir leisgeul a lorg airson mr. An neach-gleidhidh air falbh.

B 'e sìde a bh' ann a dh 'fhaodadh a bhith a' cur faire air gach buidheann san dachaigh; agus ged a bha i an dòchas agus gu robh i ga chreidsinn gu robh i a 'gabhail comhfhurtachd ann an cuid de chomann no eile, bha e tlachdmhor a h-athair a bhith cho riaraichte le a bhith na aonar anns an taigh aige fhèin, ro glic airson gluasad a-mach; agus gus a chluinntinn ag ràdh ri mr. Ridire, nach fhaodadh sìde sam bith cumail orra gu h-iomlan - -

"a ghabhar, carson nach eil thu a' fuireach aig an taigh mar mr. Elton bochd? "

Bhiodh na laithean sin anns a h-uile latha, ach airson a dhuilgheadasan dìomhaireachd, gu sònraichte cofhurtail, oir bha an sgaoileadh sin dìreach freagarrach dha a bràthair, agus feumaidh na faireachdainnean aca a bhith gu math cudromach dha chompanaich; agus, a bharrachd air sin, bha e cho glan air falbh às a dhroch àbhachdas aig randalls, nach do dh'fhàilig a neo-chomas a-riamh e tron chuid eile den ùine a chuir e seachad ann an hartfield. Bha e daonnan sàraichte agus dealasach, agus a 'bruidhinn gu taitneach air a h-uile corp. Ach leis na h-uile dòchais de shunndachd, agus gach comhfhurtachd a th 'ann a-rithist, bha an leithid de dhruidheachd a' crochadh thairis air an uair a mhair e le ministear, agus mar sin cha robh e do-dhèanta a bhith cho furasta ris.

Caibideil xvii

Mr. Agus mrs. Cha deach john knightley a chumail fada aig raon-feòir. Gun do rinn an t-sìde leasachadh luath gu leòr airson gun gluaiseadh na daoine a dh'fheumas gluasad; agus mr. An-còmhnaidh, mar a dh 'àbhaist, smaoinich an taigh-feachd air a nighean a bhith a' fuireach air falbh leis a clann uile, gun robh aice ris a 'phàrtaidh air fad fhaicinn, agus tilleadh chun a thurais ri linn bochdainn isabella; —an bochd isabella, a' toirt seachad a beatha còmhla ri is dòcha gur e eisimpleir de toileachas boireann boireann a bh'ann an fheadhainn a bha i a 'sàsachadh, làn de airidheachd, a bha dall do na mearachdan aca agus a bha daonnan neo-chiontach.

Thug oidhche an latha a thug iad seachad nota bho mr. Elton gu mr. Taigh-cùirte, nota fada, sìobhalta, sealach, ri ràdh, le mr. Tha am moladh as fheàrr aig elton, "gun robh e a' moladh àrd-sgoil a dhèanamh madainn an ath mhadainn na shlighe gu amar; far an robh e an sàs ann a bhith a 'caomhnadh cuid de charaidean airson beagan sheachdainean a chuir seachad, agus aithreachas mòr a bhith aige nach gabhadh e." fo, bho dhiofar shuidheachaidhean na sìde is gnothachais, a bhith a 'gabhail fois gu pearsanta de dh' taigh an taigh cōmhla, aig a bheil cōmhnadh càirdeil bu chōir e a 'cumail sèod brìgheil — agus bha m. Ouse ouse ouse s s s s s s s s s s as na h-àithne a' toirt seachad dhaibh.

Bha uamhas de fhuaim aig emma. — mr. Aig an àm seo b thug i urram dha airson a bhith ga leantainn, ged nach robh e comasach dha mòran creideas a thoirt dha air an dòigh anns an deach a ghairm. Cha bhiodh e comasach a bhith a 'bruidhinn na bu mhì-chinnt na bha e na bu chòir dha a h-athair, às an deach a chuir às a h-àite às an dòigh sin. Cha robh fiù 's gun robh pàirt aice anns na h-iarrtasan fosglaidh aige. — cha deach a h-ainm ainmeachadh; — agus bha buaidh cho mòr aig an sin air a h-uile rud, agus cho sòghail na bha e a 'toirt seachad na aideachaidhean grinn, mar a smaoinich i, an toiseach, cha robh e comasach dha teicheadh a h-amharas a h-athair.

Rinn e sin ge-tà. — bha a h-athair gu math sàmhach le ionnsaigh cho luath air an turas sin, agus a dhraghan gu robh mr. Is dòcha nach fhaigh elton gu sàbhailte gu deireadh, agus nach fhaca e rud iongantach ann an cànan. Bha e gu math feumail, oir thug e stuth ùr dhaibh airson smaoineachadh is còmhradh rè na h-oidhche aonaranach aca. Mr. Bhruidhinn an taigh-seinnse mu na laigsean aige, agus bha emma ann an sunnd airson toirt air falbh iad leis a h-uile rud àbhaisteach a bh 'ann.

Rùnaich i a-nis gun deidheadh an t-acfhainn a-mach san dorchadas. Bha adhbhar aice a bhith a 'creidsinn gun robh i air faighinn seachad air an fhuachd aice, agus bha e ion-mhiannaichte gum bu chòir dhi uiread ùine agus a ghabhadh fhaighinn airson a' chùis a dhèanamh air a gearan eile mus do thill an duine-uasal. Chaidh i gu mrs. Mar sin a 'nochdadh a' chiad latha às deidh sin, gus faighinn a-steach don pheanas conaltraidh riatanach; agus fìor dhuilich a bh 'ann. — bha aice ri a h-uile dòchas a bha i air a bhith cho dìcheallach a mhilleadh - a bhith a' nochdadh ann an caractar neo-dhiadhaidh an aon fhear a b 'fhearr - agus a' aideachadh gu robh i mearachd agus meòrachadh air na beachdan aice air aon chuspair. , a beachdan uile, a beachdan gu lèir, a fàisneachdan uile airson na sia seachdainean a dh'fhalbh.

Dh'ath-bheothaich an aideachadh a ciad nàire gu tur - agus thug deòir an t-searbhadair oirre a 'smaoineachadh nach bu chòir dhi a bhith ann an carthannas leatha fhèin a-rithist.

Bha na h-uighean a 'toirt seachad an tuigse gu math — a' cur na muinntir choireigin a-mach, agus anns gach rud a 'toirt fianais air cho mì-chofhurtail sa bha i agus a' toirt seachad i fhèin.

Bha emma ann an àbhachdas a bhith a 'cur luach air sìmplidheachd agus mòrachd chun an ìre as àirde; agus bha gach ni a bha ion-mhor, na h-uile a dh 'ann an ceangal, ri fhaicinn mar an ceudna air taobh an t-uachdaran, cha b 'e a h-aon aice. Cha robh an clàrsair den bheachd gu robh dad sam bith aice airson gearan. An spèis a bh'aig duine mar mr. Bhiodh i air a bhith ro mhath dhi - — cha robh duine ach mar sin pàirt agus leth-charaid mar charaid ann an dùil gun gabhadh e dèanamh.

Sguir a deòir gu pailt — ach bha a mulad cho fìor neo-ghlan, nach b'urrainn do urram a bhith air a dhèanamh nas spèisiche ann an sùilean emma - agus dh 'èist i rithe agus dh'fheuch i ri a comhfhurtachd leis a h-uile chridhe is tuigse - gu dearbh airson an àm a chaidh a chreidsinn gun robh an t-' cumhachd a bha na chreutair nas fheàrr na dhà - agus gum biodh i coltach ri a samhlachadh airson a sochair agus a toileachas fhèin na bhiodh an comas sin uile a dh 'fhaodadh a dhèanamh.

Bha e ro anmoch san latha airson a bhith a 'feuchainn air a bhith sìmplidh agus fiosrach; ach dh'fhàg i le gach rùn roimhe gun robh i ag ràdh gu robh i iriosal agus falaichte, agus a 'cur an cèill mac-meanmna fad na beatha. A dhleasdanas a-nise, a-mhàin air sgàth a h-athair, a bhith a 'brosnachadh comhfhurtachd a' chùis agus a 'feuchainn ri an gaol aice fhèin a dhearbhadh ann an dòigh nas fheàrr na le cluich gheamannan. Fhuair i gu cruaidh i, agus nochd i cho caoimhneil sa bha i, a 'feuchainn ri a bhith a' fuireach agus ga h-ionndrainn, agus le leabhraichean is còmhradh, gus mr a dhraibheadh. Bho a beachdan.

Feumaidh i bhith cinnteach gu bheil seo air a dhèanamh gu math; agus b 'urrainn dhi i fhèin a ràdh ach breitheamh gun chiall a thoirt air cùisean mar sin san fharsaingeachd, agus mì-fhreagarrach airson co-fhaireachdainn ann an ceangaltas ri mr. Gu sònraichte; ach bha e cosmhuil ri h-uidhir sin gu'm biodh a leithid de dh'adhartas a 'dol air adhart a dh' aindeoin aois an t-sluaigh a bh 'ann, agus le h-uile h-uile neach a dhol à bith, a dh' aithghearr. Tilleadh elton, a 'toirt cothrom dhaibh uile a bhith a' coinneachadh a-rithist anns an àbhaist chumanta, gun cunnart sam bith a bhith a 'bhrath beachdan no gan àrdachadh.

Cha robh a 'chliù a' smaoineachadh air iomlanachd, agus a 'cumail suas gun an robh corp sam bith a bha co-ionann ris ann an pearsa no maitheas - agus, ann am fìrinn, dhearbh i gu robh i na bu chruaidhe ann an gràdh na bha emma; ach a dh 'aindeoin sin bha e cho nàdarra ris, agus mar sin bhiodh e do-dhèanta strì ri aghaidh an t-seòrsa sin nach do dh' aontaich, nach b'urrainn dhi a bhith a 'tuigsinn a h-uile ùine gun robh i cho-ionann.

Ma tha mr. Nuair a thill e, chuir elton an cèill nach robh e furasta a chreidsinn gur ann air sgàth sin a dh 'fhaodadh ia bhith gun a bhith a' cur iongnadh air gu robh i faisg air a bhith a 'cur an cuimhne e.

Bha iad air an suidheachadh, agus iad air an suidheachadh gu tur, san aon àite, dona airson gach fear, airson na trì. Cha robh cumhachd aig aon dhiubh a bhith a 'toirt air falbh, no a bhith a' toirt atharrachadh sam bith air an t-saoghal. Feumaidh iad coinneachadh ri chèile, agus am feum as fheàrr a dhèanamh dheth.

Bha an t-uachdaran nas miosa ann an tòna a companaich aig a màthair. Gardard; mr. Gabhail ri luchd-teagaisg agus nigheanan mòra na sgoile; agus feumaidh e a bhith aig ìre àrd a- mhàin gum faodadh i cothrom sam bith a bhith ga chluinntinn a 'bruidhinn le modaradh fìnealta no fìrinn earbsach. Far an deach an lot a thoirt seachad, feumaidh an leigheas a bhith air a lorg ma tha e ann an àite sam bith; agus dh'fhairich emma, gus am faca i ann an rathad slànachaidh, nach biodh sìth cheart ann dhi fèin.

Caibideil xviii

Mr. Nach tàinig eaglais na h-eaglais a-mach. Nuair a bha an ùine a chaidh a mholadh a 'tighinn faisg. Bha eagal air muinntir an iar a bhith a 'faighinn litir leisgeil. Oir cha robh e comasach air a chaoidh, a mhisneachd agus aithreachas mòr; ach bha e a 'coimhead air adhart leis an dòchas gun tigeadh e gu na h-aoighean fad às."

Bean. Bha taobh an iar na bhriseadh-dùil mòr - gu math na bu mhiosa, gu dearbh, na an duine aice, ged a bha a earbsa ann a bhith a 'faicinn an duine òg air a bhith tòrr na bu shìorraidhe: ach a' seasamh nas miosa na bha e a 'tachairt, chan ann an-còmhnaidh a phàigheas e. Tha e an dòchas a dh 'aindeoin sin le trom-inntinn. Cha b 'fhada gus an cuir e seachad a' chùis mar a tha e an-dràsta, agus tha e a 'tòiseachadh a' nochdadh a-rithist. Airson leth uair a thìde mr. Bha taobh an iar na h-alba ro mhòr agus duilich; ach an uair sin thòisich e a 'faicinn gur e plana gu math nas fheàrr a bhiodh ann an dà chuid no trì mìosan an dèidh sin; àm nas fheàrr den bhliadhna; aimsir nas fheàrr; agus gum biodh e comasach, gun teagamh sam bith, fuireach mòran nas fhaide leotha na bhiodh e nam biodh e air tighinn nas tràithe.

Dh'ath-bheothaich na faireachdainnean seo gu luath an comhfhurtachd aige, agus mrs. Taobh an iar, le duilgheadas nas miosa, bha e a 'coimhead dad ach ath-aithris de leisgeulan is dàil; agus às dèidh a h-uile dragh a bha aice mu dè bha an duine aice a 'fulang, dh'fhulaing e tòrr na b'fhaide.

Cha robh emma aig an àm seo ann an staid de spioradan airson a bhith a 'coimhead fìor mu mr. Nach eil eaglais na h-eaglaise a 'tighinn, ach mar bhriseadh-dùil aig randalls. Cha robh iongnadh aig an luchd-eòlais an-dràsta. Bha i ag iarraidh, an àite, a bhith sàmhach, agus air falbh à buaireadh; ach fhathast, mar a bha e ion-mhiannaichte gum biodh i a 'nochdadh, sa chumantas, coltach ris a' fhèin-obair àbhaisteach, bha i an dùil a bhith a 'nochdadh an ùidh mhòr anns an t-suidheachadh, agus a' dol a-steach cho domhainn ann am mr. Agus mrs. Tha tàmailt taobh an iar, mar a dh'fhaodadh a bhith gu nàdurrach nan càirdeas don chàirdeas aca.

B'i a 'chiad duine a chuir an cèill e. Ridire; agus air a thoirt a-mach cho math 'sa dh 'fheumadh, (no, a bhith ag obair mar phàirt, is dòcha beagan nas motha) a thaobh giùlan luchd-eaglais, ann a bhith ga chumail air falbh. An uairsin chuir i air adhart tòrr a bharrachd na bha i a 'faireachdainn, de bhuannachd an leithid a chuir ris a' chomann-shòisealta aca ann an sòlas; an tlachd a bhith a 'coimhead air cuideigin ùr; an latha mòr a dh 'fhalbh a dh' ionnsuidh na h-àrd-àirde. Agus a 'tighinn gu crìch le meòrachadh air na h-eaglaisean a-rithist, gun robh i an sàs gu dìreach ann an eas-aonta le mr. Ridire; agus, chun na h-ùine mhòr a bha i a 'faicinn, bha i a' faicinn gun robh i a 'gabhail an taobh eile den cheist bho a beachd fìor, agus a' cleachdadh mrs. Argamaidean an iar na h-aghaidh.

"tha e gu math coltach gur e coire a tha anns na h-eaglaisean," arsa mr. Ridire, gu cool; "ach tha mi ag ràdh gur dòcha gun tig e nam biodh e."

"chan eil fios agam carson a bu chòir dhut sin a ràdh. Tha e a' miannachadh gun tig e; ach cha chuir a bhràthair agus a mhàthar tuilleadh às dha. "

"chan urrainn dhomh a chreidsinn nach eil cumhachd aige a thighinn, ma rinn e puing dheth. Tha e ro-choltach, airson a chreidsinn gun dearbhadh."

"dè cho neònach 'sa tha thu! Dè rinn mulachadh na h-eaglaise, gus am bi e coltach gur e creutair mì-nàdarrach a bhiodh ann?"

"chan eil mi a' d 'a dh' a bhith ga dh 'aindeoin creutair nàdurrach sam bith, ann an amharas gu bheil e air a bhith ag ionnsachadh a bhith os cionn a cheanglaichean, agus gu bhith a' gabhail cùram airson rud sam bith ach a thoileachas fhèin, bho bhith a 'fuireach còmhla ris an fheadhainn a chuir e an-còmhnaidh eisimpleir tha e gu math nas nàdarra na an rud a dh 'fhaodadh a bhith, gum bu chòir dha òganach, a thogadh le daoine a tha pròiseil, sòghail, agus fèineil, a bhith moiteil, sòghail agus fèin-chùramach cuideachd ma bha eaglais on taobh a-muigh ag iarraidh fhaicinn athair, bhiodh e air a thoirt gu lagh eadar an t-sultain agus an t-sultain, fear aig aois fhèin - dè a th 'ann? —o -oin no ceithir-agus-fichead — cha bhi sin as aonais an dòigh anns a bheil e comasach sin a dhèanamh.

"tha sin furasta a ràdh, agus furasta fhaicinn dhutsa, a bha an-còmhnaidh na mhaighstir agad fhèin. Is tusa am breitheamh as miosa anns an t-saoghal, mu dheireadh na h-uidhir de na duilgheadasan an crochadh. Chan eil fhios agad dè a th' ann a bhith a 'faighinn buaireadh . "

"chan eil e gu bhith a' smaoineachadh nach bu chòir saorsa inntinn no cnap-starra a bhith aig duine de thrì no ceithir-agus-fichead. Chan eil e ag iarraidh airgead — chan urrainn dha cur-seachad a dhèanamh. Na h-uimhir, gu bheil e toilichte faighinn cuidhteas iad aig an t-sluagh as ainmeile san rìoghachd, agus chuala sinn e gu sìorraidh ann an àite-uisge no àite eile beagan ùine air ais, bha e aig ìre am measg. Faodaidh iad na h-eaglaisean fhàgail. "

"tha, uaireannan faodaidh e."

"agus tha na h-amannan sin nuair a shaoileas e gur fhiach e troimhe; nuair a bhiodh buaireadh de thoileachas ann."

"tha e gu math mì-chothromach a bhith a' breithneachadh air giùlan neach sam bith, gun eòlas dlùth air an t-suidheachadh aca. Chan urrainn duine, nach eil air a bhith taobh a-staigh teaghlaich, innse dè na duilgheadasan a tha aig neach sam bith san teaghlach sin. A bhith eòlach air an fheadhainn a dh 'fhalbh, agus le teampall eaglais, mus dèan sinn a-mach gun dèan sinn co-dhùnadh mu dè is urrainn dha mac-bràthar a dhèanamh., aig amannan, bidh e comasach dha mòran a bharrachd a dhèanamh na tha e comasach air feadhainn eile."

"tha aon rud, emma, a dh' urrainn do dhuine a dhèanamh an-còmhnaidh, ma nì e oidhirp, agus is e sin, a dhleasdanas, chan ann le gluasad is luathachadh, ach le spionnadh agus rùn. Tha e dleasdanas na h-eaglaise an aire seo a thoirt dha athair tha fios aige gu bheil e mar sin, leis na geallaidhean is na teachdaireachdan aige, ach ma bha e airson sin a dhèanamh, dh 'fhaodadh gum biodh e air a dhèanamh le fear a bha ceart gu leòr ag ràdh aig an aon àm, gu sìmplidh agus gu diongmhalta, ri muinntir na h-eaglais - 'ìobairt uaisle de mar sin bu mhath leam gum faigh thu thu deiseil an-còmhnaidh airson a bhith cho goireasach dhut; ach feumaidh mi a dhol a dh 'fhaicinn m' athair sa bhad, tha fios agam gum biodh e air a dhroch leòn gun a bhith a 'toirt seachad comharra mar sin dha an-dràsta. , nan cuireadh e am maireach an-diugh. ''- nan canadh e sin rithe aig an aon àm, ann an suidheachadh co-dhùnaidh tighinn gu bhith na dhuine, cha bhiodh strì sam bith ann a thaobh a dhol air adhart."

"cha ghabh," thuirt emma, a 'gàireachdainn; "ach is dòcha gu bheil cuid ann a dh' fheumas e tilleadh air ais a-rithist. An cànan sin dha duine òg a bha gu tur an eisimeil, a chleachdadh! — nobody ach bhiodh thu fhèin, mr knightley, a 'smaoineachadh gu bheil e comasach. Ach chan eil beachd agad dè a tha riatanach. Ann an suidhichidhean dìreach mu choinneamh do chuid fhèin. A bhith ag ràdh gum bu chòir don eaglais a bhith a 'dèanamh an leithid de dh' òraid ris an uncail agus a mhàthar, a thug suas e, agus a tha gu bhith a 'toirt seachad dha! - ann am meadhan an t-seòmair, i a 'smaoineachadh, agus a' bruidhinn cho àrd 'sa b 'urrainn dha! — an urrainn dhut smaoineachadh air a leithid sin de dhòigh-obrach?"

"an crochadh air, emma, cha lorgadh duine ciallach duilgheadas sam bith ann. Dh'fhàgadh e fèin air an làimh dheis; agus chuireadh an dearbhadh, a-mach, gu dearbh, mar fhear de chiall, e ann an dòigh cheart — a' dèanamh tha e nas fheàrr, tog e suas nas àirde, cuir an ùidh aige nas làidire leis na daoine air an robh e an crochadh, na h-uile càil a dh 'fhaodadh loidhne gluasadach agus luchd-mothachaidh a dhèanamh. Bhiodh mac a pheathar a rinn ceart gu leòr le athair, a 'dèanamh sin ceart dhaibh; oir tha fios aca, cho math is a tha e, cho math ris an t-saoghal air fad, gum bu chòir dha an turas seo a phàigheadh gu athair; cumhachd airson dàil a chur air, a tha nan cridheachan gun a bhith a 'smaoineachadh nas fheàrr dha airson a chur a-steach do na h-aoighean aca.ann am prionnsapal, gu cunbhalach, gu cunbhalach, bhiodh na h-inntinnean beaga aca crùbach dha. "

"tha mi a' smaoineachadh gu bheil mi gu math dèidheil air a bhith a 'uamhasachadh inntinn; ach far a bheil inntinn cho beag ri daoine beairteach ann an ùghdarras, tha mi a' smaoineachadh gu bheil iad a 'luathachadh a-mach, gus am bi iad cho doirbh a làimhseachadh, agus gum faod mi smaoineachadh, gum biodh, mar a tha thu, mar ridire, air an giùlan agus gan cur na h-uile duine san aon àite ann an suidheachadh eaglais na h-eaglaise, bhiodh e comasach dhut a ràdh agus dìreach na tha thu air a bhith a 'moladh dha a dhèanamh; ma dh'fhaodte nach bi facal aig na h-eaglaisean ri ràdh, ach an uair sin, cha bhiodh cleachdaidhean sam bith agad a thaobh ùmhlachd tràth agus gleidheadh fada gus a dhol troimhe-san don neach aig a bheil, is dòcha nach bi e cho furasta spreadhadh sa bhad gu neo-eisimeileachd iomlan, agus a 'dèanamh a h-uile tagradh aca air taing agus spèis aig àm sam bithbhiodh e ceart, mar a dh'fhaodadh sibh a bhith, às aonais a bhith cho co-ionann, fo shuidheachaidhean sònraichte, gus a bhith ag obair ris. "

"an uair sin cha bhiodh e cho làidir. Mura deigheadh i air adhart gu co-ionann, cha b' urrainn dha a bhith na dhìteadh co-ionann. "

"och, eadar-dhealachadh a thaobh suidheachadh agus cleachdadh! Tha mi ag iarraidh gum feuchadh tu ri tuigsinn dè

dh'fhaodadh fear òg so-fhaireachdainn a bhith a' faireachdainn
gu dìreach an aghaidh an fheadhainn, a tha mar leanabh agus mar
bhalach a tha e air a bhith a 'coimhead ris fad a bheatha."

"tha an gille òg againn gu math lag, mas e seo a' chiad turas a tha
e a 'dèanamh oidhirp gus ceart a dhèanamh an aghaidh toil
dhaoine eile. Bu chòir dha a bhith na chleachdadh leis an àm seo,
a' leantainn a dhleastanais ach an àite a bhith a 'bruidhinn mu
dheidhinn èasgaidh, is urrainn dhomh eagal a chuir air eagal an
leanaibh, ach chan ann air sgàth an duine, mar a dh' fhàs e
reusanta, bu chòir dha a bhith air a dhùsgadh e fhèin agus air na
h-uile a bha neo-chothromach a thoirt don ùghdarras aca. Anns a
'chiad oidhirp air an taobh gus a thoirt air a bhith beag bho
athair, an do thòisich e mar a bu chòir dha, cha bhiodh
duilgheadas sam bith ann a-nis.

"cha bhi sinn ag aontachadh mu dheidhinn gu bràth," dh'èigh e
emma; "ach chan eil sin iongantach. Chan eil mi a'
smaoineachadh as lugha gu bheil e na òganach lag: tha mi a
'faireachdainn nach eil e. Am measg. Cha bhiodh taobh an iar
dall dall, ged na mhac fhèin, ach tha e glè choltach gum biodh e
nas fheàrr, nas gèilleadh agus nas gèire na bhiodh freagarrach
dha do bheachdan air foirfeachd an duine, agus bidh e ag ràdh gu
bheil; agus ged a dh 'fhaodadh e a thoirt air falbh bho chuid de
bhuannachdan, bheir e dha mòran eile."

"tha, na buannachdan uile a tha an cois a bhith a' suidhe gu rèidh
nuair a bu chòir dha gluasad, agus a bhith a 'gabhail ri beatha làn
toileachais, agus a bhith gu math fialaidh fhèin a bhith a' lorg
leisgeulan airson e. Faodaidh e suidhe sìos agus sgrìobhadh litir
snasail breagha, làn proifeasanan. Agus mearachdan, agus
ìmpidh e air fhèin gu bheil e air buaidh a thoirt air an dòigh as
fheàrr ann an saoghal a bhith a 'gleidheadh sìth san dachaigh
agus a' cur casg air còir athair a bhith a 'gearan.

"tha do fhaireachdainnean sònraichte. Tha e coltach gu bheil iad a' sàsachadh gach buidheann eile. "

"tha mi amharas nach eil iad riaraichte gu leòr airson a bhith a' coimhead ris an iar. Cha mhòr gu bheil iad a 'sàsachadh bean a tha cho math agus a tha i na deagh fhaireachdainn: a' seasamh ann an àite màthair, ach às aonais urram màthair dha dall. Feumaidh i a bhith a 'faireachdainn gu dùrachdach gu bheil i air a bhith na neach dheth fhèin, bhiodh e air tighinn a-steach ag ràdh, agus cha bhiodh e air comharrachadh an do rinn e no nach urrainn. A bheil thu a 'smaoineachadh nach bi i gu tric ag ràdh a h-uile rud dhith fhèin? No, emma, chan urrainn dha am fear òg ach dligheach a bhith ann am fraingis a-mhàin, ach chan ann am beurla. Ach dòigheil, ach chan urrainn dha blas sam bith a bhith aige air na faireachdainnean aig daoine eile: chan eil dad a dh 'fhalbh mu dheidhinn."

"tha e coltach gu bheil thu a' smaoineachadh gu bheil thu tinn. "

"mise! — nach eil idir," fhreagair m. Ridire; "chan eil mi ag iarraidh a bhith tinn às a dhèidh. Bu chòir dhomh a bhith cho deiseil airson a fhiachan aithneachadh mar neach sam bith eile; ach chan eil mi a' cluinntinn mu dheidhinn, ach na tha dìreach pearsanta; gu bheil e air fàs gu math agus a 'coimhead, le rian. , modh mhodhail. "

"uill, mura h-eil dad eile aige airson a mholadh, bidh e na ulaidh ann an highbury. Cha bhi sinn gu tric a' coimhead air fir òga grinn, uamhasach brosnachail. Chan fhaod sinn a bhith snog agus iarraidh air na buadhan uile sa bhargan chan urrainn dhut smaoineachadh air, mar a th 'ann an ridire, dè a th' ann an seo a bhios a 'tighinn - bidh ach aon chuspair anns gach paraiste de thobraichean agus highbury; ach aon ùidh — aon rud ceasnachail; a 'smaoineachadh agus a' labhairt mu dheidhinn duine sam bith eile. "

"leigidh tu leis mo dh' uamhasach cumhachdach. Ma gheibh mi a-mach e, bidh mi toilichte leis an luchd-eòlais aige; ach ma tha e dìreach na choxcomb cabadaich, cha bhith e a 'fuireach mòran de mo chuid ùine no smuaintean."

"is e mo bheachdsa gu bheil e comasach dha a chòmhradh atharrachadh gu blas gach bodhaig, agus gu bheil an cumhachd cho math ris a' miann a bhith uile-mhòr ris a h-uile duine, gum bi e a 'bruidhinn mu thuathanachas; agus mar sin do gach buidheann, le fiosrachadh coitcheann air gach cuspair a bheir comas dha leantainn an stiùir, no a dhol air thoiseach, dìreach mar a dh 'fheumas iomchaidheachd, agus a bhith a' bruidhinn gu sònraichte air gach fear; "

"agus mise," arsa mr. Ridire gu blàth, "is e, ma thionndaidheas e rud sam bith mar sin, gum bi e na dhuine as iongantaiche a bhios a' anail! Trì aig fichead agus a bhith na rìgh air a chompanaidh - an duine mòr — an neach-poilitigs gnàthach, a ach le a bhith a 'taisbeanadh gach caractar aig gach corp, agus a' deanamh nan tàlantan aig gach buidheann a 'taisbeanadh a dh' àrd-chomas fhèin, a bhith a 'cur a-mach a chuid còmhnardan mun cuairt, gum faod e h-uile coltas gur e amadain a th' ann a bhith ann an coimeas ris fhèin! Fulaing an cuilean nuair a thig e chun ìre. "

"cha chanadh mise tuilleadh mu dheidhinn," dh 'èigh e emma," tha thu a 'tionndadh gach ni gu olc. Tha sinn le dochann; a tha thu an aghaidh, i; dha; agus chan eil cothrom againn aontachadh gus a bheil e dha-rìribh an seo."

"a dh' aindeoin seo! Chan eil claon-bhreith orm. "

"ach tha mi gu mòr, agus às aonais a bhith nàire orm. Tha mo ghràdh air mr. Agus tha mrs weston a' toirt dhomh co-dhùnadh a dh 'aontaich e."

"is e duine a th 'ann nach smaoinich mi riamh bho cheann mìos gu ceann eile," arsa mr. Ridire, le ìre tàir, agus thug seo air emma bruidhinn mu rudeigin eile sa bhad, ged nach b 'urrainn dhi tuigsinn carson a bu chòir dha a bhith feargach.

Gun a bhith a 'gabhail meas do dhuine òg, dìreach seach gun robh e a' coimhead gu robh e eadar-dhealaichte bhon t-sliochd fhèin, nach robh e airidh air an fhìrinn de shìor-inntinn a bha i a-riamh ga cleachdadh airson gabhail ris; oir le h-uile àrd-bheachd e fèin, a chuir i gu tric a dh 'ionnsaigh, cha robh i riamh roimhe so air son a dh' ionnsuidh gu'm b'urrainn dha a dheanamh mi-cheart gu barantas neach eile.

Leabhar ii

Caibideil i

Bha emma agus harriet air a bhith a 'coiseachd aon madainn, agus, ann am beachd emma, bha iad air a bhith a' bruidhinn gu leòr de mr. Elton airson an latha sin. Cha b 'urrainn dhi creidsinn gu robh feum aig sòras a-mach air a peacaidhean fhèin ; agus bha i mar sin gu dìcheallach a 'faighinn cuidhteas an cuspair mar a thill iad; — ach a dh' fhalbh i a-mach a-rithist nuair a bha i a 'smaoineachadh gun do shoirbhich i, agus an dèidh greis a'

bruidhinn mu dè dh 'fheumas na bochdan fulang anns a'
gheamhradh, agus gun freagairt sam bith eile fhaighinn na am
fear le breacan - "tha m. Elton cho math dha na bochdan!" fhuair
i rudeigin eile.

Bha iad dìreach a 'tighinn faisg air an taigh far an robh iad a'
fuireach. Agus ionndrainn gu bheil na h-àireamhan air chall.
Chuir i roimhpe gun èireadh i orra agus dh'iarr i sàbhailteachd air
àireamhan. Bha daonnan adhbhar gu leòr ann airson a leithid sin
de aire; bean. Agus bha gaol aig daoine air call a chall, agus bha
fios aice gun robh i air a meas leis an fhìor bheagan a bha den
bheachd a-riamh gum faiceadh iad neo-fhaireachdainn innte, mar
am fear a bha neo-fhaiceallach a thaobh sin, agus gun a bhith a
'cur ris na tha aice ri stoc an comhfhurtachd.

Bha i air grunn leacan fhaighinn bho mr. Ridire agus cuid às a
cridhe fhèin, mar thoradh air an easbhaidh aice - ach cha robh
gin dhiubh co-ionann gus cur an aghaidh a bhith a 'toirt a-mach
an ìre mhath mì-fhreagarrach - mì-fheum ùine — mnathan
tiamhaidh — agus a h-uile h-uabhas de bhith an cunnart tuiteam
anns an dàrna fear. Agus an treas ìre de highbury, a bha a 'gairm
orra gu sìorraidh, agus mar sin is ann ainneamh a chaidh i faisg
orra. Ach a-nis chuir i ris a 'fhreagairt obann gun a bhith a' dol
seachad air an doras gun a bhith a 'coimhead a-steach, mar a
mhol i gu bhith ga chur air dòigh, cho math agus a dh' fhaodadh
i obrachadh a-mach, gu robh iad a-nis gu math sàbhailte bho litir
sam bith.

Buineadh an taigh do dhaoine ann an gnothachas. Bean. Agus
chaill bàirn an làr seòmar-suidhe; agus an sin, anns an aon
mheudachd meadhanach mòr, a bha na h-uile rud dhaibh, bha
fàilte chridheil air na luchd-tadhail agus eadhon aig an àm; a
'chailleach ghrinn, sìtheil, a bha na suidhe leis a' fighe san
oisean blàth, a bha ag iarraidh gun cuireadh i seachad a h-àite
gus a chall.taigh-cùirte, agus a nighean nas beothaile, a tha nas
còmhnairde, cha mhòr deiseil gus a bhith làn dhaoine le cùram is

caoimhneas, taing airson an turais, am miann airson na brògan aca, ceistean iomagaineach an dèidh mr. Bha slàinte an taigh-òsda, conaltradh sòghail mu dheidhinn a màthar, agus cèic milis bhon beaufet— "bha mrs cole dìreach air a bhith ann, dìreach a' tadhal air airson deich mionaidean, agus bha e cho math ri uair a shuidhe còmhla riutha, agus bha i air gabhail rithe pìos de chèic agus bha e cho coibhneil a ràdh gun robh e glè mheasail oirre; agus, mar sin, bha i an dòchas gun toireadh i mì-dhroch taigh agus am falach gobha gum faigheadh iad biadh ithe cuideachd. "

Bha fios gu robh leantainn air a 'toirt iomradh air na coles le mr. Elton. Bha ceangal eadar iad, agus mr. Chuala coil bho mr. Elton bho dh'fhalbh e. Bha fhios aig emma dè bha a 'tighinn; feumaidh iad a 'litir a thoirt a-mach a-rithist, agus dè cho fada 'sa bha e air falbh, agus dè an ìre anns an robh e an sàs ann an companaidh, agus dè an rud a b' fheàrr leis a bhiodh e far an deach e, agus dè cho math' sa bha bàla nam maighstirean; agus chaidh i troimhe gu fìor mhath, leis an ùidh agus a h-uile moladh a dh 'fhaodadh a bhith riatanach, agus an-còmhnaidh a' cur air adhart gus nach biodh aig an luchd-seilbh facal a ràdh.

Bha seo air a dheasachadh airson nuair a chaidh i a-steach don taigh; ach a 'ciallachadh, an dèidh dha a bhith a' bruidhinn e gu grinn air a 'chùis, a bhith gun a bhith nas neo-chothromaiche a dh' aon ghnothach fo dhuilgheadas, agus a bhith a 'sguabadh gu h-iomlan am measg nam ban-diathan agus nam fàlairean ann am highbury, agus na pàrtaidhean-pàrtaidh aca. Cha robh i air a bhith deiseil airson a bhith cinnteach gu soirbhicheadh le faironx jean. Elton; ach bha e air a dh 'fhuadach le buillean a bha air chall, leum i air falbh bhuaithe gu h-obann gu na coilichean, gu bhith ann an litir bho a nighean.

"oh! Tha-mgr. Elton, tha mi a 'tuigsinn-teagamh mar a dannsa-' bh-ph. Cole bha ag innse dhomh gu bheil a 'dannsa aig na seòmraichean aig amar chaidh-' bh-ph. Cole bha cho caoimhneil mar suidhe greis còmhla ri dhuinn, labhairt jane; cho luath 'sa thàinig i a-steach, thòisich i a 'rannsachadh às deidh dhi, tha a h-eireag cho mòr aig an àm sin agus nuair a bhios i còmhla rinn, chan eil fios aig a' chuil anns an dòigh as urrainn dhi a cuid caoimhneas a nochdadh; agus thoisich i a 'rannsachadh a-mach às a dèidh gu dìreach, ag ràdh, 'tha fios agam nach urrainn dhut a bhith a' cluinntinn bhon àm sin o chionn ghoirid, oir chan e a h-àm airson sgrìobhadh a tha i;' agus nuair a thuirt mi sa bhad, 'ach gu dearbh, tha litir againn an-diugh sa mhadainn,' chan eil fhios agam gum faca mi a-riamh buidheann sam bith na bu mhisneachail. ' Thuirt i, "uill, tha sin gu math gun dùil.

Bha modhalachd emma aig làimh dìreach, a ràdh, le ùidh gàire -

"a bheil thu a' cluinntinn bho chaille a-mach? O chionn ghoirid? Tha mi gu math toilichte. Tha mi an dòchas gu bheil i gu math? "

"tapadh leat. Tha thu cho coibhneil!" fhreagair e an mathanas gu toilichte, agus i a 'dìreadh gu siorraidh airson na litreach-" a bh 'ann. Bha mi cinnteach nach fhaigheadh e fada as, ach chuir mi mo bhean-sa air, chì thu, gun a bhith mothachail, agus mar sin a bha gu math fhalach, ach fhuair mi e na mo làimh cho anmoch 's gun robh mi cha mhòr cinnteach gum feumadh e a bhith air a 'bhord. Bha mi ga leughadh gu mrs. Cole, agus on a dh'fhalbh i, bha mi ga leughadh a-rithist ri mo mhàthair, oir tha e cho tlachdmhor dhi - litir bho jane — nach cluinn i gu tric i gu tric; mar sin bha fios agam nach b 'urrainn dha a bhith fada as, agus an seo tha e dìreach dìreach fo mo chompanach — agus bho'n do tha thu cho caoimhneil. A bhith ag iarraidh na tha i ag ràdh a chluinntinn; — ach, an toiseach, feumaidh mi, ann an ceartas, a bhith a 'faighinn ceartas, ann an ceartas, leisgeul a sgrìobhadh airson a sgrìobhadh cho goirid ri litir - dìreach dà dhuilleig a chì thu - cha mhòr dà dh '— agus san fharsaingeachd lìonaidh i am pàipear gu lèir agus croisidh i leth. Bidh mo mhàthair gu tric a 'smaointinn gun urrainn dhomh a dhèanamh cho math. Bidh i gu tric ag ràdh, nuair a thèid an litir fhosgladh, 'well, hetty,a-nis tha mi a 'smaoineachadh gun tèid do chuir air adhart airson a h-uile

càil a th' obair sgrùdaidh a dhèanamh - — nach eil thu, ma'am?
— agus an uairsin innsidh mi dhi, tha mi cinnteach gum biodh i
airson gabhail ris fhèin, ma bha aice cha bu chòir do dhuine a
dhèanamh air a son - a h-uile facal dheth — tha mi cinnteach
gum biodh i a 'dol seachad oirre gus am biodh i air a h-uile facal
a dhèanamh. Agus, gu dearbh, ged nach eil sùilean mo mhàthar
cho math is a bha iad, chì i gu h-iongantach math fhathast, taing
do dhia! Le cuideachadh bho speuclairean. Tha e na
bheannachadh. Tha mo mhàthair gu math fìor mhath. Gu tric a
tha ag ràdh, nuair a tha i an seo, 'tha mi cinnteach, mo
sheanmhair, feumaidh gu robh sùilean làidir agad a bhith a
'faicinn mar a tha thu a' dèanamh - agus mòran obair cho math
mar a rinn thu fhèin cuideachd! — nach eil mi ag iarraidh ach
gun toir mo shùilean mi "."

Bha na h-uile seo a bhruidhinn gu math luath a 'ciallachadh nach
fheumadh bùird stad airson anail; agus thuirt emma rudeigin a
bha gu math sìobhalta mu dheidhinn sàr-mhathas làmh-
sgrìobhaidh fairfax.

"tha thu glè dha-rìribh," tha mi ag ràdh gu bheil na h-ionndrainn
salach air ais; "thusa a tha na leithid de bhreitheamh, agus a
sgrìobh cho eireachdail fhèin. Tha mi cinnteach nach eil moladh
ann a dh' fhaodadh uimhir de thoileachas a thoirt dhuinn mar a
tha e ag ionndrainn taigh-feachd. Chan eil mo mhàthair a
'cluinntinn; tha i glè bheag de bodhar a dh'aithnicheas tu. "a'
toirt a h-aghaidh, "a bheil thu a' cluinntinn dè a tha a 'call
woodhouse cho èasgaidh a ràdh mu làmh-sgrìobhaidh an t-
seine?"

Agus bha e na bhuannachd aig emma a bhith a 'cluinntinn an
toileachas aice fhèin dà uair a-rithist mus robh a' chailleach
mhath ga thuigsinn. Bha i a 'coireachadh, san eadar-ama, air a'
chomas, gun a bhith glè mhì-mhodhail, a bhith a 'faighinn às a-
mach à litir fealla-dhà, agus cha mhòr gun robh i air faighinn a-
mach gun deidheadh a sguabadh air falbh gu dìreach fo leisgeul

beag, nuair a thionndaidh burraidheachd air ais a-rithist agus gun
do ghlac i a h-aire .

"tha bodhar mo mhàthar glè thruasach a tha thu a' faicinn —
chan eil dad idir air a dhèanamh le bhith a 'togail mo ghuth a-
mhàin, agus ag ràdh rud sam bith dhà no trì tursan thairis, tha i
cinnteach a chluinntinn; ach tha i cleachdte ri mo ghuth.
Iongantach gum bu chòir dhi an-còmhnaidh a bhith a 'cluinntinn
jane na tha i dhomhsa. Chan eil jane a' bruidhinn cho eadar-
dhealaichte ach ge-tà, cha lorg i a seanmhair mar a bha i bho
chionn dà bhliadhna, agus tha sin ag ràdh mòran aig àm beatha
mo mhàthar — agus tha e dha-rìribh làn dà bhliadhna, tha fios
agad, bhon a bha i an seo. Cha robh sinn riamh cho fada gun a
bhith ga faicinn roimhe, agus mar a bha mi ag innse mrs, gu leòr,
cha mhòr gu bheil fios againn ciamar a nì thu gu leòr dheth a-nis.
"

"a bheil thu an dùil gun caill thu fairfax an seo a dh'aithghearr?"

"oh; an ath sheachdain."

"gu dearbh! — feumaidh sin a bhith na thlachd mhòr."

"tapadh leat. Tha thu gu math fialaidh. Tha, an ath sheachdain.
Tha gach buidheann cho tùrsach; agus tha a h-uile buidheann ag
ràdh gu bheil iad cho èasgaidh. Bidh mi cinnteach gum bi i cho
toilichte a caraidean fhaicinn aig highbury, mar as urrainn dhaibh
fhaicinn. Ise, dihaoine no disathairne, chan urrainn dhi a ràdh dè,
oir bidh an còrnaileir ag iarraidh an carbaid fhèin aon de na
làithean sin. Cho math dhaibhsan a chuir air falbh iad fad an t-
siubhail! Ach bidh iad an-còmhnaidh, tha fhios agad. Dihaoine
no disathairne an ath latha, sin a tha i a 'sgrìobhadh mu
dheidhinn - is e sin as coireach gu bheil i air a sgrìobhadh a-
mach à riaghailt, mar a chanas sinn ris, oir, anns a' chùrsa
choitcheann, cha bu chòir dhuinn a bhith air cluinntinn bhuaipe
an ath latha no diciadain. "

"tha, mar sin tha mi a' smaoineachadh. Bha eagal orm nach biodh mòran cothrom ann gun cluinn mi rud sam bith den fhuaim chun an latha an-diugh. "

"feumaidh tu, cha bu chòir dhuinn, mura robh e air a' chùis shònraichte seo, a bhith a 'tighinn an seo cho luath. Tha mo mhàthair cho aoibhneach! - tha i gu bhith trì mìosan còmhla rinn aig trì mìosan, co-dhiù, tha i ag ràdh, deimhinneach, martha mi toilichte a bhith a 'leughadh dhomh. Tha a 'chùis, tha thu a' faicinn, gu bheil clubaichean a 'champa a' dol gu èirinn. Bean. Tha dixon air toirt air a h-athair agus a màthair a thighinn a-null gus a faicinn gu dìreach. Cha robh iad an dùil a dhol a-null chun an t-samhraidh, ach tha i cho furasda am faicinn a-rithist - oir gus an do phòs i, an-dè san dàmhair, cha robh i riamh air falbh cho mòr ri seachdain, a dh'fheumas a bhith gu math neònach a bhith ann. Rìoghachdan eadar-dhealaichte, bha mi gu bhith ag ràdh, ach gu diofar dhùthchannan, agus mar sin sgrìobh i litir gu math cruaidh gu a màthair — no a h-athair, tha mi ag ràdh nach eil fios agam cò a bh 'ann, ach chì sinn an-dràsta ann an litir an t-soisge — sgrìobh ann am mr. Ainm an dixon cho math ris an ainm aice fhèin, gus am bi iad a 'tighinn gu dìreach, agus bheireadh iad an coinneamh dhaibh ann an baile-clèithe, agus bheir iad air ais gu an dùthaich aca, baly-craig, àite àlainn, is fheàrr leam. Chuala jane mòran de a bhòidhchead; bho mr. Dxon, tha mi a 'ciallachadh — chan eil fhios agam gun cuala i a-riamh mu dheidhinn bho bhuidheann sam bith eile; ach bha e gu math nàdarra, tha fhios agad, gum bu mhath leis a bhith a 'bruidhinn mun àite aige fhèin fhad' sa bha e a 'pàigheadh a sheòlaidhean — agus mar a bha e glè thric bha e a' coiseachd a-mach còmhla riutha - airson còirneal agus min. Bha a 'chaismeach campa gu h-àraidh cudromach mu dheidhinn nach do shoirbhich an nighean aca gu tric le dìreach mr. Dxon, nach eil mi idir a 'cur coire orra; gu dearbh chuala e a h-uile rud a dh 'fhaodadh ea bhith ag ionndrainn campbell mu dheidhinn a dhachaigh fhèin ann an èirinn; agus tha mi a 'smaoineachadh gun sgrìobh i thugainn facal gu robh e air dealbhan de an àite a nochdadh orra, beachdan a thug e fhèin a-steach. Tha e na dhuine òg, as iongantaiche, tha mi creidsinn. Bha e glè fhada a 'feuchainn a dhol gu èirinn, bho a chunntas air rudan." tha mi a 'ciallachadh — chan eil fios agam gun cuala i a-riamh mu dheidhinn bho bhuidheann sam bith eile; ach bha e gu math nàdarra, tha fhios agad, gum bu mhath leis a bhith a 'bruidhinn mun àite aige fhèin fhad' sa bha e a 'pàigheadh a sheòlaidhean — agus mar a bha e glè thric bha e a' coiseachd a-mach còmhla riutha - airson còirneal agus min. Bha a 'chaismeach campa gu h-àraidh cudromach nach robh an nighean aca a' coiseachd a-mach ach gu tric le dìreach mr. Dxon, nach eil mi idir a 'cur coire orra; gu dearbh chuala e a h-uile rud a dh 'fhaodadh ea bhith ag ionndrainn campbell mu dheidhinn a dhachaigh fhèin ann an èirinn; agus tha mi a 'smaoineachadh gun sgrìobh i thugainn facal gu robh e air dealbhan de an àite a nochdadh orra, beachdan a thug e fhèin a-steach. Tha e na dhuine òg, as iongantaiche, tha mi creidsinn. Bha e glè fhada a 'feuchainn a dhol gu èirinn, bho a chunntas air rudan." tha mi a 'ciallachadh — chan eil fios agam gun cuala i a-riamh mu dheidhinn bho bhuidheann sam bith eile; ach bha e gu math nàdarra, tha fhios agad, gum bu mhath leis a bhith a 'bruidhinn mun àite aige fhèin fhad' sa bha e a 'pàigheadh a sheòlaidhean — agus mar a bha e glè thric bha e a' coiseachd a-mach còmhla riutha - airson còirneal agus min. Bha a 'chaismeach campa gu h-àraidh cudromach nach robh an nighean aca a' coiseachd a-mach ach gu tric le dìreach mr. Dxon, nach eil mi idir a 'cur coire orra; gu dearbh chuala e a h-uile rud a dh 'fhaodadh ea bhith ag ionndrainn campbell mu dheidhinn a dhachaigh fhèin ann an èirinn; agus tha mi a 'smaoineachadh gun sgrìobh i thugainn facal gu robh e air dealbhan de an àite a nochdadh orra, beachdan a thug e fhèin a-steach. Tha e na dhuine òg, as iongantaiche, tha mi creidsinn. Bha e glè fhada a 'feuchainn a dhol gu èirinn, bho a chunntas air rudan." gum bu mhath leis a bhith a 'bruidhinn air an àite aige fhèin fhad s a bha e a' pàigheadh a sheòlaidhean — agus mar a bha e glè thric bha e a 'coiseachd a-mach còmhla

riutha - airson còirneal agus min. Bha a 'chaismeach campa gu
h-àraidh cudromach mu dheidhinn nach do shoirbhich an
nighean aca gu tric le dìreach mr. Dxon, nach eil mi idir a 'cur
coire orra; gu dearbh chuala e a h-uile rud a dh 'fhaodadh ea
bhith ag ionndrainn campbell mu dheidhinn a dhachaigh fhèin
ann an èirinn; agus tha mi a 'smaoineachadh gun sgrìobh i
thugainn facal gu robh e air dealbhan de an àite a nochdadh orra,
beachdan a thug e fhèin a-steach. Tha e na dhuine òg, as
iongantaiche, tha mi creidsinn. Bha e glè fhada a 'feuchainn a
dhol gu èirinn, bho a chunntas air rudan." gum bu mhath leis a
bhith a 'bruidhinn air an àite aige fhèin fhad s a bha e a'
pàigheadh a sheòlaidhean — agus mar a bha e glè thric bha e a
'coiseachd a-mach còmhla riutha - airson còirneal agus min. Bha
a 'chaismeach campa gu h-àraidh cudromach nach robh an
nighean aca a' coiseachd a-mach ach gu tric le dìreach mr. Dxon,
nach eil mi idir a 'cur coire orra; gu dearbh chuala e a h-uile rud
a dh 'fhaodadh ea bhith ag ionndrainn campbell mu dheidhinn a
dhachaigh fhèin ann an èirinn; agus tha mi a 'smaoineachadh
gun sgrìobh i thugainn facal gu robh e air dealbhan de an àite a
nochdadh orra, beachdan a thug e fhèin a-steach. Tha e na
dhuine òg, as iongantaiche, tha mi creidsinn. Bha e glè fhada a
'feuchainn a dhol gu èirinn, bho a chunntas air rudan." dxon,
nach eil mi idir a 'cur coire orra; gu dearbh chuala e a h-uile rud
a dh 'fhaodadh ea bhith ag ionndrainn campbell mu dheidhinn a
dhachaigh fhèin ann an èirinn; agus tha mi a 'smaoineachadh
gun sgrìobh i thugainn facal gu robh e air dealbhan de an àite a
nochdadh orra, beachdan a thug e fhèin a-steach. Tha e na
dhuine òg, as iongantaiche, tha mi creidsinn. Bha e glè fhada a
'feuchainn a dhol gu èirinn, bho a chunntas air rudan." dxon,
nach eil mi idir a 'cur coire orra; gu dearbh chuala e a h-uile rud
a dh 'fhaodadh ea bhith ag ionndrainn campbell mu dheidhinn a
dhachaigh fhèin ann an èirinn; agus tha mi a 'smaoineachadh
gun sgrìobh i thugainn facal gu robh e air dealbhan de an àite a
nochdadh orra, beachdan a thug e fhèin a-steach. Tha e na
dhuine òg, as iongantaiche, tha mi creidsinn. Bha e glè fhada a
'feuchainn a dhol gu èirinn, bho a chunntas air rudan."

Aig an àm seo, amharasach inntinneach agus beothail a 'cur a-steach eanchainn emma a thaobh jane fairfax, an ròs eireachdail seo. Dxon, agus chan eil e a 'dol a dh' èirinn, thuirt i, leis an dealbhadh eagalach de lorg nas fhaide,

"feumaidh tu a bhith a' faireachdainn gu math fortanach gum bu chòir leigeil leat fairfax a thighinn thugaibh aig àm a 'beachdachadh air an càirdeas glè shònraichte a th' eadar i agus a bhean. Dixon, is gann a dh 'fheumas tu gun deidheadh a leigeil air falbh bhon chòirneal agus mrs camp. . "

Leis an ìre inntinn as motha, air a glacadh na cleachdadh - (cha bhith mi a 'smaoineachadh air gun chrith!) - ach a-riamh bho bha eachdraidh an latha sin againn, tha mi cho measail air mr. !

"ach a dh' aindeoin a h-uile rud a dh 'fheumas na caraidean aice, agus a miann aice a bhith a' coimhead ris an dùthaich, is fheàrr le miss fairfax an ùine a thoirt dhut fhèin agus do bhoireannaich?
"

"tha, gu h-iomlan rinn i fhèin, a roghainn fhèin, agus tha còirneal agus ministear campbell den bheachd gu bheil i ceart gu leòr, dìreach dè bu chòir dhaibh a mholadh; agus gu dearbh tha iad gu h-àraidh airson a h-àrach dùthchasach fheuchainn oir cha robh i cho math sin math mar as àbhaist o chionn ghoirid. "

"tha mi draghail a bhith a' cluinntinn mu dheidhinn. Tha mi a 'smaoineachadh gu bheil iad a' breith gu glic, ach feumaidh gu leòr a bhith ann an dixon. Cha bhith gu leòr de dh. Igh-beatha phearsanta aig dixon, i a 'tuigsinn; le call fairfax. "

"o! Chan eil. Tha thu gu math làn-dhuilich a leithid sin de rud a ràdh - ach gu dearbh chan eil. Chan eil coimeas eadar iad. Cha robh campbell an-còmhnaidh dìreach glan - ach gu math eireachdail agus ionmholta."

"tha, gun teagamh."

"ghlac jane droch rud fuar, bochd! Cho fada air ais ris an 7mh samhain, (mar a tha mi a' dol a leughadh dhut,) agus cha robh e riamh math bho chionn fhada, chan e, airson fuachd a chrochadh cha do bhruidhinn i riamh air, oir cha chuir i dragh oirnn dìreach mar a tha i cho geur! — ach co-dhiù, tha i cho fada bho sin, gu bheil na caraidean coibhneil aice, na campbells, dhen bheachd gun tàinig i dhachaigh nas fheàrr, agus feuch a tha an-còmhnaidh ag aontachadh rithe, agus chan eil teagamh sam bith aca gun cuir trì no ceithir mìosan ann an highbury a leigheas gu tur - agus gu dearbh bidh fada nas fheàrr ann gun tig i an seo, na a dhol gu èirinn, ma tha i gu math tinn. Banaltram dhi, mar bu chòir dhuinn a dhèanamh. "

"tha e coltach riumsa an rèiteachadh as fheàrr a tha san t-saoghal."

"agus mar sin tha i a' tighinn thugainn an ath dhihaoine no disathairne, agus bidh sgiobaidhean a 'champa a' fàgail an baile air an t-slighe gu ceann na monadh an dèidh seo — mar a gheibh thu bho litir an t-soithinn cho luath! Nuair a bha e nach robh airson dìth a tinneis — ach tha eagal orm gu feum sinn a bhith gam fàs tana, agus a 'coimhead gu math. Feumaidh mi innse dhut dè a thachair rud mì-fhortanach dhomh,mu dheidhinn sin. Bidh mi an-còmhnaidh a 'dèanamh cinnteach gu bheil mi a' leughadh litrichean a-mach gu mi-fhìn, mus leugh mi iad a-mach gu mo mhàthair, a bheil fios agad, gu bheil eagal ort gu bheil rud sam bith annta nan adhbhar dragh dhi. Bha mi ag iarraidh orm a dheanamh, agus mar sin tha mi an-còmhnaidh a 'dèanamh: agus mar sin thòisich mi an-diugh leis an rabhadh àbhaisteach agam; ach cha b 'ann a dh' ainmich mi a bhith a 'bruidhinn gu robh i tinn, seach gun do dh' fhalbh mi, gu math eagallach, le 'beannaich mi! Tha an dìth bochd tinn! '- A chuala mo mhàthair, a bha air an t-faire, gu sònraichte, agus gu mì-fhortanach muladach. Ach nuair a leughas mi air adhart, lorg mi nach robh e cho faisg air mar a bha mi air a dhroch fhuaimneachadh an toiseach; agus tha mi a 'dèanamh sin cho soilleir dhi a-nis, nach eil i a' smaoineachadh mòran mu dheidhinn. Ach chan urrainn dhomh smaoineachadh mar a dh 'urrainn dhomh a bhith mar sin far mo gheàrd. Mura bi an dall a 'faighinn gu math luath, cuiridh sinn fios gu mr. Peiridh. Cha tèid beachdachadh air a 'chosgais; agus ged a tha e cho libearalach, agus cho dèidheil air a bhith a 'toirt air gun canadh mi nach biodh e a' ciallachadh rud sam bith a thogail airson a bhith an làthair, cha b'urrainn dhuinn a bhith mar sin, tha fhios. Tha bean agus teaghlach aige airson a chumail suas, agus chan eil e gu bhith a 'toirt seachad an ùine aige. Uill, a-nis tha mi dìreach air rudeigin a thoirt dhut mun sgrìobhadh a tha a 'sgrìobhadh mu dheidhinn, agus tionndaidhidh sinn chun a litir, agus tha mi cinnteach gu bheil i ag innse mòran dha a sgeulachd fhèin na dh' urrainn dhomh innse dhi. "

"tha eagal orm gum feum sinn a bhith a' ruith air falbh, "arsa emma, a' sealladh air an t-each-uisge, agus a 'tòiseachadh ag èirigh—" bidh m 'athair an dùil sinn. Cha robh càil agam, smaoinich mi nach robh cumhachd agam a bhith a 'fuireach còrr air còig mionaidean, nuair an toiseach chaidh mi a-steach don taigh, dìreach chan eil mi ag iarraidh, oir cha bhithinn a 'dol seachad air an doras gun fhios a bhith agam às a h-uile fear, ach tha mi air a chumail cho math an-diugh! Ge-tà, feumaidh sinn deagh dhùrachdan a thoirt dhut-sa.

Agus cha b 'urrainn a h-uile càil a dh' fhaodadh a bhith air a bhrosnachadh gus a cumail soirbheachail. Fhuair i air ais an t-sràid - toilichte sa chùis seo, ged a chaidh mòran a sparradh oirre an aghaidh a toil, ged a bha i air a bhith a 'cluinntinn a h - uile gnè den litir cheart-fhuaimneach, fhuair i air faighinn às an litir fhèin.

Caibideil ii

Bha an fair jane na dilleachdan, an aon leanabh a bha aig a
màthair. An nighean as òige aig a 'phrìosan.

Pòsadh pòsadh. Bha cliù na thoileachais aig a 'fairfax den in- —
regiment de chaille-coise, agus na chailleagan caoin; ach cha
robh dad a-nis air fhàgail dheth, ach an cuimhneachan sàmhach
air gun do chaochail e an sàs thall thairis - nuair a chaidh a
bhanntrach fodha a 'caitheamh agus a chaoidh gu luath às dèidh
sin — agus an nighean seo.

Nuair a rugadh i à highbury: agus nuair a bha i trì bliadhna a
dh'aois, nuair a chaill i a màthair, chaidh i gu bhith na h-àite, an
ionnsaigh, an fhulangas, stèidheachadh a seanmhair agus a
seanmhair, bha coltas ann gun robh i a-nis coltach gun robh i
stèidhichte gu cunbhalach an sin; a bhith ga teagasg a-mhàin dè
na dòighean fìor bheag a dh 'fhaodadh a bhith ag àithneadh, agus
a bhith a' fàs gun buannachdan co-cheangailte ri leasachadh no
leasachadh, a bhith air a ghràbhaladh air dè a thug nàdar dhi ann
an duine tlachdmhor, deagh thuigse, agus dàimhean blàth,
brìoghmhor.

Ach thug faireachdainnean cràbhach caraid dha athair
atharrachadh air a cuairt. B 'e seo coireall campa, a bha air leth
measail, mar oifigear sàr-mhath agus am fear òg a bha airidh air;
agus nas fhaide air falbh, bha e air a bhith airidh airairson a
leithid sin de dh 'aire, ri linn fiabhras cruaidh campa, oir bha e
den bheachd gun do shàbhail ea bheatha. Bha iad sin ag ràdh
nach do dh'ionnsaich e a bhith a 'coimhead thairis orra, ged a
chaochail cuid de bhliadhnachan bho bhàs na fairge bochd, mus
do chuir a thilleadh fhèin a-steach gu tìrich rud sam bith na

chumhachd. Nuair a thill e, dh'iarr e an leanabh agus thug e
rabhadh dhi. Bha e pòsta, le dìreach aon leanabh beò, caileag,
mu aois fealla-dhà: agus bha jane na aoigh, a 'pàigheadh tursan
fada agus a' fàs mòr le gach neach; agus mus robh i naoi
bliadhna a dh'aois, bha meas mòr aig a nighean air a son, agus
mar a bha e fhèin ag iarraidh a bhith na charaid dha-rìribh,
aonaichte gus tairgse a dhèanamh bho chòirneal campbell mu
bhith a 'gabhail os làimh a h-uile foghlam. Chaidh gabhail ris;
agus o sin a-nis bhuin e do theaghlach a 'chòir a bhith na neach-
tuineachaidh aig a' champa campbell, agus bha iad air a bhith a
'fuireach annta gu h-iomlan.

B 'e am plana gum bu chòir a togail airson foghlam fhaighinn do
chàch; an dearbh cheud punt a fhuair i bho a h-athair, a
'dèanamh neo-eisimeileachd do-dhèanta. Airson a bhith a
'dèanamh a-mach gun robh i a-mach à cumhachd a' chòir a bhith
aig a 'champa champbell; oir ged a bha a theachd-a-steach, tro
thuarastal agus dhreuchdan, eireachdail, bha am fortan
meadhanach aige agus feumaidh ea bhith na nighean aige fhèin;
ach, le bhith a 'toirt seachad foghlam dhi, bha e an dòchas a
bhith a' toirt seachad teachd-a-steach urramach às dèidh seo.

Bha a leithid sin de eachdraidh co-ionann ris. Bha i air tuiteam
ann an làmhan math, chan eil fios aice ach coibhneas bho
chlosaichean a 'champa, agus fhuair i deagh fhoghlam. A
'fuireach an-còmhnaidh le daoine le deagh rùn agus deagh
fhiosrachadh, bha a cridhe agus a tuigse air gach buannachd
fhaighinn bho smachd agus cultar; agus àite-còmhnaidh campail
a 'champa ann an lunnainn, bha gach tàlant nas aotroime air a
dhèanamh ceart gu leòr, le bhith a 'frithealadh maighstirean ciad-
ire. Bha a h-obair agus a comais a cheart cho luachmhor ris na
bhiodh càirdeas a 'dèanamh; agus aig ochd-deug no naoi-deug
bha ibha, cho fada agus a bha e cho òg, comasach air cùram a
thoirt dha clann, làn chomasach don oifis teagaisg fhèin; ach bha
cus gràidh aice rithe a bhith air an dealachadh. Cha b 'urrainn do
athair no do mhàthair a bhith a' brosnachadh, agus cha sheas an

nighean e. Chaidh an droch latha a chuir dheth. Bha e furasta co-dhùnadh gun robh i fhathast ro òg; agus dh'fhuirich an dithis aca còmhla riutha, a 'co-roinn, mar nighean eile, anns gach toileachas reusanta de chomann snasail, agus measgachadh measgaichte de dhachaidh is dibhearsain, le dìreach mì-chothromachadh na h-ama ri teachd, molaidhean brosnachail a cuid tuigse mhath gus a cur an cuimhne gum faodadh seo a thighinn gu crìch a dh'aithghearr.

Bha spèis an teaghlaich gu lèir, ceangal blàth mar a bha champbell gu h-àraidh, gu sònraichte nas urramaiche do gach pàrtaidh bho shuidheachadh na h-eaglaise am bàrr anns na h-àilleachdan agus an àirneis. Nach fhaodadh a 'bhean-nòs a thoirt am follais ann an feart, agus nach b' urrainn do na pàrantan na cumhachdan inntinn as àirde aice a thoirt seachad. Ach lean iad orra le aire gun choimeas, ge-tà, gus an do phòs pòsadh campbell, a dh 'fhaodadh a bhith cho fortanach, a bhith cho buailteach a bhith an dùil ann an cùisean pòsaidh, a' tarraing tàbhachdas mr. Dixon, duine òg, beairteach is togarrach, cha mhòr cho luath 'sa bha iad eòlach; agus bha i a 'faighinn a-mach gu dòigheil agus gu socair, agus bha a h-aran aice ri a chosnadh fhathast.

Chaidh an tachartas seo a thoirt gu ìre glè fhada; ro fhadalach airson rud sam bith a tha aig a caraid nach eil cho fortanach ri dhèanamh air a slighe dleastanais; ged a bha i a-nis air tighinn gu aois agus bha a breith fhèin air tòiseachadh airson tòiseachadh. Gun robh i air a thighinn gu co-dhùnadh o chionn fhada gum bu chòir aon is fichead a bhith mar an àm. Le neart dànachd gheur, bha i air fuasgladh aig aon is fichead bliadhna gus an ìobairt a chrìochnachadh, agus a bhith a 'leigeil dith a h-uile tlachd beatha a th' fhuireach, eadar eadar-ghabhail reusanta, comann-sòisealta, sìth is dòchas, gu peanas agus bàsachadh gu bràth.

An deagh fhaireachdainn de chòirneal agus mrs. Cha b'urrainn don champbell cur an aghaidh a leithid de rùn, ged a rinn na faireachdainnean aca. Cho fad's a bhiodh iad beò, cha bhiodh feum air obair sam bith, is dòcha gum biodh an dachaigh aca gu bràth; agus airson an comhfhurtachd fhèin bhiodh iad air a chumail gu tur; ach is e seo fèin-mhisneachd: — feumaidh an rud a bh 'ann mu dheireadh a bhith, a b' fheàrr a bhith nas luaithe. 'S dòcha gun do thòisich iad a 'faireachdainn gur dòcha gun robh e nas gaisgeil agus nas glice a bhith a' seasamh ri teannachadh maill sam bith, agus a 'sparradh dhith mar sheòrsa toileachais agus cur-seachad mar a dh'fheumas a bhith air falbh. Fhathast, ge-tà, bha gaol toilichte a bhith a 'glacadh le leisgeul reusanta sam bith airson gun a bhith a' gèilleadh air a 'mhionaid uamhasach. Cha robh i riamh air a bhith math gu leòr bho àm pòsaidh an nighean aca; agus gus am bu chòir dhith a neart àbhaisteach a thoirt air ais, feumaidh iad gun a bhith a 'sàs ann an dleastanasan, a tha,

A thaobh a bhith gun a bhith còmhla riutha gu èirinn, cha robh a h-uile dad a thug i don a h-athair ach fìrinn, ged a dh 'fhaodadh nach innseadh cuid de fhìrinn. B'e a roghainn fhèin a bhith a 'toirt seachad ùine gun a bhith san àrd-sgoil; a chosg, is dòcha, na mìosan mu dheireadh aice de shaorsa foirfe leis na dàimhean càirdeil sin ris an robh i cho gràdhach: agus thug na campbells, ge b 'e dè an adhbhar a bhitheadh iad, no an aon rud, dùbailte, an ceadachadh leis an ullachadh. , agus thuirt e, gun robh iad an urra ri beagan mhìosan a chuir iad seachad anns an adhair aice, airson a slàinte a shlànachadh, na rud sam bith eile. Is cinnteach gun robh i gu tighinn; agus an highbury sin, an àite a bhith a 'fàilteachadhan ùirsgeul foirfe sin a bha air a ghealltainn cho fada — mr. Feumaidh eaglais na h-eaglaise a bhith ann an-dràsta - a bhith a 'seasamh airson an latha an-diugh le fìrinn bhàn, a dh'fhaodadh a bhith a' toirt a-steach dreach ùr de dhà bhliadhna às aonais.

Bha e duilich gun deigheadh emma a dh 'aothasadh — — a' chùis a phàigheadh do neach nach robh i ag iarraidh tro trì mìosan fada! — a bhith an-còmhnaidh a 'dèanamh barrachd na bha i ag iarraidh, agus nas lugha na a bu chòir dhith! Carson nach robh i mar cheist ceart airson freagairt; mr. Bha ridire air innse dhi gun robh i air a bhith a 'faicinn a 'bhean òg a bha gu math ealanta, a bha i airson a bhith ga faicinn fhèin; agus ged a bha an cùis-lagha air a dhìteadh gu dealasach aig an àm, bha amannan de fhèin-sgrùdadh ann far nach b 'urrainn dhan chogais aice a ceannsachadh. Ach "cha b'urrainn dhi fios a bhith aice rithe: cha robh fios aice ciamar a bha e, ach bha a leithid sin de fhulangas is de luchd-gleidhidh - a leithid de chion-diù an robh i toilichte no nach robh — agus an uair sin, bha a h-antaidh na neach-labhairt cho siorruidh! — agus bha i. Gun do chuir a h-uile buidheann an uiread de dh'eagal às!

Cha robh e cho cosgail ri cho beag sin — bha a h-uile càil ceàrr air a mhùthadh le suilcheas, nach fhaca i riamh a 'chothroim a' chiad turas às deidh neo-làthaireachd mòr, gun a bhith a 'faireachdainn gun robh i air a leòn; agus a-nis, nuair a chaidh an t-àm a phàigheadh, nuair a ràinig i, an dèidh dà bhliadhna, bha buaidh mhòr oirre le coltas agus modh na h-ùine sin. Bha am fair jane anabarrach foghainteach, eireachdail; agus bha i fhèin cho luachmhor sa bha e airson eireachdas. Bha a h-àirde bòidheach, dìreach mar a bhiodh a h-uile buidheann a 'smaoineachadh àrd, agus cha robh duine a' smaoineachadh glè àrd; a figear gu h-àraid grinn; tha a meud nas motha mar mheadhan, eadar reamhar agus tana, ged a bha coltas ann nach robh droch shlàinte a 'nochdadh mar a dh' fhaodadh e an droch-rud a bha na dh 'inntinn a thogail. Ach cha b 'urrainn do emma faireachdainn na h-uile seo; agus an uairsin, a h-aghaidh - a feartan — bha barrachd bòidhchead annta na bha i air a chuimhneachadh; cha robh e àbhaisteach, ach bha e gu math tlachdmhor. Bha a sùilean, liath dhomhainn, le lasan-sùla dhorcha agus malachan, nach robh air a bhith air am moladh; ach bha cleas is dìlseachd aig a 'chraiceann, a bha i air a chleachdadh airson cafaidh a dhèanamh, mar a bha i ag iarraidh dath, agus cha robh feum air blàthan nas motha. B 'e stoidhle bòidhchead a bh 'ann, agus b' e an ìnneart sin an caractar rìoghail, agus mar sin feumaidh i, mar

urram, leis na prionnsapalan uile aice, spèis a ghabhail dhith: —
agas, a dh 'fheuch i, co-dhiù an duine no na h-inntinn, cho beag
àrdbury. An sin, gun a bhith falamh, bha inbhe, agus airidh air.

Ann an ùine ghoirid, shuidh i, tron chiad turas, a 'coimhead air
ceartas foghainteach le dà fhois a dh' fhalbh; an tlachd agus an
fhaireachdainn a thaobh a bhith a 'dèanamh ceartas, agus a' co-
dhùnadh nach còrdadh i rithe tuilleadh. Nuair a thug i a-steach a
h-eachdraidh, gu dearbh, a suidheachadh, a bharrachd air a
bòidhchead; nuair a smaoinich i air dè an t-amas a bha aig an
èididh seo, dè bha i a 'dol a dh' fhuadach, mar a bha i a 'dol a
dh'fhuireach, bha e coltach gun robh i a' faireachdainn rud sam
bith ach truas is urram; gu h-àraidh, nan cuireadh gach neach
ainmeil e a 'toirt air falbh ùidh ann, ùidh mhòr ann an ceangal ris
a' mhionaid. Bha i cho nàdarra air sin a thòiseachadh. Anns an t-
suidheachadh sin, cha bhiodh dad a bhiodh nas sàmhaiche no nas
iongantaiche na na h-ìobairtean a bha i air a fuasgladh. Bha
emma gu math toilichte a-nis a bhith ga 'dìteadh le bhith a'
faighinn mr. Dixon ' from gnìomhan bho a bhean, no rud sam
bith a bha mì-mhodhail a smaoinich a mac-meanmna an
toiseach. Nam biodh gaol aige, dh 'fhaodadh gur e gaol
sìmplidh, aon-neach a th 'ann air a cliathaich a-mhàin. Is dòcha
gu robh i gun a bhith a 'suathadh anns a' phuinnsean brònach,
gun a bhith a 'bruidhinn ri a caraid; agus bho na nithean as
fheàrr, is ann as fheàrr a dh 'fhaodadh a bhith a' diùltadhi fhèin a
'chuairt seo gu ireland, agus a' dèanamh cinnteach gun roinn i
fhèin gu h-èifeachdach bhuaithe agus bho na ceanglaichean aige
le bhith a 'tòiseachadh air a dreuchd mar dleasdanas obrach.

Gu h-iomlan, dh'fhàg emma i leis na faireachdainnean
carthannach as motha a th'air a dhèanamh, mar a rinn i a
'coimhead mun cuairt air an dachaigh, agus a' faireachdainn
nach tug àird seachad cead do dhuine òg a bhith neo-
eisimeileach; cha robh duine airson gum biodh i airson a
leasachadh.

Bha iad sin nan faireachdainnean snasail — ach cha robh iad a
'maireachdainn. Mus do chuir i oirre fhèin a bhith an sàs ann an
dreuchd phoblach sam bith de chàirdeas shìorraidh airson faironx
fhathast, no gun do rinn i barrachd airson a bhith ag ath-aithris
claon-bhreith is mearachdan san àm a dh'fhalbh, na bhith ag ràdh
ri mr. Ridire, "tha i cinnteach gu bheil i àlainn; tha i nas fheàrr na
eireachdail!" bha jine air feasgar a chaitheamh ann an hartfield
còmhla ri a seanmhair agus a seanmhair, agus bha a h-uile nì a
'dol air ais gu ìre àbhaisteach anns an stàit àbhaisteach. Bha
daoine a bha ann roimhe a 'nochdadh a-rithist. Bha an t-antaidh
cho teann mar a bha i riamh; nas teinne, oir bha dragh mu a
slàinte a-nis air a chur ri moladh a cuid chumhachdan; agus
dh'fheumadh iad èisteachd ris an tuairisgeul air cho beag de dh
'aran is ìm a dh'ith i airson bracaist, agus cho beag ri sliseag
feòil-caorach airson dìnnear, a thuilleadh air a bhith a' faicinn
taisbeanaidhean de chupaichean ùra agus bagaichean-obrach ùra
dha a màthair agus a màthair fhèin; agus dh'èirich eucoirean
fealla-dhà agus sìol a-rithist. Bha ceòl aca; bha aig emma ri
cluich; agus nochd am moladh is an moladh a leanadh rithe a rèir
buaidh de choinnealachd, èadhar de mhòr-fhaireachdainn, a
'ciallachadh a-mhàin gu bhith a' nochdadh aig an àrd-ùrlar ann
an stoidhle nas àirde. Bha i, a bharrachd air sin, a bu mhiosa
dhiubh sin, cho fuar, cho faireachail! Cha robh e a 'faighinn a-
mach a beachdan ceart. Air am pasgadh ann an brat de mhì-
thoileachas, bha coltas oirre nach robh i ann an cunnart rud sam
bith. Bha i air a sgrios gu h-uabhasach, bha i amharasach
glèidhte. Bha coltas oirre nach robh càil cunnartach aice. Bha i
air a sgrios gu h-uabhasach, bha i amharasach glèidhte. Bha
coltas oirre nach robh càil cunnartach aice. Bha i air a sgrios gu
h-uabhasach, bha i amharasach glèidhte.

Nam biodh rud sam bith nas motha, far an robh a h-uile rud a bu
mhotha, bha i nas glèidhte air cuspair 'weymouth' agus na
dìosalan na rud sam bith. Tha e coltach nach robh i idir a 'toirt
fìor lèirsinn air mr. Charactar duxon, no a luach fhèin airson a
chompanaidh, no beachd air freagarrachd a 'ghèam. Bha e uile

cho ciallach agus cho rèidh; dad air a chomharrachadh no a chomharrachadh. Cha robh seirbheis aice ge-tà. Chaidh a rabhadh a thilgeil air falbh. Chunnaic emma an ealain aice, agus thill i air ais chun a 'chiad uair. Tha e coltach gu robh rudeigin a bharrachd air a 'falach seach a roghainn fhèin; mr. Bha dxon, 's dòcha, air a bhith gu math faisg air a bhith ag atharrachadh aon charaid don fhear eile, no air a shuidheachadh a-mhàin airson campbell a chall, air sgàth an dà mhìle mìle not san àm ri teachd.

Bha an tèarmann coltach ri chèile air cuspairean eile. Ise agus mr. Bha eaglais neo-chliùiteach air a bhith aig meadhan na h-ùine aig an aon àm. Bha fios gu robh iad beagan eòlach; ach cha b'urrainn do shleag de dh'fhiosrachadh fìrinneach faighinn a-mach dè an rud a bha dha-rìribh. "an robh e bòidheach?" - "bha i den bheachd gur e duine òg fìor mhath a bh' ann. " "an robh e deònach?" - "sa chumantas bha e air a mheas mar sin." "an robh e a' nochdadh mar dhuine òg ciallach; fear òg fiosrachaidh? "-" ann an àite-uisge, no ann an àite far an robh lunnainn cumanta, bha e duilich co-dhùnadh dè na puingean a bha ann. A 'eòlas nas fhaide na bha iad fhathast aig eaglais, bha i den bheachd gu robh a h-uile corp na adhbhar toileachais." cha b'urrainn emma maitheanas a thoirt dhi.

Caibideil iii

Cha b'urrainn emma maitheanas a thoirt dhi, ach seach nach do bhris mr. Bha ridire, a bha air a bhith anns a 'phàrtaidh, agus a chunnaic e dìreach aire agus giùlan taitneach air gach taobh, a' cur an cèill an ath mhadainn, a bhith aig amar a-rithist air gnothachas le mr. Taigh-cùirte, a ghnothach air feadh na h-uile;

cha robh e cho fosgailte mar a dh 'fhaodadh a bhith air a h-athair a-mach às an t-seòmar, ach a' labhairt gu leòr airson a bhith gu math furasta a thuigsinn. Bha e air a chleachdadh airson a bhith a 'smaoineachadh gu robh i ceart gu leòr, agus bha e a-nis toilichte a bhith a' comharrachadh leasachadh.

"feasgar glè thoilichte," thòisich e, cho luath 'sa bha mr. Bha an taigh-seinnse air a bhith air a bhruidhinn ris na bha riatanach, air a ràdh gu robh e a 'tuigsinn, agus gun deach na pàipearan a sguabadh air falbh -" gu sònraichte tlachdmhor. Toileachas an-còmhnaidh a bhith agad air an fheasgar làn oidhche le dithis bhoireannaich òga mar sin, uaireannan le ceòl agus uaireannan le còmhradh. Mar sin feumaidh mi gu bheil miss fairfax gu math tlachdmhor, dh 'fhag thu nach do dh' fhàg mi. , airson gun a bhith a 'ionnstramaid ann an seanmhair a seanmhair, feumaidh gun robh sin na fhìor thoileachas."

"tha mi toilichte gun do ghabh thu ris," arsa emma, a 'gàireachdainn; "ach tha mi an dòchas nach eil mi tric gann a thaobh na tha ri dhèanamh aig aoighean aig hartfield."

"cha robh, a ghràidh," arsa a h-athair sa bhad; "gu bheil mi cinnteach nach eil thu. Chan eil duine cho làn aire agus catharra mar a tha thu. Ma tha thu idir, tha thu ro fhaiceallach. Am muffin an-raoir - nam biodh e air a thoirt seachad aon uair, tha mi den bheachd gum biodh e gu leòr . "

"cha ghabh," thuirt mr. Ridire, an ìre mhath aig an aon àm; "chan eil thu tric gann; chan eil e tric gann a thaobh an cuid tuigse no tuigse. Tha mi a' smaoineachadh gu bheil thu gam thuigsinn, mar sin. "

Sealltainn le bogha - "tha mi gad thuigsinn gu math gu leòr;" ach thuirt i a-mhàin, "tha a bhith a' gleidheadh fairfax glèidhte. "

"dh'innis mi dhut an-còmhnaidh gu robh i — beagan; ach cha b'
fhada gus an toir thu buaidh air a 'phàirt sin den tèarmann a bu
chòir a thoirt gu buil, a tha stèidhichte air an diofar
dhuilgheadasan.

"tha thu a' smaoineachadh gu bheil i eadar-dhealaichte. Cha
bhith mi ga fhaicinn. "

"thuirt e," thuirt e, a 'gluasad bho a chathraiche gu bhith faisg
oirre," chan eil thu dol a dh'innseadh dhomh, tha mi an dòchas,
nach robh oidhche thlachdmhor agad. "

"oh! Cha robh; bha mi toilichte leis an t-adhartas a rinn mi fhìn
ann a bhith a' faighneachd cheistean; agus bha mi toileach
smaoineachadh mu cho beag de dh'fhiosrachadh a fhuair mi. "

"tha mi tàmailteach," an aon fhreagairt a bh 'aige.

"tha mi an dòchas gun robh feasgar tlachdmhor aig a h-uile
corp," arsa mr. Taigh-seinnse, na dhòigh shocair. "fhuair mi aon
uair, bha mi a' faireachdainn an teine ro mhòr; ach an uairsin
ghluais mi air ais mo chath-bheag beagan, beagan, agus cha do
chuir e dragh orm. \ t ged a tha i ro luath, ge-tà, tha i glè
thoilichte, agus tha i dol a ràdh cuideachd, mar gu bheil seann
charaidean agam; feumaidh gur ann air èiginn a fhuair i an
nighean, gu h-àraid an ridire, oir bha emma aice. "

"fìor, a dhuine, agus emma, oir bha i ag ionndrainn fairfax."

Chunnaic emma an iomagain aige, agus bha e airson a
thiodhlacadh, co-dhiù airson an latha an-diugh, thuirt e, agus le
dìth-fòirneart nach b 'urrainn do dhuine sam bith ceist a chur -

"tha i na seòrsa creutair eireachdail nach urrainn do neach a bhith
a' cumail sùil bhon taobh a-muigh. Tha mi an-còmhnaidh a

’coimhead oirre gu bhith a’ coimhead ris; agus bidh mi ga
’truagh bho mo chridhe."

Mr. Bha ridire a ’coimhead mar gum biodh e na bu thoiliche na
bha e an dùil innse; agus mus urrainn dha freagairt sam bith a
thoirt seachad, mr. Thuirt taigh-seinnse, aig an robh na beachdan
aige air na bates, \ t

"tha e tàmailteach gum bu chòir an suidheachadh a bhith cho
dùmhail! Gu dearbh! Agus gu tric dh’ iarr mi — ach tha cho
beag ri oidhirp a dhèanamh a dhèanamh — beag, tàmailteach, de
rud sam bith neo-àbhaisteach - a-nis tha sinn air bàsachadh tha
mucan-fìona, agus tha emma a ’smaoineachadh gu bheil iad air
loin no cas a chuir, tha e glè bheag agus fìnealta — chan eil
mucan-mara hartfield coltach ri mucan-mara sam bith eile - ach
fhathast tha e na mucan-mara agus, mo ghaol gràdhach, mura b’
urrainn do dhuine a bhith cinnteach às an a ’toirt a-steach stùcan
orra, gu math fried, mar a tha ar feòil, às aonais an saill as lugha,
agus gun a bhith ga ròstadh, oir chan urrainn dha stamag feòil
muice a ghiùlan — tha mi a’ smaoineachadh gun robh sinn a ’cur
na cas an ìre nas fheàrr - nach eil thu a’ smaoineachadh gu bheil
mo ghràdh?

"mo phapa mo ghràidh, chuir mi a’ chearcall-deiridh gu lèir. Bha
fios agam gum biodh tu ga iarraidh. Bidh an cas ri shailleadh, tha
fhios agad, a tha cho snog, agus an leòmhann ri èideadh gu
dìreach mar a dh ’aithnicheas tu. . "

"tha sin ceart, a ghràidh, ceart gu leòr. Cha robh mi a’
smaoineachadh air roimhe, ach sin an dòigh as fheàrr. Chan
fhaod iad cus a chuir air a ’chas; agus an uair sin, mura h-eil e
ro-shaillte, agus ma tha e fìor air a bhruich gu mionaideach,
dìreach mar a bhios an t-sorna a ’cnàmh a-mach, agus ag ithe gu
ìre bheag, le snèip bruich, agus curran beag no parsnip, cha bhith
mi a’ smaoineachadh gu bheil e mì-fhasanta. "

"emma," arsa mr. Ridire aig an àm seo, "tha pìos naidheachd agam dhut. Is toigh leat naidheachd - agus chuala mi artaigil anns an dòigh agam a tha mi an dùil a bhios ùidheil dhut."

"naidheachd! Oh! Tha, tha mi an-còmhnaidh a' còrdadh ri naidheachdan. Dè a th 'ann? — a bheil thu a' gàireachdainn mar sin? — an cuala tu e? —at randalls? "

Bha ùine aige a-mhàin ri ràdh, \ t

"chan eil, chan ann aig randalls; chan eil mi air a bhith faisg air randalls," nuair a chaidh an doras a thilgeil fosgailte, agus nuair a choisinn am bates agus miss fairfax a-steach don t-seòmar. Làn bhuidheachas, agus làn naidheachdan, cha robh fios aig buill a bha a 'call a-mach dè na rudan as luaithe a bheir iad seachad. Mr. Chan fhada gus an do ràinig ridire gun robh e air a mhionaid a chall, agus nach bitheadh eagalach conaltraidh eile leis.

"o! A ghràidh, a bhean, ciamar a tha thu madainn an-diugh? Mo dh' ionndrainn gràdhach — tha mi a 'faighinn cus cumhachd le cairt-eireachdail cho àlainn! Tha thu ro bhlasta! An cuala tu an naidheachd? Mr. A bhith pòsta. "

Cha robh emma air ùine fhaighinn eadhon gus smaoineachadh air mr. Agus bha i cho làn de thoileachas nach b 'urrainn dhi tòiseachadh beag a sheachnadh, agus beagan dòrtadh, aig an fhuaim.

"tha mo naidheachd ann: —i smaoinich mi gum biodh ùidh agad ann," arsa mr. Ridire, le gàire a bha a 'toirt a-steach dìteadh cuid de na bha air a dhol eatorra.

"ach càite an cluinneadh tu e?" a 'cailleadh bidhean a chaill iad. "càite an cluinn thu e, m. N t-ridire? Oir chan e còig mionaidean a th' ann bho fhuair mi nota m le sil — chan e, chan urrainn dha a bhith nas motha nacòig - no co-dhiù deich - airson gun d

'fhuair mi mo bhoineid agus an speuran air, dìreach deiseil
airson a thighinn a-mach - cha robh mi ach a' dol sìos a
bhruidhinn ri mucan a-rithist mun mhuc-fheòil - bha jane na
sheasamh san trannsa — cha robh thu, d 'annas? —cha robh mo
mhàthair cho eagalach nach robh cus silidh air a bhith againn.
Mar sin thuirt mi gun deidheadh mi sìos agus a 'faicinn, agus
thuirt jane, 'an tèid mi sìos a-rithist? Oir tha mi a 'smaoineachadh
gu bheil beagan fuar agad, agus tha amharas air a bhith a'
glanadh a 'chidsin." - 'oh! A ghràidh, "arsa i, uill, agus an uairsin
thàinig am pong. A chall hawkins — sin uile a tha fios agam.
Caillich amaran san amar. Ach, mr. Ridire, ciamar a dh
'fhaodadh tu a bhith air a chluinntinn? Airson an dearbh
mhionaid. Dh 'ainm coil mrs. Shuidh i sìos, shuidh i sìos agus
sgrìobh i thugam. A miss hawkins— "

"bha mi còmhla ri mr. Cole air gnothachas uair gu leth air ais.
Bha e dìreach air litir elton a leughadh mar a bha mi air fhilleadh
a-steach, agus thug mi dhomh e gu dìreach."

"uill! Tha sin gu math - tha mi creidsinn nach robh naidheachd
sam bith nas inntinniche anns an fharsaingeachd. Tha mo bhana-
charaid, a tha uamhasach taitneach. Tha mo mhàthair a'
miannachadh gu bheil i a 'gabhail a-steach do bheachdan, agus
mìle taing, agus tha thu ag ràdh gu bheil thu dha-rìribh ceart. A
'cur an aghaidh oirre."

"tha sinn a' beachdachadh air ar mucan hartfield pork, "fhreagair
mr. Woodhouse— "gu dearbh, tha e dha-rìribh, cho fìor mhath
ris a h-uile muice-mara eile, nach urrainn toileachas nas motha a
bhith aig emma agus i na—"

"o! A ghràidh, a charaid, mar a tha mo mhàthair ag ràdh, chan eil
na caraidean againn ro mhath dhuinn. Ma bha daoine ann a-
riamh, aig nach robh beairteas mòr aca fhèin, bha a h-uile dad a
dh' iarradh iad, tha mi cinnteach gur e sinn. Gur dòcha gu bheil e

ag ràdh gu bheil 'ar crannchur air a chaitheamh ann an dualchas math.' a dh 'fhalbh, agus mar sin chunnaic thu an litir;

"bha e goirid - dìreach a bhith ag ainmeachadh — ach sunndach, a' toirt seachad, mar a bhiodh dùil. "- seo sùil gheur air emma. "bha e air a bhith cho fortanach — a bhith a' dìochuimhneachadh na dearbh bhriathran — cha robh gnìomhachas aig aon dhiubh airson cuimhneachadh orra. Bha am fiosrachadh, mar a tha thu ag ràdh, gun robh e a 'dol a bhith pòsta le mearachdan le call. A rèir a stoidhle, bu chòir dhomh smaoineachadh thuinich e dìreach. "

"tha mr. Elton a' dol a phòsadh! " arsa emma, cho luath sa bha i comasach air bruidhinn. "bidh e ag iarraidh gach buidheann airson a chuid toileachais."

"tha e glè òg a shocrachadh," a bha mr. Am beachd a tha aig woodhouse. "cha b'urrainn dha a bhith ann an cabhaig. Bha e coltach riumsa gu robh e a-nis math dheth. Bha sinn an-còmhnaidh toilichte a bhith ga fhaicinn aig hartfield."

"nàbaidh ùr dhuinn uile, caill woodhouse!" thuirt e gu bheil na h-àireamhan air chall, gu h-aoibhneach; "tha mo mhàthair cho toilichte! — tha i ag ràdh nach urrainn dhi a bhith a' seasamh leis an t-seann bhodach am measg seann bhana-mhaighstir. Is e deagh naidheachd a tha seo, gu dearbh, cha robh thu a-riamh air mr. Elton! " fhaicinn. "

Cha robh coltas gu robh iongnadh jain cho sònraichte sa bha i mar a bha e gu tur a 'fuireach innte.

"cha robh - cha robh mi a-riamh air mire a-riamh fhaicinn," fhreagair i, a 'tòiseachadh air an tagradh seo; "an e? An e duine àrd a th' ann? "

"cò a fhreagair a' cheist sin? " ghlaodh iad emma. "chanadh m 'athair' tha, 'm. Ridire' no; ' agus a 'caill teinn agus gu bheil e dìreach na mheadhain sona. Nuair a tha thu air a bhith an seo beagan nas fhaide, a' call fairfax, tuigidh tu gur e m. Elton ìre foirfeachd ann an highbury, an dà chuid le pearsa is inntinn. "

"glè fhìor, ionndrainn an taigh-seinnse, mar sin bidh i. 'S e an duine òg as fheàrr a th' ann - ach, mo ghràdh gràdhach, ma chuimhnicheas tu, dh'innis mi dhut an-dè, bha e dìreach aig àirde dìreach mr. Peiridh. Caill hawkins, - a 'dare a ràdh, boireannach òg sàr-mhath. An aire mhòr a thug e dha mo mhàthair - ag iarraidh gum biodh i na suidhe ann an tobar an neach-ionaid, gum biodh i a 'cluinntinn nas fheàrr, airson mo mhàthair a tha beag bodhar, eil fhios agad — chan eil mòran, ach cha chluinn i ro luath. Tha jane ag ràdh gu bheil an còrnair ag ràdh gu bheil am bodhaig beag balbh. Ma dh 'fhaodadh e bhith gu math math air an t-amar-toisich - an amar blàth — ach tha i ag ràdh nach d'fhuair e buannachd maireannach sam bith. Is e an aingeal a th 'againn a' chiad champail còrnaileir. Agus mr. Tha e coltach gur e duine òg gu math snog a th 'ann am dixon, gu math airidh air. Tha e cho toilichte nuair a bhios daoine math a 'tighinn còmhla - agus bidh iad an-còmhnaidh a' dèanamh. A-nis, seo mr. Agus elton agus a 'call hawkins; agus tha na cuilbh, na daoine cho math sin; agus na cluicheadairean — tha mi creidsinn nach robh riamh àm nas toilichte no nas fheàrr na càraid. Agus mrs. Peiridh. Tha mi ag ràdh, a dhuine, " a 'tionndadh gu mr. Taigh-seinnse, "tha mi a' smaoineachadh nach eil mòran àiteachan ann leis a 'chomann sin mar highbury. Bidh mi an-còmhnaidh ag ràdh, tha sinn gu math beannaichte anns na nàbaidhean againn. — an t-uachdaran agam, ma tha aon rud a tha nas fheàrr aig mo mhàthair na fear eile, is e mucan a tha ann. Loin de mhuc-fheòil— "

"a thaobh cò, no dè a tha ann an hakinson, no dè cho fada 'sa tha e air a bhith eòlach oirre," arsa emma, "chan eil fios agam gu bheil fhios aig duine. Tha e a' faireachdainn nach urrainn dha a bhith na neach-eòlais glè fhada. Seachdainean. "

Cha robh fiosrachadh sam bith aig duine sam bith; agus, an dèidh beagan smaointean eile, thuirt emma,

"tha thu sàmhach, caill fairfax — ach tha mi an dòchas gu bheil thu a' gabhail ùidh anns an naidheachd seo. Thu fhèin, a tha a 'cluinntinn agus a tha a' faicinn mòran de dheireadh air na cuspairean sin, a dh'fheumas a bhith cho domhainn sa ghnìomhachas gus cunntas campbell a chall. —ghabh sinn leisgeul a bhith agad gu bheil thu caran neo-thoilichte mu mr. Elton agus a 'call hawkins."

"nuair a chunnaic mi mr. Elton," fhreagair jane, "tha mi ag ràdh gum bi ùidh agam ann, ach tha mi a' creidsinn gu bheil feum agam air sin còmhla rium. Agus seach gu bheil mi beagan mhìosan bho chaill champbell pòsadh, dh 'fhaodadh gum bi an sealladh sin air a chuir ort. . "

"tha, tha e air a bhith air a dhol dìreach ceithir seachdainean, mar a bhios tu a' coimhead, a 'dol às do dh' aodach, "arsa amhaichean," ceithir seachdainean an-dè. — a chaochain gu tur! —an, b 'e an-còmhnaidh a bha caran leam nach biodh ann ach bean òg; a chuir mi-fhèin a-steach dhòmhsa — ach thuirt mi anns a 'bhad," chan eil, tha mc. Elton na fhear òg airidh air a shon — ach ', gu goirid, chan èil mi a 'smaoineachadh gu bheil mi gu sònraichte luath air na h-eisimpleirean sin. Chan eil mi a 'dèanamh a-mach cò ris a tha romham, tha mi a' faicinn aig an aon àm nach fhaod duine faighneachd am bu chòir do m e elton a bhith air a dh 'iongnadh - cha bhith foighideag a' bruidhinn rium cho math. Tha i air a bhith a 'faighinn thairis air an dearbh rud a-nis. An cuala tu bho m' 'john knightley o chionn ghoirid a bh' o, na clann bheaga ghràdhach sin, a bheil fhios agad gu bheil m. Ire mar a bha m n e.tha mi a 'ciallachadh ann an pearsa — àrd, agus leis an t-seòrsa sin de shùil - agus chan e glè bheothail."

"gu math ceàrr, mo phiuthar gràdhach; chan eil coltas sam bith ann idir."

"glè neònach! Ach chan e aon rud a dh' atharraicheas corp sam bith ro-làimh. Bheir seo suas beachd-smaoineachaidh, agus ruithidh e air falbh leis. Nach eil. Mx.

"eireachdail! Cha robh, fada bho sin — gu cinnteach còmhnard. Dh'innis mi dha gu robh e soilleir."

"mo ghràidh, thuirt thu nach leigeadh campais campall cead dha a bhith rèidh, agus gur e sin fhèin a th' ann. "

"o! Mar dhòmhsa, tha mo bhreith co-cheangailte ris a' chùis a tha a 'toirt aire dhomh, tha mi an-còmhnaidh a' smaoineachadh air neach a tha a 'coimhead gu math.

"uill, a ghràidh, tha mi creidsinn gum feum sinn a bhith a' ruith air falbh. Chan eil an aimsir a 'coimhead gu math, agus bidh grandmama corrach. Tha thu ro d' fhurtachd, mo dhroch-thaigh chaillte; ach feumaidh sinn fòrladh. Gu math tric bidh mi a 'dol timcheall mhrs cole's; ach cha sguir mi trì mionaidean: agus, ma tha, bidh thu a' dol dhachaigh dìreach — cha bhithinn a-muigh ann am frasair! Mar as fheàrr airson highbury mar-thà, tapadh leat, tha sinn gu dearbh, chan fheuch mi ri gairm air goddard, oir chan eil mi a 'smaoineachadh gu bheil i a' coimhead airson rud sam bith ach feòil muice: nuair a bhios sinn a 'aodach na cas, nì e rud eile. Madainn thugaibh, a ghràidh, a charaid. "tha m ight n knightley a' tighinn gu math cuideachd, sin uamhasach! — tha mi cinnteach ma tha an dàn sgìth, bidh thu cho caoimhneil a thoirt dha do ghàirdean. Agus caill hawkins! —ceann-maidne math dhut."

Bha aig emma, leis fhèin còmhla ri a h-athair, leth a h-aire ag iarraidh nuair a bha e a 'caoidh gum biodh daoine òga ann an leithid de chabhaig a phòsadh — agus ri srainnsearan a phòsadh cuideachd — agus an leth eile bheireadh i don sealladh aice fhèin air a' chuspair. Bha e gu math inntinneach agus math dha-rìribh mar naidheachd, agus e a 'dearbhadh gur e sin a bha ann. Cha b 'urrainn do elton fulang fada; ach bha i duilich airson a bhith a 'cleachdadh cruadal: feumaidh a' harriet a bhith ga h-aithneachadh — agus an rud a dh 'urrainn dhith a bhith, le bhith a' toirt seachad a 'chiad fhiosrachadh aice fhèin, gus a sàbhaladh bho bhith ga cluinntinn gu h-obann bho chàch. Bha e a-nis mun àm a bha e coltach gun èireadh i. Nam biodh i a 'coinneachadh ri casaidean a chaill i na slighe! — agus nuair a dh' fhalbh i, bha aig elma ri bhith a 'sùileachadh gum biodh an t-sìde ga cumail aig mrs. Agus gun teagamh gun toireadh am fiosrachadh gun dàil oirre gun ullachadh.

Bha am frasair trom, ach goirid; agus cha robh e air a bhi seachad cōig mionaidean, nuair a thigeadh e gu d 'fhearr, le d` ireach an t-suathadh teasmhor a bha a 'deanamh cabhag le cridhe l` iornach dualtach a thoirt; agus an "oh! A' chaochain inneal-toisich, dè tha thu a 'smaoineachadh a thachair!" gun robh a h-uile fianais ann a dh 'fhalbh air falbh an-dràsta, a bha a' toirt fianais air buaireadh freagarrach. Mar a chaidh am buille a thoirt seachad, bha emma a 'faireachdainn nach b'urrainn dhi a-nis barrachd coibhneas a ghabhail na bhith ag èisteachd; agus bha an t-uachdaran, gun sgrùdadh, a 'ruith gu dealasach leis na bha aice ri innse. "bha i air a bhith air a chuir a-mach bho leth-uair an t-seachdain a-nuas aig a' goddard — bha eagal oirre gun toireadh i uisge - bha eagal oirre gun dòirteadh i sìos a h-uile mionaid — ach bha i den bheachd gum faigheadh i grunnd an-toiseach - gun do dh 'èignich i cho luath sa bha i ach an uair sin, mar a bha i a 'dol seachad air an taigh far an robh boireannach òg a' cur suas gùn dhi, bha i den bheachd gun tigeadh i a-steach agus faicinn mar a chaidh i air adhart; agus ged nach robh coltas ann gun robh i a 'fuireach leth mionaid an sin, goirid an dèidh dhi tighinn a-mach thòisich i air uisgeachadh, agus cha robh fios aice dè a dhèanadh i; mar sin ruith i air adhart gu dìreach cho luath sa ghabhadh i, agus ghabh i fasgadh aig ford. "- is e ford's am prìomh aodach aodaich, aodach aodaich anairt, agus bùth an t-siùcair, am bùth an toiseach a thaobh meud agus fasan san àite .—" agus mar sin, chuir i an cèill, gun beachd air rud sam bith air an t-saoghal, deich mionaidean gu h-iomlan, ma dh'fhaoidte — nuair, gu h-obann, cò bu chòir a thighinn a-steach - gus a bhith cinnteach gun robh e cho neònach! Aig ford — cò bu chòir a thighinn a-steach, ach ealasaid martin agus a bràthair! A 'smaoineachadh dìreach. Bha mi den bheachd gum bu chòir dhomh a bhith air falach. Cha robh fios agam dè a dhèanadh mi. Bha mi na shuidhe faisg air an doras - chunnaic ealasaid mi dìreach; ach cha do ghabh e; bha e trang leis an sgàilean. Tha mi cinnteach gum faca i mi, ach choimhead i gu dìreach, agus cha do mhothaich i; agus chaidh an dithis aca gu ìre nas fhaide na ceann na bùtha; agus bha mi a 'cumail na suidhe aig an dorus! Gràdhach; bha mi cho duilich! Tha mi cinnteach gum feum mi a bhith cho geal ris a 'ghùn agam. Cha b 'urrainn dhomh falbh air falbh, fhios agad air sgàth an uisge;ach bha mi mar sin a 'miannachadh mi-fhèin àite sam bith air an t-saoghal ach an sin. — oh! Gràdhach, ionndrainn taigh-tasgaidh — uill, mu dheireadh thall, tha mi fortanach, choimhead e mun cuairt agus chunnaic e mi; an àite a dhol air adhart leis na ceannaichean aice, thòisich iad a 'caoidh a chèile. Tha mi cinnteach gun robh iad a 'bruidhinn orm; agus cha b 'urrainn dhomh cuideachadh le bhith a' smaoineachadh gun robh e a 'toirt misneachd dhi bruidhinn rium - (am bi thu a' smaoineachadh gur e, caill e an taigh?) - oir an-dràsta thàinig i air adhart - thàinig i gu mòr orm, agus dh 'fhaighnich mi ciamar a rinn mi, agus bha mi deiseil deiseil. Airson na làmhan a chrathadh, nam biodh. Cha do rinn i càil dheth san aon dòigh anns an do chleachd i; chitheadh mi gun robh i air atharrachadh; ach, ge-tà, bha coltas oirre gu robh i gu math càirdeil, agus chrath sinn làmhan, agus sheas sinn a 'bruidhinn greiseag; ach chan eil fhios agam nas motha na thuirt mi - bha mi cho annasach! — mar sin tha cuimhne agam gun robh i duilich nach do choinnich sinn a-nis; a bha mi a 'smaoineachadh cha mhòr ro mhath! Gràdhach, a chailleas taigh-

staile, bha mi gu tur truagh! Mun àm sin, bha e air tòiseachadh
air seasamh suas, agus bha mi a 'co-dhùnadh nach bu chòir do
rud sam bith stad a chuir orm a bhith a' faighinn às - agus an uair
sin a-mhàin — smaoinich e — gun robh e a 'tighinn a-steach
thugam-sa cuideachd — a dh'aithnicheas tu, agus mar gun do
rinn e chan eil fios agam dè a nì thu; agus mar sin thàinig e agus
bhruidhinn e, agus fhreagair mi, agus sheas mi airson mionaid, a
'faireachdainn uamhasach, tha fhios agad, chan urrainn dha aon
innse mar a tha; agus an sin ghabh mi misneach, agus thuirt mi
nach robh uisge ann, agus gu feumadh mi dol; agus mar sin
dheth tha mi air a shuidheachadh; agus cha d'fhuair mi trì slatan
bhon doras, nuair a thàinig e às mo dhèidh, ach a-mhàin ag ràdh,
nam biodh mi a 'dol gu hartfield, bha e a' smaoineachadh gu
robh e na b'fheàrr a dhol timcheall le mr. Stàballan an t-sruthain,
oir bu chòir dhomh a bhith a 'faighinn a-mach an t-slighe faisg
air làimh leis an uisge seo. Oh! Gràdhach, bha mi den bheachd
gum biodh e mar bhàs dhòmhsa! Mar sin thuirt mi, bha mi gu
mòr an urra ris: tha fios agad nach urrainn dhomh nas lugha a
dhèanamh; agus an uairsin chaidh e air ais gu elizabeth, agus
thàinig mi timcheall leis na stàbaill — tha mi a 'creidsinn gun do
rinn mi — ach cha mhòr gu robh fios agam càite an robh mi, no
rud sam bith mu dheidhinn. Oh! Caillidh an taigh-tasgaidh, b
'fheàrr leam rud sam bith a dhèanamh na bhiodh e a' tachairt:
agus fhathast, tha fios agad, bha seòrsa de riarachas ann a bhith
ga fhaicinn cho tlachdmhor is cho coibhneil.agus ealasaid,
cuideachd. Oh! Call an taigh-feachd, bruidhinn rium agus mo
dhèanamh comhfhurtail a-rithist. "

Bha e dha-rìribh gu mòr ag iarraidh air emma sin a dhèanamh;
ach cha robh i air a h-aithneachadh sa bhad. Dh'fheumadh i stad
agus smaoineachadh. Cha robh i ro chofhurtail i fhèin. Bha
coltas ann gun robh giùlan an fhir òig, agus a phiuthar, mar
thoradh air fìor fhaireachdainn, agus cha b 'urrainn dhi ach truas
a ghabhail orra. Mar a thuirt an t-uachdaran e, bha measgachadh
inntinneach de ghràdh leònte agus fìneas fìor ann an giùlan. Ach
bha i air a chreidsinn gur e daoine math, brìoghmhor a bha annta;

agus dè an t-eadar-dhealachadh a rinn seo ann an olc an dàimh?
Bha e gòrach a bhith air a mhilleadh leis. Gu dearbh, tha e
duilich a bhith ga call — feumaidh iad a bhith duilich. Is dòcha
gu robh àrd-amas, a bharrachd air gaol, air a dhèanamh
marbhtach. Is dòcha gu robh iad uile an dòchas a bhith ag èirigh
ri luchd-eòlais a 'chlaoidh: agus a bharrachd air sin, dè an luach
a bha aig tuairisgeul an t-seilge? — mar sin bhiodh e furasta a
thuigsinn - cho beag a' coimhead;

Chuir i air dòigh i fhèin, agus dh 'fheuch i ri a dhèanamh
comhfhurtail, le bhith a' beachdachadh air a h-uile rud a bha air
a dhol seachad mar thàirneanach, agus gu math mì-fhreagarrach
gu bhith a 'fuireach air,

"dh'fhaodadh e bhith na chùis-èiginn, an-dràsta," thuirt ise; "ach
tha e coltach gu bheil thu air giùlan fìor mhath a dhèanamh; agus
tha e seachad air a' chùis agus is dòcha nach bi e, mar chiad
choinneimh, a-rithist, agus mar sin chan fheum thu
smaoineachadh mu dheidhinn. "

Thuirt an t-uachdaran, "fìor fhìor," agus cha bhiodh i "a'
smaoineachadh air; " ach fhathast bhruidhinn i mu dheidhinn —
fhathast cha b'urrainn dhi bruidhinn mu dheidhinn dad eile; agus
emma, mu dheireadh, gus na marthanaich a chur a-mach às a
ceann, dh'fheumadh i cabhag a dhèanamh air na naidheachdan a
bha i an dùil a thoirt le uiread de dhùbhlan tairgse; cha mhòr gu
bheil fios aice an dèan i gàirdeachas no gum bi e feargach, gun
nàire no gun a bhith dìreach air thuaiream, aig leithid de staid
ann an droch dhroch sheirbhis — co-dhùnadh de mr. Cho
cudromach sa tha elton!

Mr. Ge-tà, thug còraichean elton ath-bheothachadh mean air
mhean. Ged nach do dh'fhairich i a 'chiad fhaireachdainn mar a
dh' fhaodadh i a bhith air an latha ro, no uair a-thìde roimhe, gun
do thog a ùidh ann an ùine ghoirid; agus mus robh a 'chiad
chòmhradh seachad, bhruidhinn i fhèin ris a h-uile mothachadh

de iongantas, iongantas is aithreachas, cràdh agus toileachas, a thaobh am fortan seo, a dh' fhaodadh a bhith a 'cumail na marthanan fo smachd ceart an sàsachd aice.

Dh'ionnsaich emma gu math aoigheil gun robh a leithid de choinneamh ann. Bha e comasach a bhith a 'toirt a-mach a' chiad turraing, gun a bhith a 'toirt buaidh sam bith air eagal sam bith. Mar a bha an t-acfhainn a-nis a 'fuireach, cha b' urrainn dha na marthanaich faighinn oirre, gun a lorg, far an robh iad airson misneachd no easaontachadh iarraidh oirre; oir chuir i cùl ris a 'diùltadh, cha robh na peathraichean idir air a bhith aig mrs. Gardard; agus dh 'fhaodadh aon-dheug a bhi gun an tilgeadh air ais a dh' ath-thilleadh, le feum sam bith, no eadhon comas labhairt.

Caibideil iv

Gu bheil daoine cho faisg air an fheadhainn a tha ann an suidheachaidhean inntinneach, gu bheil neach òg, a tha a 'pòsadh no a' bàsachadh, cinnteach gu bheilear a 'bruidhinn gu coibhneil mu dheidhinn.

Cha robh seachdain air a dhol seachad bho chaidh ainm hawkins a chall an toiseach ann an highbury, mus robh i, le beagan dhòigh no eile, gun robh a h-uile moladh a bha aig neach agus inntinn; a bhith brèagha, eireachdail, fìor sgileil, agus gu tur sùbailte: agus nuair a tha mr. Thàinig elton fhèin gu bhith na bhuannachd nuair a bha e na thoileachas, agus chuairtich e cliù a luach, cha robh mòran a bharrachd aige ri dhèanamh, na ainm na crìosdaiche innse, agus ag innse cò an ceòl a chluich i gu sònraichte.

Mr. Thill elton, duine gu math toilichte. Bha e air falbh air a dhiultadh agus air a sparradh — air a mhealladh ann an dòchas dòrainneach, às deidh sreath de na nochd e le brosnachadh làidir; agus chan e a-mhàin a bhith a 'call na boireannach ceart, ach a bhith ga fhaighinn fhèin air a mhilleadh gu ìre gu math ceàrr. Bha e air a dhol a dh 'fhulang gu domhainn — thàinig e air ais a-rithist gu fear eile - agus gu fear eile na b' fheàrr, gu dearbh, chun chiad, mar a chithear an-còmhnaidh ann an suidheachaidhean mar a chailleas e. Thàinig e air ais gu bhith aerach agus fèin-riaraichte, èasgaidh agus trang, a 'dèanamh cùram sam bith airson call an taigh, agus a' cur às do chall gobha.

Bha fortanan neo-eisimeileach aig na hawkins aitusta a bha snog, a bharrachd air na buannachdan àbhaisteach a bh 'ann de bhòidhchead agus airidh air leth, de mhìltean de dhaoine a bhiodh an-còmhnaidh air an gairm deich; puing de urram, a bharrachd air beagan goireasachd: an sgeulachd air a h-innse gu math; cha robh e air e fhèin a thilgeil air falbh - bha e air boireannach fhaighinn de 10,000 l. Mu dheidhinn; agus bha e air a faighinn le luaths cho tlachdmhor - bha a 'chiad uair a thàinig e a-steach cho luath as a dhèidh sin le bhith a' toirt a-mach fios; an eachdraidh a bh 'aige ri toirt seachad. Bha coire na h-àirde agus adhartas na thachair cho glòrmhor - na ceumannan cho luath, bhon rencontre tubaisteach, chun an dìnnear aig mr. Uaine, agus am pàrtaidh aig mrs. Gàireagan donn agus bruthaichean ag èirigh a-steach cudromach - le mothachadh agus strì-mhòr sgapte — bha a 'bhean air a bhithgu sìmplidh, cho faisg - air an dèanamh cho togarrach agus a bha e, gun robh e cho faisg air a bhith a 'cleachdadh abairt a bha cho tuigseach, a bha cho ullamh gu bhith ga fhaighinn, gun robh dìth is ùmhlachd an ìre mhath riaraichte.

Bha e air grèim fhaighinn air susbaint agus air sgàil - an fhortan agus an gaol, agus cha robh ann ach an duine toilichte a bu chòir dha a bhith; a 'bruidhinn a-mhàin air fhèin agus air na draghan aige fhèin - a' feitheamh ri bhith air a mholadh - deiseil airson gàire a dhèanamh aig a '— agus, le gàireachdainnean eagallach, eagallach, a-nis a' bruidhinn ri mnathan òga na h-àite, ris na bhiodh e, beagan sheachdainean air ais nas dàna gaisgeil.

Cha robh a 'bhanais ach tachartas fad às, oir cha robh aig na pàrtaidhean ach a bhith a' dèanamh sin, agus chan eil dad ach na h-ullachaidhean riatanach airson fuireach; agus nuair a chaidh e a-mach airson amar a-rithist, bha dùil coitcheann ann, a bha na shàr-shealladh air mrs. Cha robh coltas ann gun robh cùil na aghaidh, an uair a thigeadh e a-steach do dh'àrd-uachdrach gun toireadh e leis a bhean.

Aig an àm a bha e an-dràsta, cha mhòr gu robh emma air fhaicinn ach glè bheag; ach gu leòr airson a bhith a 'faireachdainn gun robh a' chiad choinneamh seachad, agus gus am beachd a thoirt dhi nach biodh e air a leasachadh leis a 'cho-mheasgachadh de pique agus pretension, a-nis air a sgaoileadh thairis air an èadhar aige. Gu dearbh, bha i a 'tòiseachadh gu mòr a' smaoineachadh gun robh i riamh air a bhith a 'smaoineachadh gu robh e taitneach dha-rìribh; agus bha uidhir de bhuaidh aig a fhradharc ri cuid de fhaireachdainnean gu math mì-chomasach, sin ann an solas moralta, mar pheanas, leasan, tobar irioslachaidh do a h-inntinn fhèin, bhiodh i air a bhith taingeil gun a bhith ga fhaicinn a-riamh. A-rithist. Ghuidh i gun deidheadh gu math dha; ach thug e dhi pian, agus bheireadh a shochairean fichead mìle seachad air falbh an riarachadh.

Gu cinnteach bu chòir a 'phian a bhith a' leantainn air le bhith a 'fuireach ann an highbury, ge-tà, le bhith a' pòsadh. Bhiodh bacadh air mòran de luchd- labhairt dòigheil - bhiodh mòran de na h-uamhann air an sàrachadh leis. A mrs. Bhiodh elton na leisgeul airson atharrachadh sam bith air eadar-mheadhanan; dh 'fhaodadh gun robh seann dhlùth-chainnt gun dol a-mach gun fhios. Bhiodh e cha mhòr a 'tòiseachadh air am beatha cothrom a-rithist.

A-mach às a 'bhean, aonaichte, bha emma a' smaoineachadh glè bheag. Bha i math gu leòr airson mr. Gun teagamh; sgileil gu leòr airson highbury - eireachdail gu leòr - a bhith a 'coimhead lom, is dòcha, le taobh urchair. A thaobh a cho-cheangal, bha emma furasta gu leòr; air a thoirt a-mach, às deidh a thagraidhean agus an dìmeas air a shon fhèin, nach robh e air dad a dhèanamh. Air an artaigil sin, bha e coltach gun robh an fhìrinn so-ruigsinn. Feumaidh i a bhith neo-chinnteach; ach cò am faighinn a-mach, dh'fhaodte a lorg; agus a 'cur a-mach an 10,000 l., cha robh e coltach gun robh i a' gabhail a-steach uachdranachd. Cha tug i ainm, fuil, gun caidreachas sam bith. B 'e an t-ionndrainn an tè a b' òige den dithis nighean aig fear bristol — ceannaiche, gu dearbh, feumaidh e bhith air a ghairm; ach, seach gun robh prothaidean iomlan a bheatha mharsanta a 'nochdadh cho cuimseach, cha robh e mì-chothromach a bhith a 'dèanamh cinnteach gun robh inbhe a shlighe malairt gu math cothromach cuideachd. Mar phàirt de gach geamhradh bha i air a bhith a 'caitheamh san amar; ach b 'e bristol an dachaigh aice, fìor chridhe bhriste; oir ged a bhàsaich athair is màthair beagan bhliadhnachan air ais, dh'fhuirich bràthair-athar an sin anns an loidhne lagha — cha robh cunnart sam bith eile a bha cunnartach a thaobh cunnart na esan, na bha e san loidhne lagha; agus a dh 'ionnsuidh leis an nigh- ean. Bha emma a 'tomhas gu robh e na dhrud air cuid de neach-lagha, agus ro gòrach a bhith ag èirigh. Agus bha e coltach gun robh a h-uile mòrachd sa cheangal an urra ris a 'phiuthar as sine, a bha glè mhath air a phòsadh, ri duine-uasal ann an dòigh mhòr, faisg air bristol, a chùm dà charbad! B' e sin a bhith a 'crìochnachadh na h-eachdraidh; bha sin na ghlòir de bhith a 'call hawkins. Oir ged a bhàsaich athair is màthair beagan bhliadhnachan air ais, dh'fhuirich bràthair-athar an sin anns an loidhne lagha — cha robh cunnart sam bith eile a bha cunnartach a thaobh cunnart na esan, na bha e san loidhne lagha; agus a dh 'ionnsuidh leis an nigh- ean. Bha emma a 'tomhas gu robh e na dhrud air cuid de neach-lagha, agus ro gòrach a bhith ag èirigh. Agus bha e coltach gun robh a h-uile mòrachd sa cheangal an urra ris a 'phiuthar as sine, a bha glè mhath air a phòsadh, ri duine-uasal ann an dòigh mhòr, faisg air bristol, a chùm dà charbad! B' e sin a bhith a 'crìochnachadh na h-eachdraidh; bha sin na ghlòir de bhith a 'call hawkins. Oir ged a bhàsaich athair is màthair beagan bhliadhnachan air ais, dh'fhuirich bràthair-athar an sin anns an loidhne lagha — cha robh cunnart sam bith eile a bha cunnartach a thaobh cunnart na esan, na bha e san loidhne lagha; agus a dh 'ionnsuidh leis an nigh- ean. Bha emma a 'tomhas gu robh e na dhrud air cuid de neach-lagha, agus ro gòrach a bhith ag èirigh. Agus bha e coltach gun robh a h-uile mòrachd sa cheangal an urra ris a 'phiuthar as sine, a bha glè mhath air a phòsadh, ri duine-uasal ann an dòigh mhòr, faisg air bristol, a chùm dà charbad! B' e sin a bhith a 'crìochnachadh na h-eachdraidh; bha sin na ghlòir de bhith a 'call hawkins. Agus bha e coltach gun robh a h-uile mòrachd sa cheangal an urra ris a 'phiuthar as sine, a bha glè mhath air a phòsadh, ri duine-uasal ann an dòigh mhòr, faisg air bristol, a chùm dà charbad! B' e sin a bhith a 'crìochnachadh na h-eachdraidh; bha sin na ghlòir de bhith a 'call hawkins. Agus bha e coltach gun robh a h-uile mòrachd sa cheangal an urra ris a 'phiuthar as sine, a bha glè mhath air a phòsadh, ri duine-uasal ann an dòigh mhòr, faisg air bristol, a chùm dà charbad! B' e sin a bhith a 'crìochnachadh na h-eachdraidh; bha sin na ghlòir de bhith a 'call hawkins.

An robh i air a bhith a 'toirt seachad na faireachdainnean aice mun a h-uile càil! Bha i air bruidhinn rithe ann an gaol; ach, alas! Cha robh i cho furasta a bhith annbhruidhinn e às. Cha bhiodh seunta rud sam bith a 'gabhail thairis anns na h-iomadh beàrnan ann an inntinn urchair air a dheasbad. Gum faodadh fear eile a dhol na àite; gu cinnteach bhiodh e dha-rìribh; cha b 'urrainn dad a bhith nas soilleire; bhiodh eadhon martoin gu leòr; ach cha robh càil eile ann, bhiodh eagal oirre gun slànaicheadh i e. B 'e fear de na daoine sin, a bhiodh, an dèidh dhaibh tòiseachadh, a bhith an-còmhnaidh ann an gaol. Agus a-nis, nighean bhochd! Bha i gu math nas miosa bhon ath-aithris seo de mr. Elton. Bha i daonnan a 'faighinn sealladh dheth an àiteigin no eile. Chunnaic emma e aon uair a-mhàin; ach bha dhà no trì thursan gach latha a 'dèanamh cinnteach gu robh e a' coinneachadh ris, no a bhith ga ionndrainn, dìreach airson a ghuth a chluinntinn, no a ghualainn fhaicinn, dìreach airson rudeigin a bhith ga chumail gus a chumail beò anns a h-uile rud, anns gach blàths de gèilleadh agus tuairmse. Bha i, a bharrachd air sin, a 'cluinntinn mu dheidhinn; airson, ach a-mhàin nuair a bha iad aig hartfield, bha i daonnan am measg an fheadhainn nach robh coire ann am mr. Cha d 'fhuaradh dad sam bith cho inntinneach ris an deasbad mu na draghan aige; agus a h-uile aithisg, mar sin, a h-uile measadh a bha air tachairt mar-thà, a h-uile rud a dh 'fhaodadh tachairt ann an suidheachadh a ghnothaichean, a' toirt buaidh air teachd-a-steach, searbhantan, agus àirneis, bha sìor fhàs mun cuairt oirre. Bha a h-aire a 'faighinn neart le moladh neo-fhaicsinneach dha, agus a h-aithreachas air a cumail beò, agus faireachdainnean crochte le ath-aithris gun sgur de toileachas hawkins, agus sùil leantainneach air an coltas gun robh e a' ceangal ris! Làn suidhe air an ad aige, a 'dearbhadh mar a bha e ann an gaol! Agus a h-uile aithisg, mar sin, a h-uile measadh a bha air tachairt mar-thà, a h-uile rud a dh 'fhaodadh tachairt ann an suidheachadh a ghnothaichean, a' toirt buaidh air teachd-a-steach, searbhantan, agus àirneis, bha sìor fhàs mun cuairt oirre. Bha a h-aire a 'faighinn neart le moladh neo-fhaicsinneach dha, agus a h-aithreachas air a cumail beò, agus faireachdainnean crochte le ath-aithris gun sgur de toileachas hawkins, agus sùil leantainneach air an coltas gun robh e a' ceangal ris! Làn suidhe air an ad aige, a 'dearbhadh mar a bha e ann an gaol! Agus a h-uile aithisg, mar sin, a h-uile measadh a bha air tachairt mar-thà, a h-uile rud a dh 'fhaodadh tachairt ann an suidheachadh a ghnothaichean, a' toirt buaidh air teachd-a-steach, searbhantan, agus àirneis, bha sìor fhàs mun cuairt oirre. Bha a h-aire a 'faighinn neart le moladh neo-fhaicsinneach dha, agus a h-aithreachas air a cumail beò, agus faireachdainnean crochte le ath-aithris gun sgur de toileachas hawkins, agus sùil leantainneach air an coltas gun robh e a' ceangal ris! Làn suidhe air an ad aige, a 'dearbhadh mar a bha e ann an gaol!

An robh e ceadaichte cur-seachad a dhèanamh, mura robh pian sam bith air a bhith aig a caraid, no a 'tàir a thoirt dhith fhèin, ann an lughdachadh inntinn an t-uachdarain, bhiodh emma air a sàrachadh leis na h-atharrachaidhean. Aig amannan mr. As mhòr-chuid, bidh an taghan ris a 'mhòr-chuid; agus uaireannan bha gach fear feumail mar sgrùdadh don fhear eile. Mr. Is e com-pàirteachas elton a bhith a 'leigheas oidhirp ann an coinneamh mr. Martin. An duilgheadas a tha an neach air a dhèanamhbha fios mun ghnothach sin air a bhith beagan a chuir air falbh le gairm elizabeth martin aig mrs. Latha no dhà às dèidh sin. Cha robh an t-each-uisge aig an taigh; ach bha nota air a dheasachadh agus air fhàgail airson a son, sgrìobhte anns an stoidhle gu math faisg air làimh; cothram beag de choireachadh, le mòran coibhneas; agus gu m. Nochd elton fhèin, bha i air a bhith an sàs gu mòr ann an ùine mhòr, a 'sìor choimhead air na ghabhadh dèanamh air ais, agus ag iarraidh barrachd a dhèanamh na bha i ag iarraidh a aideachadh. Ach mr. Gu pearsanta, air falbh leis na h-uallaichean sin. Ged a bha e na sheasamh, chaidh an cuimhneachan a dhìochuimhneachadh; agus air a 'mhadainn fìor de bhith a' cur air falbh airson amar a-rithist, thug emma, gus cuid de na duilgheadasan a dh 'adhbharaich e a sgaoileadh, a dh s gun robh e na b' fheàrr dhi tadhal elizabeth martin a thilleadh.

Mar a chaidh an tadhal sin aithneachadh - an rud a bhiodh riatanach - agus an rud a dh 'fhaodadh a bhith nas sàbhailte, a bhith na phuing air choireigin gun teagamh. Bhiodh dearmad iomlan air a 'mhàthair agus na peathraichean, nuair a fhuair iad cuireadh a thighinn, gu math trom. Cha bu chòir dha a bhith: agus tha cunnart ann gun ùraich an luchd-eòlais -!

An dèidh tòrr smaoineachadh, b ach ann an dòigh a bhiodh, nam biodh tuigse aca, a 'toirt a chreidsinn dhaibh nach robh ann ach eòlas foirmeil. Bha i airson a toirt a-steach don charbad, ga fàgail aig muileann na h-abaid, fhad 'sa bha i a 'siubhal beagan nas fhaide, agus a' gairm oirre a-rithist cho luath, gus nach biodh ùine ann airson tagraidhean dòrainneach no ath-thursan cunnartach a-steach dhan àm a dh'fhalbh, agus am fear as motha a thoirt seachad cho-dhùin iad dè an ìre de dhàimh a chaidh a thaghadh airson an àm ri teachd.

Cha b 'urrainn dhi smaoineachadh air rud sam bith nas fheàrr: agus ged a bha rudeigin ann nach b' urrainn do a cridhe fhèin a bhith ceadaichte - rudeigin de dhoimhneachd , dìreach air a shoilleireachadh — feumar a dhèanamh, no dè an t-àm a dh 'fhaodadh a bhith fo smachd?

Caibideil v

Bha cròn bheag air a bhith ann airson tadhal. Dìreach leth-uair a thìde mus do dh'iarr a caraid oirre aig a màthair. Gardard, bha na rionnagan olc aice air a thoirt chun an àite far an robh, aig an àm sin, stad, air an stiùireadh chun an ath-ghairm. Bhathas a 'coimhead ri bhith a' togail a-steach do chairt a 'bhùidseir, a bha airson a thoirt far an robh na coidsichean a' dol seachad; agus mar sin bha a h-uile nì san t-saoghal seo, ach a-mhàin an stoc is an stiùireadh sin, bàn.

Ach dh 'fhalbh i; agus nuair a ràinig iad an tuathanas, agus bha i gu bhith air a cur sìos, aig ceann na cuairt greabhail farsaing, gruamach, a bha a 'stiùireadh eadar craobhan ubhal gu taobh an dorais, sealladh gach nì a thug a tlachd cho mòr dhi. As t-fhoghar ro, bha e a 'tòiseachadh ag ath-bheothachadh beagan còmhstri ionadail; agus nuair a dhealaich iad, chunnaic emma gu robh i a 'coimhead timcheall le seòrsa de fheòrachas eagallach, a shocraich nach toireadh i seachad an turas nas àirde na cairteal na h-uarach a bhathar a' moladh. Chaidh i dhith fhèin, a thoirt an ùine sin do sheann shearbhanta a bha pòsda, agus a thuinich ann an asal.

Thug cairteal na h-uarach gu h-obann don gheata gheal a-rithist; agus caill e gobha a 'faighinn a gairm, a bha còmhla rithe gun dàil, agus gun duine a bhith a' coimhead as deidh sin. Thàinig i gu soltarach sìos an t-slighe greabhail — a 'marthan a bha a' nochdadh dìreach aig an doras, agus a 'dealachadh le cuid coltas ciallach.

Cha b 'urrainn dhan t-each-uisge cunntas glè fhaicsinneach a thoirt seachad goirid. Bha i a 'faireachdainn cus; ach mu dheireadh chruinnich emma bho gu leòr dhi airson an seòrsa coinneimh a thuigsinn, agus an seòrsa pian a bha e a 'cruthachadh. Chan fhaca i ach mrs. Martin agus an dithis nighean. Bha iad air a bhith ga fhaighinn teagmhach, mura h-annasach; agus cha deach guth sam bith thairis air an àite cumanta a bh 'ann air a bhruidhinn an ìre mhath fad na h-ùine — gus dìreach mu dheireadh thall, nuair a bhitheas iad ann. Bha martin ag ràdh, gu h-obann, gun robh i den bheachd gun deach am falach a chall, air cuspair nas inntinniche a thoirt a-steach, agus dòigh nas blàithe. Anns an dearbh àite sin bha i air a tomhas an-mach san t-sultain, leis an dà charaid aice. Bha na comharran comharraichte agus meòrachain air an wainscot ri taobh na h-uinneig. Rinn e sin. Tha e coltach gun robh iad uile a 'cuimhneachadh air an latha, an uair, a' phàrtaidh, an tachartas — a bhith a 'faireachdainn an aon chiall, an aon aithreachas - a bhith deiseil gus tilleadh chun an aon tuigse mhath; agus bha iad a 'fàs a-rithist mar iad fhèin (harriet, mar a dh' fheumas emma a bhith fo amharas, cho ullamh ris a 'chuid as fheàrr dhiubh a

bhith còrdte agus sona), nuair a nochd an carbad a-rithist, agus a
h-uile càil seachad. An uair sin bhathas a 'faireachdainn gun robh
stoidhle na cuairte, agus cho goirid sa bha e, cinnteach. Ceithir-
deug mionaidean a thoirt do na daoine leis an robh i taingeil sia
seachdainean nach robh sia mìosan air ais! — cha b 'urrainn
doemma a bhith a' dealbh uile, agus a 'faireachdainn mar a dh'
fhaodadh iad a bhith a 'gabhail fois, mar a dh' fheumas
nàdarrach cron a dhèanamh. B 'e droch obair a bh 'ann. Bhiodh i
air mòran a thoirt seachad, no a dh 'fhulang i gu mòr, a bhith air
na marthanan fhaighinn ann an inbhe beatha nas àirde. Bha iad
cho airidh air an sin, gun robh beagan na bu mhotha air a bhith
ann: ach mar a bha, ciamar a dh 'fhaodadh i a bhith air a
dhèanamh air dhòigh eile? —an dòcha! — cha b'urrainn
aithreachas a dhèanamh. Feumaidh iad a bhith dealaichte;a 'dol
dhachaigh le bhith a' faighinn grèim air an eas. Bha a h-inntinn
gu math tinn le mr. Elton agus na marthanaich. Bha ùrachadh
randalls gu tur riatanach.

Bha e na sgeama math; ach an uair a dh heard igh iad air an
dorus chuala iad nach robh "maighstir no bana-mhaighstir aig an
taigh;" bha iad le chèile air a bhith a-muigh uair; bha an duine
den bheachd gun deach iad gu hartfield.

"tha seo ro dhona," ghlaodh emma, mar a thionndaidh iad air
falbh. "agus a-nis bidh sinn a' dol gan call; dìreach a 'togail às-
inntinn! — cha bhi fios agam cuin a tha mi air a bhith cho
duilich." agus chuir i air ais anns a 'chòrnair, a chum a mort a
mhort, no a dh 'aobhar air falbh; is dòcha beagan den dà chuid -
mar an dòigh as cumanta air inntinn nach robh cuidhteasach. An-
dràsta an stad carbaid; thug i sùil suas; bha e stad le mr. Agus
mrs. Taobh an iar, a bha nan seasamh gus bruidhinn rithe. Bha
tlachd sa bhad orra, agus bha toileachas mòr ga thoirt seachad
ann an fuaim - airson mr. Thug iar-thuath air falbh i leis a 'bhad,

Tha sinn air a bhith na shuidhe còmhla ri d 'athair — tha mi
toilichte a fhaicinn cho math. Tha e tighinn a-màireach — bha

litir agam madainn an-diugh - chì sinn e aig am-màireach. Tha e
dinnear gu àm cinnteach - tha e ann an oxford chun latha an-
diugh, agus tha e ann airson ceala-deug; bha fios agam gum
biodh e mar sin nam biodh e air a thighinn chun na nollaige cha
b 'urrainn dha trì latha a bhith ann; cha bhi sinn a 'tighinn aig na
nollaige: a-nis bidh an aimsir cheart againn dha, sìde shocair,
thioram, shocair, bidh sinn ga fhaicinn gu tur: tha a h-uile rud air
a dhol a-mach dìreach mar a thogras sinn."

Cha robh a leithid de naidheachdan ann, cha robh e comasach
buaidh aghaidh cho toilichte a sheachnadh ri mr. Air taobh siar,
tha seo air a dhearbhadh mar a bha e le briathran agus gnùis a
mhnatha, nas lugha agus nas sàmhaiche, ach cha robh e cho faisg
air an adhbhar. Fios a bhith agam gun robh i den bheachd gun
robh a thighinn a-steach sònraichte gu leòr airson toirt air emma
smaoineachadh air sin, agus gu dùrachdach gun do rinn i
gàirdeachas anns an aoibhneas. B 'e ath-aithris tlachdmhor a bha
ann de spioradan sgìth. Bha an t-àm a chaidh seachad air a dhol
fodha ann an ùrachadh na bha a 'tighinn; agus ann an ùine luath
smaoineachaidh, bha i an dòchas mr. Cha bhiodh bruidhinn a-nis
air elton tuilleadh.

Mr. Thug taobh an iar dhi eachdraidh nan tachartasan aig
enscombe, a thug cothrom dha a mhac freagairt airson a bhith a
'faighinn cola-deug slàn aig an àithne, a bharrachd air an t-slighe
agus an dòigh air an do thadhail e; agus dh'èist i, agus rinn i
gàire, agus mhol i.

"ann an ùine ghoirid bheir mi a-null e gu raon-feòir," thuirt e, aig
a 'cho-dhùnadh.

Shaoileadh emma gum faca i làmh den ghàirdean aig an òraid
seo, bho a bhean.

"bha sinn nas fheàrr a' gluasad air adhart, m. Taobh an iar,
"thuirt i," tha sinn a 'cumail na nigheanan an grèim."

"uill, uill, tha mi deiseil;" - agus a 'tionndadh a-rithist gu emma," ach cha bu chòir dhut a bhith an dùil ri fear òg cho mìorbhaileach; cha d'fhuair thu ach an cunntas agam; tha mi ag ràdh nach eil e dha-rìribh iongantach: " — ged a bha na sùilean breagha aige fhèin aig an àm seo a 'bruidhinn ri dìteadh gu math eadar-dhealaichte.

Dh 'fhaodadh emma coimhead gu math gun mhothachadh agus neo-chiontach, agus freagairt ann an dòigh a bhiodh a' gleidheadh dad.

"smaoinich orm-sa, am madainn mo ghaoil, mu cheithir uairean," a bha ann. Ìmpidh sgaraidh an iar; le beagan iomagain, agus bha seo a 'ciallachadh dìreach dhi.

"ceithir uairean: — an crochadh air bidh e an seo le triùir," a bha mr. Atharrachadh luath an iar; agus mar sin thàinig coinneamh cho riaraichte gu crìch. Bha spioradan emma air a chuir suas gu toilichte; bha a h-uile nì a 'caitheamh adhair eadar-dhealaichte; bha coltas nach robh james agus na h-eich aige cho dùmhail is a bha iad roimhe. Nuair a choimhead i air na callaidean, bha i den bheachd gum feumadh an neach a bu shine a bhith a 'tighinn a-mach a dh'aithghearr; agus nuair a thionndaidh i gu bhith a 'bualadh, chunnaic i rudeigin coltach ri sealladh an earraich, gàire fialaidh an sin eadhon.

"is e ceist a bh' ann, a dh 'fhaodadh a bhith dol tro na h-eaglaisean a bharrachd air oxford?" - cha robh cus dragh ann.

Ach cha robh cruinn-eòlas no suaimhneas a 'tighinn gu lèir aig an aon àm, agus bha emma a-nis ann an àbhachdas a thighinn gu co-dhùnadh gum bu chòir an dithis aca tighinn a-steach ann an tìm.

Thàinig madainn an latha inntinneach, agus thàinig iad. Cha do dhìochuimhnich sgoilear dìleas an iar air aig deich, no aon-deug, no dà-dheug, gun robh i a 'smaoineachadh oirre aig ceithir.

"mo charaid gràdhach, gràdhach," - thuirt i, ann an gleusda inntinn, fhad's a bha i a 'coiseachd sìos an staidhre bhon t-seòmar aice fhèin," gum biodh e an-còmhnaidh faiceallach mu chofhurtachd gach buidheann ach thu fhèin; chì mi thu a-nis anns na h-uidheaman beaga agad, a 'dol a-rithist is a-rithist. A-steach don t-seòmar aige, gus a bhith cinnteach gu bheil gach nì ceart. " bhuail an gleoc dà-dheug nuair a chaidh i tron talla. "'s e dusan bliadhna; cha dhìochuimhnich thu mu cheithir uairean a th' sin agad; agus an uair sin am-màireach, ma dh 'fhaoidte, no beagan nas anmoiche, is dòcha gu bheil mi a' smaoineachadh gum faod iad uile gairm an seo. Thoir leat e. "

Dh'fhosgail i doras an t-seòmar-suidhe, agus chunnaic i dithis dhuine-uasal nan suidhe còmhla ri a h-athair - mr. Taobh an iar agus a mhac. Cha robh iad air a ruighinn ach beagan mhionaidean, agus mr. Cha mhòr gun robh crìoch air a chuir air an iar air a bhith ag ràdh gu robh aobhar mar latha ron àm, agus bha a h- athair fhathast ann am meadhan an fhàilte shìobhalta a bha aige agus meal-a-naidheachd, nuair a nochd i, a bhith a 'cur an ìre de ghaisneachd, ro-ràdh agus toileachas.

Bha an eaglais bhochd a bha cho fada a 'bruidhinn, cho àrd de dh'ùidh, gu dearbh air thoiseach oirre - chaidh a thoirt dhi, agus cha robh i den bheachd gun deach cus a ràdh na mholadh; bha e na dhuine òg glè mhath; bha àirde, àile, seòladh, a h-uile càil gun choimeas, agus bha mòran de spiorad agus de bheòthalachd athair a 'toirt a aghaidh; bha e a 'coimhead luath agus ciallach. Dh'fhairich i sa bhad gu bu chòir dhàsan a ghabhail; agus bha soirbheas gruamach ann, agus deòin gu bhith a 'labhairt, a chuir an cèill gu robh e 'n dùil a bhi eòlach oirre, agus gu cinnteach a dh' fhalbh iad.

Bha e air randalls a ruighinn an oidhche roimhe. Bha i toilichte leis an dealas a bh 'ann gun tàinig e a-steach a phlana atharrachadh, agus siubhal nas tràithe, nas fhaide air adhart, agus nas luaithe, gus am faigheadh e leth latha.

"dh'innis mi dhut an-dè," ghlaodh mr. Air taobh an iar na h-alba, "thuirt mi riut a h-uile rud a bhiodh e an seo mus d' ainmich mi. Chuimhnich mi air na bhiodh mi a 'dèanamh mi-fhèin. Chan urrainn do dhuine stad a dhèanamh air turas; chan urrainn dha aon cuideachadh faighinn air adhart nas luaithe na tha san amharc; is fhiach a bhith a 'tighinn a-steach air caraidean mus tòisich an sealladh a-mach, tòrr a bharrachd na bhith ag obair air a chaochladh.

"tha e na thoileachas mòr far am faod duine a bhith a' sàs ann, "thuirt am fear òg," ged nach eil mòran thaighean ann ris am bu chòir dhomh gabhail gu ruige seo; ach ann an sin tha mi a 'faireachdainn gun dèanadh mi rud sam bith."

Bha am facal dachaigh a 'dèanamh dha athair a' coimhead air gu robh e searbh. Bha emma cinnteach gu robh fios aige ciamar a dhèanadh e eireachdail; chaidh an dìteadh a neartachadh leis na chaidh a leantainn. Bha e gu math toilichte le na speuran, an dùil gur e taigh gu math ionmholta a bh 'ann, cha mhòr gu robh e a' leigeil seachad fiù 's gu math beag, a 'gabhail ris an t-suidheachadh, an cuairt gu highbury, highbury fhèin, hartfield tuilleadh fhathast, agus a' aideachadh gun robh e a-riamh air a bhith a 'faireachdainn na seòrsa de dh'ùidh anns an dùthaich nach eil dùthaich sam bith ach an dùthaich agad fhèin a 'toirt seachad, agus an fheòrachas as motha airson tadhal air. Nach bu chòir dha a-riamh a bhith comasach air a bhith cho comasach air a 'faireachdainn roimhe, a' dol seachad gu h-iongantach tro eanchainn emma; ach fhathast, nam bitheadh e meallta, is e ball tlachdmhor a bh 'ann, agus laimhsich e gu tlachdmhor. Cha robh cus rannsachaidh no àibheiseachd aig a dhòigh.

Bha na cuspairean aca san fharsaingeachd a 'buntainn ri luchd-aithneachaidh fosglaidh. Air a thaobh bha na ceistean, - "an e bean-uasal a bh' ann? —dùisean tlachdmhor? — cuairtean tlachdmhor? — an robh iad na nàbachd mhòr? —ceann a-mach, is dòcha, a thug airgead gu leòr don chomann? - bha grunn thaighean fìor bhrèagha ann agus mun cuairt air. —an buill — an robh bàlaichean aca? — a bha na chomann ciùil? "

Ach an uair a bhitheas iad riaraichte leis na h-uile phuingean sin, agus an eòlas a bh 'air choireigin orra gu h-àrd, bha e airson cothrom a lorg, fhad's a bha an dithis athair aca a' ceangal ri chèile, a thoirt a mhàthair-cèile a-steach, agus a 'bruidhinn mu dheidhinn le moladh brèagha, cho taingeil airson an toileachas a fhuair i dha athair, agus ri a deagh fàilteachadh fhèin, mar a bha e mar fhianais a bharrachd air mar a dh 'fheumadh e sin a dhèanamh - agus gu cinnteach a bhith a' smaoineachadh gur fhiach e a 'lorg . Cha do chuir e air adhart moladh a bharrachd air na bha fios aice a bhith airidh air le mrs. Taobh an iar; ach, gun teagamh sam bith, b 'urrainn dha glè bheag de fhiosrachadh fhaighinngnothach. Thuig e na bhiodh air fàilte; dh 'fhaodadh ea bhith cinnteach nach robh ach beagan eile. "a bha pòsadh athar," arsa esan, "b' e an tomhas bu ghlice, feumaidh gach caraid gàirdeachas a dhèanamh innte; agus feumaidh an teaghlach as an d 'fhuair e beannachd mar sin a bhith air a mheas mar an t-uallach as àirde air."

Cha robh e cho faisg air a bhith a 'toirt taing dhi airson gun do chaill e airgead, gun a bhith a' dìochuimhneachadh gu robh e coltach a bhith a 'cailleabh nach do chaill an tàillear caractar an taigh-òsda, na chaill e an amhaiche. Agus mu dheireadh, mar gum biodh e airson a bheachd a thoirt seachad gu h-iomlan airson a bhith a 'siubhal mun cuairt an rud aige, chuir e iongnadh air gu h-an-àirde mu òige agus àilleachd a pearsa.

"modh dòigheil, miannach, bha mi deiseil airson," thuirt e; "ach tha mi ag aideachadh nach robh mi a' sùileachadh barrachd na h-aon rud, a bha a 'coimhead gu cinnteach agus a bha a' coimhead gu cinnteach ri leanabh; agus cha robh fios agam gu robh mi a 'lorg bean bhig' a b 'ann.

"chan fhaic thu cus foirfeachd ann am mias an iar airson mo fhaireachdainnean," arsa emma; "an robh thu gu bhith ga tomhas gu robh i ochd bliadhna deug, bu chòir dhomh èisteachd le toileachas; ach bhiodh i deiseil airson fois a ghabhail còmhla riut airson a bhith a' cleachdadh nam facal sin. Na leig lem gun smaoinich thu oirre mar bhean òg àlainn. "

"tha mi an dòchas gum biodh fios nas fheàrr agam," fhreagair e; "chan eil, an crochadh air, (le bogha gaisgeach) a thaobh a bhith a' bruidhinn mrs weston bu chòir dhomh a bhith a 'tuigsinn cò dh' fhaodadh mi moladh às aonais cunnart sam bith a bhith air mo bheòthachadh nam fhaclan. "

Smaoinich emma an robh an aon amharas de na dh 'fhaodadh a bhith air a shùileachadh bhon fios a bhith aca, a ghabh seilbh làidir air a h-inntinn, air a dhol tarsainn a-riamh; agus am bu chòir beachdachadh air a mholaidhean mar chomharran air càinidh, no dearbhadh air dùbhlan. Feumaidh i tuilleadh fhaicinn mu a thuigse air a dhoighean; aig an àm seo cha robh i ach a 'faireachdainn gun robh iad toilichte.

Chan eil teagamh sam bith aice dè bh 'ann. Bha muinntir an iar a 'smaoineachadh gu tric mu dheidhinn. Lorg a shùil ghoirid a-rithist agus a-rithist a 'toirt sùil orra le faireachdainn toilichte; agus eadhon, nuair a bhiodh e cinnteach nach biodh e a 'coimhead, bha i cinnteach gun robh e gu tric ag èisteachd.

Bha saoradh iomlan bho a h-athair bho smuain sam bith den t-seòrsa, an dìth iomlan dheth anns gach seòrsa de throimh no amharas a bha ann, na shuidheachadh a bu chofhurtaile. Gu toilichte cha robh e nas fhaide bho bhith a 'ceadachadh ceannsachadh na bhith a' faighinn a-mach e. — ged a bha e an-còmhnaidh a 'dèanamh strì ris a h-uile pòsadh a chaidh a rèiteachadh, cha do dh'fhuiling e ro làimh air a' chùis a bha e bho neach sam bith; a rèir coltais cha b 'urrainn dha smaoineachadh cho tinn le tuigse neach sam bith mar a bha iad a' feuchainn ri pòsadh gus am biodh e air a dhearbhadh. Bheannaich i am faochadh as fheàrr leis. Tha e a-nis, gun a bhith a 'toirt an aire do dh' aon neach mì-thlachdmhor às aonais sùil gheur air rud sam bith a dh 'fhaodadh a bhith na aoigh, a' toirt seachad a h-uile sochair nàdarrach aige ann an rannsachaidhean solit an dèidh mr. Àite-fuirich eaglaiseil na h-eaglaise air a shlighe,

Turas reusanta air a phàigheadh, mr. Thòisich taobh an iar a 'gluasad -" feumaidh e a bhith a 'dol. Bha gnìomhachas aige aig a' chrùn mu dheidhinn feur, agus tha mòran a 'tarraing air mers ann an iarna, ach chan fheum e cabhag sam bith eile a chuir air." dh'èirich a mhac ro mhath a 'cluinntinn na leannain, dh'èirich e anns a' bhad, ag ràdh,

"mar a tha thu a' dol nas fhaide air adhart leis a 'ghnìomhachas, bheir sir, an cothrom dhomh tadhal a phàigheadh, a dh'fheumas a bhith pàighte latha no eile, agus mar sin dh'fhaodte a bhith pàighte a-nis. Tha an urram agam a bhith eòlach air nàbaidh aig mise, (a 'tionndadh gu emma,) boireannach a tha a' fuireach ann an no faisg air a 'chòmhnard: cha bhi duilgheadas aig teaghlach de ainm fairfax, tha mi creidsinn, ann a bhith a' lorg an taighe, ged nach eil fairfax, tha mi a 'creidsinn, an ainm ceart - bu chòir dhomh a bhith ag ràdh barnes, no bates. A bheil thu eòlach air teaghlach den ainm sin? "

"a bhith cinnteach gu bheil sinn a' dèanamh, "ghlaodh athair; "cha mhòr nach deach sinn seachad air a taigh — chunnaic mi caolais ann an uinneig fìor, fìor, tha thu eòlach air a' bhàn-fhuaim, tha cuimhne agam gun robh thu eòlach oirre aig a 'bhuth, agus caileag bhòidheach a chuir i oirre. Ciallachadh. "

"chan eil feum air mo ghairm an-diugh," thuirt am fear òg; "dhèanadh latha eile cho math; ach bha an ìre sin de chompanas aig daoine anns a bheil—"

"o! A' latha-sa, na nochd anns an latha an-diugh. Cha bu chòir dhut an rud a tha ceart a dhèanamh a dhèanamh ro luath. Agus, a bharrachd air an sin, feumaidh mi deagh chomharra a thoirt dhut, onarach; gum faca thu i le cloinn a 'champa, nuair a bha i co-ionann ri gach corp a mheasgaich i, ach an seo tha i còmhla ri seann sheanmhair bochd, aig nach eil gu leòr a dh'fhuireach ann. A bhith beagan. "

Bha am mac cinnteach gu robh e cinnteach.

"chuala mi a' bruidhinn air an luchd-eòlais, "arsa emma; "tha i na boireannach òg grinn."

Dh 'aontaich e ris, ach le sin cho sàmhach, mar sin bha i cho dubhach a dh' a bhith teagmhach mu dheidhinn a dh 'cho-aontachadh; agus a dh 'aindeoin sin feumaidh an t-aon seòrsa snasail a bhith ann airson an t-saoghal fasanta, ma shaoilear ach gu bheil e cothromach mar as àbhaist tachairt.

"mura deidheadh do bhualadh a h-uile duine gu sònraichte roimhe," thuirt i, "tha mi a' smaoineachadh gum bi thu an-diugh. Chì thu e gu buannachd; faic i agus ga cluinntinn. Cha robh, tha eagal orm nach cluinn thu idir i. , a chionn gu bheil piuthar aice a tha gun a teanga a-riamh. "

"tha thu eòlach air a' fhanas laoich, sir, a bheil thu? " arsa mr. Taigh-cùirte, an-còmhnaidh mu dheireadh gus a dhol an lùib còmhraidh; "an uairsin thoir dhomh cead a bhith cinnteach gun lorg thu bean òg glè thoilichte. Tha i a' fuireach ann an seo a 'tadhal air a seanmhair agus a seanmhair, daoine air leth airidh; tha mi eòlach orra fad mo bheatha. Bidh iad gu math toilichte chì mi thu, tha mi cinnteach, agus thèid aon de na sgalagan agam còmhla riut gus an rathad a nochdadh dhut. "

"mo bhana-charaid, gun chunntas air an t-saoghal; is urrainn dha m 'athair mo stiùireadh."

"ach chan eil d 'athair a' dol cho fada; chan eil e ach a 'dol chun a' chrùn, gu math air taobh eile na sràide, agus tha mòran thaighean ann; dh'fhaodadh tu a bhith gu mòr an impis call, agus tha e glè shalach. Coisich, mura cùm thu air a 'cheum-coise; ach innsidh mo chompanach dhut càit an deach thu a-null air an t-sràid."

Mr. Dhiùlt eaglais na h-eaglaise a dhol sìos, a 'coimhead cho dona sa dh' fhaodadh a bhith aige, agus thug athair taic chridheil dha le bhith a 'gairm," mo charaid math, chan eil seo gu leòr; tha fhios aig daoine dè an seòrsa uisge nuair a chì e e, agus mar a tha e. Bates, faodaidh e fhaighinn bhon chrùn ann an leum, ceum, agus leum. "

Bha cead aca a dhol leotha fhèin; agus le comharradh dòigheil bho fhear, agus bogha grinn bhon taobh eile, ghabh an dà dhuin-uasal fòrladh. Bha emma air leth toilichte leis an toiseach seo den aithne, agus dh 'fhaodadh i a-nis a bhith an sàs ann an smaoineachadh mun deidhinn gu lèir ann an randalls uair sam bith den latha, le làn earbsa nan cofhurtachd.

Caibideil vi

An ath mhadainn thug mr. Falaichte eaglaisean a-rithist. Thàinig e le màth. Dhan iar, dha cò agus dhan àrd-chluais bha e coltach gun robh e gu math eagallach. Bha e air a bhith a 'suidhe còmhla rithe, nochd e, gu h-àraid aig an taigh, gus an robh i na h-ùine àbhaisteach de eacarsaich; agus air dhoibh a bhi a 'miannachadh an cuairt a chàradh, air a shocrachadh gu h-àrd air highbury-" cha robh teagamh sam bith ann gu robh cuairtean tlachdmhor anns gach taobh, ach ma dh 'fhaodadh e fhàgail, bu chòir dha an-còmhnaidh a' chromadh air an aon rud. Highbury, èadhar, subhach, sona a 'leantainn le highbury, bhiodh e daonnan a' tàladh. "- highbury, le mrs. Chun an iar, bha iad a 'seasamh airson hartfield; agus bha earbsa aice ann a bhith a 'togail an aon togail ris. Choisich iad dìreach mar an ceudna.

Cha mhòr gun robh emma air a bhith an dùil riutha: airson mr. Taobh an iar, a dh 'èigh a-steach airson leth mionaid, gus cluinntinn gun robh a mhac gu math eireachdail, cha robh càil a dh'fhios aca mu na planaichean aca; agus bha e na bhriseadh dòigheil dhi, mar sin a bhith gam faicinn a 'coiseachd suas chun an taighe còmhla, gàirdean a-mach. Bha i ag iarraidh fhaicinn e a-rithist, agus gu h-àraidh gus fhaicinn ann an companaidh còmhla ri mrs. Siar, air a ghiùlan ris an robh a beachd air a 'crochadh. Ma tha egun robh iad gann an sin, cha bu chòir dad a dhèanamh sàmhach dha. Ach nuair a chunnaic iad iad còmhla, dh'fhàs i riaraichte gu math. Cha robh e dìreach ann am fìor fhaclan no moladh mòr-ruitheach gun do phàigh e an dleastanas aige; cha b 'urrainn dad dad a bhith nas freagarraiche no nas tlachdmhoire na a dhòigh iomlan rithe - cha b' urrainn dad dad a ràdh nas miosa a bhith ga smaoineachadh mar charaid agus a bhith a 'glacadh a cuid gaoil. Agus bha ùine gu leòr ann airson beachd reusanta a dhèanamh, oir bha an turas aca a 'toirt a-steach an còrr den mhadainn. Bha iad uile nan trì a 'coiseachd mun cuairt airson uair no dhà - an toiseach timcheall air rùsgan hartfield, agus às deidh sin ann an highbury. Bha e air a dhòigh le h-uile ni; measail gu leòr air talamh. Cluas an taigh; agus an uair a chaidh am fear a dh 'fhaodadh a dh' fhuireach air a 'chothromachadh, dh'aidich e gu robh e ag iarraidh a bhi air a chuir an ceill ris a' bhaile bheag,

Bha cuid de na nithean a bha inntinneach dha a 'bruidhinn mu fhaireachdainnean gu math duilich. Ghuidh e gu bhi air a bhrath an tigh a bha athair air a bhi beò cho fada, agus a bha mar dhachaigh athair athar; agus air a bhith ag ath-chuimhneachadh gun robh cailleach a bha air a bhith ag altram dha fhathast a 'fuireach, choisich i ann an làrach an taigh aice bho aon cheann den t-sràid gu am fear eile; agus ged a bha sin air a dhol an sàs ann an cuid de nithean a bha a 'dol air adhart no a' toirt fa-near, dh 'fheuch iad, gu h-iomlan, deagh-thoil a dh' fhaodadh a bhith aig àrd-stailc san fharsaingeachd, a dh 'fheumas a bhith uamhasach cosgail ris na bha e leis.

Choimhead emma agus cho-dhùin i, le faireachdainnean mar a bha iad a-nise air a sheachnadh, nach b 'fhiach a ràdh gu robh e riamh air a bhith a' call fhèin; nach robh e air a bhith an sàs ann an pàirt, no a 'dèanamh caismeachd de dhreuchdan dìomhaire; agus sin mr. Gu cinnteach cha do rinn ridire sin ceartas dha.

Bha a 'chiad stad aig taigh-seinnse a' chrùn, taigh neo-fhaicsinneach, ged a bha am prìomh fhear den t-seòrsa, far an cumadh dà phaidhir each eile, nas motha airson goireasachd na nàbaidheachd na bho ruith sam bith air an rathad; agus cha robh dùil aig a chompanaich gum biodh iad air an cumail a-mach le ùidh sam bith a bha air bhioran ann; ach ann a bhith a 'dol seachad air, thug iad sealladh soilleir air eachdraidh an t-seòmair mhòir; bha e air a bhith air a thogail grunn bhliadhnaichean air ais airson seòmar bàla, agus ged a bha an nàbachd air a bhith ann an stàit dannsa a bha gu h-àraidh dùmhail, bha e air a chleachdadh uaireannan mar sin; - is dòcha gun do dh'fhalbh latha cho mìorbhaileach bho chionn fhada, agus a-nis an t-adhbhar as àirde airson a bha e ag iarraidh a-riamh a bhith a 'gabhail àite club club a chaidh a stèidheachadh am measg uaislean agus fir-uasal na h-àite. Gun robh ùidh aige sa bhad.

Chaidh a charactar mar sheòmar-ball a ghlacadh dha; agus an àite a bhith a 'dol air adhart, bidh e a 'stad airson grunn mhionaidean aig an dà uinneag a bha nas' àrd agus a bha fosgailte, gus coimhead ris agus beachdachadh air na comasan aige, agus a bhith a 'nochdadh gum bu chòir dhan adhbhar tùsail a bhith air a thighinn gu crìch. Cha robh e a 'faicinn coire anns an t-seòmar, gun aidicheadh e nach robh gin aca. Chan e, bha e fada gu leòr, farsaing gu leòr, eireachdail gu leòr. Bhiodh i a 'seasamh airson an comhfhurtachd. Bu chòir dhaibh bàlaichean a bhith aca an-còmhnaidh a h-uile cola-deug tron gheamhradh. Carson nach do chaill a 'taigh-tasgaidh seann làithean math an t-seòmair? — a rinn rud sam bith ann an highbury! Iarrtas theaghlaichean ceart san àite, agus an dìteadh gum faodar teicheadh taobh a-muigh na h-àite agus a sgìre faisg air làimh; ach cha robh e riaraichte. Cha b 'urrainn dha a thoirt a chreidsinn gun robh uidhir de thaighean math mar a chunnaic e mun cuairt air, nach b 'urrainn dhaibh àireamhan gu leòr a thoirt seachad airson coinneamh mar sin; agus eadhon nuair a chaidh fiosrachadh a thoirt seachad agus teaghlaichean air am mìneachadh, bha e fhathast mì-thoilichte a bhith ag aideachadh gur e rud sam bith a bhiodh ann an mì-ghoireas de mheasgachadh mar sin, no gum biodh an duilgheadas as lugha anns gach fear.corp a 'tilleadh don àite cheart aca an ath mhadainn. Thuirt e gun robh e gu math dèidheil air dannsa; agus bha e na iongnadh gu mòr air emma fhaicinn gun robh bonn-stèidh an taobh an iar a 'seasamh gu cuimseach an aghaidh cleachdaidhean eaglaisean. Tha e coltach gun robh a h-uile beatha is spiorad aige, faireachdainnean sunndach, agus durachdan sòisealta a 'athar, agus dad de na pròis no na glèidhidh de shaighdear. Le uaill, gu dearbh, bha, 's dòcha, gu leòr ann; cha robh e ro dhuilich gu robh e troimh-a-chèile aig ìre; cha b'urrainn dha a bhith na bhreitheamh, ge-tà, mun droch bha e a 'cumail saor. Cha robh ann ach spiorad de spioradan beòthail.

Mu dheireadh thall chaidh ìmpidh a chur air gluasad air adhart bho aghaidh a 'chrùn; agus a-nis gu mòr air beulaibh an taigh far an do chuir na bùird sìos, chuimhnich emma air an turas a bha san amharc roimhe, agus dh'fhaighnich e an robh e air a phàigheadh.

"tha, o! Tha," fhreagair e; "bha mi dìreach gu bhith a' toirt iomradh air. Turas glè shoirbheachail: —i chunnaic mi na trì mnathan-uasal; agus dh 'fhairich mi gun do chuir thu a' chùis ort an rud a chuir ort a-steach. Bàs dhòmhsa mar a bha e, cha d'fhuair mi ach a bhith air a bhrath gu bhith a 'tadhal air turas as mì-reusanta, bhiodh deich mionaidean gu lèir a bha riatanach, is dòcha a h-uile nì a bha ceart; agus dh'innis mi dha m' athair gum bu chòir dha a bhith aig an taigh roimhe - ach cha robh a 'faighinn air falbh, gun stad, agus, gu mo iongnadh, fhuair mi, nuair a thàinig e (mi a-mach à àite eile) mi còmhla ris an sin mu dheireadh, gu robh mi air a bhith a' suidhe còmhla riutha faisg air trì chairteal de uair a-thìde. Cha tug a 'bhean mhath dhomh an cothrom air teicheadh roimhe."

"agus ciamar a bha thu a' smaoineachadh gu robh e ag amharc air fairfax? "

"tinn, glè bhochd - 'se sin ma tha e comasach do bhoireannach òg cothrom fhaighinn a bhith a' coimhead tinn. Ach cha mhòr gu bheil an abairt furasta a chluinntinn, mum, taobh a-muigh, an e? Nach urrainn dha boireannaich a bhith a 'coimhead gu math. Bàn, mar a bu chòir a bhith a 'toirt a-steach coltas droch shlàinte. — iarrtas toinnte de thar-dhuilgheadas."

Cha bhiodh emma ag aontachadh ris an sin, agus thòisich e air dìon blàth de chothlamadh miss fairfax. "gu dearbha cha robh e riamh sàr-mhath, ach cha leigeadh i leis a bhith a' bruidhinn gu h-iomlan; agus bha fulangas is blasachd anns a craiceann a thug gràin air leth ri caractar a h-aodainn. " dh'èist e ris a h-uile càil; ghabh e ris gun cuala e gu robh mòran dhaoine ag ràdh an aon rud — ach fhathast feumaidh e aideachadh, nach dèanadh dad nach dèanadh sin atharrachadh airson a bhith ag iarraidh glaodh mìn ann an slàinte. Far an robh feartan mì-chothromach, thug cruth brèagha bòidhchead dhaibh uile; agus far an robh iad math, bha a 'bhuaidh - gu fortanach chan fheum e feuchainn ri innse dè a' bhuaidh a bh 'ann.

"uill," arsa emma, "chan eil connspaid sam bith ann mu bhlas. — co-dhiù tha thu ga meas fhèin ach a h-iompachadh."

Thug e crathadh air a cheann agus gàireachdainn - "chan urrainn dhomh sgaradh a dhèanamh eadar am fuaim agus a cumadh."

"an robh thu ga faicinn gu tric aig beul-aithris? An robh thu gu tric anns an aon choimhearsnachd?"

Aig an àm seo bha iad a 'tighinn gu ford, agus thog e a-mach gu fortanach," ha! Feumaidh gur e seo a 'bhùth a bhios a h-uile buidheann a' faicinn a h-uile latha de am beatha, mar a tha m 'athair ag innse dhomh. De na seachd, agus an-còmhnaidh ag obair aig àth. Mura bi e mì-ghoireasach dhuibh, guidheam ort a dhol a-steach, gum faod mi dearbhadh gur ann don àite a tha mi, a bhith na shaoranach fìor àrd à highbury. Bidh e a 'toirt a-mach mo shaorsa. — tha mi ag ràdh gu bheil iad a' reic miotagan. "

"oh! Aidh, miotagan agus a h-uile rud. Tha mi a' dèanamh moladh air do ghràdh-dùthcha. Gabhaidh tu spèis ann an highbury. Bha thu gu math mòr-chòrdte mus tàinig thu, oir b 'e mac mac an iar a bh' ann - ach cuir a-mach leth gini aig ford, agus do bidh fèill mhòr air do bhuadhan fhèin. "

Chaidh iad a-steach; agus ged a bha na parsailean breagha, ceangailte le "bìobhairean fhireannach" agus "york tan" a 'toirt a-nuas agus a' nochdadh air a 'ghunna, thuirt e -" ach tha mi a 'gealltainn do mhaitheanas, ionndrainn an taigh-seinnse, bha thu a' bruidhinn rium, bha thu ag ràdh cha dèan mi call leis a 'chùis aig a' mhionaid seo de mo phàtran amaideach, gus nach bi mi a 'faighinn a-mach gu bheil am pìos as fheàrr de chliù poblach a' toirt dhomh atharrachadh airson call toileachas sam bith ann am beatha phrìobhaideach. "

"cha d' iarr mi ach a-mach, an robh fios agad air mòran den chailleam agus am pàrtaidh aice aig am meadhan. "

"agus a-nis gu bheil mi a' tuigsinn do cheist, feumaidh mi a ràdh gur e rud mì-chothromach a th 'ann. An-còmhnaidh is e an cead aig a' bhean a bhith a 'co-dhùnadh dè an ìre de dh' eòlas a bu chòir a bhith aig neach. Ag iarraidh barrachd na dh 'fhaodadh i lasadh airson a cheadachadh."

"air m' fhacal! Tha thu a 'freagairt cho cugallach is a dhèanadh i fhèin. Ach tha a h-cunntas air a h-uile rud a' fàgail gu bheil uimhir ri tomhais, tha i cho glèidhte, agus mar sin chan eil mi deònach am fiosrachadh as lugha a thoirt seachad mu chorp sam bith, gu bheil mi a 'smaoineachadh faodaidh tu a ràdh mar a tha thu a 'còrdadh ri do chàirdeas rithe."

"dh'fhaodadh, gu dearbh? — a bhitheas mi a' labhairt, agus chan eil dad a 'toirt taic dhomh cho math. Choinnich mi rithe gu tric aig meadhan-aoibhneis, bha fhios agam gun robh campbells beagan anns a' bhaile; tha an còrnaileir gu math toilichte, agus tha a h-uile duine a 'cur campadh air boireannach càirdeil, blàth.

"a bheil fios agad air suidheachadh miss fairfax sa bheatha, thig mi gu co-dhùnadh; dè tha i an dùil a bhith?"

"tha, (gu h-aireach) - tha mi a' creidsinn gu bheil mi a 'dèanamh."

"tha thu a' faighinn seachad air cuspairean fìnealta, emma, "arsa mrs. Gàire an iar; "cuimhnich gu bheil mi an seo. - cha mhòr gu bheil fios aig eaglaisean na h-eaglaise dè a chanas tu nuair a bhruidhneas tu air suidheachadh miss fairfax sa bheatha. Gluaisidh mi beagan nas fhaide air falbh."

"gu cinnteach bidh mi a' dìochuimhneachadh a bhith ga smaoineachadh, "arsa emma," mar gum biodh càil sam bith riamh ach mo charaid agus mo charaid dòigheil. "

Bha e a 'coimhead mar gum biodh e làn thuigse agus urram dha leithid de bheachd.

Nuair a chaidh na miotagan a cheannach, agus gun do chuir iad stad air a 'bhùth a-rithist," an cuala tu a-riamh an nighean òg ris an robh sinn a 'bruidhinn?" arsa falaichte eaglaise.

"cluinn i riamh!" emma ath-dhèanamh. "bidh thu a' dì-chuimhneachadh cho mòr sa tha i ri highbury. Chuala mi i a h-uile bliadhna den bheatha againn bho thòisich an dithis againn.

Bha thu ag iarraidh beachd bho dhuine a dh'fhaodadh fìor bhreitheamh a dhèanamh. Bha e coltach riumsa a bhith a 'cluich gu math, sin, le blas mòr, ach chan aithne dhomh dad mun chùis mi fhìn. De cheòl, ach às aonais an sgil no an ìre as lugha de bhreithneachadh air coileanadh buidhne sam bith. — chaidh mo chleachdadh airson a bhith a 'cluinntinn aice; agus tha cuimhne agam air aon dearbhadh gu bheilear a' smaoineachadh gu math: - fear, fear glè-cheòlmhor, agus ann an gaol le boireannach eile — a bha an sàs rithe — air puing a 'phòsaidh — cha bhiodh e ag iarraidh air a' bhean eile suidhe sìos chun na h-ionnstramaid, nan deidheadh a 'bhean-cheist sin a-steach - cha robh coltas a-riamh air neach a chluinntinn nam b' urrainn dha cluinnear am fear eile, gu robh mi a 'smaoineachadh, ann am fear le tàlant ciùil aithnichte, gu robh e na dhearbhadh."

"dearbhaich gu dearbh!" arsa emma, very amused-- "tha mr. Dixon gu math ceòlmhor, an e? Bidh fios againn mun a h-uile duine, ann an leth uair a thìde, bho thu fhèin, na bhiodh am miss fairfax a' cur an aghaidh leth-bliadhna. "

"seadh, tha mx dixon agus caill am campbell gur e na daoine a bha sin; agus smaoinich mi gur e dearbhadh làidir a bh'ann."

"gu dearbh, is e fìor làidir a bh' ann, a bhith aig an fhìrinn, bhiodh tòrr na bu làidire na, nam biodh mi air a bhith ag ionndrainn campbell, mar sin a bhith mì-thoilichte dhòmhsa. Cha b'urrainn dhomh a bhith a 'tàladh barrachd ceòl na ghràdh - barrachd cluais na a-mach air an eanchainn - mothachadh nas gèire a thaobh fuaimean mìn na ri m 'fhaireachdainnean.

"is e a caraid sònraichte dhi fhèin, tha fhios agad."

"droch chomhfhurtachd!" arsa emma, a 'gàireachdainn. "b' fheàrr le fear b'fheàrr a bhith aig coigreach na caraid glè shònraichte na h-aon — le coigreach is dòcha nach dèan e ath-aithris a-rithist - ach an droch thruas a bh 'aig duine glè shònraichte an-còmhnaidh, gus a h-uile nì a dhèanamh nas fheàrr na aon duine fhèin! Gidheadh, tha mi toilichte gu bheil i air a dhol a dh'fhuireach ann an èirinn. "

"tha thu ceart. Cha robh e cho brosnachail a bhith a' caomhnadh campbell; ach cha robh e coltach gun do dh'fhairich i sin. "

"uidhir sin nas fheàrr - no mòran nas miosa: — cha bhi fios agam cò. Ach is e sin a tha ann am mealladh no biodh e gòrach rithe - luath-chàirdeas, no dolness an fhaireachdainn - cha robh ann ach aon neach, feumaidh mi, cò dh' fheumas cha mhòr nach robh i a 'faireachdainn gu robh i air a bhith ro mhòr agus cunnartach."

"a thaobh sin — cha dèan mi—"

"oh! Na smaoinich gum bi mi a' sùileachadh cunntas mu na faireachdainnean a th 'a tha sibh air a chall, no bho bhuidheann sam bith eile. Chan eil daoine a' faireachdainn gu bheil iad a 'tuigsinn, ach i fhèin. Ach ma lean i orra a' cluich nuair a dh 'iarradh mr air. . Dixon, dh 'fhaodadh aon dhiubh tomhas dè tha ag iarraidh."

"bha tuigse cho math dha na daoine uile—" thòisich e gu math luath, ach thuirt e fhèin ris, "ge-tà, tha e do-dhèanta mi a ràdh dè na teirmean a bha annta - mar a dh'fhaodadh a bhith uile air cùl ghnothaichean. Chan urrainn dhomh ach a ràdh gu robh fulangas a-muigh. Ach feumaidh tu, a tha aithnichte mar a bhith a 'call fuaim bho leanabh, a bhith na bhreitheamh nas fheàrr air a caractar, agus air mar a tha i dualtach a bhith ga giùlan fhèin ann an suidheachaidhean èiginneach, na bhios mi."

"tha mi air a bhith ga h-aithneachadh bho leanabh, gun teagamh sam bith; is sinne clann agus boireannaich còmhla; agus tha e nàdarra a bhith a' smaoineachadh gum bu chòir dhuinn a bhith pearsanta, - gum bu chòir dhuinn a bhith a 'coinneachadh ris a chèile nuair a thadhail i air a caraidean. Cha mhòr gu bheil fios agam ciamar a thachair e, beagan, 's dòcha, bhon dhroch thubaist air mo thaobh a bha dualtach a bhith a 'toirt fuath do chailin cho mas fhìor agus mar sin dh'èigh i mar a bha i riamh, le a seanmhair agus a seanmhair, agus an seata gu lèir agus an uair sin, cha b 'urrainn dhomh mi fhèin a cheangal ri neach sam bith a bha glèidhte gu tur."

"is e as fheàrr inbhe, gu dearbh," arsa esan. "oftentimes glè ghoireasach, gun teagamh sam bith, ach chan eil e math sam bith. Tha sàbhailteachd ann an tèarmann, ach chan eil tàladh ann.

"chan ann gus an tèid stad a chuir air an tèarmann fhèin; agus an uair sin is dòcha gum bi an tàladh nas motha. Ach feumaidh mi a bhith nas motha na tha a' miannachadh caraid, no companach miannach, na tha mi fhathast, a bhith a 'feuchainn ri bhith a' toirt taic do thèarmann buidheann sam bith gu tha mi a 'faighinn dlùth-chàirdeas eadar an t-amadan fairfax agus mise a-mach às a' cheist, chan eil adhbhar sam bith agam a bhith a 'faireachdainn tinn dhi - chan e as lugha — ach gu bheil an ìre de dhragh cho trom sin a dh' fhaodadh a bhith a 'toirt seachad beachd sònraichte. Mu dheidhinn corp sam bith, tha e iomchaidh a bhith a 'toirt amharas mu amharas gu bheil rudeigin ann airson falach."

Dh'aontaich e gu math rithe: agus an dèidh coiseachd còmhla cho fada, agus a 'smaoineachadh cho mòr, bha emma cho eòlach air a bhith cho eòlach, agus is gann a chreideadh i gur e an dara coinneamh aca a-mhàin. Cha robh e dìreach mar a bha i an dùil; nas lugha de dh'fhear an t-saoghail ann an cuid de na beachdan aige, nas lugha de phàiste a chaidh a mhilleadh, mar sin nas fheàrr na bha i an dùil. Bha na beachdan aige nas coltaiche - bha na faireachdainnean aige nas blàithe. Bha i gu sònraichte air a comharrachadh leis an dòigh a bha e a 'beachdachadh air meòrachadh. Taigh elton, a bhiodh, a bharrachd air an eaglais, a 'dol a choimhead air, agus nach deidheadh iad còmhla riutha gus faighinn a-mach mòran mu dheidhinn. Chan e, cha b'urrainn dha a chreidsinn gur e droch thaigh a bh 'ann; cha robh a leithid de thaigh mar dhuine gu bhith a 'caoidh-san. Nam biodh e air a roinn leis a 'mhnaoi air an robh e cho measail, cha robh e comasach dha duine sam bith a bhith a' caoidh-san a bhith a 'faighinn an taigh sin. Feumaidh gu bheil àite gu leòr annairson gach comhfhurtachd. Feumaidh an duine a bhith na bhacadh a bha ag iarraidh barrachd.

Bean. Mar sin thuirt e nach robh fios aige dè bha e a 'bruidhinn. Ach a-mhàin a 'cleachdadh taigh mòr e fhèin, agus gun smaoineachadh a-riamh air na buannachdan agus na h-àiteachan-fuirich a bha co-cheangailte ris a' mheudachd, cha bhiodh e na bhritheamh air na prìobhaidich a bhiodh gu ìre mhòr aig neach beag. Ach chuir e a-mach, na h-inntinn fhèin, gun robh fios aige gu robh e a 'bruidhinn mu dheidhinn, agus gun robh e a' faineachadh gu robh e glè dhuilich a bhith a 'seasamh tràth sa bheatha, agus a phòsadh, bho adhbharan airidh. Is dòcha nach biodh e mothachail air an t-strì airson sìth dhachaigheil a bhith air a chuir air falbh le seòmar neach-gleidhidh thaighean, no

pantraidh droch bhuidealair, ach gun teagamh sam bith bha e a
'faireachdainn gu robh e na chùis dha-rìribh nach biodh e
toilichte, agus nuair a bhiodh e na cheangail, bhiodh e deònach a
'toirt seachad mòran den bheairteas a leigeas le stèidheachadh
tràth.

Caibideil vii

Bha am beachd a bha aig emma air eaglais eagallach air a
chrathadh an ath latha, le bhith a 'cluinntinn gu robh e air a dhol
a lunnainn, dìreach airson a bhith a' gearradh na falt. Tha coltas
ann gun do ghabh cabhaig gu h-obann e aig bracaist, agus chuir e
fios gu taigh-beag, agus e an dùil tilleadh gu dìnnear, ach gun
bheachd nas cudromaiche a nochd na bhith a 'gearradh na falt.
Gun teagamh sam bith gun robh cron sam bith air a bhith a
'siubhal sia mìle deug dà thuras thairis air a leithid; ach bha itean
a 'caoimhneas agus dìth na b 'urrainn dhi a cheadachadh. Cha
robh e a 'ceangal ri reusantachd a' phlana,cho measgaichte sa
chosgais, no eadhon blàths neo-mhisneach a 'chridhe, a bha i air
a chreidsinn gu robh i a' faighinn a-mach an-dè. Dìth-uchd, do-
bhrialachd, gaol le atharrachadh, fois a tha fainear, a dh'fheumas
a bhith a 'dèanamh rudeigin, math no dona; aineolas a thaobh
tlachd a athair agus a màth. Siar, a 'coimhead gu neo-chiallach a
thaobh mar a dh' fhaodadh a dhol an sàs anns an fharsaingeachd;
bha e an urra ris na cosgaisean seo gu lèir. Cha robh athair a
'toirt ach coxcomb air, agus bha e den bheachd gur e sgeulachd
fìor mhath a bh' ann; ach sin mrs. Cha robh an iar a 'còrdadh ris,
bha e soilleir gu leòr, le bhith ga toirt seachad cho luath 'sa
ghabhadh, agus gun a bhith a' toirt seachad beachd sam bith eile
na sin "bhiodh an cuid dhaoine òga air an fhealla-dhà."

Ach a-mhàin an smot beag seo, lorg emma nach robh an turas aige roimhe seo ach deagh bheachdan a thoirt dha a caraid. Bean. Bha taobh an iar ro-dheònach a ràdh cho ciallach agus cho taitneach 'sa rinn e e fhèin - cia mheud a chunnaic i a 'còrdadh ris. Bha e coltach gu robh teansa gu math fosgailte aige - gu cinnteach gu math sunndach agus beothail; chan fhaiceadh i dad ceàrr air a 'bheachd-smuaintean, mòran gu ceart an-àirde; bhruidhinn e air bràthair athar, le urram dha, bha e dèidheil air a bhith a 'bruidhinn ris - thuirt e gum b' e an duine as fheàrr san t-saoghal nam biodh e air fhàgail dha fhèin; agus ged nach robh e ceangailte ris a 'chailleach, ghabh e ris a coibhneas le taingealachd, agus tha e coltach gun robh i an-còmhnaidh a' bruidhinn rithe le spèis. Bha seo uile gu math gealltanach; agus, ach airson an rud cho mì-fhortanach seo a bhith a 'gearradh fuilt, cha robh dad ann a chuir an cèill nach robh e comasach air an urram cliùiteach a thug a mac-meanmna dha; an t-urram, mura h-eil e dha-rìribh ann an gaol leatha, a bhith cho faisg air a bhith faisg oirre, agus a shàbhaladh a-mhàin le a leth-bhreith fhèin - (airson a rèiteach fhathast a bhith ag ràdh gun a bhith a 'pòsadh) — an onair, gu goirid, a bhith air a chomharrachadh dhi leis an luchd-eòlais a tha orra uile.

Mr. Air taobh an iar, air a thaobh, chuir e ris a 'bhuaidh a bu chòir cuideam a bhith aige. Thug e tuigse dhi gu robh meas mòr aig a cridhe oirre - smaoinich i air a cuid brèagha agus gu math snog; agus leis na h-uibhir de a ràdh air a shon gu h-iomlan, fhuair i a-mach nach fhaodadh i breitheamh gu cruaidh air. Mar mrs. A 'coimhead ris an iar," bhiodh an fheallagan beag aig a h-uile duine òg. "

Bha aon neach am measg a luchd-eòlais ùr ann an surry, agus cha robh e air a riarachadh cho tiugh. San fharsaingeachd bha e air a mheas, air feadh pharaistean donais agus highbury, le coinnle mòr; chaidh cuibhreannan libearalach a dhèanamh airson beagan cho beag de dhaoine òga cho eireachdail — aon a bhiodh a 'gàireachdainn cho tric agus a chuir bogha cho math air; ach bha aon spiorad nach 'eil air an tiormachadh, bho a chumhachd cogais, le boladh no le gàire — mr. Ridire. Bha an suidheachadh ag innse dha aig hartfield; oir an-dràsta bha e sàmhach; ach chuala emma e anns a 'bhad dìreach às deidh sin ag ràdh ris fhèin, thairis air pàipear-naidheachd a bha aige na làimh," hum! Dìreach an duine caranach, gòrach a thug mi dha e. " bha leth-inntinn aice aithreachas; ach bha fios sa bhad a 'dearbhadh gun robhar ag ràdh a-mhàin gu robh e a' leigeil seachad na faireachdainnean aige fhèin, agus nach robh e airson a bhrosnachadh; agus mar sin leig i seachad e.

Ach ann an aon eisimpleir cha robh an luchd-giùlain gu math math, mr. Agus mrs. Bha cuairt an iar air a 'mhadainn seo gu sònraichte iomchaidh. Bha rudeigin a thachair nuair a bha iad aig hartfield, gus am biodh emma ag iarraidh an cuid comhairle; agus, a bha fhathast nas fortanach, bha i ag iarraidh dìreach an comhairle a thug iad.

Seo an rud a thachair: - chaidh na coil a thuineachadh grunn bhliadhnaichean ann an highbury, agus bha iad nan seòrsaichean math de dhaoine — càirdeil, libearalach, agus neo-chruthachail; ach, air an làimh eile, bha iad le bun-stèidh ìosal, ann am malairt, agus cha robh iad ach measgaichte. Nuair a thàinig iad a-steach dhan dùthaich an toiseach, bha iad air fuireach an ìre mhath ris an fheadhainn acateachd-a-steach, gu sàmhach, a 'cumail companaidh bheag, agus sin beagan neo-ghnìomhach; ach bha a 'bhliadhna mu dheireadh no dhà air àrdachadh susbainteach a thoirt dhaibh a thaobh seo - bha an taigh anns a' bhaile air barrachd prothaid a thoirt seachad, agus bha fortan sa chumantas air am bruthadh orra. Le am beairteas, dh'àrdaich am beachdan; na tha iad ag iarraidh taigh nas motha, an togradh aca airson barrachd chompanaidhean. Chuir iad ris an taigh aca, ris an àireamh de shearbhantan, ris na cosgaisean aca de gach seòrsa; agus mun àm seo, bha e fortanach agus stoidhle beatha, an dàrna cuid don teaghlach ann an hartfield. Rinn an gaol a bh 'aca don chomann-shòisealta, agus an seòmar-bidhe ùr aca, ullachadh airson gach buidheann airson an companaidh dìnnearach a chumail; agus bha beagan phàrtaidhean, gu h-àraidh am measg nan daoine singilte, air tachairt mu thràth. Is gann a dh 'fhaodadh na teaghlaichean cumanta agus as fheàrr a bhith ag ràdh gun toireadh iad cuireadh seachad - gun a bhith a' toirt seachad an tiodhlac, no hartfield, no randalls. Cha bu chòir do dad a dhol ga teicheadh, ma rinn iad; agus bha aithreachas oirre gum biodh droch chleachdaidhean a h-athair a 'toirt seachad diùltadh nas lugha de mhiann na dh'iarradh i. Bha na cuiln fìor mhodhail nan dòigh, ach bu chòir dhaibh a bhith air an teagasg nach robh e an urra riutha na teirmean air am biodh na teaghlaichean as àirde gan tadhal. Air an leasan seo, bha fìor eagal oirre, gheibheadh iad dìreach bhuaipe fhèin; cha robh mòran dòchais aice air mr. Ridire, chan eil mr. Taobh an iar. Cha robh mòran dòchais aice air mr. Ridire, chan eil mr. Taobh an iar. Cha robh mòran dòchais aice air mr. Ridire, chan eil mr. Taobh an iar.

Ach bha i air a h-inntinn a dhèanamh mar a bu chòir dhaibh gabhail ris a 'ghabhaltas seo cho fada seachdainnean mus do nochd e, nuair a thàinig an t-àithne mu dheireadh, gun robh buaidh eadar-dhealaichte oirre. Bha donwell agus randalls air an cuireadh fhaighinn, agus cha robh gin air tighinn airson a h-athair agus i fhèin; agus mrs. Tha an taobh an iar a 'gabhail air adhart le" tha mi a 'smaoineachadh nach gabh iad an saorsa leat; tha fios aca nach eil thu a' dùnadh a-mach, "cha robh e buileach gu leòr. Bha i a 'faireachdainn gun robh còir aice a bhith air cumhachd diùltadh; agus an dèidh sin, mar a bha beachd a 'phàrtaidh a chuir ri chèile an sin, anns an robh dìreach an fheadhainn aig an robh an t-sòisealtas aice, thachair i a-rithist agus a-rithist, cha robh fios aice nach biodh i air a teannachadh.bha clàrsach anns an oidhche, agus na bateses. Bha iad air a bhith a 'bruidhinn air mar a bha iad a' coiseachd mu highbury an latha roimhe sin, agus bha falaichte na h-eaglaise air a 'chùis a chuir às a h-aonais. Is dòcha nach tig crìoch air oidhche ann an dannsa? Bha e air a bhith na cheist mu

dheidhinn. Bha an comas lom air a bhith na dhoimhneachadh nas
motha air a spioradan; agus bha i air a fàgail ann an aonaranachd
aonaranach, eadhon ged nach biodh i an dùil a bhith na moladh,
cha robh i ach comhfhurtachd.

B 'e teachd an tabhartais seo a bh 'ann nuair a bha na muinntir an
iar a' fuireach ann an hartfield, a thug cothrom dhaibh a bhith an
làthair; oir ged a bha a ciad aithris, air a leughadh, gun robh e
"gu dearbh, feumaidh a bhith air a lùghdachadh," cho luath sa
bha i a 'leantainn air adhart a dh' fhaighneachd dhaibh dè a
chomhairlich iad dhi a dhèanamh, gur e an comhairle aca airson
a dhol gu sgiobalta agus soirbheachail.

Gun robh i gun a bhith a 'beachdachadh air a h-uile rud, cha robh
i idir cho daingeann dhan phàrtaidh. Chuir na coilich an cèill gu
robh iad cho teann - bha uidhir de dh 'aire ann an dòigh na h-
obrach — a leithid de bheachdachadh air a h-athair. "bhiodh iad
air an t-urram a shireadh roimhe seo, ach bha iad a' feitheamh ri
sgrion-paipidh à lunnainn, a bha iad an dòchas a chumail a 'dol
bho dhroch chruth an adhair, agus mar sin a' toirt taic dha-rìribh
gun toireadh iad urram dhaibh. A chompanaidh. " gu h-iomlan,
bha i gu math sàmhach; agus tha e air a shuidheachadh gu grad
am measg a chèile mar a dhèanainn e gun a bhith a 'dearmad a
dhoimhneachd - gu cinnteach. Gardard, mura h-eil mrs.
Dh'fhaodadh a bhith an urra ri bhith a 'giùlan companaidh — mr.
Bha an taigh-seinnse gu bhith air a bhruidhinn mu dheidhinn cho
leisnach a bha a nighean a 'dol a-mach gu dinnear air latha a bha
faisg air làimh, agus a 'cur seachad an fheasgair gu lèir air falbh
bhuaithe. Mar airson a dhol air adhart, cha robh emma ag
iarraidh air smaoineachadh air, anbhiodh na h-uairean ro
fhadalach, agus bhiodh am pàrtaidh ro lìonmhor. Cha b 'fhada
gus an do leig e seachad a dhreuchd.

"chan eil mi dèidheil air a bhith a' tadhal air dinnear, "thuirt e—"
cha robh mi riamh. Chan eil barrachd nas motha. Chan eil na h-
uairean anmoch ag aontachadh leinn. Tha mi duilich mr agus

mrs. Bhiodh e tòrr nas fheàrr nam biodh iad a 'tighinn a-steach aon fheasgair an ath shamhradh, agus a' gabhail an teatha còmhla rinn - bheireadh sinn a-steach leotha air cuairt an fheasgair, rud a dh 'fhaodadh iad a dhèanamh, oir tha na h-uairean againn cho reusanta, agus a' faighinn dhachaigh gun a bhith a-muigh san ùpraid tha na geasan a dh 'fhaodadh a bhith air an cuir as do dh 'oidhche an fheasgair, ged a tha iad cho ro thoilichte am fear a dh' itheadh leo, agus mar a bhios an dithis agaibh an sin, agus an ridire cuideachd, gu thoir an aire oirre, chan urrainn dhomh stad a chur air, cho fad 'sa bhios an t-sìde mar a bu chòir dha, chan e tais, no fuar, no gaothach. " an uair sin a 'tionndadh gu mrs. Taobh an iar, le sealladh de dhroch smàlaidh— "ah! Miss taylor,

"uill, a mhaighstir," ghlaodh mr. Air taobh an iar, "mar a thug mi air falbh an èididh air falbh, tha e an urra riumsa a h-àite a thoirt seachad, mas urrainn dhomh; agus nì mi ceum air adhart ann an tiota, ma thogras tu."

Ach bha am beachd a bu chòir a dhèanamh ann an tiotan a 'dol am meud, gun a bhith a' lughdachadh, mr. Miann an taigh-òsta. Bha fios aig na boireannaich mar a dhèanadh iad sin. Mr. Feumaidh taobh an iar a bhith sàmhach, agus tha a h-uile nì air a chur air dòigh a dh'aona ghnothaich.

Leis an làimhseachadh seo, mr. Cha b 'fhada gus an deach an taigh-seinnse a dhèanamh airson bruidhinn mar is àbhaist. "bu chòir dha a bhith toilichte a bhith a' faicinn md. Gardard. Bha e gu math measail air mrs. Goddard; agus bu chòir dha emma loidhne a sgrìobhadh, agus cuireadh a thoirt dhi. Ghabhadh james an nota a ghabhail. Ach an toiseach, feumaidh freagairt a bhith air a sgrìobhadh chun bean. "

"nì thu mo leisgeul, mo ghràidh, cho sìtheil 'sa ghabhas. Canaidh tu gu bheil mi gu math mì-dhligheach, agus cha bhith mi a' dèanamh àite sam bith, agus mar sin feumaidh mi cuir às do chuireadh toirmisgte; a 'tòiseachadh le mo mhiannan, gu dearbh. Ach nì thu chan eil feum agam air innse dhut dè tha ri dhèanamh, feumaidh sinn cuimhneachadh gu bheil fios aig james gum bi an carbad ag iarraidh air an latha sin. Chaidh dòigh-obrach ùr a dhèanamh, ach chan eil teagamh sam bith agam gun toir james thu gu sàbhailte. Agus nuair a dh 'fhaodas tu sin, feumaidh tu innse dha aig an àm a thigeadh tu a-mach dhut a-rithist; cha toigh leat a bhith a 'fuireach anmoch, bidh thu glè sgìth nuair a bhios an tì seachad."

"ach cha bu mhath leat mise a thighinn air falbh mus bi mi sgìth, papa?"

"o! Chan eil, a luaidh; ach bidh thu sgìth a dh' aithghearr. Bidh mòran dhaoine a 'bruidhinn aig an aon àm. Cha toigh leat am fuaim."

"ach, a charaid charaid," ghlaodh mr. Taobh an iar, "ma thig emma air falbh tràth, bidh sin a' briseadh suas a 'phàrtaidh."

"agus gun chron mòr sam bith ma nì e sin," thuirt mr. Taigh-solais. "mar as luaithe a bhios gach partaidh a' briseadh suas, is ann as fheàrr. "

"ach chan eil thu a' smaoineachadh air mar a dh 'fhaodadh a bhith a' nochdadh dha na cònaichean. Tha emma a 'dol air falbh gu dìreach às deidh dh' teatha a bhith a 'dèanamh eucoir. Is daoine làn-neo-àbhaisteach a th' ann, agus cha bhith iad a 'smaoineachadh mòran mu na tagraidhean aca fhèin; cha bu mhath leam moladh mòr a bhith agad agus cha bhiodh e na bu ghlice a bhith a 'dèanamh an aon rud a dh' fhaodadh a bhith aig neach sam bith san t-seòmar mura h-eil thu a 'dèanamh an rud an-còmhnaidh. Agus cò na nàbaidhean agad sna deich bliadhna sin. "

"cha ghabh, chan ann air a h-uile càil san t-saoghal, m. Taobh an
iar; tha e mar fhiachaibh orm a bhith a' cur mo chuimhne gum
bu chòir dhomh a bhith a 'toirt dhaibh pian sam bith. Tha fios
agam dè na daoine math a th' ann. Cha bhith thu a 'cur dragh
sam bith air coil. Cha bhith thu a' smaoineachadh gu robh e a
'coimhead ris, ach tha e dualach — tha mr. Cole gu math
drùidhteach, chan e, cha bhiodh mi mar dhòigh air pian sam bith
a thoirt dhaibh. Tha mi cinnteach, an àite a bhith a 'dèanamh
cunnart airson a bhith a' goirteachadh mr. Agus mrs. Colele, dh
'fhaodadh tu fuireach beagan na b'fhaide na bhiodh tu ag
iarraidh. "

"o, tha, cha bhith eagal sam bith orm-sa; agus cha bu chòir
sgialan a bhith agam fuireach cho fad air ais ri m 'weston, ach air
do chunntas-sa chan eil eagal orm ach do shuidhe suas dhòmhsa.
Chan eil eagal orm nach eil thu uabhasach cofhurtail leis a
'chairdean, goddard. Is fìor thoigh leatha; ach nuair a tha i air
falbh dhachaigh, tha eagal orm gum bi thu na shuidhe suas leat
fhèin an àite a bhith a' dol don leabaidh aig an àm àbhaisteach
agad - agus am beachd. Bhiodh sin gu tur a 'sgrios mo
chofhurtachd, agus feumaidh tu gealltainn dhomh gun a bhith a'
suidhe suas. "

Rinn e, air cor cuid de gheallaidhean air a taobh: mar sin, nan
tigeadh i dhachaigh fuar, gum biodh i cinnteach gum biodh i
blàth gu math; nam biodh iad acrach, gun gabhadh i rudeigin ri
ithe; gum bu chòir a maighdinn fhèin suidhe suas air a son; agus
gum bu chòir searmon agus am buidealair fhaicinn gu robh gach
nì sàbhailte san taigh, mar as àbhaist.

Caibideil viii

Thàinig eaglais na h-eaglais a-rithist a-rithist; agus nan cumadh e dinnear athar a 'feitheamh, cha robh e aithnichte aig hartfield; airson mrs. Bha an iar air a bhith ro dheònach gu robh e cho measail le mr. Taigh-cùirte, gus brath a chuir air aon neo-iomlanachd a dh 'fhaodadh a bhith air falach.

Thàinig e air ais, thug e air a ghruag a ghearradh, agus rinn e gàire air fhèin le gràs fìor mhath, ach gun a bhith a 'faicinn gu mòr gun robh nàire sam bith air. Cha robh adhbhar aige a bhi a 'toirt air a fhalt a bhi na b' fhaide, a dh 'fhaodadh mearachd a thoirt le aodann; chan eil adhbhar ann airson a bhith ag iarraidh an airgid gun airgead, gus na spioradan aige a leasachadh. Bha e gu math cho cruaidh agus cho beothail 'sa bha e a-riamh; agus, an dèidh dha fhaicinn, cuir e a-mach cho moralta dhi fhèin: -

"chan eil fios agam am bu chòir dha a bhith, ach gu cinnteach gu bheil cùisean gòrach a' stad a bhith gòrach ma thèid an dèanamh le daoine ciallach ann an dòigh neo-dhrùidhteach. Cha robh e na fhear òg brònach, gòrach, nam biodh e, bhiodh e air seo a dhèanamh ann an dòigh eadar-dhealaichte, bhiodh e air glorian a dhèanamh ann an coileanadh no air nàire air. A bha an dàrna cuid na thasgadh coxcomb, no na h-ath-fhaireachdainnean de inntinn ro lag airson dìon a thoirt air a dhèanan fhèin. — chan eil, tha mi cinnteach gu bheil e mì-mhodhail no gòrach. "

Thàinig an latha an-diugh leis an latha dòchais de bhith ga fhaicinn a-rithist, agus airson ùine nas fhaide na an àm sin; breithneachadh air a mhodhan coitcheann, agus le co-dhùnadh, de bhrìgh a chuid modh dha fhèin; a bhith a 'tomhas dè cho luath 'sa bhiodh e feumail dhi fuachd a thilgeil dhan adhair aice; agus a bhith a 'tarraing air ais dè na beachdan a bhiodh aig a h-uile duine, a bha a-nis gam faicinn còmhla airson a' chiad uair.

Bha i gu math toilichte, a dh'aindeoin an t-sealladh a bhith air a cur aig mr. Cùil; agus gun a bhith comasach air dìochuimhneachadh sin am measg fàilligeadh mr. Elton, eadhon ann an làithean a dhùthaich fhèin, cha robh gin a chuir dragh oirre na bha e airson a bhith a 'dùnadh le mr. Cògair.

Bha comhfhurtachd a h-athar tèarainte, air a dhìon. Ialtaichean a bharrachd air mrs. Tighinn gu taigh-seinnse; agus an dleasdanas tlachdmhor mu dheireadh aice, mus do dh 'fhàg i an taigh, a bhith a' giùlan spèis dhi mar a shuidh iad còmhla an dèidh dinnear; agus ged a bha a h-athair gu grinn a 'toirt fainear cho àlainn na h-èididh aice, a chuir an dithis bhoireannach an sàs ann an cumhachd na h-ìghne, le bhith gan cuideachadh gu sliseagan mòra de chèic agus speuclairean làn fìon, a dh' aindeoin a h-uile adhbhar nach toireadh iad fhèin cùram den bhun-reachd aca. Dh 'fhaodadh gum feumadh iad a bhith ag obair aig an àm. — bha i air dinnear gu leòr a thoirt dhaibh; dh 'iarradh i gum biodh fios aice gu robh cead aca a' ithe.

Lean i carbad eile gu mr. Doras nan làir; agus bha e toilichte fhaicinn gur e mr a bh 'ann. Ridire; airson mr. Bha ridire a 'cumail each, gun cus airgid agus mòran slàinte, gnìomhachd, agus neo-eisimeileachd, ro iomchaidh, ann am beachd emma, a dhol mun cuairt mar a dh' fhaodadh e, agus gun a bhith a 'cleachdadh a charbaid cho tric agus a bha e na neach-seilbh na h-abaid donwell . Bha cothrom aice a-nis air a h-apa a bhruidhinn fhad's a bha i blàth bho a cridhe, oir sguir e a thoirt seachad i.

"tha seo a' tighinn mar bu chòir dhut a dhèanamh, "thuirt ise; "mar fhear-uasal. — tha mi gu math toilichte d' fhaicinn. "

Thug e taing dhi, ag amharc, ag ràdh, "cho fortanach is a bu chòir dhuinn tighinn aig an aon mhionaid! Airson, nam biodh sinn air coinneachadh an toiseach san t-seòmar-suidhe, tha mi cinnteach an tuirt thu mi a bhith nas motha de dhuine uasal na b 'àbhaist. — is dòcha nach do shoirbhich leis mar a thàinig mi, le mo shùil no mo dhòigh. "

"tha, bu chòir dhòmhsa, tha mi cinnteach gum bu chòir dhomh. Tha an-còmhnaidh sealladh de mhothachadh no othail nuair a thig daoine a-steach ann an dòigh a dh' aithnicheas iad a bhith orra. Tha thu a 'smaoineachadh gu bheil thu ga ghiùlain fhèin gu math, tha mi ag ràdh, ach còmhla riut tha e na sheòrsa de dhroch bhuaidh, an èadhar aig nach eil buaidh sam bith; bidh mi an-còmhnaidh ga fhaireachdainn nuair a choinnicheas mi thu fo na suidheachaidhean sin. A-nis chan eil dad agad ri fheuchainn. Chan eil eagal ort gu bheil nàire ort mu nach eil thu a 'feuchainn ri coimhead nas àirde na a-nis bidh mi gu math toilichte a bhith a 'coiseachd a-steach dhan aon seòmar leat."

"nighean neo-fhollaiseach!" a fhreagradh e, ach cha robh e idir ann an fearg.

Bha an aon adhbhar aig emma a bhith riaraichte leis a 'chòrr den phàrtaidh mar a bha mr. Ridire. Fhuair i spèis chiallach nach b 'urrainn, ach a h-uile toradh a dh'iarradh i. An uair a ràinig na h-uaislean, is ann mar sin a bha an sealladh caoimhneil de ghaol, an t-urram bu treise air a son, bho fhear agus bean; chaidh an gille ga h-iarraidh le fonn aoibhneach a chomharraich i mar a rud àraid, agus aig dinnear fhuair i na shuidhe e, agus, mar a bha i gu daingeann a 'creidsinn, gun cuid de chruaidh air a thaobh.

Bha am pàrtaidh an ìre mhath mòr, a 'gabhail a-steach aon teaghlach eile, teaghlach dùthchail ceart nach gabhadh a thogail, a bha an urra ris na coilichean a bhith ag ainmeachadh am measg an luchd-eòlais, agus am pàirt fireann de mr. Teaghlach cox, fear-lagha highbury. Bha na boireannaich nach robh cho luachmhor a 'tighinn a-steach air an fheasgar, le bannan caillte, a' call fairfax, agus a 'call gobha; ach mu thràth, aig dinnear, bha iad ro lìonmhor airson a h-uile cuspair còmhraidh a bhith coitcheann; agus, agus poileataigs agus mr. Bhruidhinn iad ri

elton, dh 'fhaodadh e na h-aire gu lèir a thoirt do thlachd na
nàbaidh aice. A 'chiad fhuaim a bha i a' fainear air a bhith an
làthair, is e sin an t-ainm a bh 'air a' bhocsa chothromach. Bean.
Tha e coltach gu robh coila 'ceangal rudeigin dhith a bha i an
dùil a bhiodh gu math inntinneach. Dh'èist i, agus bha e math gu
leòr èisteachd ris. Gun robh meas mòr air a 'phàirt a bu mhotha
de emma, a cuid dealaichte, a fhuair stòras èibhinn. Bean. Bha
cole ag innse gun robh i air a bhith ag èigheach air clàraidhean a
bha air chall, agus cho luath 'sa chaidh i a-steach don t-seòmar
air a bhualadh le sealladh pianoforte — inneal eireachdail a bha
a 'coimhead - cha b'e mòr-sheanmhair a bh'ann, ach piannorte
ceàrnagach mòr; agus brìgh na sgeòil, deireadh na h-uile
deasbaid a dh 'èirich spàirn, agus rannsachadh, agus meal-a-
naidheachd air a taobh, agus mìneachadh air call bates, a bha,
gun robh am pianoforte seo air tighinn bho raon farsaing an latha
roimhe sin, gu iongnadh mòr. An dà chuid athair agus piuthar -
gu tur an dùil; sin an toiseach, le cunntas bates a chall, bha jane
fhèin gu math faisg air call,

"cha ghabh duine sam bith eile gu bràth," arsa mrs. Coil, "agus
cha do chuir e iongnadh orm gu robh teagamh ann a-riamh. Ach
bha e coltach, bha litir bhuapa gu math fada, agus cha deach
facal a ràdh mu dheidhinn. Smaoinich air an t-sàmhchair aca
airson adhbhar sam bith nach eil iad a 'ciallachadh a bhith an
làthair aig an àm seo.

Bean. Bha mòran a dh'aontaicheadh leis a 'chòrna; bha a h-uile
buidheann a bha a 'labhairt air a' chuspair co-ionann gu
cinnteach gum feumadh e tighinn à còrnaileal a 'champa, agus
gun robh e cho toilichte gun robh a leithid de rud ga dhèanamh;
agus bha gu leòr deiseil ann airson bruidhinn gus leigeil le emma
smaoineachadh air a dòigh fhèin, agus èist ri daoine fhathast.
Cògair.

"tha mi ag ainmeachadh, chan eil fhios agam cuin a chuala mi
rud sam bith a thug toileachas dhomh tuilleadh! — tha sin an-

còmhnaidh air mo ghoirteachadh gu ìre cha bu chòir ionnstramaid a bhith aig faironx jane, a tha a 'cluich cho tlachdmhor. Bha e gu math duilich, gu h-àraidh le bhith a 'smaoineachadh cia mheud taigh a tha ann far a bheil ionnstramaidean mìn air an tilgeil air falbh. Tha seo mar a bhith a 'toirt slap dhuinn fhèin, a bhith cinnteach! Agus cha robh ann ach an-dè bha mi ag innse mr. Cole, bha e gu math nàire a bhith a 'coimhead air ar pianoforte mòr ùr san t-seòmar-suidhe, ged nach eil mi eòlach air aon nota bho neach eile, agus is dòcha nach dèan na caileagan beaga againn, a tha dìreach a' tòiseachadh, rud sam bith mu dheidhinn; agus an sin chan eil aon ni de sheòrsa ionnsramaid aig an amhaire fairfax bhochd, a tha na mhaighstir air ceòl, agus chan e a-mhàin na seann spinet truagh air an t-saoghal, a bhith ga sitheadh fhèin le. — bha mi ag ràdh seo ri mr. Ach an-dè, agus dh'aontaich e rium gu mòr; chan eil e ach gu sònraichte dèidheil air ceòl nach b'urrainn dha a bhith a 'gabhail a-steach a cheannach, an dòchas gum bi cuid de na nàbaidhean math againn mar sin a 'toirt air a bhith gu tric a' cur gu feum nas fheàrr na ghabhas; agus gur e sin an t-adhbhar carson a chaidh an ionnsramaid a cheannach — no eile tha mi cinnteach gum bu chòir dhuinn a bhith nàire air. — tha sinn gu mòr an dòchas gum faighear buaidh air an taigh-feachd seo an-diugh. "

Gun do dh 'atharraich an taigh-caillte a dh' fhuireach; agus a 'faighinn a-mach nach robh dad a bharrachd air a thoirt a-mach à conaltradh sam bith bho mrs. Tha coire, air a thionndadh gu bhith na h-eaglais neo-àbhaisteach.

"carson a tha thu a' gàireachdainn? " thuirt i.

"seadh, carson a tha thu?"

"mise! — agus tha mi creidsinn gu bheil mi a' gàireachdainn airson toileachas aig muinntir a 'chidhe-champa mar a tha e cho beairteach is cho libearalach. — tha e na thlachd mhòr."

"glè mhath."

"tha mi a' smaoineachadh nach deach a dhèanamh riamh roimhe.
"

"is dòcha nach robh miss fairfax air a bhith a' fuireach an seo
cho fada roimhe sin. "

"no nach tug e dhi cleachdadh na h-ionnstramaid aca fhèin - a
dh'fheumas a bhith air a dhùnadh a-nis ann an lunnainn, gun
choire aig buidheann sam bith."

"is e sin pianó-pheanas mòr, agus is dòcha gu bheil e a'
smaoineachadh gu bheil e ro mhòr airson taigh bates. "

"faodaidh tu na tha thu ag ràdh a ràdh — ach tha do thlachd a'
toirt am follais gu bheil na beachdan agad air a 'chuspair seo gu
math coltach riumsa."

"chan eil fios agam. Tha mi a' smaoineachadh gu bheil thu a
'toirt barrachd creideas dhomh airson a bhith acaad na tha mi air
a dh' uireachdainn le gàire a chionn is gu bheil thu a
'gàireachdainn, agus is dòcha gu bheil mi amharasach mu am
fear a tha mi a' dèanamh amharasach; mura e campa còrnaileir
an neach, a dh'fhaodas a bhith? "

"dè a chanas tu ri mrs dixon?"

Tha e fìor dhona an-còmhnaidh. Cha robh mi a 'smaoineachadh
mu mhathan. D' feumaidh i eòlas fhaighinn cho math ri a h-
athair, cho freagarrach sa bhiodh acfhainn; agus is dòcha gu
bheil am modh, dìomhaireachd, an surprize, nas coltaiche.
Sgeama boireannach òg na tha seann duine. Tha mi ag ràdh,
dh'innis mi dhut gum biodh do amharais a 'toirt stiùireadh
dhomh."

"ma tha, feumaidh tu amharas a leudachadh agus tu a ràdh mun dxon annta."

"mr. Dixon. — glè mhath. Tha, tha mi a' faicinn sa bhad gur e an co-làthair aig mr agus mrs. Dxon a bh 'ann. Bha sinn a' bruidhinn an latha eile, tha fhios agad, gu robh e cho blàth ri a coileanadh. "

Tha adhair dùthchasach a 'dèanamh dhaibh ann am mìosan an t-samhraidh, a' ghearran, agus a 'caismeachd? Bhiodh teintean math agus carbadan gu math na bu chudromaiche anns a 'mhòr-chuid de chùisean le slàinte bhìghe, agus bidh mi ag ràdh anns a h-uile àite. Cha bhith mi ag iarraidh ort gabhail ris na h-amharasan agam, ged a tha thu a 'dèanamh cho uasal sin a dhèanamh, ach a dh' innseas gu fìrinneach dhut dè a tha iad. "

"agus, air m' fhacal, tha àile mòr-thuigse aca. Tha an t-ainm mr. Dixon airson a ceòl ri a caraid, is urrainn dhomh freagairt airson a bhith gu math co-dhùnaidh. "

"agus an uairsin, shàbhail ea beatha. An cuala tu riamh guth air sin? —pàrtaidh uisge; agus le tubaist bha i a' tuiteam thairis air a 'bhòrd."

"rinn e. Bha mi an sin — aon de na pàrtaidhean."

"an robh thu dha-rìribh? —well! — ach cha do thuig thu càil air a' chùrsa, oir tha coltas ann gur e beachd ùr a th 'ann dhut. — nam bithinn air a bhith ann, tha mi smaoineachadh gum bu chòir dhomh cuid de na lorg a dhèanamh."

"a' can, chan eil mi a 'faireachdainn ach ach, i, sìmplidh i, cha robh càil a 'dol ach an fhìrinn, cha mhòr nach deach am fasan ceart a thoirt às a' bhàta agus gun do dh 'fhag an dixon i. — b' obair an-dràsta. Agus bha an fhaireachdainn gu math mòr agus

fada na bu dhoimhne - gu dearbh tha mi a 'smaoineachadh gun
robh e leth uair a thìde mus robh duine sam bith againn
cofhurtail a-rithist - ach bha sin ro thric airson faireachdainn mu
rud sam bith a dh' fhaodadh dragh a bhith agad. Ach, is dòcha
nach do rinn thu rudan a lorg. "

Chaidh stad a chur air a 'chòmhradh an seo. Chaidh iarraidh orra
a bhith a 'co-roinn san ùpraid a bh' ann eadar ùine mhòr, agus
dh'fheumadh iad a bhith cho foirmeil agus cho òrdail ris na
feadhainn eile; ach an uair a chaidh an clàr a chòmhdach gu
sàbhailte a-rithist, nuair a chaidh a h-uile biadh oisean a
shuidheachadh gu dìreach, agus obair agus fois anns an
fharsaingeachd, bhiodh e air ath-ùrachadh, thuirt emma,

"tha tighinn air a' phian-pheanas seo math dhomh. Bha mi airson
beagan a bharrachd fhaighinn a-mach, agus tha seo ag innse
dhomh gu leòr a bhith an crochadh air, cha bhith fada gus an
cluinn sinn gu bheil e an làthair bho mr. Agus mrs. Dixon. "

"agus ma bu chòir dha na dixons a bhith gu tur àicheadh a h-uile
eòlas mu dheidhinn, feumaidh sinn a thighinn gu co-dhùnadh a'
tighinn bho na campall. "

"chan eil, tha mi cinnteach nach ann bho chlithean-champa a tha
e. Tha fios gu bheil an t-iongnadh gu leòr air falbh bho na
camain-champa, no gun deidheadh an tuairmse a dhèanamh an
toiseach. Cha bhiodh i air a dh' fhaireachdainn, nam biodh i air
tàmailt a chuir orra. Thu air a chreidsinn gur dòcha, ach tha mi
làn chinnteach gu bheil mr dixon na phrionnsapal anns a
'ghnìomhachas."

"gu dearbh tha mi air mo dhroch leòn, ma tha thu am beachd
nach eil mi cinnteach. Bidh do chuid reusanachadh a' toirt
buaidh orm gu h-iomlan. An toiseach, tha mi a 'smaoineachadh
gu robh an còrnair campbell mar an neach-gabhaidh, chunnaic
mi e mar chaoimhneas taobh an athar, agus smaoinich mi gur e

an rud as nàdarra. Ach nuair a bhruidhinn thu air mrs. Dixon, bha mi a 'faireachdainn cho nas coltaiche gum bu chòir dha a bhith mar urram air càirdeas blàth boireann. Agus a-nis chan urrainn dhomh fhaicinn ann an solas sam bith eile na tha e mar thairgse de ghràdh."

Cha robh dragh sam bith ann air a 'chùis a' nas fhaide. Bha coltas ann gun robh an dìteadh fìor; choimhead e mar gum biodh e ga fhaireachdainn. Thuirt i nach robh i ag ràdh tuilleadh, gun do ghabh cuspairean eile an tionndadh; agus chaochail an còrr den dinnear; shoirbhich leis a 'phiuthar, thàinig a' chlann a-steach, agus chaidh bruidhinn riutha is bha meas orra am measg nan ìrean còmhraidh àbhaisteach; tha cuid de rudan glic a thuirt, cuid bheag gòrach, ach leis a 'chuid as motha nas motha na an aon no am fear eile — rud nas miosa na aithrisean làitheil, ath-aithris gruamach, seann naidheachdan, agus fealla-dhà.

Cha robh na mnathan fada anns an t-seòmar-suidhe, mu'n do ràinig na mnathan eile, anns na roinnean eadar-dhealaichte aca, iad. Choimhead emma a 'charaid beag a bh' aice fhèin; agus mura b 'urrainn dhi a dhol na h-urram agus a gràs, cha b' urrainn dhi a-mhàin an toileachas is an dòigh gun ealanta a ghràdhachadh, ach b 'urrainn dhi gàirdeachas a dhèanamh anns an t-sealladh aotrom, subhach, neo-spioradail sin a thug cothrom do dh'iomadh toileachas i, am meadhan cuid de na h-euchdan mì-thoilichte. An sin shuidh i — agus cò a bhiodh a 'tomhas cia mheud deòir a bha i air a bhith an dèidh a bhith a' tuiteam? A bhith ann an companaidh, air a sgeadachadh gu grinn agus air daoine eile fhaicinn a 'coimhead gu dòigheil, a bhith a' suidhe agus a 'gàireachdainn agus a' coimhead gu math, agus ag ràdh dad, gu leòr airson sonas na h-uair an-diugh. Gun robh seòl a 'coimhead agus a' gluasad nas àirde; ach bha amharas air emma gun robh i toilichte a bhith ag atharrachadh faireachdainn le gaisgeach, glè thoilichte gun do cheannaich i am bàs fear-gràidh - bha, gun do ghràdhaich e eadhon mr. Elton ann an dànas - le bhith a 'toirt seachad gach tlachd cunnartach bho bhith eòlach air a' ghaol le fear a caraid.

Ann am pàrtaidh cho mòr cha robh e riatanach gum bu chòir do emma a dhol thuice. Cha robh i ag iarraidh bruidhinn air a 'phianoforte, bha i a' faireachdainn cus anns an dìomhaireachd aice fhèin, a bhith a 'smaoineachadh air coltas feallsanachd no ùidh cothromach, agus mar sin a chumail gu cùramach; ach leis na daoine eile, cha mhòr nach deach an cuspair a thoirt a-steach sa bhad agus chunnaic i co-fhaireachdainn le bhith a 'faighinn meal-an-naidheachd, a' chreach de chiont a bha an cois an t-ainm "mo charaid-chèilidh sàr-chompanach."

Bean. Bha ùidh mhòr aig muinntir an iar, ceòlmhor agus ceòlmhor air an t-suidheachadh, agus cha b 'urrainn do emma cuideachadh le bhith ga sàrachadh leis a h-ath-leanmhainn aice ann an dachaigh sa chuspair; agus leis an uiread a dh 'fhaighneachd agus a ràdh mar a bhith tòna, suathadh, agus peadaladh, gu tur mì-chliùiteach mun mhiann sin a bhith ag ràdh cho beag mu dheidhinn agus a ghabhas, a leugh i gu soilleir ann an gnùis a' bhan-ghaisgeach.

Cha b 'fhada gus an robh cuid de na fireannaich còmhla riutha; agus bha a 'chiad fhear de na tràth na h-eaglais neo-àbhaisteach. Anns a choisich e, a 'chiad agus an t-slan; agus an dèidh dha na mòr-mhiannan aige a phàigheadh le bhith a 'dol seachad gun a bhith ag ionndrainn bates agus a nighean, rinn iad a shlighe gu dìreach gu taobh eile a' chearcaill, far an do shuidh e taigh an eich; agus gus an d 'fhaigheadh e suidheachan dhi, cha bhiodh e na suidhe idir. Emma air a chuir a-mach na tha aig a h-uile corp a tha an-dràsta a 'smaoineachadh. B 'e an nì aige a bh 'ann, agus feumaidh gach buidheann an tuigsinn. Thug i a-steach dha a charaid, a 'call a' ghobha, agus, aig amannan goireasach às deidh sin, chuala e gach smuain air an neach eile. "cha robh e air a-riamh fhaicinn cho brèagha ri aodann, agus bha e air leth toilichte leis an naomhachd aice." agus i, "ach a bhith cinnteach gu robh e a' toirt seachad moladh mòr dha, ach bha i den bheachd gun robh cuid a 'coimhead coltach ri mr. Elton." chuir emma bacadh air a cuid tàmailt,

Gàire de dh'fhiosrachadh air a thoirt eadar i fhèin agus an duine-uasal air sùil a thoirt air a 'chiad chothroman; ach bha e na bu chiallaiche bruidhinn a sheachnadh. Thuirt e rithe gun robh e mì-fhoighidneach an seòmar-bidhe fhàgail - fuath do shuidhe fad is e - a 'chiad turas a dh' fhaodadh e bhith - gu robh athair, mr. Ridire, mr. Cox, agus mr. Chaidh cole, fhàgail glè thrang thairis air gnothachas paraiste - ged a bha e seasmhach, ge-tà, bha e air a bhith tlachdmhor gu leòr, oir fhuair e iad san fharsaingeachd seata de dhaoine ciallach, ciallach; agus a 'bruidhinn cho eireachdail ri àrd-chreagan uile-gu-lèir — smaoinich e gu robh e cho pailt ann an teaghlaichean leòmach - gun do thòisich emma a' faireachdainn gun robh i air a cleachdadh airson tàir a chuir air an àite ro fhada. Cheasnaich i e mun t-sluagh ann an siorrachd iorc — meud na nàbachd mu dheidhinn enscombe, agus an seòrsa; agus dh 'fhaodadh iad a dhèanamh a-mach às na freagairtean aige, a thaobh dragh dha-rìribh, cha robh mòran a 'dol air adhart, gun robh na cuairtean aca am measg raon de theaghlaichean mòra, cha robh gin aca ann; agus eadhon nuair a bha làithean stèidhichte, agus gabhail ri cuiridhean, gur e cothrom buileach a bh 'ann a bhiodh ann. Cha robh eaglais a 'dol gu slàinte is na spiorad airson a dhol; gun do rinn iad tadhal air neach ùr; agus ged a bha a gheallaidhean eadar-dhealaichte aige, cha robh e gun dhuilgheadas, gun sheòladh mòr aig amannan, gum faodadh e faighinn air falbh, no eòlas air oidhche a thoirt a-steach.

Chunnaic i nach b 'urrainn dha enscombe sàsachadh, agus gum biodh àrdbury, a bhiodh air a ghabhail cho math 'sa dh' fhaodadh, reusanta airson fear òg aig an robh barrachd cluaineas aig an taigh a ghabhail na bu toil leis. Bha a chudromachd aig enscombe gu math follaiseach. Cha do rinn e bòstadh, ach bhiodh e gu nàdarra na bhrath gun robh e air ìmpidh a chur air a

mhàthar far nach dèanadh a bhràthair dad sam bith, agus air a
gàireachdainn is a toirt fa-near dha, is ann leis a bha e a
'creidsinn (ach aon no dhà) gum b' urrainn dha a thoirt air falbh
le ùine. Gu rud sam bith. Aon de na puingean air an do
dh'fhàillig a bhuaidh, an uair sin thug e iomradh air. Bha e air a
dhol gu mòr airson a dhol a-null thairis - gu dearbh bha e gu
math geur mu dheidhinn siubhal - ach cha bhiodh i a 'cluinntinn
mu dheidhinn. Bha seo air tachairt sa bhliadhna roimhe. A-nis,
thuirt e, cha robh e a 'dol a cheart cho mòr.

A 'phuing neo-dhligheach, nach do bhruidhinn e air, bha e an
dùil gun robh emma na dheagh ghiùlan dha athair.

"tha mi air lorg gu math truagh a dhèanamh," arsa esan, an dèidh
fois ghoirid. "tha mi air a bhith an seo seachdain seachdainn an-
diugh - leth mo chuid ùine. Cha robh fios agam a-riamh gu robh
làithean ag itealaich cho luath. 'S gann a thoisich mi a 'còrdadh
rium fhèin. Ach chuir mi eòlas air muinntir an iar, agus
feadhainn eile! — tha gràin agam air a' chuimhne. "

"is dòcha gu bheil thu a' smaoineachadh gu bheil thu a-nis
duilich gun do chuir thu seachad latha slàn, a-mach à cho beag,
ann a bhith a 'gearradh na falt."

"cha ghabh," thuirt e, a 'gàireachdainn," chan eil sin a dh
'aithreachas idir. Chan eil tlachd sam bith agam a bhith a' faicinn
mo charaidean, mura urrainn dhomh a bhith gam faicinn fhèin
iomchaidh airson fhaicinn. "

Bha an còrr de na h-uaislean a-nis san t-seòmar, bha e an urra ri
emma tionndadh dheth airson beagan mhionaidean, agus
èisteachd ri mr. Cògair. Nuair a tha mr. Bha coil air gluasad air
falbh, agus dh 'fhaodadh a h-aire fhaighinn air ais mar a bha
roimhe, chunnaic i eaglais eagallach a' coimhead gu geur air
feadh an t-seòmair aig fairconx, a bha na sheasamh dìreach mu
choinneamh.

"dè tha sin?" thuirt i.

Thòisich e. "tapadh leat airson mo thàladh," fhreagair e. "tha mi a' creidsinn gu bheil mi air a bhith gu math mì-mhodhail; ach tha mi ag ionndrainn gu bheil fairfax air a falt a dhèanamh ann an dòigh cho neònach - gu math neònach sin — nach urrainn dhomh mo shùilean a chumail bhuaipe. Cha robh mi a-riamh a 'faicinn rud sam bith cho àrd! —tha feum a bhith na chùis-inntinn dhith fhèin, chan eil mi a 'faicinn duine sam bith eile coltach rithe! — feumaidh iad a' faighneachd dhith an e fasanta ann an gàidhlig a th 'ann ? — —, bidh mi ag ràdh - bidh mi ag ràdh - agus chì thu mar a bheir i leis e; - eadar-dhealaichte a bhios i a 'dathan."

Bha e air falbh as a 'bhad; agus cha b 'fhada gus an robh emma ga fhaicinn na sheasamh mus do chaill e fairfax, agus a' bruidhinn rithe; ach a thaobh a bhuaidh air a 'bhean òg, seach gun robh e air a shuidheachadh fhèin gu dìreach eatorra, dìreach air beulaibh miss fairfax, dh' urrainn dhi fìor eadar-dhealachadh a dhèanamh air dad.

Mus deidheadh e air ais chun a 'chathaoir, ghabh a h-uile neach e. Taobh an iar.

"is e seo cothrom mòr pàrtaidh mòr," thuirt i: - "gheibh fear faisg air a h-uile corp, agus can a h-uile rud. Mo ghaol agam, tha mi fadachd a bhith a' bruidhinn riut. Tha mi air a bhith a 'lorg agus a' cruthachadh phlanaichean, dìreach mar thu fhèin, agus feumaidh mi innse dhaibh nuair a tha am beachd ùr. A bheil fios agad ciamar a chaill bates agus a nighean an seo? "

"ciamar? - a fhuair iad cuireadh, nach iad?"

"o! Tha, ach mar a chaidh an toirt seachad an so? — an dòigh air an teachd iad?"

"choisich iad, tha mi a' co-dhùnadh. Dè eile a dh'fhaodadh iad a thighinn? "

"gu math fìor. — uill, beagan ùine air ais thachair e dhomh cho duilich 's gum biodh e a' dol air ais a 'chreach a-rithist, anmoch air an oidhche, agus fuachd seach gu bheil na h-oidhcheannan a-nis.' chan fhaca i riamh gu robh barrachd feum aice, bhuail i orm gun robh i air a teasachadh, agus mar sin bhiodh e gu sònraichte dualtach nighean fhuar bochd a thoirt leat! Cha b 'urrainn dhomh am beachd a thoirt seachad; agus fhuair mi air, labhair mi ris mu dheidhinn a 'charbad, agus is dòcha gu bheil thu a' tomhas cho luath is a thàinig e a-steach air mo mhiannan, agus às dèidh a bheachd-sa, chuir mi air dòigh mi fhèin gu bhith ag ionndrainn bidhe, gus dèanamh cinnteach gum biodh an carbad aig mun tug i a-steach sinn, airson gun robh mi a 'smaoineachadh gum biodha bhith ga dèanamh comhfhurtail aig an aon àm. Deagh anam! Bha i cho taingeil 'sa ghabhas, faodaidh tu a bhith cinnteach. "cha robh duine a-riamh cho fortanach sa bha i!" - ach le mòran, mòran taing — cha robh tachartas ann airson dragh a chuir oirnn, airson mr. Bha carbad ridire air a thoirt a-steach, agus bha e airson an toirt dhachaigh a-rithist. ' Bha mi gu math sàmhach; - tha mi toilichte, tha mi cinnteach; ach chuir e romhpa gu mòr. Aire cho caoimhneil — agus cho smaointeachail air aire! — an seòrsa rud a bhiodh cho beag de dhaoine a 'smaoineachadh. Agus, ann an ùine ghoirid, bho bhith eòlach air na dòighean àbhaisteach, tha mi gu mòr a 'smaoineachadh gur ann airson an àite-fuirich aca a bha an carbad air a chleachdadh idir. Tha amharas agam nach biodh paidhir each aige dha fhèin, agus nach robh ann ach mar leisgeul airson a bhith gan cuideachadh. "

"tha e glè choltach," arsa emma— "chan eil dad nas coltaiche. Tha fios agam nach eil duine nas dualtaiche a bhith nas dualtaiche a bhith a' dèanamh an seòrsa rud — a bhith a 'dèanamh rud sam bith gu math math, feumail, tuigseach no fialaidh. Duine gruamach, ach tha e gu math daonna, agus bhiodh seo, a 'beachdachadh air dìth slàinte cothroim, a' nochdadh cùis de chinne-daonna ris; agus airson gnìomh de chaoimhneas neo-bhreugach, chan eil duine ann a chuirinn ceart air nas motha na tha fhios agam gu robh eich aige gu latha an-diugh — oir thàinig sinn còmhla; agus rinn mi gàire air ma dheidhinn, ach cha do dh'innis e facal a b 'urrainn do bhrath."

"uill," thuirt mrs. Air taobh an iar, a 'gàireachdainn," tha thu a 'toirt creideas dha airson barrachd brìgh, neo-chomasach anns an t-suidheachadh seo na a tha mi; oir ged a bha binn teann a' bruidhinn, bha amharas a 'dol a-steach do mo cheann, agus cha d'fhuair mi a-riamh e. Tha mi a 'smaoineachadh air, tha e nas coltaiche gu bheil e a' nochdadh gu goirid, tha mi air geam a dhèanamh eadar m. Knightley agus jane fairfax.

"mr. Knightley agus jane fairfax!" emma air a chuir a-mach. "a charaid, taobh an iar, ciamar a smaoinicheadh tu air a leithid sin de rud? —moiridh ridire! — cha bu chòir do ridire a phòsadh! — cha bhiodh beag agad le tinnead a' dol a-mach bho thobar? — oh! Chan e, chan e, feumaidh henry a bhith agad chan urrainn dhomh idir cead a thoirt dha pòsadh knightley a phòsadh; agus tha mi cinnteach nach eil e coltach idir gum bi thu a 'smaoineachadh air a leithid sin."

"mo leannan, tha mi air innse dhut dè a thug orm smaoineachadh air. Chan eil mi ag iarraidh a' chluich - chan eil mi ag iarraidh a bhith a 'dèanamh cràdh air a' chailleach chruaidh - ach chaidh am beachd a thoirt dhomh le suidheachaidhean; agus ma tha mr. A 'miannachadh nach pòsadh tu e, cha bhiodh e a' toirt air a 'phòsadh an-dràsta, balach sia bliadhna a dh'aois, nach eil eòlach air a' chùis? "

"seadh, cha b' urrainn dhomh a bhith mar sin a 'toirt dìmeas orm. — a phòsadh ri ridire! —no, cha robh mi a-riamh air a leithid de bheachd, agus chan urrainn dhomh gabhail ris a-nis.

"nay, tha i air a bhith na chiad roghainn a-riamh aice, mar a tha fìor fhios agad."

"ach neo-dhiadhaidh a leithid sin de gheama!"

"chan eil mi a' bruidhinn air a dhìcheall; dìreach cho coltach sa tha e. "

"chan eil mi a' faicinn coltachd sam bith ann, mura h-eil bunait nas fheàrr agad na tha thu a 'bruidhinn mu dheidhinn a dh' fheabhas, bidh a chinne-daonna, mar a dh'innis mi dhut, gu leòr gu leòr airson na h-eich a chunntais. Tha thusa an-còmhnaidh toilichte aire a thoirt dhaibh, ach chan eil mo ghràdh air mo shonsa a 'toirt idir a-steach, ach bidh thu ga dhèanamh gu math tinn. Cha bhiodh; a bhith a 'faireachdainn leòmach gun teagamh sam bith , cha bhiodh e a' dèanamh sin cho ceàrr. "

"neo-dhligheach, ma leigeas tu — ach cha dèan e dìth, ach a-mhàin neo-ionannachd fortan, agus is dòcha beagan eadar-dhealachadh aois, chan fhaic mi dad mì-fhreagarrach."

"ach chan eil mr knightley ag iarraidh pòsadh. Tha mi cinnteach nach e an smuain as lugha a th' aige. Na cuir dha a cheann. Carson a bu chòir dha pòsadh? "tha e cho sona is urrainn leis fhèin; agus riaghladh a chuid caoraich, agus an leabharlann aige, agus an sgìre gu lèir, agus tha e gu math dèidheil air clann a bhràthar, ach chan eil adhbhar aige pòsadh, airson a chuid ùine no a chridhe a lìonadh. "

"mo ghaoil gràidh, cho fad's a tha e a' smaoineachadh mar sin; tha e mar sin; ach ma tha e dha-rìribh gu mòr a 'gabhail tlachd à faironx jane—"

"a' a 'chaomhnadh! Cha bhiodh e a' cur dragh air an t-saoghal, mar a tha an gaol, tha mi cinnteach nach dean e sin. Gun dèanadh e feum sam bith dhith, no dha a teaghlach, ach— "

"uill," thuirt mrs. Air taobh an iar, a 'gàireachdainn," is dòcha gur e an rud as fheàrr a dh 'fhaodadh e a dhèanamh, gum biodh e na dhachaigh do dhuine a bha cho urramach."

"nam biodh e math dhi, tha mi cinnteach gum biodh e olc dha fhèin; ceangal mì-nàdurrach agus truagh. Ciamar a bhiodh e na iongnadh gu bheil call aige na bhiodh a' tachairt? — a bhith a 'bualadh na h-abaid, agus a' toirt taing dha na h-uile. Latha fada gu coibhneas mòr ann a bhith a 'pòsadh dàn? - 'cho caoimhneil agus cho èigneachail! — cha robh e riamh cho faisg air a chèile!' agus an uair sin a 'sgèith seachad, tro leth-bhinn, gu seann bhiadh a màthar. 'Chan e gun robh e cho seann-fhasanta na bhiodh e — oir bhiodh e fhathast mòr - agus, gu dearbh, feumaidh i a bhith ag ràdh gun robh na biadagan aca uile làidir. "

Agus cha mhòr nach do dhìochuimhnich mi aon bheachd a thachair dhòmhsa - an pian-am-naidheachd seo a chaidh a chuir a-steach an seo le cuideigin — ged a bha sinn uile cho riaraichte a bhith ga fhaicinn bho bhriog na champa, is dòcha nach ann bho mr. Ridire? Chan urrainn dhomh a bhith fo amharas air. Tha mi a 'smaoineachadh gur e dìreach an neach a nì e, eadhon gun a bhith ann an gaol."

"an uair sin chan urrainn dha argamaid a dhèanamh gus dearbhadh gu bheil e ann an gaol. Ach chan eil mi a' smaoineachadh gu bheil e idir coltach gun dèan e rud sam bith. "

"tha mi air a chluinntinn a' caoidh nach eil ionnstramaid sam bith aice a-rithist; tric na bu chòir dhomh a bhith ag ràdh gum biodh sin a 'tachairt ann an cùrsa cumanta rudan."

"glè mhath; agus ma bha e am beachd a thoirt dhi, bhiodh e air innse dhi mar sin."

"dh' fhaodadh gu bheil spioraid de bhlasdachd, mo chompanach mo ghaoil. Tha beachd glè làidir agam gu bheil e a 'tighinn bhuaithe. Tha mi cinnteach gun robh e gu sònraichte sàmhach nuair a dh'innis mucan dhuinn mu dheidhinn aig dinnear."

"bheir thu suas beachd, dìreach taobh an iar, agus ruith air falbh leis; oir is iomadh uair a thug mi mùchadh orm le bhith a' dèanamh a-mach nach eil mi a 'faicinn sìon co-cheangail - cha bhith mi a' creidsinn rud sam bith den phianntorte — agus cha toir dearbhadh ach mo chreidsinn gu bheil mr tha beachd aig knightley air a bhith a 'pòsadh jane fairfax."

Bhiodh iad a 'deasbad am puing ùine nas fhaide anns an aon dòigh; tha emma a 'faighinn talamh thairis air inntinn a caraid; airson mrs. B 'e taobh an iar am fear a bu mhotha a bha air a chleachdadh airson an dà thoradh; gus an do nochd sprùilleach bheag san t-seòmar iad gu robh tì seachad, agus an ionnsramaid ga ullachadh; — agus aig an aon àm sin mr. Bhiodh coil a 'tighinn a dh' aindeoin dìth taigh-staile a thogail a 'dèanamh an urram dha a bhith ga fheuchainn. Òigear na h-eaglaise, de na daoine seo, ann an dealas a cuid còmhraidh le màth. Air taobh an iar, cha robh i a 'faicinn dad, ach gu robh e air suidheachan fhaighinn le amadan fairfax, lean e mr. Cuach, gus a dhochann a tha a 'drùdhadh ris a chuir ris; agus, mar a bhiodh e a 'toirt a-mach, anns a h-uile h-àite, bha e an ìre mhath freagarrach airson stiùireadh, thug i gèilleadh gu ceart.

Bha fios aice gu robh crìochan a cumhachdan fhèin ro mhath airson feuchainn ri barrachd na dhèanadh i le creideas; cha robh i ag iarraidh blas no spiorad anns na rudan beaga a tha iomchaidh san fharsaingeachd, agus dh'fhaodadh i bhith còmhla ri a guth fhèin gu math. Thug aon taic dha a h-òran mì-mhodhail le "surprize" - an dàrna fear, beagan ach air a toirt gu ceart le eaglais na h-eaglaise. Chaidh a maitheanas a dhùsgadh gu ceart aig deireadh an òrain, agus lean a h-uile rud àbhaisteach. Chaidh a chur às a leth gu robh guth aoibhneach aige, agus fìor eòlas air ceòl; a chaidh a dhiùltadh gu ceart; agus nach robh fios aige air a 'chùis, agus nach robh guth idir aige gu h-iomlandh'èirich e. Bhiodh iad a 'seinn còmhla aon uair eile; agus an uair sin bheireadh emma suas a h-àite gus fairfax a chall, a rinn an coileanadh aice, le guth agus ionnsramaid, nach b 'urrainn dhi oidhirp a dhèanamh gus i fhèin a thoirt beò às a dèidh fhèin, gu math nas fheàrr na i.

Le faireachdainnean measgaichte, bha i na suidhe aig astar beag bho na h-àireamhan timcheall na h-ionnstramaid, gus èisteachd. Sheinn laigse eaglaise a-rithist. Bha iad air seinn còmhla aon uair no dhà, nochd e, aig beul na h-aibhne. Ach sealladh mr. Ridire am measg an fheadhainn a bu mhotha, a 'tarraing air falbh leth inntinn emma; agus thuit i ann an trèana a 'smaoineachadh air a' chuspair. Amharas air taobh an iar, far nach tug na fuaimean milis de na guthan aonaichte a-steach ach droch ghluasad. A gearanan mu ghearan. Cha robh pòsadh knightley anns a 'lugha a dh' fhalbh. Chan fhaiceadh i ach droch rud ann. Bhiodh e na bhriseadh-dùil mòr a bhith aig mr. John ridire; mar sin gu isabella. Fìor dhroch bhuaidh air a 'chlann - atharrachadh mòr a tha a' toirt buaidh air gach neach, agus call brìgh dha na h-uile; cha b 'urrainn dhi a dh' fhulang leis a 'bheachd mu dheidhinn faironx jane ann an abaid donwell. A mrs. Ridire a thoirt dhaibh uile a thighinn a steach! —no — mr. Chan fhaod ridire pòsadh a-riamh. Feumaidh nach eil ann ach oighre beag fuireach na h-oighre air an tobar.

An-dràsta bidh mr. Thug ridire sùil air ais, agus thàinig e agus shuidh e sìos leatha. Bha iad a 'bruidhinn aig a' chiad turas a-mhàin air a 'coileanadh. Bha e gu math blàth mar a bha e; gidheadh, smaoinich i, ach airson mrs. Siar, cha bhiodh e air bualadh oirre. Mar sheòrsa de chloich-teann, ge-tà, thòisich i a 'bruidhinn air a chaoimhneas le bhith a' toirt a-steach a mhàthar

agus a bhràthair; agus ged a bha a fhreagairt ann an spiorad a
'bhuil a' gearradh goirid, bha i a 'creidsinn nach biodh ann ach a
mhì-thoileachadh a bhith a' fuireach ann an coibhneas dha fhèin.

"is tric a bhios mi a' gabhail dragh, "thuirt ise," nach dèan mi
gun a bhith a 'dèanamh an carbad nas feumaile air an leithid sin
de thursan. Chan e sin a th 'ann às aonais an toil; ach tha fios
agad cho do-dhèanta gum biodh m' athair ga mheas a bu chòir do
bhorain a dhol gu airson adhbhar. "

"gu tur às a' cheist, a-mach às a 'cheist," fhreagair e; - "ach gu
math tric feumaidh tu a bhith ga iarraidh, tha mi cinnteach." agus
bhiodh e a 'gàireachdainn le toileachas cho mòr ris an dìteadh,
gu feumadh i ceum eile a dhèanamh.

"tha seo an làthair bho bhreabadairean a' champa, "arsa ise—"
tha am piàna-pheanas seo air a thoirt gu mòr. "

"tha," fhreagair e, agus às aonais an tàmailt a bu mhionaidiche -
"ach bhiodh iad air sin a dhèanamh na b'fheàrr leis gun tug iad
fios dhi. Tha laigsean nan rudan gòrach. Chan eil an toileachas
air àrdachadh, agus bidh na mì-ghoireas gu math tric. A
'smaoineachadh gum bi breitheanas nas fheàrr aig muinntir a'
champa.

Bhon mhionaid sin, dh 'urrainn do emma a mionnan a ghabhail a
bha mr. Cha robh dragh air ridire a bhith a 'toirt seachad an
ionnsramaid. Ach an robh e gu tur saor bho cheanglaichean
sònraichte — an robh roghainn dha-rìribh ann — dh 'fhaodadh e
fuireach beagan nas fhaide. Agus deireadh an dara òran aig a
'chaitheamh, dh'fhàs a guth gu tiugh.

"nì sin," thuirt e, nuair a bha e deiseil, a 'smaoineachadh gu h-
àrd—" tha thu air seinn gu leòr airson aon fheasgar — a-nis
sàmhach. "

Cha b 'fhada gus an deach òran eile a chuir a-mach. "aon a-bharrachd; — cha bhiodh iad a' sgìth a chall caran air cunntas sam bith, agus cha bhiodh iad ag iarraidh ach aon a bharrachd. " agus chualas a 'bruidhinn mu dheireadh," tha mi a 'smaoineachadh gun robh thu comasach air seo a làimhseachadh gun oidhirp; tha a' chiad phàirt cho dìcheallach. Tha neart an òrain a 'tuiteam air an dàrna fear."

Mr. Dh'fhàs ridire feargach.

"an duine sin," thuirt e, gu neo-shoilleir, "a' smaoineachadh air dad ach a 'sguabadh às a ghuth fhèin. Cha bu chòir seo a bhith." agus a 'feuchainn ri buillean caillte, a dh' fhalbh faisg air an àm sin "a dh' aithghearr, "a bheil thu amharasach, a leigeil le do nighean a bhi 'ga sheinn fhein a dh' fhuireach anns an dòigh so?

Cha mhòr gu bheil iad a 'caill air bates, anns an iomagain cheart aice airson a bhith a' caoidh, is gann a dh 'fhalbh e gus a bhith taingeil, mus gluais i air adhart agus gun cuir i deireadh ris a' seinn nas fhaide. Stad seo a 'phàirt de chonsairt na h-oidhche, oir b' e an taigh-ionndrainn agus an t-am fuaim an aon fhear a bha nan cluicheadairean òga; ach goirid (taobh a-staigh còig mionaidean) am moladh airson dannsa - a thàinig a-mach nach robh fios aig duine dìreach càite an robh — air a chuir air adhart gu h-èifeachdach le mr. Agus mrs. Gu bheil gach nì a 'glanadh air falbh gu sgiobalta, gus àite ceart a thoirt seachad. Bean. Taobh an iar, calpa na dannsaichean dùthchail, na shuidhe, agus tòiseachadh air waltz neo-dhèanta; agus a 'faighinn a-mach gu robh a h-uile duine ag iarraidh a bhith nas gaisge don rìoghachd, fhuair i suas chun a' mhullach.

Fhad 'sa bha e a 'feitheamh gus am faigheadh na daoine òga eile paidhir leotha fhèin, fhuair emma ùine, a dh' aindeoin na beachdan a bha i a 'faighinn a guth agus a blas, a bhith a' coimhead, agus faicinn dè a thàinig à mr. Ridire. Bhiodh seo na dheuchainn. Cha robh e na dhannsair san fharsaingeachd. Nam biodh e gu math furachail a thaobh a bhith a 'dol an sàs ann am faironx jane an-dràsta, dh' fhaodadh e rudeigin a dhèanamh. Cha robh coltas sgiobalta air. Chan eil; bha e a 'bruidhinn ri mrs. Coil — bha e a 'coimhead air nach robh dragh; dh 'fhaighneachd cuideigin eile gun robh iad a' bruidhinn ri feadhainn eile. Cògair.

Cha robh alma a-nis air alma a dhèanamh air emma; bha an ùidh aige fhathast sàbhailte; agus stiùir i an dannsa le fìor spiorad agus tlachd. Chan fhaodadh barrachd na còignear càraid a bhith air an cuir suas; ach bha an annas agus gaisgeachd ga dhèanamh tlachdmhor dha-rìribh, agus fhuair i fhèin suas gu math ann an com-pàirtiche. B 'iad càraid a bh' fhiach a bhith a 'coimhead.

Bha dà dhannsa, gu mì-fhortanach, na h-uile rud a dh 'fhaodadh a bhith air a cheadachadh. Bha e a 'fàs anmoch, agus bha a' call bannan a 'feitheamh ri dhol dhachaigh, air cunntas a màthar. Às dèidh cuid de oidhirpean, mar sin, a bhith a 'ceadachadh tòiseachadh a-rithist, dh'fheumadh iad taing a thoirt do mholaidhean. Siar, a 'coimhead brònach, agus air a dhèanamh.

"'s dòcha gu bheil e cho math," arsa fearg na h-eaglaise, agus e a 'dol gu emma dhan charbad aice. "feumaidh mi a bhith ag iarraidh a bhith ag ionndrainn fuaim, agus cha bhiodh a cuid dannsa languid air aontachadh riumsa, às deidh dhutsa."

Caibideil ix

Cha do chuir emma aithreachas oirre a 'dol gu na còtaichean. Thug an turas a h-uile cuimhneachan tlachdmhor dhi an ath latha; agus feumaidh gu bheil na h-uile a dh 'fhaodadh a bhith air chall air taobh de dhìon-dìomhair, a bhith air a h-ath-phàigheadh gu glòrmhor anns an t-sluagh mòr-chòrdte. Feumaidh i a bhith air leth toilichte leis na coilich - daoine airidh, a bha airidh air a bhith toilichte! — agus dh'fhàg iad ainm air a cùlaibh nach deidheadh gu bàs a dh 'aithghearr.

Chan eil sonas foirfe, eadhon ann an cuimhne, cumanta; agus bha dà phuing ann nach robh i furasta. Bha i a 'smaoineachadh nach do chuir i a-steach dleasdanas boireannaich ann am boireannach, ann a bhith a' dèanamh dìmeas air a h-amharas mu na faireachdainnean a bh 'ann de dh' fhaireachdainn cruaidh gus faochadh a thoirt don eaglais. Cha mhòr gun robh e ceart; ach bha e air a bhith cho làidir , gun teicheadh e i, agus gun do chuir a thagradh ris a h-uile rud a dh 'innis i, moladh airson an drùidh a dh' fhag i, a thug air a bhith gu math cinnteach gum bu chòir dhi a cànan a chumail.

Na suidheachaidhean eile co-cheangailte ri aithreachas cuideachd co-cheangailte ri jane fairfax; agus cha robh teagamh sam bith aice. Bha i a 'aithreachas gu mì-rianail agus gu cinnteach gun robh i bochd na h-ìre seinn agus seinn aice fhèin. Rinn i a 'chùis chruaidh mu uireasachd a leanabachd — agus shuidh i sìos agus rinn i obair làidir gu làn uair a thìde gu leth.

An uair sin chaidh stad a chuir oirre le searbhadair a 'tighinn a-steach; agus nam biodh moladh an t-seicheir ga riarachadh, is dòcha gum biodh i na cofhurtachd.

"oh! Nam b 'urrainn dhomh ach cluiche cho math riut agus a dh' fhonn a chothromachadh! "

"na cabair sinn còmhla, a' reic, chan eil mo chluiche-sa mar a tha i, oir tha lòchran coltach ri grian. "

"a ghaoil, tha mi a' smaoineachadh gu bheil thu a 'cluich na b'fheàrr den dithis. Tha mi a' smaoineachadh gu bheil thu a

'cluich gu math agus a tha i. Tha mi cinnteach gun robh mi gu
math a' cluinntinn.

"an fheadhainn a dh' aithnich rud sam bith mu dheidhinn,
feumaidh gu bheil iad air a bhith a 'faireachdainn an eadar-
dhealachaidh. Is e an fhìrinn, a' chliù, gu bheil mo chluich math
gu leòr airson a bhith air a mholadh, ach tha jean fairfax gu math
nas fhaide air falbh. "

"uill, bidh mi an-còmhnaidh a' smaoineachadh gu bheil thu a
'cluich gu math mar a tha i, no ma tha dad sam bith ann cha
bhith duine a' faighinn a-mach gu bràth e. Thuirt muile an cnap a
bh 'agad; mu do bhlas, agus gun do chuir e luach air a 'bhlas na
bu mhotha.

"ah, ach tha an dithis aca, harriet."

"a bheil thu cinnteach? Chunnaic mi gun robh i a' cur gu bàs, ach
cha robh fios agam gun robh blas oirre. Cha robh duine a
'bruidhinn mu dheidhinn. Agus tha gràin agam air seinn òran. —
chan eil tuigse ann air facal dheth a bharrachd, ma nì i sin cho
math uill, tha fios agad, chan eil barrachd ann na tha i air a
dhèanamh, oir feumaidh i teagasg. Bha na coxes a
'smaoineachadh an-raoir an rachadh i a-steach do theaghlach
mòr sam bith.

"dìreach mar a bhios iad an-còmhnaidh a' dèanamh - gu math
sàmhach. "

"dh'innis iad dhomh rudeigin," thuirt an t-acfhainn gu cruaidh;
"ach chan eil dad de dhroch bhuaidh sam bith."

Dh'fheumadh emma iarraidh air na thuirt iad rithe, ged a bha
eagal oirre mu bhith a 'dèanamh mr. Elton.

"dh' innis iad dhomh-sa gun d 'innis am martin iad leis an deichead mu dheireadh."

"oh!"

"thàinig e chum an athair air gniomhachas, agus dh' iarr e air fuireach gu dinnear. "

"oh!"

"bha iad a' bruidhinn gu mòr mu dheidhinn, gu h-àraidh anne cox. Chan eil fhios agam dè a bha i a 'ciallachadh, ach dh' fhaighnich mi dh 'an robh mi a' smaoineachadh gum bu chòir dhomh a dhol agus fuireach ann an ath shamhradh. "

"bha i airson a bhith gu tur neònach, dìreach mar sin bu chòir a bhith ann an anne cox."

"thuirt i gun robh e glè thoilichte an latha a dh' fhalbh e ann. Shuidh e leatha aig a dinnear. A 'faireachdainn gu robh nasn a bhith den bheachd gum biodh aon de na coxes gu math toilichte a phòsadh."

"tha e glè choltach. — tha mi a' smaoineachadh gur iad, gu h-àraidh, na nigheanan as bochda ann an highbury. "

Bha gnìomhachas aig cliabh a 'reic. — bha emma den bheachd gun robh e glic a dhol thuice. Bha coinneamh tubaisteach eile ann leis a 'marthan, agus na staid an-diugh, bhiodh i cunnartach.

Bha an t-uamhas, air a mhilleadh le gach nì agus air a sparradh le leth-fhacal, an-còmhnaidh fada na cheannach; agus ged a bha i fhathast a 'crochadh thairis air musgan agus ag atharrachadh a h-inntinn, chaidh emma chun an dorais airson gàire. — cha robh e comasach a bhith an dòchas bho thrafaig eadhon an roinn as trainge den highbury; peireag a 'coiseachd gu sgiobalta le, mr.

William cox a 'leigeil leis fhèin a dhol a-steach don doras-oifis, mr. Eich eich a 'tilleadh bho eacarsaich, no balach litir air seachran air muile uamhasach, an rud as beothaile a bha i an dùil a bhiodh dùil; agus nuair nach do thuit a sùilean ach air a 'bhùidsear leis an treidhe aige, seann chailleach shoilleir a' siubhal dhachaigh bho bhùth leis a 'basgaid iomlan, dà chursair a' toirt seachad siorraidh thar cnàmh salach, agus sreath de chlann eagalach timcheall uinneag bogha beag a 'bhèicear a' coimhead an aran-cridhe , bha fios aice nach robh adhbhar aice gearan a dhèanamh, agus bha gu leòr aice; gu leòr fhathast airson seasamh aig an doras. A bhith beò ann an dòigh bheothail agus furasda, is urrainn dhut a dhèanamh le bhith a 'faicinn dad, agus chan fhaic thu dad nach eil a' freagairt.

Choimhead i sìos rathad nan speuran. An sealladh nas motha; nochd dithis; bean. Taobh an iar agus a cèile-chèile; bha iad a 'coiseachd a-steach dhan àrd-chnoc; bha iad a 'stad ge-tà anns a' chiad àite aig mrs. Bates; bha an taigh aige beagan na b 'faisg air na speuran; agus nach do chuir e uile a-steach, nuair a ghlac emma a shùil. Aig a 'bhad chaidh iad tarsainn an rathaid agus thàinig iad air adhart thuice; agus bha e coltach gun robh toileachas com-pàirteachas an-dè a 'toirt toileachas mòr don choinneamh a bha ann an-diugh. Bean. Chuir taobh an iar fios thuice gun robh i a 'tadhal air na bateses, gus an ionnstramaid ùr a chluinntinn.

"oir tha mo chompanach ag ràdh rium," arsa ise, "a thug mi gealladh dhomh gun do chaill mi bragan an-raoir, gum biodh e a' tighinn madainn an-diugh. Cha robh mi mothachail orm fhìn. Cha robh fios agam gun robh mi air latha a shocrachadh, ach mar tha mi ag ràdh gun do rinn, tha mi a 'dol a-nis."

"agus ged a phàigheas muinntir an iar a cuairt, dh' fhaodadh gum bi cead agam, "tha mi a' sùileachadh, "arsa fearg na h-eaglaise," a dhol còmhla ris a 'phàrtaidh agad agus fuireach rithe ann an raon feòir - ma tha thu a' dol dhachaigh. "

Bean. Bha taobh an iar na bhriseadh dùil.

"bha mi a' smaoineachadh gun robh dùil agad a dhol còmhla rium. Bhiodh iad gu math toilichte. "

"bu chòir dhomh a bhith gu math air an t-slighe. Ach, is dòcha — dh' fhaodadh mi a bhith san aon dòigh an seo. Cha bhith an taigh-ionnlaid a 'coimhead mar nach robh i ag iarraidh orm. Bidh mo phiuthar a' cur orm an uairsin nuair a bhios i a 'ceannach. Tha i beò gu bàs agus tha coltas ann nach fhaic i an aon rud, ach dè a nì mi? "

"tha mi an-seo gun ghnothachas nam aonar," thuirt emma; "cha bhith mi a' feitheamh ach mo charaid. Is dòcha gum bi i deiseil a dh 'aithghearr, agus an uairsin thèid sinn dhachaigh. Ach b'fheàrr dhut falbh le mr. Siar agus an ionnstramaid a chluinntinn."

"uill, ma tha thu a' toirt comhairle dha. — ach (le gàire) ma tha còir aig a 'chailleach-chrom campall caraid mì-chùramach a ghabhail, agus ma bu chòir dha a bhith gun a bhith neo-thaobhach — dè a chanas mi? Gum faodadh i fìor mhath a dhèanamh leis fhèin - bhiodh fìrinn nach gabh a chluinntinn furasta a dhol tro na bilean aice, ach is mise am fear as miosa a tha san t-saoghal le meallta sìobhalta. "

"chan eil mi a' creidsinn rud sam bith, "fhreagair emma-" tha mi air mo mhisneachadh gun urrainn dhut a bhith cho eagalach ri do nàbaidhean, nuair a bhios e riatanach; ach chan eil adhbhar ann a bhith a 'smaoineachadh gu bheil an ionnstramaid gu math mì-chomasach, gu dearbh, gu dearbh, ma tha thuig mi am beachd a bha mi ag ionndrainn an t-raoir a-raoir. "

"thig còmhla rium," thuirt mrs. Air taobh an iar, "mura h-eil e gu math mì-chomasach dhut. Cha leig sinn a leas ar cumail fada. Thèid sinn gu hartfield às a dhèidh sin. Leanaidh sinn iad gu hartfield. Tha mi dha-rìribh ag iarraidh orm tadhal orm. Agus bha mi an-còmhnaidh a 'smaoineachadh gun robh e a' ciallachadh. "

Chan innseadh e tuilleadh; agus le dòchas an fhearainn a thoirt dha mar dhuais, thill e le màth. Siar gu siar. Doras bates. Bha emma a 'coimhead orra, agus an uairsin chaidh i an sàs ann an cruaidh-chumhachd, le a bhith a' sgrùdadh, le feachd na h-inntinn aice fhèin, gus a chreidsinn gun robh i gun fheum a bhith a 'coimhead; agus nach biodh ribean gorma, ma bha i cho brèagha, cho coltach ris a 'phàtran buidhe aice. Mu dheireadh thall chaidh a h-uile duine a shuidheachadh, eadhon gu ceann an pharsail.

"am bu chòir dhomh a chur gu mrs. Goddard's, ma'am?" dh 'fhaighnich iad. Ford .— "tha — chan eil - tha, do mhathan goddard. Chan eil ach am gùn agam a' siubhal gu h-àrd, cha chuir sin gu hartfield e, ma dh 'fheumas tu. Ach an uair sin, bidh m g gardard ag iarraidh fhaicinn. — agus b 'urrainn dhomh a' ghèadh am pàtran dhachaigh latha sam bith ach bidh mi ag iarraidh an ribean dìreach — mar sin bha e nas fheàrr a dhol gu hartfield — co-dhiù an ribean agus dh 'fhaodadh tu a dhèanamh na dhà pharsa, mrs ford, nach b' urrainn dhut? "

"cha 'n fhiach e bhith, a' ionndrainn, trioblaid dà pharsa a thoirt do màth. "

"chan eil an còrr ann."

"cha bhi trioblaid sam bith air an t-saoghal, ma'am," thuirt na riatanasan. Fadhail.

"oh! Ach gu dearbh cha bhith ann ach dìreach ann an aon. An uair sin, ma bheir thu sin, cuiridh thu a h-uile càil gu mne. Goddard's — chan eil fhios agam - cha bhith, tha mi a' smaoineachadh, caillidh mi an taigh-feachd, is dòcha gu bheil mi cho math. Chaidh a chuir gu hartfield, agus thug e dhachaigh e còmhla rium air an oidhche.

"nach toir thu leth-leth eile don chuspair. Gu hartfield, ma bheir thu sin, mrs. Ford."

"aye, bidh sin gu math nas fheàrr," arsa clò, gu math riaraichte, "cha bu mhath leam idir a bhith ga chuir gu mrs. Goddard's."

Bha guthan a 'tighinn chun na bùtha - no an àite a bhith na aon ghuth agus dithis bhoireannach: mrs. Choinnich muinntir an iar agus cailleachan iad aig an doras.

"arsa mo chaochain caillte," arsa am fear mu dheireadh, "tha mi dìreach a' ruith a-mach gus a bhith a 'toirt taic dhutsa a thighinn a shuidhe còmhla rinn beagan ùine, agus do bheachd a thoirt dhuinn air an ionnsramaid ùr againn; am bi sibh a 'dèanamh sin, a' ionndrainn gobha? —ghabh math a bhith taingeil dhuibh. — agus dh 'iarr mise air duine a thighinn chun an taobh an iar, gus am bi mi cinnteach mu bhith soirbheachail."

"tha mi an dòchas gu bheil mrs. Bates agus miss fairfax—"

"glè mhath, tha mi gu mòr fo' fhiachaibh. Tha mo mhàthair gu math taitneach, agus cha do ghlac mo mhàthair fuachd an-raoir. Ciamar a tha mr wouse? - tha mi cho toilichte a leithid a chluinntinn. An uairsin, thuirt mi, feumaidh mi, ruith thairis, tha mi cinnteach gum faigh mi cothrom a dhol na ruith agus a thighinn a-steach airson a thighinn a-steach; bidh mo mhàthair cho toilichte a bhith ga faicinn - agus a-nis tha sinn cho làidir. Pàrtaidh snog, chan urrainn dhi diùltadh - "aidh, ag ùrnaigh," arsa mr frank eaglaisill, "bidh cuimhne air a' smaoineachadh nach bi luach an t-seallaidh aig inneal woodhouse. "-ach, arsa i, bidh mi nas cinntiche mu bhith soirbheachail ma bhios aon agaibh a 'dol còmhla rium .- oh, 'thuirt e,' fuirich leth mionaid, gus an cuir mi crìoch air m' obair; , ionndrainn an taigh-seinnse, tha e, anns an dòigh as doirbhe san t-saoghal, a 'ceangal a-steach ann an spionnadh speuclairean mo mhàthar. — thàinig a' chailleach a-mach, a 'mhadainn seo. Dhe na speuran aice — cha b 'urrainn dhaibh an cur air. Agus, leis a 'bhàthaich, bu chòir gum biodh dà phaidhir speuclairean aig a h-uile buidheann; bu chòir dhaibh gu dearbh. Thuirt jane. Bha mi an dùil a thoirt leotha gu johnohn saunders a 'chiad rud a rinn mi, ach chuir rudeigin no eile bacadh orm a h-uile madainn; aon rud a-mhàin, an uair sin fear eile, chan eil ag ràdh dè, tha fios agad. Aig aon àm thàinig patty a ràdh gun robh i den bheachd gu robh an similear sa chidsin ag iarraidh sguabadh. O, thuirt mi, chan eil patty a 'tighinn leis an droch naidheachd agad thugam. An seo is e suathadh speuclairean do bhana-mhaighstir a-mach. An uairsin thàinig na h-ùbhlan fuine dhachaidh, mrs. Chuir balla iad gan balla; tha iad gu math sìobhalta agus a 'toirt dhuinn, na ballachan, an-còmhnaidh - tha mi air cuid de dhaoine a ràdh gu bheil iad a' bruidhinn. Faodaidh wallis a bhith mì-shìobhalta agus freagairt gu math mì-mhodhail a thoirt seachad, ach cha robh sinn riamh eòlach air rud sam bith ach an aire as motha bhuapa. Agus chan urrainn dha a bhith ann airson luach ar cleachdadh a-nis, airson dè a tha sinn a 'cleachdadh aran, eil fhios agad? Chan eil ach triùir againn. — a bharrachd air d 'obair chruaidh aig an àm seo — agus bidh i ag ithe rud sam bith — a' dèanamh bracaist cho eagalach, bhiodh eagal ort ma chunnaic thu e. Cha chan urrainn dhomh leigeil le mo mhàthair fios fhaighinn dè cho beag a bhios i ag ithe. Mar sin tha mi ag ràdh aon rud agus an uairsin their mi fear eile agus tha e a 'dol seachad. Ach mu mheadhan an latha a tha i acrach, agus chan eil càil a tha a 'còrdadh rithe cho math ris na h-ùbhlan bidhe seo, agus tha iad gu math fallain, oir thug mi an cothrom an latha eile a 'faighneachd mr. Peiridh; thachair mi ri coinneachadh ris air an t-sràid. Cha robh teagamh sam bith agam gun robh mi a 'cluinntinn mr gu tric. Bidh taigh-tasgaidh a 'moladh ubhal àmhainn. Tha mi a 'creidsinn gur e an aon dòigh anns am bi mr. Tha taigh-seinnse den bheachd gu bheil na measan gu math fallain.gu dearbh, gu math tric tha tilgeil sìos-ubhal againn. Bidh patty a 'dèanamh leth-bholladh sgoinneil. Uill, thòisich. Air taobh an iar, tha thu air buaidh fhaighinn, tha mi an dòchas, agus cuiridh na mnathan 'sin sinn."

Bhiodh emma "glè thoilichte a bhith a' feitheamh air bates, & c., "agus dh' fhalbh iad mu dheireadh thall a-mach às a 'bhùth, gun dàil nas fhaide bho bhith a' dol seachad air

"ciamar a nì thu, tha mi ag iarraidh do mhaitheanas. Cha do thuig mi thu roimhe. Tha mi a' cluinntinn gu bheil cruinneachadh mìorbhaileach agad de ribeanan ùra às a 'bhaile. Dìreach beagan ro mhòr mun chaol-dùirn, ach tha jane gan toirt a-steach. "

"dè bha mi a' bruidhinn? " thuirt i, a 'tòiseachadh a-rithist nuair a bha iad air an t-sràid.

Smaoinich emma air dè a bhiodh aice, a thaobh na h-uile medley, a shocraicheadh i.

"tha mi ag ràdh nach urrainn dhomh cuimhneachadh air na bha mi a' bruidhinn. — oh! Speuclairean mo mhàthar. Arsa esan, 'tha mi a 'smaoineachadh gum faod mi an ribe a cheangal; mar obair den t-seòrsa seo gu mòr.' - a dh' aithnicheas tu gu robh e cho uamhasach… gu dearbh feumaidh mi a ràdh, mar a chuala mi dha tha mi fada a 'dèanamh gàirdeachas, tha mi a' dèanamh meala-naidheachd air a 'chùis seo. Arsa esan, 'is urrainn dhomh an ribe a cheangal. Is toil leam obair mar sin gu tur.' cha dìochuimhnich mi gu bràth an dòigh anns an robh mi a 'toirt a-mach agus na h-ùbhlan bèicte a-mach às a' chlòsaid, agus bha mi an dòchas gum biodh ar caraidean cho mòr a 'toirt cuid, 'oh!' thuirt e dìreach, 'chan eil dad mar a tha measan cho math, agus is iad sin na h-ùbhlan dachaigh as fheàrr a chunnaic mi a-riamh nam bheatha. ' Bha sin, tha fhios agaibh, cho fìor mhath agus tha mi cinnteach, leis an dòigh aige, nach robh e na thoileachas. Gu dearbh tha iadùbhlan anabarrach tlachdmhor, agus mrs. Bidh ballais gan dèanamh làn-cheartas — chan eil againn ach

bèicearachd barrachd air dà uair, agus mr. Dh 'fhàg taigh an ròid
geall gum biodh iad air a dhèanamh trì tursan - ach bidh call an
taigh-tasgaidh cho math gun a bhith ag ainmeachadh e. Is iad na
h-ùbhlan an seòrsa as fheàrr airson bèicearachd, gun teagamh
sam bith; na h-uile bho donwell-cuid de mr. An solarachadh as
libearalach aig ridire. Bidh e a 'cur poca thugainn gach bliadhna;
agus gu cinnteach cha robh a leithid ann a-riamh a 'cumail ubhal
ann an àite sam bith de a chraobhan - tha mi a' creidsinn gu bheil
dithis dhiubh ann. Tha mo mhàthair ag ràdh gu robh an t-ubhal-
ghort ainmeil an-còmhnaidh na làithean as òige. Ach bha mi gu
math uamhasach an latha eile - airson mr. Bha ridire air
ainmeachadh aon mhadainn, agus bha jane ag ithe na h-ùbhlan
sin, agus bhruidhinn sinn mu dheidhinn agus thuirt sinn cho
math sa chòrd iad riutha, agus dh'fhaighnich e an robh sinn gu
deireadh na sprice againn. 'Tha mi cinnteach gum feum thu,' arsa
esan, 'agus cuiridh mi solair eile thugad; airson gu bheil tòrr a
bharrachd agam na urrainn dhomh a chleachdadh. Bidh william
larkins a 'leigeil dhomh tòrr nas motha a chumail nas àbhaistiche
am-bliadhna. Cuiridh mi thugad barrachd, mus fhaigh iad math
airson dad. ' Mar sin cha robh e ag iarraidh — nach biodh cus
againn a-nise gun robh mòran againn air fhàgail - cha robh ann
ach leth-dhusan gu dearbh; ach bu chòir dhaibh uile a bhith air
an gleidheadh airson an t-sitheis; agus cha b'urrainn dhomh a
bhith idir a 'giùlain a dh' aindeoin sin gum bu chòir dha tuilleadh
a chuir thugainn, mar sin cho saoraidh mar a bha e roimhe; agus
thuirt an t-aon rud. Agus an uair a dh 'fhalbh e, cha mhòr nach
do chuir i as mo leth-sa, cha bu chòir, cha bu chòir dhomh a ràdh
gun robh e toileach; ach bha i gu math sàmhach gun robh mi
faisg air na h-ùbhlan; bha i airson gun tug i air a chreidsinn gun
robh mòran air fhàgail againn. Och, arsa i, a ghràidh, rinn mi a-
mach agus a b 'urrainn dhomh. Ach thàinig an dearbh oidhche
seachad le basgaid mhòr de ùbhlan, an aon seòrsa ùbhlan, bushel
co-dhiù, agus bha mi gu mòr an sàs, agus chaidh mi sìos agus
bhruidhinn mi ri uilleam larkins. Is dòcha gum bi. Tha william
larkins cho aostaeòlach! Tha mi an-còmhnaidh toilichte a bhith
ga fhaicinn. Ach, ge-tà, nuair a fhuair mi a-mach às a dhèidh sin,

thuirt an t-amadan gur e na h-ùbhlan den t-seòrsa sin a bha aig a
mhaighstir; bha e air a thoirt a-steach uile - agus a-nis cha robh
aig a mhaighstir ri fear a bhèic no a bhruich. A rèir coltais cha
robh e fhèin gu bhith a 'smaoineachadh air eiam, bha e cho
toilichte gun robh a mhaighstir air uiread a reic; oir tha do
thobar, tha fhios agad, a 'smaoineachadh gu bheil barrachd de
bhuannachd a mhaighstir na rud sam bith; ach mrs. Thuirt e, cha
robh e furasta dha na h-oirean a chuir air falbh. Cha b 'urrainn
dhi seasamh nach bu chòir gum b' urrainn do a maighstir tart eile
a dhèanamh as t-earrach. Dh 'innis e do chliath sin, ach gun a'
fainear dhith a bhi mothachail dhith, agus a bhi cinnteach nach
can thu ni sam bith dhinn mu dheidhinn, air son mrs. Bhiodh
croinn a 'dol thairis uaireannan, agus cho fad 'sa bha uimhir de
phocannan air an reic, cha robh e ag innse cò dh'ith an còrr. Agus
mar sin dh'innis patty dhomh, agus bha mi air mo mhilleadh gu
mòr! Cha bhiodh mr agam. Tha ridire eòlach air rud sam bith
mun t-saoghal! Bhiodh e cho fìor .... Bha mi airson a chumail
bho eòlas an t-sluaigh; ach, gu mi-fhortanach, bha mi air a ràdh
mu dheidhinn mus robh fios agam. "

Bha clàraidhean call mar a dh 'fhalbh mar a dh' fhosgail an
doras; agus choisich a luchd-tadhail suas an staidhre gun sgeul
cunbhalach a bhith an làthair orra, gan leantainn dìreach le
fuaimean a deagh-ghean.

"guidhe a' gabhail cùram, thoir thairis, tha ceum aig a
'thionndadh ùrnaigh a bhith faiceallach, bi a' dol às an taigh, tha
an staidhre car coltach ri staidhre dhorcha - caran nas duirche
agus nas cuinge na fear a dh 'fhaodadh. Tha mi gu math
iomagaineach, tha mi cinnteach gun do bhuail thu do chas. Caill
a 'ghobha, an ceum aig a' chasadh. "

Caibideil x

Bha coltas an t-seòmair-suidhe bheag mar a bha iad a 'dol suas, sàmhach; bean. B 'iosan, a' call obair àbhaisteach, a 'suathadh air aon taobh den teine, falaichte na h-eaglaise, aig bòrd faisg oirre, a' gabhail thairis le a h-obair spioradail, agus faironx jane, a 'seasamh ris an druim orra, a' miannachadh a pian.

Trang mar a bha e, ge-tà, bha an duine òg fhathast comasach air a bhith glè thoilichte le bhith a 'faicinn emma a-rithist.

"is e toileachas a tha an seo," arsa esan, ann an guth caran ìosal, "a' tighinn co-dhiù deich mionaidean nas tràithe na bha mi air a thomhas. Thuig mi gu bheil mi a 'feuchainn ri bhith feumail; innis dhomh ma shoirbhicheas mi."

"dè!" arsa mrs. Air taobh an iar, "nach eil thu air a chrìochnachadh fhathast? Cha bhiodh tu a' faighinn beòshlaint glè mhath mar ghobha-airgid ag obair aig an ìre seo. "

"cha robh mi air a bhith ag obair gun stad," fhreagair e, "tha mi air a bhith a' cuideachadh le bhith ag ionndrainn fuaim na h-ionnsramaid gu seasmhach, cha robh e buileach cinnteach; tha mì-chofhurtachd anns an làr, tha mi a 'creidsinn gu bheil sinn a' geàrradh fear seo glè chruaidh ort a bhith a 'faighinn thuice gun robh eagal orm gun deidheadh tu a' giùlain dhachaigh. "

Chronaich e gum bu chòir dhi a bhith na suidhe leis; agus bha e air a chleachdadh gu leòr ann a bhith a 'coimhead air an ubhal bèicte as fheàrr dhi, agus a' feuchainn ri a cuideachadh no a chomhairleachadh na chuid obrach, gus an robh jane fairfax gu math deiseil airson suidhe sìos chun pianaidh a-rithist. Nach robh i deiseil sa bhad, bha emma fo amharas gun èireadh i bho staid a nearbhan; cha robh i fhathast air an inneal a chumail fada gu leòr airson a bhith ga chumail gun faireachdainnean; feumaidh i adhbhar a ghabhail fhèin a-steach do chumhachd coileanaidh; agus cha b'urrainn do emma na faireachdainnean sin a thruasachadh, ge bith dè an tùs a bh 'aca, agus cha b' urrainn dhaibh a dhèanamh cinnteach gun a thoirt am follais don nàbaidh aca a-rithist.

Aig an àm mu dheireadh thòisich, agus ged a chaidh na ciad bhàraichean a thoirt gu ceart, chaidh cumhachdan na h-ionnstramaid a dhèanamh gu ceart. Bean. Bha taobh an iar air a bhith toilichte roimhe, agus bha e air leth toilichte a-rithist; thug emma dhi a h-uile moladh; agus bha an pianoforte, le gach eadar-dhealachadh ceart, air a chomharrachadh mar an làn ghealltanas as àirde.

"a dh' fhaodadh neach sam bith a dh 'fhaodadh a bhith an sàs ann an campall," arsa fearg na h-eaglaise, le fiamh-ghàire aig emma, "cha do dh' fhalbh duine tinn. Chuala mi mòran de bhlas a 'chuilc campbell aig ìre neònach; dè bhiodh e fhèin is am pàrtaidh sin gu h-àraidh a 'faighinn duais, ag ràdh, caill fairfax, gun tug e dìreach stiùireadh glè bheag dha a charaid, no gun do sgrìobh e gu coille leathann e fhèin.

Cha robh jane a 'coimhead timcheall. Cha robh aice ri cluinntinn. Bean. Bha taobh an iar air a bhith a 'bruidhinn rithe aig an aon àm.

"chan eil e cothromach," thuirt emma, ann an siosar; "bha mi air mo thomhas gu tuairmseach. Na biodh dragh oirre."

Chrath ea cheann le fiamh, agus choimhead e mar nach robh mòran teagamh aige agus glè bheag de thròcair. An ceann ùine ghoirid thòisich e a-rithist,

"dè an ìre a dh'fheumas do charaidean ann an èirinn a bhith a' mealtainn an toileachas an turas seo, caill cothromachadh. A

'faireachdainn gu bheil iad gu tric a' smaointinn ort, agus a
'smaoineachadh dè an latha a bhios ann, latha na h-ionnsramaid
a 'tighinn. Tha campbell eòlach air a 'ghnìomhachas a bhith a'
dol air adhart dìreach aig an àm seo? — mar a shaoileas tu gu
bheil e mar thoradh air coimisean sa bhad bhuaithe, no gur dòcha
nach do chuir e ach stiùireadh coitcheann, òrdugh neo-
chinnteach gu ùine, a bhith an crochadh air. Èiginn agus
goireasan? "

Stad e. Ach cha chluinneadh i; cha b 'urrainn dhi freagairt a
sheachnadh,

"gus am faigh mi litir bhon chòrnaileir campbell," thuirt i, ann an
guth cho socair, "tha mi a' smaoineachadh nach bi dad ann le
misneachd sam bith. Feumaidh e bhith na h-uile barantas. "

"barantas - aye, uaireannan aon barail gu ceart, agus uaireannan
bidh aon a' dèanamh gearan. Ceàrr. Dh 'iarrainn mi dearbhadh a
dh' a dh 'a dh' a dh 'a dh' s an ath-chainnt seo gu cinnteach. Dè
an nonsense a dh 'èignicheas, caill an taigh, nuair a tha e doirbh
san obair, ma bhruidhneas tu idir; - tha mi creidsinn, a tha nan
luchd-obrach ceart agad, a 'cumail na cànanan aca; ach tha
luchd-obrach nan daoine-aoibhneas againn ma gheibh sinn grèim
air facal — miss fairfax ag ràdh rudeigin mu bhith a' creidsinn.,
tha sin air a dhèanamh.) mu bhith a 'toirt air ais na speuran
agad, air an leigheas airson an-diugh."

Thug a mhàthair agus a nighean taing mhòr dha; gus teicheadh
beagan às an sin, chaidh e chun a 'phianoforte, agus dh' iarr e air
fairfax, a bha fhathast na shuidhe ann, a bhith a 'cluiche
barrachd.

"ma tha thu gu math coibhneil," thuirt e, "bidh e mar aon de na
ualtsan a dh' èideadh sinn a-raoir; bha thu toilichte gun do
dhanns sinn tuilleadh, ach bhiodh mi air saoghal a thoirt — a h-

uile saoghal a tha aig a h-uile àm ri thoirt — airson leth-uair a thìde eile. "

Chluich i.

"dè a' bhrìgh a tha ann airson fuaim a chluinntinn a-rithist a tha air toileachas a dhèanamh! —ar mearachd nach deach sin a dhanamh aig weymouth. "

Thug i sùil suas air airson mòmaid, air a dhath gu domhainn, agus chluich i rudeigin eile. Thug e ceòl bho chath faisg air a 'phianàorte, agus a' tionndadh gu emma, thuirt e,

"tha seo gu math ùr dhomh. A bheil fios agad air? —ar fear. — agus an seo tha seata ùr de mhànrannan ann an sasainn. Gum biodh a h-uile duine an dùil ri seo às a' cheathramh sin. Cha robh fios aig am fear a bhiodh a dhìth air gun robh ceòl an seo. Tha mi a 'toirt urram don phàirt sin den aire gu h-àraidh - tha e air a bhith cho làn-chridhe bhon chridhe. Air a bhrosnachadh. "

Bha emma ag iarraidh nach biodh e cho biorach, ach nach b 'urrainn dha a bhith air a chuideachadh le bhith air a thruailleadh; agus nuair a bha e a 'sùil a thoirt air a sùil gu faironx jane fhuair i fuigheall gàire, nuair a chunnaic i gu robh fealla-dhà de fhaireachdainn ann, le nas lugha de thoileachas, gun robh i cho sgiobalta anns an spòrs, agus gun mòran co-fhaireachdainn. A thaobh a bhith. — tha e coltach gu robh an fairfax fìor-ghlan seo, dìreach, dìreach, glè dhona, a 'cur dragh mòr air.

Thug e an ceòl uile dhi, agus sheall iad ris a 'tighinn còmhla. — thug emma an cothrom a bhith a' caoidh,

"tha thu a' bruidhinn ro shoilleir. Feumaidh i thu fhèin a thuigsinn. "

"tha mi an dòchas gun dèan i a-mach mi. Gum biodh i a' tuigsinn orm. Chan eil mi idir cho inntinneach a thaobh mo bhrìgh. "

"ach gu dearbh, tha mi air leth nàire, agus tha mi ag iarraidh nach do chuir mi ris a' bheachd. "

"tha mi glè thoilichte gun do rinn thu, agus gun do dh'innis thu dhomh e. Tha mi a-nis na iuchair don h-uile dreach is dòigh a th' ann. Fàg thusa oirre. Ma nì i mearachd, bu chòir dhith a bhith ga fhaicinn. "

"chan eil i gu tur às aonais, tha mi smaoineachadh."

"chan eil mi a' faicinn mòran comharraidh air. Tha i a 'cluich robin adair aig an àm seo - a rud as fheàrr leis."

An ceann ùine ghoirid bidh iad a 'call bùird, a' dol seachad air an uinneig, a 'dol às a rian. Ridire air each-each chan eil fada às.

"feumaidh mi bruidhinn ris ma ghabhas e dèanamh, airson taing a thoirt dha. Cha dèan mi fosgladh na h-uinneig an-seo; bheireadh e fuachd dhut uile; ach thèid agam air a dhol a-steach do sheòmar mo mhàthar as aithne dhut. Thig e a-steach nuair a bhios fios aige cò tha an seo.

Bha i anns an t-seòmar ri taobh fhad 'sa bha i fhathast a 'bruidhinn, agus a' fosgladh na cèis ann an sin, anns a 'bhad mr. Bha aire ridire aig gach neach agus a h-uile sraod de chòmhradh air a chluinntinn cho dìreach ris na daoine eile, mar gum biodh e air a dhol a-steach anns an aon togalach.

"ciamar a tha thu? — a dh' fhalbh? — a 'nochd gu math, tha mi a' toirt taing dhut airson an carbad a-raoir. Bha sinn dìreach an ceann ùine, bha mo mhàthair deiseil airson a bhith ag ùrnaigh. Thig a-steach. Gheibh thu cuid de charaidean an seo. "

Mar sin thòisich e air call a-mach; agus mr. Bha e coltach gun robh ridire cinnteach gun cluinnear e san t-seagh aige, airson a 'chùis a bu chudthromaiche agus dìcheallach a thuirt e,

"ciamar a tha do bhràthair, a dh' ionndrainn?? Tha mi airson faighinn a-mach às deidh dhut a h-uile duine, ach gu h-àraidh do nighean. Ciamar a tha miss fairfax? — an dòchas nach d' fhuair i fuachd an-raoir. Ciamar a tha i gu latha an-diugh? Inns dhomh ciamar a chailleas am fìrinn . "

Agus bha e mar dh 'fhulang gun a bhith a' dèanamh brag air freagairt dìreach mus cluinneadh e i ann an rud sam bith eile. Bha an luchd-èisteachd sgìth; agus mrs. Thug muinntir an iar sealladh sònraichte air brìgh sònraichte. Ach bha emma fhathast a 'creachadh a ceann ann an amharas gun sgur.

"a dh' fheumas mar sin dhòmhsa: — a dh 'fheumas gu mòr dhut air a' charbad, "ais air ais na h-ialtagan.

Gheàrr e a gheàrr le,

"tha mi a' dol gu kingston. Am faod mi rud sam bith a dhèanamh dhut? "

"o! A ghaoil, a righin — an bheil thu? — bha cole ag ràdh an latha roimhe sin gu robh i ag iarraidh rudeigin bho kingston."

"tha sgalagan aig minidh. Cuir air falbh. An dèan mi rud sam bith dhut?"

"chan eil, tha mi a' toirt taing dhut. Ach thig a-steach. Cò a tha thu a 'smaoineachadh a tha seo? — ceadaich taigh-staile agus caill gobha; mar sin a chaitheas tu a' cluinntinn an pianoforte ùr. Cuir suas do each aig a 'chrùn, agus thig a-steach. "

"uill," thuirt e, ann an dòigh smaoineachail, "airson còig mionaidean, is dòcha."

"agus a-nis tha a' chiad iart agus na h-eaglais a-nis ro dhona - anabarrach taitneach; an uiread charaidean! "

"chan e, chan ann a-nis, tha mi a' toirt taing dhut. Cha b 'urrainn dhomh fuireach dà mhionaid. Feumaidh mi faighinn air adhart gu kingston cho luath 's as urrainn dhomh."

"o!! Thig a-steach. Bidh iad cho toilichte a bhith gad fhaicinn."

"chan eil, chan eil, tha do sheòmar làn gu leòr. Gairmidh mi latha eile, agus cluinnidh mi am pianoforte."

"uill, tha mi cho duilich! —!! Fear mu dheireadh, abair pàrtaidh aoibhneach an-raoir; an robh thu cho taitneach, a dh' fhaicinn a bh 'ann riamh? — cha robh e cho tlachdmhor? —an taigh-aoibhneas a thoirt seachad. Nach fhaca iad càil a-riamh co-ionnan ris. "

"uh, tha sin gu math tlachdmhor; chan urrainn dhomh rud sam bith a ràdh, airson gu bheil mi a' cumail ris an taigh-òsda agus tha am fear leis a h-uile duine a 'cluinntinn a h-uile rud a tha a' dol seachad. Tha mi a 'smaoineachadh gur e caomhnadh fairfax a tha gu math math, agus tha weston mar an neach-ciùil dùthchail as fheàrr, gun teagamh, ann an sasainn, a-nis, ma tha taingealachd sam bith aig do charaidean, canaidh iad rudeigin gu math àrd mu mo dheidhinn agus mi-sa; ach chan urrainn dhomh fuireach gus a chluinntinn. "

"a bharrachd air sin, an aon mhionaid eile; rudeigin a bhuilich e - air a chlisgeadh! - tha e na iongnadh mòr air anna agus i fhèin mu na h-ùbhlan!"

"dè tha an-dràsta?"

"smaoinich air gun do chuir thu a-mach na h-ùbhlan gu lèir a chuir thu a-mach thu. Thuirt thu gun robh tòrr mhòr agad, agus a-nis nach eil fear agad a-nis. Tha sinn cho uamhasach cho drùidhteach. Is dòcha gum bi fearg mhòr feargach. Cha bhith e air a ràdh, gu dearbh cha bu chòir dhut sin a ràdh. Ach cha robh e comasach dha a bhith a 'toirt taing dha, ach bha mi a' smaoineachadh nach biodh e a-nis ceart, agus cha bhiodh e sàraichte a bhith air ainmeachadh ... Uill, (a 'tilleadh dhan t-seòmar,) cha deach agam air soirbheachadh. Chan urrainn don ridire stad a chuir air agus tha e a' dol gu kingston, dh 'fhaighnich e dhèanainn rud sam bith a dhèanamh.

"tha," thuirt a 'chailleach, "chuala sinn na tairgsean còir aige, chuala sinn a h-uile rud."

"oh! Tha, a ghràidh, tha mi ag ràdh, ma tha fios agad, gu robh an doras fosgailte, agus gu robh an uinneag fosgailte, agus gun robh an ridire ann an guth àrd. Feumaidh tu a h-uile rud a chluinntinn gus dèanamh cinnteach." rud sam bith dhutsa aig kingston? ' Arsa esan, mar sin dh 'ainmich mi dìreach .... Oh! Caomhnadh an taigh-seinnse, feumaidh tu a bhith a' dol? — a-rèir coltais tha thu dìreach a 'tighinn cho mòr ort."

Bha emma gu math cudromach a bhith aig an taigh; gun robh an turas air mairsinn fada roimhe sin; agus nuair a chaidh sgrùdadh a dhèanamh air uaireadairean, bhathar den bheachd gun robh mòran den mhadainn air falbh, sin mrs. Taobh an iar agus a companach a 'toirt air falbh cuideachd, dh'fhaodadh iad a bhith a' coiseachd dìreach leis an dithis bhoireannach òga gu geataichean hartfield, mus fhalbh iad airson randalls.

Caibideil xi

Is dòcha gum bi e comasach dèanamh gun dannsa gu tur. Thathar air a bhith eòlach air daoine òga a bhith a 'dol seachad air mòran, mòran mhìosan an dèidh a chèile, às aonais ball sam bith de dh' ainm, agus nach do dh 'bhuineadh dochann susbainteach don bhuidheann no don inntinn; — nuair a thèid tòiseachadh a dhèanamh - nuair a tha buaidhean gluasad luath aon uair a bhith, ged a bha e beagan, a 'faireachdainn — gum feum e a bhith na sheata glè throm nach iarr barrachd.

Bha eaglais na h-eaglaise air dhannsa aon uair aig highbury, agus bha fadachd air a dhol a dhannsa a-rithist; agus an leth-uair mu dheireadh de oidhche a chuir e seachad.chaidh iarraidh air an taigh-tasgaidh air airgead a chosg còmhla ris an nighean aige aig randalls, chaidh a thoirt seachad leis an dithis dhaoine òga ann an sgeamaichean air a 'chuspair. B 'e frank a 'chiad smuain; agus an seud as motha aige ann a bhith ga leantainn; oir is e am boireannach a bu choireach ris na duilgheadasan, agus an dòigh a bu chruaidhe airson àite-fuirich agus coltas. Ach bha i fhathast diumbach gu leòr airson daoine a rùsgadh a-rithist cho tlachdmhor sa bha iad. D anced s a dh 'ann sin a dh' fheumadh sin a dh which ith a 'a bhith feumach air coimeas a dhčanamh eadar i-fhéin-choimhlionadh — agus eadhon airson dannsa-d simple nidh simplidh, gun gin de na h-ìobairtean aingidh a th' ann bho bhith a 'toirt air falbh an t-seòmar a bha iad. Gus faicinn dè dh 'fhaodadh a bhith a' dèanamh grèim air agus an uair sin a 'gabhail meudachd a' phàrlamaid eile, an dòchas faighinn a-mach, a dh'aindeoin na bha ann am mr. B 'urrainn do thaobh an iar a ràdh mar a bha iad den aon mheud,

A 'chiad tairgse agus iarrtas, gu robh an dannsa a thòisich aig mr. Bu chòir crìoch a chur air coil an sin — gum bu chòir an aon phàrtaidh a chruinneachadh, agus an aon neach-ciùil an sàs, coinneachadh ris an t-sùbailteachd as luaithe. Mr. Chaidh taobh an iar a-steach don bheachd le fìor thlachd agus toileachas. Bu mhath dhan taobh an iar a bhiodh deònach a bhith a 'cluich; agus bha an obair inntinneach an dèidh a bhith ann, le bhith a 'dèanamh suas dìreach cò bhiodh ann, agus a' roinn na h-earrainn a bha ro do-sheachanta de gach àite.

"bidh thu fhèin agus a chailleas, agus miss fairfax, trì, agus an dà chuing a dh' fhalbh còig, "air a bhith air ath-aithris grunn thursan thairis. "agus bidh an dà ghilberts, òg cox, m' athair, agus mi-fhìn, a bharrachd air mr. Knightley. Tha, bidh sin gu leòr airson toileachas. Bidh thu fhèin agus a 'call smith, agus miss fairfax, trì, agus an dà chainnt còig còig, agus airson còig càraid bidh rùm gu leòr ann. "

Ach cha b 'fhada gus an robh e air a bhith air aon taobh, \ t

"ach am bi rùm gu leòr ann airson còignear chàraid?" chan eil sin a 'smaoineachadh gu dearbh gum bi."

Air fear eile,

"agus às dèidh a h-uile, chan eil còig càraid gu leòr airson a dhèanamh cinnteach gum bu chòir dhaibh seasamh suas. Chan eil còig càraid ann, nuair a smaoinicheas duine air gu mòr mu dheidhinn. Cha dèan e cuireadh a thoirt do chòignear càraid. .

Thuirt cuideigin gun robh dùil ri call gilbert aig a bràthair, agus gum feumadh cuireadh fhaighinn bhon chòrr. Creidsinn cuideigin eile. Bhiodh gilbert air dannsa an oidhche eile, nam biodh i air iarraidh. Chaidh facal a chur a-steach airson dara cox òg; agus mu dheireadh, mr. Taobh an iar ag ainmeachadh aon teaghlach de cho-oghaichean a dh 'fheumar a bhith air an gabhail a-steach, agus fear eile de sheann luchd-eòlais nach b 'urrainn a bhith air fhàgail, bha e na dhearbhadh gum biodh an còignear càraid co-dhiù deich, agus tuairmeas air leth inntinneach anns an dòigh a dh'fhaodadh iad a bhith cuidhteas e.

Bha dorsan an dà sheòmar dìreach mu choinneamh a chèile. "is dòcha nach cleachd iad an dà sheòmar, agus dannsa air feadh an trannsa?" bha e coltach gur e an sgeama as fheàrr; agus fhathast cha robh e cho math ach bha mòran dhiubh ag iarraidh barrachd. Thuirt emma gum biodh e doirbh; bean. Bha taobh an iar ann an èiginn mun t-suipeir; agus mr. Chuir taigh na h-aghaidh an aghaidh gu dìcheallach, air sgòth na slàinte. Bha e cho mì-thoilichte, gu dearbh, nach b'urrainn dha a dhol air adhart ann an.

"oh! Cha robh," thuirt e; "bhiodh e anabarrach neo-dhligheach. Cha b'urrainn mi a ghiùlan air son emma! — chan eil lùth-chleas làidir. Gheibheadh i fuar uamhasach. Mar sin cha dèanadh e ach beagan clòimh. Mar sin dh' fhaodadh tu a bhith gu h-iomlan. Na leigibh a 'labhairt mu dheidhinn an rud a tha cho fiadhaich, agus na' deanadh sin bruidhinn riutha. Tha e air a bhith a 'fosgladh gu tric am feasgar seo, agus gan cumail gu neo-thaitneach. Chan eil ea' smaoineachadh mun dreach, ach chan eil mi idir a 'ciallachadh.

Bean. Bha taobh an iar air a bhith duilich airson an leithid de chìs. Bha fios aice air cho cudromach 'sa bha e, agus thuirt i a h-uile nì na cumhachd gus a dhèanamh air falbh. Bha a h-uile doras dùinte a-nis, chaidh plana an trannsa a thoirt suas, agus a 'chiad sgeama dannsa a-mhàin san t-seòmar anns an tàinig iad a-rithist; agus leis an t-seòrsa de thoilichte sin air pàirt na h-eaglaise on taobh a-muigh, gun deach oidhirp a dhèanamh a-nis airson an àite a bha gu bhith beag gu leòr airson còig càraid, a dhèanamh a-mach gu leòr airson deichnear.

"bha sinn ro anabarrach," thuirt e. "cheadaich sinn seòmar gun fheum. Dh'fhaodadh deichnear càraid seasamh an-seo gu math."

Chuir emma às do chèile. "gur e sluagh a bhiodh ann - sluagh duilich; agus dè dh'fhaodadh a bhith nas miosa na bhith a' dannsa gun àite airson tionndadh a-steach? "

"glè fhìor," fhreagair e gu trom; "bha e gu math dona." ach chum e air a thomhas, agus a dh 'aindeoin sin stad e leis;

"tha mi a' smaoineachadh gum bi seòmar gu leòr ann airson deich càraid. "

"chan eil, chan eil," thuirt ise, "tha thu gu math mì-reusanta. Bhiodh e uamhasach a bhith na sheasamh cho faisg! Cha bhith dad nas fhaide na toileachas na bhith a 'dannsa ann an sluagh-agus sluagh ann an seòmar beag!"

"chan eil dol às àicheadh," fhreagair e. "tha mi ag aontachadh riut gu dìreach. Sluagh ann an seòmar beag - caill an taigh-toisich, tha thu an sàs ann a bhith a' toirt seachad dhealbhan ann am beagan fhaclan. Exquisite, gu tur sgoinneil! — ach, air adhart gu ruige seo, tha aon dhiubh deònach a thoirt seachad. Bhiodh e na bhriseadh-dùil do m 'athair - agus gu h-iomlan - chan eil fhios agam gu bheil - tha mi caran de bheachd gum faod deich càraid seasamh an seo gu math."

Thuig emma gun robh nàdar a ghèillidh beagan fèin-leònte, agus gum b 'ann leis a' chùis a dhol an aghaidh a bhith a 'caomhnadh le toileachas; ach ghabh i ris a 'mhiann, agus thug i mathanas don chòrr. An robh i airson a phòsadh a-riamh, is dòcha gum b 'fhiach dhut stad agus beachdachadh air, agus feuchainn ri luach a roghainn, agus caractar an teasachd a thuigsinn; ach a dh 'aindeil na h-uile adhbhar air an robh iad eòlach, bha e gu math sùbailte.

Ro mheadhan an ath latha, bha e aig baile; agus chaidh e a-steach don t-seòmar le gàire cho dòigheil ri dearbhadh gun

leanadh an sgeama. Cha b 'fhada gus an tàinig e gu bhith a'
foillseachadh leasachadh.

"uill, caill an taigh-seinnse," thòisich e cha mhòr sa bhad, "cha
do chuir e dragh sam bith air do dhuais airson dannsa, tha mi an
dòchas, le uabhasan seòmraichean beaga m'athar, a' toirt moladh
ùr air a 'chuspair: - smaoinich mi air mo athair, a tha a
'feitheamh ri d' iarrtas a-mhàin a bhith air a chuir an gnìomh.
Dh'fhaodte gum bi mi airson onair na làimhe agad airson an dà
chiad dhannsa anns a 'bhall bheag seo ro-làimh, a thoirt seachad,
chan ann aig randalls, ach aig taigh-aoigheachd a' chrùin? "

"an crùn!"

"tha, mura faic thu fhèin agus an taigh-tasgaidh gearan sam bith,
agus ma tha earbsa agad nach urrainn dhut, tha m' athair an
dòchas gum bi na caraidean aige cho coibhneil ri a thadhal air
àiteachan nas fheàrr. Bheir e gealladh dhaibh, agus chan e fàilte
chridheil na tha iad aig chan eil, a rèir sin, a 'toirt an aire dha, tha
sinn an dùil gu bheil e ceart gu leòr! - cha robh thu a 'tuigsinn
cho ceart 'sa bha thu fad an t-siubhail, ach bha e ro thoilichte rud
sam bith a chumail a bhiodh deònach a thoirt seachad.

"tha e coltach riumsa gu bheil plana ann nach urrainn do dhuine
sam bith gearan a dhèanamh, ma tha mr. Agus m. Siar a'
dèanamh sin, tha mi a 'smaoineachadh gu bheil e ionmholta;
agus cho fad's as urrainn dhomh mo fhreagairt fhìn, bidh mi nas
toilichte - tha e coltach gur e an aon leasachadh a th' ann a 'dol a
thachairt, nach eil thu a' smaoineachadh gur e leasachadh air leth
math a th 'ann?"

Dh'fheumadh i a ràdh agus a mhìneachadh a-rithist, mus robh làn
thuigse air; agus an uairsin, a bhith gu math ùr, bha tuilleadh
riochdachaidhean a dhìth gus a dhèanamh iomchaidh.

"cha robh, bha e a' smaoineachadh nach ann bho leasachadh a bha e - droch phlana - gu math nas miosa na an rud eile. Bha seòmar ann an taigh-òsta daonnan tais agus cunnartach; cha bhith e air a bhualadh gu ceart, no freagarrach airson daoine a bhith a 'fuireach ann. Bha e na bu luaithe san t-seòmar aig a 'bheatha - cha robh e eòlach air na daoine a bha ga chumail le sealladh. — o! Cha robh ann ach droch phlana, bheireadh iad droch fhuachd aig a' chrùn na àite sam bith. "

"bha mi gu bhith a' coimhead, a dhuine, "arsa fearg na h-eaglaise," nach biodh ach aon de na molaidhean as motha aig an atharrachadh seo ach glè bheag de chunnart gun seasadh buidheann sam bith fuar - cho fada nas lugha de chunnart aig a 'chrùn na aig speallan! Is dòcha gum bi adhbhar ann aithreachas a ghabhail mun atharrachadh, ach cha b 'urrainn do neach sam bith eile a bhith ann."

"a mhaighstir," arsa mr. Tha an taigh-tasgaidh uamhasach ceàrr ma tha thu an dùil gur e caractar de sheòrsa a tha ann. Tha mi gu math draghail nuair a tha duine sam bith tinn. Nas sàbhailte dhut na do dhachaigh fhèin. "

"bho dh' suidheachadh sam bith gu bheil e nas motha, a 'bhean, cha bhi corra againn gus na h-uinneagan fhosgladh. Chan e aon uair eile a' chiad oidhche; agus is e an cleachdadh uamhasach sin a 'fosgladh nan uinneagan, a' leigeil le èadhar fuar air cuirp teasachaidh, a tha. (mar a tha fhios agad, dèan an t-uachdaran, a mhì-rùn. "

"fosglaidh na h-uinneagan! Ach gun teagamh sam bith, cha bhiodh duine a' smaoineachadh na h-uinneagan a dh'fhosgladh aig randalls. Cha bhith duine cho neo-chothromach! Cha chuala mi a-riamh càil den t-seòrsa sin. Agus mhanadh weston (tainear truagh nach robh ann) a dh 'fhulang."

"ah! Sir- ach bidh neach òg neo-thorrach uaireannan a' seasamh air cùlaibh cùrtair uinneige, agus a 'tilgeil suas sgealb às aonais amharas mu dheidhinn.

"a bheil thu dha-rìribh a' dèanamh, nach dèan thu a-riamh e. Ach tha mi a 'fuireach a-mach às an t-saoghal, agus tha mi tric ga' iongnadh nuair a chluinneas mi. Ach ma tha na rudan sin a 'cur feum air ann an cabhag, mura h-eil mr. Agus mrs. Agus chì thu na ghabhas dèanamh. "

"ach gu mì-fhortanach, a bhean, tha an ùine agam cho cuingealaichte—"

"oh!" bidh mi a 'faireachdainn gu bheil ùine gu leòr ann airson a bhith a' bruidhinn a h-uile nì thairis air a 'chùis. Chan eil cabhaig sam bith ann ma dh' fhaodas a bhith aig a 'chrùn, papa, bidh e cho goireasach dha na h-eich. An stàball aca fhèin. "

"uime sin, is ann a tha mo ghràdh, is e ni mòr a tha sin. Cha'n e so a dh' ionnsuidh geur a chaoidh; ach tha e ceart gu leòr ar n-eich a chaomhnadh. " tha mi a 'creidsinn nach eil mi eòlach oirre, fiù le sùil."

"'s urrainn dhomh freagairt airson gach nì a tha sin, a dhuine, oir bidh e fo chùram an taobh an iar.

Feumaidh gu bheil thu riaraichte - ar cuid gaoil fhèin weston, a tha faiceallach fhèin. Na cuimhnich na chanadh am fear, mar sin o chionn mòran bhliadhnaichean, nuair a fhuair mi a 'ghriùthlach? ' Airson faighinn a-mach dè na h-eathraichean as motha a th 'ort, cha bhith eagal sam bith ort, a dh' ainm. Dè cho tric a chuala mi gu bheil thu a 'bruidhinn air mar sin cho taingeil rithe!"

"seadh, fìor fhìor. Thuirt mr perry mar sin. Cha dìochuimhnich mi gu bràth e. Eamas beag truagh; bha thu gu math dona leis a' ghriùthlach; sin agad e, bha thu air a bhith gu math dona, ach airson aire dha na cluicheadairean. Uairean gach latha airson seachdain agus thuirt e, bhon chiad rud, gur e seòrsa glè mhath a bh 'ann - rud a bha na dheagh chofhurtachd dhuinn, ach tha a' ghriùthlach na ghearan uamhasach agus tha mi an dòchas nuair a bhios a 'ghriùthlach aig feadhainn bheaga bochd. Peiridh. "

"tha m' athair is m 'siar a' seasamh aig a 'mhionaid seo," arsa fearg na h-eaglaise, "a' sgrùdadh comasan an taighe. Dh 'fhag mi an sin iad agus th' ann air a 'ghoirt a dh' fhuireach, d 'fhaireachdainn airson do bheachd, agus an d' fheudadh gun cuir thu ìmpidh ort bha mi airson a ràdh mar sin bhon dà chuid, agus bhiodh e na thoileachas dhomh a bhith ag ràdh riutha gun deidheadh agad air a dhol ann an sin.

Bha emma nas toilichte a bhith air a ghairm chun na comhairle sin; agus a h-athair, a 'dol an sàs ann a bhith a 'smaoineachadh air fad fhad's a bha i air falbh, dh'fhalbh an dithis dhaoine òga còmhla gun dàil airson a' chrùn. Bha mr ann. Agus mrs. Taobh an iar; air leth toilichte a bhith ga faicinn agus a 'faighinn a h-apaireachd, gu math trang agus gu math toilichte san dòigh eadar-dhealaichte aca; i, beagan èiginn; agus e faicinn gach ni a bha foirfe.

"emma," thuirt ise, "tha am pàipear seo nas miosa na bha dùil agam. Sùil air na h-àiteachan a chì thu gu bheil e uamhasach salach; agus tha an wainscot nas buidhe agus nas miosa na rud sam bith a dh' urrainn dhomh smaoineachadh. "

"mo ghràidh, tha thu ro shònraichte," thuirt an duine aice. "dè tha a h-uile rud a tha a' comharrachadh? Chan fhaic thu dad dheth le solas na coinneimh. Bidh e cho glan ri camallaichean le solas na coinneimh. Cha bhith sinn a 'faicinn dad dheth air oidhcheannan a' chlub. "

Tha e coltach gun do chuir na mnathan an seo sùil air na bha an làthair, "cha bhi daoine eòlach a-riamh nuair a tha rudan salach no nach eil;" agus 's dòcha gum biodh na h-uaislean a 'smaoineachadh air gach fear dhiubh fhèin," bidh na boireannaich a 'carachadh beagan neo-fhaireachdainn is a h-aire gun fheum."

Ann an aon dòigh, ge-tà, dh 'èirich dìth-inntinn, nach do chuir na h-uaislean diumbadh. Bha e a 'toirt a-steach seòmar suipeir. Nuair a chaidh an seòmar-togail a thogail, cha robh suipear air a bhith fo cheist; agus bha seòmar beag cairteach ri taobh, an aon rud a bharrachd. Dè bha ri dhèanamh? Bhiodh an seòmar cairt seo ag iarraidh mar seòmar cairt a-nis; no, ma bha na ceithir bùird aca gun bhòtadh airson cairtean, cha robh e ro bheag airson suipear comhfhurtail? Gum faodadh seòmar eile de mheud nas fheàrr a bhith air a thèarainn airson an adhbhair; ach bha e aig ceann eile an taighe, agus feumaidh pìos fada fada sàmhach a dhol troimhe airson faighinn ann. Bha seo na dhuilgheadas. Bean. Bha eagal air taobh an iar bho dhrogaichean dha na daoine òga anns an t-slighe sin; agus cha b'urrainn do emma no na daoin 'uaisle a bhith a 'gabhail ris an dòchas gun deidheadh an suipeir a thorrachadh gu mòr.

Bean. Bha taobh an iar a 'moladh nach biodh suipear ann gu cunbhalach; dìreach ceapairean, & c, air an cur a-mach san t-seòmar bheag; ach chaidh sin a thogail mar mholadh dòrainneach. Chaidh dannsa prìobhaideach, gun a bhith a 'suidhe sìos gu suipear, a chomharrachadh mar mheall ainmeil air còraichean fhir is mhnathan; agus mrs. Chan fhaod muinntir an iar a bhith a 'bruidhinn air a-rithist. An uair sin ghabh i loidhne eile de dhuilgheadas, agus sheall i a-steach don t-seòmar teagmhach, a chaidh fhaicinn,

"chan eil mi a' smaoineachadh gu bheil e cho beag. Cha bhi sinn gu leòr, tha fhios agad. "

Agus mr. Bha an iar air an aon àm, a 'coiseachd gu luath le ceuman fada tron phìos, a' gairm,

"bidh thu a' bruidhinn gu mòr ri fad a 'phìos seo, mo ghràidh. Chan eil ann às dèidh sin gu lèir; agus chan e an dreach as lugha bhon staidhre."

"tha mi a' miannachadh, "arsa mrs. Siar, "b' urrainn do dhuine fios fhaighinn dè an suidheachadh a bhiodh na aoighean againn san fharsaingeachd ag iarraidh. Dèan cinnteach na rudan as fheàrr anns a bheil sinn a bhith a 'dèanamh ar n-aghaidh — nam biodh ach gun innseadh sin."

"tha, fìor fhìor," arsa fearg, "fìor fhìor. Tha thu ag iarraidh beachdan do nàbaidhean. Chan eil mi a' smaoineachadh gu bheil thu a 'dèanamh cinnteach dè an ceann-cinnidh iad - na corra, mar eisimpleir. An cuir mi fios orra, no ma chailleas mi bates? Tha i fhathast nas fhaisge air. — agus chan eil fhios agam nach eil luchd-ionndrainn cho dualtach tuigse fhaighinn air na tha an còrr de dhaoine a 'faireachdainn mar bhuidheann sam bith. Ma tha mi a 'dol agus a' toirt cuireadh dhomh a dhol gu na bataichean a tha air chall a thighinn còmhla rinn?

"uill, ma thèid thu," arsa mrs. Air an taobh siar, bidh e doirbh dhut, "ma tha thu a' smaoineachadh gum bi i gu feum sam bith. "

"cha bhith thu a' faighinn dad airson an adhbhar bho bhith a 'dol às deidh bates," arsa emma. "bidh i làn aoibhneis is taingealachd, ach innsidh ise dhut dad. Cha bhi i fiù ag èisteachd ri do cheistean. Chan eil mi a' faicinn buannachd sam bith ann a bhith a 'feuchainn ri burraidheachd a chall."

"ach tha i cho èibhinn, cho uamhasach iongantach! Tha mi glè thoilichte a bhith a' cluinntinn còmhradh mu na h-'call. Agus chan fheum mi an teaghlach air fad a thoirt leat, tha fhios agad."

An seo mr. Thug an taobh an iar a-steach iad, agus nuair a chuala e na bha air a mholadh, thug e a-steach co-dhùnadh dha-rìribh.

"aye, a, dall. — a' dol agus faigh a 'dol às do chèile, agus cuir sinn crìoch air a' chùis aig an aon àm. Bidh i a 'còrdadh ris an sgeama, tha mi cinnteach; agus chan eil mi eòlach air neach a tha a' strì airson faighinn seachad air duilgheadasan. Tha sinn a 'fàs beagan ro mhath ach tha i na deagh leasan air mar a bhios i toilichte. Ach thoir dhaibh an dà chuid."

"an dithis bhana-charaid!"

"a' chailleach! Cha robh, a 'bhean òg, ri bhith cinnteach. Bidh mi a' smaoineachadh gur e fìor cheann-uidhe mòr a th 'ann ort, ma tha thu a' toirt a 'chabhag gun an nòs."

"oh! Tha mi a' gealltainn do mhathanas, a bhean, cha do chuimhnich mi sa bhad. Gun teagamh sam bith ma thogras tu, nì mi mo dhìcheall an dà thaobh a bhrosnachadh. " agus a-mach a ruith e.

Goirid mus do ghabh e a-steach a-rithist, a 'frithealadh air a' chailleach-ghoirid ghoirid, ghrinn, brosnachail, agus a piuthar brèagha, —mrs. Bha taobh an iar, mar bhoireannach bàn agus bean mhath, air sgrùdadh a dhèanamh air an turas a-rithist, agus fhuair iad na h-uile a bha na bu lugha na bha i roimhe — gu dearbh glè bhochd; agus chuir e crìoch air duilgheadasan co-dhùnaidh. Bha a h-uile duine eile, ann an tuairmeas co-dhiù, gu math rèidh. Rinn a h-uile ullachadh beag de bhòrd is chathraiche, solais is ceòl, tì is suipear, iad fhèin; no an robh iad air am fàgail mar thrifles a bhith air an rèiteachadh uair sam bith eadar mrs. Taobh an iar agus a leithid. Bha stokes. — a h-uile buidheann a fhuair cuireadh, gu cinnteach a thighinn; bha gu leòr mar-thà air sgrìobhadh gu enscombe a bhith a 'moladh fuireach beagan làithean às deidh a chola-deug, nach gabhadh a dhiùltadh. Agus dannsa tlachdmhor a bha gu bhith.

Gu seòlta, nuair a thàinig bāillidhean a-mach, an robh i ag aontachadh gum feumadh sin a bhith. Mar chomhairliche cha robh i ag iarraidh; ach mar aonta, (caractar tòrr nas sàbhailte,) bha i a 'cur fàilte mhòr oirre. Cha b 'urrainn dhi a h-iarrtas, aig an aon àm coitcheann agus mionaid, blàth agus neo-sheasmhach, a thoirt a-mach; agus airson leth-uair a thìde eile bha iad uile a 'coiseachd agus a-steach, eadar na seòmraichean eadar-dhealaichte, cuid a' moladh, cuid a 'frithealadh, agus a h-uile duine a bha toilichte. Nach do bhris am pàrtaidh às aonais gun robh emma air a dhearbhadh gu deimhinneach airson a 'chiad dà dhannsa aig gaisgeach na h-oidhche, no gun a bhith ag èisteachd riutha. Siar a 'ceangal ri bhean," tha e air faighneachd dhith, mo ghràidh. Tha sin ceart. Bha fios agam gum biodh e! "

Caibideil xii

Bha aon rud nach robh ag iarraidh a 'chùis gun robh am bàla gu tur riaraichte airson emma - a bhith air a shuidheachadh airson latha taobh a-staigh teirm cheadaichte fuireach na h-eaglaise onglaich ann an surry; oir, a dh 'aindeoin mr. Misneachd bhon taobh an iar, cha b'urrainn dhi a chreidsinn gu bheil e cho do-dhèanta nach biodh na h-eaglaisean a 'leigeil le mac a pheathar fuireach latha às deidh cola-deug. Ach cha robh seo air a mheas ion-dhèanta. Feumaidh na h-ullachaidhean an ùine a ghabhail, chan fhaod dad a bhith deiseil gu ceart gus an deigheadh an treas seachdain a-steach, agus airson beagan làithean feumaidh iad a bhith a 'dealbhadh, a' dol air adhart agus an dòchas ann an mì-chinnt — an cunnart — na beachd-san, an cunnart mòr, na a bhith gu tur an diomhain.

Ge-tà, bha an co-chòrdadh gràsmhor, gràsmhor gu dearbh, mura robh am facal. Gu follaiseach cha robh a mhiann air fuireach nas fhaide an sin; ach cha robh e an aghaidh. Bha iad uile sàbhailte agus soirbheachail; agus seach gu bheil toirt air falbh aon shoilleireachadh mar as trice a 'dèanamh sin airson neach eile, thòisich emma, a tha a-nis na pàirt den bhall aice, a' gabhail ris mar an ath bhlaidh seo. Mì-rùn an ridire mu dheidhinn. An dàrna cuid seach nach deach e fhèin a dhannsa, no seach gun deach am plana a chruthachadh às aonais co-chomhairleachadh dha, bha e coltach gun do chuir e roimhe nach bu chòir dha ùidh a ghabhail ann, a 'dèanamh cinnteach gun robh e annasach an-dràsta, no a' toirt a-steach spòrs sam bith dha san àm ri teachd. Nach fhaigheadh an emma conaltraidh saor-thoileach aige freagairt a bharrachd a cheadachadh, na,

"gu math math. Ma tha na h-uaislean a' smaoineachadh gur fhiach e a bhith aig an trioblaid seo airson beagan uairean a-thìde de dhibhearsain fuaimneach, chan eil dad agam ri a ràdh na aghaidh, ach cha bhith iad a 'tàladh toileachas dhomh. — oh! Cha b 'urrainn dhomh diùltadh, agus gleidhidh mi na h-uiread de dhùsgadh 's as urrainn dhomh; ach b' fheàrr leam a bhith aig an taigh, a 'coimhead thairis air cunntas seachdain uinnsinn larkins; gu dearbh, cha bhith mi a 'coimhead air — chan eil fhios agam cò a tha a' dèanamh. — dannsa math, tha mi a 'creidsinn, mar gum bu chòir , a bhith na dhuais fhèin, mar as trice tha an fheadhainn a tha nan seasamh a' smaoineachadh air rudeigin gu math eadar-dhealaichte. "

Bha an emma seo a 'faireachdainn rithe; agus bha e feargach gu math. Cha robh e idir a 'còrdadh ris an t-suidheachadh ge-tà gun robh e cho coma, no cho dìomhair; cha robh e air a stiùireadh le na faireachdainnean aice gus am ball ath-shùghadh, oir chòrd a 'chùis gu ìre mhòr rithe. Thug i air a beothachadh - le cridhe fosgailte - thuirt i gu saor-thoileach;

"oh, ionndrainn an taigh-feachd, tha mi an dòchas nach tachair càil gus am ball a bhacadh. Tha e na bhriseadh-dùil gum biodh e! Tha mi a' coimhead air adhart ris, tha mi fhèin, le toileachas. "

Cha robh e mar sin a bhith a 'toirt air a' chothroim a bhith mar sin gum b 'fheàrr leis a' chomann-sòisealta a bhith na chomann. Cha robh! — bha e na bu chinntiche buileach. Bha an taobh an iar ceàrr anns an t-suidheachadh sin. Bha tòrr coibhneil de cheangal càirdeil ri a thaobh - ach gun ghaol sam bith.

Alas! Cha b 'fhada gus nach robh cur-seachad sam bith ann airson fois a ghabhail le mr. Ridire. Lean dà latha de thèarainteachd luibhean dìreach gach nì às a dhèidh. Thàinig litir bho mr. Faochadh eaglaise a bhith a 'brosnachadh a thoirt air ais gu mac a pheathar. Bean. Bha eaglais fhathast tinn - fada ro dhona airson a dhèanamh às aonais; bha i air a bhith ann an staid a bha gu math fulangach (mar sin thuirt a fear-cèile) nuair a bha i a 'sgrìobhadh chun a mac-chèile dà latha roimhe sin, ged nach robh i idir air a bhith ag ràdh gun robh i an-còmhnaidh cho mì-thoilichte a bhith a' toirt pian, agus cleachdadh cunbhalach gun a bhith a 'beachdachadh oirre fhèin; ach a-nis bha i ro tinn airson a bhith a 'cagnadh, agus feumaidh i toirt air a dhol a-mach gun dàil a dhèanamh gun dàil.

Chaidh susbaint na litreach seo a chur air adhart gu emma, ann an nota bho mrs. Siar, sa bhad. A thaobh a dhol, bha e do-sheachanta. Feumaidh e bhith air a dhol a-steach taobh a-staigh beagan uairean a thìde, ged nach biodh e a 'faireachdainn eagal sam bith mu dheidhinn a mhàthar, gus nach biodh e cho cinnteach. Bha e eòlach air tinneasan; cha do thachair iad a-riamh ach airson a goireas fhèin.

Bean. Chuir e air ais an taobh an iar, "nach fhaodadh e leigeil leis ach ùine a' chabhaig gu ardbury, an deidh bracaist, agus a 'gabhail ris na beagan charaidean an sin a dh' fhaodadh e bhith a

’faireachdainn gu robh ùidh aige ann; agus gu'm biodh dùil aige
ri hartfield gu luath."

B 'e an nota truagh seo a 'chrìoch mu dheireadh aig bracaist
emma. Nuair a bha e air a leughadh, cha robh nì sam bith ann,
ach caoineadh is moladh. Call a 'bhàis — call an òganaich —
agus na h-uile rud a dh' fhaodadh a bhith na fhaireachdainn! —
bha e ro dhona - mar a bha e! Agus thuirt i fhèin agus a com-
pàirtiche ris an fheadhainn as toilichte! - "thuirt mi gum biodh e
mar sin," an aon dòigh a bha ann.

Bha faireachdainnean a h-athair gu math eadar-dhealaichte. Bha
e gu sònraichte an sàs ann am mrs. Tinneas eaglaise, agus bha i
airson faighinn a-mach mar a chaidh dèiligeadh rithe; agus a
thaobh a 'ghèam, bha e uamhasach duilich gun robh e math dha-
rìribh a bhith na lùib; ach bhiodh iad uile nas sàbhailte aig an
taigh.

Bha emma deiseil airson a luchd-tadhail greis mus do nochd e;
ach ma dh 'fhaodadh sin buaidh a thoirt air a dhoigh-chomais,
dh' fheudadh a shùil brònach agus a dhruidheachd iomlan nuair a
thigeadh e asteach a shaoradh. Bha e a 'faireachdainn gu robh e
a' falbh cha mhòr cus a bhruidhinn mu dheidhinn. Bha a
bheachdan-smuain gu math follaiseach. Bha e air a chall gun
smaoineachadh airson a 'chiad mhionaid; agus nuair a thigeadh e
fhèin a-steach, cha robh ann ach a ràdh,

"de na rudan dòrainneach sin, is e gabhail dheth an rud as
miosa."

"ach thig thu a-rithist," arsa emma. "chan e seo an aon turas a th'
agad air randalls. "

"ah! - (a 'crathadh a chinn) -na mì-chinnt nuair a bhios i a
dh'fhaodadh a bhith comasach air tilleadh! -i bithidh feuchainn
air a shon le eud! -it bi an nì a h-uile mo smuaintean agus a'

gabhail cùram! Rìoghachd ma bràthair m 'athar agus tha piuthar a mhàthar a 'dol don bhaile an earraich seo - ach tha eagal orm nach do ghluais iad as t-earrach seo — tha eagal orm gu bheil e na chleachdadh a-riamh."

"feumaidh am ball bochd a bhith gu math slaodach."

"ah! A' bhall sin! — an do dh'fheuch sinn ri rud sam bith? — nach gabh an tlachd aig aon àm? — gu tric bidh toileachas air a sgrios le ullachadh, ullachadh gòrach! —chuir sinn fios thugainn gum biodh e mar sin. — oh! , carson a tha thu an-còmhnaidh cho ceart? "

"gu dearbh, tha mi duilich a bhith ceart anns an t-suidheachadh seo. Bu mhath leam a bhith caochlaideach na bhith glic."

"ma thig mi a-rithist, tha am ball againn fhathast. Tha m 'athair an urra ris. Na dìochuimhnich mu do chom-pàirteachas."

Bha emma gu grinn a 'coimhead.

"a-mach an cola-deug mar a bha e!" lean e air; "a h-uile latha nas luachmhoire agus nas tlachdmhoire na an latha roimhe sin! —dà latha a bheir orm a bhith cho mì-fhreagarrach àite sam bith eile a ghiùlain. Toilichte dhaibhsan, as urrainn fuireach aig highbury!"

"mar a bhios tu a' cheart cho ceart dhuinn an-dràsta, "arsa emma, a' gàireachdainn, "nì mi oidhirp gus faighneachd, an tàinig thu beagan gun teagamh sa chiad dol a-mach? Nach eil sinn a' dol thairis air na tha thu a 'smaoineachadh?" cinnteach nach robh mòran a 'smaoineachadh agaibh mar a bhiodh sinn, cha bhiodh sibh air a bhith cho fada a' tighinn, nam biodh beachd math air a bhith agad mu highbury. "

Rinn e gàire gu h-iomlan; agus ged a bha e a 'dol às àicheadh na faireachdainn, bha emma cinnteach gun robh sin air a bhith.

"agus feumaidh tu a bhith air falbh sa mhadainn seo?"

"tha; tha m' athair a 'tighinn còmhla rium an seo: coisichidh sinn air ais còmhla, agus feumaidh mi a bhith sa bhad. Feumaidh mi a bhith a' eagal gun toir a h-uile mionaid thuige. "

"chan eil còig mionaidean ri spìonadh fiù's airson gun caill do charaidean fairfax agus call bates? Dè cho neo-fhortanach! Is dòcha gun neartaich inntinn chumhachdach, argamaid a' choireigin dhut. "

"tha — tha mi air gairm an sin, a' dol seachad air an doras, smaoinich mi gun robh e na b'fheàrr. Bha e na rud ceart a dhèanamh. Chaidh mi a-steach airson trì mionaidean, agus chaidh mo chumail a-mach le bhith a 'call dheth gun robh a' call às. Gun a bhith a 'feitheamh gus an tàinig i a-steach. Is e boireannach a th' ann a dh 'fheumas duine gàire a dhèanamh, ach nach biodh aon duine ag iarraidh mòran.

Chuir e stad air, dh'èirich e, choisich e gu uinneag.

"ann am beagan fhacal," thuirt e, "is dòcha, a dh' fhalbh nach bi ann ach fealla-dhà - tha mi a 'smaoineachadh nach urrainn dhut a bhith gu math gun teagamh" -

Choimhead e rithe, mar gum biodh e airson na smuaintean aice a leughadh. Is gann a bha fios aice dè a chanadh i. Bha e coltach ri ro-ruithear rudeigin a bha gu tur dona, rud nach robh i ag iarraidh. A 'toirt air a bhith a' bruidhinn, mar sin, anns an dòchas a bhith ga chuir, thuirt i gu socair,

"tha thu ceart gu leòr; bha e nàdarra a bhith a' tadhal, agus an uairsin "-

Bha e sàmhach. Bha i a 'creidsinn gun robh e a' coimhead oirre; is dòcha a 'smaoineachadh air na thuirt i, agus a' feuchainn ris an dòigh a thuigsinn. Chuala i osna. Bha e nàdarra dha a bhith a 'faireachdainn gun robh adhbhar aige osnadh. Cha b 'urrainn dha a chreidsinn gu robh e ga bhrosnachadh. Bha beagan mhionaidean gu math dona, agus shuidh e sìos a-rithist; agus ann an dòigh nas mionaidiche, thuirt e

"bha e rudeigin a bhith a' faireachdainn gum faodadh an còrr den ùine agam a bhith air a thoirt gu feur. Tha mo bheachd airson hartfield cho blàth "-

Stad e a-rithist, dh'èirich e a-rithist, agus bha e gu math nàire. — bha e na bu mhotha ann an gaol rithe na bha emma ag ràdh; agus cò as urrainn a ràdh ciamar a thàinig e gu crìch, mura robh a athair air a choltas a dhèanamh? Mr. Cha b 'fhada gus an deach taigh na luinge a leantainn; agus mar a chuir an sparradh air daoine a dhèanamh, rinn e sin.

Ach cha robh ach beagan mhionaidean a bharrachd air an deuchainn a rinn sinn an-dràsta. Mr. Siar, an-còmhnaidh a 'rabhadh nuair a bha gnothachas ri dhèanamh, agus gun chomas air olc sam bith a dh' fhaodadh a bhith ann, mar a dh 'fhaodadh a bhith ann an eagal a dh' fhalbh, "bha e dol a dhol;" agus ged nach b 'urrainn dha agus gun do rinn an t-òganach osna, bha e ag aontachadh gum fàgadh e airson falbh.

"cluinnidh mi mu d' uile, "ars esan; "is e sin mo phrìomh dhuilgheadas. Cluinnidh mi mu gach ni a tha a' dol air adhart nur measg. Tha mi air m.n. Iar-dheas a ghabhail a dh 'aithris rium. Tha i air a bhith cho caoimhneil gu a ghealltainn. Nuair a tha ùidh mhòr aig duine innte, bidh mi ag innse dhomh a h-uile nì anns na litrichean aice bidh i aig àrd-chluais a-rithist. "

Dh 'fhàg s' ios a bha glè chàirdeil air an làimh, d `ileas deagh-thaitneach, an' òraid, agus cha b 'fhada gus an do dh' fhalbh an doras a-mach eaglais loisge. Cha robh ach am fios goirid - an coinneamh aca; bha e air falbh; agus bha emma cho duilich a bhith a 'gabhail pàirt, agus bha i a' coimhead cho mòr gun do chaill iad don chomann beag aca mar a dh 'fhalbh e, air eagal a bhith a' faireachdainn gu robh e ro dhuilich, agus a 'faireachdainn cus dheth.

B' e atharrachadh duilich a bh 'ann. Bha iad air a bhith a 'coinneachadh cha mhòr a h-uile latha bho thàinig e. Gu cinnteach bha e dha-rìribh a 'toirt toileachas mòr don spiorad dà-sheachdaineil mu dheireadh - an spiorad neo-chlàraichte; an smuain, ana bhith an dùil a bhith ga fhaicinn a h-uile madainn, dearbhadh a chuid aire, a bheò-shlàinte, a mhodhan! B 'e cola-deug glè thoilichte a bh 'ann, agus feumaidh gur e maitheanas a th' ann a bhith a 'dol sìos gu cùrsa cumanta làithean hartfield. Gus a h-uile moladh eile a chrìochnachadh, bha e air a ràdh rithe gun robh gaol aige oirre. Dè an neart, no dè an ìre de chàirdeas a dh 'fhaodadh ea bhith, na phuing eile; ach aig an àm seo cha b 'urrainn dhi a bhith teagmhach mu bhith a' aideachadh gu robh e cho measail air gun robh i cho measail oirre; agus thug an uibhir sin, a dh 'aontaich e ris a h-uile duine eile, a h-uile coltas gu robh i beagan ann an gaol leis, a dh' aindeoin a h-uile co-dhùnadh roimhe.

"gu cinnteach," thuirt i. "am faireachdainn seo de neo-bhlasachd, sgìths, dìorrasachd, an dìmeas seo air suidhe sìos agus a bhith gam fastadh fhèin, is ann mar seo a tha a h-uile rud a tha meallta agus dòrainneach! - feumaidh mi a bhith ann an gaol; bu chòir dhomh a bhith mar an creutair as neònaiche anns an t-saoghal nam \ t nach robh — airson beagan sheachdainean co-dhiù. Tha cuid a dh 'fhaoidte gu math daonnan do dhaoine eile, ach bidh tòrr cho-luchd-taic agam airson a' bhall, mura h-eil e airson falaichte na h-eaglaise, ach bidh an ridire toilichte. Feasgar còmhla ri a bhràthair eireachdail larkins a-nis ma thogras e. "

Mr. Cha robh ridireachd air a 'chùis, ge-tà. Cha b 'urrainn dha a ràdh gu robh e duilich air a chunntas fhèin; bhiodh an sealladh dòigheil aige an aghaidh a thoirt air nam biodh; ach thuirt e, agus gu cunbhalach, gu robh e duilich airson briseadh-dùil nan daoine eile, agus le coibhneas mòr air a chur ris,

"thusa, emma, aig a bheil cho beag de chothroman de dhannsa, tha thu gu math fortanach; tha thu gu math fortanach!"

Bha e beagan làithean mus faca i fìrinn ceart, gus breith a thoirt air aithreachas onarach anns an atharrachadh duilich seo; ach nuair a choinnicheadh iad, bha a fàgail brùideil. Bha i air a bhith gu h-àraid tinn, ge-tà, a 'fulang le tinneas cinn gu ìre, a thug air a màthar a bhith ag ràdh, gun deach am ball a chumail, cha robh i den bheachd gu robh e comasach dha a bhith an làthair; agus b 'e carthannas a bh 'a bhith a' toirt an aire do chuid de a leth-fhuasgladh gun a bhith a 'coinneachadh ri droch shlàinte.

Caibideil xiii

Chùm emma air adhart a 'toirt amharas gun robh i ann an gaol. Cha robh a beachdan a-mhàin ag atharrachadh ach dè cho fada. An toiseach, bha i den bheachd gur e deagh phàigheadh a bh 'ann; agus an dèidh sin, ach is beag. Bha i air leth toilichte cluinntinn mu dheidhinn eaglais na h-eaglaise a bha a 'bruidhinn mu dheidhinn; agus, air a shon-san, barrachd tlachd na bha e riamh a 'faicinn mr. Agus mrs. Taobh an iar; bha i gu tric a 'smaoineachadh air, agus gu math mì-fhoighidneach airson litir, gum biodh fios aice ciamar a bha e, ciamar a bha e na spiorad, dè an t-adhbhar a bha e na phiuthar, agus dè an cothrom a bh' ann a

thighinn gu speuran an earraich seo a-rithist. Ach, air an làimh
eile, cha b 'urrainn dhi a bhith ga fhaighinn fhèin mì-thoilichte,
no, an dèidh a' chiad mhadainn, a bhith nas lugha de dh'airgead
airson cosnadh na àbhaist; bha i fhathast trang agus sunndach;
agus, a chionn 's gu robh e tlachdmhor mar a bha e, bha i fhathast
a 'smaoineachadh gu robh mearachdan ann; agus nas fhaide, ged
a bha e a 'smaoineachadh air a h-uile ni, agus, fhad's a bha i na
suidhe a' tarraing no ag obair, a 'cruthachadh mìle sgeama
èibhinn airson adhartas agus dùnadh na h-altachd aca, a' co-
dhùnadh air còmhraidhean inntinneach, agus a 'cruthachadh
litrichean grinn; gur e co-dhùnadh gach dearbhadh mac-
meanmnach air a thaobh gun do dhiùlt i. Bha an càirdeas aca an
còmhnaidh a 'seasamh ri càirdeas. Bha a h-uile nì a bha toillichte
agus gu dòigheil a 'comharrachadh gu robh iad a' dealachadh;
ach bha iad fhathast ri pàirt. Nuair a dh'fhàs i ciallach air seo,
bhuail e oirre nach b 'urrainn dhi a bhith ann an gaol; airson ann
an bhuail i nach b 'urrainn dhi a bhith ann an gaol; airson ann an
bhuail i nach b 'urrainn dhi a bhith ann an gaol; airson ann ana
dh'aindeoin a diongmhaltas mu dheireadh agus a-riamh gun a
bhith a 'stad a h-athair, gun a bhith a' pòsadh, tha e cinnteach
gum feum ceangaltas làidir barrachd strì a dhèanamh na
faireachadh na faireachdainnean fhèin.

"chan eil mi a' faighinn a-mach gu bheil mi a 'dèanamh feum
den fhacal ìobairt," arsa shei "- ann an aon de mo fhreagairtean
seòlta, mo dhroch bhodhagan mìn, a bheil mì-rian sam bith ann a
thaobh ìobairt a dhèanamh. Feumaidh mi dèanamh cinnteach
nach bi mi a 'faireachdainn gu bheil mi a' faireachdainn nas
motha na tha mi a 'dèanamh.

Gu h-iomlan, bha i cho riaraichte leis a beachd mu na
faireachdainnean aice.

- tha mo bheachdachadh air a 'chuspair, gu goirid, a' toirt taing
dhomh nach eil cus toileachais agam a-thaobh mo toileachas. —
nì mi fìor mhath a-rithist an dèidh beagan ùine - agus an uairsin,

bidh e na rud math thairis air; oir tha iad ag ràdhtha gach corp an gaol aon uair nam beatha, agus bidh mi air a leigeil às gu furasta.
"

Nuair a thèid an litir gu mrs. Tighinn chun an iar, bha buaidh aig emma air; agus leugh i le ìre toileachais agus cliùchaidh a thug oirre an toiseach a crathadh a ceann thairis air na faireachdainnean aice fhèin, agus a 'smaoineachadh gu robh i air a' luach a chumail cho làidir. B 'e litir fhada, le deagh sgrìobhadh a bh 'ann, a' toirt seachad fiosrachadh mu a thuras agus mu na faireachdainnean aige, a 'cur an cèill an spèis, an dìlseachd agus an spèis a bha nàdarrach agus onarach, agus a' toirt iomradh air gach taobh a-muigh agus ionadail a dh 'fhaodadh a bhith tarraingeach, le spiorad agus mionaideach. Chan eil amharas sam bith amharasach a 'fàs a-nis le leisgeul no dragh; b 'e cànan fìor fhaireachdainn a bh 'ann. Taobh an iar; agus an gluasad bho highbury gu enscombe, bhathas gu math air an iomsgaradh eadar na h-àiteachan ann am feadhainn de na ciad beannachdan den bheatha shòisealta gus sealltainn cho dian sa bha iad, agus dè an còrr a dh'fhaodadh a bhith air a ràdh ach airson bacaidhean iomchaidheachd. — cha robh seun a h-ainm fhèin ag iarraidh. Nochd taigh-ionndrainn barrachd air aon uair, agus cha robh e a-riamh às aonais rudeigin taitneach, mar mholadh airson a blas, no mar chuimhneachan air na thuirt i; agus anns an àm mu dheireadh a choinnich i ris a sùil, gun fhradharc mar a bha e le blàth-fhleasg cho farsaing de ghràdh, dh 'fhaodadh i buaidh a buaidh a thoirt gu follais agus taing mhor a thoirt dha na chuir e seachad. B 'e sin na faclan a' dlùthadh a-steach don oisean as ìsle - "cha robh mionaid sam bith agam air latha na maidne, mar a dh' aithnich thu, airson gu bheil a 'charaid beag brèagha a th' agad a 'dèanamh an toileachas dhomh." Bha seo, cha b'urrainn dha emma a bhith cinnteach, a bha ann dha fhèin. Cha robh cuimhne air clàrsach ach bho bhith na caraid dhi. Cha robh a dh 'fhiosrachadh agus na bha e a' sùileachadh a bhith ag adhbhrachadh nas miosa no nas fheàrr na bha dùil; bean. Bha eaglais na b 'fheàrr, agus e fhèincha b'urrainn dha a bhith a

’faireachdainn fhathast, eadhon ann am mac-meanmna fhèin, ùine a chuir air dòigh gus tighinn gu speuran a-rithist.

Ach gu math toilichte, ge-tà agus brosnachail mar a bha a ’litir, am beachdan, an lorg fhathast, nuair a chaidh a phasgadh agus a thilleadh gu mrs. Gu siar, nach do chuir i blàths buan sam bith, gum faodadh i fhathast a dhèanamh gun an sgrìobhadair, agus gum feumadh e ionnsachadh a dhèanamh às a h-aonais. Cha robh a h-amasan ag atharrachadh. Cha do dh'fhàs a rùn diùltaidh ach nas inntinniche le bhith a ’cur sgeama air adhart airson an toileachas agus an toileachas a lean e. Tha cuimhne aige air na rinn e, agus na faclan a rinn e, an "caraid beag brèagha" a mhol e dhi a ’bheachd gun soirbhicheadh le harriet a h-uile rud. Nach robh e do-dhèanta? Ach bha e air a bhualadh gu mòr le gaol a h-aodainn agus simplidh blàth a dòigh;

"feumaidh mi gun a bhith a’ gabhail ris, "thuirt i." chan fhaod mi a ’smaoineachadh mu dheidhinn. Tha fios agam dè an cunnart a tha ann a bhith a’ toirt an aire do na tuairmeasan seo. Ach tha rudan neònach air tachairt; agus nuair a stadas sinn a ’dèanamh a chèile an-dràsta, bidh e mar mheadhan air ar daingneachadh anns an t-seòrsa sin de chàirdeas fìor neo-chomasach as urrainn dhomh a bhith a ’coimhead air adhart le toileachas."

Bha e math gu robh comhfhurtachd aig daoine às a dhèidh, ged a bhiodh e glic fios a chuir air a ’chabhaig nach biodh e ach ainneamh; oir bha olc anns a ’cheathramh sin aig làimh. Mar a thàinig an eaglais a-mach gun do ràinig e mr. An ceangal a rinn elton ris a ’chòmhradh aig highbury, leis gun robh an ùidh as ùire air a bhith gu h-iomlan a’ chiad dol-a-mach, agus mar sin a-nis às dèidh do na h-eaglaisean a dhol à bith, mr. Bha dragh elton airgabhail ris an riochd as duilghe a thug e a-steach. — chaidh latha na bainnse ainmeachadh. Bhiodh e a-rithist nam measg; mr. Agus a bhean. Cha mhòr gun robh mòran ùine a ’bruidhinn air a’ chiad litir bho enscombe mus robh mr. Elton agus a bhean a-nis ann am beul a h-uile corp, agus chaidh dearmad a dhèanamh air eaglais na h-eaglaise. Dh'fhàs emma tinn aig an fhuaim. Bha i air trì seachdainean de lasachadh sonraichte fhaighinn bho mr. Elton; bha i gu math dòchasach gun robh i a 'faighinn dòchas às deidh ùine agus gun robh i gu math dòchasach. Le mr. Ball an iar a 'coimhead co-dhiù, bha tòrr neo-thuigse ann gu rudan eile; ach bha e a-nis ro fhaicsinn nach robh i air a leithid de staid a ruighinn a sheasadh an aghaidh an dòigh-obrach fhèin - carbad ùr, clagadh-clag, agus a h-uile duine.

Bha an droch sheirbheiseach ann an spiorad na spioraid a bha a 'toirt seachad na h-adhbharan agus na sùilean is na faireachdainnean de gach seòrsa a dh' fhaodadh a thoirt seachad le emma. Bha emma a 'faireachdainn nach b' urrainn dhi cus a dhèanamh dhi, gun robh còir aig an t-seilge air a h-uile innleachdas agus a foighidinn; ach is e obair chruaidh a bh 'ann a bhith a' faighinn a-mach gu cinnteach gun a bhith a 'toirt buaidh sam bith, gu sìorraidh riamh, gun a bhith comasach air am beachdan a dhèanamh an aon rud. Thuirt i gun robh e gu math fann, dìreach mar a dh 'innis an taigh-tasgaidh chaill e nach b' fhiach a bhith a 'smaoineachadh mun deidhinn - agus cha bhiodh i a' smaoineachadh mu dheidhinn sin nas fhaide "ach cha bhith atharrachadh cuspair ann, agus an ath-uair a thìde chunnacas i gun robh e cho iomagaineach is muladach mun eltons mar a bha e roimhe. Mu dheireadh thug emma ionnsaigh oirre air talamh eile.

"tha thu a' leigeil leat fhèin a bhith cho còmhnard agus cho mì-thoilichte mu phòsadh, fear a 'phòsaidh, is e an gaisgeach as làidire a dh' fhaodas mi a thoirt dhomh. Cha b'urrainn dhut ath-dhìol nas motha a thoirt dhomh airson an mearachd a thuit mi. Chan eil mi air dìochuimhneachadh a dhèanamh, tha mi a 'dèanamh cinnteach mi — — mheall mi mi fhìn, rinn mi fìor thruas riut mu dheidhinn — agus bidh e na ath-shealladh brònach dhomh gu sìorraidh.

Bha an t-uachdaran a 'faireachdainn cus airson seo barrachd air beagan fhaclan de leisgeul. Emma air adhart,

"cha d' thuirt mi, cuir d 'fhearr ort air mo shon-sa; smaoinich air nas lugha, labhair nas lugha de mheanbh-charbad air mo shon-sa; oir air do shon-sa, 's ann a dh' iarradh mi gun deidheadh a dheanamh, air sgàth na tha nas cudromaiche na tha mi a 'toirt seachad comhfhurtachd dhomh, a' cleachdadh fèin-àithne annad, beachdachadh air dè an dleastanas a th 'ort, aire do fhreagarrachd, oidhirp gus amharas a sheachnadh do dhaoine eile, do shlàinte agus do chreideas a shàbhaladh, agus do shàmhlachd a thoirt air ais dhut. Tha mi air a bhith a 'putadh ort. Agus tha mi duilich nach urrainn dhut am faireachadh gu leòr gus an cur an gnìomh. Tha mi a' smaoineachadh gu bheil mi air mo shàbhaladh bho pian gu ìre mhòr. Is dòcha gum biodh mi uaireannan a 'faireachdainn nach dìochuimhnich cruadal na bha a' gealltainn — no an àite a bhiodh math dhomh. "

Rinn an tagradh seo dha na ceanglan aice barrachd na an còrr. Bha a 'bheachd gum bu toigh leat beachdachadh agus beachdachadh air taigh-chaisg a chuir iongnadh oirre gu mòr airson greis, agus nuair a dh' fhag am fulang le bròn gun robh e fhathast cumhachdach gu leòr gus spionnadh a thoirt dha na bha ceart agus taic a thoirt dhi anns an fhìor dhroch dhòigh. Do-dhèanta.

"tha thusa, a tha air a bhith na charaid as fheàrr a bh' agam riamh nam bheatha — ag iarraidh taing dhut! —tha duine co-ionann riut! —tha e a 'coimhead airson neach sam bith a tha mi a' dèanamh dhut! —an! ! "

Bha na h-abairtean sin, a 'cuideachadh mar a bha iad leis a h-uile rud a dh' fheumas agus a dh 'fhaodadh a dhèanamh, a' dèanamh a-mach gun robh i riamh air a bhith a 'faireachdainn cho math, no a chuir luach mòr air a gaol cho math.

"chan eil seun a tha co-ionann ri taibhse cridhe," thuirt i às a dèidh fhèin. "chan eil dad a dh' ann an coimeas ris. Blàths agus caoimhneas cridhe, le dòigh bheairteach, fhosgailte, a bheir buaidh air a h-uileimheachd a th 'anns an t-saoghal, airson tàladh, tha mi cinnteach gun dèan e sin. Tha m 'athair gràdhach mar sin gu h-àbhaisteach - a tha a 'toirt a h-uile sluagh mòr-thaitneach dhi. — chan eil e agam-sa - ach tha fios agam mar a bheirear spèis agus spèis dha. Cha bhithinn ag atharrachadh dhut airson an anail a tha cho soilleir, as fhaisge, as fheàrr le fuil a dh 'òl. O fhuachd an t-sìthein, is fhiach ceud ainm co-dhiù — agus airson bean — bean ciallach — is e tha mi a 'toirt iomradh air ainmean, ach tha mi toilichte gu bheil an duine a dh' atharraicheas emma airson cruadal! "

Caibideil xiv

Bean. Chunnacas elton an toiseach ann an eaglais: ach ged a dh 'fhaodadh stad a chuir air dìlseachd, chan fhaodadh bean-bainnse suidhe ann an tobar, agus feumaidh gun tèid fhàgail aig na cuairtean a bha gu bhith air am pàigheadh, gus faighinn a-mach an robh i glè bhòidheach gu dearbh, no dìreach gu math bòidheach, no cha robh e glè mhath idir.

Bha faireachdainnean aig emma, nas lugha de fheòrachas na aig uaill no iomchaidheachd, gus a h-obair a dhèanamh suas seach a bhith mar an neach mu dheireadh gus a h-uile spèis a phàigheadh; agus thug i puing gu robh amharas a 'dol thuice, gur dòcha gum biodh an obair bu mhiosa a' dol air adhart cho luath sa ghabhadh.

Cha b 'urrainn dhi a dhol a-steach dhan taigh a-rithist, cha b
'urrainn dhi a bhith anns an aon seòmar ris an robh i le ball-
dànachd den t-seòrsa sin air ais trì mìosan air ais, gus an bròg a
chur suas, gun a bhith a' cuimhneachadh. Bhiodh mìle smuain
cràbhach air ais a-rithist. Moladh, carades, agus blàir eagalach;
agus cha robh e ri chreidsinn nach bu chòir do dhroch dhuine a
bhith a 'toirt an cuimhne cuideachd; ach bha i glè mhodhail, agus
cha robh i ach foghainteach agus sàmhach. Gun robh an turas
goirid gu leòr; agus bha uidhir de nàire agus inntinn na inntinn
airson a ghiorrachadh, nach biodh emma a 'toirt cothrom dhi
fhèin beachd a chruthachadh mun bhoireannach, agus gun a
bhith a' toirt seachad aon, taobh a-muigh na briathran sgairteil a
bhith "air an sgeadachadh gu snasail, agus tlachdmhor. "

Cha robh i idir a 'còrdadh rithe. Cha bhiodh i ann an cabhaig air
càin a lorg, ach bha amharas aice nach robh eireachdas sam bith;
- a 'chùis, ach cha robh e snasail. — bha i cha mhòr cinnteach gu
robh cus cabhaig ann airson boireannach òg, srainnsear, bean-
bainnse. Bha an neach aice gu math math; cha robh a h-aghaidh
mì-chàilear; ach cha robh cuid de na feartan, no an èadhar, no
guth, no dòigh, eireachdail. Bha emma a 'smaoineachadh gum
biodh e co-dhiù as a sin.

Mar airson mr. Cha robh a chleasan a 'nochdadh — ach cha
robh, cha bhiodh i a' ceadachadh facal geur no èibhinn mu
dheidhinn a mhodhan. B 'e deas-ghnàth uamhasach a bh 'ann aig
àm sam bith a bhith a' faighinn tursan bainnse, agus b 'fheudar
do dhuine a h-uile gràs a bhith aige gus e fhèin fhaighinn
troimhe. Bha a 'bhean as fheàrr dheth; is dòcha gu bheil i a
'faighinn taic bho aodach grinn, agus an t-urram de bheusachd,
ach cha robh aig a' fhear ach deagh fhaireachdainn a bhith an
urra ris; agus nuair a bheachdaich i air cho sònraichte agus a bha
mr bochd. Bha elton gu bhith anns an aon seòmar aig an aon àm
ris a ' bhoireannach a bha e air a phòsadh, an tè a bha e airson a
phòsadh, agus am boireannach ris an robh dùil gun pòsadh e,
feumaidh i leigeil leis a bhith a' coimhead cho beag glic agus a

bhith cho buailteach buaidh a thoirt orra, agus cho beag 'sa
ghabhas a dhèanamh.

"uill, ionndrainn an taigh-seinnse," arsa harriet, nuair a chuir iad
stad air an taigh, agus an dèidh dhaibh feitheamh gu dìomhain
gun toireadh a caraid tòiseachadh; "uill, caill an taigh-seinnse, (le
osna shocair,) dè a tha thu a' smaoineachadh oirre? — nach eil i
ro thoilichte? "

Bha beagan dragh ann am freagairt emma.

"o! A bh'! — a 'fìor bhean òg air leth taitneach."

"tha mi a' smaoineachadh gu bheil i bòidheach, àlainn. "

"air a sgeadachadh gu fìor mhath, gu dearbh; gùn eireachdail air
leth."

"chan eil mi idir a' iomagain gun robh e air tuiteam ann an gaol.
"

"o! Cha ghabh, chan eil dad ann a dh' èireas aon sam bith. —
fortan gu math; agus thàinig i na rathad. "

"b' e sin, thuirt e, "thill e às an t-slait, ag ràdh a-rithist," tha mi
ag ràdh gu robh i gu mòr ceangailte ris. "

"is dòcha gu bheil, 's dòcha, ach chan eil a h-uile duine a'
seasamh ris a 'bhean as fheàrr dha a phòsadh. Is dòcha gun robh
cailleachan-feòir ag iarraidh dachaigh, agus bha iad den bheachd
gur e seo an tairgse as fheàrr a bhiodh i.

"tha," thuirt a h-uile duine gu dìcheallach, "agus is math a dh'
fhaodadh i nach do dh 'fhaodadh neach nas fheàrr a bhith. Math,
tha mi a' guidhe gach toileachas dhomh. A bharrachd air a bhith
pòsta, tha fhios agad, tha e gu math eadar-dhealaichte, gu dearbh,

caill mi an taigh, cha leig thu a leas a bhith fo eagal: is urrainn
dhomh suidhe agus tlachd a ghabhail dha a- nis gun mòr-thruas.
Chan eil e air e fhèin a thilgeil air falbh, tha e cho comhfhurtail!
— tha e coltach gur e boireannach eireachdail a th 'ann, dìreach
mar a tha e airidh air beathach toilichte! Cho tlachdmhor 'sa tha
i! "

Nuair a chaidh an turas air ais, rinn emma suas a h-inntinn.
Bhiodh i an uair sin a 'faicinn barrachd agus breithneachadh nas
fheàrr. Bho nach robh dad gu bhith air a dhèanamh ann an raon
machaire, agus bha a h-athair an làthair gus a bhith an sàs ann
am mr. Chruinnich i cairteal na h-uarach de dh 'labhairt na
mnathan fhèin, agus dh' fhaodadh ia dhol thuice; agus an
ceathramh uair a thìde làn thuice gun robh. B 'e boireannach a bh
'ann an elton, a bha air leth riaraichte leis fhèin, agus a'
smaoineachadh gu bheil i cudromach fhèin; gun robh i a
'ciallachadh a bhith a' gleidheadh agus a bhith fìor mhath, ach le
modh a bha ann an droch sgoil, càirdeil agus eòlach; gun deach a
h-uile smuain a tharraing bho aon sheata dhaoine, agus aon
dòigh-beatha; nach biodh i aineolach mura biodh i gòrach, agus
gu cinnteach gun dèanadh a comann mr. Eil elton math.

Bhiodh an t-ionnlaid air a mhaidseadh nas fheàrr. Mura biodh i
glic no air a h-ath-chumadh, bhiodh i ga cheangal ris an
fheadhainn a bha; ach b 'ionndrainn gu robh cuid den t-seacaid
furasta a bhith air a chall. B 'e an brathair-cèile dlùth faisg air
bristol an pròis a bha aig na caidreachasan, agus b 'e an t-àite
aige agus a charbadan moit as.

B 'e a 'chiad chuspair an dèidh a bhith na shuidhe lòchran
maple," suidheachan mo bhràthar mr.; "- coimeas eadar hartfield
agus lus a' chraobh-mhalpais. Bha gàrraidhean baile fearainn
beag, ach grinn agus bòidheach; agus bha an taigh nuadh agus air
a dheagh thogail. Bean. Bha coltas nas fheàrr air a 'toirt a-steach
an elton le meud an t-seòmair, an t-slighe-steach, agus a h-uile
càil a dh' fhaodadh no a dh 'fhaodadh fhaicinn. "tha e glè

choltach ri lòchran-craicinn gu dearbh! — bha buaidh mhòr aig an coltas air an t-seòrsa sin! — bha an seòmar sin gu math coltach ri cumadh agus meud seòmar na maidne aig lus a' chraicinn, an rùm as fheàrr le a piuthar. "- mr. Chaidh ath-thagradh a dhèanamh le elton - "nach e dìreach iongantach a bh' ann? — dh'fhaodadh e bhith gu math faisg air a bhith ga 'lorg fhèin ann an lobhta le malpais."

"agus an staidhre - tha fhios agad, mar a thàinig mi a-steach, thug mi a-mach cho fìor mhath sa bha an staidhre; chaidh mi dìreach san aon phàirt den taigh. Cha b' urrainn dhomh gun a bhith a 'dèanamh cinnteach, gun caill thu an taigh-èididh, tha e glè aoibhneach dhomhsa, a bhith air mo chuimhneachadh air àite far a bheil mi cho fìor chudromach ri maple grove. Tha mi air uiread de mhìosan a chuir seachad ann an siud! (le beagan breugan cuirp.) Àite taitneach, gun teagamh sam bith. A rèir a bhòidhchead, ach dhomhsa, is e dachaigh gu math a th 'ann dhomhsa, nuair a thèid do ghluasad thairis, mar mi-sa, a' call woodhouse, tuigidh tu cho tlachdmhor 'sa tha e coinneachadh ri rud sam bith mar a tha air fhàgail. Ràdh gur e seo fear de na h-uireasbhaidhean a th 'ann de phòsadh."

Thug emma freagairt cho beag sa b 'urrainn dhi; ach bha e gu leòr airson mrs. Elton, a bha dìreach airson a bhith a 'bruidhinn fhèin.

"tha e cho uamhasach coltach ri lus nam maslach! Agus chan e dìreach an taigh a th' ann, tha mi a 'dèanamh cinnteach, cho fad sa dh' fhaodadh mi fhaicinn, gu bheil na labhagan aig lus a 'chraobh mar an ceudna, agus gun teagamh sam bith anns an aon dòigh - dìreach tarsainn air an fhaiche, agus fhuair mi sealladh de chraobh mìn, le being timcheall air, a chuir mi cho faisg air an inntinn! Bidh mo bhràthair is mo phiuthar fo gheasaibh leis an àite seo. Tha an talamh fhèin daonnan toilichte le rud sam bith san aon stoidhle. "

Bha emma a 'smaoineachadh gur e an fhìrinn a bh' sin. Bha
beachd mòr aice gun robh daoine le fearann farsaing aca fhèin a
'gabhail glè bheag de chùram airson fearann farsaing buidheann
sam bith eile; ach cha b ' fhiach e ionnsaigh a thoirt air mearachd
mar sin le dath dùbailte, agus mar sin cha do dh'innis e ach mar
fhreagairt,

"nuair a tha thu air barrachd den dùthaich seo fhaicinn, tha eagal
orm gum bi thu a' smaoineachadh gu bheil thu air cus gàrraidh
fhaighinn.

"oh! Tha, tha mi gu math mothachail gu bheil e mar ghàradh ann
an sasainn, tha fhios agad. Is e surry gàrradh sasainn."

"tha; ach cha bu chòir dhuinn na h-agairtean againn a chuir sìos
air an t-eadar-dhealachadh sin. Tha mòran shiorrachdan, tha mi
a' creidsinn, air an ainmeachadh mar ghàrradh shasainn, a
bharrachd air surry. "

"cha dèan, cha dèan mi sin," fhreagair m. Aoibh, le gàire as
riaraichte. "cha chuala mi riamh siorrachd sam bith ach ghairm
mi mar sin."

Bha emma sàmhach.

"tha mo bhràthair is mo phiuthar air gealltainn dhuinn tadhal san
earrach, no san t-samhradh aig an ìre as fhaide," arsa mrs. Elton;
"agus sin an t-àm airson rannsachadh. Fhad, s a tha iad còmhla
rinn, bheir sinn sùil air mòran, bidh mi ag ràdh. Bidh an tobar-
talamh-fearainn aca, gu dearbh, a tha a' cumail ceithir rudan gu
ceart; bu chòir dhuinn a bhith comasach air sgrùdadh a
dhèanamh air na h-eadar-dhealachaidhean eadar-dhealaichte ann
an rud iongantach, cha mhòr gun tigeadh iad a-steach dhan t-
seusan aca den bhliadhna. Bidh e nas fheàrr na daoine eile nuair
a thig daoine a-steach gu dùthaich bhrèagha den t-seòrsa seo, eil
fhios agaibh, caomhnaidh an taigh-tasgaidh, gu h-àraidh ag

iarraidh orra a bhith a 'faicinn cho mòr 'sa ghabhas; rannsaich gu rìgh 'tha mòran phàrtaidhean agaibh den t-seòrsa sin an seo, tha mi creidsinn, caill an taigh-seinnse, a h-uile samhradh? "

"cha bu chòir, chan eil sa bhad an seo. Tha sinn gu math eadar-dhealaichte air falbh bho na bòidhchead iongantach a tha a' tarraing nan seòrsachan pàrtaidhean ris a bheil thu a 'bruidhinn; agus is e buidheann làn de dhaoine a th' ann a tha mi a 'creidsinn a tha nas motha a' fuireach aig an taigh na bhith an sàs ann. Sgeamaichean toileachais. "

"ah! Chan eil dad ann mar a bhith a' fuireach aig an taigh airson fìor chofhurtachd. Chan urrainn dha duine sam bith a bhith nas motha a-steach don dachaigh na tha mi. Bha mi gu math na sheanfhacal mu dheidhinn a 'chraobh-mhalpais. Tha tòrr ùine air a ràdh le selina, nuair a bha i a' dol gu bristol , 'chan urrainn dhomh a-nis an nighean seo fhaighinn bhon taigh. Feumaidh mi fhìn a dhol a-steach leam fhìn, ged a tha gràin agam air a bhith ga ghlacadh anns an barouche-landau gun chompanach; ach tha augusta, tha mi a 'creidsinn, le deagh thoil, nach cuireadh e dragh air a 'phàirc. ' Iomadh uair a tha i air a ràdh mar sin, agus fhathast chan eil mi nam thagraiche airson an sgaoileadh gu tur. Tha mi a 'smaoineachadh, an aghaidh, nuair a dh' fhaodas daoine iad fhèin suas bhon chomann-shòisealta, is e rud gu math dona a th 'ann agus gu bheil e tòrr nas fheàrr a bhith a' measgachadh anns an t-saoghal ann an ìre cheart, gun a bhith a 'fuireach ann an cus no cus. Cuimhnich gun cuir thu às do woodhouse - (a 'coimhead a dh' ionnsaigh m 'taigh-' taigh-taighe), feumaidh staid slàinte do athar a bhith na adhbhar math air ais. Carson nach eil e a 'feuchainn ri amar? —dh'fhaodadh e bhith. Leig leam moladh dhut amar a mholadh dhut. Bidh mi a 'dèanamh cinnteach nach eil teagamh sam bith agam gu bheil mi a' dèanamh mr. Bidh e math gu leòr. "

"dh'fheuch m' athair barrachd air aon uair, roimhe; ach às aonais buannachd sam bith; agus chan eil fhios aig mr, "chan eil fios aig

a' ainm, tha mi ag ràdh gum biodh e nas coltaiche a bhith
feumail a-nis. " "

"ah! Tha sin gu math tàmailteach; oir tha mi cinnteach gun caill
thu, nuair a bhios tu ag ionndrainn an taigh-uisge, far a bheil na
h-uisgeachan ag aontachadh, tha e mìorbhaileach an cobhair a
bheir iad seachad. Mo bheatha-ionnlaid, tha mi air a leithid sin
de shuidheachaidhean fhaicinn! Agus tha e cho seòlta, àite nach
b'urrainn e fàilligeadh a bhith gu feum. Tha spioradan
woodhouse, a tha, a thuigse, uaireannan trom-inntinn. Agus a
thaobh a mholaidhean dhut, tha feum agam air mòran
dhuilgheadasan a ghabhail gus fuireach orra. Tha na
buannachdan a thig bho amar san òigridh air an tuigsinn gu ìre
mhòr. Bhiodh e na ro-ràdh mìorbhaileach dhut, a tha air a bhith a
'fuireach ann an saoghal cho falaichte; agus dh'fhaodadh mi cuid
de na comainn as fheàrr san àite a dhèanamh tèarainte sa bhad.
Bheireadh loidhne dhòmhsa beagan de luchd-eòlais dhut; agus
mo charaid sònraichte, mrs. Partridge, bhiodh a 'bhean-
còmhnaidh air a bhith a' fuireach còmhla nuair a bha i amar,
bhiodh e glè thoilichte aire sam bith a thoirt dhut, agus is e seo
an dearbh dhuine a dh 'fhaodadh tu a dhol don phoball leis."

Bha e cho mòr agus a dh 'fhaodadh e bhith aig emma, gun a
bhith neo-mhiannach. Gum biodh i fo fhiathachadh gu mòr. A
chuir às do na chaidh a ràdh mar ro-ràdh - a 'dol don phoball fo
sgàird caraid. Tha e coltach gun do chuir elton gu feum, le
cuideachadh bho neach-còmhnaidh, dìreach gu beatha!

Chuir i air ais i, ge-tà, bho aon de na h-ath-chliù a bhiodh aice air
a thoirt seachad, agus cha tug i ach taing do mrs. ; elton cool;
"ach bha a' dol gu amar an ìre mhath a-mach às a 'cheist; agus
cha robh i idir cinnteach a thaobh gum biodh an t-àite cho
freagarrach dhi na h-athair." agus an uairsin, gus casg a chuir air
tuilleadh sparradh agus sàrachadh, dh'atharraich an cuspair gu
dìreach.

"cha bhith mi a' faighneachd an e ceòl a th 'ort, m. Elton. Air na h-amannan sin, mar as trice tha caractar boireannaich ann; agus tha fios aig highbury gur e sàr neach-cluiche a th' ort. "

"o! Cha dèan, gu dearbh; feumaidh mi gearan a dhèanamh an aghaidh beachd den t-seòrsa sin. Sàr-chleasaiche! — fada às, tha mi a' toirt barail dhut ciamar a dh 'smaoinicheas tu air ciamar? Pàirt den cheathramh fiosrachadh a thàinig am fiosrachadh. Tha mi gu math measail air ceòl — gu h-anabarrach dian; — agus tha mo charaidean ag ràdh nach eil mi gu tur gun mhill; ach a thaobh rud sam bith eile, air m 'onair, tha mo dhèanadas meadhanach mòr ris a 'cheum mu dheireadh. Tha thu ag ionndrainn gu mòr, tha mi eòlach, a 'coimhead gu toilichte. Gus dearbhadh dhomh gur e an toileachas, an comhfhurtachd is an tlachd as motha a fhuair mi, a bhith a 'cluinntinn dè a th' ann an saoghal ciùil. Chan urrainn dhomh a dhèanamh gun ceòl. Tha e riatanach de bheatha dhòmhsa; agus an-còmhnaidh air a bhith cleachdte ri comann ciùil fìor-mhòr, an dà chuid aig lobhta le malpais agus ann am amar, bhiodh e air a bhith na ìobairt mhòr. Thuirt mi gu h-onorach a bhith cho mòr ri mr. E. Nuair a bha e a 'bruidhinn air mo dhachaigh san àm ri teachd, agus a' cur an cèill gun robh e iomagaineach nach bu chòir leigeil dheth a dhreuchd; agus nach robh an taigh cho math — a 'eòlas air na bha mi eòlach air - gu dearbh cha robh e gu tur gun dragh. Nuair a bha e a 'bruidhinn air san dòigh sin, thuirt mi gu h-onorach gum b' urrainn don t-saoghal a tha mi a 'leigeil seachad - pàrtaidhean, bàlaichean, dealbh-chluich - oir cha robh eagal orm mu chluaineas. Beannaichte le uiread de ghoireasan taobh a-staigh mi fhìn, cha robh an saoghal riatanach dhòmhsa. B 'urrainn dhomh gu math a dhèanamh às aonais. Dhan fheadhainn aig nach robh stòras bha e na rud eadar-dhealaichte; ach thug na goireasan agam mi gu math neo-eisimeileach. Agus a thaobh seòmraichean nas lugha na bha mi air a chleachdadh, cha b'urrainn dhomh smaoineachadh air. Bha mi an dòchas gun robh mi gu math co-ionann ri ìobairt sam bith bhon tuairisgeul sin. Gu dearbh bha mi air a bhith eòlach air a h-uile siùbhlachd ann an

gairbh maslach; ach cha d'aithnich mi dha nach robh feum air dà
charbad ri m 'sonas, agus cha robh iad nan deagh thogalaichean.
'Ach,' arsa i, 'a bhith gu math onarach, chan eil mi a
'smaoineachadh gum faod mi a bhith beò às aonais
coimhearsnachd ciùil. Tha mi a 'seasamh airson rud sam bith
eile; ach às aonais ceòl, bhiodh beatha na àite bàn dhomh. "

"chan urrainn dhuinn a ràdh," arsa emma, a 'gàireachdainn," gun
cuireadh am fear leis a 'choiread cinnteach gu bheil thu fhèin
ann an comann ceòlmhor ann an highbury; agus tha mi an
dòchas nach fhaic thu gu bheil e nas fheàrr na maitheanas na
fìrinn, beachdachadh air a 'adhbhar."

"chan eil, gu dearbh, chan eil teagamh sam bith agam mu
dheidhinn a' cheann sin. Tha mi air leth toilichte a bhith gam
faighinn fhèin ann an cearcall den t-seòrsa sin. Tha mi an dòchas
gum bi mòran chuirmean-ciùil beaga againn còmhla. Tha mi a
'smaoineachadh nach caill thu an taigh-feachd, feumaidh tu
fhèin agus mi ceòl a stèidheachadh. Club, agus a bhith a 'cumail
choinneamhan seachdaineil gu cunbhalach aig an taigh agaibh,
no againn fhìn. Mura bi sinn fhèin a' dèanamh sin, tha mi a
'smaoineachadh nach bi sinn fada ag iarraidh aimhreit. Tàladh
airson mo chumail ann an cleachdadh; airson boireannaich
phòsta, tha fhios agad — tha sgeulachd dhuilich nan aghaidh, san
fharsaingeachd, ach tha iad ro iomchaidh airson ceòl a thoirt
seachad. "

"ach sibhse, a tha cho uamhasach dèidheil air — cha bhi cunnart
sam bith ann, gu cinnteach?"

"cha bu chòir dhomh dòchas a dhèanamh; ach nuair a bhios mi a'
coimhead mun cuairt mo dhàimh, tha mi a 'teannadh gu
dùrachdach gu bheil selina air ceòl a thoirt seachad gu tur, cha
bhi mi uair a' toirt buaidh air an ionnsramaid — ged a bha i gu
math binn. 'S canaidh an aon rud mu mrs jeffereys — clara
partridge, bha sin — agus bho an dà mhilir, a-nis tha an t-eun

agus an t-eun, james cooper, agus barrachd na mar a dh 'fhaodas mi àireamhachadh air mo fhacal tha e gu leòr fear a chuir ann an eagal. Tha e dha-rìribh a 'tòiseachadh a bhith a' tuigsinn gu bheil mòran rudan aig bean phòsta a dh 'fhaodadh a h-aire a thoirt dhi.

"ach a h-uile nì den t-seòrsa sin," arsa emma, "bidh trèana a dh' àbhaist cho tric sin a-nis— "

"uill," thuirt mrs. A 'iomagain, a' gàireachdainn, "chì sinn."

Cha robh càil eile ri ràdh aig emma, a bha ga fhaighinn cho daingeann mu a bhith a 'dearmad a cuid ciùil; agus, an dèidh tìde a 'chaitheamh, mrs. Thagh elton cuspair eile.

"tha sinn air a bhith a' gairm air randalls, "arsa ise," agus fhuair iad iad aig an taigh, agus daoine tlachdmhor a shaoileas iad a bhith. Tha mi a 'còrdadh riutha gu mòr. Mar-thà, tha mi a 'dèanamh cinnteach dhut agus tha i a' nochdadh cho fìor mhath — tha rudeigin cho mor agus làn misneachd mu deidhinn, gu bheil e a 'faighinn gu dìreach gu dìreach.

Bha e na iongnadh mòr air emma a fhreagairt; ach mrs. Cha do dh 'fhan elton idir ris an taic dhearbhach mus deach i air adhart.

"an dèidh a bhith a' tuigsinn cho mòr, bha e na iongnadh dhomh gun robh i cho coltach ri bean-uasal! Ach tha i dha-rìribh cho fìor dheireannach. "

"bha modh an t-saoghail," arsa emma, "gu math math an-còmhnaidh. Gun dèanadh an iomchaidheachd, an sìmplidheachd, agus an' eireachdas aca am modail as sàbhailte dha boireannach òg sam bith. "

"agus cò tha thu a' smaoineachadh a thàinig a-steach fhad's a bha sinn ann? "

Bha emma gu math sàmhach. Bha an tòna a 'toirt a-steach cuid de sheann eòlas agus mar a dh' fhaodadh ea bhith a 'tomhas?

"ridire!" lean orra. Elton; nach robh e fortanach? — airson, gun a bhith taobh a-staigh nuair a ghairm e an latha eile, cha robh mi riamh air fhaicinn roimhe; agus, gu dearbh, mar charaid do mr e.'s, bha agam bhathas gu math tric a 'bruidhinn air 'mo charaid ridire', agus bha mi gu math mì-fhoighidneach a bhith ga fhaicinn; agus feumaidh mi mo charo sposo ceartas a ràdh nach fheum nàire a bhith air a charaid. Is toil leam e gu mòr, gu cinnteach, tha mi a 'smaoineachadh, fear coltach ri duine-uasal."

Toilichte, bha e a-nis gu bhith air falbh. Bha iad air falbh; agus dh'fhaodadh emma anail a tharraing.

"tè mhì-chomasach!" a bha i air a 'sparradh sa bhad. "nas miosa na bha mi air a ràdh. Nach biodh iongnadh sam bith orm! Ridire! — cha b' urrainn dhomh a chreidsinn. Knightley! — uair a chunnaic mi e na beatha roimhe, agus gairm e ridire! "agus faigh a-mach gur e fear uasal a th 'ann! Le bhith còmhla ri a mac, e, agus a caro sposo, agus a goireasan, agus a h-uile seòrsa de thruas a th 'ann agus a h-uile rud a' toirt an aire do dh 'èigheachd mu dheidhinn, tha mi cinnteach an till e an toileachas, agus cha b 'urrainn dhomh a chreidsinn gur e boireannach a bh' ann, agus moladh gum bu chòir dhi fhèin is i bhith còmhla ri club ciùil a dhèanamh! Gum biodh e math dhuinn a bhith nar caraidean beannaichte! Bu chòir dhomh a bhith a 'coinneachadh rium gu co-chòrdail, nas miosa na bhiodh mi nas miosa. Thathar a 'dèanamh coimeas eadar clò agus coimeas sam bith. Oh! Dè chanadh eaglaisean eaglaiseil rithe, nam biodh e an seo? Cho feargach 'sa bha e agus mar a bhiodh e air an tionndadh às! Ah! An-diugh tha mi a 'smaoineachadh mu dheidhinn gu dìreach. An-còmhnaidh a 'chiad duine air an smaoinich thu! Ciamar a ghlacas mi fhèin a-mach! Bidh eaglaisean onorach a 'tighinn cho tric nam inntinn!" -

Bha a h-uile càil a bha seo cho glan leis na smuaintean aice, mus robh a h-athair air a chuir fhèin air dòigh, an dèidh do na h-eltons falbh a-mach às an dùthaich, agus gun robh e deiseil airson a bhith a 'bruidhinn.

"uill, a ghràidh," thòisich e a dh'aona ghnothaich, "a' smaoineachadh nach fhaca mi riamh i, tha i a-nis na seòrsa de bhoireannach òg, agus tha mi ag ràdh gu robh i glè thoilichte leat. Rud a tha ro luath. Tha beagan cainnte de guth ann a tha gu ìre mhòr a 'lagachadh a' chluais. Ach tha mi creidsinn gu bheil mi glè mhath; cha toil leam guthan neònach; agus chan eil duine sam bith a 'bruidhinn mar thu fhèin agus na tha a' caill air ach tha i a-nis gu math mì-mhodhail agus beusach, agus gun teagamh sam bith bheir e deagh bhean dha. Ged nach robh e air a bhith nas fheàrr a bhith pòsta. Rinn mi na leisgeulan as fheàrr a b 'urrainn dhomh gun a bhith comasach air fuireach ris agus mrs. An seo air an latha thoilichte seo; thuirt mi gun robh mi an dòchas gum bu chòir dhomh rè an t-samhraidh. Ach bu chòir dhomh a bhi air falbh roimhe. Gun a bhith a 'feitheamh air bean na bainnse gu math brònach. Ah! Tha i a 'nochdadh dè tha mi duilich a dhèanamh! Ach chan eil mi a 'còrdadh ris an oisean a dhol a-steach do lios an fhactaraidh."

"tha mi ag ràdh gun do ghabh thu ris na leisgeulan agad, tha sir m. Elton eòlach ort."

"tha: ach bu chòir do bhoireannach òg — bean-bainnse - a bhith air mo bheul-aithris a thoirt dhi mas urrainn dhi. Bha e uamhasach gann."

"ach, a' phapa mo ghràidh, chan eil caraid agad ri mathanas; agus mar sin carson a bu chòir dhut a bhith cho èasgaidh mu urram a thoirt do bhean-bainnse? Cha bu chòir dha a bhith na mholadh dhut. Dhiubh. "

"cha tàinig, a ghràidh, cha do bhrosnaich mi buidheann sam bith a phòsadh, ach bhiodh mi daonnan ag iarraidh a h-uile aire a thoirt do bhoireannach — agus chan eil bean na bainnse, gu h-àraidh, gu bràth air a leigeil seachad. Is tusa as aithne dhut, a ghràidh, a 'chiad turas sa chompanaidh, leig leis na daoine eile cò iad.

"uill, papa, mura h-eil seo na bhrosnachadh airson pòsadh, chan eil fhios agam dè a tha ann. Cha bu chòir dhomh a-riamh a bhith a' smaoineachadh gum biodh thu a 'toirt seachad do chead-creideis airson boireannaich òga bochda."

"mo ghràidh, chan eil thu gam thuigsinn. Tha seo mar chùis a dh' fheumas mi a bhith gu math cumanta agus a bhith a 'gintinn, agus chan eil gnothach sam bith aige ri brosnachadh dhaoine a bhith pòsta."

Bha emma air a dhèanamh. Bha a h-athair a 'fàs nearbhach, agus cha tuigeadh e i. Thill a h-inntinn gu mrs. Eucoirean elton, agus fada, glè fhada, an do dh'fhuirich iad i.

Caibideil xv

Cha robh feum air emma, ann an lorg sam bith às dèidh sin, toirt air ais na bha i den bheachd na bàth. Elton. Bha a beachdan air a bhith gu math ceart. Leithid mrs. Nochd elton air an dara agallamh seo, nochd i a 'nochdadh uair sam bith a choinnicheadh iad a-rithist, — fhèin-cudromach, a' gabhail ris, eòlach, neo-fhaiceallach, agus droch bhruthadh. Bha beagan bòidhchead aice agus beagan adhartais, ach cho beag breitheanas gun robh i den bheachd gun robh i a 'faighinn eòlas nas fheàrr air an t-saoghal, gus beothachadh agus leasachadh a thoirt air nàbachd dùthchail; agus a bhith ag ionndrainn gu robh feamainn air àite den t-seòrsa sin a chumail ann an comann. B 'urrainn do thoradh na h-eadhan a bhith nas àirde na sin.

Cha robh adhbhar ann a bhith a 'smaoineachadh mr. Smaoinich elton gu tur bho a bhean. Tha e coltach nach robh e toilichte ach leatha, ach bha e moiteil. Bha e an dòchas gun do chuir e meala-naidheachd air fhèin às dèidh dha a leithid de bhoireannach a thoirt a-steach gu highbury, oir cha bhiodh fiù 's call taigh-staile co-ionann; agus a 'chuid as motha de a luchd-eòlais ùr, a' toirt seachad moladh, no nach eil i mar a bhios i a 'toirt breith, às dèidh stiùireadh deagh-ghean bates, no a' toirt a -steach gum feum bean na bainnse a bhith cho eirmseach agus cho taitneach 'sa dh 'aidich i fhèin , bha iad fìor riaraichte; gus am bi mrs ann. Chaidh moladh elton bho aon bheul gu beul-aithris mar a bu chòir dha dèanamh, gun a bhith air a thruailleadh le dìth an taigh, a lean gu mòr ris a 'chiad thabhartas agus a bhruidhneadh ri deagh ghràin mun" bhith glè thlachdmhor agus sgeadaichte gu eireachdail. "

Ann an aon urram mrs. Dh'fhàs elton nas miosa na bha i air nochdadh an toiseach. Dh'atharraich a faireachdainnean a dh 'ionnsaigh air emma. — a dh' ionnsaigh, is dòcha, leis an beagan brosnachaidh ris an do choinnich na molaidhean aice de dhlùth-chainnt, thill i a-rithist agus mean air mhean dh'fhàs i na bu mhiosa agus fada às; agus ged a bha a 'bhuaidh mì-thoilichte, bha an droch-dhroch bhuaidh a rinn e a' dol am meud gu h-àraid ag àrdachadh mì-rùn emma. A modh, agus cuideachd mr. Cha robh e soirbh, ach cha robh e furasta do dhuine sam bith a dhol a dh 'ionnsaigh. Bha iad furachail agus dearmadach. Bha emma an dòchas gum feumadh e obair gu math le cuideigin; ach dh 'fhaodadh na mothachaidhean a dh' fhaodadh gluasad mar sin a dhùsgadh gu mòr iad. — cha robh e cinnteach gu robh ceangal bochd a 'toirt air falbh le geur-leanmhuinn, agus a roinn fhèin

anns an sgeulachd, fo dhath a b 'fheàrr dhi. A 'lasachadh as
motha dha, tha e coltach gun deach a thoirt seachad cuideachd.
Gun robh i, mar a bhiodh dùil, a 'adhbhar aig an robh iad a'
caomhnadh. — nuair nach robh dad eile aca ri ràdh, feumaidh e a
bhith daonnan furasta tòiseachadh air droch-chleachdadh taigh
na h-oidhche; agus an dìmeas nach do chuir iad ruaig às a h-
aghaidh, lorg iad fionnaran nas fharsainge ann an làimhseachadh
dòrainneach de dh 'fheusag.

Bean. Thug elton suim mhòr ann a bhith a 'feuchainn ri fairfax;
agus bhon chiad uair. Chan ann dìreach nuair a dh 'fhaodadh gu
robh còir aig stàit le aon bhoireannach òg a bhith a' moladh an
taobh eile, ach bhon chiad uair; agus cha robh i riaraichte le a
bhith a 'moladh moladh nàdurrach agus reusanta - ach às aonais
sireadh, no ag iarraidh, no le urram, feumaidh i a bhith ag
iarraidh taic agus càirdeas a thoirt dhi. — mus tug emma a
misneachd dhi, agus mun treas uair den choinneamh aca, chuala i
mar a thachair. Ry ry ry ry ight lton lton lton lton lton lton lton
"elton leis a' chùis .—

Tha am "jane fairfax gu math taitneach, a' call woodhouse. —
tha mi gu math geur mu dheidhinn faironx. — crèadha,
tlachdmhor inntinneach. Cho tana agus brosnachail — agus le
leithid de thàlantan! —i bhith a 'dèanamh cinnteach gu bheil
tàlant fìor iongantach aice. Gu deimhinn ag ràdh gu bheil i a
'cluich gu fìor mhath. Tha fios agam gu bheil ceòl gu leòr agam
airson a thighinn gu co-dhùnadh mun phuing sin. O, tha i gu
math snog, bidh thu a' gàireachdainn aig mo bhlàths — ach, air
mo fhacal, tha mi a 'bruidhinn air dad ach fealla-dhà. Agus tha
an suidheachadh aice air a mheas cho mòr ri bhith a 'toirt buaidh
air aon! —ieadh taigh, feumaidh sinn sinn fhìn a dhèanamh agus
oidhirp a dhèanamh rud a dhèanamh dhi. Feumaidh sinn a toirt
air adhart. An cluinnear na loidhnichean breagha sin den bhàrd,

'làn tha mòran de fhlùr air a bhreith a fhliuchadh gun
fhaicinn,

agus is a 'toirt sgudal às an àile air. '

Chan fhaod sinn leigeil leotha a bhith air an dearbhadh ann am fair jane milisx. "

"chan urrainn dhomh a bhith a' smaoineachadh gu bheil cunnart ann, "an fhreagairt shocair aig emma -" agus nuair a tha thu nas eòlaiche air suidheachadh miss fairfax agus tuigse fhaighinn air an dachaigh aice, le còirneal agus min. A 'smaoineachadh gur dòcha nach eil fios air na tàlantan aice."

"oh! Ach tha taigh-ionnlaid gràdhach ann, tha i a-nis a 'leigeil dheth a dhreuchd, a leithid de dho-fhaireachdainn, mar sin air a tilgeil air falbh. — tha na sochairean a dh' fheuraich i ris na cleasaichean camas an-dràsta aig ìre cho math! Tha i fìor theann agus sàmhach agus chì mi gu bheil i a 'faireachdainn gu bheil i airson a bhith na mhisneachd, mar gum biodh i nas fheàrr dhith a bhith ga mholadh. Chan eil aon gu tric a 'coinneachadh ris. — ach anns an fheadhainn a tha nas miosa buileach, tha e ro-mhòr a' faireachdainn gu bheil e ceart gu leòr, agus tha ùidh agam na i.

"tha thu a' nochdadh gu bheil thu a 'faireachdainn mòran — ach chan eil mi mothachail air mar a tha thu fhèin no duine sam bith den luchd-èisteachd a tha an-dràsta ag ionndrainn an seo, neach sam bith a dh' aithnich i na b'fhaide na thu fhèin, comasach air aire sam bith eile a thoirt seachad na "-

Bidh e coltach gur e maple grove am modail agam barrachd na bu chòir dha a bhith - oir chan eil sinn idir a 'toirt buaidh air mo bhràthair, mr. Bidh an co-dhùnadh agam a 'toirt an aire gu bheil mi a' toirt an aire do fhaidhle fairfax. — gu cinnteach bidh mi gu math tric aig mo thaigh, bheir mi a-steach i far an urrainn dhomh, bidh partaidhean ciùil aice gus a tàlantan a tharraing a-mach; an-còmhnaidh a 'cumail sùil airson suidheachadh freagarrach. Tha mo chàirdean cho farsaing, nach eil teagamh sam bith agam mu bhith a 'cluinntinn rudeigin a bhiodh freagarrach dhi a dh'aithghearr. — ibheir i a-steach, gu dearbh, gu sònraichte do mo bhràthair is mo phiuthar nuair a thig iad thugainn. Tha mi cinnteach gum bi iad toilichte leatha; agus nuair a dh 'fhaodas iad beagan dhaibh, bidh a h-eagal gu tur air falbh, oir chan eil dad ann ann am modh gach aon ach na tha an sàs gu mòr. — bidh mi gu math tric gu dearbh fhad's a tha mi còmhla rium, agus tha mi a' dare a ràdh gum bi sinn uaireannan a 'lorg suidheachan dhi anns an tobar-talmhainn ann am feadhainn de na pàrtaidhean sgrùdaidh againn."

"cha robh thu airidh air seo. Dh' fhaodadh gun do rinn thu ceàrr a thaobh mr. Dixon, ach is e peanas a tha seo taobh a-muigh na gheibh thu air a shon! — an coibhneas agus dìon màth. Elton! - 'jane fairfax and jane fairfax.' na biodh eagal orm gu bheil i a 'dol mun cuairt, uamhasach mi ag ionndrainn mi!

Cha robh aig emma ri èisteachd ris na caismeachdan sin a-rithist — gu neach sam bith a bha dìreach air a cur gu oirre fhèin - mar sin air a sgeadachadh gu grinn le "dachaidh ana-ionndrainn." an t-atharrachadh air mrs. Nochd taobh na h-eaglaise goirid às deidh sin, agus chaidh fhàgail ann an sìth - cha bh 'air a h-uile càil a bhith na caraid sònraichte gu math. Agus e, fo mrs. Stiùireadh elton, taic làidir an latha an-diugh, agus a bhith a 'roinn le daoine eile ann an dòigh choitcheann, le bhith a' faighinn a-mach dè a bhathas a 'faireachdainn, dè a bha meadhanach, dè a chaidh a dhèanamh.

Thug i sùil air beagan spòrs. Bha aire elton ris a 'dol air adhart anns a' chiad stoidhle de shìmplidheachd gun ghràin agus blàths. Bha i air aon de na h-aidhleanan aice - a 'bhean as iongantaiche, a bha brèagha agus tlachdmhor — a cheart cho math agus cho dìcheallach mar a bha i. Daoine a 'beachdachadh air an elton. Is e an aon iongnadh aig emma a-mhàin gum bu chòir am faironx jane gabhail ris na h-aireamhan sin agus a 'fhulang. Mar a nochd i . Chuala i mu bhith a 'coiseachd leis na h-eltons, na suidhe leis na h-eltons, a' caitheamh latha còmhla ris na h-eltons! Bha seo iongantach! — cha b'urrainn dha a chreidsinn gu robh e comasach don bhlas no am pròis de amharasachd an suidheachadh sin a bhith cho cruaidh agus cho càirdeil 'sa bha aig an neach-ionaid.

"tha i na tòimhseachan, gu math tòimhseachan!" thuirt i - "a bhith a' briseadh gus fuireach an seo mìos às deidh mìos, fo chosgaisean a h-uile seòrsa! Agus a-nis a bhith a 'lughdachadh mar a dh' fhalbh fios an t-soisgeil agus an tiodhlac a rinn i, an àite a thilleadh gu na companaich as fheàrr a bha riamh measail oirre le spèis cho fialaidh, cho fialaidh. "

Bha jine air tighinn gu àrd-thighearna gu h-àrd air son trì mìosan; chaidh brògan a 'champa a chur a dh' èirinn airson trì mìosan; ach a-nis bha muinntir na campa air gealltainn gum biodh an nighean aca a 'fuireach gu co-dhiù gu meadhan an t-samhraidh, agus bha cuiridhean ùra air tighinn thuice airson a thighinn còmhla riutha an sin. A-rèir a bhith a 'dol às a chèile, thàinig a h-uile nì bhuaithe - mrs. Bha dixon air a 'sgrìobhadh a bu mhiosa. Bhiodh iad a 'dol a' dol ach a 'dol, bha dòighean ri fhaighinn, searbhantan air an cur air falbh, caraidean a bha fo chunnart - cha bhiodh duilgheadas siubhail ann; ach fhathast bha i air a dhol sìos!

"feumaidh cuid de na h-adhbharan a bhith aice, nas cumhachdaiche na a bhith a' faicinn an cuireadh seo a dhiùltadh, "bha an co-dhùnadh aig emma. "feumaidh i a' faighinn a-mach à seòrsa de pheacadh, a chuir air adhart le cuid a chaochain no a h-uile duine. Tha eagal mòr, rabhadh mòr, fìor rùn ann an àiteigin eile —— cha bhith i leis an dixons. Tha i ag aontachadh a bhith còmhla ris na h-eltan? — tha tòimhseachan gu math eadar-dhealaichte ann. "

Nuair a bhruidhneadh i a-mach gu h-àrd air a 'phàirt sin den chuspair, mus robh a' chaochladh a bha eòlach air a beachd.

Elton, m. Thug muinntir an iar a-mach an leisgeul seo airson an t-sabaid.

"chan urrainn dhuinn a ràdh gu bheil tlachd mòr aice anns an neach-ionaid, mo dhìleab mòr - ach tha e nas fheàrr na bhith an-còmhnaidh aig an taigh. Tha a piuthar na creutair math, ach, mar cho-chompanach seasmhach, feumaidh i a bhith gu math teann. Dè a chailleas fairfax a dh 'fhalbh, mus toir sinn buaidh air a blas air na bhios i a' dol. "

"tha thu ceart, arsa siar," arsa mr. Ridire gu blàth, "tha miss fairfax cho comasach 'sa tha a h-uile duine againn a bhith a' dèanamh beachd dìreach air mrs. Elton. An robh i air taghadh cò leis am biodh i co-òrdanaichte, cha bhiodh i air a taghadh. Ach (le gàire seòlta aig emma) gheibh i aire a tharraing bho m. Elton, nach pàigh neach sam bith eile i. "

Bha emma a 'faireachdainn gun robh mrs. Bha taobh an iar a 'toirt sealladh nas mionaidiche dhi; agus bha i air a bualadh le blàths. Le fiamh fala, fhreagair i an-dràsta,

"a dh' aindeoin a leithid de dh 'aire, bhiodh e air a dh' fainear cho cinnteach gum biodh e na thoileachas.

"cha bu chòir dhomh iongnadh," arsa mrs. Taobh an iar, "nam biodh an t-amar a 'dol seachad air a cuid uallach fhèin, le miann a h-ìnnearachd air gabhail ri cothrom bean elton airson a cuid bochd, dh' fhaodadh gun do dh 'fhaodadh gun do chuir a h-uile binn a-steach a h-inntinn a-steach nas coltaiche na bhith na bu chomasaiche na thachair. Dh 'fhaodadh a dòigh-sa mhath fhèin òrdachadh, a dh' aindeoin an miann nàdarra a bha ann beagan atharrachaidh. "

Bha an dithis aca a 'faireachdainn caran duilich a chluinntinn a' bruidhinn a-rithist; agus an ceann beagan mhionaidean sàmhach, thuirt e, "feumaidh rudeigin eile a bhith air a thoirt fa-near cuideachd - chan eil. Elton a' bruidhinn ris an fhìrinn a chall seach gu bheil i a 'bruidhinn oirre. Tha a h-uile duine eòlach air an eadar-dhealachadh eadar na teachdairean e no thu fhèin agus thu fhèin, am fear as sìmplidhe nar measg; chan e rud gu math àbhaisteach a th 'ann a chuir sinn seachad air rud sam bith eile a bharrachd air a' chothroim phearsanta a tha againn. Seo, mar phrionnsabal coitcheann, faodaidh tu a bhith cinnteach gu bheil a bhith a 'dèanamh mearachdan le fuaim agus inntinn na h-ùine, agus gu bheil aghaidh ri aghaidh, a bhios a' toirt spèis dhi, ga toirt seachad. Tha e coltach nach do thuit bean cho mòr ris a 'choireigin sin eireachdail ann am milsean. 'S an t-slighe air thoiseach air — agus cha'n urrainn ìre de dhiadhanas a bhith a 'cuir aithne oirre ag aithneachadh a dòigh choimeasach fhèin ann an gnìomh, mura h-eil i mothachail."

"tha fios agam cho àrd sa tha thu a' smaoineachadh air fealla-dhà, "arsa emma. Cha robh a 'chailleach ro mhath na h-inntinn, agus chuir measgachadh de dh' fhaireachdainn is dìcheall a-mach dè eile a bu chòir a ràdh.

"tha," fhreagair e, "dh'fhaodadh gum bi fios aig buidheann sam bith cho àrd sa tha mi a' smaoineachadh oirre. "

"agus fhathast," arsa emma, a 'tòiseachadh gu grad agus le sealladh bogha, ach cha b' fhada gus stad e — bha e na b 'fhearr, ge-tà, fios a bhith agad air an fheadhainn a bu mhiosa aig aon àm — a dh' fhollas i— "agus fhathast, is dòcha, is dòcha nach eil thu eòlach ort fhèin is dòcha gu bheil meud do theachd-sa a 'toirt leat tuiteam tro latha no eile."

Mr. Bha ridire cruaidh air obair air putanan ìosal a gharaids leathair thiugh, agus thug an gluasad a chuir iad còmhla iad, no adhbhar eile, an dath na aghaidh, mar a fhreagair e, "oh! A bheil thu ann? — ach tha thu gu math duilich às a dhèidh. Thug mèil cuil dhomh pìos de sia seachdainean air ais."

Sguir e. Taobh an iar, agus cha robh fios aice fhèin dè a bu chòir dhi smaoineachadh. Ann an tiota a chaidh e—

"cha bhi sin gu bràth, ge-tà, is urrainn dhomh dèanamh cinnteach nach caill thu fairfax, cha dèan mi sin a ràdh, nach biodh mi nam biodh mi ri faighneachd dhith - agus tha mi glè chinnteach nach fhaigh mi i."

Thill emma cuideam a caraid le ùidh; agus bha e toilichte gu leòr an leigeil às,

"chan eil thu dìomhain, tha an ridire. Innsidh mi sin dhut."

Cha mhòr gun robh e ga cluinntinn; bha e smaoineachail - agus ann an dòigh a bha a 'faireachdainn nach robh e toilichte, thuirt e às deidh sin,

"mar sin tha thu air a bhith a' socrachadh gum bu chòir dhomh a bhith a 'pòsadh jane fairfax?"

"gu dearbh chan eil mi air. Tha thu air cus a ràdh dhomh airson a bhith a' dèanamh maids, oir feumaidh mi a bhith a 'gabhail ris a leithid de shaorsa leat. Bha sin dìreach a' ciallachadh nach robh ach rud sam bith ag ràdh na rudan sin, gu dearbh, gun cha robh mi a 'smaoineachadh gur e am facal as lugha a th' agam a bhith agad ann an dòigh sam bith, cha bhiodh thu a 'tighinn a-steach a shuidhe leinn san dòigh chofhurtail seo nam biodh tu pòsta."

Mr. Bha ridire smaointeachail a-rithist. B'e toradh a chuid reverie, "chan e, emma, chan eil mi a' smaoineachadh gun toir mo mheud mo luchd-leanmhainn mi gu bràth le surprize. — cha robh mi riamh a 'smaoineachadh air an dòigh sin. Agus a dh 'aithghearr às deidh sin," tha a 'bhean eireachdail na boireannach òganach uamhasach — ach chan eil fiù 's a-mhàin fairfax foirfe. Tha coire oirre. Chan eil an teampall fosgailte a bhiodh duine ag iarraidh ann am bean."

Ach cha robh e na thoileachas do emma a bhith a 'cluinntinn gun robh coire oirre. "uill," thuirt ise, "agus gun do chuir thu às do chop gu luath, tha mi creidsinn?"

"seadh, cha b'fhada. Thug e dhomh facal sàmhach; thuirt mi ris gun robh e ceàrr; dh' fhaighnich e dha mo mhaitheanas agus thuirt e nach eil coir nas motha airson a bhith nas glice no nas geura na a nàbaidhean. "

Chan urrainn dhomh smaoineachadh nach bi i daonnan a 'cur dragh air an neach-tadhail aice le moladh, brosnachadh agus tairgsean seirbheis; nach bi i fhathast a 'toirt mion-chunntas air a rùintean mìorbhaileach, bho bhith a' toirt a suidheachadh buan gu bhith a 'toirt a-steach i na pàrtaidhean tlachdmhor sin a tha gu bhith a' tachairt ann am barouche-landau. "

"tha faireachdainn dha-rìribh a' faireachdainn, "arsa mr. Ridire— "chan eil mi a' cur dragh oirre gu bheil i a 'faireachdainn. Tha a mothachaidhean, amharasach, làidir - agus tha a samhla fìor mhath na cumhachd cumhachd-brùideil, foighidinn, fèin-smachd, ach tha i ag iarraidh fosgailteachd. Tha i glèidhte, nas glèidhte, tha mi a 'smaoineachadh, na bha i cleachdte - agus tha gaol agam air teampall fosgailte. Cha robh e na fhuasgladh do mo choimhlionadh, cha deach e riamh a-steach orm. Cha bheachdaich iad seachad air. "

"uill, mair, a iar," arsa emma gu buadhach nuair a dh 'fhàg e iad," gu dè a chanas tu a-nis ris a 'cho-fhlaitheas pòsadh ridire?"

"carson, gu dearbha, emma, tha mi ag ràdh gu bheil e cho mòr a' gabhail ris a 'bheachd nach biodh e ann an gaol rithe, nach bu chòir dhomh smaoineachadh an robh e gu bhith na cheann-uidhe mu dheireadh. "

Caibideil xvi

A h-uile buidheann anns agus mu thimcheall highbury a bha riamh air tadhal air mr. Chaidh elton, aire a thoirt dha air a phòsadh. Bhiodh buidhnean dinnear agus pàrtaidhean air an dèanamh dha agus dha bhean; agus cuireadh fiathachadh cho luath agus gun robh i cho luath sa bhad a bhith a 'toirt air falbh iad nach robh iad uair sam bith a' faighinn air falbh gu mòr.

"tha mi a' faicinn mar a tha, "thuirt ise. "tha mi a' faicinn dè am beatha a bhios agam a bhith air do stiùireadh nam measg. Air mo fhacal bidh sinn air a sgaoileadh gu tur. Tha sinn gu math fasanta. Ma tha seo a 'fuireach san dùthaich, chan eil e cho snasail idir. Daingnichidh sinn nach eil latha againn a tha cho sgaiteach! - cha robh feum aig boireannach le nas lugha de stòrasan na tha agam, air call. "

Cha tàinig cuireadh sam bith a-steach thuice. Thug a cleachdaidhean san robh am pàrtaidh air na buidhnean-oidhche a bhith gu tur nàdarra dhi, agus thug grole maple blas dhi airson dìnnearan. Bha i air a clisgeadh gu mòr leis na chuir e dà sheòmar tarraing air adhart, aig an droch oidhirp air cèicichean riaghailteach, agus chan eil deigh ann am pàrtaidhean àrd-chòisirean. Bean. Bates, mrs. Peiridh, min. Bha gardard agus feadhainn eile, math air cùl an t-saoghail ann an eòlas air an t-saoghal, ach cha robh i fada a 'nochdadh dhaibh mar a bu chòir a h-uile rud a rèiteachadh. Ri linn an earraich feumaidh i an cothrom aca a thoirt air ais le aon phàrtaidh air leth math - anns am bu chòir na clàran-cairteachaidh a bhith air an cur a-mach le coinnlean fa leth agus pacaidean gun bhriseadh anns an fhìor stoidhle — agus barrachd luchd-frithealaidh a bha an sàs airson na h-oidhche na an cuid fhèin air a thoirt seachad, gus na deochan a ghiùlan mun cuairt an uair cheart, agus anns an òrdugh cheart.

Cha b'urrainn emma, san eadar-ama, a bhith riaraichte às aonais dìnnear ann an raon-feòir airson na h-eltons. Cha bu chòir dhaibh a bhith a 'dèanamh nas lugha na feadhainn eile, no bu chòir dha a bhith fo amharas gu h-annasach, agus bu chòir dhi a bhith amharasach gu robh e mì-mhodhail. Feumaidh dinnear a bhith ann. Às deidh dha emma bruidhinn mu dheidhinn airson deich mionaidean, mr. Cha robh an taigh-feachd gun a bhith mì-thoilichte, agus cha robh e ach a 'dèanamh cinnteach nach biodh e na shuidhe aig bun a' bhùird fhèin, leis an duilgheadas àbhaisteach a bhith a 'co-dhùnadh cò bu chòir a dhèanamh dha.

Nach fheumadh na daoine a fhuair cuireadh, mòran smaoineachaidh. A thuilleadh air na h-eaban, feumaidh gur e na h-uaislean a bhios ann agus mr. Ridire; gu ruige seo is e dìreach a bh 'ann a-mhàin - agus cha mhòr gun robh e cho duilich gum feumadh beag bochd a bhith a' dèanamh an ochdamh: — ach cha deach an cuireadh seo a thoirt seachad le riarachadh co-ionann, agus air iomadh cunntas bha e na thoileachas mòr do emma gu robh gaisgeach a 'miannachadh a bhith. A cheadachadh a dhiùltadh. "cha b' urrainn dhith a bhith sa chompanaidh aige na b 'urrainn dhith. Cha robh i fhathast comasach air a fhaicinn agus a bhean thoilichte thoilichte còmhla, gun a bhith mì-chofhurtail. Mura biodh taigh-caillte ann nach biodh e mì-thoilichte, b 'fheàrr leatha fuireach aig an taigh. " is e dè dha-rìribh a bhiodh emmaa 'miannachadh, nam biodh i air a meas gu robh e comasach gu leòr airson miann. Bha i air leth toilichte le cho faisg sa bha an caraid beag aice - oir bha fios aice gun robh i airson stad a bhith aice sa chompanaidh agus fuireach aig an taigh; agus a-nis dh 'fhaodadh i cuireadh a thoirt dha an neach a bha gu mòr ag iarraidh an t-ochdamh, am faironxx a dhèanamh - bho a 'chòmhradh mu dheireadh aice le mrs. Taobh an iar agus mr. Ridireachd, bha i nas motha na cogais air a h-aingidh mu dheidhinn am fìrinn na bh 'ann na rinn i gu tric. Bha faclan ridire a 'fuireach còmhla rithe. Gun robh e air a ràdh gun d 'fhuair degmex jane aire bho mrs. Nach do phàigh neach sam bith eile i.

"tha seo gu math fìor," arsa ise, "co-dhiù cho fad sa tha e, a bha sin uile a' ciallachadh — agus tha e gu math nàire. — den aon aois - agus an-còmhnaidh a 'toirt eòlas oirre — bu chòir dhomh a bhith na bu mhotha a caraid. — cha bhi i gu bràth orm a-nis. Tha mi air a bhith a 'dearmad orm ro fhada ach bidh mi a' fainear nas motha na tha mi air a dhèanamh. "

Bha a h-uile cuireadh soirbheachail. Bha iad uile diombach agus a h-uile duine sona. - ge-tà, cha robh ùidh ullachaidh aig an dìnnear seo tuilleadh. Ann an suidheachadh a bha gu math mì-fhortanach. Chaidh an dà ridire as sine a thoirt a-steach airson turas cuid de sheachdainean as t-earrach a thoirt dha seanair is seanmhair, agus bha am papa aca a-nis a 'toirt leotha iad a thoirt a-steach, agus fuireach fad latha san raon-feòir - aon latha a bhiodh latha math a' phàrtaidh seo. —nach do leig na tachartasan proifeiseanta seo leis a bhith air an cur dheth, ach chuir dragh air athair agus nighean gun do thachair sin. Mr. Bha taigh an ròid den bheachd gun robh ochdnar aig dinnear còmhla mar an rud as fheàrr a dh 'fhaodadh a dhiongmhaidean a ghiùlan — agus an seo bhiodh e na naoidheamh - agus ghabh emma grèim air gur e an naoidheamh a bhiodh ann gu mòr gun a bhith comasach air tighinn gu raon-feòir airson dà fhichead 'sa h-ochd. Uairean a thìde gun tuiteam ann am buidheann dìnnear.

Thug i càirdeas dha a h-athair na b 'urrainn dhi i fhèin a thoirt seachad, le bhith a' riochdachadh gun dèanadh e naoi, ged a bhiodh e daonnan ag ràdh cho beag, gum biodh an àrdachadh fuaim glè chudromach. Bha i den bheachd gur e malairt dhuilich a bh'ann fhèin i, a bhith a 'coimhead ris an uaigh aige agus còmhradh mì-thoilichte an aghaidh a bhràthair.

Bha an tachartas na b 'fheàrr do mr. Taigh-seach na emma. Thàinig john knightley; ach mr. Gun a bhith a 'feitheamh ris an iar a' tighinn chun baile agus feumaidh e a bhith às-làthair air an latha fhèin. Is dòcha gum faodadh e tighinn còmhla riutha air an fheasgar, ach gu dearbh chan ann gu dinnear. Mr. Bha taigh an taigh furasta gu leòr; agus nuair a chunnaic e sin, le teachd nam balaich bheaga agus co-thuigse feallsanach a bràthar nuair a chuala e an dàn aige, thug e air an ceann-cinnidh eadhon a chuir às do emma.

Thàinig an latha, bha a 'phàrtaidh air an cruinneachadh gu pongail, agus mr. Bha e coltach gun robh john knightley tràth gus e fhèin a chuir ris a 'ghnìomhachas a bha deònach. An àite a bhràthair a tharraing a-mach gu uinneag fhad's a bha iad a 'feitheamh airson dinnear, bha e a' bruidhinn ris an fhuaim a chall. Bean. Dh 'fhaodadh elton fhaicinn, cho eireachdail ri lace agus neamhnaidean, gun robh e a' coimhead gu sàmhach — ag iarraidh a bhith a 'coimhead gu leòr air fiosrachadh isabella - ach b' e seann eòlaiche agus caileag shocair a bha ann an miss fairfax, agus dh 'fhaodadh e bruidhinn rithe. Bha e air coinneachadh rithe ro bhracaist oir bha e a 'tilleadh bho chuairt leis na balaich bheaga aige, nuair a bha e dìreach air tòiseachadh air uisge. Bha e nàdarra dòchais shìobhalta a bhith air a 'chuspair, agus thuirt e,

"tha mi an dòchas nach do dh' fhalbh thu fada, caill fairfax, madainn an-diugh, no tha mi cinnteach gum feum thu a bhith fliuch. — cha mhòr gun d'fhuair sinn dhachaigh ann an àm. Tha mi an dòchas gun do thionndaidh thu gu dìreach. "

"cha d' fhalbh mi ach gu oifis a 'phuist," thuirt i, "agus ràinig i dhachaigh mus robh an t-uisge gu math. Is e seo an abairt làitheil

agam. Bidh mi an-còmhnaidh a' faighinn na litrichean nuair a
tha mi an-seo. Feumaidh mi coiseachd a-mach le bracaist. "

"chan e cuairt anns an uisge, bu chòir dhomh smaoineachadh."

"cha robh, ach cha robh e buileach uisge nuair a chuir mi an
cèill."

Mr. Rinn john ridire gàire, agus fhreagair e,

"is e sin a ràdh, thagh thu do chuairt, oir cha robh thu sia slat
bhon doras agad fhèin nuair a bha e na thoileachas dhomh thu a
bhith a' coinneachadh; agus bha henry agus john air barrachd
boinn a fhaicinn na dh 'fhaodadh iad cunntadh fada roimhe. Aig
an àm a tha thu air fuireach gu mo aois, tòisichidh tu a
'smaoineachadh nach fhiach litrichean a dhol tron uisge airson."

Bha beagan sgìth ann, agus an uairsin am freagairt,

"chan fhaod mi a bhith dòchasach a bhith suidhichte mar a tha
thu, ann am meadhan a h-uile ceangal dualach, agus mar sin
chan urrainn dhomh a bhith an dùil gun dèan dìreach fàs nas sine
mi mì-chothromach mu litrichean."

"cho neo-fhaicsinneach! O!! Cha robh mi riamh a'
smaoineachadh gum biodh thu a 'faireachdainn mì-chothromach.
Chan eil litrichean idir gu math mì-chofhurtail; mar as trice tha
iad gu math mallaichte."

"tha thu a' bruidhinn air litrichean gnìomhachais; tha mi nam
litrichean càirdeas. "

"is tric a bha mi a' smaoineachadh gur iad an fheadhainn bu
mhiosa den dithis aca, "fhreagair e gu h-obann. "faodaidh
gnìomhachas, tha fios agad, airgead a thoirt a-steach, ach cha
mhòr gu bheil càirdeas gu leòr a' dèanamh. "

"ah! Chan eil thu dona a-nis. Tha fios agam gu bheil mr. John knightley ro mhath — tha mi glè chinnteach gu bheil e a' tuigsinn luach càirdeas cho math ri buidheann sam bith. Faodaidh mi creidsinn gu furasta gu bheil litrichean glè bheag dhut, mòran nas lugha na mise, ach chan e d 'aois a tha thu deich bliadhna a dh' aois a tha a 'dèanamh eadar-dhealachadh, chan e aois a th' ann, ach suidheachadh. Cha mhòr nach eil cead aig a h-uile duine a bh 'agam a thoirt seachad, oifis-postachd, mi-fhìn, an cumhachd a tharraing a-mach, nas miosa na an latha an-diugh."

"nuair a bhruidhinn mi mu bhith ga atharrachadh aig àm, le adhartas na bliadhnachan," arsa john knightley, "bha mi a' ciallachadh gum biodh an t-atharrachadh ann an suidheachadh a bhios a 'nochdadh mar as trice. A h-uile ceanglachan nach eil anns a 'chearcall làitheil - ach chan e sin an t-atharrachadh a bh' agam dhut mar seann charaid, leigidh tu leam dòchas, call fairfax, gum bi uidhir de dh 'rudan cruinn ann an deich bliadhna sin. "a bheil."

Chaidh a ràdh gu coibhneil agus gu math fada bho bhith a 'dèanamh eucoir. Bha e coltach gun robh "tlachdmhor" tlachdmhor a 'toirt air gàire a thoirt dheth, ach bha plathadh, luibhean a bha caochlaideach, dall sa shùil, a' nochdadh gun robhar a 'faireachdainn nas motha na gàire. Tha a-nis a 'feitheamh air a h-aire fhaighinn le mr. Gun deach, leis a 'ghnothach, a bhith a' tarraing a-mach cuairt air a dh 'leithid de dhaoine, agus a bhith a' dèanamh moladh sònraichte dha na boireannaich, agus gun robh e na bhaile mòr-chòrdte.

"tha mi gu math duilich a bhith a' cluinntinn, a 'call fairfax, gu bheil thu a-muigh air a' mhadainn seo san uisge. Bu chòir do mhnathan òga aire a thoirt dhaibh fhèin. — tha boireannaich òga gu math toinisgeach. Bu chòir dhaibh aire a thoirt dha an cuid slàinte agus am beatha. An do dh'atharraich thu na stocainnean agad? "

"tha, a dhuine, rinn mi gu dearbh; agus tha mi gu mòr a' cur mo dhìcheall timcheall orm. "

"tha mi ag iarraidh gun d' uireas do m miss ean-saidh a tha cho mōr, na mnathan ōga an dã²igh. — tha mi an dã²chas gu bheil do dh 'mhac-sheanmhair agus d unt oghag gu math.' se cuid de mo sheann charaidean a th 'ann. Tha thu a 'dèanamh mòran urram gu latha an-diugh, tha mi cinnteach gu bheil mo nighean agus mi gu math ciallach air do mhathas, agus gum faigh thu toileachas mòr dhut a bhith gam faicinn aig hartfield."

Is dòcha gun suidheadh an seann duine dòigheil, modhail na shuidhe sìos agus gun robh e a 'faireachdainn gu robh e air a dhleastanas a dhèanamh, agus gun robh e a' dèanamh cinnteach gum biodh fàilte agus furasta air a h-uile boireannach cothromach.

Mun àm seo, bha a 'chuairt san uisge air a dhol seachad gu math. Dh 'fhosgail a h-aireean a-nis air an t-saoghal.

"mo ghràidh gràdhach, ciod e seo a chluinneas mi? - a' dol chun na h-oifis puist anns an uisge! - cha bu chòir sin a bhith agad, geallaidh mi thu. — a nighean bhrònach, ciamar a dhèanadh tu sin? — tha e na chomharra cha robh mi ann airson aire a thoirt dhut. "

Cinnte gu robh i air a cuir an grèim le foill.

"oh! Nach innis dhomh. Is e nighean bhrònach a th' ann a tha thu, agus chan eil fhios agad ciamar a bheir thu cùram dhut fhèin. — ris an oifis-phuist gu dearbh! A dh 'iar. Cuir an t-ùghdarras againn gu deimhinneach. "

"mo chomhairle," arsa mrs. Air taobh an iar coibhneil agus lèirsinneach, "gu cinnteach bidh mi air am buaireadh a bhith a' toirt seachad droch-chothrom, cha bu chòir dhut a leithid de chunnartan a ruith. — buailteach mar a bha thu ann an cnatan mòr, gu dearbh bu chòir dhut a bhith gu sònraichte faiceallach, gu h-àraidh aig an àm seo den bhliadhna. An t-earrach i daonnan a 'smaointinn gum feum barrachd na cumanta cùram.' fheàrr feitheamh uair a thìde no dhà, no fiù 's leth-latha airson do litrichean, na ruith cunnart a bhith a' toirt air do casadaich a-rithist. A-nis, chan eil thu a 'faireachdainn gu feumadh tu? Seadh, is mise cinnteach gu bheil thu fada ro reusanta. Tha thu a 'coimhead mar nach dèanadh tu sin a-rithist."

"o! Cha dèan i leithid de rud a-rithist," thuirt i gu dìcheallach a-rithist ris na màthraichean. Elton. "cha leig sinn dhi a leithid a dhèanamh a-rithist:" - agus ag ràdh gu math— "feumaidh cuid de rèiteachadh a bhith ann, feumaidh gu dearbh. Bidh mi a' bruidhinn ri mr. E. An duine a bhios a 'faighinn ar litrichean gach madainn (aon de fiosraichidh na fir againn, a tha mi a 'dìochuimhneachadh d'ainm, airson do chuid fhèin cuideachd agus bheir e thu thugad thu. Bheir sin buaidh air gach duilgheadas a dh' aithnicheas tu;

"tha thu gu math fialaidh," arsa jane; "ach chan urrainn dhomh stad a dhèanamh air a' chuairt as tràithe. Thathar a 'faighinn comhairle gum bi mi a-muigh nan dorsan cho math 's as urrainn dhomh, feumaidh mi coiseachd ann an àiteigin, agus tha oifis a' phost-sa; madainn roimhe sin. "

"mo ghràidh-ghaoil, chan eil càil a' tachairt mu dheidhinn. Tha an rud air a cho-dhùnadh, sin (gàireachdainn a-staigh) cho fad's as urrainn dhomh gabhail ris a bhith a 'co-dhùnadh rud sam bith gun aonta mo thighearna agus mo mhaighstir. Feumaidh mi a bhith faiceallach nuair a bhios sinn gar cur an cèill fhìn. Ach tha mi a 'dèanamh sin nas miosa, mi-fhìn, gu bheil mo dhroch bhuaidh air a dhèanamh.

"gabh mo leisgeul," thuirt i gu dìcheallach, "chan urrainn dhomh le dòigh sam bith cead a thoirt seachad airson a leithid sin de shuidheachadh, agus mar sin dh' a dh 'a dh' a dh 'aindeoin a bhith duilich a dhèanamh do do shearbhanta. Chan eil an-seo, le mo sheanmhair. "

"o! A ghràidh, ach cho mòr is a dh' fheumas pàt a dhèanamh! — agus is e caoimhneas a bh 'ann ar luchd-obrach fhastadh."

Bha e coltach nach robh i a 'ciallachadh gun robh i air a ceannsachadh; ach an àite freagairt, thòisich i a 'bruidhinn a-rithist ri mr. John knightley.

"tha an oifis-puist na togalach iongantach!" thuirt i - "riaghailteachd agus cur às dhith e! Ma tha duine a' smaoineachadh air a h-uile rud a dh 'fheumas e a dhèanamh, agus na tha sin a' dèanamh cho math, tha e dha-rìribh iongantach! "

"gu dearbh, tha e air a dheagh riaghladh."

"cho ainneamh is a nochdas mì-chùram no brùchdadh! Mar sin is ann ainneamh a thèid litir, am measg nam mìltean a tha an-còmhnaidh a' dol seachad mun rìoghachd, a ghiùlain ceàrr — agus chan ann am fear ann am millean, tha mi creidsinn, a dh 'fhalbh cha mhòr! Measgachadh de làmhan, agus de dhroch làmhan cuideachd, a tha air an ath-bheothachadh, tha e a 'fàs na h-iongnadh."

"bidh na clàrcan a' fàs eòlach air cleachdadh. — feumaidh iad tòiseachadh le beagan luaths de shealladh agus làmh, agus feumaidh an eacarsaich a dhol am feabhas. Ma tha thu ag iarraidh mìneachadh nas fhaide, "lean e air, a' gàireachdainn, "tha e air a phàigheadh airson sin. Bidh gu leòr de chomas aig a 'phoball, agus feumaidh iad a bhith air an deagh fhrithealadh."

Bha na seòrsachan làmh-sgrìobhaidh nas fhaide air an labhairt, agus na beachdan àbhaisteach a thugadh seachad.

"chuala mi ag ràdh," arsa john knightley, "gu bheil an aon seòrsa làmh-sgrìobhaidh gu tric a' seasamh ann an teaghlach; agus far a bheil an aon mhaighstir a 'teagasg, tha e nàdarra gu leòr. Ach air an adhbhar sin, bu chòir dhomh a bhith a' smaoineachadh gum feum an samhla a bhith gu tric. Ach dìreach do na boireannaich, chan eil ach glè bheag de theagasg aig balaich às dèidh aois glè òg, agus bidh iad a 'suathadh ann an làimh sam bith as urrainn dhaibh fhaighinn.

"tha," thuirt a bhràthair gu dùrachdach, "tha coltas ann. Tha fios agam dè a tha thu a' ciallachadh — ach is e làmh emma a tha nas làidire. "

"isabella agus emma le chèile a 'sgrìobhadh gu h-àlainn," arsa mr. Taigh-solais; "agus an-còmhnaidh. Agus mar sin tha màthraichean bochd ann an iar." - le leth osna agus leth-aoire oirre.

"chan fhaca mi riamh làmh-sgrìobhaidh duine uasail" - thòisich tòiseachadh, a 'coimhead cuideachd air mrs. Taobh an iar; ach stad e air a bhith a 'faicinn sin. Bha taobh an iar a 'frithealadh air aon rud eile — agus thug an ùine seachad ùine airson meòrachadh," a-nis, ciamar a tha mi a 'dol a thoirt a-steach e? — m chan eil mi a' ciallachadh an ainm aige a bhruidhinn aig an aon àm mus bi na daoine seo uile? Abairt sam bith air cearcall-rathaid? — do charaid ann an siorrachd iorc — an sgrìobhadair agad ann an siorrachd iorc; — an e dòigh a bh 'ann, tha mi creidsinn, nam biodh mi uamhasach dona. — cha dèan, is urrainn dhomh a ainm a fhuaimneachadh gun an cron as lugha. — aideachadh air a shon. "

Bean. Bha taobh an iar air a dhol às a chèile agus thòisich emma a-rithist— "bidh mrk a-bhos na h-eaglaise a' sgrìobhadh aon de na làmhan duine as fheàrr a chunnaic mi a-riamh. "

"chan eil mi ga fhaicinn," arsa mr. Ridire. "tha e ro bheag - tha e ag iarraidh neart. Tha e coltach ri sgrìobhadh boireannaich."

Cha do chuir seo a-steach e le aon bhoireannach. Chuir iad a-mach e an aghaidh a 'bhun-stèidh bhunaiteach. "chan eil, cha robh feum air neart - cha b'e làmh mhòr a bh'ann, ach bha e gu math soilleir agus cinnteach gun a bhith a' sgrìobhadh litir sam bith mun taobh dhith. " cha robh, bha i air a chluinntinn bhuaithe o chionn ghoirid, ach an dèidh dhi an litir a fhreagairt, chuir i air falbh e.

"nam biodh sinn anns an t-seòmar eile," arsa emma, "nam biodh mo dheasg-sgrìobhaidh agam, tha mi cinnteach gum b' urrainn dhomh eisimpleir a thoirt gu buil. Tha nota agam mu dheidhinn. — nach eil cuimhn 'agad air, a thaobh siar, ga fhastadh aon latha a sgrìobhadh dhut? "

"thagh e ag ràdh gun robh e ag obair" -

"uill, uill, tha an nota sin agam; agus is urrainn dhomh a thoirt às deidh dinnear gus toirt air mr.

"o! Nuair a tha òganach gaisgeil, mar mr. Eaglais," arsa mr. Knightley dryly, "a' sgrìobhadh gu boireannach cothromach mar a bhios ag ionndrainn taigh-staile, bidh e, mar a bhiodh dùil, a 'cur a-mach a chuid as fheàrr."

Bha dinnear air bòrd. Mus do bhruidhinn i ri elton, bha i deiseil; agus ro mr. Bha taigh-tasgaidh air faighinn thuige leis an iarrtas a chuir e a-steach don phàrlamaid-ithe, bha e ag ràdh— \ t "feumaidh mi a' chiad turas? Tha mi gu math nàire a bhith daonnan a 'stiùireadh an t-slighe."

Bha an dochann aig jane mu bhith a 'faighinn na litrichean aice fhèin air falbh bho emma. Chuala i agus chunnaic i na h-uile; agus bha cuid de iongantas ann gus faighinn a-mach an robh cuairt fhliuch na maidne seo air gin a dhèanamh. Bha amharas aice gun robh; nach biodh e cho dìorrasach air a thighinn a-steach ach nuair a bha e an làn dùil gun cluinnear bho chuid de dhaoine gu math gràdhach, agus nach robh e an-còmhnaidh. Bha i den bheachd gu robh an làn barrachd toileachais na an àbhaist - gaoth an dà chuid de fhuaim agus de spioradan.

Bhiodh i air rannsachadh no dhà a dhèanamh, a thaobh na cuairte agus cosgais nan teachdairean èireannach; — bha i aig deireadh a cànain, ach cha do shàbhail i. Bha i gu math daingeann gun a bhith a 'toirt seachad facal a bu chòir a bhith a' toirt seachad do na faireachdainnean co-ionann aig ja fairx; agus lean iad na mnathan eile a mach as an t-seòmar, le gàirdean sìnte, le sealladh de dheagh-thoradh a 'tighinn gu bòidhchead agus gràs gach aon.

Caibideil xvii

Nuair a thill na mnathan chun an t-seòmar-suidhe an dèidh na dinnearach, cha robh e comasach dha elma stad a chuir air dà phàrtaidh eadar-dhealaichte: - cho fada sa bha iad a 'seasamh le breithneachadh agus giùlan mi-mhodhail. Elton engonx jane cothrom agus beagan i fhèin. Agus i. Dh'fheumadh muinntir an iar a bhith an-còmhnaidh a 'bruidhinn no ri chèile còmhla. Bean. Dh'fhàg elton roghainn aca. Ma bha an crogan trom air beagan

ùine, thòisich i a-rithist; agus ged a bha mòran a bha a
'draibheadh eatarra ann an leth-siosar, gu h-àraidh air mrs.
Taobh elton, cha robh seachnadh eòlas air na prìomh chuspairean
aca: bha deasbad fada air a 'phost-oifis - a' glacadh litrichean -
agus càirdeas; agus dh 'aonadh iad aon a dh' fheumadh a bhith
cho mì-thlachdmhor ann an cabhaig — ceistean an robh i
fhathast air cluinntinn mu shuidheachadh sam bith a bhiodh
freagarrach dhi, agus dreuchdan anns a 'mhachair. Gnìomh
meòrach elton.

"seo a-nise a' tighinn! " arsa ise, "tha mi a' faireachdainn gu
math iomagaineach mu do dheidhinn. Cha bhith e fada an seo. "

"ach cha robh mi air a' socrachadh a-riamh na dhèidh sin no
mìos sam bith eile - cha robh e ach a 'coimhead air adhart ris an
t-samhradh san fharsaingeachd."

"ach an cuala tu riamh càil mu dheidhinn?"

"chan eil mi eadhon air rannsachadh a dhèanamh; chan eil mi ag
iarraidh gin a dhèanamh fhathast."

"o! A ghaoil, chan urrainn dhuinn tòiseachadh ro thràth; chan eil
thu mothachail air cho duilich 'sa tha e an rud miannaichte a
thogail."

"chan eil mi mothachail!" thuirt e, a 'crathadh a ceann; "a luaidh,
eire. A tha air smaoineachadh air mar a rinn mi?"

"ach chan fhaca thu mòran den t-saoghal mar a tha mi. Chan eil
fhios agad cò mheud tagraiche a th' ann an-còmhnaidh airson a
'chiad suidheachaidh. Bha cuid de na h-iarrtasan aig a h-uile
buidheann: bha a h-uile buidheann airson a bhith anns an
teaghlach aice, oir bidh i a 'gluasad anns a' chiad chearcall
coinnlean-cèir san t-seòmar sgoile! Is e bragge am fear a bu
mhiann leam fhaicinn ann. "

Tha "coirneal agus min a chraicinn gu bhith anns a' bhaile a-rithist ro mheadhan an t-samhraidh, "thuirt jane. "feumaidh mi ùine a chuir seachad còmhla riutha; tha mi cinnteach gum bi iad ag iarraidh; — an dèidh sin is dòcha gum bi mi toilichte cuir às dhomh fhìn. Ach cha bhithinn ag iarraidh ort a dhol an sàs ann an duilgheadas sam bith aig an àm seo."

"trioblaid! Seadh, tha fios agam air do scrupallan. Tha eagal ort gu bheil mi a' toirt trioblaid dhomh, ach a 'geallaidh mi thu, mo ghràdh-gràidh, nach urrainn dha na clubaichean cus a bharrachd ùidh a ghabhail ort na tha mi. Bidh mi a' sgrìobhadh gu mrs partridge ann an latha agus bheir e cìs mhòr dhi a bhith a 'coimhead airson rud sam bith a tha airidh."

"tapadh leat, ach b' fheàrr leam nach do bhruidhinn thu ris a 'chuspair; gus an tig an t-àm nas fhaisge, chan eil mi ag iarraidh a bhith a' toirt trioblaid cuirp sam bith. "

"ach, is e mo leanabh gràdhach, an t-àm a' tarraing faisg; an seo tha apaidh, agus geam, no abair eadhon gu 'eireachdail, uamhasach air an t-seòrsa gnìomhachais seo a dh' fheudadh anns na bha sinn roimhe. Agus cha bhiodh feum aig do charaidean air do latha fhèin, chan fhaighear e aig àm tòraidh; gu dearbh, gu dearbh, feumaidh sinn tòiseachadh a 'rannsachadh gu dìreach.

"gabh mo leisgeul, ma'am, ach chan e seo idir mo rùn; cha dèan mi rannsachadh sam bith, agus bu chòir dhomh a bhith duilich gun d' rinn mo chàirdean e. Nuair a tha mi gu math cinnteach mun àm, chan eil mi idir tha eagal air daoine a bhith gun obair airson ùine fhada, tha àiteachan anns a 'bhaile, oifisean, far am biodh rannsachadh a' toirt am follais rudeigin - oifisean airson an reic - chan ann dìreach bho fheòil daonna - ach bho inntinn dhaoine. "

"o! A ghràidh, mo chinne-daonna! Bidh thu glè dhrùidhteach; ma tha thu a' ciallachadh gu bheil thu a 'feuchainn ri malairt nan tràillean, tha mi a' dèanamh cinnteach gum b 'fheudar dha d' àirigh a bhith na charaid do chuir-às. "

"cha robh mi a' ciallachadh, cha robh mi a 'smaoineachadh air malairt nan tràillean," fhreagair jane; "malairt nan goirtean, geallaidh mi dhuibhse, na h-uile a bh' agamsa an sealladh; gu cinnteach eadar-dhealaichte a thaobh ciont na feadhna a ghiùlain e; ach mar an tuilleadh dòrainn a thaobh luchd-fulaing, chan eil fhios agam càite bheil e. Cha bhith mi ach a 'ràdh gu bheil oifisean sanasachd ann, agus le bhith a' dèanamh tagradh dh 'nach bu chòir dhaibh a bhith a' coinneachadh gu luath le rudeigin a dhèanadh sin. "

"rudeigin a dhèanadh sin!" ath-aithris. Elton. "seadh, a dh' fhaodadh a bhi freagarrach do na beachdan iriosal agad fhéin; - tha fios agad ciod a th 'ann do chreutair beag; ach cha riaraich e do charaidean gu bheil thu a' gabhail ri rud sam bith a dh 'fhaodadh a thairgse, suidheachadh neo-chumanta, cumanta, ann an teaghlach nach eil a 'gluasad ann an cearcall sònraichte, no comasach air smachd a chumail air suidheachaidhean beatha."

"tha thu fo mhòr-uallach; ach mar a tha sin gu lèir, tha mi gu math mì-chofhurtail; cha bhiodh e na adhbhar dhomh a bhith còmhla ris a' bheairteas; cha bhiodh na morgaidsean agam, ach tha mi a 'smaoineachadh nas motha; cha bu chòir dhomh barrachd coimeas fhaighinn. Is e an teaghlach aig duine-uasal a bu chòir dhomh a dhèanamh airson. "

"tha fios agam ort, is aithne dhomh thu; togaidh tu le rud sam bith; ach bidh mi beagan nas laghach, agus tha mi cinnteach gum bi deagh chliog-champa air mo thaobh-sa, le do thàlantan air leth, tha còir agad air - anns a 'chiad chearcall bhiodh d' eòlas ciùil agad fhèin a 'toirt dhut còir air na teirmean agad fhèin ainmeachadh, a bhith a' uiread de sheòmraichean a thogras tu, agus a bhith a 'measgachadh anns an teaghlach cho math agus a thagh thu; — tha sin — chan eil fios agam - ma bha fios agad a 'clàrsach, is dòcha gun dèan thu sin uile, tha mi glè chinnteach; ach bidh thu a' seinn cho math ri cluich; —dhan, tha mi dha-rìribh a 'creidsinn gum faod thu, eadhon às aonais na clàrsaich, òrdachadh airson na thagh thu; , gu h-urramach agus gu comhfhurtail air a shocrachadh mu choinneamh cleas a 'champa no bhith fois dhomh.

"is dòcha gum bi thu fìor mhath an toileachas, an t-urram, agus comhfhurtachd a leithid sin de shuidheachadh," arsa jane, "tha iad gu math cinnteach gu bheil iad co-ionann; ge-tà, tha mi uamhasach cudthromach gun a bhith a' feuchainn ri rud sam bith a dhèanamh an-dràsta. Feumaidh mi, gu mòr, ortsa a bhith a 'toirt agam do bhuidheann sam bith a tha a' faireachdainn dhòmhsa, ach tha mi uamhasach duilich nach tèid càil a dhèanamh chun an t-samhraidh. Am, agus mar a tha mi. "

"agus tha mi gu math dona cuideachd, bidh mi gad fhuasgladh," fhreagair mrs. Elton gaily, "ann a bhith a' faighinn a-mach gu bheil e an-còmhnaidh air an t-uaireadair, agus a 'fastadh mo charaidean a bhith ga choimhead cuideachd, nach eil dad a dh' urrainn dhuinn a dhol seachad. "

Anns an stoidhle seo ruith i air; cha do stad e riamh le rud sam bith gu mr. Thàinig taigh-seinnse don rùm; an uair sin bha a h-uachdar air atharrachadh a thoirt air rud, agus chuala emma gun robh i ag ràdh anns an aon leth-shiosar a bha ann,

Ach is e mo bhlas nàdarra uile airson sìmplidheachd; tha stoidhle aodaich sìmplidh gu math nas fheàrr na sgeadachadh. Ach tha mi gu mòr anns a 'bheag-chuid, tha mi a' creidsinn; is e glè bheag de dhaoine a tha a 'sealltainn gun robh iad nas sìmplidhe a' èideadh, - is e dìreach sealladh agus sgeadachadh gach nì. Tha beagan tuigse agam gu bheil mi a 'cur mo bhuille mar seo do mo bhileach-gheal geal is airgid. A bheil thu a 'smaoineachadh gum bi e a' coimhead gu math? "

Bha am pàrtaidh gu lèir dìreach air ath-chothromachadh san t-seòmar-suidhe nuair a bha mr. Gun do rinn taobh siar a choltas nam measg. Bha e air tilleadh gu dìnnear anmoch, agus choisich e gu hartfield cho luath 'sa bha e seachad. Bha cus air a shùileachadh leis na britheamhan ab 'fheàrr, airson surprize — ach bha aoibhneas mòr ann. Mr. Bha an taigh-tasgaidh cha mhòr cho toilichte fhaicinn a-nis, oir bhiodh e duilich a bhith ga fhaicinn roimhe. Bha e na iongnadh gu robh fear a dh 'fhaodadh a oidhche a chaitheamh gu sàmhach aig an taigh às deidh latha de ghnìomhachas ann an lunnainn, air chois agus coiseachd leth-mhìle gu taigh fear eile, air sgàthan robh e na chompanaidh measgaichte gus an robh a 'leabaidh-leapa, an dèidh crìoch a chur air an latha aige ann an oidhirpean cothrom agus fuaim àireamhan, bha e na chùis a bhith air stailc dha gu cruaidh. Fear a bha air a bhith a 'gluasad bho ochd uairean sa mhadainn, agus a dh'fhaodadh a bhith a-nis, a bha air a bhith a' bruidhinn o chionn fhada, agus a dh 'fhaodadh a bhith sàmhach, a bha ann an barrachd air aon sluagh, agus is dòcha a bha na aonar! —ar aon fhireannach, gus fois agus neo-eisimeileachd a theine fhèin a chuir às, agus air feasgar oidhche fuar a-muigh is a 'ruith a-mach dhan t-saoghal! — an cuireadh e le a mheur air ais a bhean sa bhad. Bhiodh e air a bhith na adhbhar brosnachaidh; ach is dòcha gum biodh e a 'tighinn an àite a bhith a' dol suas. Sheall ehnaidh ridire air le iongnadh, agus an sin chuir e iongnadh air a ghuaillean, agus thubhairt e, "cha b'urrainn mi a chreidsinn eadhon dha."

Mr. Gu taobh an iar, gu tur neo-mhisneachail den dìth, bha e brosnachail, dòigheil agus sunndach mar is àbhaist, agus leis a h-uile còir a bhith na phrìomh neach-labhairt, a bheir latha seachad a-mach às an dachaigh, bha e a 'dèanamh e fhèin am measg an còrr; agus an dèidh do na ceistean a bhean a riarachadh a thaobh a dhìnnear, a 'dearbhadh dh' gun robh i air a h-uile càil de na h-

òrdughan faiceallach aice dha na searbhantan, agus sgap a-mach
dè na naidheachdan poblach a chuala e, a 'dol air adhart gu
conaltradh teaghlaich, a bha, gu h-àraidh air a stiùireadh gu mrs.
Air taobh an iar, cha robh an teagamh a bu lugha aige a bhith gu
math inntinneach dha gach corp san t-seòmar. Thug e litir dhi,
bha e onran, agus i; bha e air coinneachadh ris na rathad, agus
bha e air a chead a ghabhail.

"leugh, leugh e," thuirt e, "bheir e toileachas dhut; chan eil ach
beagan loidhnichean - cha toir e fada thu, leugh e gu emma."

Bha an dithis bhoireannach a 'coimhead thairis air; agus shuidh e
le gàire agus a 'bruidhinn riutha fad na h-ùine, ann an guth a dh'
fhabhrachadh gu ìre bheag, ach air a chluinntinn leis a h-uile
duine.

"uill, tha e a' tighinn, chi thu; deagh naidheachd, smaoinich mi
gu math, dè a chanas tu ris? —insidh thu an-còmhnaidh gum
biodh e a-rithist a dh'aithghearr, nach do rinn? — innsidh e sin
dhut an-còmhnaidh, agus cha chreideadh tu mi? — anns a
'bhaile an ath sheachdain, chì thu — aig a' char as miosa, their
mi: oir tha i cho diamhair ris an duin'-dhubh nuair a dh 'fhaodas
rud sam bith a dhèanamh; biodh e gu an-màireach no disathairne.
Chan eil a h-uile càil ann, gu dearbh, ach is e rud math a th 'ann
a bhith ag òl nar measg a-rithist, cho faisg air a' bhaile. B 'e sin a
th' ann gu math, tha deagh naidheachd math, nach eil? An do
chuir thu crìoch air? A bheil e a 'leughadh e gu h-iomlan? Ùine
eile, ach cha dèan e sin a-nis.cha bhith agam ach a 'toirt iomradh
air an suidheachadh anns na daoine eile ann an dòigh chumanta."

Bean. Bha muinntir an iar na bu toilichte leis an tachartas. Cha
robh sìon a 'coimhead agus na faclan aice. Bha i toilichte, bha
fios aice gu robh i toilichte, agus bha fios aice gum bu chòir dhi
a bhith toilichte. Bha i a 'cur meal-a-naidheachd air a bhith blàth
agus fosgailte; ach cha b'urrainn dha emma bruidhinn cho
fileanta. Bha i beag a 'fuireach ann an cuideam na

faireachdainnean aice fhèin, agus feuchainn ri ìre a h-inntinn a thuigsinn, a shaoil i gu robh i gu math cudromach.

Mr. Air an taobh an iar, ge-tà, bha e ro dheònach a bhith glè mhothachail, ro chomasach gus am biodh feadhainn eile a 'bruidhinn, glè riaraichte le na thuirt i, agus ghluais i gu luath gus an còrr de a charaidean a dhèanamh dòigheil le bhith a' conaltradh gu ìre anns an robh an seòmar air fad feumaidh iad a bhith mar-thà.

Bha e math gun tug e aoibhneas gach corp gu chead, no is dòcha nach do smaoinich e aon chuid. Taigh-seinnse no mr. Bha ridire air leth toilichte. B 'iad a' chiad ainm, an dèidh mrs. Iar-thuath agus emma, a bhith air a dhèanamh toilichte; - nam biodh e air a dhol air adhart gu fairfax a chall, ach bha i cho domhainn ann an còmhraidhean le john knightley, gum biodh e air a bhith ro dhearbhach; agus ann a bhith ga lorg fhèin faisg air mrs. Agus chuir a h-aire às a chèile, is dòcha gun do thòisich e air a 'chuspair.

Caibideil xviii

"tha mi an dòchas gum bi mi fada a' toirt a-steach mo mhac a thoirt a-steach dhut, "arsa mr. Taobh an iar.

Bean. Bha a h-uile duine toilichte, leis an robh e deònach a ràdh gun robh moladh mòr aice mar thoradh air an dòchas sin.

"tha thu air a chluinntinn mu dheidhinn eaglais eaglaiseil, tha mi a' gabhail ris, "lean e air adhart" agus is aithne dha a bhith mar mo mhac, ged nach eil m 'ainm agam. "

"oh! Tha, agus bidh mi glè thoilichte leis an neach aige. Tha mi cinnteach nach caill m. Elton ùine sam bith a' gairm air;

"tha thu gu math èigneachail. — bidh e glè thoilichte a bhith toilichte, tha mi cinnteach - bidh e sa bhaile an ath sheachdain, mura h-eil e nas tràithe. Tha fios againn mu dheidhinn ann an litir gu ruige seo. Madainn an- diugh, agus le bhith a 'faicinn làmh mo mhic, ga dhèanamh fosgailte — ged nach deach a stiùireadh dhòmhsa - b 'ann gu mne siar a bha e.

"agus mar sin dh' fhosgail thu na dh 'ionnsaich thu dhith! O m west iain an iar— (a' gàireachdainn a-steach) feumaidh mi gearan an aghaidh sin. — a 'chùis mhòr ro chunnartach gu dearbh! —i. A' seasamh nach leig thu le do nàbaidhean an eisimpleir agad a leantainn. Mar a tha mi an dùil, feumaidh sinn tòiseachadh air boireannaich a phòsadh! —oh! M. Siar, cha b 'urrainn dhomh a bhith ga chreidsinn dhut!"

"seadh, tha daoine brònach. Feumaidh tu a bhith faiceallach dhut fhèin, a bhean. Elton. — tha an litir seo ag innse dhuinn — is e litir ghoirid a th' ann a tha sgrìobhte ann an cabhaig, dìreach airson rabhadh a thoirt dhuinn - tha e ag innse dhuinn gu bheil iad uile tighinn suas dhan bhaile gu dìreach, air cunntas na h-eaglaise — cha robh i gu math sa gheamhradh gu lèir, agus tha i a 'smaoineachadh gu bheil an co-chruinneachadh ro fhuar dhi - mar sin tha iad uile a' gluasad gu deas gun call ùine. "

"gu dearbh! —o shiorrachd iorc, tha mi a' smaoineachadh gu bheil enscombe ann an siorrachd iorc? "

"tha, tha iad mu cheud gu leth mìle bho lunnainn, turas mòr."

"tha, air m' fhacal, gu math mòr. Seasgad mìle còig mìle nas fhaide na o bhroinn fala gu lunnainn. Dè a tha ann an astar, m 'taobh siar, do dhaoine fhortan mòr? - bhiodh e na iongnadh ort a bhith a' cluinntinn ciamar a thàinig mo bhràthair, mr. Cha mhòr gu bheil thu a 'toirt a chreidsinn — cha mhòr gu bheil mi a' creidsinn mi — ach dà uair san t-seachdain chaidh e fhèin agus mr bragge gu lunnainn agus air ais a-rithist le ceithir eich. "

"olc na h-astar bho enscombe," arsa mr. Air taobh an iar, "a tha, nach eil muinntir na h-eaglais, mar a thuig sinn, comasach air an t-sòfa fhàgail airson seachdain còmhla. Ann an litir mu dheireadh an duine a ghearain i, thuirt e, gum biodh e ro lag airson faighinn a-steach dhan seòmar-grèine aice gun a bhith air tha seo, tha fhios agad, a 'bruidhinn gu ìre mhòr air a' laigse - ach a-nis tha i cho furasda a bhith sa bhaile, gu bheil i a 'ciallachadh a bhith a' cadal a-mhàin dà oidhche air an rathad. — mar sin bidh frank a 'sgrìobhadh gu cinnteach, mnathan snasail tha bun-reachd gu math iongantach aice, m. Elton, feumaidh tu sin a thoirt dhomh. "

"chan eil, gu dearbh, cha toir mi rud sam bith dhut. Bidh mi an-còmhnaidh a' gabhail pàirt de mo ghnè fhìn. Tha mi a 'dèanamh sin. Bheir mi rabhadh dhut - gheibh thu mi a' g 'gabhaltas mòr a dh' fhalbh mi air a 'phuing sin. A 'dearbhadh dhut, ma bha fios agad ciamar a tha selina a' faireachdainn a thaobh cadal ann an taigh-òsta, cha bhiodh iongnadh ort idir na tha aig eaglaisean a bhith a 'dèanamh rudan mìorbhaileach gus a sheachnadh. Bidh i a 'siubhal le na duilleagan aice fhèin, agus tha deagh chùram ann.

"an urra ris, bidh an eaglais ag ràdh a h-uile nì a rinn boireannach eile sam bith eile.

Bean. Ceangailte ris a 'elton,

"oh! A m' weston, na d 'mearachd orm. Chan e ban-ghaisgeach a th' ann an selina, tha mi cinnteach nach eil thu a 'ruith air falbh le leithid de bheachd."

"chan eil i mar sin, ach chan e riaghailt a th' ann airson eaglais, a tha cho math ri ban-rìgh mar a bha corp sam bith riamh a 'coimhead."

Bean. Thòisich elton a 'smaoineachadh gun robh i ceàrr ann a bhith a' faighinn air ais cho blàth. Cha robh e idir mar a bha dùil aice nach robh a piuthar na boireannach math; is dòcha gun robh spiorad ann anns an taibhsean a rinn e; — agus bha i a 'beachdachadh air an dòigh anns an robh i a' tarraing air ais, nuair a bha mr. Lean an iar air adhart.

"cha 'n ill ith a th' a bhitheas ro mhòr, mar a dh 'fheudas tu a bhi fo amharas- ach tha seo gu math eadar sinn fhìn. Tha i gu math fuath air aingidh, agus uime sin cha bhiodh mi a' bruidhinn gu math rithe. " ach gu dearbh, air a h-aithris fhèin, tha i riamh air a bhith. Cha bhith mise ag ràdh sin ri gach buidheann, m. Elton, ach chan eil cus earbsa agam ann an tinneas na h-eaglaise. "

"ma tha i gu math tinn, carson nach tèid thu a-steach do amar, mr. Weston? — gu amar, no gu clifton?" "tha i air a toirt a-steach dha a ceann gu bheil enscombe ro fhuar dhi. Tha e coltach, tha mi a' smaoineachadh gu bheil i sgìth de choilionadh. Tha i a-nis air a bhith nas fhaide san àm sin na bha i riamh roimhe, agus tha i a 'tòiseachadh tha e ag iarraidh atharrachadh ach àite math, ach tha e air a dhreuchd a leigeil dheth. "

"abair — mar a dh' fhalbh mi le craobh-lus, tha mi ag ràdh nach urrainn do neach a dhol nas fhaide air falbh bhon rathad na doire lusach. Mar sin, bidh thu a 'dùnadh a-mach às a h-uile rud — anns an dreuchd as coileanta. — agus mrs. Tha e coltach nach eil slàinte no spioradan mar an neach ag iarraidh a bhith a 'gabhail ris an t-suidheachadh sin. No, 's dòcha nach bi goireasan gu leòr aice fhèin airson a bhith freagarrach airson beatha dhùthchail. Gu bheil mi agam fhìn cho math ri bhith gu tur neo-eisimeileach bhon chomann-shòisealta. "

"bha e fosgailte an seo sa ghearran airson cola-deug."

"mar sin tha cuimhn 'agam a bhith a' cluinntinn. Gheibh e cuirris do chomann highbury nuair a thig e a-rithist; is e sin, ma dh ' fhaodadh mi gun cuir mi fhèin ris a-rithist. Ach is dòcha nach cuala e riamh gu bheil a leithid de chreutair ann. An saoghal. "

Bha seo ro àrd airson ag iarraidh moladh a chuir seachad, agus mr. Air an taobh siar, le gràs fìor mhath, chaidh a shaoradh gun dàil,

"mo chreach ghràdhach! Cha shaoileadh duine ach thu fhèin a' chùis a dh 'fhaodadh sin a chluinntinn. — tha mi a' creidsinn gu bheil litrichean an iar a-nis air a bhith làn de chàch a bharrachd air mrs. Elton. "

Bha e air a dhleastanas a dhèanamh agus dh'fhaodadh e tilleadh gu a mhac.

"nuair a dh' fhàg sinn an inntinn, "lean e air," bha e gu math mìchinnteach nuair a dh 'fhaodadh sinn fhaicinn a-rithist, rud a chuireas fàilte mhòr air naidheachd an latha an-diugh. Tha sin air a bhith gu mòr an-còmhnaidh. Cha b 'fhada gus bha mi cinnteach gun tigeadh rudeigin fàbharach suas - ach cha robh duine a' creidsinn mi. Bha e fhèin agus feadhainn a bha a 'coimhead às an dèidh a' cagnadh. "ciamar a ghabhadh e a-mach gun leigeadh a bhràthair agus a mhàthar a-rithist e? ' Agus mar sin - bha mi a 'faireachdainn an-còmhnaidh gun tachradh rudeigin nar fàbhar: agus mar sin tha e, tha thu a' faicinn, tha mi air fhaicinn, abair, ann am beatha mo bheatha, ma tha cùisean a 'dol gu aon taobh mìos, tha iad cinnteach an ath latha a chuir air dòigh. "

Tha e dìreach mar a chleachd mi ri duine-uasal sònraichte sa chompanaidh ann an làithean suirghe, nuair, nuair nach deach cùisean gu math ceart, nach do lean iad air adhart gu luath a bha freagarrach dha-rìribh. A chuid fhaireachdainnean, bha e iomchaidh a bhith ann an àmhghair, agus leisgeul gun robh e cinnteach aig an ìre seo gum biodh e mus deigheadh gòrach crò-thalmhainn hymen air adhart dhuinn. Tha e moiteil às a 'charbad — bha sinn diombach mun charbad: — aon mhadainn, tha cuimhne agam, thàinig e thugam le eu-dòchasachd.

Chaidh stad a chuir oirre le beagan de chasadaich, agus mr. Thug an iar cothrom an cothrom dol air adhart sa bhad.

Agus aig àm sam bith, 's dòcha nach biodh iad nas càirdeile dha toileachas na bhiodh e dha-rìribh anns an taigh. Tha mi smaoineachadh gur ann mar sin a tha. Tha mi a 'smaoineachadh gur e an staid inntinn a tha a' toirt a-steach an spiorad agus an tlachd. Tha mi an dòchas gum bi thu toilichte le mo mhac; ach chan fhaod thu a bhith an dùil ri priomh. Tha e gu h-àbhaisteach den bheachd gur e deagh dhuine òg a th 'ann, ach chan eil dùil aige gum bi e àrd. Bean. Tha taobh an iar ris gu math mòr, agus, mar a dh 'fhaodadh tu a bhith, a' toirt toileachadh dhòmhsa. Chan eil i a 'smaoineachadh nach eil duine co-ionnan ris." mar a dh 'fhaodadh tu a bhith, a' toirt toileachas dhomh. Chan eil i a 'smaoineachadh nach eil duine co-ionnan ris." mar a dh 'fhaodadh tu a bhith, a' toirt toileachas dhomh. Chan eil i a 'smaoineachadh nach eil duine co-ionnan ris."

"agus dearbhaidh mi dhuit, cha m' taobh an iar, chan eil teagamh sam bith agam gu bheil mo bheachd air a thighinn gu co-dhùnadh às a dheadh. Tha mi air uiread a mholadh ann am moladh na h-eaglais. — aig an aon àm tha e cothromach a 'coimhead, tha mi mar aon den fheadhainn a tha an-còmhnaidh a 'breithneachadh air an son fhèin, agus chan eil iad idir air am treòrachadh gu neo-iomchaidh le feadhainn eile, agus bheir mi

fa-near dhut mar a lorgas mi do mhac, gum bi mi a'
breithneachadh air.

Mr. Bha taobh an iar a 'gabhail fois.

Chan eil coltas sam bith aice air teaghlach no fuil. Cha robh i na
neach sam bith nuair a phòs e i, cha mhòr nighean duine uasail;
ach bho'n uair a dh 'eil i air a tionndadh gu eaglais, tha i air na h-
uile a chuir a-mach às an dùthaich ann an tagraidhean mòra agus
cumhachdach: ach ann fhèin, bidh mi a' toirt taic dhut, is i fìor
àrd-ìre. "

"cha leig mi leas ach smaoineachadh gu math, feumaidh sin a
bhith gu math iongantach! Tha mi gu math tùrsach. Tha uabhas
de bhith a' toirt seachad sealladh mìorbhaileach do dhaoine den
t-seòrsa sin; oir tha teaghlach anns an nàbachd sin a tha cho
buailteach do mo bhràthair agus piuthar bho na h-arannan a bheir
iad seachad iad fèin - rinn do thuairisgeul air min eaglais mi a
'smaointinn orra gu dìreach, daoine air an ainm tupman, a
thuinich gu math anmoch ann, agus a dh' imich le mòran
cheanglaichean ìosal, ach a 'toirt seachad fuinn mhor, agus an
dùil ri a bhith aig an aon stèidh ris an t-seann
stèidhteaghlaichean. Bliadhna agus leth mar as urrainn dhaibh a
bhith beò anns an talla siar; agus mar a fhuair an duine aca an
fhortan. Thàinig iad à birmingham, agus chan e àite a th 'ann
airson a bhith a' gealltainn mòran, tha fhios agad, mr. Taobh an
iar. Chan eil dòchas mhòr aig fear à birmingham. Tha mi an-
còmhnaidh ag ràdh gu bheil rudeigin annasach anns an fhuaim:
ach chan eil fios sam bith air rud sam bith eile mu na tupmans,
ged a tha mòran rudan ann a chumasas ort gu bheil amharas
agad; agus a rèir an cuid modh, tha e coltach gu bheil iad a
'smaoineachadh gu bheil iad co-ionann fiù ri mo bhràthair, mr.
Deoghail, a tha a 'tachairt mar aon de na nàbaidhean as fhaisge
orra. Tha e gu math ro dhona. Mr. Blàth, a bha aon bhliadhna
deug na neach-còmhnaidh ann an lus a 'chraicinn, agus aig an
robh athair roimhe - tha mi a' creidsinn, co-dhiù — tha mi cha

mhòr cinnteach gu bheil an seann mr. Agus iad air an reic a chrìochnachadh mus do chaochail e. "

Bha iad air an stad. Bha te an sàs ann, agus mr. Siar, an dèidh a h-uile rud a bha e ag iarraidh a ràdh, cha tug e an cothrom coiseachd air falbh.

Às dèidh tì, mr. Agus mrs. Taobh an iar, agus mr. Shuidh elton le mr. Taigh-cùirte gu cairtean. Bha na còig air fhàgail air am fàgail aig an cuid chumhachdan fhèin, agus bha emma a 'dèanamh cinnteach gu robh iad a' faighinn air adhart gu math; airson mr. Cha robh coltas air ridire a dhol air adhart airson còmhradh; bean. Bha elton ag iarraidh fios, nach robh diù aig neach sam bith pàigheadh, agus bha i ann an iomagain mu spioradan a bhiodh a 'toirt air a bhith nas fheàrr a bhith sàmhach.

Mr. Bha john knightley nas coltaiche na a bhràthair. Bha e gus am fàgail tràth an ath latha; agus thoisich e le—

"uill, emma, chan eil mi a' creidsinn gu bheil dad sam bith agam a dh 'innseas mu na balaich; ach tha litir do phiuthar agad, agus tha a h-uile rud sìos fad na h-ùine is dòcha gum bi sinn cinnteach. Agus, is dòcha nach eil mòran anns an aon spiorad: na h-uile a dh'fheumas mi a mholadh a bhith a 'riochdachadh, na milleadh iad, agus na cuirp iad."

"tha mi an dòchas a bhith cinnteach gun riaraich thu an dithis agaibh," arsa emma, "oir nì mi mo dhìcheall gus an dèanamh toilichte, a bhios gu leòr airson isabella; agus feumaidh toileachas casg a chuir air dìmeas breugach agus fiosaig."

"agus ma lorgas tu e duilich, feumaidh tu an cur dhachaigh a-rithist."

"tha sin gu math coltach. Tha thu a' smaoineachadh gu bheil, nach eil? "

"tha mi an dòchas gu bheil mi mothachail gum faod iad a bhith cus fuaim airson d' athair — no is dòcha gum bi cuid de dh 'iongnadh ort, ma dh' fheumas tu fhathast a bhith a 'meudachadh mar a rinn thu o chionn ghoirid."

"meudachadh!"

"gu cinnteach; feumaidh tu a bhith ciallach gu bheil an leth-bhliadhna mu dheireadh air eadar-dhealachadh mòr a dhèanamh nad dhòigh-beatha."

"eadar-dhealachadh! Chan eil gu dearbh chan eil."

"chan eil teagamh sam bith ann gu bheil thu a' dol an sàs nas motha ann an companas na bha thu a bhith. Fianais seo an-dràsta. Seo chan eil mi a 'tighinn a-nuas ach airson latha a-mhàin, agus tha thu an sàs ann am buidheann dìnnear! - an do thachair e tha do choimhearsnachd mun cuairt, no rud sam bith mar a tha e a 'fàs, agus bidh thu a' measgachadh nas motha dheth beagan ùine air ais, thug gach litir gu isabella cunntas air seòrsachan ùra; dìnnearan aig mr cole's, no buill aig a 'chrùn. A tha na speuran, na speuran a bhios a 'dèanamh na h-àiteachan far a bheil thu, tha e glè mhath."

"tha," thuirt a bhràthair gu luath, "is e leth-bhratan a th' ann a tha a 'dèanamh sin uile."

"tha e glè mhath - agus mar a tha coltas ann nach eil buaidh nas lugha aig nas lugha na bha seo roimhe, tha mi gam bhualadh mar rud a dh' fhaodadh a bhith ann, emma, gum bi henry agus john a 'uair san t-slighe uaireannan. Tha thu airson an cur dhachaigh. "

Ghlaodh mr. Ridire, "chan fheum sin a bhith mar thoradh air. Leigidh iad a dhol gu donwell. Gu dearbh bidh mi ri cur-seachad."

"air m' fhacal, "a dh' fhag as mo shunnd, "tha mi amharasach dhòmhsa! Bu mhath leam faighinn a-mach cia mheud de na h-iomadh tachartas a bhios mi a' dol air adhart às aonais do phàrtaidh; agus carson a tha mi gu bhith an cunnart a bhith ag iarraidh cur-seachad. Na balaich bheaga sin - na tachartasan iongantach seo a bh 'agam? Cò bha iad ag ithe aon turas còmhla ris na coilichean - agus a' bruidhinn air ball mu dheidhinn, nach do thachair riamh, is urrainn dhomh thu a thuigsinn - (a 'bruidhinn aig mr. John knightley) —an deagh fhortan le bhith a 'coinneachadh ri uiread de do charaidean aig an aon àm seo, a' toirt toileachas dhut airson cus fhaighinn gun innse, ach tha thu fhèin, (a 'tionndadh gu m. Knightley,) a tha eòlach air a bhith dà uair a-thìde à hartfield, carson a bu chòir dhut a bhith ris tha uiread de dhuilgheadas ann dhomhsa, chan urrainn dhomh smaoineachadh. Agus mar a tha mo ghillean beag gràdhach, feumaidh mi a ràdh, mura h-eil ùine aig almainn emma dhaibh,chan eil mi a 'smaoineachadh gum biodh e fada nas fheàrr le uncle knightley, a tha às-làthair bhon dachaigh mu chòig uairean a-thìde far a bheil i às-làthair aon-airidh agus, nuair a tha e aig an taigh, a tha a' leughadh dha fhèin no a 'socrachadh a chunntasan."

Mr. Tha e coltach gun robh ridire a 'feuchainn ri bhith a' gàireachdainn; agus an dèidh sin gun duilgheadas, às deidh sin. Tha elton a 'tòiseachadh a' bruidhinn ris.

Leabhar iii

Caibideil i

Cha robh meòrachadh beag sàmhach gu leòr airson a bhith a
'sàsachadh mar a bha a h-inntinn ag èisteachd ris an naidheachd
seo mu dheidhinn eaglais neo-àbhaisteach. Bha i a 'dearbhadh a
dh'aithghearr nach robh i airson a h-uile duine gu robh i a'
faireachdainn gu robh i fo eagal no nàire; bha e dha. Bha an
ceangaltas aice fhèin air a dhol am meud gu dìreach a-mhàin;
cha b 'fhiach a bhith a' smaoineachadh air; — mar sin ma bha e,
a bha an-còmhnaidh cho mòr ann an gaol ris an dithis, gu bhith a
'tilleadh leis an aon seòrsa faireachdainn a thug e air falbh,
bhiodh e glè dhuilich. Mura biodh sgaradh de dhà mhìos air a
chuir air dòigh, bhiodh cunnartan agus uilc ann roimhe: - bhiodh
feum air cùram dha fhèin agus air a son fhèin. Cha robh i a
'ciallachadh gum biodh an dà thaobh aice fhèin air a dhol an sàs
a-rithist, agus bhiodh e an urra rithe a bhith a' seachnadh
brosnachadh sam bith dhith.

Bha i airson gum faigheadh i air a chumail bho dearbhadh
iomlan. Bhiodh sin cho brònach, co-dhùnadh an aithne aca an-
dràsta! Agus fhathast, cha b 'urrainn dhi cuideachadh an àite rud
a bha a' dùsgadh. Dh'fhairich i nach biodh an t-earrach a 'dol
gun èiginn a thoirt seachad, tachartas, rudeigin a
dh'atharraicheadh a suidheachadh agus a suidheachadh sèimh an-
dràsta.

Cha robh e ro fhada, ged a bha e na b'fhaide na mr. Bha taobh an
iar air fàisneachd, mus robh cumhachd aice beachd a thoirt air
faireachdainnean làidir na h-eaglaise. Cha robh an teaghlach
enscombe sa bhaile cho luath 'sa bha iad air a chreidsinn, ach bha
e aig highbury glè luath às a dhèidh. Mharcaich e sìos fad dà uair

a thìde; cha b 'urrainn dha tuilleadh a dhèanamh; ach mar a
thàinig e bho randalls gu dìreach gu hartfield, dh 'fhaodadh i an
uairsin a h-uile sealladh luath a chleachdadh, agus gu sgiobalta
a' comharrachadh mar a thug e buaidh air, agus mar a
dh'fheumas i a bhith a 'gnìomhachadh. Choinnich iad ris a
'chaochladh càirdeas. Chan eil teagamh nach biodh e na
thoileachas mòr a bhith ga faicinn. Ach bha i cha mhòr cinnteach
gu robh i a 'coimhead as a dhèidh mar a rinn e, mar a bha e a'
faireachdainn an aon cho-dhèanadas anns an aon ìre. Bha i ga
choimhead gu math. Bha e soilleir nach robh e cho mòr ann an
gaol na bha e. Às-làthaireachd,

Bha e ann an sunnd; cho deònach a bhith a 'bruidhinn agus a'
gàireachdainn mar a bha e riamh, agus bha e cho toilichte a bhith
a 'bruidhinn air an turas a bha aige roimhe, agus a' tilleadh gu
seann sgeulachdan: agus cha robh e gun strì. Cha robh e na
shocair gun leugh i an diofar coimeasach. Cha robh e ciùin; tha e
follaiseach gun robh a spioradan air an sgapadh; bha fois ann mu
dheidhinn. Beothail mar a bha e, bha e coltach ri beothalachd
nach do riaraich e fhèin; ach dè cho-dhùin a chreideas air a
'chuspair, nach robh e a' fuireach ach cairteal na h-uarach, agus
a 'toirt air falbh gus gairmean eile a dhèanamh ann an highbury.
"bha e air buidheann de sheann luchd-eòlais fhaicinn air an t-
sràid mar a bha e a' dol seachad - cha robh e air stad, cha stadadh
e barrachd air facal — ach bha an t-uamhas aige gus
smaoineachadh gum biodh iad tàmailteach mura gairm e, agus
mòran oir bu mhiann leis fuireach nas fhaide air an talamh,
feumaidh e cabhag a dhèanamh dheth. " cha robh teagamh sam
bith aice nach robh e cho gràdhach ann an gaol — ach cha robh a
spioradan spioradail, no a chabhaig air falbh, mar choltas foirfe;
agus bha i caran dubhach a bhith a 'smaoineachadh gur e eagal a
bha anna cumhachd a thilleadh, agus rùn falaichte gun a bhith a
'earbsa ann an ùine fhada.

B 'e seo an aon turas bho eaglais na h-eaglaise fad deich latha.
Bha e gu tric an dòchas, an dùil e tighinn — ach bha e daonnan

air a bhacadh. Chan fhaodadh a mhàthar a bhith a 'toirt air falbh i. Sin an cunntas aige fhèin aig randall. Nam biodh e gu math dìleas, nam biodh e dha-rìribh a 'feuchainn ri thighinn, bha e gu bhith a' faighinn a-mach gur e sin mr. Cha robh toirt air falbh eaglaise gu lunnainn air a bhith na sheirbheis dhan phàirt thoilichte no nearbhach den a h-aimhreit. Gun robh i gu math tinn; bha e air e fhèin a dhearbhadh gun robh e cinnteach, aig randalls. Ged a dh 'fhaodadh a bhith gu math inntinneach, cha robh teagamh aige, nuair a choimhead e air ais, gun robh i ann an suidheachadh slàinte nas laige na bha i air a bhith leth-bliadhna air ais. Cha do chreid e gun deidheadh e air adhart bho rud sam bith nach toireadh cùram agus leigheas, no co-dhiù nach biodh mòran bhliadhnaichean aice roimhe; ach cha b'urrainn e buaidh a thoirt air,

Cha b'fhada gus an robh e nach robh lunnainn na h-àite dhi. Cha b 'urrainn dhi fuaim a chumail. Bha a nearbhan fo bhruthadh agus fulang leantainneach; agus ro dheireadh nan deich latha, chuir litir a mac-peathar a-steach atharrachadh gu plana. Bha iad a 'dol a thoirt air falbh sa bhad gu richmond. Bean. Bha eaglais air a mholadh airson sgil meidigeach neach ainmeil ann, agus gun robh ùidh mhòr aice san àite. Bha taigh deasaichte ann an àite ab 'fheàrr air a ghabhail a-steach, agus bha mòran buannachd a 'sùileachadh bhon atharrachadh.

Chuala emma gun do sgrìobh mac-meanmna an spiorad as àirde san t-suidheachadh seo, agus bha e coltach ris an dòigh as fheàrr gun tuigeadh e beannachadh dà mhìos roimhe gun robh a leithid de nàbachd faisg air caraidean dhaingeann - oir chaidh an taigh a ghabhail airson breitheanas. Chaidh innse dhi gun sgrìobh e a-nis leis a 'mhisneachd as motha a bhith gu tric còmhla riutha, cha mhòr cho tric 'sa dh' iarradh e.

Chunnaic emma mar a bha mr. Thuig muinntir an iar na h-àiteachan dòigheil seo. Bha e ga meas mar an tobar a bha iad a 'tairgse. Bha i an dòchas nach robh e mar sin. Feumaidh dà mhìos a thoirt gu dearbhadh.

Mr. Bha sonas aig muinntir an iar. Bha e gu math toilichte. B 'e sin an suidheachadh a bu mhiann leis. A-nis, bhiodh e gu math fiadhaich sa choimhearsnachd aca. Dè bha naoi mìle do dhuine òg? — turas uair a thìde. Bhiodh e daonnan a 'tighinn a-null. Bha an diofar san eadar-dhealachadh a thaobh beairteas agus lunnainn gu leòr airson an eadar-dhealachadh iomlan a dhèanamh le bhith ga fhaicinn an-còmhnaidh agus a 'faicinn e uair sam bith. Bha e sia mìle deug - a ', bha e ochd-deug gu leòr - feumaidh e a bhith làn ochd-deug gu sràid-màil — a bha na bhacadh mòr. An d'fhuair e air falbh air falbh, bhiodh an latha ga chaitheamh ann a bhith a 'tighinn agus a' tilleadh. Cha robh comhfhurtachd ga thoirt dha ann an lunnainn; gura dòcha gum biodh e aig enscombe; ach cha robh beartas ach glè fhaisg air conaltradh furasta. Nas fheàrr na nas fhaisge!

Bha aon rud math air a thoirt gu cinnteach leis a 'toirt air falbh seo, — an ball aig a' chrùn. Cha deach a dhìochuimhneachadh roimhe sin, ach cha b 'fhada gus an robh e air a ghabhail ris a' feuchainn ri latha a chur air dòigh. A-nis, ge-tà, bha e gu tur; chaidh a h-uile ullachadh ullachadh a-rithist, agus goirid an dèidh don eaglais a dhol gu richmond, beagan loidhnichean o ainm, a ràdh gun robh a dh 'chailleach a' faireachdainn gu math nas fheàrr airson an atharrachaidh, agus nach robh teagamh sam bith gum b 'urrainn dha a bhith còmhla riutha airson fichead ceithir uairean a 'toirt seachad aig àm sam bith, dh'ionnsaich iad ainm a thoirt dhaibh cho tràth sa latha 'sa ghabhadh.

Mr. Bha ball siar gu bhith na fhìor rud. Is e glè bheag de dhaoine a bha ann am beathach nan seasamh eadar daoine òga highbury is sonas.

Mr. Chaidh an taigh-feachd a dhreuchd a leigeil dheth. Chuir an t-àm den bhliadhna an droch-shùil air. Dh 'fhaodadh gum biodh e na b' fheàrr airson a h-uile nì na gearran. Bean. Chaidh geataichean a chuir air an fheasgar airson am feasgar a chaitheamh ann an raon-feòir, bha fios ceart aig james, agus bha e gu mòr an dòchas nach biodh gnothach sam bith aig a 'chailleach ghràdhach, no a bhean eireachdail dha, fhad's a bha eamas air falbh.

Caibideil ii

Cha robh mì-fhortan sam bith ann, a-rithist gus stad a chur air a 'bhall. Thàinig an latha, thàinig an latha; agus an dèidh madainn de chuairt faireachail, ràinig eaglais na h-eaglaise, anns a h-uile cinnt a bh 'aice fhèin, caman ann an dinnear, agus bha a h-uile nì sàbhailte.

Cha robh an dàrna coinneamh fhathast air a bhith eadar e fhèin agus emma. Bha an seòmar aig a 'chrùn gu bhith ga choimhead: — ach bhiodh e na b'fheàrr na coinneimh choitcheann ann am mòr-shluagh. Mr. Bha taobh an iar air a bhith cho dìcheallach ann a bhith ag iarraidh air a thighinn ann cho luath 's as urrainn às a dèidh fhèin, airson a beachd a ghabhail a thaobh iomchaidheachd is comhfhurtachd nan seòmraichean mus tàinig daoine sam bith eile, nach b'urrainn dhi a dhiùltadh, agus mar sin feumaidh iad beagan ùine sàmhach a chuir seachad ann an companaidh an fhir òig. Bha i gu bhith a 'giùlan urchair, agus dh' fhalbh iad a dh 'ionnsuidh a' chrùn ann an deagh ùine, an taobh a chuir a 'bhuidheann camas gu leor air an son.

A rèir coltais bha falaichte eaglaiseil air an t-uaireadair; agus ged nach robh e ag ràdh mòran, thuirt a shùilean gu robh e an dùil a bhith a 'cumail oidhche aoibhneach. Choisich iad uile còmhla, gus faicinn gu robh gach nì mar bu chòir; agus taobh a-staigh beagan mhionaidean chaidh a chuir an cois na bhiodh ann an carbad eile, nach b'urrainn dha emma fuaim a chluinntinn an toiseach, gun mhòr-inntinn. "cho mì-reusanta tràth!" bha i dol a dhèanamh aithreachas; ach an-dràsta fhuair i a-mach gur e teaghlach de sheann charaidean a bh 'ann, a bha a' tighinn, mar i fhèin, le miann sònraichte, gus cuideachadh le mr. Breith an iar; agus bha iad air an leantainn cho mòr le carbad eile de cho-oghaichean, a bha air an sparradh gus tighinn tràth leis an aon dhùrachd eadar-dhealaichte, air an aon abairt,

Thuig emma nach e a blas fhèin an aon bhlas air an robh mr. Bha siar air a bhith an eisimeil, agus a 'faireachdainn, a bhith mar am fear ab 'fheàrr agus dlùth-chàirdeach dha fear aig an robh uidhir de dh'earmasan is de chonnspaidean, nach e a' chiad eadar-dhealachadh a thaobh meud tanalachd. Bha e dèidheil air a bheusan fosgailte, ach bhiodh beagan nas lugha de chridhe fosgailte a 'dèanamh nas àirde e. — coibhneas coitcheann, ach chan e càirdeas coitcheann, thug e air fear a bhith na bu chòir dha. — dh' urrainn dhi a leithid de dhuine a lorg. Choisich am pàrtaidh uile mun cuairt, agus sheall iad, agus mhol iad a-rithist; agus an uair sin, às aonais rud sam bith eile, chruthaich iad seòrsa de leth-chuairt timcheall an teine, gus sùil a thoirt air na diofar dhòighean aca, gus an deach cuspairean eile a thòiseachadh, ged a dh'fhaodadh teine a bhith san oidhche fhathast glè thlachdmhor.

Fhuair emma a-mach nach e mr a bh 'ann. Tha coire air taobh an iar nach robh an àireamh de chomhairlichean dìomhair fhathast nas motha. Bha iad air stad aig mrs. Doras bates a bhith a 'cleachdadh an carbaid aca, ach bha antaidh is an nighean a' tighinn le na h-eltan.

Bha mac-talla na seasamh leatha, ach cha robh i gu cunbhalach; bha fois, a bha a 'fainear nach robh air a socair. Bha e a

'coimhead mun cuairt, bha e a' dol chun an dorais, bha e a
'coimhead airson fuaim charbadan eile, - an-còmhnaidh
tòiseachadh, no eagal gu robh e an-còmhnaidh faisg oirre.

Bean. Chaidh bruidhinn air elton. "tha mi a' smaoineachadh gum
feum i a bhith ann a dh 'aithghearr," thuirt e. "tha mi gu math
inntinneach a bhith a' faicinn mrs elton, tha mi air mòran a
chluinntinn. Chan urrainn dha a bhith fada, tha mi a
'smaoineachadh, mus tig i."

Chaidh carbad a chluinntinn. Bha e air a 'ghluasad dìreach; ach a
'tighinn air ais, thuirt,

"tha mi a' dìochuimhneachadh nach eil mi eòlach oirre. Cha robh
mi a-riamh air mr. No mrs. Elton fhaicinn. Chan eil gnìomhachas
agam gus mi fhìn a chur air adhart. "

Mr. Agus mrs. Nochd elton; agus a h-uile gàire agus an
fheadhainn a bha a 'faighinn seachad.

"ach caill bates agus miss fairfax!" arsa mr. Taobh an iar, a
'coimhead mun cuairt. "bha sinn an dùil gun robh thu gan toirt."

Bha an mearachd beagan. Chaidh an carbad a chur thuca a-nis.
Chuir emma fios air na bha a 'chiad bheachd aig daoine mu mrs.
Dh'fhaodadh gur e seo am fear; mar a chaidh a dhroch bhuaidh
air an ìobaireachd a dh'fhiosraich i na h-èideadh, agus a fiamh a
'gàire. Bha e fhèin sa bhad a 'freagairt beachd a thoirt seachad,
le bhith a' toirt deagh aire dhi, an dèidh don ro-ràdh a dhol
seachad.

Ann am beagan mhionaidean thill a 'charbad. — bhruidhinn
neach air uisge -" chì mi gu bheil sgàileanan, a dhuine, "arsa
fearg ris a athair:" cha bu chòir dìochuimhneachadh a dhèanamh
air bates: "agus air falbh dh'fhalbh e. Mr. Bha taobh an iar a
'leantainn; ach mrs. Chuir elton a-mach e, gus a dhearbhadh le a

beachd air a mhac; agus cho luath 'sa thòisich i , cha mhòr gu robh an duine òg fhèin, ged nach eil e a 'gluasad gu slaodach, a-mach à èisteachd.

"duine òg glè mhath, gu dearbh, m' siar. 'Tha fhios agad gun do dh' inns mi dhut gu cinnteach gum bu chòir dhòmhsa mo bheachd fhìn a thoirt seachad; agus tha mi toilichte a ràdh gu bheil mi gu math toilichte leis. — is dòcha gu bheil thu gam chreidsinn. Smaoineachadh gur e gille òg eireachdail a th 'ann, agus tha na modh aige mar a tha mi a' còrdadh ris agus a 'còrdadh ris - gu dearbh an duin'-uasal, às aonais a' chuthach no an cuilean. Cha robh mi a 'cur dragh sam bith air duine sam bith agus bha mi ag innse uaireannan gun robh rudan glè ghearr a' tarraing orra.

Fhad's a bha i a 'bruidhinn air a mhac, m. Bha aire an iar air a slaodadh; ach nuair a fhuair i air a 'chraobh-lus, dh' fhaodadh e cuimhneachadh gu robh mnathan a bha dìreach a 'feitheamh airson a bhith a' faighinn frithealadh, agus le gàireachdainn toilichte feumaidh iad cabhag air falbh.

Bean. Thionndaidh elton gu mrs. Taobh an iar. "chan eil teagamh sam bith agam gur e seo an dòigh anns a bheil sinn a' siubhal le bìdichean is dochann. Tha an coidse agus na h-eich againn cho èibhinn! — tha sinn a 'creidsinn gu bheil sinn a' giùlain nas luaithe na buidheann sam bith. Tha mi a 'tuigsinn gun robh thu cho coibhneil ri thairgse, ach uair eile chan eil mòran feum air. Dh'fhaodadh gu bheil thu glè chinnteach gun dèan mi cùram orra an-còmhnaidh."

Choisich b ates ¢ miss miss miss and and and and and and and and and "miss miss miss miss miss miss miss miss nigh leis an da dhuin-uasal, a-steach don t-seòmar; agus mrs. A rèir coltais bha a 'toirt a-steach na h-uimhir a dleastanas mar mrs. Chun an iar gus an faighinn. Dh 'fhaodadh neach sam bith a bha a' coimhead air mar emma gluasad air a gluasadan agus a gluasadan; ach cha robh na faclan aice, a h-uile facal aig a h-uile duine, air an call gu luath fo shruth cha mhòr de na bomaidean caillte, a thàinig a-steach a bhruidhinn, agus nach robh i air crìoch a chuir air an òraid aice fo mhionaidean às deidh dhith a dhol a-steach don chearcall aig an teine. Agus an doras air fhosgladh, chuala i,

Cha toir e d 'uallach sam bith orm. Cha bhith mi a' coimhead às mo leth fhèin gu bràth. Tha mi glè mhath! - cho luath sa bha i taobh a-staigh an dorais! Gu dearbh! —tha e ionmholta! —a chòrd gu mòr, air m 'fhacal. Cha robh dad a dh' iarradh air a bhith a 'smaoineachadh gu robh e — — cho math sin! —jane, jane, coimhead! —did a chunnaic thu riamh rud sam bith? A dh 'fhaodadh tu a bhith a' seasamh anns an dol a-steach. Bha i na seasamh anns an t-slighe a-steach. Chan eil ùine airson barrachd. " bha i a-nis a 'coinneachadh ri daoine. Weston- "tha mi glè mhath, tha mi taingeil, ma'am. Tha mi an dòchas gu bheil thu gu math toilichte a chluinntinn. Cho eagalach ort gum bi ceann goirt ort! A' faicinn gu bheil thu a 'dol seachad cho tric, agus a' tuigsinn dè an trioblaid a th 'ort feumaidh gu bheil. Air leth toilichte a chluinntinn gu dearbh. Ah! Mnathan gràdhach. A dh 'fhuireach, mar sin dh' fheudar dhuibh a bhith air an giùlan! — àm fìor-mhath. Jane agus tha mi gu math deiseil. Nach do chùm na fir sin tiotan. A 'charbad as comhfhurtail a tha agad. — oh! Agus tha mi cinnteach gu bheil sinn a 'toirt taing dhut, dìreach. Siar, air an sgòr sin. Bean. Bha e air a 'chùis a chuir a-mach. — ach bha dà leithid de thairgsean ann an aon latha! — uair a bha na nàbaidhean sin ann. Thuirt mi ri mo mhàthair, air m 'fhacal-sa, ma'am—. ' Tapadh leat, tha mo mhàthair gu sònraichte math. A 'dol gu mr. Taigh-wo. Thug mi oirre a cuid seàla a thoirt dhith - oir cha bhi na h-oidhcheannan blàth - a seud mòr ùr. Banais an dixon an-diugh. — an seòrsa caileag a bha i a 'smaoineachadh air mo mhàthair! Cheannaich thu ann am meadhan, tha fios agad — mr. A roghainn dixon. Bha trì eile ann, tha jane ag ràdh, a chuir iad stad orra greiseag. B 'fheàrr le còirneal campbell. Mo ghràdh gràdhach, a bheil thu cinnteach nach do fhliuch thu do

chasan? — bha e ach tuiteam no dhà, ach tha eagal orm: - ach
mr. Bha eaglaisean na h-eaglaise annuabhasach anabarrach math
- agus bha matan a 'dol air adhart — cha dìochuimhnich mi gu
bràth a mhodhanas mòr. — oh! Mr. Adhlacadh na h-eaglaise,
feumaidh mi innse dhut nach robh fealla-dhà mo mhàthar riamh
air a bhith ann air sgàth sin; cha tàinig an sradag a-mach a-rithist.
Bidh mo mhàthair gu tric a 'bruidhinn air do nàdar math. Nach
eil i, dìomhain? — nach bi sinn gu tric a 'bruidhinn mu mr. —
agus! An seo gu bheil an t-iongnadh gu bhith agad. — an taigh
caillte agamsa, ciamar a tha thu a 'dèanamh? — uill gu math
tapadh leat, gu math math. Tha seo a 'coinneachadh gu tur ann
an tìr-sìth! — a' toirt atharrachadh! — cha dèan e moladh, tha
fios agam (a 'coimhead ris gu h-eireachdail as motha) - bhiodh
sin mì-mhodhail — ach air mo fhacal, a' call woodhouse, bidh
thu a 'coimhead - ciamar a tha thu dèidheil air gruag? — tha thu
nad bhreitheamh. — rinn i fhèin e. Iongantach fhèin mar a tha ia
'deanamh a falt! — cha robh ann ach gruagaire à lunnainn. Dr.
Bidh mi a 'cur an cèill — agus mrs. Chruidhean. Feumaidh iad a
'bruidhinn ris an dr. Agus mrs. Tha mi a 'dèanamh cinnteach gu
bheil thu a' dèanamh rud sam bith? Ciamar a tha thu a
'dèanamh? - uill, tha mi toirt taing dhut. Tha so gu math
taitneach, nach e? — aite moiteil. Rochard? —oh! An-sin tha e.
Na cuir dragh air. Air am fastadh gu math nas fheàrr a 'bruidhinn
ris na boireannaich òga. Ciamar a tha thu, mr. A chunnaic thu an
la eile mar a bha thu a 'marcachd troimh 'n bhaile. A dh
'fhuiling, a' gearan! — agus deagh chliù. Agus fàg e agus caill
caroline. — uiread de charaidean! — agus mr. Seòras agus mr. !
A bheil thu a 'dèanamh? Ciamar a bhios sibh uile a 'dèanamh?
—airson gu math, tha mi gu math' riatanas oirbh. Na b 'fhearr na
b' fhearr. — nach urrainn dhomh a bhith a 'cluinntinn carbad
eile? — cò as urrainn sin a dhèanamh? — a bhith dualtach na
coilich eireachdail. — air m' fhacal, is e tlachdmhor a tha seo a
bhith na sheasamh mun cuairt nan caraidean sin! Agus mar sin a
bha uamhasach uasal! — tha mi gu math ròstaichte. Cha bhith
ann an cofaidh, tapadh leat, airson mise — cha toir e riamh

cofaidh. — teatha beag ma thèid thu, a bhean, fo agus a 'fàth, — gun chabhaig — oh! Seo a thàinig e.

Eaglais-eaglaiseil a thill dhan stèisean aige le emma; agus cho luath agus a bha bomaidean a bha sàmhach sàmhach, fhuair i a-mach gum feumadh i èisteachd ri cainnt nan daoine. Fairlton agus cailleam, a bha nan seasamhbeagan air ais air a cùlaibh. — bha e smaoineachail. Co-dhiù a bha e ag èigheachd cuideachd, cha b 'urrainn dhi a thighinn gu co-dhùnadh. An dèidh mòran de mholaidhean a bhith a 'giùlain air a cuid èididh is a coimhead, buidheachas a thoirt seachad gu sàmhach agus gu ceart, mrs. Tha e coltach gu robh elton ag iarraidh moladh fhaighinn dhi fhèin — agus, "ciamar a tha thu a' còrdadh ris a 'ghùn? — mar a tha thu a' còrdadh ri mo bhomadh?? . Bean. An sin thuirt elton, "chan urrainn dha duine sam bith smaoineachadh nas lugha de èideadh na tha mi a' dèanamh - ach air an leithid de àm mar seo, nuair a tha sùilean gach duine cho mòr orm, agus ris na h-àird-an-iar - chan eil teagamh sam bith nach eil seo a 'toirt seo is e dìreach an t-amas a bh 'ann mi a bhith a' dèanamh urram dhomh - cha bhith mi ag iarraidh a bhith nas ìsle na feadhainn eile. Agus chan eil mi a 'faicinn ach glè bheag de neamhnaidean san t-seòmar ach mi fhìn. - chì sinn a bheil ar n-stoidhlichean a 'coimhead. — gu cinnteach tha fear òg eireachdail gu cinnteach an taobh na h-eaglais. Is toil leam e glè mhath. "

Aig an àm seo thòisich mac-meanmna a 'bruidhinn cho làidir 's nach b' urrainn dhan emma sin a chreidsinn gun robh e air a mholadh fhèin a thoirt seachad, agus nach robh e airson barrachd cluinntinn; tha tònaichean na h-eaglaise gu math sònraichte air adhart. — mr. Bha elton dìreach air tighinn còmhla riutha, agus bha a bhean a 'dèanamh moladh,

"o! Tha sinn air faighinn a-mach mu dheireadh thall, an robh thu, nar dìomhair? —i bha an t-àm seo ag innse dha fealla-dhà, tha mi a' smaoineachadh gum biodh tu mì-fhoighidneach airson fios a thoirt dhuinn. "

"gòrach!" - ath-aithris gaisgeil eaglais, le sealladh de surprize agus displeasure - "tha sin furasta - ach chan eil miss fairfax a 'dol às àicheadh, tha mi creidsinn."

"ciamar a tha thu dèidheil air mrs. Elton?" thuirt emma ann an siosar.

"chan eil idir."

"tha thu gun adhbhar."

"neo-thaitneach! — dè tha thu a' ciallachadh? " an uair sin ag atharrachadh bho fhaire gu gàire - "chan e, na innsibh dhomh — chan eil mi ag iarraidh faighinn a-mach dè tha thu a' ciallachadh. — càite a bheil m 'athair?

Cha mhòr gun tuigeadh emma e; a rèir coltais bha e èibhinn. Choisich e gu athair a lorg, ach bha e air ais a-rithist gu luath leis an dithis. Agus mrs. Taobh an iar. Bha e air coinneachadh riutha ann am beagan de dhuilgheadas, a dh 'fheumas a bhith air a chuir fa chomhair emma. Bha e dìreach air tachairt dha mrs. Siar a 'falbh. Feumar iarraidh air a 'chuirc a' chuir air adhart am ball; gum biodh dùil aice ris; a bha a 'buntainn ris a h-uile miann aca a bhith a' toirt na h-eadar-dhealachadh sin seachad. — chuala emma an fhìrinn bhrònach le daingneach.

"agus dè a nì sinn airson companach ceart dhi?" arsa mr. Taobh an iar. "smaoinichidh i gum bu chòir ong a bhith a' faighneachd dhi. "

Gu dearbh thionndaidh e gu h-ealamh gu emma, gus a gealladh a thoirt dhi; agus bha e fhein a 'cur thairis e fhéin a bha inntinneach, agus a dh 'fhairich a athair a' iarrtas cho iomlan de — agus an sin nochd e gu mrs. Bha taobh an iar airson gun dannsadh e le mrs. Agus gun robh an gnìomhachas aca a 'cuideachadh gus ìmpidh a chur air a-steach dha, rud a chaidh a dhèanamh gu math luath. Taobh an iar agus a leithid. Stiùir elton air a 'chùrsa, mr. Lean mac na h-eaglaise a-mach agus lean an taigh-tasgaidh caillte. Feumaidh emma cur a-steach gus seasamh san dàrna àite gu mrs. Elton, ged a bha i riamh air a bhith den bheachd gun robh am ball sònraichte ann. Bha e cha mhòr gu leòr airson smaoineachadh mu pòsadh. Bean. Gun teagamh, is e buannachd a bha ann an elton, aig an àm seo, ann an vanity gu tur tlachdmhor; oir ged a bha i an dùil tòiseachadh le faochadh eaglaiseil, cha chaill i an atharrachadh. Mr. Dh'fhaodte gur e taobh an iar a th 'annnas fheàrr - a dh 'aindeoin an rub seo, ge-tà, bha emma a' gàireachdainn le toileachas, is e cho toilichte a bhith a 'faicinn fad an spèis mar a bha e a' cruthachadh, agus a bhith a 'faireachdainn gu robh na h-uidhir uairean de dh' nòsan annasach aice a-nis. — bha i barrachd dragh a chuir air mr. Cha bhith ridire a 'dannsadh le ni sam bith eile. — an sin bha e, am measg an luchd-taic, far nach bu choir dha a bhi; bu chòir dha a bhith a 'dannsa, — nach e fhèin a bhith a 'seinn leis na fir, agus na h-athraichean, agus na cluicheadairean whist, a bha a' toirt air gun robh iad a 'faireachdainn gu robh ùidh aca anns an dannsa gus an dèanar na rugairean aca, — mar nach robh e òg. Tha e coltach gun robh barrachd buannachd ann an àite sam bith, seach far an robh e fhèin air a chuir. Bha am figear àrd, daingeann, dìreach aige, am measg nan cruthan tomadach agus a '' feuchainn ri guailnean nan seann daoine, mar a bha e coltach ri emma a bhith a 'tarraing sùilean gach buidhne; agus, ach a-mhàin an companach aice, cha robh aon am measg an t-sreath gu lèir de fhir òga a b 'urrainn a choimeas ris. — ghluais e beagan cheumannan nas fhaisge, agus bha na ceumannan sin gu leòr airson dearbhadh cho aonaranach ri dòigh, le gràs nàdarrach, a dh' fheumadh e a dhannsa, an gabhadh e an trioblaid. — nuair a ghlac i a shùil, thug i air a 'ghàire a dhèanamh; ach gu coitcheann bha e a 'coimhead uaigh. Dh 'iarradh i gum biodh e nas fheàrr dha ball-talla a leasachadh, agus gum b' fheàrr leis mar a dh 'fhàs e na b 'fheàrr na h-eaglais. Feumaidh i gun a bhith a 'faireachdainn gu robh e a' smaoineachadh air a dannsa, ach nan robh e a 'càineadh an giùlan aice, cha robh eagal oirre. Cha robh càil coltach ri flirtation eadar i agus a companach. Bha iad nas coltaiche ri càirdean sunndach, furasta a bhith aca, na leannain. Bha an eaglais neo-mhearachdach sin den bheachd nach robh a h-uile càil aice na rinn e, doirbh a ruigsinn.

Chaidh am ball air adhart gu taitneach. Na h-uallaichean draghail, na h-aireamhan mì-shàbhailte a thaobh mrs. Cha robh iad air an tilgeil air falbh. Bha gach ball toilichte; agus an-diugh, chaidh moladh a dhèanamh airson a bhith na bhall taitneach, a tha gu math tric air a chur suas gus an deachaidh ball seachad a-mach, ann an toiseach tòiseachaidh seo.de thachartasan cudromach, so-ruigsinneach, cha robh e na bu thoraiche na coinneamhan sin mar as trice. Bha aon ann, ge-tà, a bha a 'smaoineachadh mu rudeigin — — chaidh an dà dhannsa mu dheireadh mus deach an suipeir a chuir air chois, agus cha robh companach aig an t-searbhanta - an aon nighean òg a bha a' suidhe sìos; dh'fhaodadh gu robh neach sam bith ann a bha mì-mhodhail! An t-iongnadh! — mar sin thàinig iongnadh air emma sìos gu luath às dèidh sin, air fhaicinn mr. A 'toirt ionnsaigh air. Chan iarradh e cead a dhol gu dannsa nam biodh e comasach a sheachnadh: bha i cinnteach nach dèanadh e sin - agus bha dùil aice ris a h-uile àm gun teicheadh e dhan t-seòmar-chairt.

Cha robh teicheadh ge-tà air a phlana. Thàinig e gu cuid den t-seòmar far an do chruinnich na daoine a bha a 'suidhe, a' bruidhinn ri cuid, agus a 'coiseachd mu choinneamh an aghaidh, mar gu'm biodh e airson a shaorsa a shaoradh, agus a dhleasdanas ga chumail suas. Cha do dh 'fhàg e gun robh e gu dìreach air thoiseach air call a' chaochain, no a 'bruidhinn ris an fheadhainn a bha faisg oirre. — chunnaic emma e. Cha robh i fhathast a 'dannsa; bha i ag obair air a slighe suas bhon bhonn, agus mar sin bha i cur-seachad a bhith a 'coimhead mun cuairt, agus dìreach le bhith a' tionndadh a ceann dìreach beagan chunnaic i na h-uile. Nuair a bha i letheach-slighe suas an seat, bha a 'bhuidheann gu lèir dìreach air a cùlaibh, agus cha leig i leatha a sùilean a choimhead tuilleadh; ach mr. Bha elton cho faisg, gun cuala i a h-uile bileag de chòmhradh a thachair dìreach eadar a bhean. Taobh an iar; agus mhothaich i nach robh a bhean, a bha na seasamh os a cionn, dìreach ag èisteachd cuideachd, ach eadhon a bhith ga bhrosnachadh le seallaidhean cudromach. Bha taobh an iar air a suidheachan fhàgail airson a thighinn còmhla ris agus a ràdh, "nach bi thu a' dannsa, mr. Elton? " anns an robh am freagairt sgiobalta aige, "gu math furasta, a bharrachd air an taobh an iar, ma nì thu dannsa leam."

"mise! — cha bhiodh! Cha bhitheadh e na chom-pàirtiche nas fheàrr na mi fhèin. Chan eil mi nam dhannsair."

"ma tha mrs gilbert ag iarraidh dannsa," thuirt e, "bidh mi glè thoilichte, tha mi cinnteach - airson, ged a tha mi a' tòiseachadh a 'faireachdainn mi-fhèin seach seann duine pòsta, agus gu bheil mo làithean dannsa seachad, bheir e dhomh e air leth toilichte a bhith ag èirigh le seann charaid mar mhilsean gilbert. "

"chan eil m. Gilbert a' ciallachadh a bhith a 'dannsa, ach tha boireannach òg ann a tha gun ùidh a bhith ann agus bu chòir dhomh a bhith glè thoilichte a bhith a' faicinn dannsa — a 'call gobha." cha d 'fhalbh mi. — tha thu uamhasach èigneachail — agus mura robh mi nam sheann duine pòsta. — ach tha mo làithean dannsa seachad, tha mi a' cur mo leisgeul dhomh. Bu chòir dhut a bhith nas toilichte a dhèanamh aig d 'àithne - ach tha mo làithean dannsa seachad."

Bean. A 'gabhail taobh an iar na ginte; agus dh 'fhaodadh emma smaoineachadh dè na bha a' fàs agus a 'neartachadh a dh'fheumas i tilleadh gu a suidheachan. B 'e seo mr. Neach-turais! Am fear so-leònte, èigneachail, sàmhach. Elton. — bha i a 'coimhead timcheall airson mionaid; bha e air a dhol còmhla ri mr. Bha e ridire aig astar beag agus bha e 'ga chur air dòigh air son còmhstri shuidhichte, agus bha fiamh ghàire gu h-àrd a' dol eadar e agus a bhean.

Cha shealladh i idir. Bha a cridhe ann an gul, agus bha eagal oirre gun robh a h-aghaidh cho teth.

Ann an àm eile thug sùil na bu shona dhith i; —mr. Nuair a bha ridire air thoiseach air an t-seata! — an uair a bha i air a h-èigneachadh a-rithist, is ann ainneamh a tha i a 'dèanamh nas làidire, na bha i sa bhad. Bha i làn thoilichte agus taingeil, an dà chuid airson cruadal agus i fhèin, agus bu mhath leatha a bhith a 'toirt taing dha; agus ged a bha i ro fhada airson bruidhinn, thuirt a gnùis gu mòr, cho luath sa ghabhadh i air a shùil a-rithist.

Bha an dannsa aige dìreach mar a bha i air a chreidsinn, fìor mhath; agus bhiodh e coltach gur e an t-ainm a bh 'air a bhith gu math fortanach, mura robh e air a bhith ann airson na staid an-iochdmhor roimhe, agus airson an tlachd iomlan agus an ìre gu math àrd de an cliù a chuir na feartan sona aice an cèill. Cha deach a thilgeil air falbh i, bha i nas teinne na bha e a-riamh, dh'itealaich i nas fhaide sìos am meadhan, agus bha i a 'dol troimhe-chèile gu tric.

Mr. Bha am machair air teicheadh dhan rùm-chairt, a 'coimhead (gu robh earbsa aig emma) gu math amaideach. Cha robh i a 'smaoineachadh gun robh e cho cruaidh mar a bhean, ged a bha i a' fàs glè choltach rithe; - bhruidhinn i cuid de na faireachdainnean aice, le bhith a 'coimhead gu cùramach ri a com-pàirtiche,

"tha ridire air a' truas mu chall beag a 'chaochain! — le deagh nàdur, tha mi a' cur an cèill. "

Chaidh an suipear ainmeachadh. Thòisich an gluasad; agus dh 'fhaodadh gun cailleadh bannan bhon mhionaid sin, gun bhriseadh, gus am biodh i na suidhe aig bòrd agus a togail a spàin.

"jane, jane, mo leannan, càite a bheil thu? — a bheil do chuis. Ma tha taobh siar na h-alba ag iarraidh ort a bhith a' cur ort. Tha i ag ràdh gu bheil eagal oirre gum bi dreachan anns an trannsa, ged a chaidh a h-uile rud a dhèanamh - tha aon doras mòr air a 'suathadh — meudan de mhagadh - mo ghràdh gràdhach, gu dearbh feumaidh tu sin a dhèanamh, ma tha thu ro dhuilich, cho math sa tha thu a' cuir a-steach e! Ruith e dhachaigh, mar a thuirt mi gum bu chòir dhomh, cuideachadh do sheanmama a dhol dhan leabaidh, agus fhuair mi air ais a-rithist, agus cha do chaill duine mi. — chuir mi air falbh gun facal a ràdh, dìreach mar a dh'innis mi dhut. Taigh an taigh, mòran còmhraidh, agus samhlachadh. — chaidh tì a dhèanamh sìos an staidhre, briosgaidean agus ùbhlan agus fìon àmhainn mus tàinig i air falbh: deagh fhortan ann an cuid de na caileagan aice: agus ia 'faighneachd mòran mun deidhinn, mar a bha thu air do thlachd, agus cò na com-pàirtichean agad. 'Oh!' arsa i, 'cha bhith mi a 'cleachadh sìon; dh'fhàg mi an dannsa aice le mr. Seòras kirk; bidh i gu mòr ag innse dhut mu dheidhinn i fhèin an-màireach: b 'e a ciad companach aice. Elton, chan eil fhios agam cò a dh 'fhaighneachd dhith an uairsin, 's dòcha mr. William cox. ' A 'charaid agamsa, tha thu ro dh' fhulang. — nach eil duine ann nach b 'fhearr thu? — nach eil mi gun chobhair. A dhuine, tha thu cho caoimhneil. Air mo bhriathran, air an aon ràmh, agus air an taobh eile! —stop, stad, leig sinn seasamh air ais beagan, dìreach. Tha elton a 'dol; mnathan gràdhach. A 'cho eireachdail 'sa tha i a' coimhead — an lios àlainn! —ar an lean sinn uile air an trèana. Gu dearbh na ban-rìgh na h-oidhche! —sidh, seo sinn aig an trannsa. Dà cheum, seòrsa, bi faiceallach mun dà cheum. Oh! Chan e, chan eil ach aon. Uill, bha mi air mo bhrosnachadh gu robh dithis ann. Cho neònach! Bha mi cinnteach gun robh dà, agus chan eil ann ach aon. Chan fhaca mi càil a-riamh co-ionann ris an comhfhurtachd is an stoidhle — coinnlean sa h-uile àite. — bha mi ag innse dhut mu do sheanmhair, a 'chaoin-ne, — bha beagan tàmailt ann. — na h-ùbhlan agus na briosgaidean a chaidh a dhèanamh, math nan dòigh, fhios agad; ach bha fricassee breagha den aran milis agus cuid asparagus air a thoirt a-steach an toiseach, agus math math. Chuir taigh-wo, nach robh e a 'smaoineachadh gu robh an t-asparagus gu leòr air a ghoil air falbh, a-mach a-rithist. A-nis chan eil càil ann a tha nas fheàrr na grandmama na aran milis agus asparagus — mar sin bha i caran duilich, ach dh'aontaich sinn nach bruidhneadh sinn ris airson buidheann sam bith, air eagal gum biodh e a 'dol gu taigh-chaillte a bha fìor mhath, a bhiodh uamhasach draghail! —well, tha seo sgoinneil! Tha mi cho iongantach! Cha b 'urrainn dhuinn ni sam bith a chuir an ceill. Càit am bi sinn a 'suidhe? Càit am bi sinn a 'suidhe? Àite sam bith, mar sin chan eil jane ann an dreach. Far nach eil mi a 'suidhe idir. Oh! A bheil thu a 'moladh an taobh seo? —well, tha mi cinnteach, mr. Eaglais - dìreach a 'coimhead gu bheil e ro mhath - ach dìreach mar a tha thu. Chan urrainn dhut a bhith ceàrr san taigh seo ceàrr. Ann an cabhaig, mar a nìbidh sinn a 'cuimhne air leth na soithichean airson grandmama? Brot cuideachd! Beannaich mi! Cha bu chòir cuideachadh a thoirt dhomh cho luath, ach fàsaidh e fìor mhath, agus chan urrainn dhomh tòiseachadh a 'tòiseachadh."

Cha robh cothrom aig emma bruidhinn ri mr. Ridire gu às dèidh an suipeir; ach, nuair a bha iad uile san t-seòmar-dannsa a-rithist, thug a sùilean cuireadh dha gun a thighinn a-steach thuice agus taing a thoirt dha. Bha e blàth na dh 'aideachadh mhr. Giùlan elton; bha e air a bhith mì-chàilear; agus mrs. Fhuair taisbeanaidhean elton cuideachd an cuibhreann iomchaidh de chàin.

"bha iad ag amas air barrachd a bharrachd a dhochann," arsa esan. "emma, carson a tha iad nan nàimhdean agad?"

Bha e a 'coimhead le briseadh sgìth; agus, nuair nach d'fhuair e freagairt, thuirt i, "cha bu chòir dhith a bhith feargach leat, a dh' aithreachas, a dh 'a dh' aindeoin a dh 'an t-suidheachadh sin, chan eil thu ag ràdh dad, gu dearbh, ach aidich thu, emma, gun robh thu ag iarraidh e pòsadh pòsaidh. "

"rinn," fhreagair emma, "agus chan urrainn dhaibh mathanas a thoirt dhomh."

Chrath ea cheann; ach bha gàire a 'fanath air, agus thuirt e, a mhàin.

"cha dèan mi do sgoltadh. Tha mi gad fhàgail gu do mheòrachadh fhèin."

"an urrainn dhut earbsa a chuir orm le leithid de luchd-fasgaidh? — a bheil an spiorad dìomhain agam riamh ag innse dhomh gu bheil mi ceàrr?"

"chan e do spiorad dìomhain, ach do dhroch spiorad. — ma bheir aon neach thu ceàrr, tha mi cinnteach gu bheil an neach eile ag innse dhut mu dheidhinn."

"tha mi fhìn ga' sgrìobhadh gu tur am mearachd ann am mosg elton. Tha beagan luibhean mu dheidhinn a lorg thu, agus cha d 'rinn mi sin: agus bha mi làn-chinnteach gu robh e ann an gaol le cruadal. Blàir neònach! "

"agus, mar thoradh air d' aideachadh cho mòr a dh 'ainmich mi, bheir mi dhut an ceartas a ràdh, gu bheil thu air a thaghadh as a dhèidh na b'fheàrr na tha e air a thaghadh dha fhèin. Cha mhòr gu h-iomlan às aonais agus neo-adhartach, aon-inntinn, nighean gun chiùird - gu ìre mhòr a bhith air a b'fheàrr le neach sam bith aig a bheil brìgh is blas do bhoireannach mar mrs. Elton.

Bha emma air leth tlachdmhor. — chaidh am milleadh le mr. Siar a 'tadhal air a h-uile corp gus tòiseachadh a' dannsa a-rithist.

"thig am fagus don taigh, na caill a-mach, na fàg am fairx, dè a tha thu a' dèanamh? — a-nis emma, cuir eisimpleir air do chompanaich. Tha a h-uile corp leisg! Tha a h-uile buidheann na chadal! "

"tha mi deiseil," arsa emma, "nuair a bhios mi ag iarraidh."

"cò leis a tha thu a' dol a dhannsa còmhla? " dh'fhaighnich mr. Ridire.

Chuir i stad air mionaid, agus fhreagair i, "leat, ma dh' fhaighnicheas tu dhomh. "

"am bi thu?" thuirt e, a 'tairgse a làmh.

"gu dearbh, bidh. Bidh thu air rùsg gun urrainn dhut dannsa, agus tha fios agad nach eil sinn cho mòr dha-rìribh a bhràthair is a phiuthar gus a dhèanamh idir gu tur mì-fhreagarrach."

"bràthair agus piuthar! Chan eil, gu dearbh,."

Caibideil iii

Am mìneachadh beag seo le mr. Thug ridire toileachas mòr. B'e aon de na cuimhneachain a bha a 'còrdadh ris a' bhall, a chuir i mun cuairt an làrna-mhàireach an ath mhadainn a chòrdas ris. — bha i glè thoilichte gun robh iad air tighinn gu tuigse cho math le spèis do na h-eltan, agus gu robh am beachdan an dà chuid air fear agus bean. Bha iad cho pailt; agus bha a mholadh de dhroch sheirbhis, an lasachadh a fhuair i air a taobh, gu math toilichte. Bha buaidh na h-eltons, a bha airson beagan mhionaidean a mhilleadh an còrr den oidhche, air a bhith mar thoradh air cuid

de na h-euchdan a bu mhotha; agus bha i a 'coimhead air adhart
ri toradh sona eile — an leigheas a chuir an t-eun a-mach. — bho
dhòigh na h-aiteil a' bruidhinn mun t-suidheachadh mus do chuir
iad stad air an rùm-dannsa, bha dòchas làidir aice. Bha coltas
gun deach na sùilean aice fhosgladh gu h-obann, agus fhuair i air
a 'faicinn sin. Cha b 'e a 'elton an creutair as fheàrr a bha i air a
chreidsinn. Bha am fiabhras seachad, agus dh 'fhaodadh emma
beag a dhèanamh air eagal gun deidheadh am cuisle a
luathachadh a-rithist le modh modhail. Bha i an urra ri na
faireachdainnean olc a bha aig na h-ealtanan airson smachd a
thoirt air a h-uile eas-òrdugh a dh 'fhaodadh a bhith nas fhaide
air falbh. — harriet reusanta, onorach nach robh cus ann an gaol,
agus mr. Nach robh ridire ag iarraidh còmhstri rithe, dè cho
toilichte 'sa tha an t-samhradh seachad mus bi i! Na h-eaglaise
nach eil ro mhòr ann an gaol, agus mr. Nach robh ridire ag
iarraidh còmhstri rithe, dè cho toilichte 'sa tha an t-samhradh
seachad mus bi i! Na h-eaglaise nach eil ro mhòr ann an gaol,
agus mr. Nach robh ridire ag iarraidh còmhstri rithe, dè cho
toilichte 'sa tha an t-samhradh seachad mus bi i!

Cha robh i gu bhith a 'faicinn eaglais na h-eaglaise madainn an-
diugh. Bha e air innse dhi nach b'urrainn dha leigeil leis fhèin a
bhith a 'stad aig hartfield, oir bha e a bhith aig an taigh aig
meadhan an latha. Cha robh aithreachas oirre.

Cho luath 'sa chuir iad cùisean air dòigh, choimhead iad troimhe,
agus chuir iad gu na còraichean iad, bha i dìreach a 'tionndadh
chun an taighe le spioraid air a sgeadachadh airson iarrtasan an
dithis bhalach bheag, a bharrachd air an seana-sheanmhair, nuair
a bha sguab mhòr an iarainn - dh 'fhosgail geata na h bha an
gaisgeach a 'coimhead geal agus eagallach, agus bha e a'
feuchainn ri suil a chuir oirre. — cha robh na geataichean iarainn
agus an doras aghaidh fichead slat fo shiostam: - bha iad uile trì
a dh 'aithghearr anns an talla, agus bha an t-ionnlaid gu dìreach
a' dol a-steach do chathair a chaidh a spìonadh air falbh.

Boireannach òg a bhios a 'caolachadh, feumar faighinn air ais; feumaidh ceistean a bhith air am freagairt, agus mìneachadh air pioban a tha ag èirigh. Tha na tachartasan seo air leth inntinneach, ach chan urrainn dhan amharas aca a bhith fada. Beagan mhionaidean air an dèanamh eòlach air emma.

Caill gobha, agus caill bickerton, fear-suidhe parlour eile aig mrs. Bha an gille beag, a bha cuideachd aig a 'bhall, air coiseachd a-mach còmhla, agus air rathad a ghabhail, rathad beartach, a dh' èignich, ged a tha coltas gu robh e poblach gu leòr airson sàbhailteachd, a thoirt a-mach iad. — mu leth mhìle seachad air highbury, a 'dèanamh gu h-obann agus an uair sin air an sgoltadh gu domhainn le uilnean air gach taobh, thàinig e gu bhith na phàirt mhòr de sgur; agus nuair a bha na mnathan òga air adhartas a dhèanamh a-steach innte, bha iad a 'coimhead gu h-obann air astar beag romhpa, air pìos nas fharsaing de uainean ri taobh, pàrtaidh de gipsies. Thàinig leanabh air an t-faire, a dh 'ionnsaigh a dh' iarraidh; agus nuair a chaill e bickerton, air an robh eagal ro mhòr, thug e sgread mòr dha, agus dh 'iarr e air gaisgeach a leantainn, ruith i suas bruthach cas, glan e callaid bheag aig a' mhullach, agus rinn i a 'chùis air a slighe le gearradh goirid air ais gu highbury. Ach cha robh an t-uachdaran bochd a 'leantainn. Bha i air mòran fhulang às deidh crampagus dannsa, agus air a 'chiad oidhirp a rinn i air mullach a 'bhanca thug i air ais cho cruaidh' s gun do chuir i gu tur cumhachdach - agus anns an stàit seo, agus gun robh e fo eagal mòr, bha aice ri fuireach.

Mar a dh 'fhaodadh na drampearan a bhith modhail, nan robh na mnathan òga na bu mhisneachail, feumaidh iad a bhith teagmhach; ach cha ghabhadh an leithid de chuireadh airson ionnsaigh a chuir an aghaidh; agus cha b 'fhada gus an deach leth-dhusan clann a thoirt a dh' fhuireach, le boireannach tapaidh agus balach mòr mu dheireadh thall, uile na chreach, agus an sealladh coltach, ged nach robh iad buileach am facal. — barrachd agus barrachd eagal, gheall i gun d'rinn i airgead

dhaibh, agus thug an sporan aice, tasdan dhaibh, agus dh 'iarr e
orra gun a bhith ag iarraidh barrachd, no a bhith a' cleachdadh a
cuid tinneas. — an uair sin bha i comasach air coiseachd, ach gu
slaodach, agus a 'gluasad air falbh - ach bha a h-eagal agus a
sporan ro theann, agus chaidh a leantainn, no air a cuairteachadh,
leis a 'bhuidheann iomlan, ag iarraidh barrachd.

Anns an stàit seo bha eaglais neo-thoilichte air a lorg, i a 'crith
agus a staid, bha iad àrd agus sàrachail. Leis an fhortan as
fortanach chaidh moill a chuir air a bhith a 'fàgail highbury gus a
thoirt gu cuideachadh aig an àm chruaidh seo. Thug toileachadh
na maidne spionnadh dha coiseachd air adhart, agus na h-eich
aige fhàgail a choinneachadh le rathad eile, mìle no dhà seachad
air highbury - agus tachairt gu bhith a 'faighinn paidhir siosar a-
mach an oidhche ro dh' chairdean, agus gun dìochuimhneachadh
airson an toirt air ais, dh'fheumadh e stad aig an doras aice, agus
a dhol a-steach airson beagan mhionaidean: bha e mar sin nas
fhaide na bha e an dùil; agus nuair a bha e air an cois, cha robh
am buidheann gu lèir a 'faicinn gus an robh e faisg air a bhith. B
'e an sgaradh a bha a' bhean agus a 'ghille a' cruthachadh ann an
clò an uair sin an cuid fhèin. Bha e air am fàgail gu tur fo eagal;
agus harriet a 'toirt taic dha,mus deach a h-inntinn a thoirt
seachad gu math. B 'e a bheachd gum bu chòir dhi a thoirt gu
hartfield: cha robh e a' smaoineachadh air àite eile.

B 'e seo meud na sgeòil gu lèir, — a chuid conaltraidh agus an t-
uachdaran a rinn i cho luath is a bha i air faighinn seachad air na
ciad-fàthan agus an òraid. — cha robh e a 'seasamh nas fhaide
na a bhith ga faicinn; dh'fhàg na maill sin dà mhionaid gun a
bhith a 'call; agus emma engage gus dearbhadh a thaobh
sàbhailteachd dhi fhèin. Gardard, agus rabhadh gu bheil uiread
de dhaoine anns a 'choimhearsnachd gu mr. Ridire, dh'fhalbh e,
leis na beannachdan taingeil a dh 'urrainn dhi a chuir an cèill
airson a caraid agus i fhèin.

Leithid de thurasachd mar seo - cha mhòr gun toireadh duine òg brèagha agus boireannach òg brèagha air a thilgeil ri chèile ann an leithid de dhòigh air cuid de bheachdan a mholadh don chridhe as fhuaire agus an eanchainn as ìsle. Mar sin smaoinich emma, co-dhiù. A b 'urrainn dhi a bhith na eòlaiche-cànain, a dh' fhaodadh eadhon matamataiciche na rinn i fhaicinn, air a bhith a 'faicinn an dreach aca còmhla, agus air an eachdraidh aca a chluinntinn, gun a bhith a' faireachdainn gu robh cùisean aig an obair gus am biodh iad inntinneach dha chèile? " feumaidh mòran a bharrachd a bhith na mhac-meanmna, mar i fhèin, a bhith na theine le tuairmse agus fàisneachd! — gu h-àraidh le leithid de ullachadh dùil mar a bha a h-inntinn air a dhèanamh mar-thà.

Bha e gu math iongantach. Cha robh dad den t-seòrsa air tachairt roimhe seo do bhoireannaich òga san àite, mar chuimhneachan oirre; cha robh dragh air a-riamh, cha chuir sin dragh sam bith air a 'chùis - agus a-nis bha e air tachairt dhan duine eile, agus aig an uair a thìde, nuair a bha an duine eile aig an aon àm a' dol seachad airson a sàbhaladh! — gun teagamh bha e gu math iongantach! - agus le fios , mar a rinn i, staid inntinn fàbharach gach fear aig an àm seo, bhuail i nas motha i. Bha e airson a 'chùis a dhèanamh air a cheangal ris fhèin, ach fhuair i seachad air ais bho a mania airson mr. Elton. Bha e coltach gum biodh gach nì aonaichte gus gealltainn na toraidhean as inntinniche. Cha robh e comasach nach biodh an tachartas a 'moladh gu làidir dha chèile.

Anns na beagan mhionaidean de chòmhradh a bha i fhathast air, agus gun robh an t-seòl gu ìre neo-mhothachail, bha e air bruidhinn mu a h-eanchainn, a cainnt, a gealladh agus a greim air a ghàirdean, le faireachdainn ciallach agus aoibhneach; agus dìreach mu dheireadh, an dèidh don chunntas fhèin a bhith air a thoirt seachad, chuir e an cèill gu robh e air a dhroch mhilleadh air an amaideachd iongantach a bh 'aca air bickerton a chall anns na teirmean blàth. Bha a h-uile nì a 'gabhail a' chùrsa nàdarra, ge-tà, cha do chuir e bacadh no cuideachadh. Chan iarradh i ceum, no leig e às leann. Cha robh, bha sin air gu leòr de chuir-a-steach a dhèanamh. Cha bhiodh cron sam bith ann an sgeama, sgeama neo-ghnìomhach a-mhàin. Cha robh e ach airson miann. A bharrachd air sin cha bhiodh i air a dhol air adhart.

B'e a 'chiad rùn aig elma a h-athair a chumail bho eòlas air na chaidh seachad, - a bhith mothachail air a' iomagain agus an iomagain a bhiodh ann: ach cha b 'fhada gus an robh i a' faireachdainn gum feumadh ceallan a bhith do-dhèanta. Taobh a-staigh leth uair a thìde bha e aithnichte air feadh highbury. B 'e seo an tachartas a bha a 'toirt a-steach na daoine a tha a' bruidhinn as motha, na h-òigridh is an ìre ìosal; agus cha b 'fhada gus an robh an òigridh agus na searbhantan anns an àite cho luath sa bha iad ri naidheachd eagalach. Tha e coltach gun do chaill bàla na h-oidhche mu dheireadh anns na gipsies. Mr bochd. Bha an taigh-feachd crùbach nuair a bha e na shuidhe, agus mar a bha emma air a ràdh, cha mhòr gum biodh e riaraichte às aonais an gealladh aca gun a dhol seachad air an rùsg a-rithist. Bha e na chofhurtachd dha gu robh mòran cheistean às a dhèidh fhèin agus a dh 'ionndrainn gu leòr (oir bha fios aig a nàbaidhean gu robh e dèidheil air a bhith a' faighinn fios às deidh sin), a bharrachd air a 'chall smith, a' tighinn a-steach tron chòrr den latha;well s math a dh 'fhaodadh a bhith math dha-rìribh, agus cha dèanadh seo cron air a' chùis, cha bhiodh dragh air. Bha staid slàinte mì-thoilichte aice san fharsaingeachd airson leanabh a leithid de dhuine, oir cha mhòr gu robh fios aice dè a bha ann an droch-àmhghar; agus mura cumadh e tinneasan dhi, cha b 'urrainn dhi figear sam bith a dhèanamh ann an teachdaireachd.

Cha do dh 'fhan na gipsies a' feitheamh ri gnìomh ceartais; thug iad leotha ann an cabhaig. Is dòcha gun robh na mnathan òga aig highbury air coiseachd a-rithist gu sàbhailte mus do thòisich a 'chlisgeadh aca, agus gun do chrìon an eachdraidh gu h-aithghearr a-rithist gu cùis nach robh cudromach gu leòr ach gu emma agus a mic-bràthar: —an mac-meanmna bha e a 'cumail suas a talmhainn, agus bha henry is john na sheasamh fhathast a 'faighneachd gach latha airson sgeulachd uachdarain agus na gipsies, agus fhathast a' cur a h-aghaidh gu ceart ma dh'atharraicheadh i gu ìre as lugha bhon aithris thùsail.

Caibideil iv

Beagan làithean an dèidh don tachartas seo a dhol seachad, nuair a thàinig harriet aon mhadainn gu emma le parsail bheag na làimh, agus an dèidh suidhe sìos agus amhach, thòisich mar sin:

"caillidh an taigh-tasgaidh — ma tha thu ann an cur-seachad — tha rudeigin agam a bu chòir dhomh a ràdh riut - seòrsa de dh'earradh ri dhèanamh - agus an uair sin, tha fios agad, bidh e seachad."

Bha emma gu math sàmhach; ach ghuidh e oirre bruidhinn. Bha dochann san dòigh a chuir a h-uile duine ga h-ullachadh, rudeigin a cheart cho math ri a facail, airson rudeigin a bharrachd air an àbhaist.

"is e mo dhleasdanas a th' ann, agus tha mi cinnteach gur e mo mhiann a th'ann, "lean i," gun taic sam bith a bhith agad leis a 'chuspair seo. Seach gu bheil mi toilichte a thaobh cruthachalachd beathach, tha e glè fhreagarrach gum bu chòir dhut am fear seo a bhith agad. Chan eil mi airson barrachd a ràdh na tha riatanach - tha cus nàire orm a bhith a 'faighinn dòigh mar a rinn mi, agus tha mi ag ràdh gu bheil thu gam thuigsinn."

"tha," thuirt emma, "tha mi an dòchas gun dèan mi."

"mar a dh' fhaodadh mi a bhith cho fada a 'lorg m' fhèin! " "tha
ea 'coimhead coltach gu robh e às an ciall! Chan fhaic mi dad
sam bith gu tur ann a-nis. — cha dèan mi cùram an coinnich mi
ris no nach eil - ach a-mhàin gun robh na dhà agam gun a bhith
a' faicinn e — agus gu dearbh rachadh mi fad air falbh gu
seachain e - ach cha bhith mi a 'caoidh idir a mhnaoi a dh'
ionnsaidh, ach cha do dh 'aithnich mi e, no far a bheil mi mar a
rinn mi: tha i gu math snog, tha mi ag ràdh, agus sin uile, ach tha
mi a' smaoineachadh gu bheil i bochd agus mì-fhreagarrach. —
na dìochuimhnich mi gu bràth an oidhche eile! — ge be, ge bith
thu a 'cumail dìochuimhne air an oidhche eile, cha toir mi aon
olc dhut. — cha b'ann, bidh iad cho sona a-riamh, cha toir e
dhomh mionaid eile a dh' fhuireach: gu bheil mi air a bhith a
'bruidhinn fìrinn, tha mi a-nis a 'dol a sgrios - dè bu chòir a bhith
air a sgrios o chionn fhada — dè cha bu chòir a bhith agam a-
riamh a chumail — tha fios agam gu fìor mhath (sin a'
luathachadh mar a labhair i) - ach a-nis sgriosaidh mi na h-uile
— agus is e mo tha i gu sònraichte airson a dhèanamh nad thu
fhèin, gum faic thu mar a dh'fhàsas mi reusanta. Nach urrainn
dhut tomhais dè tha an pharsa seo a 'cumail?" Thuirt i, le sùil
gheur.

"chan e as lugha san t-saoghal. — an tug e riamh càil sam bith
dhut?"

"cha dèan mi eadhon iad a ghairm; ach tha iad nan rudan a tha mi
air a mheas gu mòr."

Ghlèidh i a 'pharsail dhith, agus leugh emma na faclan as prìseile
air a' uachdar. Bha i air a bhith gu math togarrach mu
fheuchainn. Bha an clàrsair a 'còmhdach a' pharsail, agus a
'coimhead air le mì-ghoireas. Anns a 'phailteas pàipeir airgid
bha bogsa beag bata-puirt-bog a dh' fhosgail: dh'fhosgail e gu

math leis a 'chadal as buige; ach, ach a-mhàin an cotan, cha robh emma ach pìos beag de chùirt-cùirte.

"a-nis," arsa harriet, "feumaidh tu cuimhneachadh."

"cha dèan, gu dearbh chan eil."

"mo charaid! Cha bu chòir dhomh a bhith a' smaoineachadh gum biodh e comasach dhut dìochuimhneachadh dè a chaidh seachad anns an t-seòmar seo mu dheidhinn cùirt-lagha, aon de na h-amannan mu dheireadh a choinnich sinn riamh! — cha robh ann ach beagan làithean mus d 'fhuair mi mo dhroch chor. Sgòrnan — dìreach mus robh mr ann agus thàinig mr. John knightley — tha mi a 'smaoineachadh air an fheasgar a-nis. — nach eil cuimhn agad air a mheur a ghearradh le do pheann-fhionn ùr, agus do chùirt-plaister a bhios a' moladh? — ach, mar nach robh càil agad mu do dheidhinn agus bha fios agam gu robh mi ag iarraidh orm a thoirt seachad, agus mar sin thug mi a-mach pìos dheth agus gheàrr mi pìos dheth, ach bha e ro mhòr, agus gheàrr e nas lugha e, agus chùm e a 'cluich greis le na bha air fhàgail, ro agus thug e air ais dhomh fhìn e, agus mar sin, anns an t-suidheachadh a bh 'agam, cha b' urrainn dhomh cuideachadh le bhith a 'dèanamh ulaidh e — mar sin cha bhith mi ga chleachdadh gu bràth, agus choimhead mi a-nis agus an uairsin mar dheagh chòmhradh."

"mo ghaoil ghrinn!" ghlaodh mi emma, a 'cur a laimh mu choinneamh a h-aodainn, agus a' leum suas, "tha thu a' toirt mo nàire orm-sa na tha mi comasach a bhith gad chuimhneachadh? Aye, tha cuimhn 'agam air a h-uile rud a-nis, ach a-mhàin do shàbhaladh an sgeòil seo — cha robh càil a dh'fhios agam. Sin gus an t-àm seo - ach a 'gearradh na meòir, agus mo chùirt cùirte, agus ag ràdh nach robh càil agam mu mo dheidhinn! — eagus mo pheacaidhean, mo pheacaidhean! — agus fhuair mi gu leòr fhad's a bha mi na phòcaid! Mo chleasan gun chiall! — tha mi airidh air a bhith fo bhruthadh fad na h-ùine eile de mo bheatha. — gu math (a 'suidhe a-rithist) —go taobh — dè eile?"

"agus an robh thu dha-rìreabh ann an cuid fhèin? Tha mi cinnteach nach do chuir mi amharas orm riamh, rinn thu sin gu nàdarra."

"agus mar sin is ann mar sin a chuir thu am pìos cùirt-phlèanach seo air a shon!" arsa emma, a 'faighinn thairis air a suidheachadh nàire agus faireachdainn gu bheil i air a roinn eadar iongnadh is spòrs. Agus gu dìomhair chuir i ris fhèin, "am beannaiche tlàth mi! Cuin a bu chòir dhomh a bhith a' smaoineachadh pìos cèile-plaister a chuir eaglais na h-eaglais a-mach a dh 'fheuchainn! Cha robh mi riamh co-ionann ri seo."

"an seo," a 'ath-ghabhail air leac, a' tionndadh gu a bogsa a-rithist, "tha seo fhathast nas luachmhoire, tha mi a' ciallachadh gu bheil e nas luachmhoire, oir is e seo a rinn uair sam bith dha fhèin, rud nach do rinn am fear-cùirte riamh. "

Bha emma gu math èasgaidh a dh 'fhaicinn an ulaidh seo. B 'e deireadh seann pheann a bh 'ann - am pàirt gun luaidhe sam bith.

"cha b' ann an seo a thuirt e, "arsa harriet-" nach eil cuimhn 'agad air aon mhadainn? —, tha mi ag ràdh nach dèan thu sin. Ach aon madainn — dìochuimhnich mi dìreach an latha — ach is dòcha gur e an latha no diciadain ro an oidhche sin. , bha e airson meòrachan a dhèanamh na leabhar-pòcaid: bha e mu dheidhinn sperce-beer, bha an ridire air a bhith ag innse dha rudeigin mu bhrùthadh leann spruce, agus bha e airson a chuir sìos; ach nuair a thug e a-mach a pheann, cha robh uidhir de stracadh ann 's gun do ghearr e as gu h-iomlan e, agus nach deanadh e, mar sin thug thu iasad dha gu h-aon eile, agus dh 'fhag sin air a' bhòrd cho math ri ni. Ach chum mi mo shùil oirre; bha mi a 'caoidh, ghlac mi e, agus cha do dhealaich mi ris a-rithist bhon mhionaid sin."

"tha cuimhne agam air," dh'èigh e emma; "tha fìor
chuimhneachan agam air. — a' bruidhinn mu dheidhinn spruce-
beer. — oh! E. Mr. Knightley agus i ag ràdh gun do chòrd e ris,
agus gun do dh 'aontaich mr elton a bhith ag ionnsachadh mar an
aon rud ris. Bha might knightley na sheasamh dìreach an seo,
nach robh e? Tha beachd agam gu robh e na sheasamh dìreach an
seo. "

"ah! Chan eil fios agam. Chan urrainn dhomh cuimhne a
chumail. — tha e gu math neònach, ach chan urrainn dhomh
cuimhne a chumail. — bha m. Elton a' suidhe an seo, tha
cuimhne agam, mòran mu far a bheil mi an-dràsta. "-

"uill, ma-thà."

"oh! Sin a h-uile. Chan eil dad a bharrachd agam airson a bhith
gad fheuchainn, no a ràdh - ach a-nis gu bheil mi a' dol a dh
'ionnsaigh an dà chuid air cùl an teine, agus tha mi ag iarraidh
gum faic thu mi ga dhèanamh."

"mo ghaol bochd, agus an d'fhuair thu toileachas ann a bhith a'
ionmhasachadh nan rudan seo? "

"tha, gu math sìmplidh mar a bha mi! — ach tha mi gu math
maslach dhomh a-nis, agus tha mi a' miannachadh gun
dìochuimhnich mi cho furasta sa ghabhas mi an losgadh. Bha e
gu math ceàrr orm, tha fhios agad, gus cuimhneachain a chumail
às deidh dha a bhith pòsta bha fios agam gun robh e — ach cha
robh mi fhuasgladh gu leòr airson pàirt a ghabhail riutha. "

"ach, uachdrain, an e feum a bhith a' losgadh na cùirt-
phàrlamaid? — cha bhi facal agam airson a ràdh airson an t-
seann pheansail, ach dh 'fhaodadh gum biodh am fear-cùirte
feumail."

"bidh mi nas toilichte a losgadh," fhreagair clò. "tha mi a'
coimhead air ais orm. Feumaidh mi faighinn cuidhteas de gach
nì. — tha e a 'dol, agus tha crìoch, taing a thoirt dha! Air mr.
Elton."

"agus nuair," smaoinich air emma, "am bi toiseach mr ann.

Cha b 'fhada gus an do chreid i gun robh an toiseach air a
dhèanamh, agus nach robh i an dòchas gun deidheadh a
dhearbhadh gun do rinn an gipsy, ged a dh' innis i gun fhortan,
gun do rinn i cron air. — mu chola-deug an dèidh an rabhaidh,
thàinig iad gu mìneachadh gu leòr, agus gu ìre mhòr gun
teagamh. Cha robh emma a 'smaoineachadh air aig an àm seo, a
thug am fiosrachadh a fhuair i nas luachmhoire. Thuirt i dìreach,
ann an cuid de chòmhraidhean suarach, "well, harriet, uair sam
bith a phòsadh i, gun toireadh thu comhairle dhut sin a
dhèanamh" - agus nach robh i a 'smaoineachadh nas fhaide
dheth, gus an do dh' chuala i gun robh sàmhchair a chuala i a
'faireachdainn ann an fìor dhona, "cha dèan mi pòsadh a-
chaoidh."

Sheall emma an uair sin suas agus chunnaic i sa bhad mar a bha;
agus an dèidh deasbad a bh 'ann, co-dhiù am bu chòir dha innse
gun innse no nach eil, air a ràdh,

"cha dèan thu pòsadh riamh! — tha seo na rùn ùr."

"tha e mar aon nach atharraich mi gu bràth, ge-tà."

Às deidh gealladh goirid eile, "tha mi an dòchas nach tig e air
adhart bho - tha mi an dòchas nach eil e idir a' gabhail ris mr.
Elton? "

"mr. Elton gu dearbh!" dh 'èigh an t-uchd-dhubh indignantly .—
" o!! "- agus bha e comasach dha emma na faclan a ghlacadh,"
cho math ri mr. Elton! "

An uair sin thug i ùine nas fhaide airson beachdachadh. Am bu chòir dhi a dhol air adhart nas fhaide? - am b 'urrainn dhi leigeil leis a dhol seachad, agus amharasach gun robh i amharasach mu dheidhinn? No is dòcha nam biodh i gu tur sàmhach, dh 'fhaodadh e bhith a' tadhal air gus iarraidh oirre cus a chluinntinn; agus an aghaidh rud sam bith mar a bha na leithid de ghealltanas mar a bha, a bha cho còmhnard agus cho tric a 'deasbad mu dòchais is chothroman, bha i air a suidheachadh gu foirfe. — chreid i gum biodh e na bu ghlice a bhith ag ràdh agus a' aithne aig an aon àm, a h-uile rud a bha i an dùil a ràdh agus fios. Bha dèiligeadh gu math daonnan an-còmhnaidh. Roimhe sin bha i air a thighinn gu co-dhùnadh dè an ìre a bheireadh i air adhart, air tagradh sam bith den t-seòrsa; agus bhiodh e na bu shàbhailte dhan dà chuid, lagh ciallach na h-eanchainn aice fhèin a chuir sìos le luathas. — chaidh co-dhùnadh dhi, agus mar sin labhair i -

"harriet, cha bhith buaidh sam bith orm air a' bhrìgh agad. Tha do rùn, no an dùil agad ri pòsadh a-riamh, a 'toradh bho bheachd gum biodh an neach a b'fheàrr leat, ro mhòr na do shuidheachadh nas fheàrr gus smaoineachadh ort nach eil e mar sin? "

"a bhitheas air chall, creid mi nach eil mi ris a' bheachd-sa a bhith ann - gu dearbh chan eil mi cho às mo chiall. — ach tha e na thlachd dhomh a bhith ga fhaicinn aig astar - agus a bhith a 'smaoineachadh air an inbhe neo-chrìochnach ris a h-uile duine eile an saoghal, le taingealachd, iongnadh, agus urram, a tha cho ceart, annamsa gu h-àraidh. "

"chan eil mi idir a' iomlaid aig a 'chùis, dh' fhiach thu. Chuir an t-seirbheis a thug e dhut gu leòr gus do chridhe a bhlàthachadh. "

"ualrainn! Cha robh e cho do-dhèanta! — an cuimhne a bha aige air, agus na h-uile a dh' fhairich mi aig an àm — an uair a chunnaic mi e a 'tighinn - a shùil uasal- agus mo dhruidheachd

roimh. Leithid de dh'atharrachadh! Bho leithid de mhisneachd
fìor mhath gu sonas foirfe! "

"tha e gu math nàdarra. Tha e nàdarra, agus tha e na urram. —
tha, onarach, tha mi a' smaoineachadh gu bheil mi cho toileach
agus cho taingeil. — ach gum bi e na roghainn fortanach tha
barrachd na urrainn dhomh gealltainn. Bidh mi a 'toirt seachad
comhairle air mar a dh' fhaodas tu tilleadh air ais, beachdachadh
air na tha thu a 'dèanamh. Is dòcha gum bi e nas fheàrr dhut sùil
a thoirt air do fhaireachdainnean fhad's a dh 'fhaodas tu: aig ìre
sam bith nach leig thu leotha iad a ghiùlain fada, mura h-eil thu
air do mhealladh. Bi mothachail air. Leig leis an giùlan aige a
bhith mar stiùir air do fhaireachdainnean. Bheir mi rabhadh dhut
a-nis, oir cha bhruidhinn mi riut a-rithist mun chuspair. Tha mi
air a dhearbhadh an aghaidh a h-uile bacadh. Air an dòigh seo
chan eil fios agam air a 'chùis. Na leig le ainm sam bith dol
seachad air na bilean againn. Bha sinn gu math ceàrr ro; bidh
sinn faiceallach a-nis. — tha e nas fheàrr dhut, gun teagamh sam
bith, agus tha coltas gu bheil gearanan agus cnapan-starra a tha
fìor dhona; ach a dh 'aindeoin sin, a dh' fheumas, na bu mhiosa
na nithean iongantach, tha mi air a bhith a 'seasamh nas eadar-
dhealaichte. Ach thoir an aire dhut fhèin. Cha bhithinn ro cho
làidir; ge-tà, ge-tà, faodaidh e bhith cinnteach gun tog thu do
smuaintean dha,

Phòg an t-uachdaran a làmh ann an buidheachas sàmhach agus
fo-chùramach. Bha cho-dhṇnadh aig emma nuair a bha e a
'smaoineachadh nach robh droch rud ann airson a caraid. Bhiodh
e buailteach a h-inntinn a thogail agus a leasachadh - agus
feumaidh ia bhith ga sàbhaladh bho chunnart truagh.

Caibideil v

Anns an t-suidheachadh seo de sgeamaichean, agus dòchasan, agus dùsgadh, dh'fhosgail an raon-feòir air talamh feòir. Gu highbury san fharsaingeachd cha tug e atharrachadh susbainteach sam bith. Bha na h-eltons fhathast a 'bruidhinn mu chuairt bho na balaich, agus mun chleachdadh a tha ri dhèanamh air an tobar-talamh-fearainn; agus bha fairon jane fhathast aig a seanmhair; agus mar a chaidh dàil a chur air ais bho na campaichean a-rithist ann an èirinn, agus a dh 'aindeoin sin, an àite meadhan an t-samhraidh, a dh' fhaodadh a bhith ann, bha e coltach gun fanadh i ann fad dà mhìos nas fhaide, cho fad sa bha e comasach dhi a 'chùis a dhèanamh air mrs. Obair na h-eaglaise na seirbheis, agus a bhith ga sàbhaladh fhèin bho bhith a 'strì ri suidheachadh tlachdmhor an aghaidh a toil.

Mr. Ridire, a bha, airson adhbhar air choreigin aithnichte dha fhèin, gu cinnteach air mì-thoileachas a ghabhail gu tràth le eaglais na h-eaglaise, cha robh e a 'fàs nas motha na an-aghaidh. Thòisich e air amharas a chuir air gu robh e a 'dèanamh dà uiread de dhroch ghiùlain anns an tòir air eamma. Gun robh an rud a rinn an emma sin neo-aithnichte. Gach nì a chuir an cèill e; a dh 'aire fhèin, geallaidhean athar, sàmhchair le a mhàthair-chèile; bha e uile còmhla; innis faclan, giùlan, roghainn, agus indiscretion, an aon sgeulachd. Ach ged a bha uiread de dhaoine ga thoirt dha emma, agus emma fhèin ga thoirt a dh 'ionnsaigh gu harriet, mr. Thòisich ridire air a bhith amharasach gun robh cuid de mhì-rùn air a bhith a 'caoineachadh le fairfax ceàrr. Cha b 'urrainn dha a thuigsinn; ach bha comharran fios eadar na daoine sin — smaoinich e mar sin co-dhiù — comharran comharrachaidh air a thaobh, a bha, aig aon àm, air fhaicinn, cha b 'urrainn dha a thoirt air e fhèin a bhith a' smaoineachadh gu tur gun bhrìgh, ach dh'fhaodadh e bhith ag iarraidh teicheadh bho na mearachdan mac-meanmna aig emma. Cha robh i an làthair nuair a dh'èirich amharas an toiseach. Bha e ag ithe còmhla ri teaghlach nan speuran, agus dìomhaire, aig na eltons '; agus bha e air sùil a choimhead, barrachd air aon sùil, aig miss fairfax, a bha, mar thoradh air an neach-caillte de dhroch-thaigh, a-mach às an àite. Nuair a bha e a-rithist anns a 'chompanaidh aca, cha b' urrainn dha cuideachadh a 'cuimhneachadh air na chunnaic e; agus cha b 'urrainn dha beachdan a sheachnadh, mura biodh e mar cowper agus an teine aig ciaradh, a bha, mar a bha e bho neach-taic an taigh-chall, a-mach às àite. Nuair a bha e a-rithist anns a 'chompanaidh aca, cha b' urrainn dha cuideachadh a 'cuimhneachadh air na chunnaic e; agus cha b 'urrainn dha beachdan a sheachnadh, mura biodh e mar cowper agus an teine aig ciaradh, a bha, mar a bha e bho neach-taic an taigh-chall, a-mach às àite. Nuair a bha e a-rithist anns a 'chompanaidh aca, cha b' urrainn dha cuideachadh a 'cuimhneachadh air na chunnaic e; agus cha b 'urrainn dha beachdan a sheachnadh, mura biodh e mar cowper agus an teine aig ciaradh,

"chruthaich mi fhèin na chunnaic mi,"

A thug leis amharas a bha fhathast nas làidire gu robh rudeigin ann a tha a 'còrdadh gu prìobhaideach, le tuigse phrìobhaideach fiù, eadar eaglais agus dallag na h-eaglaise.

Bha e air coiseachd suas aon latha às deidh na dìnneir, mar a bha e gu math tric, airson a bhith a 'cur seachad oidhche ann an hartfield. Bha emma agus harriet a 'dol a choiseachd; chaidh e a-steach còmhla riutha; agus, nuair a thill iad, thuit iad a-steach le pàrtaidh na bu mhotha, a bha, mar iad fhèin, den bheachd gur e an rud as fheàrr a rinn iad an eacarsaich tràth, mar a bha an t-sìde ann an cunnart uisge; mr. Agus mrs. Taobh an iar agus am mac, na h-ionndrainn gu bàs agus a piuthar, a choinnich gu tubaisteach. Bha iad uile ag aonachadh; agus, nuair a ràinig e geataichean hartfield, bha eòlas aig emma, aig an robh fios gur e dìreach an seòrsa cuairt a bhiodh ann gu a h-athair, a chuir cuideam orra uile a dhol a-steach agus a bhith ag òl tì còmhla ris. Dh'aontaich a 'bhuidheann randalls ris sa bhad; agus an dèidh òraid fhada fhada bho na h-astaran a bha air chall, nach do dh'èist mòran dhaoine ris, bha e cuideachd comasach dhi a 'gabhail ris a' chuireadh a thug an t-iarrtas as motha do dh 'airgead caillte.

Mar a bha iad a 'tionndadh a-steach do na gàrraidhean, mr. A 'dol seachad air muin eich. Labhair na daoin'-uaisle air an each aige.

"leis a' bhrìgh, "arsa fearg na h-eaglaise gu min. An iar, mar a tha e an-dràsta, "dè thachair mar a bha am plana aig mgr perry airson a charbad a stèidheachadh?"

Bean. Sheall an taobh an iar ri fhaicinn, agus thuirt e, "cha robh fios agam gun robh a-riamh plana mar seo aige."

"nay, tha e agamsa dhuibh. Sgrìobh sibh facal dheth trì mìosan air ais."

"mise! Do-dhèanta!"

"gu dearbha fhèin a bh' ann. Tha thu a 'smaoineachadh gur e rud gu math luath a bh' ann. Thuirt muire gu cuideigin, agus bha e air-leth toilichte leis. Bha e ri linn a h-ìmpidh, oir bha i den bheachd gu robh e a-mach. Rinn droch shìde mòran cron dheth, feumaidh tu a bhith mothachail air a-nis? "

"air mo fhacal cha chuala mi riamh e gus an àm seo."

"cha robh mi a-riamh! —cumail mi! Ciamar a bhiodh e? — feumaidh gu bheil mi air bruadar mu dheidhinn - ach chaidh ìmpidh a chuir orm gu tur - caill a' ghobha, bidh thu a 'coiseachd mar gum biodh tu sgìth. Dhachaigh. "

"dè tha seo? — dè tha seo?" ghlaodh mr. Air taobh an iar, "mu dheidhinn spioraid agus carbad? A tha a' dol gus a charbad a

chur air bhonn, onorach? Tha mi toilichte gu bheil e comasach
dha a thoirt dha. Bha e agad e fhèin, an robh thu? "

"cha robh, a dhuine," fhreagair a mhac, a 'gàireachdainn," tha mi
a 'smaoineachadh nach robh duine agam. — an-neònach! — bha
e air a mhisneachadh gu mòr mu bhith ag ràdh gu robh an taobh
an iar air a h-ainmeachadh ann am fear de na litrichean aice gu
co-chruinneachadh, grunn sheachdainean air ais, leis na tha sin
de dh 'aithrisean - ach mar a tha i ag ràdh nach cuala i balach
dheth roimhe, gu dearbh feumaidh gur e bruadar a bhiodh ann.
Tha mi na bhruadair. Tha mi a' bruadar mu gach corp ann am
highbury nuair a bhios mi air falbh - agus nuair a dh'fhalbh mi
tro mo chàirdean sònraichte, an uair sin tha mi a 'tòiseachadh a'
aisling mu mr.

"tha e neònach ge-tà," a chunnaic a athair, "gum bu chòir do dh'
aisling cho-cheangail a bhith agad mu dhaoine nach robh e glè
choltach gum bu chòir dhut a bhith a 'smaoineachadh mu
dheidhinn. E, a-mach à cùram airson a shlàinte — dìreach dè a
thachras, chan eil teagamh sam bith agam, ùine no eile, dìreach
beagan ro-làimh - dè an èadhar a bhios san èadas uaireannan a
'ruith tro aisling! Gu dearbh, a dh 'fhaireachdainn, tha do aisling
gu cinnteach a' dearbhadh gu bheil highbury anns na smuaintean
agad nuair a tha thu às-làthair.

Bha emma a-mach à èisteachd. Bha i air a bhith ann an cabhag
air na h-aoighean aice gus a h-athair ullachadh airson a bhith a
'nochdadh, agus bha e seachad air ruigheachd mr. Eòlas an iar.

S innse dhuinn nuair a fhuair sinn dhachaigh? Tha mi a
'dìochuimhneachadh càit an robh sinn a' coiseachd gu - glè
choltach ri randalls; tha, tha mi a 'smaoineachadh gur e randalls
a bha seo. Bean. Bha cràdh an-còmhnaidh gu math measail air
mo mhàthair - gu dearbh chan eil fhios agam cò nach eil - agus
bha i air a ràdh rithe ann an dìomhaireachd; cha robh i idir ag
ràdh rithe, gun teagamh, ach cha robh e dol a-mach: agus, bhon

latha sin gu seo, cha do bhruidhinn mi riamh air anam a tha fios agam. Aig an aon àm, cha bhith mi a 'freagairt gu deimhinneach gum bi mi gun a bhith a' tuiteam le ùidh, oir tha fios agam gum bi mi uaireannan a 'dol a-mach rud mus bi mi mothachail. Is e neach a tha seo a 'bruidhinn, tha fhios agad; is e caraid a tha annam; agus a-nis is an-uairsin tha mi air leigeil leam rud a chumail a-mach nach bu chòir dhomh. Chan eil mi idir mar an ceudna; tha mi a 'miannachadh gun robh. Freagair mi airson nach do bhrath i a-riamh an rud as lugha air an t-saoghal. Càite a bheil i? —oh! Dìreach air a chùlaibh. Cuimhnich gu mòr air mrs. Tighinn a 'tighinn.

Bha iad a 'dol a-steach don talla. Mr. Bha sùilean ridire air sùil gheur a chumail air a 'bhrisichean. Bho aghaidh na h-eaglaise on taobh a-staigh, far an robh e den bheachd gun robh e a 'coimhead troimhe-chèile no a' magadh air falbh, bha e air a thionndadh gu saor-thoileach; ach gu dearbh bha i air dheireadh, agus ro thrang le a seòl. Mr. Bha an iar air coiseachd a-steach. Dh'fhuirich an dithis fhireannach eile aig an doras airson cead a thoirt dhi. Mr. Bha ridire amharasach ann an eaglais neo-thoilichte gun robh e an dùil a sùil a ghlacadh - bha e coltach gun robh i a 'coimhead gu dùrachdach - ge-tà, ge-tà, nam biodh i mar sin - gun robh a' dol troimhe-san a-steach dhan talla, agus gun coimhead.

Cha robh ùine ann airson beachd no mìneachadh nas fhaide. Feumaidh an aisling a bhith air a giùlan, agus mr. Feumaidh ridire a shuidhe leis a 'chòrr mun bhòrd chruinn ùr-nodha a chuir emma a-steach aig hartfield, agus nach robh cumhachd ach aig emma a bhith a 'suidheachadh an sin agus ìmpidh a chur air a h-athair a chleachdadh, an àite a' ghrùid beag, air a bheil bha dà dhe na biadh làitheil aige, airson dà fhichead bliadhna air a dhol troimhe. Chaidh tì gu siùbhlach, agus cha robh coltas ann gun robh cabhag aig duine ri gluasad.

"call woodhouse," arsa fearg na h-eaglaise, an dèidh sgrùdadh a dhèanamh air bòrd air a chùlaibh, a dh 'fhaodadh a ruighinn mar a shuidh e," a thug do mhac-bràthar an àile a-mach? - am bogsa litrichean aca? Bhiodh e a 'seasamh an seo. Tha e coltach gur e seòrsa de dh 'oidhche fhiadhaich a th 'ann, a bu chòir a bhith air a làimhseachadh mar gheamhradh seach an t-samhradh, agus bha spòrs gu leòr againn leis na litrichean sin aon mhadainn.

Bha emma toilichte leis an smuain; agus a 'toirt a-mach am bogsa, chaidh an clàr a sgapadh gu luath le albaidean, rud nach robh coltas air gun robh uimhir de dhaoine ag obair mar an dà bhuidheann. Bha iad a 'gineadh a chèile gu luath airson a chèile, no airson buidheann sam bith eile a bhiodh ann an imcheist. Bha sàmhchair a 'gheama a' toirt cothrom sònraichte dha mr. Taigh-luibhean, a bha gu tric air a mhilleadh leis an t-seòrsa nas beothaile, a bha mr. Bha taobh an iar air a thoirt a-steach o àm gu àm, agus a-nis a 'suidhe gu toilichte le caoidh, le tulach truasach, a' dol à bith às deidh don "ghillean beaga bìodach" teicheadh, no a 'tarraing a-mach gu fialaidh, mar a chuir e suas litir chruaidh faisg air, mar a bha eireachdail air emma a sgrìobhadh e.

Chuir eaglais na h-eaglais facal ron chaille-chothrom. Thug i sùil bheag timcheall a 'bhùird, agus chuir i an sàs i. Bha an sloc ri taobh emma an taobh eile romhpa - agus mr. Ridire air a chuir a-steach airson am faicinn uile; agus b 'e an t-amas aige cho mòr' sa dh 'fhaodadh e fhaicinn, le glè bheag de bheachd a bha e coltach. Chaidh am facal a lorg, agus le fiamh fala air a phutadh air falbh. Nam biodh iad air am measgadh anns a 'bhad leis an fheadhainn eile, agus air an tiodhlacadh bhon t-sealladh, bu chòir dha a bhith air sùil a thoirt air a' bhòrd an àite a bhith a 'coimhead dìreach thairis, oir cha robh e measgaichte; agus gaisgeach, dealasach an dèidh a h-uile facal ùr, agus gun faighinn a-mach gun robh, cha do thog e ach dìreach, agus thuit e gu obair. Bha i na suidhe le mr. Ridire, agus thionndaidh e air airson cuideachadh. Bha am facal caran; agus mar a thuirt an t-uachdaran gu robh e air a bhualadh a-mach, bha bròg air gàire le bhith a 'toirt seachad ciall nach biodh so-dhèanta. Mr. Bha ridire ceangailte ris an aisling; ach mar a dh 'fhaodadh e bhith, bha e seachad air a thuigse. Ciamar a bhiodh a 'chiall, cho math 'sa bha an roghainn aige cho dùmhail! Bha eagal air gu robh feum air co-dhùnadh chuid. A rèir coltais bha mì-thoileachas agus còmhstri dùbailte a 'coinneachadh ris aig gach àm. Cha robh na litrichean sin ach a 'charbad airson gaisge agus cleas. B 'e dealbh-chluich leanaibh a bh 'ann, a chaidh a thaghadh gus geam nas doimhne a chumail air pàirt eaglais na h-eaglaise.

Gu mòr a 'fanath air gun do lean e air a' coimhead ris; le eagal agus earbsa gu mòr, a bhith a 'faicinn a dhithis chompanach dall. Chunnaic e facal goirid air a dheasachadh airson emma, agus chaidh a toirt dhi le sealladh gòrach agus dealachadh. Chunnaic e gun do rinn emma sin a-mach gu luath, agus gun robh e gu math spòrsail, ged a bha i den bheachd gun robh e caran mothachail dha; oir thuirt i, "nonsense! Airson nàire!" chuala e fearg a-mach às an eaglais an ath-ràdh, le sealladh gu dìomhain, "bheir mi dhi i - an dèan i?" - agus mar a chuala e cho soilleir gun robh i ri bhith a 'dèanamh gàire gu h-eireachdail. "cha ghabh, cha bu chòir, cha bu chòir dhut, gu dearbh."

Chaidh a dhèanamh ge-tà. Am fear òg gaisgeil seo, a bha coltach ri faireachdainn gun faireachdainn, agus a mholadh e fhèin às aonais complaisance, a chuir thairis am facal gu ceart airson fuaim, agus le ìre shònraichte de chòir caochlaideach a chuir oirre a sgrùdadh. Mr. Bha e iongantach gun robh fios aig knightley dè an ìre a dh 'fhaodadh am facal seo a dhèanamh, thug e air a' mhionaid a thoirt a-mach gus a shùil a thoirt dha, agus cha robh e fada gus an robh e ga fhaicinn. A rèir coltais bha a 'chothroim ceartas mar a bha e; tha a cuid tuigse gun teagamh nas co-ionnann ri brìgh falaichte, an tuigse as fheàrr, aig na còig litrichean a bha air an cur air dòigh. Tha e follaiseach gu robh i diombach; a 'coimhead suas, agus a' faicinn i fhèin a 'coimhead, air a bhruthadh nas doimhne na bha e riamh air a bhith ga fhaicinn, agus ag ràdh a-mhàin," cha robh fios agam gun robh

ainmean ceart ceadaichte, " a 'putadh air falbh na litrichean le
eadhon spiorad feargach, agus a' coimhead gu robh iad air an
toirt a-steach gun facal sam bith eile a dh'fhaodadh a bhith air a
thabhann. Chaidh a h-aghaidh a thionndadh bhon fheadhainn a
rinn an ionnsaigh, agus thionndaidh i gu a piuthar.

"seadh, fìor, mo ghràidh," arsa an ceann mu dheireadh, ged nach
robh facal air a ràdh aig jane — "bha mi dìreach a' dol a ràdh an
aon rud. Tha an t-àm ann dhuinn a bhith a 'dol. Bidh mo
sheanmhair, a tha gar gràdhach, a 'feuchainn ri deagh oidhche
fhaighinn.

Bha a bhith faiceallach nuair a bha e a 'gluasad, air a dhearbhadh
gu robh i deiseil oir bha a piuthar gun ro-innse. Bha i anns a
'bhad, agus ag iarraidh a' bhùird a stad ; ach bha mòran a
'gluasad cuideachd, nach b' urrainn dhi faighinn air falbh; agus
mr. Bha ridire den bheachd gum faca e cruinneachadh eile de
litrichean a bha air a phutadh gu teann, agus a sguabadh air falbh
i leis a h-aonais. Bha i às deidh sin a 'coimhead airson a seàla -
bha eaglais neo-fhollaiseach a' coimhead cuideachd - bha ea 'fàs
na h-oidhche, agus bha an seòmar gu math connspaideach; agus
mar a dhealaich iad, mr. Cha b 'urrainn dha ridire innse.

Fhan e aig hartfield an deigh na h-uile fois, a smuaintean làn de
na chunnaic e; cho làn, nuair a thàinig na coinnlean a-steach a
chuideachadh a bheachdan, feumaidh e, gu cinnteach, mar
charaid — mar charaid iomagaineach — a 'toirt beagan ceist dha
emma, ceist a chur oirre. Chan fhaiceadh ei ann an suidheachadh
mar sin, gun a bhith a 'feuchainn ri a dìon. B' e a dhleastanas.

"guidh, emma," thuirt e, "gu faigh mi a-mach dè a tha a' cur a-
mach an spionnadh mòr, an gath tiamhaidh a bh 'air a thoirt dhut
agus a dh' fhalbh cothrom "? Chunnaic mi am facal, agus tha mi
iongantach a bhith fiosrach ciamar a dh' fhaodadh ea bhith cho a
'toirt seachad an aon rud, agus cho draghail don fhear eile."

Bha emma gu math troimh-a-chèile. Cha b 'urrainn dhi a dh'
fhulang a thoirt dha an fhìor mhìneachadh; oir cha robh a h-
amharas air a thoirt air falbh idir, bha nàire oirre gun do chuir i
seachad a-riamh iad.

"oh!" dh'èigh i ann an nàire follaiseach, "bha sin uile a'
ciallachadh rud sam bith; dìreach fealla-dhà eatorra fhèin. "

"a' bhreab, "fhreagair e gu trom," tha e coltach gur ann dìreach
dhutsa agus ri d 'fhoillsich e."

Bha e an dòchas gum bruidhneadh i a-rithist, ach cha do rinn i
sin. B 'fheàrr leatha i fhèin na rud sam bith na bhith a' bruidhinn.
Shuidh e beagan ùine gun teagamh. Bha diofar sheallaidhean a
'dol na inntinn. Briseadh a-steach - tar-chur gun toradh. Tha e
coltach gun robh an troimhe-chèile aig emma, agus an dearbh-
aithne aithnichte, a 'cur an cèill a gaol. Ach bhiodh e a
'bruidhinn. Dh 'fheumadh e a bhith aice, a bhith ann an cunnart
rud sam bith a dh' fhaodadh a bhith an sàs ann am bacadh nach
do chuireadh air adhart, seach a sochair; a bhith a 'coinneachadh
ri rud sam bith, seach a bhith a' cuimhneachadh air dearmad ann
an leithid de adhbhar.

"tha mi air mo mhealladh," arsa esan mu dheireadh, le coibhneas
anabarrach, "a bheil thu a' smaoineachadh gu bheil thu a
'tuigsinn an ìre eòlais a tha eadar an duine-uasal agus a' bhean-
uasal ris an robh sinn a 'bruidhinn?"

"eadar mr. Onoir na h-eaglaise agus caill fairfax? Oh! Tha, gu
foirfe. — carson a tha thu teagmhach mu dheidhinn?"

"an robh thu uair sam bith aig àm sam bith a' smaoineachadh gu
robh meas aige oirre, no gun do ghabh i meas air? "

"cha bhi idir, a-chaoidh!" dh'èigh i le èasachd as fosgailte— "cha
robh, a-riamh, airson an fhicheadamh pàirt de mhionaid, a leithid

de rud a' tachairt dhomh. Agus ciamar a dh 'fhaodadh e tighinn a-steach nad cheann?"

"o chionn ghoirid tha mi air smaoineachadh gum faca mi comharran ceangail ceangailte eatarra - cuid de shealladh beòil, nach robh mi a' smaoineachadh a bha poblach. "

"o! Tha mi ga ionndrainn gu mòr. Tha mi cho toilichte gu bheil e a' dol a dh 'aideachadh gun urrainn dhut a bhith a' gleidheadh do mhac-meanmna — ach cha dèan e — glè dhuilich a bhith gad sgrùdadh sa chiad aiste agad - ach gu dearbh cha dèan e sin. Eatorra, chan eil mi a 'dèanamh cinnteach dhut, agus tha na h-a' nochdadh ort, air èirigh bho chuid de shuidheachaidhean fìor - faireachdainn gu tur eadar-dhealaichte - tha e do-dhèanta mìneachadh gu soilleir: - a bheil mòran amaideas ann — ach is e a 'phàirt a dh' urrainn a bhith air a chonaltradh, a tha ciallach, gu bheil iad cho fada bho cheangaltas no meas sam bith air a chèile, mar a dh 'fhaodadh dà bheul anns an t-saoghal a bhith. Air taobh, agus 's urrainn dhomh freagairt airson a bhith mar sin air a shon. Freagair mi airson mì-thoileachas an duin'-uasail. "

Labhair i le misneachd a bha a 'spìosrachadh, le toileachas a chuir sàmhchair air, mr. Ridire. Bha i ann an spioradan geur, agus bhiodh i air a 'cho-labhairt a leudachadh, ag iarraidh a bhith a' cluinntinn am fiosrachadh mun amharas a bha aige, a h-uile coltas a chaidh a thoirt air, agus gach rud a dh'adhbharaich an suidheachadh a dh 'aidich e: ach cha do choinnich a dhànachd ris. Fhuair e a-mach nach robh e feumail, agus bha a chuid fhaireachdainnean ro chruaidh mu dheidhinn bruidhinn. Nach biodh e air a dhroch leòn ann an fiabhras iomlan, leis an teine a bhios a 'bruidhinn. Bha feum air cleachdaidhean toglaidh taigh na h-oidhche cha mhòr a h-uile feasgar air feadh na bliadhna, agus cha b'fhada gus an tug e seachad fòrladh eagallach, agus choisich e dhachaigh gu fuarachd agus aonaranachd na h-abaid donwell.

Caibideil vi

An dèidh dha a bhith air a bhiadhadh le ùine mhòr de mholaidhean airson tadhal luath bho mr. Agus mrs. Bha e na deann, bha aig sluagh highbury bàs fhaighinn le bhith a 'cluinntinn nach fhaodadh iad tighinn gu àm an fhoghair. Cha bhiodh in-mhalairt den leithid de nithean ùr-ghnàthach a 'cur ris na stòran inntinn aca an-dràsta. Ann an iomlaid naidheachdan às deidh sin, feumaidh iad a-rithist a bhith air an cuingealachadh ris na cuspairean eile leis an robh na suilcean a 'tighinn gu ìre, mar na cunntasan mu dheireadh ann am mrs. Eaglais, gun robh a slàinte a 'nochdadh a h-uile latha a' toirt seachad aithisg eadar-dhealaichte, agus an suidheachadh aig mrs. Anns an iar, aig an robh e toilichte a bhith cho dòigheil agus a dh 'fhaodadh a bhith ann an dèidh dhan leanabh tighinn gu ìre, oir bha a h-uile nàbaidh a' dol troimhe.

Bean. Bha e na thoileachas mòr do neach-glèidhidh. B 'e an dàil a bh 'ann air mòran toileachais agus pairèid. Feumaidh ia h-uile càil a thoirt a-steach agus na molaidhean aice, agus chan eilear a 'bruidhinn air na pàrtaidhean uile a thathas a' sùileachadh. Mar sin smaoinich i an toiseach; — mar sin bha beagan beachdachaidh cinnteach dhi nach fheumadh a h-uile rud a chuir dheth. Carson nach bu chòir dhaibh sgrùdadh a dhèanamh gus cnoc a bhogsa ged nach tàinig na geamhraidhean? Dh'fhaodadh iad a dhol ann a-rithist còmhla riutha san fhoghar. Chaidh a rèiteachadh gum bu chòir dhaibh a dhol gu cnoc a 'bhogsa. Gun robh fios gu robh an leithid de phàrtaidh ann gu ìre mhòr san fharsaingeachd: bha e eadhon air beachd eile a thoirt. Cha robh emma a-riamh air a 'bhogsa cnoc; dh 'iarr i gum faiceadh i na

bha gach buidheann cho math air fhaicinn, agus ise agus mr. Bha
taobh an iar air aontachadh madainn mhath a dhèanamh agus a
dhràibheadh a-mach. Nach robh ach dhà no trì a bharrachd den
fheadhainn a chaidh a thaghadh air an leigeil a-steach airson
gabhail riutha,

Bha seo air a thuigsinn gu math eadar iad, nach b 'urrainn do
emma ach iongnadh a ghabhail, agus beagan mì-thoileachais,
nuair a chuala e bho mr. Air taobh an iar gun robh e air a bhith a
'moladh do dhaoine. Mar a dh 'fhalbh a bràthair agus a piuthar,
gum bu chòir an dà phàrtaidh aonadh a thoirt còmhla agus a dhol
còmhla; agus sin mar mrs. Bha elton gu math furasta gabhail ris,
agus mar sin bha e gu bhith, mura robh gearan sam bith aice. A-
nis, seach nach robh an gearan aice ach a gràin mhòr air mrs.
Neach-ciùil, den sin mr. Feumaidh mar-thà a bhith gu math
mothachail, cha b 'fhiach e a thoirt air adhart a-rithist:nach
b'urrainn a dheanamh as eugmhais a bhiodh a 'toirt pian dha
bhean; agus bha i mar sin den bheachd gum feumadh i aonta a
thoirt do rèiteachadh a bhiodh i air a dhèanamh gu mòr gus a
sheachnadh; rèiteachadh a dh probably fhaodadh a bhith coltach
ris a 'a bhith a' briseadh sìos gu robh i bho mrs. Pàrtaidh elton!
Bha a h-uile faireachdainn air a mhilleadh; agus mar thoradh air
a bhith a 'cur às do dh' fhalbh bhon taobh a-muigh dh 'fhàg i
armachd mhòr mar thoradh air cho dona sa bha i anns na
beachdan aice air deagh-ghean nach gabhadh a làimhseachadh.
Air taobh an iar na dùthcha.

"tha mi toilichte gu bheil thu a' gabhail ris na tha mi air a
dhèanamh, "thuirt e gu math cofhurtail. "ach cha robh mi
cinnteach mar a bhiodh. Cha bhiodh dad ann gun àireamh. Cha
bhith partaidh ro mhòr aig duine. Tha pàrtaidh mòr a' faighinn a
spòrs fhèin agus tha i na boireannach math an dèidh na h-uile.
Cha b'urrainn do fear fhàgail. "

Dhiùlt emma gin dheth gu h-àrd, agus dh'aontaich i gun dad
dheth ann an dìomhaireachd.

Bha e a-nis am meadhan an t-searbhain, agus bha an aimsir math; agus mrs. Bha èibhleag a 'fàs mì-fhoighidneach an latha ainmeachadh, agus socrachadh le mr. Taobh an iar air calman-pàgan is uain fhuar, nuair a thilg each-giùlan cliste a h-uile nì gu mì-chinnt às an robh e. Is dòcha seachdain, dh'fhaodadh nach biodh ann ach beagan làithean, mus biodh an t-each feumail; ach cha ghabhadh ullachadh sam bith a dhol air adhart, agus b 'e an taibhse uabhasach a bh 'ann. Bean. Cha robh goireasan elton math gu leòr airson ionnsaigh mar seo.

"nach e seo ridire an-fhoiseil,? Tha i ag èigheach! "agus tha an aimsir sin airson rannsachadh! — an dàil agus na tàmailtean gu math uamhasach. Dè an rud a bu chòir dhuinn a dhèanamh? — caithidh a' bhliadhna seachad air falbh aig an reata seo, agus cha do rinn mi rud sam bith. Partaidh taitneach de sgrùdadh bho lus-craicinn maor gu rìghrean siar. "

"b 'fheàrr dhut sgrùdadh a dhèanamh air donwell," fhreagair m. Ridire. "dh'fhaodadh sin a dhèanamh gun eich a' tighinn, agus ith mi mo shùbhan. Tha iad ag atharrachadh gu luath. "

Ma tha mr. Cha robh ridire a 'tòiseachadh gu dona, dh'fheumadh e leantainn air adhart, oir chaidh am moladh aige a ghlacadh le toileachas; agus an "oh! Bu mhath leam e a h-uile rud," cha robh e glan a thaobh briathran na dòigh. Bha donwell ainmeil airson na leapannan sùbh-làir aige, a bha na phlàigh airson an cuireadh: ach cha robh feum air plàigh; bhiodh leapannan càise air a bhith gu leòr airson am boireannach a bhuaireadh, nach robh a-mhàin ag iarraidh a bhith a 'dol an àiteigin. Gheall i a-rithist agus a-rithist - mòran nas trice na bha e an dàn - agus bha e air a bheannachadh gu mòr le leithid de dhearbhadh de dhlùth-chainnt, cho mòr agus gun do chuir i beachd air.

"faodaidh tu a bhith an urra riumsa," thuirt i. "gu cinnteach thig mi. Ainmich d' latha, agus thig mi. Leigidh tu dhomh cothrom a thoirt a-mach airson fangainx? "

"chan urrainn dhomh latha ainmeachadh," thuirt e, "gus an do bhruidhinn mi ri cuid eile a bhiodh mi airson coinneachadh riut."

"oh, fàg sin na h-uile dhomh-sa. A-mhàin thoir dhomh carte-blanche. — is e bean-taic a tha ann, tha fios agad. Is e mo phàrtaidh a tha ann. Bheir mi caraidean leam."

"tha mi an dòchas gun toir thu elton," arsa esan: "ach cha chuir mi dragh ort a bhith a' toirt cuireadh sam bith eile. "

"oh! A-nis tha thu a' coimhead gu math. Ach smaoinich — cha leig thu a leas eagal a bhith agad cumhachd a chuir thugam. Chan eil boireannach òg a tha a 'miannachadh. Faodaidh boireannaich phòsta, fhios agad, a bhith air an ceadachadh gu sàbhailte. Bheir e dhomh uile.

"chan eil," - fhreagair e gu socair, - "chan eil ann ach aon bhoireannach pòsta san t-saoghal ris am faod mi cead a thoirt cuireadh a thoirt dha na h-aoighean a bhios i ag iarraidh a thoirt seachad, agus is e sin aon dhiubh—"

"—mar a bh' ann. " elton, an ìre mhath marbhtach.

"chan eil, m' ridire; — agus gus am bi i ann, bidh mi a 'riaghladh rudan mar sin mi fhìn."

"ah! Tha thu nad chreutair neònach!" dh'èigh i, riaraichte gun neach sam bith ab 'fheàrr leatha fhèin - "is e irioslaiche a th' ann ort, agus is dòcha gun can thu na tha thu ag iarraidh. Gu math èibhinn. Chan eil gearan sam bith agad mu bhith a 'coinneachadh ris an teaghlach hartfield. Nach eil thu toileach. Tha fios agam gu bheil thu ceangailte riutha."

"gu dearbha coinnichidh tu riutha ma gheibh mi buaidh; agus gairmidh mi na h-ionnsaighean a chaill mi dhachaigh."

"chan eil sin gu feum; tha mi a' faicinn a h-uile latha: — mar a tha thu ag iarraidh. Tha e gu bhith na sgeama madainn, fhios agad, ridire; rud gu math sìmplidh. Caithidh mi bonaid mhòr, agus bheir mi aon de mo bhasgaidean beaga crochte. Air mo ghirdean-sa, — a-mach às a 'basgaid seo le rioban pinc. Chan urrainn dad sam bith a bhith nas sìmplidh, chì thu agus bidh jane aig a' leithid sin de sheòrsa. Do ghàrraidhean, agus cruinnich na subhaichean sinn fhìn, agus suidhidh sinn fo chraobhan; — agus ge be air bith eile a dh 'fhaodas tu a thoirt seachad, is ann a tha na h-uile taobh a-muigh dorais — clàr sgaoilte anns an dubhar, fhios agad. Nach e sin gu bheil do bheachd? "

"cha bu chòir. 'S e am beachd a th' agamsa a bhith a 'coinneachadh ris an t-seòmar-bidhe. Tha nàdar agus sìmplidheachd nan uaislean agus nam mnathan, le an searbhantan agus an àirneis, den bheachd gu bheil am biadh as fheàrr air fhaicinn taobh a-staigh dorsan nuair a tha thu sgìth de bhith ag ithe shùbhan-làir sa ghàrradh, bidh feòil fhuar anns an taigh. "

"uill, mar a dh' fhaodas tu; chan eil mòran air a chuir a-mach. Agus, leis a 'bhàrr, am faod mi no mo neach-taighe a bhith a' feumachadh dhut leis a 'bheachd againn? — guidh thu a' fìrinn, ridire. Bruidhinn ri mrs hodges, no sgrùdadh a dhèanamh air rud sam bith - "

"chan eil mi ag iarraidh a' miann as lugha, tha mi taingeil dhut. "

"uill — ach ma dh' èireas duilgheadasan sam bith, tha mo bhean-taighe gu math innleachdach. "

"bheir mi freagairt air a shon, gu bheil a 'mhiann agam gu bheil i cho glic, agus gun toireadh e taic do dhuine sam bith."

"is fheàrr leam gun robh asal againn. Is e an rud a bhiodh ann dhuinn uile a bhith a' tighinn air asail, fealla-dhà, a 'call bates, agus mise — agus mo charo sposo a' coiseachd troimhe. Feumaidh mi bruidhinn ris mu dheidhinn a bhith a 'ceannach asal ann am beatha dùthcha. Tha mi a 'toirt air a chreidsinn gur e seòrsa de rud a th' ann, oir tha a-riamh uiread de stòrasan aig boireannach, chan eil e comasach a bhith daonnan air a dùnadh suas aig an taigh; - cuairtean glè fhada, fhios agad - as t-samhradh tha dust, agus sa gheamhradh tha salachar. "

"chan fhaic thu nas motha, eadar donwell agus highbury. Chan eil lòchran an t-snàth a' uachdar idir, agus a-nis tha e gu math tioram. Thig air asal, ge-tà, ma thogras tu. Faodaidh tu iasad fhaighinn de mheanglaichean. A bhith cho math ris a 'bhlas agad."

"tha mi cinnteach gum bi mi gu dearbh a' dèanamh ceartas dhut, mo dheagh charaid, fon t-seòrsa rud tioram, tioram sin, tha fios agam gu bheil an cridhe blàth agad. Mar a tha mi ag innse m. E., tha thu làn irioslachaidh. —shaoth, tha mi a 'creidsinn mi, ridire, tha mi a' faireachdainn gu bheil thu a 'faireachdainn gu math rium san sgeama seo air fad.

Mr. Bha adhbhar eile aig ridire gus bòrd a sheachnadh. Bha e airson toirt air mr. Taigh-seinnse, a bharrachd air emma, gus pàirt a ghabhail sa phàrtaidh; agus bha fios aige gum biodh e cinnteach gum biodh e tinn, mura biodh gin dhiubh nan suidhe a-mach à dorsan a 'itheadh. Mr. Cha bu chòir do thaigh na h-àirne, fo chreach sònraichte feachd na maidne, agus uair no dhà a chaidh a chaitheamh aig donwell, a bhith air a bhuaireadh air falbh gu a dhroch eucoir.

Fhuair e cuireadh gu deagh rùn. Cha robh uamhasan fàileadh ann a chuir dragh air airson a bhith cho furasta 'sa bha e. Thug e cead. Cha robh e air a bhith aig donwell airson dà bhliadhna. "madainn glè bhreagha, fhuair e, agus emma, agus amadan, a dhol gu math; agus shuidheadh e fhathast còmhla ri muinntir an iar, agus choisich na nigheanan gràdhach timcheall nan gàrraidhean. Cha robh e coltach gum faodadh iad a bhith tais a-nis, anns na meadhan an latha bu mhath leis a bhith a 'faicinn an t-seann taigh a-rithist gu mòr, agus bu chòir dha a bhith glè thoilichte coinneachadh ri mr agus mrs. Elton, agus ri taobh sam bith eile de a nàbaidhean. — cha robh e comasach dha a bhith a' faicinn dad sam bith mun a h-uile duine, agus bha e math gu leòr a dheanamh an so, agus bha e gu math glè chiatach, bha e glè choltach ri ithe a-muigh.

Mr. Bha ridire fortanach ann an co-chòrdadh buileach gach buidheann. Bha am fiathachadh anns a h-uile àite cho math, gun robh e coltach mar gum biodh, mar mrs. Iad uile, bha iad uile a 'gabhail an sgeama mar mholadh sònraichte dhaibh fhèin. — dh'ionnsaich emma agus harriet dòchasan fìor àrd a bha aice; agus mr. Gheall an taobh an iar, gun bheachd, a dhol a-null airson a dhol còmhla riutha, ma ghabhas sin dèanamh; dearbhadh air tagradh agus buidheachas a dh'fhaodadh a bhith air a thoirt seachad leis. Dh'fheumadh ridire an uairsin a ràdh gum bu chòir dha a bhith toilichte a bhith ga fhaicinn; agus mr. Cha bhiodh duine air an taobh an iar a 'call ùine ann an sgrìobhadh, agus chaomhnadh e argamaidean sam bith airson a thoirt air tighinn.

Anns an eadar-ama fhuair an t-each bacach cho luath 'sa bha e, gu robh a 'phàrtaidh a bha a' suidhe sa bhogsa a-rithist air a 'beachdachadh gu toilichte; agus mu dheireadh thall cha deach amwell a shocrachadh airson latha, agus boglach bogsa airson an ath-bhliadhna.

Fo ghrèin shoilleir meadhan-latha, aig faisg air meadhan an t-samhraidh, mr. Chaidh taigh-solais a thoirt a-steach gu sàbhailte anns a 'charbad aige, le aon uinneag sìos, gus pàirt a ghabhail anns a' phàrtaidh al-fresco seo; agus ann an aon de na seòmraichean as comhfhurtail san abaid, gu h-àraidh air a dheasachadh le teine fad na maidne, bha e air a shuidheachadh gu toilichte, gu math sàmhach, deiseil airson bruidhinn ris an toileachas a chaidh a choileanadh, agus comhairle a thoirt dha gach buidheann a thighinn agus suidhe sìos, agus gun a bhith a 'teasachadh. Bha taobh an iar, a rèir choltais air coiseachd ann an sin airson a bhith sgìth, agus a bhith a 'suidhe fad na h-ùine ris, a' fuireach, nuair a fhuair a h-uile duine eile cuireadh no ìmpidh air a-mach, a luchd-èisteachd eus is an neach-taic.

Bha e cho fada bho bha emma aig an abaid, gun robh i toilichte le comhfhurtachd a h-athar, gun robh i toilichte a fàgail, agus coimhead timcheall oirre; a bhith ag iarraidh a cuimhne ath-nuadhachadh agus a cheartachadh le sùil nas mionaidiche, tuigse nas mionaidiche air taigh agus gàrraidhean a dh'fheumas a bhith cho inntinneach dha agus a teaghlach air fad.

Dh'fhairich i a h-uile pròis onarach agus neo-fhalaichte a dh 'fhaodadh a caidreachas leis an t-sealbhadair an-diugh agus san àm ri teachd barantas a thoirt seachad, oir bha i a' coimhead air meud is stoidhle an togalaich, a suidheachadh freagarrach, a bha a 'nochdadh gu ìre, ìosal agus fasgach - a ghàrraidhean lìonmhor a' sìneadh sìos. Gu dailean a tha air an nighe le allt, den bheil an abaid, leis a h-uile dearmad a dh 'fhaodadh a bhith ann, cha mhòr sealladh a bh 'aige - agus am pailteas de dh'fhiodh aige ann an sreathan agus slighean, nach robh fasan no ro-innleachd air a freumhachadh suas. — bha an taigh na bu mhotha na hartfield, agus gu tur eadar-dhealaichte dheth, a' còmhdach deagh fhearann, crith agus neo-chunbhalach, le mòran comhfhurtail, agus aon sheòmar brèagha. — bha e dìreach mar a bu chòir dha a bhith, agus choimhead e dè a bha ann - agus bha emma a 'faireachdainn barrachd spèis dha, mar àite-còmhnaidh teaghlaich a bha cho foghainteach, gun fhiosta ann am fuil agus tuigse. — cuid de lochdan a bh 'ann le iain tempight ridire; ach bha isabella air a bhith ceangailte rithe fhèin gun comas. Cha robh i air fir, no ainmean, no àiteachan a thoirt dhaibh, a dh 'fhaodadh bruthadh a thogail. Dh'fhairich iad sin mar fhaireachdainnean tlachdmhor, agus choisich i mu thimcheall orra agus bha i tioram orra gus an robh e deatamach a dhèanamh mar a rinn na daoine eile, agus a 'cruinneachadh timcheall na leapannan sùbh-fhraoich. A 'cumail a-mach le eaglais na h-eaglaise, a bhathas a' sùileachadh a h-uile mionaid bho richmond; agus mrs. Anns a h-uile h-uidheamachd de thoileachas, bha a bonaid mhòr agus a basgaid, deiseil airson a bhith a 'stiùireadh, a' gabhail, no a 'bruidhinn - an-diugh chan fhaodadh measan-làir, agus dìreach smeuran, a bhith air am meas no labhairt. Ann an sasainn - is fheàrr le gach buidheann an fheadhainn fallain - — na leapannan as fheàrr agus na seòrsachan as fheàrr. — aoibhneach airson a bhith a 'cruinneachadh airson an cuid fhèin - an aon dòigh air am mealtainn iad fhèin.a 'cruinneachadh shùthan-làir cha bhiodh a' ghrian a 'stadadh, a bha sgìth a' bàsachadh - a 'dol na b 'fhaide — a dhol agus suidhe anns an dubhar."

An leithid, airson leth uair a thìde, a chaidh a 'chòmhradh - a stad dìreach aon uair le mrs. An iar, a thàinig a-mach, na gliocas an dèidh a mic-chèile, a thighinn a-mach an robh e a 'tighinn, agus bha i na aimhreit bheag. — bha cuid de dhraghan aig an each aice.

Chaidh suidheachain a bha cugallach anns an sgàilean a lorg; agus a-nis bha e mar dhleastanas air emma sgrùdadh a dhèanamh air na bha a 'tachairt. Bha elton agus jane fairfax a 'bruidhinn mu dheidhinn. — bha suidheachadh, suidheachadh a b' fheumaile, fo cheist. Bean. Bha elton air fios fhaighinn gu madainn sa mhadainn, agus bha e ann an eòin chobhartaich. Cha robh e còmhla ri mrs. A 'tarraing às, cha robh e còmhla ri mrs. Bragge, ach ann am fealltachd agus splendor thuit e a-mhàin goirid dhaibh: bha e le co-ogha mrs. Bragge, eòlaiche air mrs. Deoghail, boireannach ris an canar leac malpais. Aoibhneach, tlachdmhor, sàr-mhath, ciad chearcaill, raointean, loidhnichean, loidhnichean, a h-uile nì — agus mrs. Bha a h-uile duine le blàths, cumhachd, agus buaidh - agus dhiùlt i àiche a ghabhail bho charaid, ged a lean miss fairfax air a dearbhadh nach biodh i an sàs an-dràsta. Rud sam bith, ag aithris a-rithist na h-aon adhbharan a chaidh a chluinntinn ag iarraidh orra ro-làimh. — fhathast mrs. Dh 'aontaich elton gun d' fhaodadh iad aonta a sgrìobhadh airson an latha an-dè. — mar a dh 'fhaodadh mar a dh' fhaodadh e bhith mar sin, bha e na iongnadh air emma. — bha i a 'coimhead breugach, bhruidhinn i gu siùbhlach - agus mu dheireadh, le co-dhùnadh de ghnìomh neo-àbhaisteach gu thug i moladh gum bu chòir toirt às - "am bu chòir nach coisicheadh iad? Nach biodh an ridire a' nochdadh dha na gàrraidhean - a h-uile lios? — bha e airson an làn-ìre fhaicinn. " nach bu chòir dhaibh coiseachd? Cha bhiodh. Thug ridire na gàrraidhean dha - na gàrraidhean uile? — bha e airson an làn-ìre fhaicinn. "- bha coltas gun robh a caraid nas coltaiche na a ghiùlain i. Nach bu chòir dhaibh coiseachd? Cha bhiodh. Thug ridire na gàrraidhean dha - na gàrraidhean uile? — bha e airson an làn-ìre fhaicinn. "- bha coltas gun robh a caraid nas coltaiche na a ghiùlain i.

Bha e teth; agus an dèidh greis a choiseachd thairis air na gàrraidhean ann an dòigh sgapte, sgapte, gun trì gin còmhla, tha iadgun do lean iad a chèile gu mì-chothromach gu sgàile bhlas de shlighe leathainn ghoirid de lèilean, a tha a 'sìneadh seachad air a' ghàrradh aig astar cho fad air falbh bhon abhainn, a rèir coltais na chrìochan an toileachais. — cha robh càil ann; ach sealladh aig a 'cheann thall thairis air balla cloiche ìseal le colbhan àrda, a bha an dùil gun robh iad, nan togail, a' toirt sealladh de dhòigh-obrach don taigh, nach robh ann riamh. Ach, mar a dh 'fhaodadh a bhith mar bhlas de chrìonadh den t-seòrsa seo, bha e fhèin na chuairt snasail, agus an sealladh a dhùin i gu math brèagha - an leathad mòr, aig a' chas cha mhòr a sheas an abaid, mean air mhean a 'tighinn thairis air na crìochan aige; agus aig leth-mhìle air falbh bha banca de mhòr-bhrùthadh agus mòrachd, le aodach math air, agus — aig bonn a 'bhanca seo, le deagh fhasgadh agus fasgadh,

'Se sealladh milis a bh 'ann - gu math milis do shùil agus an inntinn. Gnàthasach beurla, cultar beurla, cofhurtachd beurla, ri fhaicinn fo ghrèin, gun a bhith trom.

Anns an cuairt coiseachd seo agus mr. Lorg muinntir an iar na h-uile duine a bha còmhla; agus chun an t-seallaidh seo thuig i anns a 'bhad mr. Ridire agus slait eadar-dhealaichte bhon chòrr, gu socair ag èirigh air an t-slighe. Mr. Ridire agus harriet! - bha e na thete-a-tete corrach; ach bha i toilichte a bhi ga faicinn. Bha àm ann a bhiodh e air a sgarradh mar chompanach, agus a thionndaidh e bho shearmadh beag. Bha iad a-nis a 'nochdadh còmhradh taitneach. Bha ùine ann cuideachd nuair a bhiodh e duilich dha emma a bhith a 'faicinn acfhainn ann an àite cho fàbharach airson tuathanas muilinn na h-abaid; ach bha eagal oirre roimhe. Dh 'fhaodadh a bhith air a choimhead gu sàbhailte leis gach pìos de shoirbheachas is àilleachd, a chuid ionaltraidhean saidhbhir, sgaothan sgaoilidh, ubhal-ghort, agus colbh aotrom de smoca 'dol suas. — chaidh i còmhla riutha air a' bhalla, agus fhuair i barrachd com-pàirt ann an labhairt na bhith a 'coimhead mun cuairt. Bha e a 'toirt seachad fiosrachadh mu dheidhinn dòigh àiteachais, msaa, agus fhuair emma gàire a bha coltach, ag ràdh," is iad seo na draghan agam fhèin. Tha còir agam bruidhinn mu na cuspairean sin, gun a bhith fo amharas gun tug mi robert martin a-steach. "- cha robh amharas aice air. Bha e ro shean le sgeulachd. — is dòcha gun do stad roboin martin ri bhith a 'feuchainn air an t-sràid. — ghabh iad beagan turas còmhla ri chèile air an t-slighe. — bha an sgàil glè ùraichte, agus fhuair emma an cothrom às an latha.

Bha an ath-thoirt dhan taigh; feumaidh iad uile a dhol a-steach agus ithe; — agus bha iad uile nan suidhe agus trang, agus cha robh tighinn bhon eaglais fhathast. Bean. Coimhead an iar, agus sheall iad gu dìomhain. Cha bhiodh athair leis fhèin aig a athair, agus rinn e gàire às a h-eagal; ach cha ghabhadh a leigheas le bhith ag iarraidh gum biodh e na phàirt den làir dhubh aige. Bha e air e fhèin a ràdh gum bu chòir dha tighinn, le barrachd na cinnt choitcheann. "bha a piuthar cho math na b' fheàrr, nach robh teagamh sam bith aige gun deigheadh e thairis orra. " mar a bha stàite na h-eaglais, ge-tà, mar a bha mòran deiseil airson a cur an cuimhne, dh 'fhaodadh an t-atharrachadh cho dona a bhith ann oir is dòcha gun toireadh iad am mealladh air a mac-chèile san ùine as saoire - agus anns a' chaora. Mu dheireadh bha ìmpidh air taobh an iar a bhith a 'creidsinn, no a ràdh, gum feumadh seo a bhith an sàs ann am beagan ionnsaigh air mrs. Gun deach bacadh a chuir air.

Bha an cuilbheart fuar seachad, agus bha am pàrtaidh a 'dol a-mach gus am faiceadh iad na bha fhathast ri fhaicinn, na seann lòin-èisg san abaid; is dòcha a 'faighinn cho fada ris a' seamrag, a bha ri tòiseachadh air a ghearradh air an latha màireach, no, aig ìre sam bith, am tlachd a bhith teth, agus fàs fionnar a-rithist. — mr. Cha do rinn e ach taigh beag, a bha air a chuairt bheag a thoirt a-mach roimhe anns a 'phàirt as àirde de na gàrraidhean, far nach robh fiùs tais às an abhainn eadhon leis, air a dhol na bhroinn; agus chuir a nighean roimhe fuireach còmhla ris, gu robh. Dh 'fhaodadh an duine aice a bhith a' toirt air falbh an eacarsaich a bha eadar an duine aice agus a h-uile coltas gun robh a spioraid aice feumach air.

Mr. Bha ridire air a h-uile rud a dhèanamh airson cumhachd. Oir tha an taigh gu math spòrsail. Chaidh leabhraichean gràbhalaidhean, drathairean buinn, seòrsaichean, corailean, sligean, agus a h-uile cruinneachadh teaghlaich eile taobh a-staigh a chabal, ullachadh airson a sheann charaid, fhad's a bha iad air falbh sa mhadainn; agus bha an coibhneas air freagairt gu math. Mr. Bha an taigh-feachd air a bhith air leth tlachdmhor. Bean. Bha 'n iar air a bhi' ga thoirt dhoibh uile, agus a-nis dh 'fheudadh e gu h-iomlan iad uile a thoirt a-mach: - cha robh e coltach ri aithreachas sam bith eile ri leanabh, na ann am miann iomlan blas air na chunnaic e, oir bha e mall, cunbhalach, agus gun rian. — mus deach an dàrna sealladh seo a thòiseachadh, ge-tà, choisich emma a-steach don talla airson beagan aire a thoirt dhan doras agus plota na talmhainn an-asgaidh - agus cha mhòr gun robh e ann an sin, nuair a nochd fìrinn bhàn, a 'tighinn a 'giùlain a-steach gu luath bhon ghàrradh, agus le sùil ri teicheadh. — beagan a bhith an dùil ri coinneachadh ris an taigh-chalaidh cho luath, bha toiseach an toiseach; ach b 'e call an taigh-tasgaidh an aon duine a bha i an sàs.

"am bi thu cho coibhneil," arsa ise, "nuair a chailleas mi, mar a thuirt mi gu bheil mi air falbh dhachaigh? — tha mi a' dol an-dràsta fhèin. — chan eil mo phiuthar a 'tuigsinn cho anmoch a tha e, no dè cho fada 'sa tha sinn air a bhith às-làthair - ach tha mi cinnteach gum bi sinn ag iarraidh, agus tha mi cinnteach gum bi mi dìreach a 'dol. — cha tug mi càil mu dheidhinn do bhuidheann sam bith. Cha bhiodh e ach a' dèanamh trioblaid agus trioblaid le cuid do na lòintean, agus cuid don gus am bi a h-uile duine a 'tighinn a-steach cha bhith air chall; agus nuair a nì iad sin, am bi sibh math air a ràdh gu bheil mi air falbh?"

"gu cinnteach, ma thogras tu; — ach cha bhi thu a' dol gu highbury leat fhèin? "

"tha, dè bu chòir dhomh a bhith air mo ghoirteachadh?" coisichidh e gu luath. Bidh mi aig an taigh ann am fichead mionaid. "

"ach tha e ro fhada, gu dearbh, tha e gu bhith a' coiseachd gu tur. Leig le m 'athair m' athair a dhol còmhla riut. — leig dhomh a dhol an òrdugh.

"tapadh leat, tapadh leat - ach cha b' ann gun chunntas sam bith. — b 'fheàrr leam coiseachd. — agus gum biodh eagal orm a bhith a' coiseachd leotha fhèin! —i, rud a dh 'fheumas e bhith cho luath a bhith a' dìon dhaoine eile! "

Labhair i gu mòr; agus fhreagair emma gu bragail, "cha'n urrainn sin a bhi na adhbhar a dh' fhaodadh tu a bhith fosgailte do chunnart an-dràsta. Feumaidh mi an carbad òrdachadh. Bhiodh an teas eadhon cunnart. — tha thu sgìth mar-thà. "

"i," - fhreagair i— "tha mi sgìth; ach chan e seòrsa de sgìths a th' ann - bidh coiseachd luath a 'ath-nuadhachadh. — a-nis taigh-seallaidh, tha sinn uile eòlach aig amannan dè a bhios air a thilgeil ann an spioraid. Aidich mi, tha iad sgìth, an caoimhneas as motha as urrainn dhut a thoirt dhomh, bidh mi a 'leigeil leam mo shlighe fhèin a ghabhail, agus a-mhàin ag ràdh gu bheil mi air falbh nuair a tha feum air."

Cha robh facal eile aig emma airson a dhol an aghaidh. Chunnaic i na h-uile; agus a 'toirt a-steach na faireachdainnean aice, chuir i às don taigh sa bhad agus choimhead i air gu sàbhailte i le dall caraid. Bha an sealladh deadh aice taingeil - agus bha a cuid briathran, "oh! Caillich an taigh-draoidheachd, comhfhurtachd a bhith uaireannan na aonar!" - a rèir coltais bho chridhe a bha ro mhòr, agus a 'cur an cèill beagan de na seasmhachd leantainneach a dh' fheumas i, eadhon gu ruige cuid de na daoine a bha measail air.

"dachaigh mar sin, gu dearbh! A mhàthar!" arsa emma, nuair a thionndaidh i air ais don talla a-rithist. "ni mi truas ort. Agus is ann as motha de thuigse a dh' fheudas tu air na h-uamhasan a th 'aca; is ann mar sin a dh 'ortas mi."

Cha robh jine air a dhol air falbh cairteal na h-uarach, agus cha do rinn iad ach cuid de bheachdan mun st. Comharraich àite, sitheann, nuair a thàinig falaichte na h-eaglaise a-steach don t-seòmar. Cha robh emma air a bhith a 'smaoineachadh air, bha i air dìochuimhneachadh smaoineachadh dheth — ach bha i glè thoilichte fhaicinn. Bean. Bhiodh siar an iar furasta. Bha an làir dhubh gun choire; bha iad ceart cò aig an robh mrs. Eaglais mar an adhbhar. Bha e air a chumail a-mach le àrdachadh sealach anns an t-tinneas; grèim urramach a bha air a dhol seachad beagan uairean-a-thìde agus a thug e seachad suas a h-uile smuain a thigeadh, gus an robh e glè fhada; — agus an robh fios aige cho teth sa bha e dha turas, agus cho anmoch, leis a chabhaig, feumaidh e , cha robh e den bheachd nach robh còir aige a bhith ann idir. Bha an teas ro mhòr; cha robh e riamh air dad mar sin fhulang - cha mhòr nach robh e ag iarraidh gum biodh e na dhachaigh aig an taigh — rud nach do mharbh e mar theas - b 'urrainn dha fuachd sam bith a ghiùlan, msaa, ach bha teas fosgailte do-sheachnach - agus shuidh e sìos, aig an astar as fhaide a bha e bho fhuigheall beag mr. Teine uisg ', a 'coimhead gu math brònach.

"bidh thu nas fhuaire, ma shuidhicheas tu fhathast," thuirt emma.

"cho luath' a bhios mi nas fhuaire tha mi a 'dol air ais a-rithist. Dh'fhaodadh mi a bhith gu math sàmhach — ach chaidh a leithid de rud a dhèanamh le bhith a' tighinn a-steach! Bidh sibh uile a 'dol ann a dh'aithghearr; thainig mi, an dall, ann an sìde mar sin!

Dh'èist emma, agus choimhead i, agus cha b 'fhada gus an robh beachd ann gur dòcha gur e an abairt leis an fhaireachdainn nàire a dh' fheumas seasamh na h-eaglaise a-muigh. Bha cuid de dhaoine an-còmhnaidh a 'dol thairis nuair a bha iad teth. Gur dòcha gur e sin am bun-reachd aige; agus seach gu robh fios aice gur e ithe agus òl a bha a 'toirt an aire gu tric dha leithid de ghearanan na h-inntinn, mhol i gun deidheadh ùrachadh a dhèanamh; gheibheadh e pailteas gach nì anns an t-seòmar-ithe, agus chuir i a-mach an doras gu h-iochdmhor.

"cha bu chòir dha-san ithe. Cha robh an t-acras air; cha bhiodh ann ach nas teotha dha." ann an dà mhionaid, ge-tà, thill e a-steach dha fhèin; agus a 'bualadh air rudeigin mu leann spruceach, choisich e. Thill emma a h-aire gu a h-athair, ag ràdh gu dìomhair -

"tha mi toilichte gun d'rinn mi a bhith ann an gaol leis. Cha bu chòir dhomh a bhith a' còrdadh ri duine a tha cho luath air falbh le madainn theth. Cha toir e dragh air a 'chridhe milis.

Bha e air a dhol fada gu leòr airson biadh glè chomhfhurtail fhaighinn, agus thàinig e air ais na b'fheàrr - dh'fhàs e gu math cool — agus, le deagh mhodhan, mar e fhèin - comasach air cathair a tharraing faisg orra, ùidh a ghabhail san obair aca; agus aithreachas, ann an dòigh reusanta, gum bu chòir dha a bhith cho fada air ais. Cha robh e anns an spiorad as fheàrr, ach bha e coltach gun robh e a 'feuchainn rin leasachadh; agus, mu dheireadh, thug e air a bhith a 'bruidhinn gu h-àraidh mì-fhaireachdainn. Bha iad a 'coimhead thairis air seallaidhean ann an swisserland.

"cho luath 'sa gheibh m' athair gu math, thèid mi thall thairis, "thuirt e. "cha bhi mi gu bràth gus am faca mi cuid de na h-àiteachan sin. Bidh mo sgeidsichean againn, greis no eile, airson coimhead air — no mo thuras gu leughadh — no mo dhàn.

"dh'fhaodadh sin a bhith - ach chan ann le sgeidsichean ann an swisserland. Cha tèid thu gu swisserland a-chaoidh. Cha toir do bhràthair agus do mhàthar leat a chaoidh."

"dh'fhaodadh gun toireadh iad ionnsaigh orra cuideachd. Dh' fhaodadh gum bi gnàth-shìde bhlàth air a h-òrdachadh dhith. Tha còrr is leth dùil agam mu na h-uile a bhios a 'dol thall thairis. Tha mi cinnteach gum bi mi a' faireachdainn gu bheil mi làidir, madainn an-diugh, gum bi mi a dh'aithghearr. Feumaidh mi siubhal, tha mi sgìth de bhith a 'dèanamh rud sam bith, tha mi ag iarraidh atharrachadh, tha mi ag ionndrainn an taigh-feachd, ge bith dè an sùilean a dh' fhalbhas tu - is mise tinn à sasainn — agus dh'fhàgadh e am maireach e, ma tha .

"tha thu tinn le beairteas agus le toileachas. Chan urrainn dhut beagan cruadal a dhèanamh dhut fhèin, agus a bhith toilichte a bhith a' fuireach? "

"tha mi tinn de shoirbheachadh is de bheothachadh! Tha thu gu math ceàrr. Chan eil mi a' coimhead orm fhèin mar dhuine a tha soirbheachail no air an sàrachadh. Tha mi air mo thoirmeasg anns gach nì a th 'ann.

"chan eil thu buileach cho duilich, ge-tà, mar nuair a thàinig thu an toiseach a dhol agus a' ithe agus ag òl beagan a bharrachd, agus nì thu glè mhath. Bidh pìos eile de feòil fhuar, dreach eile de dhreachan agus uisge, gad dhèanamh faisg ort. Tha e an aon rud ris a 'chòrr againn."

"cha ghabh, cha dèan mi sin. Suidhidh mi leat. Is mise mo leigheas as fheàrr."

"tha sinn a' dol a chur am bogsa am màireach; - thig thu còmhla rinn. Chan e swisserland a th 'ann, ach bidh e na chùis do dhuine òg cho mòr a tha ag iarraidh atharrachadh. Fuirichidh tu, agus thig sinn còmhla rinn?"

"cha dèan gu dearbh, thèid mi dhachaidh ann an fionnaireachd na h-oidhche."

"ach faodaidh tu nochdadh a-rithist anns a' mhadainn madainn an-màireach. "

"cha bhi, cha bhi e luachmhor. Ma thig mi, bidh mi tarsainn."

"an uair sin ùrnaigh fuireach aig richmond."

"ach ma nì mi sin, bidh mi dha-rìribh tarraingeach. Cha bhith mi a' smaoineachadh gu bheil thu ann uile às mo dhèidh. "

"is e na duilgheadasan sin a dh'fheumas tu tuineachadh dhut fhèin. Cuir às do ìre de chrosntachd fhèin.

Bha an còrr den phàrtaidh a-nis a 'tilleadh, agus cha robh iad uile air an cruinneachadh. Le cuid bha gaoth mòr aig sealladh eaglais na h-eaglaise; thug feadhainn eile gu cùramach e; ach bha dragh agus dragh glè mhòr air a dhol às a chall. Gun robh e aig a h-uile duine an cuspair a thoirt gu crìch; agus le rèiteachadh goirid deireannach airson sgeama an ath latha, dhealaich iad. Bha an dìlseachd bhochd aig eaglais na h-eaglaise a bhith a 'cur às dha fhèin gu robh na facail mu dheireadh aige gu emma,

"uill; —a bheil thu ag iarraidh gum fuirich mi agus a thighinn còmhla ris a' phàrtaidh, bidh mi. "

Thug i fiamh a-steach air a h-uchd; agus cha robh ach nas lugha na gairm bho richmond gus a thoirt air ais ron ath-oidhche.

Caibideil vii

Bha latha fìor mhath aca airson cnoc a 'bhogsa; agus bha a h-uile suidheachadh rèiteachaidh eile, àite-còmhnaidh, agus an uair aig an robh buaidh, air taobh pàrtaidh taitneach. Mr. Bha taobh an iar a 'stiùireadh na h-uile, a' riaghladh gu sàbhailte eadar hartfield agus an neach-ionaid, agus bha a h-uile buidheann ann an deagh àm. Emma agus harrieta 'dol còmhla; ionndrainn gu bheil mi a 'caill air bates agus a nighean, leis na h-eltons; na daoin'-uaisle air muin eich. Bean. Dh'fhuirich an iar le mr. Taigh-solais. Cha robh dad ag iarraidh ach a bhith toilichte nuair a ràinig iad an sin. Bha seachd mìle air an siubhal mar a bha dùil ri toileachas, agus bha spreadhadh aig gach buidheann air tighinn a-steach an toiseach; ach anns an fharsaingeachd san latha bha easbhaidh ann. Bha lasair, dìth spioradan, dìth aonaidh, nach gabhadh faighinn thairis. Dhealaich iad cus na pàrtaidhean. Bha na eltons a 'coiseachd còmhla; mr. Bha ridire a 'gabhail thairis ionnsaighean a' cailleadh; agus bhuineadh emma agus harriet do dhroch eaglais. Agus mr. A 'feuchainn ris a' chùis a chuir air an taobh siar. A rèir coltais bha seo mar chiad chùis tachartach, ach cha robh eadar-dhealachadh susbainteach idir ann. Mr. Agus mrs. Cha d 'eil sin, a dh' aindeoin sin, a dh 'aindeoin comhfhurtachd a chothlamadh, agus a bhith cho geur 'sa ghabhadh; ach ri linn an dà uair a thìde a chaidh a chosg air a 'chnoc, bha coltas ann gu robh prionnsabal de sgaradh, eadar na pàrtaidhean eile, ro làidir airson dùilean mìn sam bith, no cruinneachadh fuar sam bith, no murt subhach sam bith. Taobh an iar, a thoirt air falbh.

An toiseach bha e dìreach sìosness gu emma. Chan fhaca i a-riamh eaglais fhiadhaich mar sin cho sàmhach agus gòrach. Thuirt e gun fhiach e bhith a 'cluinntinn gun fhiosta fhaicinn gun fhaireachdainn gun fhios - an fhiosrachadh a bhiodh i ag ràdh. Ged a bha e cho gruamach, cha robh e na iongnadh gum bu chòir do sheirbhiseach a bhith tùrsach; agus bha iad le chèile gun chomas.

Nuair a shuidh iad uile bha e na b 'fheàrr; gu math nas fheàrr, airson fàs na h-eaglaise on taobh a-muigh na h-eaglais, a 'bruidhinn gu h-adhartach agus gu h-àrd, a' toirt a 'chiad rud dha. Gach aire eadar-dhealaichte a dh 'fhaodadh a phàigheadh, a phàigheadh dhi. Gun do chuir e dragh oirre, is gu robh i diombach sna sùilean aice, gun robh ea h-uile nì a bha e a 'coimhead às a dhèidh - agus emma, toilichte a bhith air am beò-ghlacadh, cha robh e duilich a bhith còmhnard, bha e geur is furasta cuideachd, agus thug e dha na h-uile taic chàilear. Gaisgeil, a thagun robh i riamh air a thoirt seachad anns a 'chiad ùine agus a' chiad àm beothail de luchd-eòlais; ach a-nis, ge-tà,

bha i a 'ciallachadh nach robh dad ann, ach anns an t-sealladh a
bh' aig a 'mhòr-chuid de dhaoine a bha a' coimhead air
feumaidh gun robh a leithid de choltas air mar nach robh beurla
sam bith ach dh 'fhaodadh flirtation cunntas fìor mhath a thoirt
air. "bha mr. Eaglaisean eaglaise agus call an taigh-feitheimh a'
suathadh còmhla gu mòr. " bha iad gu bhith a 'cur suas ris a'
abairt sin — agus ri chuir air falbh e ann an litir a dh 'innseadh
aon ghille a rinn a bhean, gu èirinn le fear eile. Cha robh an
emma sin idir eireachdail agus gun chàil bho bhith a 'giùlain
ceart; bha e an àite seach gun robh i a 'faireachdainn nas mì-
thoilichte na bha i an dùil. Rinn i gàireachdainn oir bha i
tàmailteach; agus ged a bu mhath leatha a bhith a 'toirt aire dha,
agus a' smaoineachadh gu robh iad uile, co-dhiù ann an càirdeas,
meas, no toileachas, anabarrach cianail, cha do bhuannaich iad a
cridhe.

"dè cho mòr a dh' fheumas tu, "arsa esan," a bhith ag innse
dhomh a thighinn chun an latha an-diugh! — nach robh e air do
shon, bu chòir dhomh gu cinnteach gun do chaill mi toileachas a
'phàrtaidh seo. Air falbh a-rithist. "

"seadh, bha thu glè bheusach; agus chan eil fhios agam dè mu
dheidhinn, ach thu fhèin gun robh thu ro fhada airson na
meallain as fheàrr. Bha mi na charaid càirdeil na bha thu airidh.
Ach bha thu iriosal. Thuig thu doirbh a bhith fo smachd. "

"na canainn gun robh mi crois. Bha mi sgìth. Bha an teas a' toirt
buaidh orm. "

"tha e nas teotha an-diugh."

"chan ann ri mo fhaireachdainnean. Tha mi gu math cofhurtail
san latha an-diugh."

"tha thu comhfhurtail oir tha thu fo smachd."

"do àithne?".

"is dòcha gun robh mi ag iarraidh sin a ràdh, ach bha mi a'
ciallachadh fèin-òrdanachadh. Bha thu, air dhòigh air choireigin,
a 'briseadh sìos an-dè, agus a' ruith air falbh bho do stiùireadh
fhèin; ach an-diugh gheibh thu air ais a-rithist - agus chan
urrainn dhomh a bhith tha e an-còmhnaidh còmhla riut, tha e nas
fheàrr a bhith a 'creidsinn do theampall fo do smachd fhèin
seach leam fhìn."

"thig e chun an aon rud. Chan urrainn dhomh fèin-smachd a
bhith agam gun adhbhar. Tha thu ag òrdachadh dhomh, ge bith a
bheil thu a' bruidhinn no nach eil. Agus faodaidh tu a bhith
còmhla rium daonnan. "

"a' dol eadar trì uairean agus an-dè. Cha bhith mo bhuaidh
sheasmhach a 'tòiseachadh nas tràithe, no cha bhiodh tu cho mòr
a-mach à fealla-dhà roimhe seo."

"trì uairean an-dè! Sin an ceann-latha agad. Smaoinich mi gun
robh mi air do fhaicinn an toiseach sa ghearran."

"tha do ghràdh fìor dhrùidhteach. (ach leig i sìos a guth) —an
duine a' bruidhinn ach sinn fhèin, agus tha e cus a bhith a
'bruidhinn neo-fhaireachdainn airson a bhith na sheachdnar de
dhaoine sàmhach."

"chan eil mi ag ràdh rud sam bith a tha nàire orm," fhreagair e, le
neo-eisimeileachd beothail. "chunnaic mi thu an toiseach sa
ghearran. Leig leis a h-uile corp sa bheinn èisteachd rium mas
urrainn dhaibh. Leig mi le mo bhodhagan sèid gu mickleham air
aon taobh, agus a' bualadh air an taobh eile. Chunnaic mi thu an
toiseach sa ghearran. " agus an uair sin a 'cabadaich—" tha na
companaich againn ro gòrach. Nì sinn airson an tàirneachadh?
Seirbhis a dh 'fhalbh. Gun labhair iad. A dh' fhalbh, bidh mi ag
òrdachadh leoin caomhnaidh an taighe (a tha, ge bith càite bheil

i, ag ràdh), \ t gu bheil i airson faighinn a-mach dè tha thu uile a
'smaoineachadh?"

Bha cuid a 'gàireachdainn, agus fhreagair iad gu grinn. Thuirt
tòrr chalaidhean; bean. Tha elton a 'tarraing aire air a' bheachd
gum biodh call air falbh leis an taigh; mr. B 'e freagairt ridire an
rud a bu eadar-dhealaichte.

"a bheil amharas air taigh-òsta cinnteach gum bu mhath leatha a
bhith ag èisteachd ris na tha sinn uile a' smaoineachadh? "

"o! Cha robh, cha bu chòir, mar eisimpleir, a bhith a'
gàireachdainn cho neo-fhaiceallach 'sa b 'urrainn dhi" às aonais
cunntas air an t-saoghal. Is e seo an rud mu dheireadh a bhiodh
mi a 'seasamh na tha an-dràsta. Chan eil mi a 'smaoineachadh
mu dheidhinn ach tha aon no dh' ann, 's dòcha (a 'coimhead air
an taobh siar agus an t-' cliathaich,) a dh 'fhaodadh nach bi eagal
orm a bhith fiosrach."

"is e seòrsa de rud a th' ann, "a' caoineadh. "cha bu chòir dhomh
a bhith a' smaoineachadh gum biodh e na bhuannachd dhomh
rannsachadh a dhèanamh, ged is dòcha, mar neach-taic a
'phàrtaidh — cha robh mi riamh ann an cearcall sam bith — a'
sgrùdadh phàrtaidhean — boireannaich òga — boireannaich
phòsta— "

Bha a beachdan gu math làidir dhan duine aice; agus sgrios e,
ann am freagairt,

"glè fhìor, mo ghràdh, fìor fhìor. Mar sin gu dearbh, gu dearbh,
gu math mì-chinnteach — ach tha cuid de bhoireannaich ag ràdh
gu bheil rud sam bith nas fheàrr dheth mar fhealla-dhà.

"cha dèan e sin," thuirt e gun toireadh e an cèill gu cruaidh; "tha
a' mhòr-chuid aca a 'seasamh. Bheir mi ionnsaigh orra le
barrachd seòladh. Mnathan-uasal agus uaislean — tha mi ag

òrdachadh le bhith ag ionndrainn gu bheil mi ag ràdh gu bheil a h-uile rud a' smaoineachadh ort, agus nach fheum thu ach rudeigin gu math. A 'cur fàilte air gach aon dhiubh, ann an dòigh choitcheann, tha seachdnar agaibh an-seo, a bharrachd orm fhèin, (tha i toilichte a ràdh, tha mi gu math spòrsail mar-thà), agus chan eil i ach ag iarraidh bho gach aon dhiubh aon rud gu math glic, rosg no rann, tùsail no dèante a-rithist - no dà rud meadhanach math - no trì rudan gu math gun teagamh, agus tha i a 'toirt orra gàire a dhèanamh aig gach aon dhiubh."

"uill! Tha sin gu math math," a dh 'fhaodadh a bhith a' faighinn as-ùrlair, "cha bhith feum agam air a bhith mì-chofhurtail. ' Nì sin dìreach dhomh, tha fhios agad, bidh mi cinnteach a ràdh trì rudan meallta cho luath is a dh 'fhosgail mi mo bheul, nach bi mi? (a' coimhead mun cuairt leis an crochadh as fheàrr air aonta gach buidhne) —do nach eil sibh uile a 'smaoineachadh gum bi mi?"

Cha b'urrainn emma cur an aghaidh.

"ah! Ma'am, ach dh' fhaodadh gum bi duilgheadas ann maitheanas dhomh — ach bidh thu air a chuingealachadh a thaobh àireamh — dìreach trì aig an aon àm. "

Gun a bhith a 'cailleadh b' ith, a chaidh a thilgeil tro shearman brèige a dòigh; ach, nuair a bha i a 'briseadh oirre, cha b' urrainn dha fearg a dhèanamh, ged a bha luibhean beag a 'nochdadh gun toireadh i a-mach e.

"ah! - a-mach. A bhith cinnteach. Tha, tha mi a' faicinn dè tha i a 'ciallachadh, (a' tionndadh gu m. Knightley,) agus feuchaidh mi mo theanga a chumail. Feumaidh mi dèanamh mi fhìn gu math mì-thoilichte, no cha bhiodh i air a leithid gnothach ri seann charaid. "

"is toigh leam am plana agad," a 'gul am mr. Taobh an iar.
"dh'aontaich, dh' aontaich mi gun dèan mi mo dhìcheall. Tha mi
a 'dèanamh tòimhseachan. Ciamar a dh' aithnicheas conundrum?
"

"ìosal, tha eagal orm, a dhuine, gu math ìosal," fhreagair a mhac;
- "ach bidh sinn togarrach — gu h-àraidh do neach sam bith a
stiùireas an t-slighe."

"chan eil, chan eil," arsa emma, "cha dèan e an-àirde gu leòr.
Bidh tòimhseachan de dh' iar.

"tha mi a' creidsinn gu bheil e glè innleachdach dhomh fhèin,
"arsa mr. Taobh an iar. "tha e cus na chùis, ach an seo tha e. —
dè an dà litir den aibidil a tha a' cur an cèill iomlanachd? "

"dè an dà litir!" a dh 'èigneachadh gu foirfeachd! Tha mi
cinnteach nach eil fios agam."

"ah! Cha bhi thu a' tomhas gu bràth. Cha toir thu a-mach, (gu
emma), tha mi cinnteach, gu bràth. — innsidh mi dhut.m. Agus
a. — em-ma. — a bheil thu a 'tuigsinn?"

Thàinig tuigse is toileachas còmhla. Dh 'fhaodadh e bhith gu
math mì-chofhurtail, ach fhuair e a-mach gun robh e na dh'
uidhir ri gàire a dhèanamh innte agus gun do chòrd e ris, agus
mar sin rinn e macran agus gaisgeach. — cha robh e coltach gun
robh ea 'conaltradh ris a' chòrr den phàrtaidh co-ionann; bha
cuid a 'coimhead glè gòrach mu dheidhinn, agus mr. Tha ridire
air a ràdh gu trom,

"tha seo a' mìneachadh an seòrsa rud caochlaideach a tha a
dhìth, agus tha m ann air taobh siar a dhèanamh gu math dha
fhèin; ach feumaidh gun do chuir e ris a h-uile corp eile. Cha bu
chòir gum biodh feallsanachd cho fada air falbh.

"o!! Dhomh fhìn, tha mi a' gearan gu feum mi a bhith air mo leisgeul, "arsa mrs. Elton; "chan urrainn dhomh oidhirp mhòr a dhèanamh — chan eil mi idir idir a' iomagain mun t-seòrsa rud a bh 'ann. Fhuair mi acrostaig aon uair a chuir mi thugam air mo ainm fhìn, rud nach robh mi idir toilichte leis. Bha fios agam cò às a thàinig e. - tha fhios agad cò tha mi a 'ciallachadh (a' bruidhinn air an duine aice). Tha na rudan seo gu math math aig àm na nollaige, nuair a tha fear na shuidhe mun cuairt an teine, ach gu tur à àite, nam bheachd-sa, nuair a tha fear a 'rannsachadh mun dùthaich ann samhradh.feumaidh an t-inneal ionndrainn mo leisgeul a ghabhail. Chan eil mi mar aon den fheadhainn aig a bheil rudan èibhinn aig seirbheis gach buidhne. Chan eil mi a 'gabhail ris gu bheil mi nam fanaid. Tha mòran neart agam anns an dòigh agam fhèin, ach feumaidh mi cead fhaighinn a bhith a 'breithneachadh cuin a bhruidhneas mi agus cuin a chumas mi mo chainnt. Sinn a 'dol seachad, mas e do thoil e, mr. Eaglais; thèid mi seachad. E., ridire, direach, agus mi fhìn. Chan eil dad sam bith againn ri ràdh — chan eil aon againn.

"tha, tha, guidhe a' dol seachad, "thuirt an duine aice, le seòrsa de mhothachadh gruamach; "chan eil dad agam a dh' fhaodas gun cuir e fàilte air an taigh-caillte, no air boireannach òg sam bith eile. Seann duine pòsta — gu math math airson dad. Coisichidh sinn, augusta? "

"leis a h-uile chridhe agam. Tha mi sgìth de bhith a' rannsachadh cho fada air aon àite. A 'tighinn, a' gaire, gabh mo ghàirdean eile. "

Ach lugh e air a shon, agus choisich an duine is a bhean a-mach. "càraid thoilichte!" arsa fearg na h-eaglaise, cho luath 'sa bha iad a-mach à èisteachd: - "dè cho math' sa tha iad a' freagairt air a chèile! —ar-fhortanach - a 'pòsadh mar a rinn iad, air luchd-eòlais a chaidh a chruthachadh a-mhàin ann an àite poblach! — cha robh mòran aca ach a chèile, tha mi a' smaoineachadh gu h-àraid fortanach! — mar a dh 'fheumas duine sam bith fios a

bhith agad mun dòigh anns a bheil amar, no àite poblach sam
bith, a' toirt seachad — chan eil dad idir ann. Na dachaighean
aca fhèin, am measg an t-suidheachaidh aca fhèin, dìreach mar a
tha iad an-còmhnaidh, gum faod thu breithneachadh dìreach a
dhèanamh goirid às an sin, tha e mar sin a 'tomhas agus fortan
— agus mar as trice bidh droch fhortan ann. Ag innse dhaibh gur
e duine beag a bh 'ann agus a chuir an còrr de bheatha air a
bheatha!

Labhair fairon fairfax, nach robh air a bhruidhinn ro thric, ach
am measg a co-bhuidheann fhèin, an-diugh.

"gun teagamh tha a leithid sin de rudan a' tachairt, gun teagamh.
"- chuir casadaich stad oirre. Thionndaidh eaglais na h-eaglaise
gu bhith ag èisteachd.

"bha thu a' bruidhinn, "thuirt e, gu trom. Fhuair i air ais a guth.

"cha robh mi ach a' coimhead, ged a tha suidheachadh cho mì-
fhortanach uaireannan a 'tachairt le fir is boireannaich, chan
urrainn dhomh smaoineachadh gu bheil iad gu math tric.
Dh'fhaodadh ceangaltas cruaidh agus mì-chothromach èirigh -
ach san fharsaingeachd tha ùine ann airson faighinn seachad air
às dèidh sin. Gum biodh e a 'ciallachadh gu bheil e a'
ciallachadh, nach urrainn dha ach caractaran lag, irresolute a
bhith ann, (feumaidh an toileachas a bhith aig tròcair an t-sluaigh
an-còmhnaidh), a dh'fhuilingeas aimhreit mì-fhortanach gu bhith
na mì-ghoireas, an-aghaidh fòirneart. "

Cha do fhreagair e freagairt; cha robh ann ach sùil agus brùthadh
a-steach; agus a dh 'aithghearr às a dhèidh, thuirt e, ann an tòna
beothail,

"uill, feumaidh mi beagan misneachd a bhith agam nam
bheachd-sa, nuair a phòsadh mi, tha mi an dòchas gum bi cuid de
bhuidheann a' briseadh mo bhean dhomh. "(a 'tionndadh gu

emma.) Am bi thu a' briseadh bean dhomh?? Bu chòir dhomh corp sam bith suidhichte ortsa a thoirt dhut, agus bidh thu a 'solarachadh airson an teaghlaich, tha fhios agad (le gàire aig athair) lorg corp airson mise. Chan eil mi idir ann an cabhaig.

"agus nì i mar a tha i fhèin."

"gu h-uile dòigh, mas urrainn dhut."

"tha mi a' dèanamh gu math math. Gabh mi ris a 'choimisean. Bidh bean thlachdmhor agad."

"feumaidh i a bhith gu math beothail, agus le sùilean calltainn. Tha mi a' coimhead as aonais rud sam bith eile. Thèid mi thall thairis airson bliadhna no dhà - agus nuair a thilleas mi, thig mi thugad airson mo bhean. "

Cha robh emma ann an cunnart sam bith a bhith a 'dìochuimhneachadh. B 'e coimisean a bh' ann a bhith a 'conaltradh gach faireachdainn as fheàrr leat. Nach biodh dragh air gur e an creutair a chaidh a mhìneachadh? Tha dà shùil choileach gu leòr ann, dà bhliadhna a bharrachd a dh 'fhaodadh a h-uile càil a dhèanamh. Gum faodadh e eadhon a bhith a 'cleachdadh na smuaintean an-dràsta; cò as urrainn a ràdh? Bha e coltach gun robh a 'toirt a-steach an foghlam dhi gu bhith a' ciallachadh.

"a-nis, ma'am," arsa jane gu a seanmhair, "am bi sinn a' coinneachadh mrs elton? "

"ma dh' fheudas tu, mo ghràidh le m 'uile chridhe. Tha mi gu math deiseil. Bha mi deiseil gu falbh leis, ach nì seo dìreach mar a dh 'fhalbh sinn. Of aon de na mnathan ann am pàrtaidh càr na h-èireann, chan eil idir mar a tha i. — gu math, tha mi ag ràdh— "

Choisich iad air falbh, agus an uairsin leth-uair còmhla ri mr. Ridire. Mr. Cha robh air fhàgail ach a 'bhaile; agus dh'èirich spioradan an fhir òig a-nis gu raon mì-thlachdmhor. Dh 'fhàs eadhon emma sgìth air an turas mu dheireadh den chòmhnard agus am mire, agus dh' iarr i air a bhith a 'coiseachd gu socair mu dheidhinn le gin de na daoine eile, no a' suidhe faisg air fhèin, agus gun a bhith ga fhaicinn, ann an sealladh sìtheil de na seallaidhean àlainn a bha fodha. Bha sealladh nan sgalagan a 'coimhead a-mach air an son a' toirt seachad fios mu na carbadan nan sealladh aoibhneach; agus eadhon an spionnadh ann a bhith a 'cruinneachadh agus ag ullachadh gus a dhol air falbh, agus a' chruaidh-fhuaim de dh'òrain. Bha a 'charbad air a toirt air falbh an toiseach, le toileachas mòr ann an taigh draibhidh sàmhach a bha airson na cuirmean ceàrr den latha thlachdmhor seo a dhùnadh. Leithid de sgeama eile, air a dhèanamh suas de na tha de dhaoine mì-thuigseach,

Agus i a 'feitheamh ris a' charbad, lorg i mr. Ridire ri taobh. Choimhead e mun cuairt, mar gum biodh e a 'faicinn nach robh duine faisg air, agus thuirt e,

"emma, feumaidh mi uair eile bruidhinn riut mar a chaidh a chleachdadh mi a dhèanamh: tha sochair gu ìre mhòr a dh' fhaodadh a bhith agad, ach is dòcha, ach feumaidh mi a chleachdadh fhathast. Chan fhaic mi thu a 'dèanamh dad ceàrr, às aonais brìgh. Ciamar a dh 'fhaodadh tu a bhith cho leathann sa bhoireannach agad ri a caractar, aois, agus suidheachadh? — emma, cha robh mi air a chreidsinn gu robh e comasach sin."

Bha e duilich gun robh emma air a chuimhneachadh, a bhruthadh, ach dh'fheuch e ri gàireachdainn.

"seadh, ciamar a chuidich mi le bhith ag ràdh dè rinn mi? — cha robh e comasach dha duine a chuideachadh. Cha robh e cho dona. Cha robh mi ag ràdh nach do thuig i mi."

"i a' dèanamh cinnteach gun do rinn i. Bha i a 'faireachdainn gu
robh i làn-fhaireachdainn. Tha i air bruidhinn mu dheidhinn bhon
a tha mi ag iarraidh. Dh' fhaodadh tu a bhith air cluinntinn
ciamar a bhruidhinn i mu dheidhinn - leis an coinneachadh agus
an fialaidheachd a bu mhiann leam a dh 'fhaodadh tu gun robh i
air a h-urram a thoirt dha do thlachd, comasach air na h-
uallaichean sin a phàigheadh, mar a bha i airson faighinn a-riamh
bho thu fhèin agus bho d 'athair, nuair a dh'fheumas a comann a
bhith cho geur. "

"oh!" ghlaodh iad emma, "tha fios agam nach eil creutair nas
fheàrr san t-saoghal: ach feumaidh tu cead a thoirt, gu bheil an
rud math agus dè a tha uamhasach ceàrr gu mì-fhortanach air a
choimeas rithe."

"tha iad air an coimeasgachadh," thuirt e, "tha mi ag aideachadh;
agus, an robh i gu math beairteach, dh' fhaodadh mi mòran a
thoirt seachad airson corraidheachd a 'chiall dh' an-
fhuaimneach. Cha bhiodh mi a 'trodadh leat airson saorsa a
thaobh dòigh sam bith, an robh i co-ionann ann an suidheachadh
— ach, emma, smaoinich air dè cho fada 'sa tha seo bho bhith na
cùis, tha i bochd, tha i air a dhol fodha bho na comhfhurtachd a
rugadh i; agus, ma tha i a 'fuireach gu aois, feumaidh gu bheil i
a' dol nas fhaide.gu dearbh! Sibhse, a dh 'aithnich i bho
naoidhean, a chunnaic i a' fàs suas bho àm nuair a bha a h-aire
na urram, gum biodh sibh a-nis, ann an spioraid neònach, agus
pròis na h-amaid, a 'gàireachdainn oirre, iriosal — agus ro a
peathar, agus cuideachd, agus aig a leithid eile, bhiodh mòran
aca (gu cinnteach cuid dhiubh) gu tur air an stiùireadh le bhith a
'tarraing a-steach oirre. — chan eil seo taitneach dhut, emma -
agus tha e fada bho bhith taitneach dhomh; ach feumaidh mi, i,
bidh mi, — innsidh mi dhut fìrinnean agus is urrainn dhomh; a
tha riaraichte le bhith ga dhearbhadh fhèin ri comhairliche fìor
dhìleas, agus a 'earbsa gum bi thu greis no nas fhaide na sin a'
dèanamh cinnteach gum bi thu nas ceart na seo a-nis. "

Nuair a bha iad a 'bruidhinn, bha iad a' dol air adhart gu ruige a
'charbad; bha e deiseil; agus, mus b'urrainn dhi bruidhinn a-
rithist, bha e air a thoirt a-steach. Bha e air na mearachdan a bha
air a h-aghaidh a thionndadh gu ceàrr, agus a teanga gun
ghluasad. Bha iad air an cur còmhla a-mhàin le fearg mu
dheidhinn fhèin, mortification, agus dragh mòr. Cha robh i air
bruidhinn; agus, air dha dol a stigh do 'n charbad, chaidh e air ais
air son tiota a chuir thairis - an sin dh aching aisdeadh i as deidh
gun fòrladh a ghabhail, cha robh i ag aideachadh, a 'toirt an aire
gu dìth fuilidh, dh' amharc i mach le guth agus lamh ag iarraidh
eadar-dhealachadh; ach bha e dìreach ro anmoch. Bha e air falbh,
agus bha na h-eich a 'gluasad. Lean i oirre a 'coimhead air ais,
ach gu diomhain; agus a dh 'aithghearr, leis na bha ann an astar
neo-àbhaisteach, bha iad letheach sìos a' bheinn, agus a h-uile
rud a bha fada air falbh. Bha i air a sàrachadh taobh a-muigh na
b 'urrainn a bhith air a chuir an cèill - cha mhòr seachad air na b'
urrainn dhi falach. Cha robh i riamh cho coma, cho mòr-
chreideach, cho duilich, air chor sam bith na beatha. Bha i air a
gluasad gu h-anabarrach. Fìrinn na riochdachaidh seo cha robh
àicheadh ann. Dh'fhairich i aig a cridhe. Ciamar a bhiodh i cho
brùideil, cho cruaidh a bhith a 'cailleadh bidhe! Ciamar a b
'urrainn dhi a bhith air a h-innse don t-sealladh cho dona sin ann
an tè sam bithchuir i luach orra! Agus mar a dh 'fhairicheas e ga
fàgail gun a bhith ag ràdh aon fhacal taingealachd, co-
fhaireachdainn, coibhneas cumanta!

Cha do chuir ùine seachad i. Seach gun robh i a 'nochdadh
barrachd, bha coltas oirre gun robh i a' faireachdainn nas motha.
Cha robh i riamh cho ìseal. Gu toilichte cha robh feum air
bruidhinn. Cha robh ann ach clàrsach, a bha a 'coimhead nach
robh ann an spioraid fhéin, a bha searbh, agus gu math toileach a
bhith sàmhach; agus bha emma a 'faireachdainn gun robh na
deòir a' ruith sìos a gruaidhean cha mhòr a h-uile slighe
dhachaigh, gun a bhith a 'dèanamh sgrùdadh orra, gu h-
iongantach mar a bha.

Caibideil viii

Bha an lughdachadh sgeama a th 'ann a bhith a' suidhe air a
'bheinn air an àrd-ùrlar fad na h-oidhche. Mar a dh'fhaodadh an
còrr den phàrtaidh beachdachadh air, cha b'urrainn dhi innse.
Gur e sin, anns na diofar thaighean aca, agus na diofar dhòighean
aca, a bhiodh a 'coimhead air ais le toileachas; ach na beachd-
san bha i nas miosa fad na h-ùine, nas sàmhaiche de riarachadh
reusanta aig an àm, agus barrachd ri bhith air am milleadh ann an
cuimhneachain na bha i riamh. Bha feasgar slàn de chùl-gammon
còmhla ri a h-athair, sgìth dhe. An sin, gu dearbh, bha fìor
thoileachas ann, oir bha i a 'toirt seachad na h-uairean bu bhlasda
de na ceithir bliadhna fichead gus an comhfhurtachd aige; agus a
'faireachdainn nach urrainn dhi, anns an giùlan àbhaisteach aice,
a bhith fosgailte do dhroch dhroch dhroch bhuaidh. Mar nighean,
bha i an dòchas nach robh i gun chridhe.feumaidh athair, "a dh'
innseas dhut fìrinnean innse dhut nuair a dh 'fhaodas mi." cha
bhith ionndrainn gu bràth tuilleadh, cha bhith, mura b 'urrainn do
aire, san àm ri teachd, an t-àm a chaidh seachad a dhèanamh, is
dòcha gum biodh i maitheanas gu tric. , dh 'innis a cogais dhi
mar sin, draghan, is dòcha, barrachd na an fhìrinn, eagalach, mi-
dhiadhaidh ach mar sin cha bhiodh i cho mòr ann an blàths fìor-
chruaidh, ghlaodh i oirre an ath mhadainn agus bu chòir dha bhi
an toiseach, air a cliathaich, de chainnt cunbhalach, co-ionann,
coibhneil.

Bha i dìreach mar a bha i an uair a thàinig am màireach, agus
chaidh i tràth, nach biodh dad ann a chuir stad oirre. Cha robh e
coltach gun robh i a 'faicinn mr. Ridire air a slighe; no, is dòcha,
is dòcha gun tig e a-steach fhad 'sa bha ia 'tadhal air an turas

aice. Cha robh gearan sam bith aice. Cha bhiodh nàire oirre mu coltas a 'pheanas, dìreach mar a bha e agus gu dearbh. Bha a sùilean a 'dol gu tiodhlac nuair a choisich i, ach chan fhaca i idir e.

"bha na boireannaich uile aig an taigh." cha robh i riamh air a bhith a 'dèanamh gàirdeachas aig an fhuaim roimhe, no riamh roimhe sin a-steach don trannsa, no choisich i suas an staidhre, le miann sam bith air toileachas a thoirt seachad, ach ann an toirt dleastanais, no gus a thoirt às, ach a-steach ma sgaoil às dèidh sin.

Bha uallach oirre mun dòigh a bha i; tòrr siubhail agus labhairt. Chuala i guth bates ag ràdh, bha rudeigin gu bhith air a dhèanamh ann an cabhaig; bha eagal air a 'mhaighdean; bha i an dòchas gum biodh i toilichte feitheamh mionaid, agus an uair sin chuir i air ais i ann an ùine ghoirid. Bha e coltach gun do dh'fhàs aintighearna agus a bhean a-steach don t-seòmar ri thaobh. Bha sealladh àraid aice, a 'coimhead gu math dona; agus, mus do dhruid an dorus iad, chuala i ionndrainn gu bheil i ag ràdh, "uill, a ghràidh, their mi gu bheil thu air do leagadh sìos air an leabaidh, agus tha mi cinnteach gu bheil thu tinn gu leòr."

Seann mhairbh bhochd. A 'lorg, cha robh i gu math a' tuigsinn na bha a 'tachairt.

"chan eil eagal orm gu bheil an cuthach uamhasach math," thuirt ise, "ach chan eil fios agam; tha iad ag innse dhomh gu bheil i gu math. Tha mi ag ràdh gum bi mo nighean an-dràsta, caill an taigh-feachd. Tha mi an dòchas gum faigh thu cathair. Tha glè bheag de chomas agam - a bheil cathair agad, ma'am? A bheil thu a 'suidhe far am bu mhath leat? Tha mi cinnteach gum bi i ann an-dràsta."

Bha emma gu mòr an dòchas gun dèanadh i. Bha eagal oirre gun robh a 'dol às a chèile. Ach a dh 'aindeoin sin cha robh' ionndrainn gu math luath - "glè thoilichte agus fo èiginn" — ach dh'innis cogais emma dhi nach robh an aon bheòthalachd shunndach ann mar a bha e roimhe - gun robh e cho furasta coimhead agus dòigh. Bha i gu math càirdeil an dèidh call fairfax, bha i an dòchas gun toireadh i buaidh air seann fhaireachdainnean. Tha e coltach gun robh an conaltradh faisg.

Nam faiceadh tu dè a bh'ann an ceann goirt a tha aice. Nuair a tha fear ann am fìor chridhe, tha fhios agad nach urrainn dhut aon bheannachadh a ghabhail mar a dh 'fhaodadh e bhith. Tha i cho ìseal sa ghabhas. Gus coimhead oirre, cha bhiodh duine sam bith cho toilichte agus toilichte gun robh i air a leithid de shuidheachadh fhaighinn. Leigidh tu leatha a bhith a 'tighinn thugaibh — chan eil i comasach - tha i air a dhol a-steach dha a seòmar fhèin — tha mi ga h-iarraidh gum bi i na laigheshìos air an leabaidh. "a ghràidh," arsa i, "their mi gu bheil thu air do lagachadh air an leabaidh:" ach, ge-tà, chan eil i; tha i a 'coiseachd mun t-seòmar. Ach, a-nis on a tha i air a litrichean a sgrìobhadh, tha i ag ràdh gum bi i gu math luath. Bidh i glè dhuilich a bhith a 'faicinn gu bheil thu air chall, ach caillidh do chàirdeas i. Gun robh thu a 'cumail a' feitheamh aig an doras — bha mi gu math nàire — ach gu ìre air choireigin nach robh ann ach rud a thachair — mar sin thachair e nach cuala sinn an gnogadh, agus gus an robh thu air an staidhre, cha robh fios againn gu robh corp a 'tighinn. "chan eil ann ach mrs. Bidh cùil, 'thuirt i,' an crochadh air. Cha bhiodh duine eile a 'tighinn cho luath. ' "Uill," thuirt ise, "feumaidh ea bhith air a ghiùlan uair no eile, agus is dòcha gu bheil e a-nis. ' Ach an dèigh sin thàinig e a-steach, agus thuirt e gur e thusa a bh 'ann. 'Oh!' arsa i, 'tha e ag ionndrainn taigh-feachd: tha mi cinnteach gum bu mhath leat a faicinn. "-" chan fhaic mi duine sam bith, "ars ise; agus a-mach fhuair i, agus rachadh i air falbh; agus 'se sin a thug oirnn cumail ort a 'feitheamh - agus gu math duilich agus nàire air an robh sinn. "ma dh'fheumas tu a dhol, a ghràidh," arsa i, "feumaidh tu, agus canaidh mi gun tuirt thu air do leabaidh."

Bha ùidh mhòr aig emma anns a 'chùis. Bha a cridhe air a bhith a 'fàs gu math fada gu bhith a' coinneachadh ris an t-sitheann; agus dh 'ann mar leigheas air gach amharas neo-dhligheach a bha an dealbh seo de na fulangaichean a th' aice, agus dh 'fhag i gun ach truas; agus mar chuimhneachan air na faireachdainnean nach robh cho dìreach agus a bha nas mì-fhaiceanta anns na làithean a dh'fhalbh, dh'fheumadh ia bhith a 'aideachadh gum faodadh am beàrn sin a bhith gu nàdarra gu nàdarra a bhith a' faicinn mrs. Coil no caraid seasmhach sam bith eile, nuair nach fhaic i fhèin i. Labhair i mar a bha i a 'faireachdainn, le aithreachas dualach agus aingidheachd — gu mith a dh' fheudadh gum biodh na suidheachaidhean a chruinnich i bho bhith a 'faighinn às gun chosgaisean gu dearbh air an dearbhadh an-dràsta, a cheart cho mòr airson call fairfax agus comhfhurtachd sa ghabhas. "feumaidh e bhith na fhìor dhuilgheadas dhaibh uile. Thuig i gun robh maill sam bith ann gus an tilleadh a' cholbh-champaidh. "

"cho caoimhneil!" fhreagair e na h-ionnstramaidean a chall. "ach tha thu an-còmhnaidh caran."

Cha robh a leithid de rud ann riamh; agus gus briseadh tro a toileachas eagalach, rinn emma an sgrùdadh dìreach air -

"far — a dh' fhaodas mi faighneachd? —is call fairfax a 'dol?"

"gu mrs. Beaga beaga — boireannach taitneach - a b' fhearr a b 'àrd - a bhith fo chasaid a tri chaileagan beaga — clann thlachdmhor. Dh' fhaodadh gum biodh suidheachadh sam bith na bu mhisneachail, ach ma dh 'fhaodadh, ach teaghlach mo dhithis shealta, agus ach tha milsean beaga dlùth ris an dithis, agus anns an aon nàbaidheachd: — cha bhi ann ach ceithir mìle bho ghlas maple, cha bhi an craobh ach ceithir mìle bho ghlas-mhalpais. "

"tha mi a' smaoineachadh gur e mrs. Elton, an duine ris a bheil am fìrinn a dh 'fhiach fairfax—"

"tha, ar d' chluicheadair math, fìor dheagh charaid. Cha bhiodh i ceart gu leòr. Cha ghabhadh i diùltadh. Oir nuair a chuala an t-amadan an toiseach e, (bha e an latha roimhe an-dè, a 'mhadainn fìor mhath a bh' ann airson donwell,) nuair a chuala a 'chonnin mu dheidhinn an toiseach, bha i air a thighinn gu co-dhùnadh gun gabhail ris an tairgse, agus air na h-adhbharan a tha thu ag ainmeachadh; tha thu ag ràdh, bha i air a h-inntinn a dhèanamh gus dìth càil a thilleadh gus an tilleadh còrnaileal campbell, agus cha bu chòir do rud sam bith a bhith ga 'tarraing a-steach do dh'obair sam bith an-dràsta - agus mar sin dh'innis i do mrs. Elton a-rithist agus a-rithist - agus tha mi cinnteach nach robh barrachd bheachd gun atharraicheadh i a h-inntinn! —nuair a dh 'fhalbh a leithid de dh' elton, nach do bhris a breith a-riamh, tha e nas fhaide na a rinn mi. Gabhail ri freagairt an t-seana; ach thuirt i gu deimhinneach nach sgrìobhadh i àicheadh den leithid an-dè, mar a bha a 'miannachadh di; bhiodh i a 'feitheamh — agus, cinnteach gu leòr, an-dè bha e uile a' socrachadh gum bu chòir a 'chasan sin a dhol. Mo dhreach mòr dhomh! Cha robh mi a 'toirt a-steach an smuain as lugha a bha sin! — ghabh mane mr. Air a 'toirt seachad aon turas, agus ag innse dhi aig an aon àm, sin a bhith a' smaoineachadh airbuannachdan mrs. Ann an suidheachadh beaga, bha i air a thighinn gu rèiteach ris a ghabhail. — cha robh fios agam air facal dheth gus an robh e uile suidhichte. "

"a chuir thu seachad an oidhche le mrs. Elton?"

"seadh, a h-uile duine againn, bhiodh am fear a bu chòir dhuinn a thighinn. Chaidh a thuineachadh sin air a' chnoc, fhad is a bha sinn a 'coiseachd mun cuairt le ridire. ' Feumaidh e bhith gu cinnteach gu bheil thu air tighinn. ”

"bha an ridire ann cuideachd, an robh e?"

"cha deachaidh, cha m igh an ridire; dh' aisig e bho'n cheud i, agus ged a bha mi smaointinn gun tigeadh e, oir d declared inns mrs elton nach leig i as e, cha robh; — ach mo mhathair, agus mo ghuin, agus i, bha na h-uile duine againn, agus oidhche thoilichte bha againn, caraid cho caoimhneil, fhios agad, caillidh an taigh-leughaidh, feumaidh duine daonnan geur a ghabhail, ged a bha a h-uile corp caran duilich an dèidh pàrtaidh na maidne. Chan urrainn dhomh a ràdh gun do chòrd e ri duine sam bith dhiubh ge-tà, ach bidh mi an-còmhnaidh a 'smaoineachadh gur e pàrtaidh tlachdmhor a th' ann, agus tha mi a 'faireachdainn gu bheil e mar fhiachaibh air na caraidean coibhneil a thug a-steach e."

"caill fairfax, tha mi creidsinn, ged nach robh thu mothachail air, gun robh thu a' dèanamh an inntinn fad an latha? "

"tha mi ag ràdh gun robh aice."

"nuair a thig an uair, feumaidh e bhith gun a bhith ga' fhàilteachadh dha fhèin agus a caraidean uile - ach tha mi an dòchas gum bi faochadh aig a h-uile càil a dh 'fhaodadh a bhith ann — a' ciallachadh, a thaobh caractar agus modh an teaghlaich. "

"tapadh leat, a charaid ionndrainn. Tha, gu dearbh, tha a h-uile rud anns an t-saoghal a dh' fhaodadh a bhith toilichte a dhèanamh ann. Ach na saobhagan agus na braggan, chan eil a leithid de sgoil-àraich eile ann, cho faicsinneach agus eireachdail, anns a h-uile seòrsa. Agus a 'chlann, ach a-mhàin na caorach beaga agus na balgan beaga, chan eil clann cho milis cho milseach ann an àite sam bith. Le meas agus caoimhneas! — cha bhi ann ach toileachas, beatha de thoileachas. — agus a tuarastal! —tha e comasach dha-rìribh a bhith ag ainmeachadh a tuarastail dhutsa, a chailleas an taigh-feachd. Is gann a dh 'fhaodadh iad a bhith air an toirt do dhuine òg mar a bha e.

"ah! Madam," ghlaodh emma, "ma tha clann eile coltach ris mar a tha cuimhne agam a bhith mi-fhèin, bu chòir dhomh smaoineachadh còig uiread nas motha na tha mi air a chluinntinn fhathast mar thuarastal air na h-amannan sin, air a chosnadh gu daor. "

"tha thu cho uasal anns na beachdan agad!"

"agus cuin a bhios call fairfax gad fhàgail?"

"glè luath, glè luath, gu dearbh, sin am fear as miosa dheth. Taobh a-staigh cola-deug. Tha spiris bhochd ann an cabhaig. Chan eil fhios aig mo mhàthair bhochd ciamar a bheir mi i. Na biodh smuaintean, agus a ràdh, thig a-mach, na leig leinn smaoineachadh mu dheidhinn tuilleadh. "

"feumaidh a h-uile duine a càirdean a bhith ga dh' fhuadach, agus cha bhi iad nan còir dhan choirneal agus tha am bròn campall duilich gu bheil i air a bhith an sàs mus do thill iad? "

Tha mi cinnteach, ma gheibh i a-mach idir. Agus thàinig mac bochd john a bhruidhinn ri mr. Neach-cuideachaidh mu dheidhinn faochadh bhon pharaiste; tha e glè mhath a bhith ga dhèanamh fhèin, tha fios agad, a bhith na cheann air a 'chrùn, a' dol sìos, agus a h-uile rud den t-seòrsa sin, ach fhathast chan urrainn dha a athair a chumail gun beagan cuideachaidh; agus mar sin, nuair a tha mr. Thàinig elton air ais, dh'innis e dhuinn dè bha jooh ostler air a bhith ag innse dha, agus an uairsin thàinig e a-mach mun t-suidheachadh a chaidh a chuir gu randalls a ghabhail mr. On taobh na h-eaglaise a-nis gu eaglais beairteach. 'Se sin a thachair ro theatha. Bha e às dèidh tì a bhruidhinn ris a 'chaora. "elton." thàinig elton air ais, dh'innis e dhuinn dè bha jooh ostler air a bhith ag innse dha, agus an uairsin thàinig e a-mach mun t-suidheachadh a chaidh a chuir gu randalls a ghabhail mr. On taobh na h-eaglaise a-nis gu eaglais beairteach. 'Se sin a thachair ro theatha. Bha e às dèidh tì a bhruidhinn ris a 'chaora. "elton." thàinig elton air ais, dh'innis e dhuinn dè bha jooh ostler air a bhith ag innse dha, agus an uairsin thàinig e a-mach mun t-suidheachadh a chaidh a chuir gu randalls a ghabhail mr. On taobh na h-eaglaise a-nis gu eaglais beairteach. 'Se sin a thachair ro theatha. Bha e às dèidh tì a bhruidhinn ris a 'chaora. "elton."

Cha mhòr gun toireadh clàraidhean call a-steach ùine emma gus a ràdh dè cho fìor mhath sa bha an suidheachadh seo dhi; ach seach gun robh e gun chomas a bhith aice, dh 'fhaodadh ia bhith mothachail air fiosrachadh sam bith mu mr. Mar a dh 'fhalbh i na h-eaglaise a-muigh, lean i orra gu a h-uile gin, cha robh e gu feum.

Dè mr. Bha elton air ionnsachadh bhon ostler air a 'chuspair, mar gur e cruinneachadh eòlas an struthraiche, agus eòlas nan sgalagan aig randalls, gun tàinig teachdaire a-nall à richmond goirid an dèidh tilleadh a' bhuidheann bhon chnoc-bogsa. Cha robh an teachdaire ge-tà air a bhith na bu mhotha na bha dùil; agus sin mr. Bha eaglais air beagan loidhnichean a thoirt gu mac a pheathar. Tha e ag iarraidh air gun a bhith a 'tighinn air ais an ath mhadainn; ach sin mr. Mar a dh 'aontaich e a dhol dhachaigh gu direach, gun a bhith a' feitheamh idir, agus an coltas air gu robh an t-each aige fuar, chuir tuam air falbh sa bhad airson caise na crùn, agus bha an ostler air seasamh a-mach agus fhaicinn a 'dol seachad. Astar math, agus dràibheadh gu math cunbhalach.

Cha robh dad anns a h-uile càil a bharrachd air ùidh neo ùidh, agus ghlac e aire emma a-mhàin mar a bha e aonaichte ris a 'chuspair a bha an sàs anns a 'bheachd mu thràth. An eadar-dhealachadh eadar mrs. Cho cudromach 'sa bha an eaglais anns an t-saoghal, agus an t-saoghal aig an fhèill choire; aon dhiubh a h-uile nì, cha robh càil eile ann agus shuidh i a-mach a 'meas air an diofar a bha eadar na boireannaich, agus gun a bhith mothachail air na bha a sùilean air an suidheachadh, gus an do dh' fhalbh i ag ràdh a 'caoidh' "aye, tha mi a' faicinn dè tha thu a 'smaoineachadh, an pianoforte. Dè a tha gu bhith a' sin? — gu fìrinneach. Bha an tuathanach gràdhach a 'bruidhinn mu dheidhinn an-dràsta - 'feumaidh tu a dhol,' thuirt i. ' Cha bhi gnìomhachas agad a-nis. — fuirich e, ge-tà, "thuirt i," tha i a 'faighinn taigh-seinnse gus an tig cromag nan campaichean air ais. Bruidhnidh mi ris, bidh e a' seatadh orm; na h-uile dhuilgheadasan agam. "- agus chun an latha an-diugh, tha mi a' creidsinn, chan eil fios aice an e an láthair aige no an nighean aige. "

A-nis bha aig elma ri smaoineachadh air a 'phianoforte; agus bha e cho tlachdmhor a bhith a 'cuimhneachadh cho cuimseach sa bha i an-dràsta ris na h-argamaidean brùideil agus mì-chothromach aice, gun robh i fada a' leigeil a chreidsinn gun robh an turas aice fada gu leòr; agus, le bhith ag ath-aithris a h-uile nì a dh 'fhaodadh i a bhith ag ràdh a ràdh mu na deagh dhùrachdan a bha i dha-rìribh a' faireachdainn, ghabh i dheth.

Caibideil ix

Nach deach briseadh a-steach air meuran tùmail emma, mar a bha i a 'coiseachd dhachaigh; ach nuair a chaidh thu a-steach dhan phlàr-lann, fhuair i a-mach an fheadhainn a dh 'fheuchadh i ri fhaighinn. Mr. Bha ridire agus eachraidh air tighinn nuair a bha i air falbh, agus bha i na suidhe còmhla ri a h-athair. Dh 'eirich ridire anns a' bhad, agus ann an dòigh a chaidh a dhìreadh mar a bha e, thuirt e, "cha bhithinn a' falbh às d 'fhaicinn, ach chan eil ùine agam airson a shàbhaladh, agus mar sin feumaidh mi a dhol a-null dìreach. Tha mi a' dol gu lunnainn, airson beagan làithean a chaitheamh le john agus isabella. , a thuilleadh air an 'gaol,' nach eil aig duine sam bith? "

"chan eil dad idir. Ach nach e seo sgeama obann?"

"tha — an àite-sa. Tha mi air a bhith a' smaoineachadh air beagan ùine. "

Bha emma cinnteach nach tug e mathanas dhi; bha e a 'coimhead fhèin gu math. Ùine, ge-tà, smaoinich i, gum bu chòir dhaibh a bhith nan caraidean a-rithist. Nuair a sheas e, mar gum biodh e a 'ciallachadh a dhol, ach cha robh e a' dol — thòisich a h-athair na rannsachaidhean aige.

"math, mo ghràidh, agus an d'fhuair thu an sin gu sàbhailte? Rìoghachd ciamar a bha sibh a 'lorg mo airidh seann charaid agus a nighean? -i siuthad a ràdh feumaidh iad a bhith gu math fada nur comain dhuibh airson tighinn. Ghràdhach emma air a bhith a' tadhal air cha bhith mi ann, agus bidh mi ag ionndrainn gu bheil mi air a bhith gan coimhead.

Bha dath emma air àrdachadh leis a 'mholadh neo-cheart seo; agus le gàire, agus crathadh na ceann, a labhair mòran, choimhead i air mr. Ridire. — bha coltas ann gun robh droch bharail na fàbhar, mar gum biodh a shùilean a 'faighinn na fìrinn bhuaithe, agus gun robh gach nì a bha math na faireachdainnean air a ghlacadh agus urramach aig an aon àm. — choimhead e oirre le. Àird. Bha i air leth taingeil - agus ann an tiota eile fhathast nas motha, le gluasad beag nas motha na càirdeas coitcheann air a phàirt. — ghabh e làmh dhith; — an robh i nach do chuir i fhèin a 'chiad ghluasad, cha b'urrainn dhi a ràdh — dh'fhaodadh i gu dearbh, is dòcha gu bheil e air a thairgse - ach thug e a làmh, dh 'e brùthadh e, agus gu cinnteach bha e ris a'

ghiùlain gu na bilean aige — nuair a dh 'fhalbh e gu h-obann
bho chuid de chàin no eile. — carson a bu chòir dha a bhith a'
faireachdainn sgriachail, carson a bu chòir dha inntinn
atharrachadh nuair a bha e uile gu lèir air a dhèanamh, cha
b'urrainn dhi a bhith a 'faicinn. — bhiodh e air breithneachadh
nas fheàrr, smaoinich i, mura robh e air stad. Agus an robh e gu
an robh a chuid feirg gu h-iomlan cho beag de ghealltachd, air
neo mar a thachair e roimhe, ach bha i a 'smaoineachadh nach
robh dad air a dheanamh ni tuilleadh. — bha e maille ris, cho
cho oighreach, cho diongmhalta. — cha b'urrainn dhi ach
cuimhne a chuir air an oidhirp le toileachas mòr. Bhruidhinn e
cho làn de thoileachas. — dh'fhàg e iad às a dhèidh dìreach às
dèidh sin - chaidh e ann am mionaid. Bha e an-còmhnaidh a
'gluasad le aire an inntinn a dh' fhaodadh a bhith neo-chinnteach
no dòrainneach, ach a-nis bha e nas coltaiche na bhith a 'faighinn
às. Agus an robh e gu an robh a chuid feirg gu h-iomlan cho
beag de ghealltachd, air neo mar a thachair e roimhe, ach bha i a
'smaoineachadh nach robh dad air a dheanamh ni tuilleadh. —
bha e maille ris, cho cho oighreach, cho diongmhalta. — cha
b'urrainn dhi ach cuimhne a chuir air an oidhirp le toileachas
mòr. Bhruidhinn e cho làn de thoileachas. — dh'fhàg e iad às a
dhèidh dìreach às dèidh sin - chaidh e ann am mionaid. Bha e an-
còmhnaidh a 'gluasad le aire an inntinn a dh' fhaodadh a bhith
neo-chinnteach no dòrainneach, ach a-nis bha e nas coltaiche na
bhith a 'faighinn às. Agus an robh e gu an robh a chuid feirg gu
h-iomlan cho beag de ghealltachd, air neo mar a thachair e
roimhe, ach bha i a 'smaoineachadh nach robh dad air a
dheanamh ni tuilleadh. — bha e maille ris, cho cho oighreach,
cho diongmhalta. — cha b'urrainn dhi ach cuimhne a chuir air an
oidhirp le toileachas mòr. Bhruidhinn e cho làn de thoileachas.
— dh'fhàg e iad às a dhèidh dìreach às dèidh sin - chaidh e ann
am mionaid. Bha e an-còmhnaidh a 'gluasad le aire an inntinn a
dh' fhaodadh a bhith neo-chinnteach no dòrainneach, ach a-nis
bha e nas coltaiche na bhith a 'faighinn às.

Cha b 'urrainn do emma aithreachas a bhith oirre gun deach i air call bates, ach bha i ag iarraidh gun do dh' fhàg i deich mionaidean nas tràithe aice — — bhiodh e na thoileachas mòr a bhith a 'bruidhinn air suidheachadh jane fairfax le mr. Ridire. — cha bhiodh aithreachas oirre gun robh e a ' dol gu ceàrnag brunswick, oir bha fios aice dè an cothrom a bhiodh air a chèilidh - ach dh'fhaodadh gun do thachair e aig àm nas fheàrr - agus gum biodh e na b'fhaide a bhith ga fhaighinn. . — ach dhealaich iad ri deagh charaidean; cha b 'urrainn dhi a mealladh mu bhrìgh a ghèill, agus a ghràdh neo-chrìochnaichte; - chaidh a h-uile càil a dhèanamh gus dèanamh cinnteach gu robh i air a làn-bheachd fhaighinn air ais. — bha e air a bhith na shuidhe còmhla riutha leth uair a thìde, fhuair i. Bha e tàmailteach nach robh i air tilleadh nas tràithe!

Le dòchas gun cuir i a h-inntinn bho a h-athair bho cho mì-thoilichte is a tha mr. Ridire a 'dol a lunnainn; agus a 'dol gu h-obann; agus a 'dol air muin eich, rud a bha fhios aice a bhiodh gu math dona; chuir emma an naidheachd aice mu a fairgex cainte a-steach, agus bha an earbsa aice mun bhuaidh reusanta; thug e sgrùdadh fìor fheumail, le ùidh ann, gun dragh a chur air. Bha e air a bhith a 'deanamh suas an inntinn a dh' aindeoin sin gu dol a dh 'fhuireach le pàisde na fìrinn, agus b'urrainn dha bruidhinn mu dheidhinn gu suilbhir, ach mr. Cha robh dùil sam bith air ridire a dhol a lunnainn.

"tha mi glè thoilichte, gu dearbh, mo ghràidh, a chluinntinn gu bheil i air a shocrachadh cho comhfhurtail. Tha mi-fhèin gu math togarrach is toilichte, agus tha mi ag ràdh gu bheil a luchd-eòlais dìreach mar a bu chòir dhaibh a bhith. Tha e tioram, agus tha deagh shlàinte aig a slàinte. Bu chòir dha a bhith na chiad rud, oir tha mi cinnteach gu robh tàillearan bochd ann an-còmhnaidh còmhla rium. Agus tha mi an dòchas gum bi i nas fheàrr ann an aon dòigh, agus nach bi mi air a mhealladh a-mach às dèidh dha a bhith na dachaigh cho fada. "

An ath latha thàinig naidheachdan à richmond gus a h-uile rud eile a thilgeil a-steach dhan chùl-raon. Ràinig taisbeanadh fiosan a dh 'innseadh bàs mr. Eaglais! Ged nach robh adhbhar sònraichte sam bith aig mac a peathar a bhith air ais air a cunntas, cha robh i air a bhith beò os cionn sia is deich uairean a thìde às deidh dha tilleadh. Gun do ghiùlain an glacadh gu h-obann de ghnè eadar-dhealaichte bho rud sam bith a chuir a stàit an-àird gu buil às deidh strì ghoirid. Na màthraichean mòra. Cha robh eaglais ann tuilleadh.

Bhathar den bheachd gum feumadh na rudan sin a bhith air am faireachdainn. Bha gach cuid bodhaig is bròn aig a h-uile buidheann; mar an ceudna a dh'ionnsaigh an t-sluaigh, na bha a 'coinneachadh airson na caraidean a mhaireas; agus, ann an ùine reusanta, feumaidh fios a bhith aca càite an rachadh i a thiodhlacadh. Tha an t-òr-òr a 'innse dhuinn, nuair a tha boireannach brèagha a' stad a dh 'fhagail, nach eil dad aice ri dhèanamh ach bàsachadh; agus nuair a stadas i gu bhith mì-thoilichte, tha e cheart cho cudromach gum bi e nas soilleire. Bean. Bhathar a-nis a 'bruidhinn ri muinntir na h-eaglaise, às deidh dhi a bhith mì-thoilichte ri co-dhiù còig bliadhna fichead. Ann an aon àite bha làn adhbhar aice. Cha robh i air a bhith ann a-riamh roimhe a bhith gu math tinn. Dh 'aontaich an tachartas a h-uile càil a bh' ann, agus fèin-spèis nan gearanan mac-meanmnach.

Chan eil teagamh nach robh i air a bhith a 'fulang gu mòr: barrachd na bha a-riamh aig buidheann sam bith — agus gun dèanadh pian a dh' fhaireachdainn an-còmhnaidh an tachartas. Se tachartas brònach a bh 'ann. Cha bhiodh a leithid de dh 'eaglais ann às aonais call na h-eaglais, ach cha bhiodh am eaglais gu bràth tuilleadh." - eadhon mr. Choimhead taobh an iar air a cheann, agus choimhead e sòghail, agus thuirt e, "ah, a bhean bhochd, a bhiodh air a chreidsinn!" agus rèitich e, gum bu chòir a chaoidh a bhith cho eireachdail 'sa ghabhas; agus shuidh a bhean osnaich agus moraltachd thairis air na cuairtean farsaing aice le h-èasgaidh agus deagh fhaireachdainn, fìor agus seasmhach. Mar a bhiodh e a 'toirt buaidh air an fhaireachdainn bha e am measg na smaointean as tràithe den dà chuid. Bha e cuideachd a 'toirt seachad tuairmeas glè thràth le emma. Caractar mrs. Eaglaisean, bròn a fir-chèile — sheall a h-inntinn orra le fiabhrasgabh i truas — agus an uairsin dh 'inns iad le faireachdainnean aotrom air mar a dh' fhaodadh buaidh a bhith aig an tachartas air mar a dh 'fhaodadh buaidh a bhith air an tachartas. Chunnaic i ann am beagan tìde. A-nis, cha bhiodh dad aig duine ri ionnsaigh a thoirt air harriet smith. Mr. Bha eagal air foill eaglaise, a bha neo-eisimeileach air a mhnaoi, bho dhuine sam bith; duine furasta, treòraichte, a thoirt a-steach do rud sam bith leis a mhac no a pheathar. Cha robh air fhàgail ach a bhith, gum bu chòir do mhac-bràthar a bhith a 'ceangal ris an t-suidheachadh, oir, leis a h-uile deagh-ghean a th' aice leis an adhbhar, dh 'fhaodadh e bhith cinnteach nach biodh cinnt mu bhith ga cruthachadh mar-thà.

Bha an t-acfhainn fìor mhodhail aig an àm, le fèin-òrdanachadh mòr. Dè an seòrsa rud a dh 'fhaodadh i bhith na bu shoilleire, cha do bhrath i càil. Bha emma toilichte, a bhith a 'faicinn a leithid de dhearbhadh na fianais de charactar neartaichte, agus gun a bhith a' cumail a-mach à gluasad sam bith a chuireadh an cumail suas ann an cunnart. Bhiodh iad a 'bruidhinn, mar sin, de dh'òrain. Bàs na h-eaglaise le co-fhaireachdainn.

Chaidh litrichean goirid bho dh 'a fhaighinn fhaighinn aig randalls, a' conaltradh na bha cudromach sa bhad a thaobh an stàit agus na planaichean aca. Mr. Bha eaglais na b 'fheàrr na bhithear an dùil; agus bha a 'chiad toirt às, nuair a dh'fhalbh an tiodhlacadh airson siorrachd iorc, gu bhith ann an taigh seann charaid ann an gaoth, ris an robh mr. Bha eaglais air a bhith a 'gealltainn cuairt anns na deich bliadhna mu dheireadh. Aig an àm seo, cha robh dad ri dhèanamh airson an t-acarsaid; deagh dhùrachdan airson an ama ri teachd a dh 'fhaodadh a bhith comasach air taobh emma.

Bha e na dhuilgheadas a bhith a 'toirt aire don t-suidheachadh ceart, aig an robh na dùilean a dh' fhalbh, agus dh 'fhosgail an t-each-doras, agus a-nis cha robh dàil ann am fear sam bith aig highbury, a bha airson a coibhneas a nochdadh — agus le emma chaidh am fàs a 'chiad turas. Is gann a bha aithreachas oirre na bha i na fuachd; agus an neach a bha imìosan cho mì-fhaiceallach, a-nis an dearbh fhear air am biodh i air a h-uile urram no co-fhaireachdainn a nochdadh. Bha i airson a bhith feumail dhi; ag iarraidh luach a lorg airson a comainn, agus a bhith a 'dearbhadh spèis agus beachdachadh. Chuir i roimhpe a bhith a 'faighinn latha aig hartfield. Chaidh nòta a sgrìobhadh gus a bhrosnachadh. Chaidh an cuireadh a dhiùltadh, agus le teachdaireachd beòil. "cha robh call fairfax math gu leòr airson sgrìobhadh;" agus nuair a tha mr. Cràdh ris an canadh iad air hartfield, an aon mhadainn, bha e coltach gun robh i cho trom air a bhith air a thadhal, ged a bha i an aghaidh a toil fhèin, leis fhèin, agus gun robh i a 'fulang le droch cheann, agus fiabhras nearbhach gu ìre, a tha a thug air a bhith teagmhach mun chomas a bhith a 'dol gu mrs. Cìobair beaga aig an àm a chaidh a mholadh. Bha a slàinte coltach airson na h-ùine a bha i gu tur a 'call - gu leòr air falbh — agus ged nach robh comharraidhean gu math drùidhteach ann, cha robh càil a' toirt buaidh air a 'gearan sgamhain, rud a bha na fhìor chainnt don teaghlach, mr. Bha cràdh muladach mun deidhinn. Bha e an dùil gu robh i air barrachd a dhèanamh na bha i co-ionann, agus gun do dh'fhairich i fhèin e, ged nach biodh i leis fhèin. Bha e coltach gun robh a h-inntinn a 'dol seachad. Bha a dachaigh an-dràsta, cha b'urrainn dha a bhith a 'coimhead, neo-fhàbharach dha mì-rian nearbhach: - air a shònrachadh an-còmhnaidh gu aon seòmar; - dh' fhaodadh e bhith ga iarraidh a-rithist — agus a seanmhair mhath, ged a bha e glè sheann charaid, feumaidh e aideachadh nach e sin. An companach as fheàrr airson mì-dhligheach den chunntas sin. Cha ghabhadh an cùram agus an aire a cheasnachadh; bha iad, gu dearbh, dìreach ro mhòr. Bha eagal air gu robh e a 'faighinn barrachd olc na bha e math dhaibh. Dh'èist emma ris an uallach bu mhotha; duilich airson barrachd is barrachd, agus choimhead i airson a bhith a 'lorg dòigh air a bhith feumail. Gus a toirt - biodh ann ach uair a-thìde no dhà - bho a seanmhair, gus a h-atharrachadh a thoirt air èadhar agus sealladh, agus is dòcha gun dèan còmhradh reusanta, eadhon airson uair a thìde no dhà, deagh mhath oirre; agus an ath-mhadainn sgrìobh i a-rithist, ag ràdh, \ tanns a 'chànan a bu mhotha a dh' fhaodadh i àithne a thoirt, gun gairm i air a son anns a 'charbad aig uair sam bith a chanadh a' jane sin — ag ainmeachadh gun robh mr aice. B 'e sin am beachd a bha aig a 'pheacadh, a' cur an gnìomh sin airson an euslainteach. Cha robh am freagairt ach anns an nota ghoirid seo:

"caillibh moladh is taing fairfax, ach tha e gu math neo-ionann ri eacarsaich sam bith."

Bha emma a 'faireachdainn gun robh an nota aice fhèin air rudeigin nas fheàrr a chosnadh; ach bha e do-dhèanta còmhstri a dhèanamh le faclan, a thug a-mach an neo-ionannachd dhrùidhteach a-mach gu neo-fhollaiseach, agus smaoinich i a-mhàin air mar a dh 'fhaodadh i bacadh a thoirt air an dìth seo a bhith air fhaicinn no air a cuideachadh. A dh 'aindeoin na freagairt, uime sin dh' orduich i an carbad, agus dh to fhalbh i gu m. Tha e an dòchas gun deidheadh a 'chuir a-steach a dh' ionnsaigh - ach cha bhiodh e a 'deanamh sin; - thigeadh searmanan gu doras a' charbaid, uile taingealachd, agus ag aontachadh leis gu dùrachdach ann an smaoineachadh gur dòcha gur e seirbheis adhair a chuir an t-seirbheis as motha — agus b 'urrainn gach nì a bha na theachdaireachd sin a dhèanamh - ach gu h-iomlan. Bha e mar fhiachaibh air call a chall; bha an leughadair gu math do-chreidsinneach; bha am moladh a bha ann a dhol a-mach ga dhèanamh nas miosa. — bha miann aig emma gum faigheadh i a-mach, agus dh'fheuch i na cumhachdan aice fhèin; ach,

Cha robh emma airson a bhith air a sheòrsachadh leis na mrs. Ealtan, na mrs. Agus na mirean. Còtaichean, a dh 'èigneachadh

iad fhèin an àite sam bith; cha b 'urrainn dhi a bhith a'
faireachdainn ceart sam bith leatha fhèin - chuir i a-steach, agus
cha robh i ach a 'ceasnachadh clàraidhean a bha nas fhaide a-
thaobh miann agus biadh a mic, a bha i airson a chuideachadh.
Air a 'chuspair sin bha mì-chall bochd na adhbhar mì-thoilichte,
agus làn conaltraidh; is gann a '' itealadh a '' niith sam bith: -
mr. Biadhadh a 'spionnadh biadh fallain; ach bha a h-uile nì a dh
'fhaodadh iad a dh' òrdachadh (agus cha robh gin de nàbaidhean
cho math riutha agus nach robh a-riamh aig buidheann sam bith)
cho searbh.

Emma, nuair a ràinig iad dhachaigh, ris an canar a 'bhean-taighe
gu dìreach, gu sgrùdadh air a stòran; agus chaidh cuid de
shaighead an t-saighead aig ìre fìor àrd a thoirt seachad gu
sgiobalta gu bhith a 'cailleadh bidhe le nòta inntinneach. Ann an
leth uair a thìde chaidh an t-saighead fhaighinn air ais, le mìle
taing bho bhomaichean air chall, ach "cha bhiodh ioghnadh air a
bhith ga riarachadh gun a bhith air a chur air ais; bha e na rud
nach b 'urrainn dhi a ghabhail - agus, a bharrachd air sin, dh' iarr
i oirre a ràdh, \ t nach robh i idir ag iarraidh rud sam bith. "

Nuair a chuala emma an dèidh sin gun robhar air a 'chothroim
bhàn sin fhaicinn a' siubhal air feadh nan cluaintean, beagan air
falbh bho highbury, air feasgar an latha air an robh i, fon spàirn
gun robh i neo-ionann ri eacarsaich sam bith, agus mar sin dhiùlt
e gun a dhol a-mach le i anns a 'charbad, cha bhiodh teagamh
sam bith aice - a' cur gach nì còmhla - bha a 'chasan sin air a
chuir roimhe gun caoimhneas sam bith fhaighinn bhuaipe. Bha i
duilich, gu math duilich. Bha a cridhe fo mhulad airson stàit a
bha a 'coimhead ach a bha na bu shoilleire bhon leithid seo de
bhruthadh spioradan, neo-chunbhalachd gnìomh, agus neo-
ionannachd chumhachdan; agus chuir e iongnadh oirre gun d
'fhuair i uimhir de chreideas airson faireachdainn ceart, no gun
robh i cho measail ri caraid: ach bha fios aice gu robh fios aice
gu robh a h-amasan math, agus gun robh i comasach air a ràdh
rithe fhèin, a dh'fhaodadh sin a dhèanamh.

Caibideil x

Aon mhadainn, mu dheich latha an dèidh mrs. Bàs na h-eaglaise,
chaidh emma a ghairm sìos an staidhre gu mr. Siar, a dh
'fhaodadh nach b 'urrainn dhi fuireach fad còig mionaidean, agus
bha e ag iarraidh a bhith a' bruidhinn rithe. "- choinnich e rithe
aig doras a' phàirce, agus cha mhòr nach do dh 'fhaighnich i
ciamar a chuir i ann an iuchair nàdarra a ghuth e, gu ràdh, gun
fhios aig a h-athair,

"an urrainn dhut tighinn gu speuran aig àm sam bith sa mhadainn
seo? —, ma tha e comasach, tha iar-thuath airson do fhaicinn.
Feumaidh i d' fhaicinn. "

"a bheil i tinn?"

"cha robh, chan eil, chan eil idir - ach beagan sàraichte. Bhiodh i
air a' ghiùlan a chur air dòigh, agus a thighinn thugad, ach
feumaidh i fhaicinn dhut fhèin, agus gu bheil fios agad (a
'coimhead ri a h-athair) —humph! —can thu thig? "

"gu cinnteach. A' chiad latha seo, ma nì thu sin. Tha e do-
dhèanta na tha thu ag iarraidh a dhiùltadh ann an leithid de
dhòigh ach dè as urrainn a bhith ann? —an chan eil i tinn? "

"an crochadh orm — ach cha bhith a' faighneachd tuilleadh
cheistean. Bidh thu eòlach air ann an deagh àm. An gnìomhachas
as neo-chunbhalaiche a th 'ann!

Gus faighinn a-mach dè bha seo a 'ciallachadh, bha e do-dhèanta eadhon airson emma. Bha coltas gu robh rudeigin cudromach dha-rìribh air fhoillseachadh leis na dealbhan aige; ach, mar a bha a caraid gu math, rinn i strì ris a bhith gun a bhith mì-chofhurtail, agus a 'rèiteachadh le a h-athair, gun toireadh i a-mach i a-nis, i agus mr. Cha b 'fhada gus an robh muinntir an iar a-mach às an taigh còmhla agus air an t-slighe gu luath airson nan speuran.

"a-nis," - thuirt emma, nuair a bha iad gu math nas fhaide na na geataichean sgòraidh - - a-nis mr. Weston, na leig fhaicinn dhomh na thachair. "

"chan eil, chan eil" - tha e gu cruaidh a 'freagairt -" na faighnich dhomh. Gheall mi dha mo bhean a h-uile càil a thoirt dhith. Brisidh i thu nas fheàrr na urrainn dhomh. Cha bhi mi mì-fhoighidneach, emma; thig iad uile a-mach ro luath. "

"bhrist e dhomh," arsa crith, a 'seasamh gu bràth le terror-" dia mhath! —mr. Siar, inns dhomh aig an aon àm. — tha rudeigin air tachairt ann am ceàrnag brunswick. Tha fios agam gu bheil e ag innse dhomh. Mise an t-àm seo dè a th 'ann."

"chan eil, gu dearbh tha thu ceàrr." -

"cha bhi fois aig muinntir an iar mi. — a' beachdachadh air cia mheud de mo charaidean grinn a tha a-nis ann am ceàrnag brunswick. Iad sin? "

"air m' fhacal, emma. "-

"d' fhacal! Cha-n e do chliù! — cha'n can thu air d 'onair, nach dean e gnothach sam bith ri gin dhiubh? —ceum ni a dh' fheudas dhomh a bhi, nach buin ri aon do'n teaghlach sin ? "

"air m' onair, "thuirt e glè dhuilich," chan eil. Chan eil e aig an ìre as lugha a tha co-cheangailte ri duine sam bith den ainm ridire. "

Thill misneach emma, agus choisich i air adhart.

"bha mi ceàrr," lean e air, "nuair a bhathar a' bruidhinn gu robh e air a bhristeadh dhut. Cha bu chòir dhomh a bhith a 'cleachdadh an abairt. ! — ann an ùine ghoirid, tha mi cho duilich, chan eil àm sam bith ann a bhith cho mì-chofhurtail mu dheidhinn, ach chan eil mi ag ràdh gur e gnothach mì-chothromach a th 'ann — ach dh'fhaodadh gu bheil cùisean gu math nas miosa. Aig randalls. "

Fhuair emma gu feumadh i feitheamh; agus a-nis dh'fheumadh e beagan oidhirp. Cha do dh 'fhaighnich i barrachd cheistean, mar sin, cha robh i ach ag iarraidh a cuid fhèin a lorg, agus a dh' inns a dh 'inns a-rithist gu robh i cho dualtach a bhith na dhragh dha airgead - rud a tha dìreach a' nochdadh, ann an nàdar nach gabh dragh ann an suidheachadh an teaghlaich, — a-nis bha tachartas anmoch aig richmond air a thoirt air adhart. Bha a h-obair gu math gnìomhach. Leth-dhusan clann nàdarra, is dòcha — agus feargach bochd a chaidh a ghearradh dheth! — mar sin, ged nach biodh e ion-mhiannaichte, cha bhiodh dragh sam bith oirre. Cha tug e ach beagan a bharrachd air beothalachd a bhrosnachadh.

"cò an duine sin a bhios air muin eich?" thuirt ise, mar a dh 'fhalbh iad, a' labhairt barrachd gus cuideachadh le mr. Taobh an iar a 'cumail dìomhair na bha e, no le sealladh sam bith eile.

"chan eil fios agam. — aon de na dòbhrain -. — nach robh e fosgailte: — chan eil e gun ainm, tha mi a' dèanamh cinnteach nach fhaic thu e. Tha e letheach gu gaoth mun àm seo. "

"a bheil do mhac còmhla riut?"

"o! Tha, cha robh fios agad? — is math, nach robh coma ort."

Oir mhionaid bha e sàmhach; agus an uairsin, chuir e ris, ann an tòna a bha na b'fhaide na bha e air a dhìon agus na milleadh,

"tha, thàinig macran a-nall sa mhadainn, dìreach gus faighneachd dhuinn mar a rinn sinn."

Dh ried rinn iad cabhag orra, agus bha iad gu luath ann an randalls - "gu math, a ghràidh," arsa esan, mar a chaidh iad a-steach dhan t-seòmar - "thug mi thuice i, agus a-nis tha mi an dòchas gum bi thu nas fheàrr a dh' fhalbh. Cha bhith mi fada air falbh, ma tha thu gam iarraidh. "- agus chuala emma gu sònraichte e ag ràdh, ann an tòna nas ìsle mus do leig e às don t-seòmar, -" tha mi cho math ri m 'fhacal. Nach e am beachd as lugha a th'agam. "

Bean. Bha taobh an iar a 'coimhead cho tinn, agus bha àile cho mòr ann, gun do dh'fhàs aimhreit emma suas; agus an uair a bha iad na aonar, thuirt i gu mòr,

"dè an seòrsa caraid a th' agam? Tha rudeigin gu math mì-thlachdmhor, tha mi a 'lorg; tha mi ag innse dhomh gu direach dè a th' ann. Tha mi air a bhith a 'siubhal fad na h-ùine seo gu tur. Tha sinn le chèile gu math dìomhair. Mairidh mi nas fhaide, ach ma tha thu gu math a 'bruidhinn, bidh e math dhut a bhith a' bruidhinn mu do dh 'fhulang, ge bith dè a bhios ann."

"nach eil thu gu dearbh a' smaoineachadh? " arsa mrs. Taobh an iar ann an guth crith. "nach urrainn dhutsa, a mo ghaol mo ghaoil-sa - nach fhaod thu tomhas a dhèanamh air dè a chluinneas tu?"

"cho fad's a tha e a' buntainn ri milsean eaglais, tha mi creidsinn.
"

"tha thu ceart. Tha e co-cheangailte ris, agus innsidh mi dhut gu
dìreach;" (tha e air tòiseachadh air an obair aice, agus a
'nochdadh aimhreit an aghaidh a bhith a' coimhead.) "tha e air a
bhith an seo madainn an-diugh, air cuspair a tha iongantach, tha
e do-dhèanta a' chùis a chuir an cèill. Ceanglan - "

Sguir i gus anail a tharraing. Bha emma a 'smaoineachadh gur e
seo an toiseach, agus an uair sin de dh' fheachd.

"barrachd air ceanglan, gu dearbh," ath-thòisich sin. Taobh an
iar; "dol-an-sàs - ceangal adhartach. — dè a chanas tu, emma —
dè a chanas buidheann sam bith, nuair a tha fios gu bheil daoine
a 'dol an sàs ann am faochadh eaglais agus caillich; —na bhith,
gu bheil iad air a bhith an sàs gu fada!"

Leum eadhon em le surprize; — agus, uamhasach buailteach, air
a bhualadh le cianalas,

"jane fairfax!" dia math! Chan eil thu dona? Chan eil thu a
'ciallachadh?"

"is dòcha gun cuir thu iongnadh air," thill e. Siar, a tha a 'toirt
sùil air a sùilean, agus a' bruidhinn le dìcheall, gum bi ùine aig
emma sin fhaighinn air ais - "is dòcha gu bheil iongnadh ort.
Ach tha sin eadhon. Tha ceangal sòlaimte eatorra bho àm an
dàmhair - air a chruthachadh aig meadhan-linn; agus cha robh
iad a 'cumail a-mach gur e creutair a bh' aca ach iad fhèin — cha
robh failleanan-campas, no a teaghlach, no a dh 'e cho
mìorbhaileach, ged a tha e dha-rìribh cinnteach mun fhìrinn, tha
e cha mhòr do-chreidsinneach dha-rìribh. Is gann a dh 'urrainn a
chreidsinn e.

Cha mhòr gun cuala emma na chaidh a ràdh. — chaidh a h-
inntinn a roinn eadar dà bheachd — a còmhraidhean leis fhèin
mu dheidhinn miss fairfax; agus droch dhroch sheirbhis; — agus

airson greis cha b 'urrainn dhith sin a leigeil seachad, agus dearbhadh a dh' iarraidh, dearbhadh uair is uair.

"uill," thuirt i mu dheireadh, a 'feuchainn ri faighinn air ais; "is e seo suidheachadh a dh'fheumas mi smaoineachadh air co-dhiù leth-latha, mus urrainn dhomh a bhith ga thuigsinn gu ìre. Dè a thug às a h-uile geamhradh — mus tàinig gin dhiubh gu highbury?"

"a' toirt a-steach bho àm an dàmhair, - gu h-àraidh an sàs. — tha e air mo ghoirteachadh, emma, gu mòr. Tha e air a athair a ghoirteachadh gu co-ionnan.

Chuimhnich e air tiotan, agus an sin fhreagair e, "cha leig mi orm gun tuig thu thu; agus an toir thu do h-uile faochadh dhomh ann mo chumhachd, bi cinnteach nach lean a leithid de bhuaidh an aire dhomh, mar a tha thu iomagaineach."

Bean. Choimhead taobh an iar, eagal orra creidsinn; ach bha gnùis emma cho seasmhach ris na faclan aice.

"gu bheil e comasach dhut a bhith nas duilghe a chreidsinn gu bheil am bròn seo, de mo chàs foirfe, an-diugh," lean i, "innsidh mi dhut, gu robh àm anns a' chiad iaite de luchd-eòlais, nuair a rinn mi mar an ceudna e, nuair a bha e gu math faisg air a bhith ceangailte ris - is e, chaidh a cheangal ris - agus mar a thàinig e gu crìch, is dòcha gur e seo an t-iongnadh gu fortanach, ge-tà, tha e air a dhol à bith. Cha chreideadh tu mi mar sin, ach is e so an fhìrinn shimplidh. "

Bean. Phòraich taobh an iar i le deoir aoibhneis; agus nuair a lorgadh i draoidheachd, dhearbh i, gun do rinn an gearan seo nas fheàrr na nì sam bith eile san t-saoghal.

"bidh m. Taobh an iar cha mhòr a cheart cho mòr ri mise," thuirt ise. "air an adhbhar seo tha sinn air ar mealladh. Is e ar miann gu bheil thu airson a bhith ceangailte ri chèile — agus chaidh ar co-dhùnadh gun robh e mar sin. - smaoinich air an rud a tha sinn a' faireachdainn air a 'chunntas agad."

"tha mi air teicheadh; agus gum bu chòir dhomh teicheadh, dh' fhaodadh mi a bhith na iongantas dhut fhèin is mi-fhìn. Ach chan eil seo a 'gabhail ris , tha mi a' smaoineachadh gu bheil e gu mòr a 'coireachadh. Tha e ri tighinn am measg sinn le gràdh is creideamh a 'gabhail a-steach, agus le modh, cho dì-inntinneach? Dè an taobh a bh' air a dh 'oidhirp a thoirt, mar a rinn e gu cinnteach - eadar-dhealachadh a dhèanamh eadar aon bhoireannach òg agus aire a tharraing, mar a rinn e gu cinnteach — fhad's a bha e dha-rìribh ciamar a dh 'fhaodadh e innse mar a dh' fhaodadh e sin a dheanamh? — mar a dh 'innseadh e nach biodh e a' toirt mo chliù dhomh-san? —ar ceàrr, ceàrr gu dearbh. "

"bho rud a thuirt e, mo ghaol gràdhach, tha mi gu math a' smaoineachadh - "

"agus mar a dh'fhaodadh i giùlan mar sin a ghiùlain le neach-fianais! A bhith a' coimhead air, fhad's a bhathas a 'toirt seachad aire do bhoireannach eile, ro a h-aghaidh, agus chan ann a bhith ga ghabhail às a sin. — sin ceum de thèasachd, nach urrainn dhomh a thuigsinn no a thuigsinn. Urram. "

"bha mì-thuigse eatorra, emma; thuirt e gu soilleir. Cha robh ùine aige airson tòrr mhìneachaidh a dhèanamh. Bha e an seo dìreach cairteal na h-uarach, agus ann an staid strì nach do leig leis a' chleachdadh gu h-iomlan eadhon na àm a dh'fhaodadh e fuireach — ach gun do thuig e gu mì-thuigse, thuirt e gu cinnteach gun robh an èiginn a th 'ann an-dràsta air a toirt air falbh leotha, agus dh' fhaodadh e bhith gur dòcha gun èirich na mì-thuigse sin bho dhroch ghiùlain a ghiùlain. "

Tha mi air a dhol fodha, chan urrainn dhomh a ràdh mar a chuir e fodha e nam bheachd-sa. Mar sin eu-coltach ris an rud a bu chòir do dhuine! Den iomlanachd cheart sin, gu bheil e a 'cumail gu teann ri fìrinn agus prionnsabal, an dìmeas sin air trick agus luathas, a bu chòir do dhuine a thaisbeanadh anns gach gnothach na bheatha."

"naomha, gràdhach, a-nis feumaidh mi a chuid a thoirt a-mach; oir tha e ceàrr anns an eisimpleir seo, tha mi air a bhith eòlach air gu leòr airson a bhith a' freagairt airson na deagh bhuadhan aige, a tha glè mhòr;

"deagh mhath!" could a 'a' labhairt airson .— a 'a h-uile duine - dè a bhiodh e a' ciallachadh le a leithid de dhroch dhìol? Ceum! "

"cha robh fios aige air dad mu dheidhinn, emma air an artaigil seo, is urrainn dhomh a làn-ghabhail. B' e fuasgladh prìobhaideach a bh 'ann, cha deach innse dha - no co-dhiù nach robh e air aithris ann an dòigh airson dìteadh a ghiùlain. — gus an-dè, tha fios agam thuirt e gu robh e anns an dorchadas le na planaichean aice, gun do sguab iad às, chan eil fhios agam ciamar, ach le litir no teachdaireachd — agus is e lorg a-mach dè bha i a 'dèanamh, den dearbh phròiseact seo, a chuir roimhe e. A thighinn air adhart aig aon àm, a bhith ga thoirt fhèin dhan uncail, a 'tilgeil air a choibhneas, agus, ann an ùine ghoirid, cuir crìoch air staid truagh a bha air a bhith a' tachairt cho fada. "

Thòisich emma ag èisteachd nas fheàrr.

"bidh mi a' cluinntinn bhuaidhe a dh 'aithghearr," thuirt mi. Taobh an iar. "dh'innis e dhomh aig a' phàirtadh, gum bu chòir dha sgrìobhadh a dh 'aithghearr agus thuirt e ann an dòigh a bha a' gealltainn dhomh mòran ghearanan nach gabhadh a thoirt a-nis. Leig dhuinn fuireach mar sin airson an litir seo. Dh 'fhaodadh gu bheil sinn ro dhuilich, na biodh cus cabhaig oirnn a dhìteadh: feumaidh sinn foighidinn a bhi againn. Tha mi riaraichte air aon phuing, an aon phuing bhuntainneach, tha mi gu mòr iomagaineach airson a h-uile duine a bhith a 'tionndadh gu math, agus deiseil airson dòchas a dh' fhaodadh gum bi iad air fulang gu mòr fo shiostam dìomhaireachd agus falachadh. "

"a dh' fhulaing e, "fhreagair emma dryly," nach eil coltas gun do rinn e mòran cron air.

"nas fàbharach dha mac a pheathar - thug e cead gun mòran duilgheadais dè na tachartasan a rinn seachdain san teaghlach sin! Fhad's a bha màthraichean bochda a' fuireach, tha mi creidsinn nach robh dòchas, cothrom, comas ann ; — ach is gann a tha i fhathast aig fois ann an cràdh an teaghlaich, na tha an duine aice a 'gealltainn gun obraich e dìreach mu choinneamh an rud a dh' fheumas i. Dè am beannachd a th 'ann nuair nach mair buaidh dhorcha air an uaigh! — thug e cead dha. Le glè bheag de dh'adhbhar. "

"ah!" smaoinich e air, "bhiodh e air uiread a dhèanamh airson an t-seacaid."

"bha seo air a rèiteachadh a-raoir, agus bha e trom leis an t-solas madainn an-diugh. Stad e aig highbury, aig na bates, tha mi gu math' a-rithist agus an uairsin a-rithist; ach bha uiread de chabhaig air faighinn air ais gu uncail dha , a tha e a-nis nas fhasa na bha e a-riamh, gum bi, mar a tha mi ag innse dhut, fuireach còmhla rinn ach cairteal na h-uarach. — bha e gu mòr an sàs ann - gu dearbh, gu ìre a thug air nochdadh creutair gu math eadar-dhealaichte bho rud sam bith a chunnaic mi roimhe e. — a bharrachd air a h-uile duine eile, bha cianalas air a bhith cho duilich a lorg, rud nach robh roimhe amharas mu dheidhinn — agus bha a choltas air a an dèidh a bhith a 'faireachdainn mòran."

"agus a bheil thu dha-rìribh a' creidsinn gun robh an gnothach air
a bhith a 'leantainn air adhart le gleusan sònraichte cho math? —
nach robh fios aig na cluicheadairean, an dixons, air a'
ghnothach? "

Cha b'urrainn emma ainm dixon a bhruidhinn gun chluasag
bheag.

Thuirt e gu deimhinneach nach robh fios aig duine a bhith anns
an t-saoghal ach an dà dhuine. "

"uill," thuirt emma, "tha mi creidsinn gum bi sinn a' fàs nas
coltaiche ris a 'bheachd, agus tha mi a' guidhe gach toileachas
dhaibh. Ach bidh mi an-còmhnaidh a 'smaoineachadh gur e
seòrsa rud iongantach a th' ann. —ar tighinn còmhla rinn le
proifeasanta de fosgarrachd agus sìmplidheachd, agus a leithid
de dhìomhaireachd gu dìomhair a thoirt dhuinn uile — an
geamhradh agus an earraich gu lèir, air a chreachadh gu tur, a
'tàir fhèin oirnn uile an aon rud a tha co-ionann ri firinn is onair,
le dithis anns a 'mheadhain againn a dh 'fhaodadh a bhith a'
giùlain timcheall, a 'dèanamh coimeas agus a' suidhe
breitheanas air faireachdainnean agus faclan nach robh airson an
dithis a chluinntinn. — feumaidh iad an toradh a thoirt, ma tha
sin \ t chuala iad a chèile a 'bruidhinn ann an dòigh nach eil ro
thoilichte!"

"tha mi gu math furasta air a' cheann sin, "fhreagair m. Taobh an
iar. "tha mi glè chinnteach nach do dh'innis mi rud sam bith don
chuid eile, rud a dh' fhaodadh nach cuala an dithis aca. "

"tha thu fortanach. — cha robh do chnàmh ach a' cur às do mo
chluas, nuair a bha thu a 'smaoineachadh gu robh caraid àraidh
againn ann an gaol leis a' bhean. "

"fìor. Ach mar a bha mi an-còmhnaidh air deagh bheachd a thoirt
seachad mu chaillea-chothrom, cha b' urrainn dhomh riamh, fo

chasg sam bith, a bhith tinn le a h-athair; agus airson bruidhinn tinn ris, feumaidh mi a bhith sàbhailte. "

Aig an àm seo mr. Bha taobh an iar a 'nochdadh beagan astar bhon uinneig, tha e coltach air an t-sùil. Thug a bhean dha sealladh a thug cuireadh dha tighinn a-steach; agus, nuair a bha e a 'tighinn mun cuairt, chuir e ris,"a-nis, gaisgeach emma, leigidh mi orm a' ràdh agus a h-uile rud a dh 'fhaodadh a chridhe a shuidheachadh aig fois, agus a dhùsgadh gu bhi riaraichte leis a' ghèam. Leig dhuinn a 'chuid as fheàrr a dhèanamh dheth. Cha'n e an ceangal a tha so gu h-iomlan, ach mur a h-eil an eaglais a 'faireachdainn sin, carson a bu chòir dhuinn? Agus dh' fhaodadh e bhi ann an suidheachadh ro-fhortanach dhàsan, oir tha mi onarach, a 'ciallachadh, gu'm bu chòir dha bhi. A bhith ceangailte ris a 'charactar cho daingeann de charactar agus de bhreithneachadh math oir tha mi air a bhith a' toirt creideas dhi riamh — agus tha mi a 'faighinn dìmeas às a seo, a dh' aindeoin sin, an claonadh mòr bhon riaghailt chruaidh ceart. A ràdh anns an t-suidheachadh aice airson eadhon an mearachd sin! "

"mòran, gu dearbh!" ghlaodh iad emma faireachail. "mas urrainn do bhoireannach a bhith air a sheachnadh a-nis le bhith a' smaoineachadh nach eil aice ach i fhèin, tha e ann an suidheachadh mar jane fairfax. — mar sin, cha mhòr nach gabh fear a ràdh, 'chan e an saoghal an cuid aca, no lagh an t-saoghail. "

Choinnich i ri mr. Siar air a shlighe a-steach, le gnùis ghoirt, a 'dèanamh moladh,

"cleas fìor mhath a tha thu air a bhith a' cluich mi, air mo fhacal! B 'e seo inneal, tha mi a' smaoineachadh, gu spòrs le mo fheòrachas, agus tha mi a 'dèanamh mo thàlant tomhais. Ach chuir e eagal orm. , co-dhiù agus co-dhiù, an àite a bhith na chùis co-fhaireachdainn, tha e coltach gur e fear de na meal-a-naidheachd a tha ann. — tha mi a 'cur meal-a-naidheachd ort, air an taobh an iar, le mo chridhe uile, air dòchas a bhith a' faighinn aon de na seallaidhean as brèagha agus boireannaich òga comasach ann an sasainn airson do nighean. "

Gun do chreach no dhà eadar e fhèin is a bhean, gun robh a h-uile duine cho ceart 'sa bha an òraid seo ag ràdh; agus gun robh a bhuaidh thoilichte air a spioraid sa bhad. Fhuair an èadhar agus a ghuth air ais gu sgiobalta mar a bha iad: chrath e gu cridheil agus gu dùrachdach le làimh, agus chuir e a-steach air a 'chuspair ann an dòigh a dhearbhadh, nach robh e a-nis ag iarraidh ach ùine agus ìmpidh gus smaoineachadh nach robh droch rud aig an obair. Cha robh a chompanaich a 'moladh ach rud a dh' fhaodadh mì-chothromachadh a mhilleadh, no gearanan rèidh; agus mun àm a bha iad air a bhith a 'bruidhinn ris gu h-iomlan, agus gum biodh e air bruidhinn ris a-rithist le emma, nan cuairt air ais gu hartfield, bha e air a rèiteachadh gu tur, agus cha b' ann a bhith a 'smaoineachadh gur e an rud as fheàrr a dh' fhaodadh a bhith air a dhèanamh.

Caibideil xi

"harriet, poor harriet!" - sin na faclan; annta, chuir iad na beachdan cràidhidh nach b 'urrainn do emma faighinn cuidhteas iad, agus a bha a' dèanamh fìor dhroch thìde don ghnìomhachas dhi. Bha eaglaisean na h-eaglaise air giùlan mì-mhodhail leatha fhèin - gu math tinn ann an iomadach dòigh, — ach cha robh e cho mòr ris an giùlan aice fhèin, a thug air a bhith cho feargach leis. B 'e an stròc a tharraing e a-steach i air cunntas an uachdarain, a thug a 'chasaid a bu doimhne dha. — bochd bochd! A bhith na dhorcha uair a bhith a 'smaoineachadh mu

dheidhinn a mì-thuigse agus a' faireachdainn chòmhnard. Mr.
Bha ridire air bruidhinn gu fàbharach, nuair a thuirt e aig aon àm,
"emma, cha robh thu idir d' a bhith a 'dèanamh an leithid de
ghobha." - bha eagal oirre gun do rinn i a h-uile càil ach mì-
thoileachas. Mar anns a 'chiad tè, le bhith mar aon-ùghdar agus
mar chiad ùghdar na mì-chiall; le bhith a 'moladh a leithid de
fhaireachdainnean is nach biodh a-riamh air a dhol a-steach gu
mac-meanmna an t-seanaire; oir bha an t-uachdaran air
aideachadh gun robh meas agus rogha na h-eaglaise aice mus tug
i seachad a-riamh ifiosrachadh air a 'chuspair; ach dh'fhairich i
gu tur ciontach de bhith a 'brosnachadh na dh'fhaodadh a bhith
air a mùchadh. Is dòcha gu robh i air bacadh a chuir air daoine
agus air rudan mar sin a bhrosnachadh. Bhiodh a buaidh air gu
leòr. Agus a-nis bha i glè mhothachail gum bu chòir dhith a bhith
air bacadh a chuir orra. — bha i a 'faireachdainn gun robh i air a
bhith a' toirt sòlais do toileachas a caraid air a 'mhòr-chuid de
dh'adhbharan. Bhiodh ciallach air stiùireadh dhith a 'ràdh, nach
fhaod i leigeil leis a bhith a' smaoineachadh mu dheidhinn, agus
gu robh còig ceud cothrom ann a dhol an aghaidh a bhith a
'coimhead às a dhèidh gu bràth." Ach, le ciall coitcheann, "thuirt
i," tha eagal orm nach robh mòran agam ri dhèanamh. "

Bha i uabhasach fiadhaich leatha fhèin. Mura b 'urrainn dhi a
bhith feargach le falaichte eaglaiseil cuideachd, bhiodh e air a
bhith uamhasach. — mar a bha ceart gu leòr, dh' fhaodadh i, aig
a 'char as lugha, faochadh a thoirt dha na faireachdainnean aice
bho a h-uile solus a bha aice an-dràsta. Bhiodh uamhas iomagain
gu leòr; chan eil feum aice tuilleadh a bhith mì-thoilichte mu
dheidhinn fealla-dhà, aig a bheil trioblaidean agus droch shlàinte,
mar a bhiodh dùil, a bhith co-ionann fo leigheas. - bha a làithean
mì-dhìomhair agus olc os cionn sin - bhiodh i luath, agus
toilichte , agus soirbheachail. — dh'fhaodadh emma a-nis
smaoineachadh carson a chaidh a h-aire fhèin a lughdachadh.
Chuir an lorg seo mòran chùisean na bu lugha fosgailte. Gu
cinnteach cha robh e air a dhol bho eud. — ann an sùilean an t-
soisgeil bha i na strì; agus gur dòcha gun toireadh rud sam bith a

bheireadh i seachad taic no aire air ais. Bhiodh an itealain ann an carbad hartfield air a bhith na raca, agus feumaidh gun robh arrowroot bho seòmar-stòraidh hartfield air a bhith puinnseanta. Thuig i na h-uile; agus cho fad's a dh 'fhaodadh a h-inntinn a' ceangal ri ana-ceartas agus fèin-fhlaitheas na faireachdainnean feargach, dh'aithnich i nach biodh àrd-inbhe no sonas aig a 'fheallsanachd cheart seachad air an fhàsach aice. Ach cha robh an droch sheirbheiseach cho cosgail! Cha robh mòran co-fhaireachdainn ann gun deidheadh a chaomhnadh bho bhuidheann sam bith eile. Bha an t-eagal air emma gu robh an dara tè seo gu math duilichbhiodh briseadh dùil na bu mhiosa na a 'chiad turas. A 'beachdachadh air fìor thagraidhean an nì, bu chòir dha; agus nuair a bheachdaicheas e air a bhuaidh a bu làidire air inntinn a 'chiad ùpraid, a' toradh airgead-glèidhidh agus fèin-àithne, bhiodh e a 'cur an cèill an fhìrinn chruaidh, ge-tà, agus cho luath sa ghabhas. Bha òrdugh airson teàrainteachd am measg mr. Faclan bhon taobh an iar. "airson an-dràsta, cha robh an gnothach gu tur dìomhair. Bha eaglais na h-alba air puing a dhèanamh dheth, mar chomharra air a' bhan sin bha e air a chall cho o chionn ghoirid; agus dh'aidich gach buidheann nach robh e nas motha na dealachadh iomchaidh. "- bha emma air gealltainn; ach feumaidh a bhith gun a bhith air urras. B 'e a dleastanas àrd.

A dh 'aindeoin a cràdh, cha b' urrainn dhi cuideachadh le bhith a 'faireachdainn faisg air a bhith uamhasach, gum bu chòir dhith a bhith na h-aon dhuilgheadas agus an oifis a bhiodh gu math sàrachail a dh' fheuchainn le harriet, a tha sin. Bha an iar dìreach air a dhol troimhe fhèin. Bha am fiosrachadh, a chaidh a thoirt seachad cho iomagaineach dhi, a-nis gu bhith a 'cur dragh air fear eile. Bha a cridhe a 'buille gu sgiobalta air a' cluinntinn slighe an t-slaite agus guth; mar sin bha i gu math dona, bha i gu math dona, bha aice ri a bhith bochd. Bha taobh an iar a 'faireachdainn nuair a bha i a' tighinn faisg air dùilean. Am faodadh co-chosnadh sam bith a bhith ann san fhoillseachadh - mar sin, gu mì-fhortanach, cha bhiodh cothrom ann.

"glè mhath, ionndrainn woodhouse!" ghlaodh iad gu cruaidh a
'tighinn a-steach dhan t-seòmar -" nach e seo an naidheachd as
neònaiche a bha riamh? "

"dè an naidheachd a tha thu a' ciallachadh? " fhreagair emma,
cha b'urrainn dhomh tomhais, le coimhead no le guth, co-dhiù
am b 'urrainn do dh' fheachd-san a bhith gun fhiosta.

"a chuala tu gun robh rud cho annasach sam bith agad? Oh! —
cha leig thu leas eagal a bhith ort a bhith a' toirt dhomh fhìn, oir
tha am fear air an taobh an iar air innse dhomh fhìn. Agus mar
sin, cha bu chòir dhomh smaoineachadh air a bhith ag
ainmeachadh e gu buidheann sam bith ach thu fhèin, ach thuirt e
gun robh thu eòlach air. "

"dè dh'innis mr weston dhut?" - thuirt emma, a tha fhathast
cugallach.

"o! A dh'innis e dhomh mu dheidhinn; tha am faironx sin agus
am fear leis a' bhuil aig na h-eaglaisean gu bhith pòsta, agus gu
bheil iad air a bhith an sàs gu prìobhaideach còmhla ri chèile an-
dràsta. "

Bha e, gu dearbh, cho neònach; bha an giùlain a rinn e cho
uamhasach agus gun robh fhios aig emma ciamar a thuig iad e.
Bha coltas gu robh a caractar air atharrachadh gu tur. Tha e
coltach gun robh i ag iarraidh gun a bhith a 'strì, no briseadh-
dùil, no dragh neònach san fhionnadh. Choimhead emma oirre,
gun chomas bruidhinn.

"an robh beachd sam bith agad," arsa crònan, "a bhith ann an
gaol rithe? — thu-se, is dòcha. — an e (tuisleadh mar a labhair i)
cò as urrainn fhaicinn a-steach do chridhe gach corp, ach cha
robh neach eile—"

"air m' fhacal, "arsa emma," tòisichidh mi a 'cur dragh orm gu bheil an leithid de thàlant agam. An cuir thu ceist orm, a dh' fheumas mi, am biodh mi air a shamhlachadh ri boireannach eile aig an àm a bha mi - gun taic, mura robh e fosgailte - - cha robh a-riamh amharas a bu mhotha agad, gus taobh a-staigh na h-uair mu dheireadh, den mhionaid aig eaglais na h-eaglais a bhith a 'toirt an aire as lugha do dh' fhonn-chothromachadh. Thug e rabhadh dhut mar sin. "

"mise!" ghlaodh iad le iteach, a 'dath, agus bha iongnadh orra. "carson a bu chòir dhut rabhadh a thoirt dhomh? — cha bhith thu a' smaoineachadh gu bheil mi cùramach mu dheidhinn fear na h-eaglaise. "

"tha mi cho toilichte a bhith a' cluinntinn gu bheil thu a 'bruidhinn cho cruaidh air a' chuspair, "fhreagair emma, a' gàireachdainn; "ach chan eil sibh a' ciallachadh a bhith a 'dol às àicheadh gu robh ùine ann - agus cha b' ann ro fhada às a dhèidh — nuair a thug e dhomh adhbhar a bhith a 'tuigsinn gun robh thu a' gabhail cùram dha? "

"e! Àm sam bith, cha bhith ann an-diugh amharas air an taigh-ionnlaid, ciamar a dh' fhaodadh tu a bhith cho ceàrr orm? " a 'tionndadh mun cuairt.

"harriet!" ghlaodh iad emma, an dèidh tìde a chuir seachad — "dè tha thu a' ciallachadh? — nèamh math! Dè a tha thu a 'ciallachadh? —màidh a-mach dhut!

Cha b 'urrainn dhi facal eile a labhairt. — chaidh a guth a chall; agus shuidh i sìos, a 'feitheamh ri mòr eagal gus an freagradh an t-uachdaran.

Cha robh a 'cliathaich, a bha 'na sheasamh fad air falbh, agus le aghaidh air a h-aghaidh, ag ràdh ni sa bhad; agus nuair a bhruidhinn i, bha e ann an guth a bha a cheart cho doirbh a chluinntinn mar eamhain.

"cha bu chòir dùil a bhith agam gun gabhadh e," thòisich i, "gum b' urrainn dhut mi a mhi-thuigsinn! Tha fios agam nach do dh'aontaich sinn a-riamh ainm a thoirt dha - ach a 'smaoineachadh dè cho fada agus a tha e dha gach buidheann eile, cha bu chòir dhomh a bhith a' smaoineachadh gur dòcha sin cha bhiodh mi a 'ciallachadh a bhiodh a' ciallachadh duine sam bith eile, b 's e' eaglaisean a bh 'ann, gu dearbh! Chan eil fhios agam cò a choimhead air a-riamh ann an companach an fhir eile, tha mi an dòchas gu bheil blas nas fheàrr agam na bhith a' smaoineachadh mu mr. Agus nach robh duine sam bith faisg air a thaobh, agus gum bu chòir dhut a bhith ceàrr, tha e iongantach! — tha mi cinnteach, ach airson a bhith a 'creidsinn gun do chuir thu aonta ris agus gum bu chòir dhomh mo bhrosnachadh ann an mo cheangal, bu chòir dhomh a bhith air beachdachadh air an toiseach ro mhòr an ìre mhath, airson mealladh air smaoineachadh air, an toiseach, mura robh thu air innse dhomh gun robh tuilleadh nithean iongantach air tachairt;gun robh geamannan nas eadar-dhealaichte ann (bha sin fìor fhaclan agad); - cha bu chòir dhomh a bhith a 'gealltainn a' toirt seachad — cha bu chòir dhomh a bhith den bheachd gu robh e comasach - ach ma tha thu, air a bhith eòlach riamh ris— "

"harriet!" ghlaodh iad emma, a 'cruinneachadh i fhèin gu daingeann -" leig sinn a-steach a chèile a-nis, gun chomas mearachd a bharrachd. "a bheil thu a' bruidhinn air — m. Ridire? "

"dèan cinnteach gum bi mi. Cha bhith beachd sam bith agam air buidheann sam bith eile — agus mar sin bha mi den bheachd gu robh fios agad nuair a bhruidhinn sinn mu dheidhinn, bha e cho soilleir sa ghabhas."

"chan eil gu tur," thill emma, le sàmhchair fo èiginn, "dh'
fheudar dhomh, mar a thuirt thu an uairsin, ceangal a dhèanamh
ri neach eadar-dhealaichte. B 'urrainn dhomh cha mhòr a bhith
ag ràdh gun robh thu air ainm a chuir air. Bha falaichte eaglaiseil
air faighinn thuice, ann a bhith gad dhìon bho na gipsies, gun
robhar a 'bruidhinn mu dheidhinn."

"oh, caill am fear-taighe, mar a dhìochuimhnicheas tu!"

"mo chreach ghaoil, tha cuimhne agam gu mòr air an rud a thuirt
mi air an tachartas. Dh'innis mi dhut nach robh iongnadh sam
bith agad air do ghealladh; gun robh e a' smaoineachadh gu robh
e nàdarra dha-rìreabh: - agus dh'aontaich thu ris. , a 'cur an cèill
gu fìor chàirdeil ri do mhothachadh air an t-seirbheis sin, agus a'
toirt iomradh air an ìre anns an robh do mhothachaidhean air a
bhith ga fhaicinn a 'tighinn air adhart chun do theasairginn. —
tha a' bheachd gu bheil e làidir air mo chuimhne. "

"o, a ghràidh," ghlaodh an t-ainm, "a-nis tha cuimhne agam air
na tha thu a' ciallachadh; ach bha mi a 'smaoineachadh air
rudeigin gu math eadar-dhealaichte aig an àm. Cha b' e na
gipsies — cha robh e ceart gu leòr a bhith ann. Cuid de dh'ath-
bheothachadh) bha mi a 'smaoineachadh air suidheachadh a bha
mòran nas prìseile — an uair a tha an t-ollamh knightley a'
tighinn agus ag iarraidh orm dannsa, nuair nach seasadh am fear
elton rium; agus nuair nach robh companach eile anns an t-
seòmar. Cha b 'e sin an tròcair uasal agus am fialaidheachd, sin
an t-seirbheis a thug orm tòiseachadh a 'faireachdainn cho math
ris a h-uile duine eile a bha air thalamh."

"deagh mhath!" ghlaodh iad emma, "tha seo air a bhith gu math
mì-fhortanach - mearachd as miosa buileach! — dè tha ri
dhèanamh?"

"nach biodh tu air mo bhrosnachadh, an uair sin, ma bha thu air
mo thuigse? Co-dhiù, ge-tà, chan urrainn dhomh a bhith nas

miosa dheth na bu chòir dhomh a bhith, nam biodh am fear eile mar an neach; agus a-nis - tha e comasach—"

Stad i beagan mhionaidean. Cha b'urrainn emma bruidhinn.

"chan eil e na iongnadh, a' caomhnadh an taigh-seinnse, "thuirt i," gum bu chòir dhut eadar-dhealachadh mòr eadar an dà, mar a tha mise no mar a tha e le buidheann sam bith. Feumaidh tu smaoineachadh gu bheil còig ceud millean nas àirde na an còrr. Tha mi an dòchas, a bhith a 'call an taigh, a tha ag ràdh — ma tha? Neònach mar a dh' fhaodadh a bhith - ach gu bheil thu eòlach gur iad do bhriathran fhèin, gun do thachair barrachd nithean mìorbhaileach, gun robh geamannan nas eadar-dhealaichte na eadar mr. Agus, mar sin, tha e coltach gum biodh leithid de rud fiù 's seo, air tachairt roimhe — agus ma bu chòir dhomh a bhith cho fortanach, a-mach bhon bheachdachadh, mar — nam bu chòir don ridire knightley a bhith ann an-dràsta - mur eil e a 'cuimhneachadh air an neo-ionnanachd, tha mi an dòchas, cha bhith mi ag ionndrainn taigh mòr, cha chuir thu thu fhèin na aghaidh, agus feuchaidh tu ri duilgheadasan a chuir anns an rathad. Ach tha thu ro mhath airson sin, tha mi cinnteach. "

Bha harriet na sheasamh aig fear de na h-uinneagan. Thionndaidh emma gu bhith a 'coimhead oirre ann an laigse, agus thuirt i gu sgiobalta,

"a bheil beachd sam bith agad mu bhith a' toirt a-steach do ghràdh? "

"tha," fhreagair am bàta gu socair, ach chan eil eagal air - "feumaidh mi a ràdh gu bheil."

Chaidh sùilean emma a thoirt air falbh sa bhad; agus shuidh i gu sàmhach a 'smaoineachadh, ann am beachd stèidhichte, airson beagan mhionaidean. Bha beagan mhionaidean gu leòr airson a bhith eòlach air a cridhe fhèin. Bha inntinn mar an duine aice, aon uair is a dh'fhosgail e amharas, air adhartas mòr a dhèanamh. Bhean i rithe - dh'aidich i — ghabh i ris an fhìrinn iomlan. Carson a bha e cho fada na bu mhiosa gum bu chòir do sheirbhiseach a bhith ann an gaol le mr. Ridire, na tha le falaichte eaglaiseil? Carson a dh 'fhàs an droch adhbhar seo le uallach a' toirt air neach fhaighinn air ais? Bhiodh e a 'drùchdadh troimhe, le astar saighead, a bha sin na bu thrice. Feumaidh ridire pòsadh dìreach ach i fhèin!

Bha a giùlan fhèin, a bharrachd air a cridhe fhèin, air thoiseach oirre anns na h-aon mhionaidean. Chunnaic i e gu lèir le claisneachd nach robh air a bhith beannaichte roimhe. Cho dona 'sa bha i air a bhith an sàs le harriet! Cho neo-mhothachail, mar a tha e ciallach, cho neo-chùramach, cho neo-chunbhalach 'sa bha a giùlan! Dè an dall, dè am mearachd a thug i oirre! Thug i buaidh mhòr oirre, agus bha i deiseil gus a h-uile droch ainm a thoirt dha anns an t-saoghal. Cuid de spèis dhi fhèin ge-tà, a dh 'aindeoin na droch bheusan sin — dragh airson a dreach fhèin, agus faireachdainn làidir ceartais le harriet— (cha bhiodh feum sam bith air a bhith ann ris a' chaileag a bha a 'creidsinn le mr. Ridire — ach bha feum air ceartas nach bu chòir dhi a bhith mì-thoilichte le fuachd a-nis,) thug i seachad an rùn a dhol a dh'fhuireach agus a chumail nas fhaide le socair, le coibhneas follaiseach eadhon. —ar bhuannachd fhèin gu dearbh, bha e iomchaidh gum biodh an ìre as motha de dh 'fhiach a bhith air a shireadh; agus cha robh urras air càil a dhèanamh gus am beachd agus an ùidh a chaidh a chruthachadh gu saor-thoileach is a chumail suas - no airidh air an toirt air falbh leis an neach, nach do chuir a chomhairlichean a còir an sàs a-riamh. - a 'gluasad bho mheòrachadh, uime sin, agus a' toirt buaidh air a faireachdainnean, thionndaidh i a-rithist gu bhith a 'feuchainn a-rithist, agus, ann an stràc na bu ghoire, chuir e air ais an còmhradh; airson a 'chuspair thionndaidh i a-rithist gu bhith a 'feuchainn a-rithist, agus, ann an stràc na bu ghoire, chuir e air ais an còmhradh; airson a 'chuspair thionndaidh i a-rithist gu bhith a 'feuchainn a-rithist, agus, ann an stràc na bu ghoire, chuir

e air ais an còmhradh; airson a 'chuspairbha e air a thighinn a-
steach an toiseach, an sgeulachd mhìorbhaileach a bh 'ann de na
fangainx, a bha gu math fliuch agus air a chall. — cha robh aon
aca a' smaoineachadh ach mr. Ridire agus iad fhèin.

Bha clàrsach, a bha air a bhith gun chosnadh mì-thoilichte,
fhathast glè thoilichte a bhith air ainmeachadh bhuaithe, leis an
dòigh a tha a-nis mar bhreitheamh, agus a leithid de charaid a
'call taigh-cùirte, agus a bha dìreach ag iarraidh cuireadh, gus
eachdraidh a thoirt dhi. Tha i an dòchas gu'm bi i gu math
cugallach, ged a tha i cràiteach leis na h-aoighean aice. Cha robh
a guth crosta; ach bha a h-inntinn uile cho buailteach a bhith a
'deanamh cinnteach gu robh a leithid de leasachadh ann fhèin, a
leithid de dhroch bhuaidh, a bhith a' faireachdainn ri
faireachdainnean obann is drùidhteach. Mion-fhiosrachadh. —
rianail, no air a dheagh eagrachadh, no air a lìbhrigeadh gu math,
cha bhiodh dùil gum biodh e; ach bha e, nuair a tha e air a
sgaradh bho uireasain is de gheòlas na h-aithris, stuth a thèid a
spiorad fodha - gu h-àraidh leis na suidheachaidhean
dùbhlanach, a thug a cuimhne fhèin às a dhèidh. Am beachd as
fheàrr a th 'fheàrr aig ridire air urras.

Bha an t-each-uisge air a bhith mothachail air eadar-dhealachadh
na ghiùlain bho àm an dà dhannsa dhligheach sin. — bha fios aig
elma gun robh e, anns an àm sin, ga fhaighinn fada nas fheàrr na
bha e an dùil. Bhon oidhche sin, no co-dhiù bho àm gun do dh
'fhàg an t-òsach i a bhith a' smaoineachadh air, bha e air a bhith
ciallach a bhith a 'bruidhinn ri tòrr a bharrachd na bha e ris, agus
gu bheil dòigh gu tur eadar-dhealaichte aige. A 'nochdadh rithe;
dòigh caoimhneis agus toileachais! — bha i air a bhith nas motha
is nas mothachail oirre. Nuair a bha iad uile a 'coiseachd còmhla,
bha e cho tric a' tighinn agus a 'coiseachd leatha, agus a
'bruidhinn cho snasail!eòlach air a h-aithneachadh. Bha fhios aig
emma gun robh e gu mòr na chùis. Bha i gu tric air coimhead ris
an atharrachadh, gu faisg air an aon ìre. — a-rithist ag aithris a-
rithist gu robh i cruaidh agus moladh bho — agus bha emma a

'faireachdainn gu robh iad cho faisg 'sa bha aice air a bheachd mu dhroch sheirbhis. Mhol e airson a bhith gun ealain no buaidh, air faireachdainnean sìmplidh, onarach, fialaidh. — bha fios aice gum faca e na molaidhean sin ann an clò; bha e air a bhith a 'tathaich oirre barrachd air aon uair. — mòran a bha beò ann an cuimhne an uachdarain, mòran rud beag mu dheidhinn an fhios a fhuair i bhuaithe, sealladh, òraid, toirt air falbh bho aon chathraiche gu fear eile, moladh a chaidh a ràdh, a nach robh fios air an roghainn, seach nach robh droch bhuaidh aige, le emma. Suidheachaidhean a dh 'fhaodadh gluasad gu leth uair a thìde de cheangal, agus anns an robh dearbhaidhean lìonmhor a fhuair i, bha i air a dhol seachad gun mhì-chàineadh dhi a chuala iad a-nis; ach cha robh an dà rud as ùire a chaidh ainmeachadh, an dà ghealladh as làidire a chaidh a dh 'ionnsaigh, gun fhiosta do luchd-eachdraidh, a' chiad turas, a bhith a 'coiseachd leatha a-mach bhon fheadhainn eile, anns an aol-chuairt aig donwell, far an robh iad air a bhith a 'coiseachd greis mus tàinig emma, agus gun tug e cràdh (mar a bha i cinnteach) a bhith ga tharraing bhon chòrr gu bhith ann fhèin - agus an toiseach, bha e air bruidhinn rithe ann an dòigh na bu shònraichte na rinn e riamh. Roimhe sin - gu dearbh, cha robh e comasach dha a bhith a 'feuchainn ri cus a dhèanamh, co-dhiù a dh' fheuch an robh a dàna ris. , dh'atharraich e an cuspair, agus thòisich e a 'bruidhinn air tuathanachas: — an dara,ged a dh 'fheumadh e a dhol a lunnainn, bha e gu mòr an aghaidh a mhisneachd gun do dh'fhàg e an taigh idir, a bha tòrr na bu mhotha na bha e ag ràdh rithe. Thug an ìre àrd de mhisneachd a-steach don t-seilear, a bha air a chomharrachadh leis an aon artaigil seo, a dhroch dhuilgheadas.

A thaobh cuspair a 'chiad dà chùis, rinn i, an dèidh beagan meòrachaidh, an iomairt a leanas. "dh'fhaodadh nach eil? — nach eil e comasach, nuair a tha thu a' faighneachd, mar a bha thu a 'smaoineachadh, a-steach do staid do ghràdh-san, gum faodadh e bhith a' bualadh air mrn martin — dh 'fhaodadh e ùidh an fheachd a chuir air?" le spiorad.

"cha d' eil sin! — cha robh leughadair de mhannan ann. Tha mi an dòchas gu bheil fios agam nas fheàrr a-nis na bhith a 'gabhail cùram de mter martin, no a bhith fo amharas dheth."

Nuair a bha an harriet air a fianais a dhùnadh, rinn i ath-thagradh don taigh aice, a tha ag ionndrainn gu mòr, ag ràdh nach robh deagh fhearann aice airson dòchas.

"cha bu chòir dhomh a bhith a' smaoineachadh air a 'smaoineachadh an toiseach," thuirt i, "ach dhutsa. Dh' inns thu dhomh a bhith ga fhaicinn gu cùramach, agus leigeil leis a ghiùlan a bhith mar riaghailt mèinn — agus mar sin tha mi. A 'faireachdainn gu bheil mi airidh air; agus ma nì e mi-chàradh, cha bhith e gu math mìorbhaileach idir."

Na faireachdainnean searbh a dh'adhbharaich an òraid seo, a chuir na faireachdainnean searbh, an rud a bu mhotha a dh 'iarradh air taobh emma, gus a ràdh le freagairt,

"harriet, cha dèan mi ach a' chùis a chuir an cèill, gur e an ridire an duine mu dheireadh san t-saoghal, a bheireadh beachd dha boireannach a bhith a 'faireachdainn nas motha na tha e dha-rìribh."

Tha e coltach gun robh an t-uamhas air a dhèanamh èasgaidh a caraid airson binn cho riaraichte; agus cha robh emma air a shàbhaladh ach bho eun cobhartaich is mìorbhuileach, a bhiodh an uair sin air am peanas uamhasach, le fuaim ceuman a h-athar. Bha e a 'tighinn tron talla. Bha an t-uamhasach ro mhòr airson tachairt ris. "cha b' urrainn dhi i fhèin a dhèanamh - bhiodh an t-iongnadh air iomhaigh - b'fheàrr dhi falbh; "- leis an taic as luaithe bho a caraid, mar sin, dh'fhalbh i tro dhoras eile — agus an t-àm a dh'fhalbh i, b' e seo an spreadhadh gun sparradh na faireachdainnean aig emma: "o dhia! Nach fhaca mi riamh i!"

Cha robh an còrr den latha, an ath-oidhche, gu leòr airson na smuaintean aice. — bha i air a sàrachadh an lùib aimhreit a h-uile rud a bha air a ruagadh oirre taobh a-staigh beagan uairean a-thìde. Bha a h-uile mionaid a 'toirt fàs às ùr; agus feumaidh gach iongnadh a bhi co-cheangailte ri irioslachadh dhith. — ciamar a thuigear iad uile! Mar a thuigeas tu an foill a bha i an uairsin air a bhith ag obair oirre fhèin, agus a 'fuireach fo! - na blàirn, dall a ceann is a cridhe fhèin! — shuidh i fhathast, choisich i mun cuairt, dh'fheuch i a seòmar fhèin, dh'fheuch i ris a' phropan— anns a h-uile àite, a h-uile dreuchd, bha i den bheachd gun robh i air a bhith nas laige; gun robh i air a h-èigneachadh le feadhainn eile ann an ceum a bu mhiosa; gun robh i air a bhith a 'fanaid dhi fhèin ann an ceum a bha na bu chridhe; gun robh i truagh, agus is dòcha gum faigheadh i an latha seo ach toiseach dòchais.

Gus a cridhe fhèin a thuigsinn, a thuigsinn gu mionaideach, a 'chiad oidhirp. Chun na h-ìre sin chaidh a h-uile àm cur-seachad a tha tagraidhean a h-athar a 'toirt seachad oirre, agus a h-uile àm de dh' aire neo-bhrùideil.

Dè cho fada 'sa bha mr. Bha ridire cho cianail rithe, mar a bha a h-uile faireachdainn ag ràdh gu robh e a-nis? Nuair a thug e buaidh, thòisich a leithid sin de bhuaidh? - nuair a fhuair e às don àite sin anns a 'ghaol a chuir i seachad, a dh' fhalbh seann eaglais, airson ùine ghoirid? Rinn i coimeas eadar an dà chuid - an coimeas ri chèile, oir bha iad an-còmhnaidh air a bhith ga h-earbsa, bho àm nuair a dh'aithnicheadh an neach mu dheireadh aice - agus mar a dh 'fhaodadh i bhith air a choimeas le i, bhiodh e - oh! An robh e, le droch bheusachd sam bith, air tachairt rithe, a bhith a 'dèanamh coimeas. — chunnaic i nach robh àm ann riamh nuair nach smaoinich i air mr. Ridire gu math nas miosa na an t-àrd-ìre, no nuair nach robh an aire a bh'aice air a bhith ro dhaor. Chunnaic i, ann a bhith a 'toirt a chreidsinn oirre fhèin, ann a bhith a' sparradh, ann a bhith a 'cur an aghaidh an aghaidh, gun robh i gu tur fo mhisneachd,

B 'e seo co-dhùnadh a 'chiad shreath meòrachaidh. B 'e seo an t-
eòlas a bha aice fhèin air a' chiad cheist rannsachaidh, a ràinig i;
agus gun a bhith fada a 'toirt a-mach e. — bha i cho brònach mu
dheidhinn; nàire air a h-uile srì, ach nochd an aon fhear dhi - a
gaol airson mr. Ridire. — bha a h-uile pàirt eile den inntinn
uamhasach.

Gun robh i air a creidsinn ann an dìomhaireachd
faireachdainnean gach buidheann; le moladh gun a dhol a-steach
sàbhalaidh neo-dhrùidhteach mu choinneamh gach buidheann.
Chaidh a dhearbhadh gun robh i air a mearachdachadh gu h-
iomlan; agus cha robh i air ni sam bith a dheanamh — oir rinn i
mearachd. Bha i air olc a thoirt air an t-cliathaich, i fhèin, agus
bha an t-eagal ro mhòr oirre, air mr. Ridire. — an robh seo cho
mì-chothromach de na ceanglaichean uile a bhiodh a 'tachairt,
feumaidh i air a h-uile crith a dh' fhaodadh a bhith aice; air son a
cheangail, feumaidh i creidsinn nach e ach mothachadh a bh 'air
a' chuir a dh 'ionnsaigh, agus eadhon mar sin, cha bhiodh e ag
ràdh gun do chuir e dragh air idir ach airson a fuath.

Mr. Bha e mar aonadh ri fad a h-uile iongnadh den t-seòrsa a
dhèanamh. — thàinig ceangal de chuid na h-eaglaise agus na h-
eaglaise a-mach cumanta, neònach, caran sa choimeas, gun
spàirn sam bith, gun eadar-dhealachadh sam bith, a 'toirt seachad
rud sam bith ri ràdh no smaoinich. — mr. Ridire agus harriet
smith! —abhaibh àrdachadh air a cliathaich! A leithid de
fhiachan air! Bha e uamhasach a bhith a 'smaoineachadh mar a
dh' fheumadh e a chuir fodha anns a 'bheachd choitcheann, a
bhith a' coimhead ris na gàire, na gàirdeanan, an rud a chuireadh
e roimhe air a chosgais; bàsachadh agus diumbadh a bhràthar, an
mìle mì-ghoireas a bh 'ann dha fhèin. Bha e do-dhèanta. Agus
fhathast, bha e fada, fada bho dho-dhèanta. — an e suidheachadh
ùr a bh 'ann do dhuine aig an robh na ciad ìre aig a' chùis a bhith
air a ghlacadh le cumhachdan nach robh cho math? An robh e ùr
airson fear, is dòcha ro thrang a shireadh,

Oh! Nach tug i ionnsaigh a-riamh air adhart! An d'fhuair i far an robh i, agus far an d 'innsinn dhi gum bu chòir dhi! — — cha robh i, le gòrach nach b'urrainn do chainnt a chuir an cèill, bacadh a chuir oirre am fear òg neo-thorrach a phòsadh a bheireadh suas i toilichte agus measail ann an loidhne beatha a bu chòir dhi a bhith na pàirt dheth - bhiodh iad uile sàbhailte; cha bhiodh gin de na sreathan uamhasach sin air a bhith.

Mar ab 's dòcha gun robh làmh an uachdair aig searbhadair na beachdan aice a thogail gu mr. A 'iomhaigh-se, a dh' fheudadh i bhi gu cinnteach a dh 'fhaodadh a bhi air a taghadh de a leithid de dhuine, gus nach robh i cinnteach gu cinnteach , cha robh a bheag de spruis ann roimhe sin. Bha coltas gun robh i nas ciallach a thaobh mr. Le neach-glèidhidh na h-uile a 'stad gus a pòsadh, na bha i a-nis a' faireachdainn mr. An-diugh! — alas! Nach robh i fhèin a 'dèanamh cuideachd? A bha air a bhith ann an èiginn a 'toirt fàth dhith fèin-bhuannachd ach i fhèin? — cò bha i fhèin air a teagasg, gun robh i airson a h-àrdachadh fhèin nam biodh e comasach, agus gun robh a h-agairtean gu math ri ionad àrd saoghalta? Nuair a bha iad iriosal, bha iad air fàs gu dìomhain, 's ann a rinn i cuideachd.

Caibideil xii

Gus an robh i a-nis air a h-cunnart a chall, cha robh fhios aig emma cho fada sa bha a toileachas an urra ri bhith sa chiad àite le mr. Ridire, an toiseach le ùidh agus ùidh. — a bha riaraichte gun robh e mar sin, agus a 'faireachdainn gu robh e mar sin ri làimh, bha e air tlachd fhaighinn às gun mheòrachadh; agus a-mhàin ann an eagal a bhith air an leigeil às, fhuair e a-mach cho cudromach agus a bha e cho cudromach. — fada, fada, dh'fhairich i gun robh i air thoiseach; oir, gun chàirdean boireann aige fhèin, cha robh ann ach isabella a dh 'fhaodadh a thagraidhean a choimeas ri daoine, agus bha i riamh air fios fhaighinn cho fad 'sa bha e dìleas agus measail air isabella. Bha i air a bhith ann an toiseach leis airson iomadh bliadhna. Cha robh i airidh air; gu tric bha i neo-chùramach no lag, a 'toirt air falbh a chomhairle, no fiù 's a' toirt dùbhlan dha, gun a bhith mothachail do leth a luach,bha e air a ghràdh, agus a 'coimhead oirre bho nighean, le oidhirp gus a leasachadh, agus iomagain dhith a bhith a' dèanamh ceart, rud nach robh creutair sam bith eile air a choroinn. A dh 'aindeoin a h-uile lochd, bha fios aice gu robh i gràdhach dha; nach canadh i, gu dearbh? — mar sin thug molaidhean dòchais, a dh 'fheumas leantainn an seo, seachad iad fhèin, cha b' urrainn dhi a 'gabhail ris gu robh iad gan tàladh. Dh 'fhaodadh gun smaoinich harriet smith nach eil i gu math airidh air a bhith gu h-àraidh air leth measail aig mr. Ridire. Cha b 'urrainn dhi. Cha b 'urrainn dhi i fhèin a bhruthadh ri beachd sam bith air dall ann an ceangal ris. Bha i air fianais fhaighinn o chionn ghoirid air a neo-chlaonachd. Dè cho daingeann, dè cho làidir 'sa bha e air a chur an cèill dhi fhèin air a 'chuspair! —gha bhith ro làidir airson an eucoir — ach fada, fada ro dhuilich a bhith a 'faighinn a-mach bho bhith a' faireachdainn nas cothromaiche na ceartas dìreach agus deagh rùn soilleir. — cha robh dòchas aice, gun a bhith airidh air ainm an dòchais, gum faigheadh e an seòrsa sin. Gaol airson i fhèin a bha ann an ceist; ach bha dòchas ann (corra uair, beagan nas làidire, aig amannan) gum faodadh an t-ionnlaid a bhith ga mealladh fhèin, agus a bhith a 'gabhail thairis a spèis dhi. — a' miannachadh nach fheumadh i, air a sgàth-san, toradh dhi fhèin, ach a bheatha singilte fad a bheatha. Am b 'urrainn dhi a bhith cinnteach às, gun teagamh, nach do phòs e idir, gun robh i riaraichte gu dòigheil. — leig às e ach lean air an aon mr. Ridire a h-athair agus a h-athair, an aon mr. Ridire dhan t-saoghal air fad; caill iad donwell agus caillidh hartfield an aon chàileachd a th 'aca de

chàirdeas agus misneachd, agus bhiodh a sìth air a làn-dhìon. —
cha bhiodh pòsadh, gu dearbh, a 'dèanamh dhi. Bhiodh e mì-
fhreagarrach ris na bha aice ri a h-athair, agus ris na bhiodh i a
'faireachdainn air a shon. Cha bu chòir do dad a sgaradh bho a h-
athair. Cha phòsadh i, eadhon ged a dh'iarradh i air mr. Ridire.

Feumaidh ea bhith a 'miannachadh gu bheil an t-òran cho mì-
thoilichte; agus bha i an dòchas, nuair a b 'urrainn dhaibh am
faicinn a-rithist, gum faodadh i co-dhiù a bhith comasach air
faighinn a-mach dè na cothroman a bha ann .. Gum bu chòir dhi
am faicinn às an dèidh sin leis a' coimhead as fhaisge; agus gu h-
iriosal a chionn nach do thuig i fhathast eadhon na bha i ag
amharc, cha robh fios aice ciamar a dh 'aidicheadh i gum
faodadh i dall an seo. — bha dùil ris air ais gach latha. Bhiodh
cumhachd amhairc air a thoirt seachad a dh'aithghearr - gu h-
aithghearr luath nochd i nuair a bha a beachdan ann an aon
chùrsa. Anns an eadar-ama, chuir i roimhpe a 'faicinn gun robh
iad a' cleachdadh clò. — cha bhiodh e gu math math, cha
dèanadh e an cuspair math, bhiodh e a 'bruidhinn ris nas fhaide. -
chaidh a' cho-dhùnadh nach robh i cinnteach, fhad's a dh
'fhaodadh i, agus aig an àm sin cha robh ùghdarras aca airson a
bhith an aghaidh misneachd uachdarain. Is e dìreach a bhith a
'bruidhinn. —h sgrìobh e rithe, mar sin, gu coibhneil, ach gu
deimhinneach, gu bhith a 'creidsinn nach biodh i an-dràsta a
'tighinn gu hartfield; ag aithneachadh gur e an dìteadh a bha aice,
gun robh a h-uile deasbad dìomhair mu aon chuspair air a
sheachnadh; agus a 'dòchas, ma cheadaicheadh beagan làithean
mus coinnicheadh iad a-rithist, ach ann an companaidh eile —
cha robh i ach a' cur an aghaidh tete-a-tete — dh 'fhaodadh iad a
bhith mar gun do dhìochuimhnich iad an còmhradh an-dè. . — a
chuir a-steach, agus aontaichte, agus bha e taingeil.

Chaidh a 'phuing seo a chuir dìreach air dòigh, nuair a thàinig
neach-tadhail a chuir cuim air smuaintean emma beagan bhon
aon chuspair a chuir iad a-steach, a' cadal no a 'dùsgadh, an
ceithir uairean fichead a chaidh seachad. Iar-thuath, a bha air a

bhith a 'gairm air an nighinn aice, a bhith a' taghadh, agus air a bhith ag obair air an t-slighe dhachaigh, cha mhòr nach robh uiread de dhleasdanas ann a bhith a 'tarraing air ais, a bhith a' ceangal gach agallamh cho inntinneach.

Mr. Bha an iar air a bhith còmhla rithe. Bates, agus chaidh e tro a chuid den aire chudromach seo gu fìor mhath; ach an dèidh sin thug i seachad call fairfax airson a thighinn còmhla rithe ann an inneal adhair, a-nis air a thilleadh le tòrr a bharrachd ri ràdh, agus mòran a bharrachd ri ràdh le riarachadh, na cairteal de uair a thìde air a chaitheamh ann am mrs. B 'urrainn do phlànar bates, le uile iongnadh nam faireachdainnean uamhasach, a bhith air chomas.

Beagan feòrachaidh; agus rinn i a 'chuid as motha den ùine fhad s bha a caraid càirdeach. Bean. Bha taobh an iar air tòiseachadh gus an turas a phàigheadh ann an deagh dhùrachd fhèin; agus anns a 'chiad àite bha e air a' miannachadh gun a dhol idir aig an àm seo, a bhith a 'faighinn cothrom dìreach a bhith a' sgrìobhadh chun a dhol a-mach gu fairfax an àite sin, agus an gairm seo a chuir dheth gus an robh beagan ùine seachad, agus mr. Dh 'fhaodadh ath-leasachadh a dhèanamh air eaglais na h-eaglaise ri bhith a' fàs aithnichte; a chionn, a bhith a 'beachdachadh air gach nì, bha i den bheachd nach gabhadh turas den t-seòrsa sin a phàigheadh gun aithisgean a thoirt gu buil: — ach mr. Bha taobh an iar air smaoineachadh gu eadar-dhealaichte; bha e ro dheònach an t-iarrtas aige a nochdadh airson a bhith ag ionndrainn fairfax agus a teaghlach, agus cha robh i a 'gabhail ris gum faodadh amharas sam bith a bhith air a bhrosnachadh leis; no ma bha e, gum biodh e gu ìre sam bith; airson "na rudan sin," thuirt e, "bhiodh e an-còmhnaidh a' faighinn buaidh. " mo chreach ri emma, agus bha e a 'faireachdainn gu robh mr. Bha adhbhar glè mhath aig taobh an iar airson sin a ràdh. Bha iad air falbh, gu math goirid - agus bha e gu math mòr mar a bha a 'tachairt don a' bhean is a mhisneachd. Is gann a bha i comasach air facal a bhruidhinn, agus bha a h-uile sealladh agus gnìomh air nochdadh cho mòr sa bha i a 'fulang le mothachadh. Bha sàsachd sàmhach cridhe na caillich, agus toileachas iongantach a 'nighean aice - a bha eadhon ro thoilichte a bhith a' bruidhinn mar as àbhaist, air a bhith na thoileachas, ach cha mhòr nach robh e a 'toirt buaidh. Bha iad le chèile cho measail anns an toileachas aca, agus mar sin cha robh iad idir a 'faireachdainn cho math anns gach mothachadh; smaoineachadh gu robh an t-uabhas de chanain; na h-uile buidheann, agus cho beag dhiubh sin, gu robh a h-uile faireachdainn caoimhneil ag obair dhaibh. Bha tinneas a bha air a chall bho chionn ghoirid a 'dèanamh tagradh cothromach airson feadhainn. Taobh an iar a 'toirt cuireadh dhi a thighinn chun an adhair; bha i air tarraing air ais agus air crìonadh an toiseach, ach, air dha a thoirt a-mach gun deach a thoirt seachad; agus, anns ancùrsa an dràibheadh, a bharrachd air an \ t bha an taobh an iar, le brosnachadh brosnachail, a 'toirt seachad na h-uimhir de a nàire, mar a thug i air bruidhinn mu dheidhinn a' chuspair chudromach. Leisgeul a ràdh mun sàmhchar a bha a 'coimhead gu robh i an-fhoiseil anns a' chiad fàilteachadh aca, agus na faireachaidhean blàth a bha i an-còmhnaidh a 'toirt buaidh oirre fhèin agus mr. Taobh an iar, feumaidh e gu cinnteach an adhbhar fhosgladh; ach nuair a chaidh na h-èigneanasan seo a chur a-mach, bha iad air mòran a labhairt mun t-suidheachadh an-dràsta agus mu staid a 'chom-pàirteachaidh san àm ri teachd. Bean. Bha taobh an iar cinnteach gun robh a leithid sin de chòmhradh na fhaochadh as motha dha a companach, a 'cuir thairis na h-inntinn fhèin oir bha a h-uile nì cho fada, agus bha e gu math toilichte leis na thuirt i air a' chuspair.

"air aimhreit na dh' fhuiling i, an uair a dh 'fhalbh e iomadh mìos," thuirt i. Air taobh an iar, "bha i cho beothail. B' i seo aon de na h-abairtean aice. "cha chanas mi, bho chuir mi a-steach don chom-pàirteachas nach d' fhuair mi beagan amannan sona; ach chan urrainn dhomh a ràdh, nach aithnich mi gu bràth beannachd aon sìth uair: '- agus b 'e an lus quering, emma, a chuir i às e, a bha na fhianas a dh'fhairich mi aig mo chridhe."

"nighean bhochd!" arsa emma. "tha i den bheachd gu bheil i ceàrr, an uair sin, airson cead a thoirt dha com-pàirt prìobhaideach?"

"ceàrr! Cha dèan neach sam bith, tha mi a' creidsinn, an coire oirre nas motha na tha i air a chuir às a coire. 'A thachair,' thuirt i, 'tha e air a bhith na dhuilgheadas leanailteach dhòmhsa; agus mar sin bu chòir dha. Gu bheil am mì-ghiùlain sin a 'toirt air adhart, chan eil e fhathast nas mì-ghiùlain - chan e pian a tha ann idir, ach tha mi air a bhith an aghaidh a h-uile seòrsa còir: agus an tionndadh fortanach a tha a h-uile nì air a ghabhail, agus an coibhneas tha mi a-nis a 'faighinn, dè tha an cogais agam ag innse dhomh nach bu chòir dhomh a bhith. ' "Na smaoinich air, a dh' uamhasach, "arsa i," gun robh mi air a theagasgceàrr. Na leig le duine sam bith meòrachadh air prionnsabalan no cùram nan caraidean a thug mi suas. Tha mo mhearachd air a bhith na mo bheatha fhèin; agus tha mi a 'dèanamh cinnteach gu bheil, leis a h-uile leisgeul a dh' fhaodadh a bhith mar thoradh air na suidheachaidhean an-dràsta a 'toirt seachad, mi fhathast a' dèanamh sgeul air an sgeulachd aithnichte don chòrnaileir.

"nighean bhochd!" arsa emma a-rithist. "tha gaol aice air an uairsin, is cinnteach gum feumadh sin a bhith mar cheangal a-mhàin, gum biodh i air a toirt air adhart gu bhith a' ceangal ris a 'chùis.

"tha, chan eil teagamh sam bith agam gu bheil i fìor cheangailte ris."

"tha eagal orm," thill mi emma, osnaich, "gum bi mi gu tric air cur ri a bhith mì-thoilichte."

"air do thaobh, a ghràidh, bha e gu math neo-chiontach a dhèanamh. Ach is dòcha gu robh rudeigin aice na h-inntinn, nuair a bha e a' toirt iomradh air na mì-thuigsinnan a thug e dhuinn roimhe seo. , "arsa ise," an robh a bhith a 'toirt a-mach mì-reusanta an co-fhaireachdainn a rinn i an-dràsta, air a h-aithneachadh gu mìle mì-thoileachas, agus gun do chuir i a-mach am briathar agus a bhith ciallach gu ìre a dh' fheudar a bhith - sin - cruaidh dha-san. "cha d' fhuair mi na cuibhreannan, "arsa ise," a bu chòir dhomh a dhèanamh, airson an teotha agus na spioradan aige - a spioradan tlachdmhor, agus an t-aithreachas sin, gu bheil am faireachdainn toileachais, a bhiodh, ann an suidheachadh sam bith eile, gu tha mi cinnteach, tha mi air a bhith a 'sìor chur dragh orm, mar a bha iad an toiseach. ' Thòisich i an uairsin a 'bruidhinn ort, agus air a 'chaoimhneas mòr a bha thu air a marbhadh nuair a bha i tinn; agus le fiabhras a nochd i mar a bha e uile co-cheangailte, a 'miannachadh dhomh, nuair a fhuair mi cothrom, taing mhòr a thoirt dhut — cha b'urrainn mi taing mhòr a thoirt dhut — airson gach miannagus a h-uile dìcheall gus math fhèin a dhèanamh. Bha i ciallach nach robh thu riamh air aithne cheart fhaighinn bhuaipe fhèin. "

"mur biodh fios agam a bhith toilichte a-nis," arsa emma, gu fìrinneach, "a dh' a dh 'a dh' aindeoin a h-uile rud beag a dh 'fhaodadh a thoirt dhith a chogais dhomhainn, feumaidh i bhi, cha b'urrainn mi na buidheachas sin a ghiùlan; - air, och! Air taobh an iar, nam biodh cunntas air a dhèanamh den droch-shùil agus an obair mhath a rinn mi a 'call fairfax! —18 (a' sgrùdadh fhèin, agus a 'feuchainn ri bhith nas beòthaile), tha seo air a dhìochuimhneachadh. Tha mi cinnteach gu bheil i glè mhath - tha mi an dòchas gum bi i glè thoilichte. Tha e iomchaidh gum bi an fhortan air a thaobh, oir tha mi a 'smaoineachadh gum bi an airidh air a h-uile duine. "

Cha ghabhadh a leithid de cho-dhùnadh a fhreagairt gun fhreagairt. Taobh an iar. Bha i a 'smaoineachadh gu math air a h-uile spèis; agus, dè bha na bu mhotha, ghràdhaich i gu mòr e, agus mar sin bha a dìon gu math daor. Labhair i le mòran adhbhar, agus co-dhiù spèis co-ionann — ach bha cus aice airson a bhith ag iarraidh aire emma; cha b'fhada gus an deach e a-mach gu ceàrnag brunswick no gu donwell; dhìochuimhnich i feuchainn ri èisteachd; agus cuin. A 'tighinn gu crìch aig an deireadh," chan eil an litir againn a tha cho iomagaineach mu dheidhinn, tha fhios agad, ach tha mi an dòchas gun tig e a dh 'aithghearr," dh'fheumadh i stad gus an do fhreagair i, agus mu dheireadh feumaidh ia bhith a 'freagairt gun fhiosta, mus do thòisich i uile gu lèir dh'fhaodadh iad a bhith a 'cuimhneachadh dè an litir a bha iad cho iomagaineach mu dheidhinn.

"a bheil thu math, mo emma?" bha moran. Ceist pàirteachaidh an iar.

"o!! Gu math! Tha mi an-còmhnaidh math, tha fhios agad. Dèan cinnteach gun toir thu dhomh fiosrachadh mun litir cho luath 'sa ghabhas."

Bean. Bha conaltradh an iar a 'toirt barrachd bidhe dha emma airson meòrachadh mì-thlachdmhor, le bhith ag àrdachadh a spèis agus a h-uile neachiochd, agus a faireachadh air mì-cheartas san àm a 'dol seachad air a' chall fairfax. Bha aithreachas mòr oirre nach do dh'iarr i eòlas nas dlùithe còmhla rithe, agus bha i air a sàrachadh airson na faireachdainnean eireachdail a bha, ann an cuid de thomhais, na adhbhar. An do lean i mr. Miann ridire, le bhith a 'dèiligeadh ris an aire sin a dh' caomhnadh fairfax, a bha a h-uile h-àite mar a bha i; an robh i air feuchainn ris a bhith nas fheàrr; an robh i air a bhith a 'dèanamh dìlseachd; an robh i air feuchainn ri caraid a lorg an àite ann an harriet smith; feumaidh i, mar is trice, a bhith air a sgaradh bho gach pian a dh 'èignich oirre a-nis. — bha breith, comasan, agus foghlam, air a bhith a' comharrachadh mar aon neach mar neach-taic dhi, a bhith air fhaighinn le taingealachd; agus an taobh eile — dè bha i? — cur an cèill eadhon nach robh iad riamh nan caraidean dlùth; nach robh i a-riamh air a leigeil a-steach a chall ' tha misneachd agam mun chùis chudromach seo - a bha nas coltaiche - fhathast, ann a bhith eòlach oirre mar bu chòir dhi, agus mar a dh 'fhaodadh i, feumaidh gun deach a gleidheadh bho amharas nàdurrach de cheangal neo-iomchaidh ri mr. A bharrachd air a sin, cha b 'e a-mhàin gun do dh' uill i cho gòrach agus a thug i grèim oirre fhèin, ach bha i cho doirbh a chuir a-steach; beachd air an robh eagal mòr oirre gun deach a dhèanamh na dhuilgheadas susbainteach mu cho toinnte is a bha faireachdainnean an t-saora, le faochadh no dìth cùram na h-eaglaise a-muigh. Às a h-uile stòras de dhroch bhuaidh a bh 'timcheall, bhon a thàinig i gu highbury, chaidh ìmpidh a chuir oirre gun robh aice ris a bhith cho dona. Feumaidh i a bhith na nàmhaid bhuan. Cha b 'urrainn iad a-riamh trì a bhith còmhla, gun a bhith a' briseadh sìth a 'choireachadh ann am mìle eisimpleir; agus air cnoc a 'bhogsa, is dòcha,

Bha feasgar an latha seo glè fhada, lom, aig hartfield. Chuir an t-sìde ris na dh'fhaodadh a bhith na ghruaim. Tha uisge fuar stoirmeil air a chuir a-steach, agus chan eil dad air nochdadh ann an dath na h-àl, ach anns na craobhan is preasan, a bha a 'ghaoth a' tàir, agus fad an latha, nach fhaiceadh ach na seallaidhean cho borb ach na b'fhaide.

An t-sìde a tha fo bhuaidh mr. Taigh-cùirte, agus cha b 'urrainn dha ach a bhith comhfhurtail a chumail suas le aire gun stad air taobh a nighean, agus le rudan nach robh air a bhith a 'cosg a leth cho mòr roimhe seo. Chuir e an cuimhne a 'chiad thete-tete-tete air feasgar mrs. Latha pòsaidh an iar; ach mr. Bha ridire air coiseachd a-steach an uairsin, goirid an dèidh an tì, agus dh 'fhalbh e às a h-uile siùbhlach. Alas! Leithid de dheuchainnean taitneach de thàladh hartfield, mar a bhiodh na cuairtean sin a 'toirt seachad, a dh' fhaodadh a bhith fada seachad. Bha an dealbh a thug i an uairsin a 'tarraing às na cosnaidhean aig a' gheamhradh a 'tighinn gu crìch; cha robh càirdean sam bith air an teicheadh, cha robh tlachd sam bith air chall. — ach bha eagal air a h-uile duine gun a bhith a 'dèanamh briseadh-a-mach coltach ri seo. An dùil air a-nis, a bha a 'bagairt air ìre nach b' urrainn a bhith air a chuir às a h-uile càil - is dòcha nach biodh cuid den ghealladh sin ann. Nan deigheadh a h-uile càil a chumail a dh'fhaodadh tachairt am measg cearcall a caraidean, feumaidh gu bheil hartfield gu bhith air fhàgail bàn; agus dh 'fhalbh i gus a h-athair a cheasnachadh le dìreach an t-aon toileachas.

Feumaidh an leanabh a thèid a bhreith ann an speuran a bhith na cheangal an sin eadhon nas cruaidhe na i fhèin; agus mrs. Bhiodh an cridhe agus an t-àm siar air a ghabhail thairis. Bu chòir dhaibh a call; agus, is dòcha, ann an tomhas mòr, gun tilleadh a fear-cèile cuideachd — mar a bha e bhon taobh a-muigh, eatorra tuilleadh; agus chailleamaid fairfax, bha e reusanta a bhith ag ràdh, gun stadadh e a-rithist gu bhith na bhall de dh'àrd-alta. Bhiodh iad pòsta, agus bhiodh iad a 'fuireach an dà chuid no faisg air. Bhiodh a h-uile rud a bha math air a thoirt air falbh; agus ma bha na caillealan sin air an call, bha call donwell ri bhith air a chur ris, dè a bhiodh fhathast a 'tarraing às no de chomann reusanta taobh a-staigh an ruigsinneachd? Mr. Cha robh a 'ridire a' tighinn tuilleadh airson a chofhurtachd feasgair!a 'coiseachd a-steach aig gach àm, mar gum biodh e deònach a dhachaigh fhèin atharrachadh air sgàth an fheadhainn! Agus am biodh e air a chall dhaibh air sgàth an t-uachdaran; nam biodh e gu bhith air a bheachdachadh às a dhèidh seo, mar a lorgadh e ann an comann na h-oighreachd, cha robh e ag iarraidh tuilleadh; nam biodh amharas gu bhith air a thaghadh, a 'chiad fhear, an caraid, a' charaid, a 'bhean ris an robh e a' coimhead airson na beannachdan as fheàrr a bh 'ann; dè dh 'fhaodadh a bhith a' sìor àrdachadh brìgh emma ach am meòrachadh gu bràth fada às an inntinn, gur e an obair aice fhèin a bh 'ann?

Nuair a thàinig e gu leithid de làrach mar seo, cha robh i comasach air stad bho thoiseach, no osna trom, no fiù bho bhith a 'coiseachd mun t-seòmar airson beagan diogan — agus an aon tobar a dh' fhaodadh rud sam bith mar siùbhrachadh no fois a bhith agus an dòchas gum biodh i nas reusanta, nas eòlaiche air a h-uile latha, mar gum biodh i na b'fhaide ann an spiorad is gaisgeachd. , agus fhàgail nas lugha aithreachas nuair a chaidh i air falbh.

Caibideil xiii

Lean an aimsir mar a bha iad an ath mhadainn; agus a rèir coltais bha an aon t-aonaranachd, agus an aon t-aon fhaireachadh, a 'riaghladh air grunnd — ach anns an fheasgar dh'fhalbh e; dh'atharraich a 'ghaoth gu cairt na bu bhuige; bha na sgòthan air an toirt air falbh; nochd a 'ghrian; bha an samhradh a-rithist. Leis an dealas a dh 'èignich atharrachadh mar sin, chuir emma roimhe a bhitha-muigh cho luath 'sa ghabhas. Cha robh sealladh, fàileadh, mothachadh de nàdar, sìtheil, blàth, agus sgoinneil às deidh stoirm, air a bhith nas tarraingiche dhi. Bha i airson a bhith diombach a dh 'fhaodadh iad a thighinn a-steach beag air bheag; agus air mr. Cha robh a 'chaithream idir a' tighinn gu luath às deidh na dìnneir, agus uair a bha dì-measail air a h-athair a thoirt seachad, chaill i ùine sam bith ann an cabhaig chun an torc. — an sin, le spioraid neònach, agus smaointean le beagan fuasglaidh, bha i air grunn thursan a ghabhail, nuair a chunnaic i mr . Ridire a 'dol tro dhoras a' ghàrraidh, agus a 'tighinn a-steach dhith. — b' e a 'chiad fhuaim a thàinig air ais à lunnainn. Bha i air a bhith a 'smaoineachadh air an àm roimhe, mar a bha e coltach gun robh e sia mìle deug air falbh. — cha robh ùine ann ach airson an rèiteachadh inntinn as luaithe. Feumaidh ia bhith air a cruinneachadh agus air a socair. Ann an leth mionaid bha iad còmhla. An "how d'ye do"

Choisich iad còmhla. Bha e sàmhach. Bha i den bheachd gu robh e gu tric a 'coimhead oirre, agus a' feuchainn ri sealladh nas motha a thoirt air a h-aghaidh na bha i freagarrach dhi. Agus thug an creideamh seo uamhas eile seachad. Is dòcha gu robh e airson bruidhinn rithe, mun cheangal ris an t-acras; is dòcha gum biodh e a 'coimhead airson brosnachadh gus tòiseachadh. Feumaidh e fhèin a dhèanamh e fhèin. Ach cha b'urrainn dhi an t-sàmhchair seo a ghiùlan. Còmhla ris bha e gu math mì-nàdarra. Bheachdaich i - air a cho-dhùnadh - agus, a 'feuchainn ri gàire a dhèanamh, thòisich—

"tha naidheachd agad ri chluinntinn, a-nis tha thu air ais, bidh sin na iongnadh dhuit."

"a bheil?" arsa esan gu socair, agus ag amharc oirre; "de na nàdar?"

"oh! An nàdar as fheàrr san t-saoghal - banais."

An dèidh feitheamh mionaid, mar gum biodh e cinnteach gu robh i an dùil gun a bhith ag ràdh tuilleadh, fhreagair e,

"ma tha thu a' ciallachadh gu bheil am fuaim ceart agus na h-eaglaisean falamh, chuala mi sin mar-thà. "

"ciamar a tha e comasach?" ghlaodh iad emma, a 'tionndadh a gruaidhean drùidhteach dha; oir, nuair a bhruidhinn i, thachair e dhi gum faodadh e bhith a 'bruidhinn aig mrs. Ann an rathad.

"fhuair mi beagan loidhnichean air gnìomhachas na paraiste bho m. An iar air a' mhadainn seo, agus aig deireadh an latha thug e dhomh iomradh goirid air na thachair. "

Bha emma gu math sàmhach, agus dh'fhaodadh i a ràdh an-dràsta, le beagan nas comasaiche,

"is dòcha nach robh thu air a dh' uamhasachadh seach duine sam bith, oir tha thu air amharas a chuir ort. — chan eil mi air dìochuimhneachadh gun do dh'fheuch thu ri rabhadh a thoirt dhomh uair sam bith. — miann mi gun robh mi air a fhrithealadh — ach— (le guth tilgeil agus tha osnadh trom ann) gu bheil mi a 'coimhead gu bheil mi dìomhain orm."

Oir cha d 'eil dad air a ràdh, agus bha i neo-chinnteach mar a dh' fhag i aon leas sònraichte, gus an d 'fhuair i a mach a lamh a-steach, agus a dh ith e an aghaidh a chridhe, agus a chuala e ag radh mar sin, ann an tòna làn mothachaidh. ,

"àm, a dh' uamhasach misneach, ithidh an t-àm an lot. — do mheon fhèin-mhath — do chuirmean air son do athar — tha fios agam nach leig thu leat fhèin. " bha a gàirdean air a bruthadh a-rithist, mar a chuir e ris, ann an stràc a bha na bu bhriste agus fo smachd, "faireachdainnean a' chàirdeas as blàithe - a 'mireachadh - teàrnadh ionmholta!" - agus ann an tòna nas àirde, nas seasmhaiche, chuir e crìoch air, "bidh e a dh'aithghearr tha e duilich gu bheil i airidh air a son agus tha i airidh air deagh chliù.

Thuig emma e; agus cho luath is a b 'urrainn dhi faighinn thairis air an toileachas, air a ghabhail a-steach le beachdachadh mar sin, thuirt e,

"tha thu glè chaoimhneil - ach tha mearachd ort - agus feumaidh mi do cheart a shuidheachadh. — chan eil mi ag iarraidh a leithid de thruas ris. Tha mi air mo dhùsgadh an-còmhnaidh, agus bha mi gu math duilich a ràdh agus a dhèanamh iomadh rud a dh'fhaodadh a bhith nam meadhan fosgailte do thurais mì-thlachdmhor, ach chan eil adhbhar sam bith eile agam a bhith aithreachas nach robh mi anns an dìomhaireachd na bu thràithe. "

"emma!" dh 'èigh e, a' coimhead gu geur oirre, "a bheil thu, gu dearbh?" - ach a 'coimhead ris a' e - "chan eil, tha mi a' tuigsinn d '- thoir maitheanas dhomh-sa. , gu dearbh, agus cha bhith e glè fhada, tha mi an dòchas, mus tig thu nas aithne na an t-adhbhar agad. — gu fortanach nach robh do chùmhnantan nas fhaide a-steach! — cha b 'urrainn dhomh, ag aideachadh, bho do bhodhaig, dearbhadh mi fhèin mar chun na h-ire a bha thu a 'faireachdainn - cha b' urrainn dhomh a bhith cinnteach ach gun robh roghainn ann - agus roghainn nach robh mi a 'creidsinn gu robh e airidh air. — tha e nàire dha ainm an duine. — agus is e an duais a gheibh e mar sin. Caileag òg milis? —jane, jane, bidh thu nad chreutair truagh. "

"arsa ridire," arsa emma, a 'feuchainn ri bhith beothail, ach gu math troimh-a-chèile -" tha mi ann an suidheachadh gu math iongantach. Cha dèan mi a 'leigeil leat leantainn ort leis a' mhearachd; uiread de dh'adhbhar a bhith agad mu bhith ag aideachadh nach robh mi idir air a bhith ceangailte ris an neach ris a bheil sinn a 'bruidhinn, oir dh'fhaodadh gu bheil e nàdarra dha boireannach faireachdainn gu bheil i dìreach ag atharrachadh an taobh eile. — ach cha robh mi agam."

Bhiodh e ag èisteachd ri sàmhchair foirfe. Dh 'iarradh i air bruidhinn, ach cha bhiodh. Feumaidh i barrachd a ràdh mus robh còir aice air a chomas; ach bha e doirbh a bhith a 'riatanas a bhith fhathast nas ìsle na bheachd fhèin. Ach lean i oirre.

Agus a-nis is urrainn dhomh a bhith mothachail air an giùlan aige. Cha robh e ag iarraidh mo cheangal a-riamh. Cha robh ann ach dall gus a shuidheachadh fhèin a chuir am falach le fear eile. — is e an nì aige a bh 'ann a bha dall mu dheidhinne; agus cha b 'urrainn do neach sam bith, tha mi cinnteach, a bhith air a dholaidh gu ìre nas èifeachdaiche na mi fhèin - ach nach deach dall a dhèanamh orm — gur e mo fhortan math — a bha, ann an ùine ghoirid, gu robh mi air choreigin no sàbhailte eile bhuaithe."

Bha i air a bhith a 'feitheamh airson freagairt an seo — airson beagan fhaclan ag ràdh gun robh a giùlan co-cheangailte ri tuigse; ach bha e sàmhach; agus, cho fad's a dh 'fhaodadh i breithneachadh, domhainn. Mu dheireadh, agus mar sin anns an dòigh àbhaisteach aige, thuirt e, "cha robh mi riamh air a bhith a' smaoineachadh gu robh fealla-dhà na h-eaglaise ann. — is urrainn dhomh, ge-tà, gu bheil mi air a mhisneachadh. Tha mi air a bhith furasda a-thaobh ris a 'chainnt agam. — agus eadhon ged nach do bhris mi e gu ruige seo, is dòcha gun tionndaidh e fhathast. A-mach gu math. — le leithid de bhoireannach tha cothrom aige. — chan eil adhbhar agam a bhith a 'miannachadh a bhith tinn - agus air a sgàth, a bhios an toileachas an sàs na deagh charactar agus an giùlan, bidh mi gu cinnteach a' guidhe dha. "

"chan eil teagamh sam bith agam gu bheil iad toilichte còmhla," thuirt emma; "tha mi a' creidsinn gu bheil iad gu math co-chòrdail agus gu fìor ceangailte ris. "

"tha e na dhuine as fortanach!" air ais mr. Ridire, le lùth. "cho tràth sa bheatha - aig trì-agus-fichead — àm nuair a dh' fheumas fear bean, mar as trice bidh e tinn. Aig trì is fichead gu leithid de dhuais a tharraing! Dè na bliadhnaichean de bhochdainn don duine sin, ann an tha a h-uile cunntas daonna, roimhe, a 'dèanamh cinnteach gu bheil gaol eadar a' chailleach sin - an gaol gràdhach, airson a 'charactaran de charactar airson fìrinn; a h-uile rud na fhabhar, — a' suidheachadh co-ionann — a 'ciallachadh, a thaobh coimhearsnachd agus a h-uile dòigh is modh a tha cudromach: co-ionnanachd anns gach puing ach aon — agus gu bheil am fear sin, seach nach eil teagamh na glanadh a cridhe, mar a dh 'èireas àrdachadh air a bhàsachd, oir is e an neach aige an t-aon adhbhar a bhuileachadh. Na buannachdan a tha i ag iarraidh. — bhiodh duine an-còmhnaidh ag iarraidh dachaigh nas fheàrr a thoirt dha boireannach na am fear a bhiodh ea thoirt a-mach i; agus feumaidh esan, a dh 'urrainn a dhèanamh, far nach eil teagamh sam bith mu dheidhinn, a bhith a' smaoineachadh gur e am fear as toilichte a tha ann de bhàsan-adhlacaidh. — is e falaichte na h-eaglaise, gu dearbh, an rud as fheàrr leis. Tha a h-uile rud a 'tighinn a-mach airson a dheadh. — tha ea' coinneachadh ri boireannach òg ann an àite uisgeach,

a 'faighinn buannachd, chan urrainn dhi eadhon a bhith sgìth
dhith ann an droch làimhseachadh — agus an robh e fhèin is a
theaghlach air a bhith ag iarraidh timcheall an t-saoghail airson
bean coileanta dha , cha b 'urrainn dhaibh a bhith air a h-àrd-
obair fhaighinn. — tha a dh' athair-san san rathad. — bhàsaich a
mhàthar. — chan eil aige ach bruidhinn. —tha a charaidean
dealasach a bhith a 'bhrosnachadh a thoileachas. — bha e a'
cleachdadh a h-uile corp tinn - agus tha iad tha iad uile toilichte a
bhith a 'toirt maitheanas dha. — tha e na dhuine fortanach gu
dearbh!"

"tha thu a' bruidhinn mar gum biodh tu air a mhealladh. "

"agus is e farmad a th 'ann dha, emm. Ann an aon urram gur e
cùis mo thè a th'ann."

Chanadh emma tuilleadh. A rèir coltais bha iad taobh a-staigh
leth-bhinn de dh 'cliathadh, agus bha a h-uile coltas sa bhad gun
do chuir i stad air a' chuspair, ma ghabhas sin dèanamh. Rinn i
am plana aice; bhiodh i a 'bruidhinn air rudeigin gu tur eadar-
dhealaichte - a' chlann ann am ceàrnag brunswick; agus cha do
dh 'fhan i ach gun do dh' fhalbh e, nuair a bha mr. Chuir ridire
air falbh i, le bhith ag ràdh, \ t

"cha bhith thu a' faighneachd dhomh dè am puing a tha ann. —
tha thu a 'dèanamh cinnteach, nach eil feòrachas sam bith agad.
— tha thu glic — ach chan urrainn dhomh a bhith glic. Emma,
feumaidh mi innse dhut dè nach fhaigh thu, ged is dòcha gum bi
mi ag iarraidh gun cuireadh e an cèill an ath mhionaid. "

"oh, ma tha, na bruidhinn e, na bruidhinn e," thuirt i gu
dealasach. "thoir beagan ùine, smaoinich, na bi ga dhèanamh
fhèin."

"tapadh leat," thuirt e, ann an stràc de mhor-dhaingeadh, agus
cha robh siolla eile ga leantainn.

Cha b'urrainn emma grèim a thoirt dha le pian. Bha e airson a dhol a-steach innte - 's dòcha co-chomhairleachadh a dhèanamh rithe; - a dh'innis i dè a bhiodh i, bhiodh i ag èisteachd. Dh 'fhaodadh i cuideachadh ris a rèiteachadh, no a rèiteach ris; dh 'fhaodadh i moladh a thoirt do dh' fheachd, no, le bhith a 'riochdachadh dha neo-eisimeileachd fhèin, a 'toirt seachad bho staid neo-chinnteach, a dh' fheumas a bhith nas dochainniche na roghainn sam bith eile mar e. — bha iad air an taigh a ruighinn.

"tha thu a' dol a-steach, tha mi creidsinn? " thuirt e.

"cha robh," - fhreagair emma - gu dearbh air a dhearbhadh leis an dòigh ìosal anns an robh e fhathast a 'bruidhinn—" bu mhath leam tionndadh eile a ghabhail. Chan eil cràdh air falbh. " agus, an dèidh beagan cheumannan a chur air adhart, thuirt i - "chuir mi stad ort gu mi-chinnteach, dìreach an-dràsta, mr knightley, agus, tha eagal orm, thug thu pian dhut. — ach ma tha miann agad bruidhinn gu fosgailte rium mar charaid, no a bhith ag iarraidh mo bheachd air rud sam bith a dh 'fhaodadh tu a bhith a' smaoineachadh mu dheidhinn - mar charaid, gu dearbh, is dòcha gun toir thu àithne dhomh. — cluinnidh mi rud sam bith a thogras tu.

"mar charaid!" - ath-aithris mr. Knightley - "emma, gur e facal a th' ann an eagal - chan e, chan eil mi ag iarraidh — fuirich, tha, carson bu chòir dhomh dàil a dhèanamh? —i tha mi air a dhol ro fhada mar-thà airson a bhith a 'faighinn thairis. — eamma, tha mi a' gabhail ris an tairgse agad - gu h-iongantach mar a tha e dh'fhaodadh mi gabhail ris, agus mi fhìn a ghabhail ris mar charaid. — inns dhomh, ma-thà, nach eil cothrom sam bith agam air soirbheachadh gu bràth? "

Stad e na dhìcheall airson a bhith a 'coimhead air a' cheist, agus chuir dreach a shùilean cuideam oirre.

"arsa fear mo ghaoil," arsa esan, "gu bràth bidh thu an-còmhnaidh, ge bith dè an uair a bhios an còmhradh seo a' dol, m 'eudail mo ghaoil, a tha cho gràdhach, ag innse dhomh aig an aon àm." chan eil, ma tha e ri ràdh. " —a dh 'fhaodadh iad a ràdh rud sam bith -" tha thu sàmhach, "thuirt e, le beothalachd mhòr; "gu tur sàmhach! An-dràsta chan eil mi ag iarraidh tuilleadh."

Bha emma cha mhòr deiseil gus a dhol fodha fo strì na mòmaid seo. An dùil a bhith air a dùsgadh bhon aisling as toilichte, is dòcha gur e seo an fhaireachdainn a bu shoilleire.

"chan urrainn dhomh òraidean a dhèanamh, emma:" thòisich e a-rithist; agus ann an tòna cho làn de tùrsach, cho-dhèanta is tuigseach mar a dh 'fhaodadh mi gabhail ris, is dòcha gum biodh e comasach dhomh bruidhinn mu dheidhinn nas motha. Ach tha fios agad d' ann. . — tha mi air a 'choire a thoirt dhut, agus air do mhisneachadh, agus tha thu air a ghiùlan bho nach eil boireannach eile ann an sasainn ris. — gabh ri fìrinn leis gun innis thu dhut a-nis, a ghaoil eireachdail, cho math riut fhèin. Tha an dòigh, is dòcha, a dh 'fhaodadh a bhith cho beag airson a bhith gam moladh. Tha mi air a bhith gu math measail. — ach tha thu gam thuigsinn. — tha, chì thu, tha thu a' tuigsinn mo fhaireachdainnean — agus bheir mi air ais thu mas urrainn dhut. An làthair, bidh mi ag iarraidh a-mhàin cluinntinn, uair gus do ghuth a chluinntinn. "

Fhad's a bha e a 'bruidhinn, bha inntinn emma cho trang, agus leis an fhaireachdainn iongantach air fad, bha e comasach - agus fhathast gun a bhith a' call facal — gus fìor fhìrinn na h-iomlan a ghlacadh agus a thuigsinn; gus faicinn gun robh dòchas an t-seilge gu tur gun bhun-stèidh, mearachd, mealladh, mar làn dhuilgheadas sam bith aice fhèin — nach robh dad ann; gun robh i na h-uile rud; gun deach a h-uile rud a bha i ag ràdh a-thaobh an t-searbhag a ghabhail mar chànan a faireachdainnean fhèin; agus gun deach a strì, a teagamhan, a mì-thoileachas, a mhì-mhisneachadh uile fhaighinn mar mhì-mhisneachd dhi fhèin. —

agus chan e a-mhàin gun robh àm ann airson nan dìtidhean sin, leis a h-uile toileachas de toileachas an luchd-frithealaidh; bha ùine ann cuideachd airson gàirdeachas a dhèanamhcha do dh 'fhag am fuasgladh d riet aine, agus dh' fheudadh nach fheumadh e, agus cha bu choir dhi. — an t-seirbhis uile a dh 'fhaodadh i nis a bhi toirt a caraid bochd; oir a thaobh aon de na gaisgeachd sin a dh 'fhaodadh a bhrosnachadh gus a ghràdh a ghluasad bho dh' fheachd, gu h-iongantach mar an rud as luachmhoire de na dhà — no eadhon faochadh nas sìmplidhe mu bhith a 'feuchainn ris a dhiùltadh aig an aon àm agus airson. Gu bràth, gun a bhith a 'dèanamh dìmeas air adhbhar sam bith, oir cha b'urrainn dha an dithis aca a phòsadh, cha robh e aig emma. Dh'fhairich i gu robh e cruaidh, le pian agus ùmhlachd; ach cha robh itealachd fialaidh ga ruith gu tur, an aghaidh a h-uile rud a dh 'fhaodadh a bhith reusanta no reusanta, a dhol a-steach don eanchainn aice. Thug i air a caraid a chuir air seachran, agus bhiodh e na dhragh dha gu bràth; ach bha a breith cho làidir ris na faireachdainnean aice, agus cho làidir 'sa bha i riamh roimhe, ann a bhith ag ath-dhachadh caidreachas mar sin dha, mar as motha agus as ìsle. Bha a slighe gu math soilleir, ged nach robh i buileach rèidh. — an uairsin thuirt i, an uair a bha i air a cur an sàs. — dè thuirt i? — dè an rud a bu chòir dhi, gu dearbh. Bidh bean an-còmhnaidh a 'dèanamh. — thuirt i gu leòr airson a bhith a' glanadh nach fheum eu-dòchais a bhith ann — agus cuireadh a thoirt dha barrachd a ràdh. Bha e air a thilgeil a-mach aig aon àm; bha e air leithid de bharantas fhaighinn gus rabhadh agus sàmhchair a ghabhail, oir airson na h-ùine dh 'fhalbh gach dòchas; — thòisich e air a dhiùltadh e a chluinntinn. — dh' fhaodadh gun do dh'atharraich an t-atharrachadh gu h-obann; a bha i dìreach air a chuir às a chèile, is dòcha gun robh e car neònach! Ach mr. Bha ridire cho trom air a bhith a 'cur suas ris, agus cha robh e ag iarraidh mìneachadh nas fhaide. —s e a 'bruidhinn an uair sin, nuair a chaidh a chur an sàs mar sin. — dè thuirt i? — dè an rud a bu chòir dhi, gu dearbh, a dhèanamh. Bidh bean an-còmhnaidh a 'dèanamh. — thuirt i gu leòr airson a bhith a' glanadh nach fheum eu-dòchais a bhith ann — agus cuireadh a thoirt dha barrachd a ràdh. Bha e air a thilgeil a-mach aig aon àm; bha e air leithid de bharantas fhaighinn gus rabhadh agus sàmhchair a ghabhail, oir airson na h-ùine dh 'fhalbh gach dòchas; — thòisich e air a dhiùltadh e a chluinntinn. — dh' fhaodadh gun do dh'atharraich an t-atharrachadh gu h-obann; a bha i dìreach air a chuir às a chèile, is dòcha gun robh e car neònach! Ach mr. Bha ridire cho trom air a bhith a 'cur suas ris, agus cha robh e ag iarraidh mìneachadh nas fhaide. —s e a 'bruidhinn an uair sin, nuair a chaidh a chur an sàs mar sin. — dè thuirt i? — dè an rud a bu chòir dhi, gu dearbh, a dhèanamh. Bidh bean an-còmhnaidh a 'dèanamh. — thuirt i gu leòr airson a bhith a' glanadh nach fheum eu-dòchais a bhith ann — agus cuireadh a thoirt dha barrachd a ràdh. Bha e air a thilgeil a-mach aig aon àm; bha e air leithid de bharantas fhaighinn gus rabhadh agus sàmhchair a ghabhail, oir airson na h-ùine dh 'fhalbh gach dòchas; — thòisich e air a dhiùltadh e a chluinntinn. — dh' fhaodadh gun do dh'atharraich an t-atharrachadh gu h-obann; a bha i dìreach air a chuir às a chèile, is dòcha gun robh e car neònach! Ach mr. Bha ridire cho trom air a bhith a 'cur suas ris, agus cha robh e ag iarraidh mìneachadh nas fhaide. Bha e air a thilgeil a-mach aig aon àm; bha e air leithid de bharantas fhaighinn gus rabhadh agus sàmhchair a ghabhail, oir airson na h-ùine dh 'fhalbh gach dòchas; — thòisich e air a dhiùltadh e a chluinntinn. — dh' fhaodadh gun do dh'atharraich an t-atharrachadh gu h-obann; a bha i dìreach air a chuir às a chèile, is dòcha gun robh e car neònach! Ach mr. Bha ridire cho trom air a bhith a 'cur suas ris, agus cha robh e ag iarraidh mìneachadh nas fhaide. Bha e air a thilgeil a-mach aig aon àm; bha e air leithid de bharantas fhaighinn gus rabhadh agus sàmhchair a ghabhail, oir airson na h-ùine dh 'fhalbh gach dòchas; — thòisich e air a dhiùltadh e a chluinntinn. — dh' fhaodadh gun do dh'atharraich an t-atharrachadh gu h-obann; a bha i dìreach air a chuir às a chèile, is dòcha gun robh e car neònach! Ach mr. Bha ridire cho trom air a bhith a 'cur suas ris, agus cha robh e ag iarraidh mìneachadh nas fhaide.

Is ann ainneamh ainneamh a tha fìrinn iomlan a 'buntainn ri bhith a' foillseachadh duine; is ann ainneamh a bhios sin a 'tachairt nach eil rudeigin caran beag air a' chùis, no beagan mearachd; ach far, mar anns a 'chùis seo, ged a tha an giùlan ceàrr, nach eil na faireachdainnean, is dòcha nach bi e gu math susbainteach. — mr. Cha b 'urrainn dha ridire impidh a chuir air cridhe nas beothaile a bhith aice na bha aice, no air cridhe na bu mhotha a chuir e ris a bhith a' gabhail.

Gu dearbh, bha e gu tur neo-mhisneachail na bhuaidh aige fhèin. Lean e air i dhan phreasan gun fhios air a bhith ga fheuchainn. Bha e air a thighinn, na dhragh dha fhaicinn mar a bha i a 'tarraing a-steach com-pàirt na h-eaglaise, gun sealladh siùbhlach, gun sealladh idir, ach a bhith a' feuchainn, ma leigeadh i dha fosgladh, a bhith a 'brùchadh no comhairle a thoirt dhi. Obair na h-ùine, a 'bhuaidh as luaithe a chuala e, air na faireachdainnean aige. Thug an dearbhadh aoibhneach mu a cionachd iomlan a dh 'aindeoin eaglais neo-ghuthach, a cuid cridhe a dhiultadh as a dheidh, breith an dòchas, sin ann an àm, gum faigheadh e a cliù fhein; — ach cha robh dòchas sam bith ann an-diugh — e ann a bhith a 'faighinn a-mach nach robh i a' cur a dhìcheall an oidhirp a thoirt oirre.

Bha a h-atharrachadh co-ionann. — thug an leth-uair a thìde so seachad air gach dearbh cinnteach a th 'ann de ghaol a bhith air a ghlanadh bho gach aon aineolas, eud, no mì-earbsa. — air a thaobh, bha seasamh fada ann. Eudach, sean nuair a bha an eaglais ga ruighinn, no eadhon na bha e an dùil ris. — bha e ann an gaol le emma, agus eudach na h-eaglaise onorach, bhon aon àm, is dòcha gun do chuir aon bheachd ris an taobh eile. B 'e an t-eud a bh' aige a dh 'fheudas e bhith air a thighinn a-mach às an dùthaich. — bha a' bhuidheann cnoc sa bhogsa air a thighinn gu co-dhùnadh mu dhol air falbh. Shàbhaladh e fhèin ebho bhith a 'faicinn a-rithist gun robh seo ceadaichte, thug e fa-near aire. — bha e air a dhol a dh'ionnsachadh a bhith coma-dhiù. — ach bha e air a dhol gu àite ceàrr. Bha cus toileachais ann an taigh a bhràthar; bha am boireannach ann an riochd a bha caran coltach rithe; bha isabella ro choltach ri emma - eadar-dhealaichte a-mhàin anns na h-uibhir a b'fheàrr, a thug an neach eile am follais roimhe, oir chaidh mòran a dhèanamh, eadhon gun robh an ùine aige nas fhaide. Latha — gus an do chuir post na maidne seo eachdraidh a 'bhratach cho-fhlaitheas. — an uair sin, leis an aoibhneas a dh' fheumar fhaireachdainn, a ich, nach do bhris e, a 'faireachdainn nach robh e riamh a' creidsinn eaglais falamh gu bhith aig an obair airidh air an robh e, a leithid de dhroch shunnd, cho mòr de dhragh oirre, nach b 'urrainn dha fuireach nas fhaide. Bha e air a dhol dhachaigh tron uisge;

Bha e air a lorg ann an còmhstri agus iriosal. Cha robh caractar neo-chliùiteach eaglaise a 'dian-èiginn. — b'e a emma fhèin a bh' ann, le làimh agus facal, nuair a thill iad a-steach dhan taigh; agus nam biodh e air a bhith a 'smaoineachadh mu dheidhinn eaglais neo-chliùiteach an uair sin, dh' fhaodadh e a bhith air a mheas mar seòrsa fìor mhath.

Caibideil xiv

Dè na faireachdainnean gu tur eadar-dhealaichte a thug emma a-steach dhan taigh às na thug i a-mach! — bha e an uair sin dìreach air a bhith a 'coimhead airson beagan faochaidh de dh'fhuiling; — bha e a-nis ann an neul toileachais, agus a leithid sin de toileachas mar a bha feumaidh i fhathast a bhith na bu mhotha nuair a bu chòir dhan sgaoth a bhith air bàsachadh.

Shuidh iad sios gu teatha - an aon phàrtaidh mun aon bhòrd — dè cho tric 'sa chaidh a thogail! — agus dè cho tric' sa thuit a

sùilean air na preasan ceudna air an fheur, agus gun do
mhothaich e an aon bhuaidh a bha aig a 'ghrian an iar air!" riamh
ann an leithid de spioradan, cha bhith ann an càil sam bith
coltach ris; agus b 'ann le duilgheadas a dh 'fhaodadh i gu leòr de
a cuid fèin àbhaisteach a' thoirt gu bhith mar bhana-mhaighstir
na taigh, no eadhon an nighean le aire.

Mr bochd. Is beag a bha amharas mu dheidhinn dè bha a 'dol an
aghaidh a' bhroilleach aig an fhear sin a bha e cho aoigheil, agus
a dh 'fhaodadh nach biodh e cho fuar leis an turas aige. — an
robh e air a' chridhe fhaicinn, cha bhiodh e fàth air na
sgamhanan; ach as eugmhais mac-meanmna an domhain a dh
'fhaisgeach as aonais an lèirsinn as lugha a dh' ann a dh
'aonachd no ann an dòighean aon chuid, dh' aisich e riutha gu
comhfhurtail na h-artaigilean naidheachd a fhuair e bho mr.
Agus e a 'bruidhinn le tòrr fèin-riarachaidh, gu tur mì-chliùiteach
mun rud a dh' fhaodadh iad a ràdh ris air ais.

Cho fada ri mr. Dh'fhuirich ridire còmhla riutha, lean fiabhras
emma; ach nuair a bha e air falbh, thòisich i air a bhith na
shocair agus fo smachd — agus ri linn an oidhche gun chadal, a
bha mar chìs airson oidhche mar sin, fhuair i a-mach aon phuing
cho cudromach a dh 'smaoinich e, mar a bha i a' faireachdainn ,
gum feumadh cuid de choibhneas a bhith aig a toileachas. A h-
athair - agus an t-uachdaran. Cha b 'urrainn dhi a bhith na h-
aonar gun a bhith a' faireachdainn làn cuideam nan tagraidhean
fa leth aca; agus mar a dh 'iarradh tu comhfhurtachd an dithis
aca a dhìoncha mhòr nach robh a 'cheist. A thaobh a h-athar, b'e
ceist a bh 'ann a chaidh a fhreagairt a dh' aithghearr. Is gann a
bha fios aice dè a bha a 'tachairt. Dh'iarradh ridire; ach le bhith a
'tarraing a-steach a h-athair, cha bheag a dh' eadh ach partaidh
gu math goirid le a cridhe fhèin. Nuair a bha e beò, chan fhaod
ach ceangal a bhith ann; ach thug i misneach dhi, ma dh
'fhaodadh i gluasad an cunnart a tharruing air falbh, gu'm biodh
e na chofhurtachd leis. — mar a dhèanainn i na b 'fhearr le
claidheamh, bha e na bu dhuilghe an co-dhùnadh; ; mar a dh

'fhaodar a dhèanamh cho cinnteach sam bith; mar a nochdas i mar as lugha a nàmhaid? - na cuspairean sin, bha a h-inntinn agus a dhuilgheadas ro mhòr - agus dh 'fheumadh a h-inntinn a dhol air ais a-rithist agus a-rithist tro gach droch dhìoladh agus bròn a dh' fhàg e riamh. —fhaodadh iad a thighinn gu co-dhùnadh mu dheireadh thall, gum biodh i fhathast a 'seachnadh coinneamh còmhla rithe, agus a' conaltradh a h-uile càil a dh 'fheumas innse tro litir; gum biodh e do-sheachanta gum biodh e air a thoirt air falbh an-dràsta airson ùine bho highbury, agus - a 'gabhail a-steach ann an aon sgeama barrachd — faisg air a thighinn gu aon taobh, gum faodadh e a bhith comasach cuireadh fhaighinn airson ceàrnag brunswick. — bha isabella air a bhith toilichte le clàrsach; agus feumaidh beagan sheachdainnean a chaidh a chur seachad ann an lunnainn beagan toileachais a thoirt dhi. — cha robh i den bheachd gu robh e na b'fheàrr a bhith a 'faighinn às le nobhail is iomadachd, anns na sràidean, na bùithtean agus a' chlann. — aig ìre sam bith, bhiodh e dearbhadh air aire agus coibhneas ann fhèin, bhon a bha gach nì ris; sgaradh airson an-dràsta; stad air an droch latha, nuair a dh'fheumas iad a bhith còmhla a-rithist. Agus a bhith ag innse na h-uile a dh 'fheumas innse tro litir; gum biodh e do-sheachanta gum biodh e air a thoirt air falbh an-dràsta airson ùine bho highbury, agus - a 'gabhail a-steach ann an aon sgeama barrachd — faisg air a thighinn gu aon taobh, gum faodadh e a bhith comasach cuireadh fhaighinn airson ceàrnag brunswick. — bha isabella air a bhith toilichte le clàrsach; agus feumaidh beagan sheachdainnean a chaidh a chur seachad ann an lunnainn beagan toileachais a thoirt dhi. — cha robh i den bheachd gu robh e na b'fheàrr a bhith a 'faighinn às le nobhail is iomadachd, anns na sràidean, na bùithtean agus a' chlann. — aig ìre sam bith, bhiodh e dearbhadh air aire agus coibhneas ann fhèin, bhon a bha gach nì ris; sgaradh airson an-dràsta; stad air an droch latha, nuair a dh'fheumas iad a bhith còmhla a-rithist. Agus a bhith ag innse na h-uile a dh 'fheumas innse tro litir; gum biodh e do-sheachanta gum biodh e air a thoirt air falbh an-dràsta airson ùine bho highbury, agus - a 'gabhail a-steach ann an aon sgeama barrachd — faisg air a thighinn gu aon taobh, gum faodadh e a bhith comasach cuireadh fhaighinn airson ceàrnag brunswick. — bha isabella air a bhith toilichte le clàrsach; agus feumaidh beagan sheachdainnean a chaidh a chur seachad ann an lunnainn beagan toileachais a thoirt dhi. — cha robh i den bheachd gu robh e na b'fheàrr a bhith a 'faighinn às le nobhail is iomadachd, anns na sràidean, na bùithtean agus a' chlann. — aig ìre sam bith, bhiodh e dearbhadh air aire agus coibhneas ann fhèin, bhon a bha gach nì ris; sgaradh airson an-dràsta; stad air an droch latha, nuair a dh'fheumas iad a bhith còmhla a-rithist. Agus — a 'gabhail a-steach ann an aon sgeama nas motha, faisg air a thighinn gu aon taobh, gum faodadh e a bhith comasach cuireadh fhaighinn airson a bhith a' brunswick ceàrnag. — bha inabella air a bhith toilichte leis an t-seilge; agus feumaidh beagan sheachdainnean a chaidh a chur seachad ann an lunnainn beagan toileachais a thoirt dhi. — cha robh i den bheachd gu robh e na b'fheàrr a bhith a 'faighinn às le nobhail is iomadachd, anns na sràidean, na bùithtean agus a' chlann. — aig ìre sam bith, bhiodh e dearbhadh air aire agus coibhneas ann fhèin, bhon a bha gach nì ris; sgaradh airson an-dràsta; stad air an droch latha, nuair a dh'fheumas iad a bhith còmhla a-rithist. Agus — a 'gabhail a-steach ann an aon sgeama nas motha, faisg air a thighinn gu aon taobh, gum faodadh e a bhith comasach cuireadh fhaighinn airson a bhith a' brunswick ceàrnag. — bha inabella air a bhith toilichte leis an t-seilge; agus feumaidh beagan sheachdainnean a chaidh a chur seachad ann an lunnainn beagan toileachais a thoirt dhi. — cha robh i den bheachd gu robh e na b'fheàrr a bhith a 'faighinn às le nobhail is iomadachd, anns na sràidean, na bùithtean agus a' chlann. — aig ìre sam bith, bhiodh e dearbhadh air aire agus coibhneas ann fhèin, bhon a bha gach nì ris; sgaradh airson an-dràsta; stad air an droch latha, nuair a dh'fheumas iad a bhith còmhla a-rithist. Nan deidheadh a 'faighinn às le bhith ùr-nòsach agus eadar-dhealaichte, anns na sràidean, anns na bùithtean agus leis a' chlann. — aig àm sam bith, bhiodh e na dhearbhadh air aire agus coibhneas ann fhèin, bhon a bha gach nì ris; sgaradh airson an-dràsta; stad air an droch latha, nuair a dh'fheumas iad a bhith còmhla a-rithist. Nan deidheadh a 'faighinn às le bhith ùr-nòsach agus eadar-dhealaichte, anns na sràidean, anns na bùithtean agus leis a' chlann. — aig àm sam bith, bhiodh e na dhearbhadh air aire agus coibhneas ann fhèin, bhon a bha gach nì ris; sgaradh airson an-dràsta; stad air an droch latha, nuair a dh'fheumas iad a bhith còmhla a-rithist.

Dh 'eirich i gu moch, agus sgrìobh i litir a dh' ionnsuidh; cosnadh a dh'fhàg i cho dona, cho teann, a bha sin. Nach do ràinig ridire, gu bhith a 'coiseachd suas gu hartfield gu bracaist, gu math tràth; agus leth uair a thìde air an goid às dèidh sin gus a dhol thairis air an aon thalamh a-rithist leis, gu litireil agus gu figearach, bha e gu math riatanach airson a toirt air ais ann an cuibhreann ceart den toileachas a bha aige roimhe.

Cha robh e air a bhith fada bho chionn fhada, agus cha robh e fada gu leòr airson gum biodh i cho buailteach a bhith a 'smaoineachadh air corp sam bith eile, nuair a chaidh litir a thoirt thuice bho randalls - litir glè thiugh; gum feum a bhith ga leughadh. — bha i a-nis ann an carthannas foirfe le eaglais na h-eaglaise; cha robh i ag iarraidh mìneachadh sam bith, bha i airson a beachdan fhèin a thoirt dhith - agus mar airson tuigse fhaighinn air rud sam bith a sgrìobh e, bha i cinnteach nach robh i comasach air a sin. Dh'fhosgail i a 'phacaid; bha e dìreach mar sin: - nota bho mrs. Chun an iar air fhèin, bha sinn a 'giùlain anns an litir bho dh' ionnsaigh. Taobh an iar.

"tha an t-aoibhneas as motha agam, a luaidh mo ghaoil, a' cur air adhart thugaibh an dara taobh. Tha fios agam dè a tha ann an ceartas ceart, agus is gann a tha thu cinnteach gur e buaidh thoilichte a th 'ann. Ach cha chuir mi maill ort le ro-ràdh fada. — tha sinn gu math math. — tha an litir seo na leigheas air a h-uile càil de dhraoidheachd beag a tha mi a 'faireachdainn o chionn ghoirid. — cha robh mi idir mar a tha thu a' coimhead air an latha, ach bha e. Madainn neo-aonaichte, agus ged nach bi buaidh aig an t-sìde ort fhèin, tha mi a 'smaoineachadh gu bheil

a h-uile corp a' faireachdainn gaoth an ear-thuath. — bha mi a
'faireachdainn gu mòr dha d' athair gràdhach anns an stoirm
feasgar feasgair agus madainn an-dè, ach bha mi cofhurtail. Ag
èisteachd a-raoir, le cràdh, nach robh e air a dhèanamh tinn.

"thu fhèin a-riamh,

"aw"

[gu mrs. Siar.]

iar-thuath.

Mo chreach ghràdhach,

Tha mi an dùil a bhith a 'suidheachadh mi fhèin ann an
suidheachadh far a bheil a leithid sin de dh' fhalachadh. Cha
bhith mi ga dheasbad an seo. Airson mo theampadh a bhith a
'smaoineachadh gur e còir, tha mi a' toirt iomradh air gach
caviller gu taigh breige, uinneagan le uinneagan gu h-ìosal, agus
cèis gu h-àrd, ann an highbury. Cha b 'urrainn dhomh a dhol
seachad oirre gu fosgailte; feumaidh mo dhuilgheadasan ann an
stàit an t-suidheachaidh aig an àm sin a bhith ro fhiosrach gum
feum mi mìneachadh; agus bha mi fortanach gu leòr a bhith ann,
mus do dhealaich sinn aig tobar, agus gun do thog sinn an
inntinn boireann as fheàrr anns a 'chruth gus stad a chuir air
carthannas gu bhith an sàs gu dìomhair. — an do dhiùlt i, bu
chòir dhomh a bhith air a dhol às do chiall. — ach bidh thu a bha
deiseil airson a ràdh, dè a bha thu a 'dèanamh a dh' a bhith a
'dèanamh seo? — an rud a bha thu a' coimhead air adhart ri —
an rud sam bith, a h-uile rud — gu tìde, cothrom, suidheachadh,
buaidhean slaodach, droch chnatan, leantainneachd agus sgìths,
slàinte agus tinneas. A h-uile tha ceist eile. Cha bhith mi ga
dheasbad an seo. Airson mo theampadh a bhith a

'smaoineachadh gur e còir, tha mi a' toirt iomradh air gach caviller gu taigh breige, uinneagan le uinneagan gu h-ìosal, agus cèis gu h-àrd, ann an highbury. Cha b 'urrainn dhomh a dhol seachad oirre gu fosgailte; feumaidh mo dhuilgheadasan ann an stàit an t-suidheachaidh aig an àm sin a bhith ro fhiosrach gum feum mi mìneachadh; agus bha mi fortanach gu leòr a bhith ann, mus do dhealaich sinn aig tobar, agus gun do thog sinn an inntinn boireann as fheàrr anns a 'chruth gus stad a chuir air carthannas gu bhith an sàs gu dìomhair. — an do dhiùlt i, bu chòir dhomh a bhith air a dhol às do chiall. — ach bidh thu a bha deiseil airson a ràdh, dè a bha thu a 'dèanamh a dh' a bhith a 'dèanamh seo? — an rud a bha thu a' coimhead air adhart ri — an rud sam bith, a h-uile rud — gu tìde, cothrom, suidheachadh, buaidhean slaodach, droch chnatan, leantainneachd agus sgìths, slàinte agus tinneas. A h-uile tha ceist eile. Cha bhith mi ga dheasbad an seo. Airson mo theampadh a bhith a 'smaoineachadh gur e còir, tha mi a' toirt iomradh air gach caviller gu taigh breige, uinneagan le uinneagan gu h-ìosal, agus cèis gu h-àrd, ann an highbury. Cha b 'urrainn dhomh a dhol seachad oirre gu fosgailte; feumaidh mo dhuilgheadasan ann an stàit an t-suidheachaidh aig an àm sin a bhith ro fhiosrach gum feum mi mìneachadh; agus bha mi fortanach gu leòr a bhith ann, mus do dhealaich sinn aig tobar, agus gun do thog sinn an inntinn boireann as fheàrr anns a 'chruth gus stad a chuir air carthannas gu bhith an sàs gu dìomhair. — an do dhiùlt i, bu chòir dhomh a bhith air a dhol às do chiall. — ach bidh thu a bha deiseil airson a ràdh, dè a bha thu a 'dèanamh a dh' a bhith a 'dèanamh seo? — an rud a bha thu a' coimhead air adhart ri — an rud sam bith, a h-uile rud — gu tìde, cothrom, suidheachadh, buaidhean slaodach, droch chnatan, leantainneachd agus sgìths, slàinte agus tinneas. A h-uile tha mi a 'toirt iomradh air gach caviller gu taigh breige, uinneagan le uinneagan gu h-ìosal, agus cèis gu h-àrd, ann an highbury. Cha b 'urrainn dhomh a dhol seachad oirre gu fosgailte; feumaidh mo dhuilgheadasan ann an stàit an t-suidheachaidh aig an àm sin a bhith ro fhiosrach gum feum mi mìneachadh; agus bha mi fortanach gu leòr a bhith ann, mus do dhealaich sinn aig tobar, agus gun do thog sinn an inntinn boireann as fheàrr anns a 'chruth gus stad a chuir air carthannas gu bhith an sàs gu dìomhair. — an do dhiùlt i, bu chòir dhomh a bhith air a dhol às do chiall. — ach bidh thu a bha deiseil airson a ràdh, dè a bha thu a 'dèanamh a dh' a bhith a 'dèanamh seo? — an rud a bha thu a' coimhead air adhart ri — an rud sam bith, a h-uile rud — gu tìde, cothrom, suidheachadh, buaidhean slaodach, droch chnatan, leantainneachd agus sgìths, slàinte agus tinneas. A h-uile tha mi a 'toirt iomradh air gach caviller gu taigh breige, uinneagan le uinneagan gu h-ìosal, agus cèis gu h-àrd, ann an highbury. Cha b 'urrainn dhomh a dhol seachad oirre gu fosgailte; feumaidh mo dhuilgheadasan ann an stàit an t-suidheachaidh aig an àm sin a bhith ro fhiosrach gum feum mi mìneachadh; agus bha mi fortanach gu leòr a bhith ann, mus do dhealaich sinn aig tobar, agus gun do thog sinn an inntinn boireann as fheàrr anns a 'chruth gus stad a chuir air carthannas gu bhith an sàs gu dìomhair. — an do dhiùlt i, bu chòir dhomh a bhith air a dhol às do chiall. — ach bidh thu a bha deiseil airson a ràdh, dè a bha thu a 'dèanamh a dh' a bhith a 'dèanamh seo? — an rud a bha thu a' coimhead air adhart ri — an rud sam bith, a h-uile rud — gu tìde, cothrom, suidheachadh, buaidhean slaodach, droch chnatan, leantainneachd agus sgìths, slàinte agus tinneas. A h-uile feumaidh mo dhuilgheadasan ann an stàit an t-suidheachaidh aig an àm sin a bhith ro fhiosrach gum feum mi mìneachadh; agus bha mi fortanach gu leòr a bhith ann, mus do dhealaich sinn aig tobar, agus gun do thog sinn an inntinn boireann as fheàrr anns a 'chruth gus stad a chuir air carthannas gu bhith an sàs gu dìomhair. — an do dhiùlt i, bu chòir dhomh a bhith air a dhol às do chiall. — ach bidh thu a bha deiseil airson a ràdh, dè a bha thu a 'dèanamh a dh' a bhith a 'dèanamh seo? — an rud a bha thu a' coimhead air adhart ri — an rud sam bith, a h-uile rud — gu tìde, cothrom, suidheachadh, buaidhean slaodach, droch chnatan, leantainneachd agus sgìths, slàinte agus tinneas. A h-uile feumaidh mo dhuilgheadasan ann an stàit an t-suidheachaidh aig an àm sin a bhith ro fhiosrach gum feum mi mìneachadh; agus bha mi fortanach gu leòr a bhith ann, mus do dhealaich sinn aig tobar, agus gun do thog sinn an inntinn boireann as fheàrr anns a 'chruth gus stad a chuir air carthannas gu bhith an sàs gu dìomhair. — an do dhiùlt i, bu chòir dhomh a bhith air a dhol às do chiall. — ach bidh thu a bha deiseil airson a ràdh, dè a bha thu a 'dèanamh a dh' a bhith a 'dèanamh seo? — an rud a bha thu a' coimhead air adhart ri — an rud sam bith, a h-uile rud — gu tìde, cothrom, suidheachadh, buaidhean slaodach, droch chnatan, leantainneachd agus sgìths, slàinte agus tinneas. A h-uile dè a bha thu a 'dòchas ann a bhith a' dèanamh seo? — dè a bha thu a 'dèanamh fiughair ri? —an rud sam bith - a h-uile rud — gu ùine, cothrom, suidheachadh, buaidhean slaodach, droch chnatan, leantainneachd agus sgìths, slàinte is tinneas. A h-uile dè a bha thu a 'dòchas ann a bhith a' dèanamh seo? — dè a bha thu a 'dèanamh fiughair ri? —an rud sam bith - a h-uile rud — gu ùine, cothrom, suidheachadh, buaidhean slaodach, droch chnatan, leantainneachd agus sgìths, slàinte is tinneas. A h-uilebha comasachd math a bhith romham, agus a 'chiad fhear de bheannachdan a chaidh fhaighinn, ann a bhith a' faighinn geallaidhean a thaobh creideimh agus litrichean. Ma tha feum agad air barrachd mìneachaidh, tha an t-urram agam, a 'bhana-ghaol gràdhach, bho bhith nad mhac do chèile, agus a' bhuannachd a bhith agad mar dhìleab gus dìth airson math fhaighinn, nach urrainn do dhìleab sam bith de thaighean no fearainn a bhith co-ionann ri luach. , an uair sin, fo na suidheachaidhean sin, a 'ruighinn air a' chiad chuairt agam gu speuclachan; — agus an seo tha mi mothachail air an rud ceàrr, is dòcha gum biodh an tadhal sin air a phàigheadh nas tràithe. Bidh thu a 'coimhead air ais agus a' faicinn nach tàinig mi gus an robh a-steach an faironx ann an highbury; agus mar a bha thu air an t-sluagh, leigidh tu mathanas dhomh anns a 'bhad; ach feumaidh mi a bhith ag obair air comhfhurtachd m 'athar, le bhith a 'cur na chuimhne e, cho fad's a dh' fhag mi mi bhon taigh, gun chaill mi am beannachadh a bhi agad ort. Mo ghiùlan, anns a 'chola-deug sona a chuir mi seachad còmhla riut, cha robh mi a' smaoineachadh gun robh mi fosgailte a-rithist, ach a-mhàin air aon àite. Agus a-nis tha mi a 'tighinn chun a' phrionnsabal, an

aon phàirt chudromach de mo ghiùlan fhad 's a tha mi leat, a tha
a' brosnachadh mo dhragh fhèin, no a tha a 'toirt mìneachadh gu
math solit. Leis a 'mheas as motha, agus an càirdeas as blàithe, a
bheil mi ag ainmeachadh a bhith ag ionndrainn taigh beag; is
dòcha gum bi m 'athair den bheachd gum bu chòir dhomh cur ris,
leis a 'irioslachadh as doimhne. — beagan bhriathran a thuit sìos
bhuaithe an-dè, a bhruidhinn, agus cuid de chàin tha mi ag
aideachadh gu bheil mi buailteach. Bu chòir dha — a bhith a
'toirt taic do cheilt a tha cho riatanach dhomh, chaidh a
stiùireadh dhomh a bhith a' dèanamh barrachd na cleachdadh
ceadaichte den chaidreachas anns an deach a thilgeil a-mach sa
bhad.boireannach òg a dh'fhaodadh a bhith ceangailte ris; agus
gun robh i gu math saor bho thuigse sam bith a bhith ceangailte
riumsa, bha mi mar mo dhìteadh mar mo mhiann. — fhuair i mo
bharail le toileachas furasta, càirdeil, goodhumoured, a bha a
'freagairt orm. Bha coltas ann gun robh sinn a 'tuigsinn a chèile.
Às an t-suidheachadh againn, bha an aire sin oirre, agus bhathas
den bheachd gu robh i mar sin. — an do thòisich an dìth-bùtha a
'tuigsinn mi mus do chuir mi crìoch air a' chola-deug sin, chan
urrainn dhomh a ràdh: — an uair a dh 'iarr mi a fàgail a
ghabhail, tha cuimhn 'agam gun robh mi an taobh a-staigh
mionaid de bhith a 'rèiteachadh na fìrinn, agus an uairsin dh'
ainmich mi nach robh i gun amharas; ach chan eil teagamh sam
bith agam gun do dh 'aithnich mi mi, co-dhiù ann an cuid de dh
— idh. — have have s dòcha nach do chuir i suas ris an t-iomlan,
ach feumaidh gu bheil i nas luaithe a bhith air pàirt a ghabhail.
Chan eil teagamh sam bith agam. Gheibh thu, nuair a thèid an
cuspair a shaoradh bho na bacaidhean a th 'ann an-dràsta, nach
tug e gu tur i na h-ùpraid. Bhiodh i tric a 'toirt dhi a' chomhairle
mu dheidhinn. Tha cuimhne agam orm ag innse dhomh aig a
'bhàl, gun robh feum agam air. Tha mi an dòchas gun tèid thu
fhèin agus m 'athair a-steach don eachdraidh seo mar ghibht na
tha thu air fhaicinn. Fhad 'sa bha thu gam mheas mar pheacaich
an aghaidh taigh nan each, cha b 'urrainn dhomh dad sam bith a
dhèanamh à aon seach. Shaoradh dhomh an seo, agus
solarachadh dhomhsa, nuair a tha e ceadaichte, ag ràdh gun d

'aidich eachd agus miann na h-eireachdail sin emma woodhouse, ris a bheil mi a' toirt spèis dha-rìribh gu bràth, a bhith ga toirt cho domhainn agus cho sona ann an gràdh rium fhèin. —a rud sam bith a thuirt mi no a rinn mi rè an cola-deug sin, tha i a-nis na iuchair agad. Bha mo chridhe ann an highbury, agus b 'e mo ghnothachas a bhith a' faighinn mo bhodhaig cho tric 'sa dh 'fhaodadh a bhith, agus leis an amharas a bu lugha. Ma chuimhnicheas tu air cuibhrinn sam bith, cuir iad uile chun a 'chunntais cheart. — den phanto-pheanas a tha cho mòr a' bruidhinn, tha mi a 'faireachdainn nach eil e riatanach a ràdh ach gun robh a bhith air òrdachadh gun fhios nach caill e, -nach leigeadh e leam a chuir air falbh, an deach roghainn a thoirt dhi. — a 'eireachdais a h-inntinn feadh an com-pàirt gu leir, mo chiall ghràdhach, fada nas fhaide na an comas agam ceartas a dhèanamh. A dh 'aithghearr, tha mi d' an dòchas gu bheil fios agam oirre gu mionaideach. — cha ghabh cunntas sam bith oirre. Feumaidh i innse dhi fhèin dè a tha i — ach chan ann le facal, oir cha robh creutair dhaonna ann a mhùchadh a leithid de fhillteachd fhèin. — on thòisich mi an litir seo, a bhios nas fhaide na mi-bhrath, tha mi air cluinntinn bhuaipe. . — tha i a 'toirt seachad deagh chunntas air a slàinte fhèin; ach mar nach bi i a 'gearan, cha bhith mi an crochadh. Tha mi airson do bheachd a thoirt seachad air a coimhead. Tha fios agam gum bi thu a 'tadhal oirre a dh'aithghearr; tha i a 'fuireach faisg air an turas. Is dòcha gu bheil e air a phàigheadh mar-thà. Cluinneam uait gun dàil; tha mi mì-fhoighidneach airson mìle fiosrachadh. Cuimhnich air cho beag de mhionaidean a bha mi aig randalls, agus mar a bha e fo amharas, cho eagalach air an stàit: agus chan eil mi fada nas fheàrr fhathast; fhathast gealtach bho toileachas no dòrainn. Nuair a smaoinicheas mi air a 'chaoimhneas agus am fàbhar a tha mi air coinneachadh, le sàr-mhathas agus foighidinn, agus fialaidheachd mo bhràthair, tha mi air mo bheò le aoibhneas: ach nuair a tha mi a' toirt buaidh air a h-uile mì-thoileachas a dh 'èignich mi, agus cho beag a tha mi airidh air mathanas tha mi às mo chiall le fearg. Nam biodh e comasach dhomh a faicinn a-rithist! — cha dèan mi a mholadh fhathast.

Tha mo bhràthair air a bhith ro mhath dhomh a dhol an sàs. — feumaidh mi fhathast cur ris an litir fhada seo. Cha chuala thu a h-uile càil a bu chòir dhut a chluinntinn. Cha b 'urrainn dhomh mion-fhiosrachadh sam bith a thoirt seachad an-dè; ach gu bheil am maitheas, agus, ann an aon sholas, an neo-shocair leis an do chuir an gnothach a-mach, feumach air mìneachadh; oir ged a thachras an 26 ult., mar a thig thu gu ceann, dh 'fhosgail mi sa bhad an dòchas as toilichte a bu chòir dhomh, cha bu chòir dhomh a bhith air gabhail ris na ceumannan cho tràth sin, ach bho na suidheachaidhean glè shònraichte, a dh'fhàg mi gun uair a thìde a chall. Bu chòir dhomh-sa bhith a 'briseadh bho rud sam bith cho geur, agus bhiodh i air a h-uile sgudal de mo chrannchur le neart lìonmhor agus neartachadh. — ach cha robh mi agam.roghainn. An gealladh cabhaig a rinn i leis a 'bhean sin — an seo, mo chòmadaich gràdhach, b' fheudar dhomh falbh gu h-obann, a dh 'fhaodadh agus a bhith a' sgrìobhadh mi-fhèin. — tha mi air a bhith a 'coiseachd thar na dùthcha, agus tha mi a-nis, tha mi an dòchas, reusanta gu leòr gu dèan an còrr den litir agam a bu chòir a bhith ann. — tha e, gu dearbh, na shealladh nas miosa dhomh. Bha mi glè mhodhail. Agus an-seo is urrainn dhomh gabhail ris, gun robh mo mhodhan gu bhith a 'call, le bhith mì-thlachdmhor a chall f., gu math coire. Cha robh i idir diombach, a bu chòir a bhith gu leòr. — an agart agam a bhith a 'cuir an fhìrinn ris nach robh i den bheachd gu leòr. — cha robh i diombach; smaoinich mi gu mì-reusanta: smaoinich mi, air mìle uair, gun fheum agus gun a bhith faiceallach: bha mi a 'smaoineachadh gu robh i fuar. Ach bha i an-còmhnaidh ceart. Ma bha mi air a breith a leantainn, agus air mo spiorad a cheannsachadh gu ìre na bha i mar a bha i ceart, bu chòir dhomh a bhith air teicheadh às an dragh a bu mhotha a bha orm riamh. — cha robh cuimhn 'agad air a 'mhadainn a chaidh a chaitheamh aig donwell? — an tàinig a h-uile mì-thoileachas a thachair roimhe seo gu èiginn. Bha mi fadalach; thachair mi ri a coiseachd dhachaigh leatha fhèin, agus bha mi airson coiseachd còmhla rithe, ach cha bhiodh i a 'fulang. Dhiùlt i cead a thoirt dhomh, a bha an uairsin as mì-reusanta. A-nis, ge-tà, chan eil mi

a 'faicinn dad ann ach ìre gu math nàdarrach is seasmhach de
chead. Agus, ann an dall an t-saoghail againn gus a dhol an sàs, a
bhith a 'giùlain aon uair a-thìde le mì-chinnt do bhoireannach
eile, an robh i a' ceadachadh an ath cheum ri moladh a
dh'fhaodadh a bhith a 'dèanamh a h-uile rabhadh roimhe seo gun
fheum?? Agus àrdbury, feumaidh gu robh amharas air an fhìrinn.
— bha mi meallta gu leòr, ge-tà, gu bhith a 'gabhail fois. - cha
robh e cinnteach gum biodh i ann an gaol. Bha mi cinnteach gun
robh e nas motha an ath latha air cnoc bogsa; cuine, air a
bhrosnachadh le leithid de ghiùlan air mo thaobh, a leithid de
dhragh às nàire, neo-thlachdmhor dhi, agus de leithid de mhì-
thoileachas gun caill mi.do-dhèanta do mhnathan ciallach
seasamh, labhair i a h-aithreachas ann an riochd fhacail a bha so-
thuigseach rium-sa. Agus thill mi an aon oidhche gu richmond,
ged a dh 'fhaodadh mi fuireach còmhla riut gus an ath mhadainn,
dìreach air sgàth gum biodh mi cho feargach 'sa ghabhas.
Eadhon an uair sin, cha robh mi cho amadan mar nach robh mi a
'ciallachadh gu robh rèite ann an àm; ach cha robh mi ach an
neach leònte, air a leòn le a fhuachd, agus dh 'fhalbh mi a dh'
aideachadh gum bu chòir dhi na ciad adhartasan a dhèanamh. —
bidh mi an-còmhnaidh a 'moladh mi fhèin nach ann às a'
bhuidheann a bha am bogsa bogsa. An robh thu air mo ghiùlan
fhaicinn ann, cha mhòr gu bheil mi a 'smaoineachadh gum biodh
tu air smaoineachadh gu math rium a-rithist. Nochd a buaidh air
a 'cho-dhùnadh sa bhad a thug i seachad: cho luath 'sa fhuair i a-
mach gun robh i air a dhol air falbh bho na speuran, dhùin i leis
an tairgse sin a dh 'fheuchainn. Elton; tha an siostam gu lir a
chuir e dhith, leis a 'bhàthaich, air mo lionadh a-riamh le
leamhachadh agus fuath. Cha bu chòir dhomh a bhith a 'iomlaid
le spiorad toirmisgte a chaidh a leudachadh cho beairteach
dhomh fhìn; ach, a chaochladh, bu chòir dhomh a bhith a 'gearan
gu h-àrd an aghaidh na h-earrainn dheth a tha fios aig a'
bhoireannach sin- 'jane,' gu dearbh! — tuigidh tu nach do chuir
mi a-steach mi fhìn a ghairm i bhon ainm sin, eadhon dhut fhèin.
Smaoineachadh, an uair sin, dè dh'fheumas mi a bhith air a
chluinntinn ann a bhith ga chluinntinn eadar na eltons leis a h-

uile mì-chinnt a th 'ann an ath-aithris gun fheum, agus gach faireachdainn cho math sa tha iad. Mi a bhith foighidinneach rium a dh 'aithghearr, cha dèan mi fada. Agus sgrìobh e an ath latha airson innse dhomh nach robh sinn a-riamh a 'coinneachadh a-rithist. — bha i a' faireachdainn gun robh an ceangal na stòr aithriseach do gach aon: dh 'fhàg i e. — ràinig an litir seo mi madainn an-dè gun do chaochail bàs m'athair bochd. Fhreagair mi taobh a-staigh uair a thìde; ach bho mhealladh mo m 'inntinn, agus iomadachd an t-sluaigh a tha tuiteam orm air ball, moan fhreagairt, an àite a bhith air a chuir chun a h-uile litir eile den latha sin, chaidh a ghlasadh anns an deasg-sgrìobhaidh agam; agus i, chuir mi earbsa ann gun do sgrìobh mi gu leòr, ged a bha beagan loidhnichean, gus a riarachadh, a 'fuireach gun mì-thoileachas sam bith. — bha mi caran dubhach nach cuala mi a-rithist i gu luath; ach rinn mi leisgeulan dhith, agus bha mi ro thrang, agus — am faod mi cur ris? —a bhith meòrach anns na beachdan agam a bhith glaiste. — thug sinn air falbh gu gaoth; agus dà latha às deidh sin fhuair mi parsail bhuaipe, thill mo litrichean fhèin uile! — agus beagan loidhnichean aig an aon àm leis a 'phost, ag innse nach robh i cho àrd sa fhreagairt mu dheireadh aice; agus a 'cur ris, mar a dh' fhaodadh mì-chinnt a dh 'ionnsaigh mar sin a bhith ceàrr, agus mar gum feumadh e a bhith a cheart cho feumail gum biodh gach fo-rèiteachadh air a cho-dhùnadh cho luath sa ghabhas, a-nis chuir mi a-mach mi, le còmhdhail sàbhailte, a h-uile litir agam, agus dh 'iarr iad, mura b' urrainn dhomh a 'òrdachadh gu dìreach, gus an cur gu highbury taobh a-staigh seachdain, gun cuireadh mi air adhart iad an deidh na h-ùine sin aice: - gu goirid, an làn stiùireadh gu mr. Mi fhìn, na meanbh-chuileagan, faisg air daga, a 'stobadh mi an aghaidh. Bha fios agam air an ainm, an àite, bha fios agam mu dheidhinn, agus chunnaic mi sa bhad dè bha i air a bhith a 'dèanamh. Bha e gu tur an co-chòrdadh ris an rùn sin a dh 'aithnich mi gu robh i; agus bha an dìomhaireachd a bha i air a chumail, mar a bha an leithid de dhealbh anns an litir roimhe, a cheart cho eireachdail mu a dhroch dhragh. Oir cha bhiodh i coltach ris an t-saoghal gu robh i na chunnart dhomh. Smaoinich

ciamar, gus an robh mi air mo mhilleadh fhèin a lorg, gun do
sgar mi a 'chùis le bhith a' caol air a 'phost. — an rud a bha ri
dhèanamh? — an aon rud a-mhàin. — feumaidh mi bruidhinn ri
bràthair mo mhàthar. Às aonais a cheadachadh cha b 'urrainn
dhomh a bhith ag èisteachd riutha a-rithist. Bha
suidheachaidhean a bha nam fàbhar dhomh; bha an tachartas
anmoch air a mhiann a ghluasad air falbh, agus bha e, na bu
tràithe na bha dùil agam, air rèiteach is gèilleadh gu tur; agus
dh'fhaodadh sin innse mu dheireadh, duine bochd! Le osna
dhoimhne, gun robh e ag iarraidh gum faigheadh mi uiread de
thoileachas annbha am pòsadh mar a rinn e. — bha mi a
'faireachdainn gum biodh e de sheòrsa eadar-dhealaichte. — a
bheil thu a' cur truas orm gu leòr airson na dh'fhuiling mi a bhith
a 'fosgladh na h-aobhar dha, airson mo dh' fhadras? Chan eil; na
cuir truas orm gus an d 'fhalbh mi a dh' àrd-chisde, agus
chunnaic mi cho bochd a bha mi air a dheanamh. Na cuir truas
orm gus am faca mi a mac, a h-eanchainn thinn-bhàth. Ràinig mi
highbury aig àm an latha nuair a dh 'ionnsaich mi uair na
bracaist madainn anmoch, gun robh mi cinnteach mu chothrom
math a lorgadh i fhein. ; agus mu dheireadh cha robh mi idir mì-
thoilichte a thaobh adhbhar mo thuras. Tha e gu math reusanta,
gu math neo-thoilichte, bha agam ri toirt air falbh. Ach tha e air a
dhèanamh; tha sinn a 'rèite, nas daor, fada nas prìseil na bha sinn
a-riamh, agus chan eil mì-chàs sam bith ann a tha eadar sinn a-
rithist. A-nis, a ghràidh mo ghràidh, leigidh mi às thu; ach cha b
'urrainn dhomh tighinn gu co-dhùnadh roimhe. Mìle is mìle
taing airson a h-uile caoimhneas a chuir thu orm a-riamh, agus
deich mìle airson an aire a bheir do chridhe a-steach dhith. — ma
tha thu a 'smaoineachadh gu bheil mi nas toilichte na tha mi
airidh, tha mi làn do bheachd . — miss w. Tha mi a 'toirt fòn
dhomh airson a bhith gu math fortanach. Tha mi an dòchas gu
bheil i ceart. — ann an aon dòigh, chan eil teagamh nach eil mo
fhortan math, gu bheil e comasach dhomh mi fhèin a chuir a-
steach,

do mhac èigneachail agus càirdeil,

Caibideil xv

Feumaidh an litir seo a slighe a dh 'ionnsaigh a dhèanamh air faireachdainnean emma. Dh'fheumadh ia bhith, a dh'aindeoin a dìmeas roimhe sin, a bhith a 'dèanamh na h-uile ceartas a bha sin. Siar ro-làimh. Cho luath 'sa thàinig i gu a h-ainm fhèin, bha e do-chreidsinneach; bha a h-uile loidhne co-cheangailte rithe inntinneach, agus cha mhòr a h-uile loidhne inntinneach; agus nuair a sguir an seun seo, dh'fhaodadh an cuspair a chumail suas fhathast, leis an tilleadh nàdarra a bha aice ris an sgrìobhadair, agus an tarraing làidir a dh 'fheumas dealbh sam bith de ghaol dhi aig an àm sin. Cha do stad i riamh gus an robh i air a dhol troimhe gu h-iomlan; agus ged a bha e do-dhèanta gun a bhith a 'faireachdainn gun robh e ceàrr, ach cha robh e cho ceàrr na bha i air a ràdh - agus bha e air a dhroch fhulang, agus bha e glè dhuilich — agus bha e cho taingeil do mrs. Taobh an iar, agus uiread ann an gaol le call fairfax, agus bha i cho toilichte fhèin, nach robh droch chruaidh ann; agus am b 'urrainn dha a dhol a-steach don t-seòmar, feumaidh i a bhith air crathadh a thoirt dha mar chridhe a-riamh.

Bha i a 'smaoineachadh cho math ris an litir, sin nuair a bhris e. Thàinig ridire a-rithist, agus dh'iarr i air a leughadh. Bha i cinnteach às a 'mhionaid. Gu bheil an taobh an iar ag iarraidh gun tèid a chur an cèill; gu h-àraidh gu aon, a tha, mar mr. Bha ridire, air a bhith na bu choireach airson a ghiùlain.

"bidh mi gu math toilichte a bhi ga fhaicinn thairis," thuirt e; "ach tha e coltach gu bheil e fada. Bheir mi dhachaigh e còmhla rium air an oidhche."

Ach cha dèanadh sin sin. Mr. Bha an iar a 'tadhal air an fheasgar, agus feumaidh i tilleadh air ais thuige.

"b 'fheàrr leam a bhith a' bruidhinn riut, "fhreagair e; "ach mar a tha e coltach gur e cùis ceartais a th' ann, thèid sin a dhèanamh. "

Thòisich e, ach cha mhòr gu dìreach air a ràdh, "an robh mi air sealladh aon de litrichean an duine uasail seo fhaighinn gu a mhàthair-chèile beagan mhìosan air ais, emma, cha bhiodh e air a thoirt a-mach le mì-thoileachas mar sin."

Chaidh e air adhart beagan nas fhaide, a 'leughadh dha fhein; agus an sin, le gàire, chunnaic mi, "iriosal, fosglaidh taitneach taitneach: ach is ann air a shlighe a tha e. Cha-n the urrainn do dhoibh aon neach a bhi mar riaghailt do dhuine eile. Cha bhi sinn ro dhona."

"bidh e nàdarra dhomhsa," thuirt e greiseag an dèidh sin, "a bhith a' bruidhinn mo bheachdan a-mach fhad's a bha mi a 'leughadh. Le bhith ga dhèanamh, bidh mi a' faireachdainn gu bheil mi faisg ort. Cha bhith e cho mòr call ùine: ach ma tha cha toigh leat e— "

"chan eil idir. Bu chòir dhith a bhith."

Mr. Thill ridire gu a leughadh le barrachd creideas.

"tha e a' strìchadh an seo, "arsa esan," mun teampadh. Tha fios aige gu bheil e ceàrr, agus chan eil dad reusanta aige ri sparradh.

— droch. — cha bu chòir dha a bhith air an com-pàirteachas a chruthachadh - 'faighinn cuidhteas athar:' - e ach cha robh a h-uile duine a 'toirt seachad comhfhurtachd a dh' ionnsuidh roimhe sin mus do dh'fheuch e ris a dheanamh. Bha fairfax an seo. "

"agus cha do dhìochuimhnich mi," arsa emma, "cho cinnteach 'sa bha thu gun robh e air a thighinn nas tràithe ma dh' fhaodadh tu sin a dhèanamh gu math eireachdail - ach bha thu ceart gu leòr. "

"cha robh mi gu tur cothromach a thaobh mo bhreitheanais, emma: — ach fhathast, tha mi a' smaoineachadh — nach robh thu air a bhith sa chùis — bu chòir dhomh earbsa a thoirt dha fhathast. "

Nuair a thàinig e gu bhith a 'call taigh-leughaidh, bha e mar dhleastanas air a h-uile duine a leughadh a-mach gu h-àrd — gach nì a bha co-cheangailte rithe, le gàire; sùil; crathadh a 'chinn; facal no dhà de aonta, no diombadh; no dìreach air gaol, mar a tha an cuspair ag iarraidh; co-dhùnadh, ge-tà, gu dona, agus, an dèidh meòrachadh cunbhalach, mar sin— \ t

"tha e gu math dona - ged a dh' fhaodadh e a bhith nas miosa. — a 'cluich geam as miosa. Cus an urra ris an tachartas airson a shaoradh. — cha robh breitheamh sam bith agad air a dhòigh sam bith le bhith ag obair. A dh 'aindeoin gu bheil thu air a dh' fhaireachdainn a dh 'fhaireachdainn nàdarra gu leor! — a' smaoineachadh gu bheil e làn inntinn, gum bu chòir dha a dh 'a bhith amharasach ann am feadhainn eile. — dìomhaireachd, finesse — mar a dh'fhaisgeas tu an tuigse! Cha bhi a h-uile nì a 'feuchainn ri barrachd is àilleachd a thoirt do bhòidhchead na fìrinn agus dìth-creideas anns na h-uile gnothach a tha sinn a' dèanamh le chèile? "

Dh 'aontaich emma leis, agus le beagan claisneachd air cunntas an t-seileir, rud nach b' urrainn dhi mìneachadh ceart a thoirt oirre.

"is fheàrr dhut a dhol air adhart," thuirt ise.

Rinn e sin, ach ann an ùine ghoirid stad e a-rithist ag ràdh, "am pianoforte! Ah! Sin an gnìomh aig fear glè òg, òg, ro òg a bhith a' beachdachadh an robh e mì-ghoireasach gur dòcha nach biodh e na thoileachas. Sgeama, gu dearbh! — cha dèan sinn a 'tuigsinn gun robh neach airson a bhith a' toirt dearbhadh sam bith dha boireannach a tha e ag aithneachadh a dh 'aithnicheadh i gun cuireadh i bacadh oirre; agus bha fios aige gum biodh i air bacadh a chur air a' ionnstramaid ma bha i. "

Às dèidh seo, rinn e beagan adhartais gun stad. B 'e an aon rud a dh' aidich e mu bhith a 'gabhail eireachdail a' aideachadh na h-eaglaise a 'chiad rud a chuir fios air a' chùis.

"tha mi ag aontachadh gu tur riut, a dhuine," - is e sin a bheachd an uairsin. "bha thu glè mhodhail. Cha do sgrìobh thu loidhne truer riamh." agus an deigh a dhol tro na chaidh a dhìreadh as deidh bunait an eas-aonta, agus gu lean e air dol an aghaidh a chuir an aghaidh a 'chothroim dhligheach de cheart fìrinn, rinn e stad nas iomlaine a ràdh," tha seo uamhasach dona. — bha e air a chuir gu h-àite. I fhèin, air a shon, ann an suidheachadh le fìor dhuilgheadas agus mì-chofhurtachd, agus bu chòir dha a bhith na chiad amas aige gus bacadh a chuir oirre bho bhith a 'fulang gu h-dhìreach. — feumaidh gu robh tòrr a bharrachd aice ri dhèanamh, ann a bhith a' leantainn na litrichean, na b 'urrainn dha bu chòir dha a bhith air urram a thoirt dha fiù 's gu mì-reusanta scrupallan, an robh sin ann; ach bha a h-uile duine reusanta.

Bha fios aig emma gu robh e a-nis a 'faighinn chun a' bhuidheann cnocach bogsa, agus dh'fhàs e mì-chofhurtail. Bha a giùlan fhèin cho mì-fhreagarrach! Bha i air a nàrachadh gu mòr, agus beagan eagal air an ath thuras. Chaidh a leughadh, ge-tà, gu cunbhalach, gu cùramach, agus às aonais an rud as lugha; agus, ach a-mhàin aon sùil mhionaideach oirre, air a toirt air falbh sa bhad, ann an eagal eagal a bhith a 'toirt seachad pian - cha robh cuimhne air a' bhocsa bogsa a-nis.

"chan eil mòran a ràdh airson dìcheall ar deagh charaidean, na h-eltons," an ath-bheachdachadh a rinn e - "tha a fhaireachdainnean nàdarra. — an rud a tha gu deimhinn a' feuchainn ri briseadh còmhla ris gu h-iomlan! " de aithreachas is mì-thoileachas do gach — dh 'aontaich i. — dè beachd a tha seo a' toirt seachad air a faireachdainnean a thaobh giùlain! -, feumaidh e a bhith na rud iongantach.

"seadh, seadh, leugh air. — gheibh thu cho mòr a tha e a' fulang. "

"tha mi an dòchas gun dèan e sin," fhreagair m. Ridire gu h-obann, agus ath-thòiseachadh na litreach. "'smallridge!' - dè tha seo a' ciallachadh? Dè a tha seo uile? "

"bha i air a dhol an sàs mar chlann gu clann beaga — caraid gràdhach dha na mòirnearan — a nàbaidh de ghlan-mhalpais; agus leis a' bhòt, saoil mi ciamar a bhios an t-uabhas air a 'choireachadh.

"chan eil dad a dh' innse agam, mo luaidh mo ghaoil, fhad 'a tha thu a' toirt orm a bhith a 'leughadh - chan e eadhon aon de na duilleagan.

"tha mi a' miannachadh gun leugh thu e le spiorad caoimhneil dha. "

"uill, tha faireachdainn an seo. — tha e coltach gu bheil e air fulang le bhith a' faighinn tinneas. — gu dearbh, chan urrainn

dhomh a bhith cinnteach gu bheil e dèidheil air a bhith ga
làimhseachadh. ' Tha mi an dòchas gu bheil e fhathast a
'faireachdainn làn luach a leithid de cho-rèiteachadh. — tha e na
neach a tha glè fhollaiseach, le na mìltean agus deichean de
mhìltean. Tha fios, tha e ag ràdh gur e deagh fhortan a th 'a dh'
èignich mi. — agus cha b 'e sin na faclan a bh' ann aig
woodhouse, an robh? - agus deireadh brèagha — agus tha an litir
ann. Ainm dha, an e? "

"chan eil thu a' nochdadh cho riaraichte leis an litir mar a tha mi;
ach feumaidh tu fhathast, co-dhiù tha mi an dòchas gum feum
thu, smaoineachadh nas fheàrr dha air. Tha mi an dòchas gun
dèan e beagan seirbheis còmhla riut. "

"tha, gu dearbh tha.sin. Tha e air a' uireasbhaidh mòr, lochdan de
neo-mhothachadh agus mì-chinnt; agus tha mi gu mòr den
bheachd aige a bhith a 'smaoineachadh gu bheil e nas toilichte
na tha e airidh: ach fhathast seach gu bheil e, gun teagamh, tha e
dha-rìribh ceangailte gus fairfax a chall, agus a dh 'fhalbh, a dh'
fhaodadh a bhith dòchasach, a bhith a 'faighinn taic dhith an-
còmhnaidh, tha mi gu math deiseil airson a bhith cinnteach gum
fàs an caractar aige nas fheàrr, agus gum faigh e a-mach à brìgh
is dìcheall an phrionnsa a tha e ag iarraidh. Leigidh mi bruidhinn
riut mu rudeigin eile. Tha ùidh aig cuideigin eile agam an-dràsta
gu mòr, agus chan urrainn dhomh a bhith a 'smaoineachadh mu
dheidhinn eaglais na h-eaglaise tuilleadh, on a dh' fhàg mi thu
an-diugh, emma, tha m 'inntinn air a bhith ag obair gu cruaidh air
fear cuspair. "

Lean an cuspair; bha e ann am beurla shìmplidh, gun bhuaidh
sam bith, mar mr. Chleachdadh ridire eadhon chun a
'bhoireannaich a bha e ann an trom-ghaol, mar a dh' iarradh e
oirre a phòsadh, gun ionnsaigh a thoirt air toileachas a h-athair.
Bha freagairt emma deiseil aig a 'chiad fhacal. "ged a bha a h-
athair gràdhach a' fuireach, feumaidh atharrachadh sam bith air
an t-suidheachadh a bhith do-dhèanta dhi. Cha b'urrainn dhi stad

a chuir air. " chaidh pàirt a-mhàin den fhreagairt seo a thoirt a-steach, ge-tà. Cho do-dhèanta faighinn a h-athair, mr. Bha ridire a 'faireachdainn cho làidir rithe fhèin; ach nach deidheadh gabhail ri atharrachadh sam bith eile, cha b 'urrainn dha aontachadh. Bha e air a bhith a 'smaoineachadh gur e a' mhòr-chuid a bu mhotha; bha e an toiseach an dòchas mr. Taigh-tughaidh airson a thoirt air falbh gu donwell; bha e airson a chreidsinn na ghabhadh sin, ach a chuid eòlais air mr. Cha bhiodh an taigh-òsta na thoileachas dha a bhith mealladh fad ùine fhada; agus a-nis dh'aidich e a dh 'ùmhlachd, gum biodh ath-chur mar sin na chunnart airson comhfhurtachd a h-athar, 's dòcha eadhon a bheatha, nach fhaod a bhith cunnartach. Mr. - thug e a-steach nach bu chòir oidhirp a dhèanamh air. Ach bha am plana a dh'èirich às an ìobairt seo, earbsa e nach fhaigheadh e rud sam bith mì-mhodhail anns a h-uile fear a chuir e an sàs. Gun robh e, gum bu chòir dha fhaighinn aig hartfield; cho fad's a bha sonas a h-athair - ann am faclan eile, a bheatha - a 'toirt air raointean-feòir a chumail a' leantainn air adhart leis an dachaigh aice, bu chòir dha bhith mar an ceudna. Chuir e earbsa ann nach fhaigheadh e na bharail dha-rìribh gun robh e mì-mhodhail; gun robh e, gum bu chòir dha fhaighinn aig hartfield; cho fad's a bha sonas a h-athair - ann am faclan eile, a bheatha - a 'toirt air raointean-feòir a chumail a' leantainn air adhart leis an dachaigh aice, bu chòir dha bhith mar an ceudna. Chuir e earbsa ann nach fhaigheadh e na bharail dha-rìribh gun robh e mì-mhodhail; gun robh e, gum bu chòir dha fhaighinn aig hartfield; cho fad's a bha sonas a h-athair - ann am faclan eile, a bheatha - a 'toirt air raointean-feòir a chumail a' leantainn air adhart leis an dachaigh aice, bu chòir dha bhith mar an ceudna.

Den cuid aca a 'toirt às gu donwell, bha a beachdan fhèin aig emma mu thràth. Coltach ris fhèin, bha i air an sgeama fheuchainn agus dhiùlt i; ach leithid eile seach nach robh seo air tachairt dhi. Bha i ciallach mun ghnothach uile a dh 'fhalbh i. Bha i a 'faireachdainn, ann a bhith a' stad a 'toirt seachad, gum feumadh e a' toirt seachad tòrr neo-eisimeileachd de uairean agus cleachdaidhean; gum biodh mòran, gu mòr, ri bhith beò le bhith a 'fuireach còmhla ri a h-athair, agus nach ann ann an taigh leis fhèin. Gheall i smaoineachadh air, agus chomhairlich i dha smaoineachadh air tuilleadh; ach bha e làn chreidsinn nach toireadh meòrachadh sam bith atharrachadh air a mhiannan no air a bheachd air a 'chuspair. Bha e air a thoirt seachad, dh 'fhaodadh e a' dèanamh cinnteach, beachdachadh glè fhada agus socair; bha e air a bhith a 'coiseachd air falbh bho uilleam william a mhadainn, gus na smuaintean aige fhèin a thoirt dha.

"ah! Tha aon duilgheadas nach deach a thoirt seachad," arsa crith. "tha mi cinnteach nach toil le william larkins e. Feumaidh tu cead fhaighinn mus iarr thu air."

Gheall i ge-tà a bhith a 'smaoineachadh air; agus cha mhòr nach robh iad a 'gealltainn gu mòr smaoineachadh air, leis an rùn sgeama fìor mhath a lorg.

Tha e iongantach, nach deach a-riamh buaidh sam bith a thoirt air emma, anns an iomadh àite, a tha a 'toirt a-steach beachd air abaid na h-àille, a dh' fhulang le mac a pheathar, a bha mar oighre dligheach roimhe. Air am meas cho measail air. Smaoineachadh gu feum i an diofar a dh'fhaodadh a bhith ann don ghille bhochd; agus a-mhàin cha tug i ach gàire a-mach sàmhach dhi fhèin, agus lorg i spòrs ann a bhith a 'faighinn a-mach fìor adhbhar an easaonta fòirneart sin mu mr. Seinneadair pòsaidh knightley a 'giùlain, no buidheann sam bith eile, a bha aig an àm air a bhith gu h-iomlan air a bhith a' toirt spèis do shiùbhlachd amalaichte a 'phiuthar agus a' phiuthar.

Tha am moladh seo bho a phlana, a bhith a 'phòsadh agus a' leantainn air adhart ann an talamh garbh - mar as motha a smaoinich i air, an rud a b 'fheàrr a bh' ann. Bha e coltach gun robh a dhroch bhuaidh a 'dol na bu mhiosa, a buannachdan fhèin airson a bhith ag àrdachadh, an cuid math air gach taobh. A 'uiread de chompanach dhi fhèin anns na h-amannan de dhragh agus de thoileachas aig a h-aghaidh! - a bhith na chom-pàirtiche anns na dleastanasan agus na h-uallaichean sin a dh'fheumas a bhith a' toirt àrdachadh de mheall-falach!

Bhiodh i ro thoilichte ach airson droch thigh; ach a rèir coltais bha gach beannachd dhith fhèin a 'toirt a-steach agus a' toirt air adhart fulang a caraid, a dh'fheumas a-nis a bhith air a chumail a-mach à hartfield. Am pàrtaidh tlachdmhor teaghlaich aig an robh emma a 'faighinn a-mach dha fhèin, cha bu chòir do dhroch dhuine a bhith air a chumail aig astar ach ann an rabhadh carthannach. Bhiodh i na càirdean anns gach dòigh. Cha b 'urrainn do emma a bhith a' faireachdainn nach robh i na h-àm ri teachd nuair a bha i a 'tarraing às an tlachd aice fhèin. Ann an leithid de phàrtaidh, bhiodh an t-uidhir an crochadh air cuideam marbh seach mar a bha e; ach air son a 'chailin bhochd fein, bha e coltach gu robh e ro do-chudthromach a bhith ga chuir anns a leithid sin de phòsadh neo-fhaicsinneach.

Tro thìde, gu dearbh, mr. Bhiodh an ridire air a dhìochuimhneachadh, sin a 'ciallachadh; ach cha bhiodh dùil gum biodh seo a 'tachairt gu math tràth. Mr. Cha bhiodh ridire fhèin a 'dèanamh càil airson an leigheas a chuideachadh; - cha bhiodh mar mr. Elton. Mr. Ridireachd, an-còmhnaidh cho caoimhneil, agus mar sin cha bhiodh e cho brìoghmhor a bhith a 'faireachdainn, mar sin gu bheil e cho mothachail dha gach buidheann, na tha e a-nis; agus bha e uamhasach dòchasach fiù 's mu dheidhinn làmh an uachdair, gum faodadh i a bhith ann an gaol le barrachd air triùir fhear ann am bliadhna.

Caibideil xvi

Bha e na chuideachadh mòr dhomhsa a bhith a 'faighinn a-mach
gun robh searbhag a' feuchainn ri coinneamh a sheachnadh. Bha
an t-eadar-obair cunnartach gu leòr ann an litir. Cia mheud a bu
mhiosa, an robh aca ri coinneachadh!

Chuir an t-uachdaran a-steach i gu mòr mar a dh 'fhaodadh a
bhith air a ràdh, gun a bhith a' dèanamh dì-meas, no coltas mì-
chleachdadh; agus a dh 'aindeoin sin dh' f huair emma a
'faineachadh gu robh ni-eigin de mhì-thoileachas, ni-eigin a bha
cosmhuil ris anns an stoidhle aice, a mheudaicheadh miann an
dealachadh. Ach bha coltas ann gun robh aingeal a-mhàin air a
bhith gu math gun chiall fo stròc mar sin.

Cha robh duilgheadas aice a 'chuireadh cuireadh isabella
fhaighinn; agus bha i fortanach gu robh adhbhar gu leòr airson a
bhith ga iarraidh, gun a bhith a 'toirt taic do dh'innleachd. — bha
fiacail ann. Bha an t-uachdaran gu mòr an dòchas, agus bha e air
a bhith ag iarraidh greis, co-chomhairleachadh le fiaclair. Bean.
Bha seonaidh knightley air leth toilichte a bhith beò; bha droch
shlàinte sam bith na mholadh dhi - agus ged nach robh i cho
dèidheil air fiaclair mar a bha e aig mr. Bha i gu math toilichte
gu robh an t-uachdaran aice fo a cùram. — nuair a shuidhich iad
air taobh a peathar, mhol emma dha a caraid, agus fhuair i a-
mach gun robh i furasta a thuigsinn. Fhuair i cuireadh airson co-
dhiù ceala-deug; bha i gu bhith air a thoirt seachad ann am mr.
Carbad an eich. — chaidh a h-uile càil a chuir air dòigh, bha e
deiseil gu lèir, agus bha urras sàbhailte ann an ceàrnag
brunswick.

A-nis dh'fhaodadh emma, gu dearbh, tlachd a ghabhail à mr.
Turasan ridire; a-nis b 'urrainn dhi bruidhinn, agus b 'urrainn dhi
èisteachd ri fìor shàsan, gun dearbhadh leis an fhaireachdainn
ana-ceartais sin, de chiont, de rudeigin a bu chruaidhe, a thug
taibhs dhi nuair a bha e a' cuimhneachadh cho duilich is a bha
cridhe faisg oirre, dè dh'fhaodadh aig an àm sin, agus aig beagan

astar, le bhith maireannach na faireachdainnean a bha i air seacharan fhèin.

An diofar eadar an t-each-crèadha air mrs. A rinn goddard, no ann an lunnainn, 's dòcha eadar-dhealachadh mì-reusanta ann an mothachaidhean emma; ach cha b 'urrainn dhi smaoineachadh oirre ann an lunnainn gun a bhith a' dèanamh rudan iongantach agus cosnadh, a dh'fheumas a bhith a 'dol à bith san àm a dh' fhalbh, agus a 'toirt a-mach i fhèin.

Cha leigeadh i le draghan sam bith eile àite a ghabhail san àite a bha na h-inntinn a 'fuireach. Bha conaltradh ann roimhe, fear nach b 'urrainn dhi a dhèanamh ach a-mhàin - an ceangal a bh'aice ri a h-athair; ach cha bhiodh aice ri gnothach a ghabhail ris an-dràsta. — bha i air cur roimhe a bhith a 'cuir dheth am fiosrachadh gu mrs. Bha taobh an iar sàbhailte agus fallain. Cha bu chòir tuilleadh strì a bhith air a thilgeil aig an àm seo am measg an fheadhainn air an robh gaol aice — agus cha bu chòir dhan olc a bhith ag obair leatha fhèin le dùil ro àm an neach ainmichte. — ceala-deug, co-dhiù, de chur-seachadan agus sìth inntinn, gu crùn gach blàth, ach barrachd bu chòir a bhith uamhasach, aoibhneach, bu chòir a bhith.

Cha b 'fhada gus an do rinn i fuasgladh, dìreach mar dhleastanas is mar thlachd, leth uair a thìde den t-àm-saora seo fhasdadh ann a bhith ag iarraidh a-mach gu robh a h-uile duine ag iarraidh a thighinn. Tha an coltas gu bheil na suidheachaidhean aca an-dràsta ag àrdachadh a h-uile adhbhar eile de dheagh-ghean. Gur e sàsachd dìomhair a bhiodh ann; ach gu cinnteach bhiodh mothachadh co-chosmhail dha-rìribh a 'cur ris an ùidh anns am bu chòir dhi a bhith a' coinneachadh ri rud sam bith a dh 'fhaodadh a bhith a' conaltradh.

Chaidh i aon uair gu mì-fhortanach chun an dorais, ach cha robh i a-steach don taigh bhon mhadainn an dèidh am beinn-bogsa, nuair a bha cailleach bochd ann an uiread de dhragh agus a lìon e

le truas, ged a bha a h-uile droch rud na fulangas aice gun eagal.
— an t-eagal a bhith fhathast gun a bhith a 'dèanamh moladh,
chuir i an cèill gu robh i cinnteach gum biodh iad aig an taigh,
feitheamh ris an trannsa, agus a h-ainm a chuir suas - chuala i
patty ag ainmeachadh e; ach cha do shoirbhich le cabhaig den t-
seòrsa sin seach gun robh clàraidhean call bochd air a dhèanamh
cho tlachdmhor roimhe sin. — cha robh; cha chuala i ach an
fhreagairt sa bhad, "iarr oirre coiseachd suas;" - agus mionaid an
dèidh sin choinnich i fhèin ris na staidhrichean leis fhèin, a
'tighinn gu dìcheallach air adhart, mar gum biodh gu leòr eile a
'gabhail ris. Chan fhaca i a-riamh a 'coimhead cho math, cho
breagha, cho tarraingeach. Bha mothachadh, beòthalachd, agus
blàths ann; bha a h-uile nì a bha na gnùis no an dòigh aice air a
bhith ag iarraidh. Agus thuirt e, ann an fuaim ìosal ach gu math
faireachdainn,

"tha seo gu math caran, gu dearbh! — a' chiad taigh-seinnse, tha
e do-dhèanta mi a ràdh — tha mi an dòchas gun creid thu - gabh
mo leisgeul airson a bhith cho làn gun faclan. "

Bha emma toilichte, agus cha b 'fhada gus am biodh i a' cur
feum air faclan, nam biodh fuaim mrs. Cha robh guth elton bho
sheòmar-suidhe an t-seòmair air sùil a thoirt oirre, agus thug e air
a 'chùis a dhèanamh a h-uile motha de na faireachdainnean
càirdeil a bha aice a lughdachadh ann an crathadh gu math,
dualach na làimh.

Bean. B and sichean agus mrs. Bha elton còmhla. Bha cnapan-
call a-mach, a bha na adhbhar sàmhchair. Dh'fhaodadh emma a
bhith ag iarraidh mrs. Àite eile ann an àiteachan eile; ach bha i
ann an àbhachdas a bhith foighidneach le gach corp; agus mar
mrs. Choinnich elton gu robh e annasach gun robh i an dòchas
nach dèanadh an ath-leasachadh cron orra.

Bha i fada a 'creidsinn gun robh i fhèin a' briseadh troimhe. Na
beachdan aig elton, agus tuigidh iad carson a bha i, mar i fhèin,

ann an sunnd sona; bha e ri misneachd fairfax a chall, agus a bhith a 'cur iongnadh air a h-uile duine a bha dìomhair do dhaoine eile. Chunnaic emma comharran dheth sa bhad ann an aithris a h-aodainn; agus aig an aon àm a 'pàigheadh ri moladh dhi fhèin. Tha e coltach gu bheil i air a bhith a 'lorg seòrsa de dhìomhaireachd na bu chruaidhe a' sgrìobhadh suas litir a bha i a 'dol a leughadh a-mach gu h-àrd gus am fairfax a chall, agus a thilleadh a-steach dhan ath-ruadh purpaidh is òr leatha. Ri taobh, ag ràdh, le comharraidhean cudromach,

"faodaidh sinn seo a chrìochnachadh uair eile, tha fhios agad. Cha bhi thu fhèin agus mi ag iarraidh cothroman. Agus, gu dearbh, tha thu air na tha riatanach a chluinntinn mar-thà. Cha robh mi ag iarraidh ach dearbhadh dhut gu bheil. Nach faic thu cho toilichte 'sa tha i a sgrìobhadh, o bheil i na beathach milis, bhiodh thu air a dhèanamh oirre, an robh thu air falbh. — ach cha robh facal nas motha againn. ! - tha cuimhne agad air na loidhnichean sin — dìochuimhnich mi an dàn aig an àm seo:

"airson nuair a tha bean sa chùis,

"tha fhios agad gu bheil a h-uile rud eile a' nochdadh. "

A-nis tha mi ag ràdh, le mo luaidh, a tha na chùis-sa, airson boireannach, leugh —— mum! Facal ris na glic. — tha mi ann an deagh shruth spioraid, agus chan ann? Ach tha mi airson do chridhe a shuidheachadh gu socair a thaobh mrs. S. — tha mo riochdachadh, tha thu a 'faicinn, air a bhith an sàs gu mòr."

Agus a-rithist, air dìreach emma a bhith a 'tionndadh a ceann gus coimhead air mrs. Figheadaireachd bates, thuirt i, ann an leth feise,

"cha tug mi luaidh air ainm sam bith, bidh thu a' coimhead. — oh, cha robh e ro fhaiceallach mar mhinistear stàite. Rinn mi a 'chùis air leth math."

Cha robh teagamh aig emma. Bha e na thaisbeanadh faicsinneach, air a dhèanamh a-rithist gach uair a bha e comasach. Nuair a bha iad uile air a bhith a 'bruidhinn beagan ann an co-chòrdadh ris an aimsir agus ri mrs. Taobh an iar, lorg i fhèin gu h-obann le,

"nach eil thu a' smaoineachadh, caill an taigh-seinnse, an caraid beag a tha seo gu math sàmhach? — nach e gu bheil thu a 'faireachdainn gu bheil an leigheas aice a' coimhead ris a 'chreideas as àirde? - (bha seo a' coimhead gu soilleir air ciall an fhacail.) Tha spiris air a h-ath-nuadhachadh ann an ùine ghoirid! —oh! Ma bha thu air a faicinn, mar a rinn mi, nuair a bha i aig an ìre a bu mhiosa! "- agus nuair a bha mrs ann. Bha ialtagan ag ràdh rudeigin ri emma, a 'cagail nas fhaide," chan eil sinn ag ràdh facal de chuideachadh sam bith a dh 'fhaodadh a bhi air, cha-n; e facal air dotair òg og bho ghaoth. — oh!

"cha robh e a' còrdadh rium a bhith a 'faicinn, a' call woodhouse, "thòisich i goirid às deidh sin," bhon phàrtaidh don bhogsa. Pàrtaidh air leth taitneach. Ach tha mi den bheachd gu robh rudeigin ag iarraidh. A rèir coltais beagan sgòth air spioradan cuid. — mar sin nochd e dhomh co-dhiù, ach dh'fhaodadh mi a bhith ceàrr. Ach tha mi a 'smaoineachadh gun do fhreagair e cho fada ri bhith a' toirt am fear a-rithist. Pàrtaidh, agus a 'sgrùdadh a dhèanamh air cnoc a-rithist, nuair a mhaireas an sìde mhath? — feumaidh gur e an aon phàrtaidh a th' ann, eil fhios agad, gu dearbh an aon phàrtaidh, chan ann a-mhàin aon rud. "

Goirid an dèidh sin thàinig na h-ionnsaighean caillte seo a-steach, agus cha b 'urrainn do emma cuideachadh le bhith air a stiùireadh le buaireas a ciad fhreagairt dhi fhèin, a dh 'fhaodadh, mar thoradh air, a bhith teagmhach mu dheidhinn dè a dh 'fhaodadh a ràdh, agus neo-mhothachadh a h-uile rud a ràdh.

"tapadh leat, an taigh iongnadh caillte, tha thu uile coibhneil. —
tha e do-dhèanta a ràdh — tha, gu dearbh, tha mi a' tuigsinn gu
math — cothroman ro-shearbh-aighear - sin, chan eil mi a
'ciallachadh. — ach tha i air a h-ath-bheothachadh gu mòr. —
ciamar a tha "tha mi cho toilichte. — a-mach às mo chumhachd.
— cearcall beag sona mar a lorgas tu sinn an seo. — tha, gu
dearbh. — fear òg taitneach! — tha sin cho càirdeil; tha mi a'
ciallachadh math a thoirt gu aire! "- agus bho a h-àrd, tha i nas
motha na an àbhaist a bhith taingeil airson toileachas. Gus a
bhith ann an sin, thuig emma gun robh beagan de dhragh às a
'chùis air a' chasg, bhon cheathramh bhiocair, a chaidh a chasg
gu grinn a-nis. — an dèidh corra shuagh, gu dearbh, a chuir e
seachad tomhas, mrs. Thuirt elton, a 'labhairt nas làidire,

"seadh, seo mise, mo dheagh charaid, agus an seo tha mi air a
bhith cho fada, gum bu chòir àite sam bith eile a bhith a'
smaoineachadh gum feumadh mi aithreachas a dhèanamh; ach,
an fhìrinn, gu bheil mi a 'feitheamh ri mo thighearna agus mo
mhaighstir. Mise an seo, agus pàighidh mi spèis dhut. "

"dè an cothrom a tha ann a bhith a' gairm bho m. Elton? — a
bhitheas gu fàbharach! Oir tha fios agam nach eil daoine uasal a
'còrdadh ri tadhalan madainn.

"air m' e, is e ionndrainn gu bheil mi a 'bàsachadh. — tha e dha-
rìribh an sàs bho madainn gu oidhche. — chan eil stad aig daoine
air a' chùis, air beagan ro-ràdh no eile. — tha na maighstirean,
agus an luchd-riaghlaidh, agus na maoir-cladaich an-còmhnaidh
ag iarraidh. Tha e coltach nach urrainn dhaibh rud sam bith a
dhèanamh às aonais .- "air m' fhacal, m. E., 'gu tric bidh mi ag
ràdh,' seach thusa. I. — chan eil fhios agam dè a bhiodh a
'tighinn gu mo choinean agus mo ionnstramaid , nam biodh leth-
uimhir de thagraichean agam. — gu leòr mar a tha e, airson gu
bheil mi a 'dearmad gu tur an dà chuid gu ìre nach gabh a ràdh.
— tha mi den bheachd nach do chluich mi bàr an cola-deug seo.
— ge-tà, tha e a' tighinn thugaibh : tha, gu dearbh, air adhbhar a

bhith a 'feitheamh ort uile." agus a 'cur suas a làmh gus a faclan a sgrionadh bho emma—" cuairt meal-a-naidheachd, eil fhios agad. — oh! Tha, gu tur riatanach.

Bha clàraidhean call a 'coimhead oirre, cho sona!

"gheall e tighinn a dh' ionnsaidh cho luath is a b 'urrainn dha e fhèin a thoirt air falbh bho ridire; ach tha e-san agus ridire air an dùnadh suas ann an co-chomhairle dhomhain. — m. E. Làmh dheas ridire."

Cha bhiodh emma air gàire a dhèanamh airson an t-saoghail, agus thuirt e, "a bheil m. Elton air a dhol air chois gu donwell? - bidh cuairt theth aige."

"o! Cha b ith, is e coinneamh aig a' chrùn a tha ann. Is e coinneamh gu math cumanta a bhios ann an iar-dheas agus coil; ach chan eil ann ach aon neach a bhruidhneas. — i fancy mr. E. Fhèin. "

"nach do rinn thu mearachd anns an latha?" arsa emma. "tha mi cha mhòr cinnteach nach eil a' choinneamh aig a 'chrùn an-diugh. — bha m. Knightley aig achadh an-dè agus bhruidhinn e air mar a bha e disathairne."

"o! Chan eil, tha a' choinneamh gu cinnteach an-diugh, "an fhreagairt luatha, a bha a' comharrachadh dìth do-bhrìgh sam bith air mrs. Side elton - "tha mi a' creidsinn, "lean i," is e seo am paraiste as dorra a bha ann a-riamh. Cha chuala sinn a-riamh mu rudan mar seo aig lus-craicinn. "

"bha do pharaiste ann beag," thuirt jane.

"air m' fhacal, nach eil fhios agam, chan eil fhios agam, cha chuala mi an cuspair a bhruidhinn mi. "

"ach tha e air a dhearbhadh le beag-chuid na sgoile, a chuala mi thu a' labhairt mu dheidhinn, mar fo thaic do phiuthar agus do mhathair. Bragge; an aon sgoil a-mhàin, agus gun a bhi nas motha na còignear agus fichead leanabh. "

"ah! Tha thu a' smaoineachadh gu bheil thu a 'smaoineachadh, a dh' ann, a tha thu a 'smaoineachadh a dh' fhaodadh tu fhèin a dhèanamh. Chan e sin gu bheil mi a 'gabhail ris gu bheil cuid de dhaoine nach bi a' smaoineachadh air iomlanachd mar-thà. — ach a 'fhanas! — nach eil facal ann, ma leigeas tu."

Bha e coltach gur e rabhadh gun fheum a bha ann; bha e airson a facail a thoirt seachad, chan ann air mrs. Ach a dh 'fhiach an taigh beag a chall, mar a chunnaic an tè mu dheireadh sin gu soilleir. Bha e gu math follaiseach a bhith ga eadar-dhealachadh, cho fad sa bhiodh e ceadaichte, ged nach fhaodadh e leantainn air adhart gu tric.

Mr. Nochd elton. Chuir a bhean fàilte air le cuid de na bha cho gruamach.

"glè bhrèagha, a dhuine, air m' fhacal; an cuir thugam seo an-seo, a bhith na bhacadh ri mo charaidean, cho fad's a tha thu a 'gealltainn gun tig thu! — ach bha fios agad dè a bha aig creutair dhligheach a dh'fheumadh tu dèiligeadh ris. Na gabh dragh gus an do nochd mo thighearna agus mo mhaighstir. — an seo tha mi air a bhith a 'suidhe an uair seo, a' toirt eisimpleir de ùmhlachd dha-rìribh dha na mnathan òga seo - airson cò as urrainn a ràdh, tha fhios agad, cho luath 'sa dh 'fhaodar iarraidh?"

Mr. Bha a 'elton cho teth agus sgìth, agus gun robh a h-uile coltas den t-seòrsa seo air a thilgeil air falbh. Feumar a chothromachadh do na mnathan eile a phàigheadh; ach dh 'aindeoin sin b

"nuair a fhuair mi donwell," thuirt e, "cha b' urrainn dha ridire a
bhith gu math neònach! An dèidh dha a bhith air a chuir mi
madainn an-diugh, agus air an teachdaireachd a thill e, gum bu
chòir dha a bhith aig an taigh gus am fear sin. "

"donwell!" dh'èigh a bhean - "cha robh thu a' cur mo chreach
orm idir! "tha thu a' ciallachadh an crùn; tha thu a 'tighinn bhon
choinneamh aig a' chrùn. "

"cha robh, chan eil, am-màireach; agus bha mi gu sònraichte ag
iarraidh ridire fhaicinn an-diugh air an dearbh chunntas sin — —
madainn uamhasach brùideil! — agus chaidh mi thairis air na
raointean cuideachd— (a' labhairt ann an tòna de dhroch-
chleachdadh agus, nach do lorg mi aig an taigh e, tha mi
cinnteach nach eil mi idir toilichte. Cha d'fhuair mi leisgeul sam
bith, cha do chuir mi fios thugam. —ar a h-uile rud iongantach!
— agus cha robh fhios aig duine sam bith air an dòigh anns an
deach e, is dòcha gu a bhith a 'fosgladh, is dòcha gu muileann na
h-abaid, is dòcha dha choilltean. — chaill taigh-èididh, chan eil
seo coltach ri caraid ridire! —can a mhìnicheas tu e?"

Chuir emma iongnadh oirre fhèin le bhith a 'gearan gun robh i
gu math iongantach, gu dearbh, agus nach robh siolla aice a ràdh
dha.

"chan urrainn dhomh smaoineachadh," thuirt mrs. Cha bu chòir
dhomh smaoineachadh gu robh e comasach dha a leithid a
dhèanamh leat, a h-uile duine san t-saoghal! An duine mu
dheireadh a bu chòir dùil a bhith air a dhìochuimhneachadh! E.,
feumaidh e bhith air teachdaireachd fhàgail dhut, tha mi
cinnteach gum feum e. — cha bhiodh fiù ridire a 'faireachdainn
cho eirmseach; - agus dh' fhalbh a sgalagan e. A bha sin mar a
bha; tachairt le sgalagan an t-asal, a tha uile, tha mi tric a
'faicinn, uamhasach duilich agus ath-mhisneach. — tha mi
cinnteach nach biodh a leithid de chreutair agam is a sheasas an
t-acras air a 'bhòrd-lann airson beachdachadh air. Tha i a

’glèidheadh gu saor gu dearbh. — gheall i cobhair shaor-
thoileach, agus cha do chuir i a-riamh e."

"choinnich mi ri william larkins," lean mr. "a-nis, mar a fhuair
mi faisg air an taigh, agus a thuirt e rium nach bu chòir dhomh a
mhaighstir a lorg aig an taigh, ach cha robh mi a' creidsinn e.
Thuirt e, ach is gann a dh 'fhaodadh e cainnt a thoirt dha. Cha
bhith agam ri gnothach a ghabhail ri miannan uamhasach, ach
tha e dha-rìribh glè chudromach gum bu chòir dhomh ridire
fhaicinn an-diugh, agus tha e na chùis, mar sin, gu mòr. Droch
mhì-ghoireas air am bu chòir dhomh a bhith air an cuairt teth seo
gun adhbhar. "

Bha emma a ’faireachdainn nach b 'urrainn dhi a dhèanamh nas
fheàrr na dhol dhachaigh gu dìreach. Tha e coltach gu robh i aig
an àm seo a ’feitheamh airson an sin; agus mr. Dh ’fhaodadh
ridire a bhith air a chumail bho bhith a’ dol na dhoimhneachd
ann an ionnsaigh gu mr. Mura h-eil e a ’dol gu uilleam larkins.

Gu robh i toilichte, às dèidh falbh air falbh, gus faighinn a-mach
gun robh am fear a bha an làthair air a thighinn a-mach às an t-
seòmar, a dhol còmhla rithe sìos an staidhre; thug i cothrom dhi
agus rinn i feum sa bhad de, ag ràdh, \ t

“tha e cho math, is dòcha, nach d’ fhuair mi an cothrom. Mura
robh caraidean eile mun cuairt ort, is dòcha gum biodh e air a
bhith air am buaireadh cuspair a thoirt a-steach, ceistean a chur,
bruidhinn nas fhosgailte na bhiodh ceart. - tha mi a
’faireachdainn gum bu chòir dhomh a bhith gu math adhartach."

"oh!" cha robh e furasta a chreidsinn gu robh emma gu mòr a
’fàs nas motha na h-uile eireachdas sam bith anns a h-uile rud
àbhaisteach—“ cha bhiodh cunnart ann gum biodh an cunnart
orm a ’caitheamh thu. Cha b'urrainn dhut a bhith taingeil.
Barrachd dhomh le bhith a ’nochdadh com-pàirt— gu dearbh, a
chailleas taigh-leughaidh, (a’ bruidhinn nas motha,) leis an

mothachadh a tha agam air mì-ghiùlan, fìor dhroch ghiùlan, tha e
gu sònraichte a 'toirt dhomh eòlas a bhith agam gu bheil
caraidean mo charaidean, a tha tha e airidh air a bhith air a
chaomhnadh leis na h-uiread de dhaoine, ge-tà, agus chan eil mi
idir a 'gealltainn gum bi mi ag iarraidh rudeigin. , gu mì-
fhortanach - gu goirid, mura h-eil do thruailleas a 'seasamh ri mo
charaid—"

"o! Tha thu ro sgarbh, gu dearbh tha thu," ghlaodh emma gu
blàth, agus a 'toirt a làimh. "cha bhith leisgeul agam; agus tha a
h-uile buidheann ris am bu chòir dhut a bhith ann am fiachan, air
a bhith cho riaraichte, cho aoibhneach eadhon—"

"tha thu glè chaoimhneil, ach tha fios agam gu robh mo mhodhan
leat. — cho fuar agus fuadain! — bha pàirt daonnan aig a' chòir
dhomh a bhith ag obair. — b 'e beatha foill a bh 'ann an-diugh!
— tha fios agam gum feum mi gun do dh' èignich thu thu. "

"guidhibh ag ràdh nach eil tuilleadh a' faireachdainn gu bheil na
leisgeulan uile rim faighinn air an taobh agam. Leigidh sinn
maitheanas dha chèile aig an aon àm. Feumaidh sinn rud sam
bith a dhèanamh a tha nas luaithe, agus tha mi den bheachd nach
caill na faireachdainnean againn an uair sin. A bheil cunntasan
snog agad bhon ghaoth? "

"glè mhath."

"agus an ath naidheachd, tha mi creidsinn, a bhios, gum bi sinn
gad chall - dìreach mar a thòisich mi air eòlas a bhith agad ort."

"o! Na h-uile sin, gu dearbh, chan urrainn dhuinn smaoineachadh
air a h-uile rud fhathast. Tha mi an seo gus an tèid an tagradh le
còirneal agus mèinnean campbell."

"chan urrainn dad a rèiteachadh fhathast, 's dòcha," fhreagair emma, a 'gàireachdainn—" ach, leisgeul a ghabhail, feumaidh a bhith a 'smaoineachadh."

Chaidh an gàire air ais a-rithist mar fhreagairt leis,

"tha thu ceart dha-rìribh; chaidh beachdachadh air. Agus bidh mi leat, (tha mi cinnteach gum bi e sàbhailte), cho fad sa tha sinn beò le mr eaglaise aig enscombe, gu bheil e air a shocrachadh. Mìosan, co-dhiù, de chaoidh dhomhainn, ach nuair a tha iad seachad, tha mi a 'smaoineachadh nach bi dad a bharrachd ann airson feitheamh."

"tapadh leat, tapadh leat. — tha seo dìreach mar a bha mi airson a bhith cinnteach às. — oh! Ma bha fios agad cia mheud a tha a' còrdadh rium agus a tha fosgailte! —good-bye, good-bye. "

Caibideil xvii

Bean. Bha caraidean an iar air an dèanamh toilichte leis an t-sàbhailteachd aice; agus ma dh 'fhaodadh àrdachadh a bhith ann an toileachas an toileachais aice gu emma, b 'ann le bhith ga h-aithneachadh gu robh i na màthair do nighean bheag. Bha i air a thighinn gu co-dhùnadh gum bu chòir dhi taobh an iar a chall. Cha ghabhadh i ris gu robh e le sealladh sam bith air maidseadh a dhèanamh dhi, as deidh sin, le aon de na mic isabella; ach bha i cinnteach gum biodh nighean glè iomchaidh airson athair agus màthair. Bhiodh e na thoileachas mòr dhomh. Taobh an iar, mar a dh'fhàs e na bu shine - agus eadhon mr. Dh 'fhaodadh gum bi taobh an iar a' fàs nas sine deich bliadhna mar sin — gus am bi

an teine aige air a bheò-ghlacadh leis na spòrsan agus an dìth, na
brèige agus an caochlaidheachd a bhios aig leanabh nach deach
a-riamh às an taigh; agus mrs. Taobh an iar - cha bhiodh duine a
'creidsinn gum biodh nighean cho math dhi; agus bhiodh e
tàmailteach dha duine sam bith a bha cho eòlach air a bhith a
'teagasg,

"tha i air a bhith na bhuannachd, tha fhios agad, de bhith ag obair
orm," lean i air adhart "" mar la baronne d'almane air la comtesse
d'ostalis, in madame de genlis 'adelaide agus theodore, agus
feuchaidh sinn a-nis beag fhèin fhuair e foghlam ann an adelaide
bho phlana nas foirfe. "

"is e sin," fhreagair m. Ridire, "tha i a' faireachdainn cho math
rithe na rinn i thu, agus tha i a 'creidsinn nach bi i a' sàs idir. Is e
an aon eadar-dhealachadh a bhios ann. "

"leanabh bochd!" cried emma; "aig an ìre sin, dè a bhios ann?"

Cha bhi a h-uile duine ro dhona ann an leanabachd, agus
ceartaich i fhèin mar a bhios i a 'fàs nas sine. Bidh mi a' call mo
bhuilleachd an-aghaidh clann a tha air am milleadh, mo mhiann
suairc. , nach biodh e mi-dhiadhaidh uamhasach leam a bhi trom
orra? "

Rinn emma gàire, agus fhreagair i: "ach fhuair mi cuideachadh
bho gach oidhirp a rinn thu gus strì an aghaidh dhaoine eile a
chuir an-aghaidh. Tha mi a' dèanamh cinnteach gun do chuir mo
mhothachadh fhèin ceart dhomh às aonais. "

Chan eil teagamh sam bith gu bheil nàdar a 'toirt tuigse dhut: - a'
toirt seachad am prionnsapal thug seo dhut na prionnsapalan.
Feumaidh tu dèanamh gu math. Air an làimh dheis tha mi a
'bruidhinn rium? — agus tha eagal orm gu bheil thu a'
faireachdainn gun deach a dhèanamh ann an dòigh nach gabh
dèanamh, ach cha chreid mi gun do rinn thu math sam bith. An

càirdeas a chuir mi a-steach orm. Cha b'urrainn dhomh smaoineachadh ort cho mòr gun do dhèanamh fhèin ort, dochann agus a h-uile h-aon, agus le d 'a leithid de mhearachdan, tha thu air a bhith ann an gaol leat bho bha thu trì bliadhn 'deug a dh'aois."

"tha mi cinnteach gun robh thu a' cleachdadh dhomhsa, "arsa crith. "is tric a thug mi buaidh orm - gu tric na bhiodh mi aig an àm. Tha mi glè chinnteach gun do rinn thu math dhomh. Agus ma tha am beagan bochd a dh' fhulang, bidh e na chinne-daonna as motha dhut a dhèanamh. Mòran dhith mar a rinn thu orm, ach a 'tuiteam ann an gaol leatha nuair a tha i trì bliadhna deug."

"dè cho tric, nuair a bha thu nad chaileag, an tuirt thu rium, le aon de do shùil an t-sàil — a' ridire, tha mi gu bhith a 'dèanamh sin-agus-mar sin; tha papa ag ràdh gu faod mi, no gu bheil mi air fòrladh an taoror a chall "a' chùis a bha, fhios agad, cha do dh 'aontaich mi. Ann an leithid de chùisean bha toirt a-steach dhomh a' toirt dà dhroch fhaireachdainn dhut seach aon.

"dè an creutair a bh' ann a bha mi! - gun iongnadh gum bu chòir dhomh na h-òraidean agam a chumail ann an cuimhne cho faireachail. "

"a rnear ridire." —— bha thu an-còmhnaidh air mo ghairm, "a' ridire; "; agus, bho àm gu àm, chan eil e cho foirmeil ri fuaim. — agus tha e fhathast foirmeil. Tha mi airson gun cuir thu rudeigin eile a-steach orm, ach chan eil fhios agam dè. "

"tha cuimhne agam aon uair 's gun do dh' iarr mi' george, 'ann an aon de mo dhuilgheadasan ionmholta, mu dheich bliadhna air ais.

"agus chan urrainn dhut 'george' a thoirt dhomh a-nis?"

"do-dhèanta! —i chan urrainn dhut rud sam bith a ghairm dhut ach" an ridire. " chan urrainn dhomh gealltainn eadhon co-ionann ri breugachd eireachdail mrs elton, le bhith a 'gairm mr. K. — ach geallaidh mi," chuir i ris an-dràsta, a 'gàireachdainn agus a' spùchadh— "geallaidh mi thu a' ainmeachadh aon uair le d 'ainm crìosdail. Chan eil mi ag ràdh cuin, ach is dòcha gu bheil thu a 'smaoineachadh càite: - anns an togalach anns a bheil e a' dol nas fheàrr, airson nas miosa. "

Dh 'aidich e nach dèanadh i nas fosgailte a-mhàin ri aon seirbheis chudromach a bhiodh air a thoirt na b'fheàrr a rèir a comhairle, a bhiodh air a sàbhaladh bho a h-uile dachaidh bhàn an dèidh a h-uile fear. Ach bha e ro fhògarrach cuspair. — cha b'urrainn dhi dol a stigh innte. — cha robh cus ainm air a son. Is dòcha nach biodh seo, air a thaobh, a 'dol air adhart ach bho nach robh i a' smaoineachadh; ach bha e na amas aig emma a bhith ga chur gu dìomhaireachd, agus amharas, bho chuid a nochdas, gu robh an càirdeas a 'dol sìos. Bha i gu math mothachail, gun robh iad gu bhith a 'ceangal barrachd ann an suidheachadh sam bith eile, agus nach biodh a fradharc air seasamh a-mach, seach gu bheil e cha mhòr air a dhèanamh a-nis, air litrichean isabella. Dh 'fhaodadh e coimhead gur ann mar sin a bha e.

Chuir isabella cunntas cho math air a neach-tadhail mar a bhiodh dùil; nuair a thàinig i a-mach an toiseach bha i air a bhith ga h-inntinn à spioradan, a bha a 'nochdadh gu nàdarra, oir bha fiaclair gu bhith ann; ach, on a bha an gnìomhachas sin seachad, cha robh coltas ann gu robh i a 'faighinn a-mach às an rud a dh' aithnich i roimhe. — is e asabella, gus a bhith cinnteach, nach robh i na neach-amhairc glè luath; ach mura robh an t-each-chluich co-ionann ris a 'chlann, cha bhiodh e air faighinn às. Bha e na thoileachas don t-sluagh cofhurtachd is dòchasan aig emma a thoirt air adhart, leis gu robh an t-uachdaran a 'fuireach nas fhaide; bha a h-uile cola-deug dualtach a bhith co-dhiù mìos. Mr.

Agus mrs. Bha john knightley a 'tighinn a-nuas ann an cùlaibh, agus chaidh iarraidh oirre fuireach gus an toireadh i air ais i.

"chan eil iain eadhon a' toirt iomradh air do charaid, "arsa mr. Ridire. "seo a fhreagairt, ma tha thu airson a fhaicinn."

B 'e freagairt airson a phòsadh san amharc a bha e. Ghabh emma ris le làmh gu math èasgaidh, le foighidinn uile beò gus faighinn a-mach dè a chanadh e mu dheidhinn, agus cha robh e idir air a sgrùdadh le bhith a 'cluinntinn gun robh a caraid air a chuir a-mach às.

"tha iain a' dol a-steach mar bhràthair a-steach do mo toileachas, "thuirt mr. Ridire, "ach chan eil e na cho-òrdanaiche; agus ged a tha fios agam gu bheil, mar an ceudna, gaol caran brìghmhor dhut, tha e cho fada bho bhith a' dèanamh fois, gun smaoinich am boireannach òg eile gu bheil e caran fuar na h-mholadh. " chan eil eagal orm gun fhaic thu na tha e a 'sgrìobhadh."

"tha e a' sgrìobhadh mar dhuine ciallach, "fhreagair emma, nuair a bha i air an litir a leughadh. "tha mi a' dèanamh urram dha a dhligheachd. Tha e gu math soilleir gu bheil e a 'beachdachadh air an fhortan a th' ann mar iad uile air mo thaobh, ach nach eil e gun dòchas agam gum fàs mi, ann an ùine, cho airidh air do ghràdh, mar a tha thu gam chreidsinn gu bheil mi mar-thà an robh e air rud sam bith a ràdh airson togail eadar-dhealaichte, cha bu chòir dhomh a bhith air a chreidsinn. "

"mo emma, chan eil e a' ciallachadh rud sam bith. Tha e a 'ciallachadh -"

"bu chòir dha fhèin agus i a bhith eadar-dhealaichte glè bheag ann a bhith a' toirt tuairmse air an dà dhuais, "a chuir stad oirre, le seòrsa de ghàire fìor mhòr -" mòran nas lugha, ma dh'fhaodte, na tha e mothachail dha, nan deidheadh againn air a dhol a-steach gun shearmanas no tasgadh air a 'chuspair. "

"emma, mo emma gràdhach -"

"oh!" dh'èigh i le gainnead nas doimhne, "ma tha dìth ort nach dèan do bhràthair ceartas dhomh, na fuirich ach gus am bi m'athair gràdhach anns an dìomhaireachd, agus cluinn a bheachd. An crochadh air, bidh e nas fhaide bho bhith a' dèanamh ceartas dhut. A 'smaoineachadh gum bi an toileachas uile, a h-uile buannachd, air do thaobh den cheist, an airidheachd air mo shon, is dòcha nach bi mi a' dol a-steach gu 'droch dhroch bhuaidh' ris aig an aon àm. . "

"ah!" dh'èigh e, "tha mi a' miannachadh gum bi d 'athair leth cho cinnteach a dh' fheudas e bhith, mar a tha gach còir aig a bheil luach co-ionnan, a bhith sona còmhla. Tha mi air am miachadh le aon phàirt de litir john's — an tug thu fa-near e? — an àite a chanas e, nach tug m 'fhiosrachadh e gu tur tro àrd-ìre, gun robh e an dùil a bhith a 'cluinntinn rudeigin den t-seòrsa."

"ma thuigeas mi do bhràthair, chan eil e a' ciallachadh ach cho fad's a tha thu a 'smaoineachadh mu pòsadh. Cha robh càil a dh'fhios agam mu dheidhinn. Tha e coltach nach eil e idir ullamh airson sin."

"tha, tha — ach tha mi iomagaineach gum bu chòir dha a bhith air fhaicinn cho fada ri mo fhaireachdainnean. Dè a tha e air a bhith a' breithneachadh le? —i chan eil mi mothachail air eadar-dhealachadh sam bith anns an spioraid agam no an còmhradh a dh 'fhaodadh a dhèanamh aig an àm seo airson mo phòsadh ach a bharrachd air an seo. — ach bha e mar sin, saoilidh mi gu robh eadar-dhealachadh ann nuair a bha mi a 'fuireach còmhla riutha an latha eile. Tha mi a' creidsinn nach do chluich mi leis a 'chlann cho tric mar as àbhaist. Feasgar bha na balaich bhochd ag ràdh, 'tha e coltach gu bheil uncail sgìth an-dràsta.' "

Bha an t-àm a 'tighinn nuair a dh' fheumadh an naidheachd sgaoileadh nas fhaide, agus dh'fheuch daoine eile ri gabhail ris. Cho luath sa ghabhas. Bha an taobh an iar air fhaighinn air ais gu leòr airson faighinn a-steach mr. A 'tadhal aig woodhouse, is e beachd emma gum bu chòir a reusanachadh socair a bhith air am fastadh anns an adhbhar, a' chiad cho-dhùnadh a dh 'innseadh aig an taigh, agus an uairsin ann an randalls. — ach ciamar a bhriseadh e i na h-athair mu dheireadh! Dèan e, ann an uair a thìde de mr. Ridireàs-làthaireachd, no nuair a thàinig e chun na h-ìre gum biodh a cridhe air fàiligeadh, agus feumaidh gu robh i air a chuir dheth; ach mr. Bha ridire a 'tighinn gu leithid de àm, agus lean e suas an toiseach gu robh i gu bhith a' dèanamh. — dh'fheumadh ia bhith a 'bruidhinn, agus a bhith a' bruidhinn gu sunndach cuideachd. Gun a bhith ga dhèanamh na chuspair mì-chinnteach dha-rìreabh, le fuaim mì-chliùiteach fhèin. Chan eil coltas gu bheil i a 'smaoineachadh gur e mì-fhortan a th' ann. — leis na h-uile spiorad a bha i na comas, dh'ullaich i an toiseach e airson rudeigin neònach, agus an uairsin, ann am beagan fhaclan, thuirt e, nam faigheadh a chead agus a approbation — a bha sin, i. Bhiodh earbsa ann às aonais duilgheadas, oir b 'e plana a bh' ann a bhith ag adhartachadh sonas gach nì — e agus mr. Bha ridire a 'ciallachadh pòsadh; le bhith a 'ciallachadh gum faigheadh hartfield tuilleadh airgid do chuideigin an duine sin air an robh i eòlach, faisg air a nigheanan agus a màthraichean. Taobh an iar,

Bha duine bochd ann! — bha e na chuis mhòr dha an toiseach agus dh'fheuch e gu dìcheallach a thoirt air falbh bhuaipe. Chaidh a chuimhneachadh, barrachd is aon uair, air a bhith an-còmhnaidh ag ràdh nach pòsadh i a-riamh, agus gun robh i cinnteach gum biodh e na b'fheàrr na h-aonar a bhith aice; agus dh 'innis e mu dhroch isabella, agus truaill nach robh a dh' fhulang. — ach cha dèanadh e sin. Chroch e emma gu cridheil, agus rinn e gàire, agus thuirt e gum feumadh e a bhith; agus nach urrainn e a thoirt dhi le isabella agus le mrs. Bha taobh an iar, aig an robh pòsaidhean gan toirt bho hartfield, air fìor atharrachadh a dhèanamh, ach cha robh i a 'dol bho hartfield; bu chòir dhith a bhith ann an-còmhnaidh; cha robh i a 'toirt atharrachadh sam bith anns na h-àireamhan aca no na cofhurtachdan aca ach airson na b' fheàrr; agus bha i glè chinnteach gum biodh e tòrr nas toilichte a bhith a 'faighinn mr. Ridire an-còmhnaidh ri làimh, nuair a bha e air a bhith eòlach air a 'bheachd. — nach robh e measail air mr. Cha robh e a 'dol às àicheadh nach do rinn e sin, bha i cinnteach. — cò air a bha e ag iarraidh co-chomhairleachadh a dhèanamh air gnothachas ach mr. —a bha cho feumail dha, a bha cho deònach a sgrìobhadh— a bha cho sunndach, cho mothachail, cho comhfhurtail ris? — nach biodh e airson a bhith an-còmhnaidh anns an àite? —yes. Bha sin gu tur fìor. Mr. Cha b 'urrainn dha ridire a bhith ann ro thric; bu chòir dha a bhi toilichte a bhi ga fhaicinn a h-uile latha; — mar sin chunnaic iad e a h-uile latha mar a bha e. — carson nach b 'urrainn dhaibh a dhol air adhart mar a rinn iad?

Mr. Cha b 'urrainn do thaigh na h-àite a thighinn gu rèiteach a dh'aithghearr; ach chaidh faighinn thairis air an droch rud, chaidh am beachd a thoirt seachad; feumaidh an t-àm agus ath-aithris leantainneach an còrr a dhèanamh. Thug ridire, a thug moladh mòr dhi, fàilte air a 'chànan; agus cha b 'fhada gus an robh gach duine a' bruidhinn ris air gach uair cothromach. — bha an cobhair uile aca a b'urrainn do isabella a thoirt seachad, le litrichean a dh 'fhaodadh a bhith air an daingneachadh as treasa; agus mrs. Bha taobh an iar deiseil, air a 'chiad choinneimh, gus beachdachadh air a' chuspair a bha nas ionmholta - an toiseach, mar shocrachadh, agus, anns an dara àite, mar fhear math - gu math mothachail air cho cudromach sa tha an dà mholadh gu mr. Inntinn an t-soisgeil. — chaidh aontachadh, mar a bha; agus a h-uile corp leis am b 'eadh e air a threòrachadh a' toirt a chreidsinn dha gu'm biodh e air son a shunnd;

Bean. Cha robh taobh an iar a 'gabhail pàirt sam bith, a' cur às do fhaireachdainnean sam bith a thuirt i ris a thaobh an tachartais. — bha i air a sàrachadh gu mòr, cha robh i riamh cho mòr na bha e nuair a dh 'fhosgail emma a' chùis oirre an toiseach; ach cha'n ann a chunnaic i ach toileachas do na h-uile, agus cha robh i gu leòr a 'toirt air a h-uile duine a bhi ga thoirt suas. Ridire, mar gum biodh e a 'smaoineachadh gu robh e airidh air fiù 's a h-eireachdail; agus bha e mar sin cho iomchaidh, freagarrach, agus gun an eadar-cheangail ri co-cheangal, agus ann an aon spèis, aon phuingmar sin, bha e cho dualtach gu bheil sin air fhaicinn mar gum biodh e comasach dha emma a bhith ceangailte gu sàbhailte ri beathach sam bith eile, agus gun robh i fhèin air a 'chaoin-choileachd de dhaoine nach smaoinich e air, agus a' miannachadh. O chionn fhada. — dè an àireamh de dhaoine a bha aig ìre beatha gus aghaidh a thoirt air emma a bhiodh air an dachaigh aca fhèin a thrèigsinn airson hartfield! Agus cò ach mr. B 'urrainn dha ridire fios a bhith aige le mr. Taigh-seinnse, gus a leithid sin de shuidheachadh a dhèanamh nas fheàrr! — an duilgheadas a thaobh a bhith a 'faighinn cuidhteas am meur bochd. Riamh bhathas a 'faireachdainn gu robh taigh-tasgaidh air a bhith ann an cuid de na planaichean aig a cèile agus air a son fhèin, airson pòsadh eadar mac-rìgh agus emma. Bha mar a dh 'fhaodadh mar a dh' aontaicheadh tagraidhean mu choilionadh agus raon-feòir a bhith na bhacadh leantainneach - nas lugha aithneachadh le mr. Air taobh an iar na ach — cha robh e riamh air a bhith comasach air crìoch a chur air an cuspair nas fheàrr na bhith ag ràdh - " bheir na cùisean sin cùram dhaibh fhèin; gheibh na daoine òga dòigh. "ach an seo cha robh dad ri ghluasad ann am prothaid fhiadhaich air an àm ri teachd. Bha e ceart gu leòr, uile fosgailte, uile co-ionann. Den ghealladh as àirde de bhochdainn ann fhèin, agus gun aon duilgheadas fìor, reusanta a dhol an aghaidh no dàil a chuir air.

Bean. Bha taobh an iar, le a leanabh air a glùin, a 'gabhail a-steach na h-uighean sin mar aon de na boireannaich a bu toilichte san t-saoghal. Nam biodh e comasach do rud sam bith an toileachas a thoirt dhi, bhathar a 'faicinn gum biodh an leanabh a-nis ro fhada a-mach às a' chiad sreath de bhonaidean.

Bha an naidheachd gu h-iomlan a 'toirt buaidh air càite an robh e a' sgaoileadh; agus mr. Bha còig mionaidean de dh 'aige an iar; ach bha còig mionaidean gu leòir airson a 'bheachd a thoirt seachad air cho luath 'sa bha e a' smaoineachadh. — chunnaic e buannachdan a 'chluiche, agus rinn e gàirdeachas annta le uile choimhlionadh a mhnaoi; ach cha robh iongnadh oirre ach glè ghoirid; agus ro dheireadh uair a thìde cha robh e fada bho bhith a 'creidsinn gun robh e an-còmhnaidh air a ràdh ris.

"tha e gu bhith na dìomhaireachd, thig mi gu crìch," thuirt e. "tha na cùisean sin an-còmhnaidh dìomhair, gus an lorgar a-mach gu bheil fios aig a h-uile buidheann orra. Cha leiginn leas innse dhomh ach nuair a dh' fhaodas mi bruidhinn a-mach. — a bheil iongnadh sam bith air am bi aithreachas. "

Chaidh e gu highbury an ath mhadainn, agus bha e riaraichte leis fhèin air a 'phuing sin. Dh'innis e dhi an naidheachd. Nach robh i mar nighean, a nighean bu shine? — feumaidh i innse dhi; agus a 'call bho bhith a' faighinn seachad, mar a bhiodh dùil, thug e sin gu dearbh. Corail, mrs. Peiridh, agus min. Às dèidh sin, dìreach an dèidh sin. Cha robh e nas motha na na h-ullachaidhean air an ullachadh; bha iad air obrachadh a-mach bho àm a bhith aithnichte aig randalls, dè cho luath 'sa bhiodh e seachad air highbury; agus bha iad a 'smaoineachadh air iad fhèin, mar a tha iongnadh na h-oidhche ann am mòran de theaghlach, le sàmhchar mòr.

San fharsaingeachd, bha e air a dheagh chothromachadh. Dh 'fhaodadh cuid a bhith a' smaoineachadh gur e an rud as fheàrr a dh 'fhaodadh a bhith ann. Dh'fhaodadh aon sheata a bhith a 'moladh gun tèid an toirt air falbh gu donwell, agus gum fàgadh iad hartfield airson ridirean na h-eaglaise; agus dh 'fhaoidte gur ann am fear eile a dh' fhagas easaontaich; ach fhathast, gu h-iomlan, nach robh gearan mòr sam bith air a thogail, ach ann an aon àite-còmhnaidh, am fear-ionaid. — an sin, cha do shoirbhich leis an t-sluagh. Mr. Cha tug elton mòran dragh mu dheidhinn,

an coimeas ri a bhean; bha e an dòchas nach biodh e ach toilichte
gum biodh uaill na mnà òigear cinnteach; " agus bha e an dùil
"gu robh i riamh an dùil ridire a ghlacadh nam biodh e comasach
dha;" agus, a thaobh a bhith a 'fuireach ann an hartfield, dh'
fhaodadh e a bhith gu math slaodach, "an àite e na i!" - ach mrs.
Bha elton gu math mì-chliùiteach gu dearbh - "fear bochd bochd!
— gnothachas dha.thig a-staigh còmhla riutha nuair a
dh'fhaighnich iad dha! Ach bhiodh sin uile a-nise a-nis. — fear
bochd! — gun tuilleadh rannsachadh a dhèanamh air pàrtaidhean
a chaidh a thoirt seachad dhi. Oh! Chan eil; bhiodh fear ann.
Ridire a 'tilgeadh uisge fuar air gach nì. — anabarrach duilich!
Ach cha robh i idir duilich gu robh i air droch dhìol a chuir air
neach-gleidhidh an taighe am plana latha eile — a 'bualadh le
chèile. Cha dèanadh e sin gu bràth. Bha fios aice air teaghlach
faisg air lus a 'chraobh-mhàileig a dh'fheuch i, agus feumaidh ia
bhith air a sgaradh ro dheireadh a' chiad ràithe.

Caibideil xviii

An ùine seachad. Beagan a bharrachd air ais, agus bhiodh am
pàrtaidh à lunnainn a 'tighinn. B 'e atharrachadh eagalach a bha
ann; agus bha emma a 'smaoineachadh air aon madainn, mar a
dh'fheumas mòran a thoirt a-steach gus a dhol an sàs agus a
caoidh, nuair a bhios mr. Thàinig ridire a-steach, is chuireadh
smaointean dòrainneach seachad. An dèidh a 'chiad chainnt
toileachais bha e sàmhach; agus an uairsin, ann an tòimhseachan,
thòisich iad le,

"tha rudeigin agam ri innse dhut, emma; naidheachdan."

"math no dona?" thuirt i, gu luath, a 'coimhead suas na aodann.

"chan eil fhios agam dè a bu chòir a bhith air ainmeachadh."

"o! Uill, tha mi cinnteach. — tha mi faicinn d' ghile. Tha thu a
'feuchainn gun a bhith a' gàireachdainn. "

"tha eagal orm," arsa esan, a 'dèanamh a chuid feartan," tha
eagal mòr orm, mo ghaol agam, nach bi thu a 'gàireachdainn
nuair a chluinneas tu e."

"gu dearbh! Ach carson? — cha mhòr gum bi e a'
smaoineachadh nach bu chòir do rud sam bith a tha a
'miannachadh no a' mhisneachadh dhut, a bhith gam
thoileachadh agus a 'thoileachadh rium cuideachd."

"tha aon chuspair ann," fhreagair e, "tha mi an dòchas ach aon,
nach eil sinn a' smaoineachadh mar an ceudna. " stad e tiotan, a-
rithist a 'gàireachdainn, le a shùilean air an t-aodann. "cha bhi
dad a' tachairt riut? — nach eil thu a 'cuimhneachadh?"

Bha a gruaidhean air an dòrtadh aig an ainm, agus bha eagal
oirre mu rudeigin, ged nach robh fios aice dè a bh 'ann.

"an cuala tu às a dèidh fhèin madainn an-diugh?" ghlaodh e. "tha
thu, tha mi a' creidsinn, agus tha fios agad air an iomlan. "

"cha deachaidh, chan eil fhios agam; chan eil fhios agam; ag
ùrnaigh dhomh."

"tha thu deiseil airson a' chruaidh, tha mi a 'faicinn — agus
uamhasach dona tha e. Harriet smith marries robert martin."

Thug emma toiseach, nach robh coltach gu robh i air ullachadh -
agus thuirt a sùilean, gu dùrachdach, mar sin, "chan eil, tha seo
do-dhèanta!" ach chaidh a bilean a dhùnadh.

"tha e gu dearbh," arsa mr. Ridire; "i ga fhaighinn bho robert martin fhèin. Dh'fhàg e mi gun leth uair a thìde air ais."

Bha i fhathast a 'coimhead ris leis an t-iongnadh a bu mhotha.

"is toigh leat e, mo emma, cho beag mar a bha eagal orm. - tha mi a' miannachadh gun robh na beachdan againn an aon rud. Ach anns an àm sin, bheir an ùine, bidh thu cinnteach, am fear no an fheadhainn eile againn a 'smaoineachadh ann an dòigh eadar-dhealaichte; aig an aon àm, chan fheum sinn mòran a ràdh air a 'chuspair."

"tha thu ceàrr mi, tha thu dìreach a' dèanamh mearachd orm, "fhreagair i, ag ràdh gum biodh i fhèin a' cuir sin. "chan ann nach biodh a leithid sin de shuidheachadh a' dèanamh mi mì-thoilichte, ach chan urrainn dhomh a chreidsinn. Tha coltas ann nach gabh seo a dhèanamh! Chan urrainn dhut a ràdh gu bheil gabhar a ghabhail le gabhal a-nis. A-rithist — ach tha thu dìreach a 'ciallachadh, gu bheil e am beachd sin a dhèanamh.

"tha mi a' ciallachadh gu bheil e air a dhèanamh, "fhreagair mr. Ridire, le gàire ach co-dhùnadh air a thighinn gu co-dhùnadh, "agus chaidh gabhail ris."

"deagh mhath!" chuir i cried- "gu math!" - an uairsin a 'faighinn air ais gu a basgaid obrach, le leisgeul airson a bhith a' lùbadh a h-aodann, agus a 'toirt air falbh na faireachdainnean eireachdail agus an dibhearsain a dh' aithnich i gum feum i a bhith a 'cur an cèill, thuirt i, mise a h-uile rud: a dhèanamh tuigseach dhomh-sa air mar a tha e, ciamar, càite? - a bheil fhios agam gu bheil mi a-riamh, ach cha chuir e mi mì-thoilichte, ge-tà. "

"is e sgeulachd gu math sìmplidh a th' ann. Chaidh e don bhaile air gnothachas trì latha air ais, agus thug mi air a dhol an grèim air cuid de phàipearan a bha mi airson a chuir gu iain. — thug e

na pàipearan sin dha john, anns na seòmraichean aige, agus dh
'iarr iad air an dithis balach a bu shine a bhith aca gus an robh
iad leis a' chaidreachas. Dh 'èigh iad ris anns an t-slighe, agus
bha a h-uile duine gu math sàmhach, agus dh' iarr mo bhràthair
air daibheadh còmhla riutha an ath latha — a rinn e - agus ann an
cùrsa na cuairte sin (mar a thuig mi) fhuair e cothrom bruidhinn
ri agus gun teagamh cha do bhruidhinn e ann an dàn. — rinn i e,
leathagabhail ris, cho toilichte eadhon mar a tha e airidh. Thàinig
e a-nuas le coidse an-dè, agus bha e còmhla rium madainn an-dè
às dèidh bracaist, gus innse mu na thachair aige an toiseach, an
dèidh mo ghnothaichean, agus an uairsin leis fhèin. Tha seo uile
as urrainn dhomh a cheangal mun dòigh, càite, agus cuin. Nì do
charaid cruidh eachdraidh fada nas fhaide nuair a chì thu i. —
bheir i dhut mion-chunntas gach mionaid dhut, dè as urrainn do
chànan boireannaich a-mhàin a dhèanamh inntinneach. — anns
na conaltraidhean againn chan eil sinn a 'dèiligeadh ach anns an
fharsaingeachd. — ach feumaidh mi a ràdh, gun robh cridhe
roboin martin a 'coimhead ris agus dhomh fhìn, a' cur thairis ro
mhòr; agus gun do dh'ainmich e, às aonais a bhith glè mhòr chun
an adhbhair, nuair a chuir iad am bogsa às an dèidh aig a
'chabhaig, gun do ghabh mo bhràthair cùram mu mhean. John
ridire agus john beag, agus lean e le call gobha agus henry; agus
sin aig aon àm bha iad ann an sluagh cho mòr,

Sguir e. — nach 'eadh emma dared feuchainn ri freagairt sam
bith sa bhad. A dhèanamh, bhiodh i cinnteach gum biodh i air
brath a dhèanamh air an ìre toileachais as mì-reusanta. Feumaidh
i feitheamh mionaid, no smaoinicheadh e gun robh i às a ciall.
Chuir a sàmhchair dragh air; agus an dèidh coimhead oirre
beagan, chuir e ris,

"emma, mo ghràdh, thuirt thu nach biodh an suidheachadh seo a'
cur dragh ort a-nis; ach tha eagal orm gun toir e barrachd pian
dhut na bha thu an dùil. Tha an suidheachadh aige dona - ach
feumaidh tu beachdachadh air mar a tha thu a 'sàsachadh do
charaid; bheir e freagairt airson do bheachd a bhith nas fheàrr

agus nas fheàrr dheth mar a tha thu eòlach air barrachd, agus bheireadh e deagh fhaireachdainn agus deagh phrionnsabalan dhut. — a thaobh an duine, cha bhiodh thu ag iarraidh do charaid a bhith nas làidire. A dh'atharraicheadh e nam b 'urrainn dhomh, a tha ag ràdh mòran dhomh gum faigh mi thu, emma. — tha thu a 'gàireachdainn rium mu dheidhinn william larkins, ach dh' fhaodadh mi a bhith gu math gann a 'goid roboin."

Bha e airson gum faiceadh e suas agus gàire; agus a-nis gun a bhith a 'dèanamh gàire ro fharsaing — rinn i — a' freagairt gu siùbhlach,

"cha bu chòir dhut a bhith a' cur dragh orm gus am bi mi a 'coinneachadh ris a' ghèam. Tha mi a 'smaoineachadh gu bheil gu leòr a' dèanamh a dh 'fhéadfadh a bhith na dh' a bhith càirdeach dha-rìribh. Chan urrainn dhut smaoineachadh gu dè cho luath agus a thàinig e orm! Mar a bha mi gun ullachadh ro-làimh! — bha mi a 'smaoineachadh gu robh i fada nas cinntiche na aghaidh, fada nas motha, na bha i roimhe."

"bu chòir dhut a bhith eòlach air a' charaid agad, "fhreagair m. Ridire; "ach bu chòir dhomh a ràdh gur e nighean bheusach, bhog-chridheach a bh' ann, agus chan eil mi idir coltach a bhith gu math àrd, an-aghaidh duine òg sam bith a dh'innis dhi gun robh gaol aice oirre. "

Cha b 'urrainn do emma cuideachadh le gàire mar a fhreagair i," air m 'fhacal, tha mi a' creidsinn gu bheil thu gu math math agus tha i a 'dèanamh. — ach, tha m' ridire, a bheil thu cinnteach gu bheil i ceart agus dìreach gabhail ris. A bh 'a' bruidhinn mu dheidhinn rudan eile; a 'ghnìomhachas, taisbeanaidhean cruidh, no drilean ùra - agus is dòcha nach bi thu, ann an troimh-chèile uiread de chuspairean, mearachd cha robh e ach làmh an uachdarain gun robh e cinnteach bho — b 'e meud cuid de damh ainmeil. "

An eadar-dhealachadh eadar gèill agus èadhar mr. Bha ridire
agus robert martin, aig an àm seo, cho làidir ri faireachdainnean
emma, agus cho làidir 's gun do chuimhnich na bha air a h-uile
càil a chaidh seachad o chionn ghoirid air taobh cliathaich, agus
mar sin fuaim na faclan sin, air an labhairt le cuideam cho mòr,
"no, i tha mi an dòchas gu bheil fios agam nas fheàrr na bhith a
'smaoineachadh air robert martin," gun robh i gu mòr an dùil ris
an fhiosrachadh a dhearbhadh, ann an dòigh air choireigin, ro-
luath. Cha b' urrainn dha a bhith air dhòigh eile.

"a bheil thu ag rādh seo?" ghlaodh mr. Ridire. "a bheil thu ag
iarraidh orm gun cuir mi bacadh cho mòr orm, seach nach biodh
fios agam dè a tha duine a' bruidhinn? — dè tha thu airidh? "

"oh! Tha mi an-còmhnaidh airidh air an làimhseachadh as fheàrr,
oir cha bhith mi a' cur suas ri neach sam bith eile; agus, mar sin,
feumaidh tu freagairt shoilleir, dhìreach a thoirt dhomh. A bheil
thu cinnteach gu bheil thu a 'tuigsinn na teirmean air a bheil mr
martin agus urras an-dràsta a tha? "

"tha mi gu math cinnteach," fhreagair e, a 'bruidhinn gu soilleir,"
thuirt e rium gun robh i air gabhail ris, agus nach robh do-
fhaireachdainn, dad teagmhach, anns na faclan a chleachd e; dh
'fhaighnich e de 'n bheachd a dh' ann a bha e nis a dheanamh,
cha robh fios aige air neach ach a h-uile duine ab' urrainn dha
cuir a-steach airson fios mu a càirdean no a caraidean. "a
bharrachd air a bhith a' dol gu mathan-gardard? "thuirt mi ris
nach b' urrainn dhomh an uairsin, thuirt e, gum feuchadh e ri a
faicinn an-diugh. "

"tha mi gu math riaraichte," fhreagair emma, leis na gàire as
soilleire, "agus tha mi a' miannachadh gun tèid iad toilichte leis.
"

"tha thu air atharrachadh gu mòr bhon a bhruidhinn sinn air a'
chuspair seo roimhe seo. "

"tha mi an dòchas gu bheil sin airson an àm sin bha mi nam amadan."

"agus tha mi air atharrachadh cuideachd; tha mi uamhasach toileach na deagh chliù a thoirt dhut. Tha mi air cuid de chràdh a dh' obair air do shon, agus air sgàth robert martin, (a bha daonnan ag aideachadh gu robh mi creidsinn ann an gaol ri tha mi tric a 'bruidhinn ri i. Tha mi air a bhith a' faicinn gu bheil mi air a dhèanamh uaireannan, gu dearbh, tha mi air a bhith a 'smaoineachadh gun robh thu amharasach mu bhith a' tarraing cùis nam marthan bochd, nach robh a-riamh ach, bhon a h-uile beachd a th 'agam, tha mi làn chinnteach gur e nighean gun chomas a th' ann, le beachdan fìor mhath, fìor phrionnsabalan fìor mhath, agus a bhith a 'cur a toileachas ann an bòidhchead agus goireasachd beatha dhachaigheil. — mòran den seo, chan eil teagamh sam bith agam, faodaidh i taing a thoirt dhut airson sin. "

"mise!" ghlaodh iad emma, a 'crathadh a ceann -" ah! Bochd bochd! "

Rinn i sgrùdadh air fhèin ge-tà agus chuir i a-steach gu socair gu beagan a bharrachd de mholadh na bha i airidh.

Chaidh an còmhradh aca a dhùnadh goirid an dèidh sin le dàn a h-athar. Cha robh i duilich. Bha i ag iarraidh a bhith na h-aonar. Bha a h-inntinn ann an staid cho mì-chofhurtail is iongnaidh, rud a dh'fhàg nach gabhadh a chruinneachadh. Bha i ann an dannsa, seinn, ag sparradh spioradan; agus gus an robh i air gluasad mun cuairt, agus a 'bruidhinn ri i fhèin, agus a' gàireachdainn agus a nochdadh, dh'fhaodadh i bhith freagarrach airson dad reusanta.

Bha gnìomhachas a h-athar gu bhith ag ainmeachadh gu robh iad a 'dol a-mach gus na h-eich a chuir air adhart, deiseil airson an dràibheadh gu lathaichean an-diugh; agus, mar sin, bha i air a bhith na leisgeul gun dàil airson a dhol à sealladh.

An aoibhneas, an t-toileachas, is dòcha gu bheil an tlachd a th 'ann an gruaim air a chreidsinn. Bha an aon ghearan agus co-aonadh a thugadh air falbh mar thoradh air sochairean uachdarain, bha i ann an cunnart a bhith a 'faighinn cus riaraichte airson tèarainteachd. — dè bu toil leatha a bhith ag iarraidh? Dad, ach airson fàs nas airidh air, a bha miann agus breithneachadh air a bhith cho fìor mhath ris fhèin. Ni sam bith, ach gu bheil na leasanan a dh 'fhalbh i mu dheireadh a' dol a dh 'ionnsachadh a h-ùmhlachd is a cuairteachadh san àm ri teachd.

Bha i fìor dhona, gu math taingeil na cuid taingealachd, agus anns na rùintean aice; agus fhathast cha robh stad air gàire, uaireannan am measg nam meadhonan. Feumaidh i gàire a dh 'iarraidh cho luath! Cho fad air ais sa bha dùil de chòig seachdainean air ais! Leithid a chridhe - a leithid de sheilg!

A-nis bhiodh e toilichte a bhith a 'tilleadh - bhiodh gach nì na thoileachas. Bhiodh e na thoileachas dhomh a bhith eòlach air a bhith a 'giùlain an airm.

Agus i aig ìre àrd a dh 'ireachd cho dona 'sa bha i na cridhe, is e sin a' nochdadh gum feumadh a h-uile fheum air falach bho mr. Chan fhada gus am biodh ridire a 'dol thairis. Is dòcha gum bi an dìth, co-iongnadh, dìomhaireachd, cho grinn a thaobh a bhith a 'cleachdadh, a' tighinn gu crìch a dh'aithghearr. B 'urrainn dhi a-nis coimhead air adhart gu bhith a' toirt a 'làn-earbsa is làn-choileanta dhi agus gun robh a suidheachadh fhèin deiseil airson fàilte a chuir oirre.

Anns na spioradan aoibhinn agus as toilichte a chuir i air adhart còmhla ri a h-athair; cha bhith an-còmhnaidh ag èisteachd, ach an-còmhnaidh ag aontachadh ris na thuirt e; agus, co-dhiù ann an labhairt no sàmhchair, co-fhaireachdainn aig a 'ghlacadh

chofhurtail gu bheil e a' dol a dh 'fhuireach gach latha, no droch
dhaoine. Bhiodh an iar air a bhith duilich.

Ràinig iad. — m. Bha taobh an iar na aonar anns an t-seòmar-
suidhe: - ach cha mhòr gun deach innse dhaibh mun leanabh,
agus mr. Fhuair taigh-tasgaidh an taing airson tighinn, agus
dh'iarr e sin, nuair a chaidh sealladh a ghlacadh tron dall, le dà
fhigear a 'dol faisg air an uinneig.

"tha e onarach agus caillte fairfax," arsa mrs. Taobh an iar. "bha
mi dìreach a' dol a dh 'innse dhut mu na rinn sinn a' faicinn an
àm seo a 'fhaicinn madainn an-diugh. Bidh e a' seasamh gu am-
màireach, agus chuireadh ìmpidh air faironfax an latha a
chaitheamh còmhla rinn. — tha iad a 'tighinn a-steach, tha mi an
dòchas."

Ann an leth mionaid bha iad anns an rùm. Bha emma air leth
toilichte a bhith ga fhaicinn - ach bha ìre de mhì-chinnt ann -
grunn chuimhneachain nàireach air gach taobh. Bha iad a
'coinneachadh gu furasta agus a' gàireachdainn, ach le
mothachadh a bha beag an toiseach a 'toirt air falbh; agus nuair a
bha iad uile air suidhe sìos a-rithist, bha ùine cho beag sa
chearcall airson ùine, gun do thòisich emma a 'faighneachd an
robh an miann a-nis, a bha thu air a bhith a' faireachdainn o
chionn fhada, a 'faicinn eaglais falamh a-rithist, agus a bhith ga
fhaicinn le eudach, gheibheadh iad co-chuid de thlachd. Nuair a
tha mr. Thàinig taobh an iar ris a 'phàrtaidh, ge-tà, agus nuair a
chaidh an leanabh a thoirt a-steach, cha robh dìth ann airson
cuspair no beòthalachd tuilleadh - no de mhisneachd is cothrom
airson faochadh eaglaise a bhith a' tarraing faisg oirre agus a
ràdh,

"feumaidh mi taing a thoirt dhut, a' chailleas taigh-staile, airson
teachdaireachd a tha air leth glè mhath ann an aon de litrichean
an iar. Tha mi an dòchas nach do dh 'fhàg thu nas mì-thoiliche a

bhith gam mathanas. Tha mi an dòchas nach till thu na thuirt thu. "

"cha dèan, gu dearbh," ghlaodh emma, gu math toilichte a bhith a 'tòiseachadh," chan ann idir mar a bu lugha. Tha mi gu sònraichte toilichte a bhith a 'faicinn agus a' bualadh le làmhan — agus airson toileachas a thoirt dhut fhèin. "

Thug e taing dhi leis a h-uile chridhe, agus lean e air a 'bruidhinn greis a' bruidhinn le faireachdainn làidir mu a thaingealachd agus de thoileachas.

"nach eil i a' coimhead gu math? " thuirt e, a 'tionndadh a shùilean gu bhith a' giùlain. "na b' fhearr na rinn i riamh? "

Ach a dh 'aindeoin sin bha a spioradan ag èirigh a-rithist, agus le sùilean gruamach, an dèidh dha a bhith a' toirt iomradh air an tilleadh a bha dùil aig campbells, dh'ainmich e ainm dixon. — emma blushed, agus chuir e casg air a bhith ga fhuaimneachadh anns a h-èisteachd.

"cha smaoinich mi air," dh 'èigh i," gun nàire fìor. "

"a' chùis, "fhreagair e," a bheil m 'uile, no a bu chòir dhomh a bhi. Ach an robh e comasach nach robh amharas sam bith agad? — a 'ciallachadh anmoch. Mi tràth, tha fios agam, cha robh dad agad."

"cha d' fhuair mi riamh an rud bu lugha, tha mi a 'dèanamh cinnteach dhut."

"tha sin a' coimhead gu math mìorbhaileach. Bha mi gu math dlùth faisg air agus bha mi ag iarraidh gun robh e agam - bhiodh e air a bhith na b 'fheàrr. Ach ged a bha mi an-còmhnaidh a' dèanamh rudan ceàrr, cha robh iad ach droch rud ceàrr, agus cha do rinn mi seirbheis sam bith dhomh. — e bhiodh mi air a bhith na fhulangas fada na b 'fheàrr air gun do bhris mi an ceangal dìomhaireachd agus a dh'innis thu dhut a h-uile rud."

"chan eil e an-diugh aithreachas," arsa emma.

"tha dòchas agam," ghabh mi air ais e, "gun deach bràthair mo mhàthar a thoirt a dh' ionnsaigh turas a phàigheadh aig randalls; tha e ag iarraidh a bhith ga toirt a-steach dhi nuair a thilleas na clubaichean-champa, tachraidh sinn orra ann an lunnainn, agus leanaidh sinn ann, ann an earbsa gus an toir sinn a-null i gu tuath. — ach a-nis, tha mi cho fada bhon a tha i - nach e cruaidh, a chailleas an taigh-leughaidh? — an diugh sa mhadainn, cha do choinnich sinn uair bho latha na rèite. ? "

Labhair emma cho truagh, is gun do smaoinich e gu h-obann le

"ah! Leis an t-seadh," agus an sin a 'dol fodha a ghuth, agus a' coimhead deamhain airson an t-àm-sa— "tha mi an dòchas gu bheil mr ridire gu math?" stad e. — rinn i dath agus laughed - "tha fios agam gum faca thu mo litir, agus gu bheil thu a' smaoineachadh gu bheil cuimhne agad air mo mhiann às d 'fhabhar. Leig mi air ais thugaibh ur mearachdan. — inns mi gun cuala mi an naidheachd leis an ùidh as blàithe agus riarachadh. — tha e na fhear nach urrainn dhomh a mheas mar mholadh. "

Bha emma air leth toilichte, agus cha robh i ach ag iarraidh air a dhol air adhart san aon stoidhle; ach is e an inntinn an ath mhionaid anns na draghan aige fhèin agus leis a 'chraobh fhèin, agus b' ann a bha na briathran a dh 'fhag e,

"am faca tu a-riamh an seòrsa craicinn seo? - an leithid de dhoimhneachd! An dìlseachd sin! — agus fhathast gun a bhith cothromach. — chan urrainn do dhuine a bhith a' seinn aig an fhèill. Tha e gu math neo-chumanta, le a sùilean agus a falt dorcha - a sònruichte. Cho sònraichte ris an tè a tha innte. — dìreach dath gu leòr airson bòidhchead. "

"tha mi an-còmhnaidh air a bhith a' toirt spèis don t-suidheachadh aice, "fhreagair e emma, cartly; "ach nach eil cuimhne agam air an àm nuair a fhuair thu coire oirre airson a bhith cho bàn? — an do thòisich sinn a' bruidhinn mu dheidhinn an toiseach. — an do dhìochuimhnich thu gu bràth? "

"oh! Cha robh! Ann an cù a bha mi-chinnteach!"

Ach rinn e gàire cho sgairteil aig a 'chuimhne, nach b' urrainn do emma cuideachadh le bhith ag ràdh,

"tha amharus agam, am meadhon do dhuilgheadasan aig an àm sin, gu robh tlachd mòr agad ann a bhith gar mealladh gach neach. — tha mi cinnteach gu robh. — tha mi cinnteach gun robh e na dhòmhsa dhut."

"oh! Chan eil, chan eil, ciamar as urrainn dhut amharas a chuir orm gu bheil mi a' dèanamh an leithid de rud? I. B 'e an toileachas as miosa!"

"chan eil mi buileach cho duilich a bhith neo-shunndach a dh' anmoch. Tha mi cinnteach gun robh e na stòras làn spòrs dhut, a bhith a 'faireachdainn gun robh thu a' toirt a h-uile duine againn a-steach. — is dòcha gur e an neach-leughaidh a th 'ann a bhith fo amharas, oir, ma tha thu ag innse dhut fìrinn, tha mi a 'smaoineachadh gur e spòrs a bhiodh ann dhomh fhìn anns an aon suidheachadh, tha mi a' smaoineachadh gu bheil coltas beag eadar sinn.

Chrom e.

"mura h-eil e nar comas," chuir i leis an-dràsta, le sùil dha-fhaireachdainn, "tha coltas anns a' chàin againn; an dàn a tha a 'tairgse cothrom airson ar ceangal le dà charactar a tha nas fheàrr na an fheadhainn againn fhìn."

"fìor, fìor," fhreagair e, gu blàth. "chan eil, chan eil e fìor air do
thaobh. Chan urrainn dhut a bhith nas fheàrr, ach fìor as mo leth.
— tha i na h-aingeal iomlan. Seall air. Chan e aingeal anns a h-
uile gluasad a tha thu a' coimhead. Sùilean, mar a tha i a
'coimhead suas air m 'athair. — bidh thu toilichte a bhith a'
cluinntinn (a 'gabhail a-steach a cheann, agus a' caoidh gu trom)
gu bheil mo bhràthair a 'ciallachadh seudan mo pheacaidh a
thoirt dhi. Cuid a bhith ann an sgeadachadh airson a 'cheann,
agus cha bhi e brèagha na falt dorcha?"

"glè bhrèagha, gu dearbh," fhreagair emma; agus labhair i cho
coibhneil, gun do chuir e às dha gu bràth,

"cho toilichte agus a tha mi a bhith gad fhaicinn a-rithist! Agus a
bhith gad fhaicinn ann an sealladh cho math! - cha bhiodh sinn
air a' choinneamh seo a chall airson an t-saoghail. Bu chòir
dhomh a bhith air tadhal aig hartfield, mura do ràinig thu. "

Bha an fheadhainn eile air a bhith a 'bruidhinn ris a' leanabh,
mrs. Taobh an iar a 'toirt iomradh air beagan rabhaidh a bha i air
a bhith ann, an oidhche roimhe sin, bho nach robh an leanabh ùr
gu leòr a' nochdadh. Bha i a 'creidsinn gun robh i gòrach, ach
chuir e an t-eagal oirre, agus bha i a-staighleth-mionaid de chur
air adhart airson mr. Peiridh. Is dòcha gum bu chòir dhith a bhith
oirre, ach mr. Bha taobh an iar air a bhith cha mhòr a cheart cho
cinnteach rithe fhèin. — ann an deich mionaidean, ge-tà, bha an
leanabh air a bhith ceart gu leòr a-rithist. Seo an eachdraidh aice;
agus bha e gu sònraichte inntinneach dh 'ainm mr. Taigh-cùirte,
a mhol i gu mòr airson a bhith a 'cur fios air cràbhaichean, agus
bha i duilich nach do rinn i sin. "bu chòir dhith a bhith a' fios a
chuir air an t-siorram an-còmhnaidh, ma nochdas an leanabh
anns a 'cheum as lugha, nach robh ann ach airson mionaid. Cha
b' urrainn dhi a bhith ro fhada air eagal, agus chuir i fios gu math
tric. Cha-n 'thàinig a-raoir: oir ged a dh' fhaoidte gu robh am

pàisde a-nis glè mhath a 'beachdachadh, dh' fhaodadh e bhith na
b'fheàrr ma bha e air a fhaicinn. "

Ghlac eaglais na h-eaglais an t-ainm.

"siorc!" arsa e gu emma, agus a 'feuchainn, mar a bha e a'
bruidhinn, a bhith a 'glacadh sùil na fìrinn aige. "a bheil iad a'
bruidhinn mu dheidhinn gràin? — an robh e an seo madainn seo?
— agus ciamar a tha e a-nis a 'dol? —ar chuir e suas a charbad?"

A-mach air ais, agus thuig e e; agus ged a chaidh i an sàs sa
ghàire, bha e follaiseach bho ghnìomh na h-ama gun robh i
cuideachd a 'cluinntinn e, ged a bha e a' feuchainn ri nochdadh
mar bhodhar.

"a h-uile aisling iongantach dhomh!" dh'èigh e. "cha bhith mi a'
smaoineachadh air gun gàire a dhèanamh. — bidh i a 'cluinntinn
rinn i, bidh i a' cluinntinn dhuinn, a 'caomhnadh an taigh-feachd.
Tha mi ga fhaicinn sa ghruaidh aice, a gàire, a dànadh geur le
bhith a' coimhead oirre. Nach faic thu sin, aig an seo sa bhad, tha
pìos mòr a litir fhèin, a chuir thugam an aithisg dhomh, a 'dol fo
a sùil - gu bheil am brùthadh air fad air a sgaoileadh a-mach -
nach fhaod ia dhol gu càil sam bith eile, ged a tha i a' leigeil air
èisteachd ris an fheadhainn eile? "

Thàinig air a 'bhris a' gàireachdainn gu tur, airson mòmaid; agus
dh 'fhuirich an gàire gu ìre nuair a thionndaidh i ris, agus thuirt e
ann an guth mothachail, ìosal, seasmhach gu

"tha e na dh' iongnadh dhomh mar a dh 'fhaodas tu na
cuimhneachain sin a ghiùlan! — uaireannan bidh e a' cur bacadh
air — ach ciamar as urrainn dhut an gnothach a dhèanamh orra! "

Bha mòran aige ri ràdh a-rithist, agus gu h-inntinneach; ach bha
na faireachdainnean aig emma gu ìre mhòr sa chùis, san
argamaid; agus air a bhith a 'fàgail speuran, agus a' tuiteam gu

nàdarra ann an coimeas eadar an dithis fhear, bha i a
'faireachdainn gu robh i cho toilichte a bhith a' faicinn eaglais na
h-eaglaise, agus gu dearbh mu dheidhinn mar a rinn i le càirdeas,
cha robh i riamh na bu choltaiche a thaobh mr. Sàr charactar
ridire. Fhuair toileachas an latha as sona seo a chrìochnachadh,
anns a 'bheachdachadh beothail de a luach is a rinn an coimeas
seo.

Caibideil xix

Nam biodh emma fhathast, aig amannan, rudeigin iomagaineach
mu dheidhinn a 'chùis, bha e teagmhach gun robh e comasach
dhi a bhith air a làn-leigheas bho a ceanglan ri mr. Ridire, agus
dha-rìribh comasach air gabhail ri fear eile bho ghluasad neo-
thaobhach, cha robh e fada gun robh aice ri fulang le mì-chinnt
mar sin. Bha beagan làithean ann a thug am pàrtaidh a mach à
lunnainn, agus cha robh i riamh ach cothrom air aon uair a thìde
leis an t-srian, na bha i riaraichte gu ceart — a bhi neo-aithnichte
mar a bha i! Ridire, agus bha i a-nis a 'dèanamh a h-uile beachd
air toileachas.

Cha robh ann ach beagan amaideach air a 'chiad turas: ach nuair
a bha e aig aon àm gun robh i air a bhith duilich agus gòrach,
agus a dh' fhaodadh fe'in, roimhe, bha am pian is amharasachd a
'bàsachadh leis na faclan, agus ga fàgail gun cùram a ghabhail
airson na h-ùine a chaidh seachad, agus leis an àiteach as motha
san latha an-diugh agus san àm ri teachd; oir, a thaobh iarrtas a
caraid, thug emma air falbh a h-uile eagal a bha air a dh
'ionnsaigh sin, le bhith a' coinneachadh ris an t-sluagh a bu
mhotha a bhith a 'moladh. — bha an t-uachdaran toilichte a bhith

a' toirt a h-uile rud sònraichte don oidhche agus an dìnnear an
ath latha; b 'urrainn dhi fuireach air a h-uile càil leis an toileachas
as motha. Ach dè mhìnich fiosrachadh mar sin? — bha am
fìrinn, mar a dh 'urrainn do emma a-nis aithneachadh, gun robh
an t-òrd a-riamh air a bhith an-còmhnaidh ri ruaig; agus gu robh
a leantainn air a bhith ga ghràdhachadh gun a bhith do-
chreidsinneach. — seachad air sin,

Bha an tachartas ge-tà gu math dòigheil; agus a h-uile latha bha i
a 'toirt adhbhar ùr airson smaoineachadh mar sin. Bha i air a
bhith na nighean aig neach-ceàird, beairteach gu leòr airson a
cumail suas an obair chofhurtail a bha aice riamh, agus bha gu
leòr ann airson a bhith an còmhnaidh a 'miann. — leithid fuil
nan fois a bha roimhe seo cho deònach a chuir às oir bha e
dualtach a bhith cho cruaidh ris, 's dòcha, mar fhuil iomadh
duine uasal: ach dè an ceangal a bha i ag ullachadh airson mr.
Ridire — no airson eaglaisean na h-eaglaise - no fiù airson mr.
— bhiodh amharas de dhìolaltas, nach deach a shaoradh le
uaislean no le beairteas, na fhìor dha-rìribh.

Cha deach gearan sam bith a thogail air taobh an athar; chaidh an
duine òg a làimhseachadh gu saor-thoileach; bha e mar a bu
chòir dha a bhith: agus mar a fhuair emma eòlas air robert
martin, a chaidh a thoirt a-steach a-nis aig hartfield, thug i làn
aithne dha a h-uile coltas agus luach a dh 'fhaodadh tagradh a
dhèanamh airson a caraid beag. Isegun teagamh sam bith mu
dheidhinn toileachas an t-seilge le duine math sam bith; ach leis-
san, agus anns an dachaigh a thug e, bhiodh dòchas ann
tuilleadh, de thèarainteachd, seasmhachd, agus leasachadh.
Bhiodh i air a cur ann am meadhon an fheadhainn a bha measail
oirre, agus aig an robh tuigse nas fheàrr na i fhèin; sguir iad gu
leòr airson sàbhailteachd, agus ghabh iad còmhnaidh gu leòr
airson sunndachd. Cha bhiodh i air a mealladh gu bhith na
buaireadh, no air fhàgail airson a faighinn a-mach i. Bhiodh i
modhail agus toilichte; agus dh'aidich emma gur i an creutair bu
ghlice a bha san t-saoghal, gun do chruthaich e gaol cho

daingeann agus leanmhainneach ann an leithid de dhuine; - mur e sin an rud as fortanach, a bhith a 'toradh a-mhàin dhi fhèin.

Cha robh an t-uamhas, mar a bha i air a tarraing air falbh leis na còmhlain aice, nas lugha aig làrach hartfield; nach robh gu bhith aithreachas. — feumaidh an dlùth-cheangal eadar i agus emma a dhol fodha; feumaidh an càirdeas aca atharrachadh gu ìre nas fheàrr de dheagh-ghean; agus, gu fortanach, mar a bu chòir a bhith, agus a bu chòir a bhith, a 'tòiseachadh mar-thà, agus anns an dòigh nàdarra as trice.

Ro dheireadh an t-sultain, bha e an urra ri emma a dhol gu eaglais, agus chunnaic i gun robh a làmh mar thoradh air làn riarachadh, mar chuimhneachain, eadhon co-cheangailte ri mr. Mar a sheas e roimhe, dh 'fhaodadh e droch bhuaidh a thoirt - is dòcha, gu dearbh, aig an àm sin nach fhaca i idir. Ach mar an neach-clèireach a dh 'fhaodadh a bheannachd air an altair tuiteam oirre fe'in. — an roboin mart agus an t-amadan ghobha, an càraid mu dheireadh a dh' fhalbh leis na tri, a 'chiad phòsadh.

Bha faironx mar-thà air a bhith a 'stad aig highbury, agus chaidh a thoirt air ais gu comhfhurtachd a dachaidh ghràdhach le cleasaichean-campa. — an mr. Bha eaglaisean cuideachd sa bhaile; agus cha robh iad a 'feitheamh ach oidhche.

B 'e a 'mhìos eadar-mheadhanach am fear a bha stèidhichte air, cho fad' sa bha iad a' cluinntinn, le emma agus mr. Ridire. — bha iad air co-dhùnadh gum bu chòir am pòsadh aca a bhith air a thoirt gu crìch fhad 'sa bha john and isabella fhathast ann an hartfield, gus am faodadh iad a bhith dheth airson ceala-deug san turas gu taobh na mara, am plana. — john agus isabella, agus gach caraid eile, chaidh aontachadh ris a bhith ga cheadachadh. Ach mr. Taigh-òsda — ciamar a bha mr. Gu deidheadh taigh-bainne a bhrosnachadh airson cead fhaighinn? — nach robh iad riamh air iomradh a thoirt air am pòsadh ach mar thachartas fad às.

Nuair a bha e air a 'chiad chothrom air a' chuspair, bha e cho tùrsach, gun robh iad cha mhòr gun dòchas. — thug an dara cuairt, gu dearbh, nas lugha de phian. — thòisich e a 'smaoineachadh gun robh e, agus nach b' urrainn dha a chasg - rud glè ghealltanach. Ceum an inntinn air a shlighe gu dreuchd a thoirt suas. Ach, cha robh e toilichte. Seadh, nochd e gu math eile, gun do dh 'fhàilligeadh misneachd na h-ìghne. Cha b 'urrainn dhi a bhith a' faicinn a dh 'fhulangas e, gus am biodh e sgìth fhaicinn gun a bhith a' dearmad; agus ged a thuig a tuigse ann an dearbhadh an dà chuid am mr. Ridirean, nuair a bhiodh an tachartas seachad, gum biodh a dhuilgheadas goirid a dh'aithghearr, stad i - cha b'urrainn dhi a dhol air adhart.

Anns an t-suidheachadh èiginn seo bha iad càirdeil, chan ann le droch shoillearachadh gu h-obann air mr. Inntinn inntinn, no atharrachadh mòr sam bith air an t-siostam nearbhach aige, ach le bhith ag obrachadh an aon siostam ann an dòigh eile. — mrs. Chaidh taigh nan cearc ann an taobh an iar a ghoid aon oidhche den t-uile turc aice, a rèir sin le innleachdas an duine. Dh'fhuiling sònaichean eile nan sligean cuideachd. — bha pìleat a 'briseadh a-steach do mr. Tha an t-eagal air taigh na h-ubhail. — bha e gu math neo-thaitneach; agus a dh 'aindeoin mothachadh dha dìon a mhic, bhiodh e air a bhith fo lasair truagh a h-uile oidhche dhe bheatha. Neart, rùn, agus làthaireachd inntinn am mr. Bha ridirean na cheannard air an làn earbsa. Agus dhìon an dithis aca e agus bha am fearann aca sàbhailte. — ach mr. Feumaidh john knightley a bhith ann an lunnainn a-rithist ro dheireadh a 'chiad seachdain san t-samhain.

Bha seo mar thoradh air an duilgheadas seo, le aonta mòran nas saor-thoileach, sunndach na bha a nighean an-còmhnaidh air a bhith an dùil gun dèanadh i dòchas aig an àm seo, gun robh comas aice latha na bainnse a shocrachadh — agus mr. Chaidh fios a chuir gu elton, taobh a-staigh mìos bho phòsadh mr. Agus mrs. Roboin martin, airson a dhol an lùib làmhan mr. Ridire agus call taigh-tasgaidh.

Bha a 'bhanais gu math coltach ri bainnsean eile, far nach eil blas aig na pàrtaidhean air sgeadachadh no spaidsearachd; agus mrs. Bha elton, bho na nithean a thug an duine aice seachad, dhen bheachd gun robh e gu math sàrachail, agus gu math nas fhaisg orra na h-iuchrach gheal "glè bheag, glè bheag de lòchrain lace; rud a bha gu math truagh! — shuidheadh eelina nuair a chuala i mu dheidhinn. "— ach a dh' aindeoin na h-uireasbhaidhean sin, chaidh na miannan, na dòchasan, am misneachd, na fàisneachdan aig an ìre bheag de charaidean fìor a chunnaic an deas-ghnàth, a fhreagairt gu h-iomlan ann an toileachas foirfe an aonaidh.

CPSIA information can be obtained
at www.ICGtesting.com
Printed in the USA
BVHW081418250719

554363BV00016B/1430/P